元曲選

四部備要

集部

中華書局據明刻本校刊

桐鄉　陸費逵總勘
杭縣　高時顯
　　　吳汝霖輯校
杭縣　丁輔之監造

樞院相公大斷案

便宜行事虎頭牌
倣張澤端筆
珍倣宋版印

便宜行事虎頭牌雜劇

元　李直夫撰
明吳興臧晉叔校

第一折

（旦扮茶茶引六兒上云）（西江月詞云）自小便能騎馬何曾肯上粧臺雖然脂粉不施來別有天然嬌態若問兒家夫壻腰懸大將金牌茶茶非比別裙釵說起風流無賽自家完顏女直人氏名茶茶者是也嫁的個夫主乃是山壽馬現爲金牌上千戶今日千戶打圍獵射去了下次孩兒每安排下茶飯則怕千戶來也（冲末扮老千戶同老旦上云）老夫銀住馬的便是從離渤海寨行了數日來到這夾山口子這裏便是山壽馬的住宅左右接了馬者六兒報復去道叔叔嬸子來了也（六兒報科）（旦云）道有請（見科云）叔叔嬸子前廳上坐茶茶穿了大衣服來相見（旦換衣拜科云）叔叔嬸子遠路風塵（老千戶云）茶茶小千戶那裏去了（旦云）千戶打圍射獵去了（老千戶云）便着六兒請小千戶來說道有叔叔嬸子特來看他哩（旦云）六兒快去請千戶家來叔叔嬸子且請後堂飲酒去等千戶家來也（同下）（正末扮千戶引屬官踏馬上詩云）腰橫轆轤劍身被鸘鷞裘華夷圖上看惟俺最風流自家完顏女直人氏姓王小字山壽馬現做着金牌上千戶鎮守着夾山口子今日天晴日煖無甚事引着幾個家將打圍射獵去咱（唱）

（仙呂點絳唇）一來是祖父的家門二來是自家的福分懸牌印掃蕩征塵將勇力施呈盡

（混江龍）幾回家開旗臨陣戰番兵累次建功勳怕不的貲財足備

孳畜成羣長養着百十槽衝鋒的慣戰馬掌管着一千戶屯田的鎮
番軍我如今欲待去消愁悶則除是飛鷹走犬逐逝追奔
〔六兒上云〕來到這圍場中兀的不是爺家裏有親眷來看你哩〔正末云〕六兒你做甚來〔六兒
云〕有親眷來了也〔正末唱〕
〔油葫蘆〕疑怪這靈鵲兒坐在枝上穩暢好是有定准〔云〕六兒來的是
什麼親眷〔六兒云〕則說是親眷不知是誰〔正末唱〕則見他左來右去再說不出甚
親人爲甚麼叨叨絮絮占着是迷丟沒鄧的混爲甚麼獐獐狂狂便
待要急張拒遂的褪眼腦又剔抽禿揣的慌口角又劈丟撲搭的噴
只見他踏踏忽忽身子兒無些分寸覷不的那姦姦詐詐沒精神
〔六兒云〕待我想來〔正末唱〕
〔天下樂〕只見他越尋思越着昏敢三魂失了二魂〔帶云〕我試猜波〔唱〕
莫不是鐵哥鎮撫家遠探親〔六兒云〕不是〔正末唱〕莫不是達魯家老太
君〔六兒云〕也不是〔正末唱〕莫不是普察家小舍人〔六兒云〕也不是〔正末唱〕莫
不是叔叔嬸子兩口兒來訪問
〔六兒云〕是了是叔叔嬸子哩〔正末云〕是叔叔嬸子且收了斷場快家去來〔下〕〔老千戶同老
旦上云〕怎麼這時候千戶還不見來〔旦云〕小的門首覷者千戶敢待來也〔正末上云〕接了馬
者茶茶叔叔嬸子在那裏〔做拜見科〕〔老千戶云〕孩兒相別了數載俺兩口兒好生的思想你哩
今日一徑的來望你也〔正末云〕叔叔嬸子請坐〔唱〕

〔醉中天〕叔叔你鞍馬上多勞困嬸子你程途上受艱辛一自別來五六春數載家無音信則這個山壽馬別無甚痛親我一言難盡來探你這歹孩兒索是遠路風塵

〔老千戸云〕孩兒想從小間俺兩口兒怎生擡舉你來你如今崢嶸發達呵你可休忘了俺兩口的恩念〔正末云〕叔叔嬸子你孩兒有什麼不知處〔唱〕

〔金盞兒〕我自小裏化了雙親忒孤貧謝叔叔嬸子把我來似親兒般訓演習的武和文我如今鎮邊關爲元帥把隘口統三軍我當初成人不自在我若是自在不成人

〔云〕小的一壁廂割羊宰豬安排筵席者〔外扮使命上云〕小官完顏女直人氏是天朝一個使臣爲因山壽馬千戸把守夾山口子征伐賊兵累著功績聖人的命差小官齎勅賜他可早來到他家門首也左右接了馬者報復去道有使命在於門首〔六兒報科〕〔正末云〕粧香來〔跪科〕〔使云〕山壽馬聽聖人的命爲你守把夾山口子累建奇功加你爲天下兵馬大元帥行樞密院事勅賜雙虎符金牌帶者許你便宜行事先斬後聞將你那素金牌子但是手下有得用的人就與他帶着替你做金牌上千戸守把夾山口子謝了恩者〔正末謝恩科云〕相公鞍馬上勞神也〔使云〕恭喜相公得此美除〔正末云〕相公吃了筵席呵去〔使云〕小官公家事忙便索回去也〔正末送科云〕相公穩登前路〔使云〕請了正是將軍不下馬各自奔前程〔下〕〔正末云〕小的筵席完備未曾〔六兒云〕已備下多時了也〔老千戸云〕夫人恰纔天朝使命加小千戸爲天下兵馬大元帥我聽的說道將他那素金牌子就着他手下得用的帶了替做千戸我想起來我偌大年紀也無些兒名分

甲首也不會做一個央及小姐和元帥說一聲將那素金牌子與我帶着就守把夾山口子去呵不
強似與了別人〔老旦云〕老相公你平生好一杯酒則怕你失誤了事〔老千戶云〕夫人我若帶牌
子做了千戶呵我一滴酒也不吃了〔老旦云〕你道定者〔老千戶云〕我再也不吃了〔老旦云〕既
是這般呵我對茶茶說去〔老旦見旦云〕媳婦兒我有一句話可是敢說麼〔旦云〕嬸子說甚話來
〔老旦云〕恰纔那使臣言語將雙虎符金牌與小千戶帶了那素金牌子着他手下有得用的人與
他帶比及與別人帶了與叔叔帶了可不好那〔旦云〕嬸子說的是我就和元帥說〔旦見正末云〕
元帥恰纔叔叔嬸子說來你有雙虎符金牌帶了那素金牌子着你把與手下人帶比及與別人帶
時不如與了叔叔可也好也〔正末云〕誰這般說來〔旦云〕嬸子說來〔正末云〕叔叔平日好一盃
酒則怕他失誤了事〔旦云〕叔叔說道他若帶了牌子做了千戶呵他一滴酒也不吃了〔正末云〕
既然如此將那素金牌子來叔叔恰纔使臣說來如今聖人的命着你孩兒做了兵馬大元帥勑賜
與雙虎符金牌先斬後奏這素金牌子着你孩兒手下有得用的人就與他帶了做金牌上千戶我
想叔叔幼年多曾與國家出力來叔叔你帶了這牌做了上千戶可不強似與別人〔老千戶云〕想
你手下多有得用的人我又無甚功勞我怎生做的這千戶〔正末云〕叔叔休那般說〔唱〕

〔一半兒〕則俺那祖公是開國舊功臣叔父你從小裏一個敢戰軍這金牌子與叔父帶呵也是本分見嬸子那壁意欣欣〔云〕叔父你受了這牌子者〔老千戶云〕我可怎麼做的〔正末唱〕我見他一半兒推辭一半兒肯

〔老千戶云〕元帥難得你這一片好心我受了這牌子者〔正末云〕叔叔你受了牌子便與往日不
同索與國家出力再休貪着那一杯兒酒也〔老千戶云〕你放心我帶了這牌子呵我一點酒也不

吃了〔正末云〕如此恰好〔唱〕

〔金盞兒〕我爲甚麼語諄諄單怕你醉醺醺只看那斗來粗肘後黃金印怎辜負的主人恩但願你扶持今社稷驅滅舊妖氛常言道家貧顯孝子國難識忠臣

〔老千戶云〕我則今日到渤海寨搬了家小便往夾山口鎮守去也〔正末云〕叔叔則今日你孩兒往大興府去叔叔去取行李路上小心在意者〔唱〕

〔賺煞〕則今日過關津度州郡沒揣的逢他敵人陣面上相持賭的是狠托賴着俺祖公是番宿家門哎你莫因循便只待人急偎親暢好道廝殺無過是咱父子軍誓將那鯨鯢來盡吞只將這邊關守緊你可便捨一腔熱血報明君〔同旦六兒下〕

〔老千戶云〕俺姪兒去了也則今日往渤海寨搬取家小走一遭去〔同老旦下〕

〔音釋〕轆音鹿　轤音盧　鷫音肅　鸘音霜　分去聲　累上聲　長音掌　刲音奎　便平聲　推退平聲

第二折

〔老千戶同老旦上云〕老夫自到的渤海寨搬取了家小來到俺這庄頭見了衆多親眷聽的我做了千戶這個請我吃兩餅那個請我吃三餅每日則是醉雖然吃酒則怕悞了到任日期有二哥哥金住馬在這庄兒上住坐我辭了哥哥便往夾山口子去也〔老旦云〕老相公咱在這裏等者你去辭了伯伯早些兒來〔下〕〔老千戶云〕遠遠的望着敢是哥哥來也〔正末扮金住馬上云〕自家金

住馬的便是我有個兄弟是銀住馬他如今做了金牌上千戶去鎮守夾山口子聽的道往我這村兒前過我無什麼買了這一餅酒與兄弟餞行走一遭去〔唱〕

〔雙調五供養〕愁冗冗恨綿綿爭奈我赤手空拳只得問別人借了幾文錢可買的這一瓶兒村醪酒待與我那第二個弟兄祖餞想着他期限迫難留戀可若是今番去也知他是甚日個團圓

〔云〕兀的不是我兄弟〔老千戶云〕兀的不是我哥哥〔見科云〕哥哥你兄弟做了金牌上千戶如今鎮守夾山口去一徑的辭哥哥來〔正末云〕兄弟我知道你做了金牌上千戶鎮守夾山口子去我無甚麼買這一餅兒酒與兄弟餞行〔老千戶云〕看你這般艱難你那裏得這錢來買酒教哥哥費心〔正末做遞酒科唱〕

〔落梅風〕我抹的這餅口兒淨我斟的這盞面兒圓〔老千戶做接盞科〕〔正末云〕兄弟且休便吃〔唱〕待我望着那碧天邊太陽澆奠則俺這窮人家又不會別咒愿則願的俺兄弟每可便早能勾相見

〔做澆奠再遞酒科云〕兄弟滿飲一杯〔老千戶云〕哥哥先飲〔正末云〕好波我先吃了兄弟飲〔老千戶云〕待你兄弟吃〔正末云〕兄弟再飲一杯〔老千戶云〕只我今日見了哥哥吃幾杯酒到的夾山口子我一點酒也不吃了〔正末云〕兄弟你哥哥無甚麼與你〔老千戶云〕我今日辭哥哥去敢問哥哥要什麼〔正末唱〕

〔阿那忽〕再得我往日家緣可敢齎發與你些些個盤纏有他這鰾接來的兩根兒家竹箭〔老千戶云〕你兄弟收了者〔正末云〕還有哩〔唱〕更有條蠟

打來的這弓弦

〔老千戶云〕這兩件你兄弟正用的着哩〔正末云〕兄弟你酒要少吃事要多知〔老千戶云〕請哥哥放心我若到夾山口子去整搠軍馬隄備賊兵我一點酒也不吃了〔正末唱〕

〔慢金盞〕我着這苦口兒說些良言勸你那酒莫貪勸你那財休戀你可便久鎮着南邊夾山的那峪前統領着軍健相持的那地面但要你用心兒把守得安然你可便只愁陞不愁貶

〔老千戶云〕哥哥俺那山壽馬姪兒做着兵馬大元帥我便有些踈失誰敢說我〔正末云〕兄弟你休那般說〔唱〕

〔石竹子〕則俺那山壽馬姪兒是軟善犯着的休想他便肯見憐假若是罪當刑死而無怨赤緊的元帥令更狠似帝王宣

〔老千戶云〕想哥哥那往日也曾受用快活來〔正末唱〕

〔大拜門〕我可也不想今朝常記的往年到處裏追陪下些親眷我也曾吹彈那管絃快活了萬千可便是大拜門撒敦家的筵宴

〔老千戶云〕我想哥哥幼年間穿着那等樣的衣服今日便怎生這等窮暴了〔正末唱〕

〔山石榴〕往常我便打扮的別梳粧的善乾皁靴鹿皮綿團也似軟那一領家夾襖子是藍腰線

〔醉娘子〕則我那珎珠豌豆也似圓我尚兀自揀擇穿頭巾上砌的粉花兒現我繫的那一條玉兔鶻是金廂面

〔老千戶云〕哥哥你那幼年間中注模樣如今便怎生老的這等了〔正末唱〕

〔相公愛〕則我那銀盆也似厖兒膩粉鈿墨錠也似髭鬢着絨繩兒纏對着這官員親將那籌筯傳等的個安筵盞初巡徧

〔不拜門〕則聽的這者刺古笛兒悠悠聒耳喧那駞皮鼓鼕鼕的似春雷健我向這筵前筵前我也曾舞蹁躚舞罷呵誰不把咱來誇羨

〔也不囉〕對着這衆官員諸親眷送路排筵宴道是去也去也難留戀甚日重相見

〔老千戶悲科云〕哥哥不知此一別俺兄弟每再幾時相見也〔正末唱〕

〔喜人心〕今朝別後再要相逢則除是夢中來見奈夢也未必肯做方便只落的我兄弟行傒落嬸子行熬煎姪兒行埋怨世事多更變好弱難分辨

〔老千戶云〕哥哥兀的不痛殺你兄弟也〔正末唱〕

〔醉也摩挲〕則被你拋閃殺業人也波天則被你拋閃殺業人也波天我無賣也那無典無吃也那無穿一年不如一年

〔老千戶云〕我曾記的哥哥根前有個孩兒喚做狗皮他如今在那裏〔正末云〕我也久忘了你又提將起來做甚的〔唱〕

〔月兒彎〕則俺那生忿忤逆的醜生有人向中都曾見伴着火潑男也那潑女茶房也那酒肆在那瓦市裏穿幾年間再沒個信兒傳有

句話舌尖上挑着我去那喉嚨裏嗾〔老千戶云〕俺哥哥有一句話待要說可又不說〔正末背云〕我有心待問兄弟討一件兒衣服呵則是難以開口我且慢慢的說將去兄弟你哥哥這一年四季春夏秋冬煞是艱難也〔唱〕

〔風流體〕我到那春來時春來時和氣暄若到那夏時節夏時節薰風遍我可便最怕的最怕的是秋暮天更休題臘月裏臘月裏飛雪片

〔忽都白〕兄弟哎我也曾有那往日的家緣舊日的庄田如今折罰的我無片瓦根椽大針麻線着甚做細米也那白麪厚絹也那薄綿兄弟哎你則看俺一雙父母的顏面怕到那冷時節有甚麼替換下的舊襖子兒你便與我一領兒穿也波穿〔老千戶云〕哥哥若不說呵你兄弟怎生知道我就着人打開馳垛將一領綿團襖子來與哥哥禦寒〔正末唱〕不是我絮絮叨叨咶咶煎煎兩淚漣漣霍不了我心頭怨趓不了我平生願〔老千戶云〕俺哥哥你往常時香毬吊挂幔幙紗幮那等受用今日都在那裏〔正末唱〕

〔唐兀歹〕往常我幔幙紗幮在繡圍裏眠到如今枕着一塊半頭磚土炕上土炕上彎着片破席薦暢好是恓惶也波天〔云〕兄弟你到那裏好生整搠軍馬者少飲些酒〔老千戶云〕哥哥你放心如今太平天下四海晏然便吃幾杯酒兒有什麼事〔正末云〕兄弟你休那般說〔唱〕

〔離亭宴煞〕雖然是罷干戈絕士馬無征戰你索與他演鎗刀輪劍

戟習弓箭則要你堅心兒向前你去那寨柵內莫憂愁營帳內休懼怯陣面上休勞倦〔老千戶做拜辭科云〕則今日拜辭了哥哥便索往夾山口子去也〔正末云〕兄弟你穩登前路〔老千戶云〕左右那裏將馬來〔做上馬科云〕哥哥慢慢回去〔正末唱〕則你那疋馬屹蹬蹬的踐路途我獨自個氣丕丕歸庄院〔老千戶云〕俺哥哥你還健着哩〔正末唱〕我可便強健殺者波活的到明年後年〔老千戶云〕待我到那裏便來取哥哥〔正末唱〕你待要重相見面皮難〔帶云〕兄弟〔唱〕喒兩個再團圓可兀的路兒遠〔下〕

〔老千戶云〕俺哥哥回去了也則今日領着家小便往夾山口子鎮守去來〔詩云〕我如今把守去夾山寨口打點着老精神時常抖擻料番兵無一個擅敢窺邊只管裏一家兒絮叨叨勸咱不要吃酒〔下〕

〔音釋〕錢音賤　略音澇　鏢邦妙切　峪于句切　豌烏官切　鶻音斛　厖音忙　纏去聲　躚音仙　行音杭

第二折

〔老千戶同老旦上云〕歡來不似今朝喜來那逢今日自從到的這夾山口子呵無甚事正好吃酒我着人去請金住馬哥哥到來誰想他已亡化過了也今日八月十五日是中秋節令夫人着下次孩兒每安排酒來我和夫人玩月暢飲幾盃〔動樂科〕〔雜當報云〕老相公禍事也失了夾山口子也〔老千戶慌科〕〔老旦云〕老相公我說道你少吃幾鍾酒如今怎麼好〔老千戶云〕既然這般如今怎了左右將披挂來我趕賊兵去〔下〕〔外扮經歷上云〕小官完顏女直人氏自祖父以來世握

軍權鎮守邊境爭奈遼兵不時侵擾俺祖父累累與他厮殺結成大怨他倒罵俺女直人野奴無姓祖父因此遂改其名分爲七姓乾坤宮商角徵羽乾道那驢姓劉坤道穩的罕姓張宮音傲國氏姓周商音完顏氏姓王角音撲父氏姓李徵音夾谷氏姓佟羽音失米氏姓肖除此七姓之外有抓包包五骨倫等各以小名爲姓自前祖父本名竹里真是女真回回祿真後來收其小界總成大功還此中都改爲七處想俺祖父捨死忘生赤心報國今日子孫承襲也非是容易得來的〔詩云〕祖父艱辛立業成子孫世世襲簪纓一心只願烽塵息保佐皇朝享太平某乃元帥府經歷是也如今有這把守夾山口子老完顏每日戀酒貪杯透漏賊兵失誤軍期非是小目罪犯三遍將文書勾去倒將去的人累次毆打他倚仗是元帥的叔父相公甚是煩惱今番又着人勾去不來時直着幾個關西曳剌將元帥府印信文書勾去也不怕他不來左右你可說與勾事的人小心在意疾去早回待老完顏到時報復某家知道〔下〕〔老千戶領左右上云〕只因八月十五夜失了夾山口子第二日我馬上許多頭目復殺了一陣將擄去的人口牛羊馬匹都奪回來了那頭目每與我賀喜再吃酒〔又吃科〕〔老旦云〕小的每安排酒來與老相公把個勞困盞兒〔淨扮勾事人上〕〔見科云〕元帥有勾〔老千戶喝云〕兀那厮你是什麼人〔勾事人云〕元帥將令差我勾你來〔老千戶云〕我是元帥的叔父你怎麼敢來勾我左右拿下去打着者〔左右打科〕〔勾事人詩云〕老完顏見事不深元帥令敢不遵欽我來勾你你倒打我我入你老婆的心〔下〕〔淨扮勾事人上云〕老千戶有勾〔老千戶喝云〕兀那厮是什麼人〔勾事人云〕元帥將令差我勾你來〔老千戶云〕陡只我是元帥的叔父你怎麼敢來勾我左右與我搶出去〔左右打科〕〔勾事人詩云〕老完顏做事忒不才倒着我濕肉伴乾柴我今來勾你你不去看後頭自有狠的來〔下〕〔外扮曳剌上云〕洒家是個關西曳剌

奉元帥的將令有老完顏失誤了夾山口子差人勾去勾不來差我勾去可早來到也〔做見科云〕
老千戶元帥將令差人來勾你你怎麼不去〔做拿鐵索套上科詩云〕老完顏心麄膽大元帥令公
然不怕我這裏不和你折證到元帥府慢慢的說話〔老千戶云〕老夫人這事不中了也如今元帥
府裏勾將我去我偌大年紀那裏受的這般苦楚老夫人與我盪一壺熱酒趕的來〔下〕〔老旦云〕
似這般怎生是好我直到元帥府裏望老相公走一遭去〔下〕〔正末引經歷祗候排衙上正末唱〕
〔雙調新水令〕賀平安報偌可便似春雷你把那明丟丟劍鋒與我
準備他誤了限次失了軍期差幾個曳剌勾追〔云〕經歷你去問鎮守夾山口
子的〔唱〕兀那老提控到來也未
〔曳剌鎖老千戶上云〕行動些〔老千戶云〕有什麼事我是元帥的叔父怕怎麼〔曳剌見經歷云〕
把夾山口子的老完顏勾將來了也〔正末云〕勾到了麼拿過來〔經歷云〕拿過來者〔正末云〕開
了他的鐵鎖摘了他那牌子〔老千戶做不跪科〕〔正末云〕好無禮也呵〔唱〕
〔沉醉東風〕只見他氣丕丕的庭階下立地不由我不惡噷噷心下
猜疑〔帶云〕我歹殺者波〔唱〕我是奉着帝主宣掌着兀戎職可怎生全沒
些大小尊卑〔帶云〕你是我所屬的官呵〔唱〕還待要詐耳佯聾做不知到根
前不下個跪膝
〔云〕你今日犯下正條劃的罪來兀自這般崛強哩經歷你問他為什麼不跪他若是不跪呵安排
下大棒子先摧折他兩臁骨者〔經歷云〕理會的〔老千戶云〕經歷我是他的叔父那裏取這個道
理來要我跪着他〔經歷云〕相公的言語道你不跪着呵大棒子先敲折你兩臁骨哩〔老千戶云〕

我跪着便了則着你折殺他也〔正末云〕經歷着他點紙畫字者〔經歷云〕老完顏着你點紙畫字哩〔老千戶云〕經歷我那裏省得點紙畫字〔經歷云〕這紙上點一點着你吃一鍾酒〔老千戶云〕我點一點兒呵吃一鍾酒將來將來我直點到晚〔經歷云〕你畫一個字者〔老千戶云〕畫字了〔經歷云〕老完顏點了紙畫了字也〔正末云〕經歷你高高的讀那狀子着他聽〔經歷讀云〕責狀人完顏阿可阿可見年六十歲無病疾係京都路忽里打海世襲民安下女直人氏承應勞校見統領征南行樞密院先鋒都統領勾當近蒙行院相公差遣統領本官軍馬把守夾山口子防禦賊兵自合常常整搠戈甲隄備戰敵却不合八月十五晚以帶酒致彼有失透漏賊兵過界打破夾山口子擄掠人民婦女牛羊馬匹今蒙行院相公勾追自合依准前來却不合抗拒不行赴院故違將令又將差去公人數次拷打今具阿可合得罪犯隨供招狀如蒙依軍令施行執結是實伏取鈞旨一主把邊將聞將令而不赴者處死一主把邊將帶酒不時操練三軍者處死一主把邊將透漏賊兵不迎敵者處死秋八月某日完顏阿可狀〔老千戶云〕這等我該死了〔做哭科〕〔正末唱〕

〔攪箏琶〕咱須是關親意也索要顧兵機官裏着你戶列簪纓着你門排畫戟可怎生不交戰不迎敵喫的個醉如泥情知你便是快行兵的姜太公齊管仲越范蠡漢張良可也管着些甚的枉了你哭哭啼啼

〔云〕經歷將他那狀子來〔經歷云〕有〔正末云〕判個斬字推出去斬訖報來〔經歷云〕理會的左右那裏推出老完顏斬了者〔做綁出科〕〔老千戶云〕天那如今要殺壞了我哩怎的老夫人來與我告一告兒〔老旦慌上云〕哥哥每且住一住我是元帥的親嬸子待我過去告一告兒〔做見正

末跪叫科〕〔正末云〕嬸子請起〔老旦云〕元帥國家正廳上不是老身來處想你叔叔帶了素金牌子因貪酒失了夾山口子透漏賊兵擄掠人民元帥見罪待要殺壞了想着元帥自小裏父母雙亡俺兩口兒擡舉的你長立成人做偌大官位俺兩口兒雖不曾十月懷躭也曾三年乳哺也曾煨乾就濕嚥苦吐甘可怎生免他項上一刀看老身面皮只用杖子裏戒飭他後來可不好也〔正末云〕你那知道那男子漢在外所行的勾當〔唱〕

〔胡十八〕他則待殢酒食可便戀聲妓他那裏肯道把隘口退強賊每日則是吹笛擂鼓做筵席〔老旦云〕你叔叔老了也〔正末云〕你道叔叔老了他多大年紀也〔老旦云〕他六十歲了〔正末唱〕他恰纔便六十〔云〕姜太公八十歲遇文王戊午日兵臨孟水甲子日血浸朝歌扶立周朝八百年天下〔唱〕他比那伐紂的姜太公尚兀自還少他二十歲

〔云〕嬸子請起這個是軍情事饒不的〔老旦出門科云〕老相公他斷然不肯饒怎生好那〔老千戶云〕老夫人請將茶茶小姐來着他去勸一勸可不好〔旦上云〕叔叔嬸子怎生這般煩惱呀〔老旦云〕茶茶爲你叔叔帶酒失了夾山口子元帥待要殺壞了你叔叔你怎生過去勸一勸兒可也好〔旦云〕叔叔嬸子我過去說的呵你休歡喜說不的呵你休煩惱〔旦見正末科〕〔正末怒云〕茶茶你來這裏有什麼勾當那〔旦云〕這是訟廳上不是茶茶來處只想你幼年間父母雙亡多虧了叔叔嬸子擡舉你長成做着偌大的官位你待要殺壞了叔叔你好下的怎生看着茶茶的面饒了叔叔可也好〔正末云〕茶茶這三重門裏是你婦人家管的誰慣的你這般麄心大膽哩〔唱〕

〔慶宣和〕則這斷事處誰教你可便來這裏這訟廳上可便使不着

你那家有賢妻〔云〕着他那屬官每便道叔叔犯下罪過來可着媳婦兒來說〔唱〕你這個關節兒常好道來的疾〔云〕茶茶你若不同去呵〔唱〕可都枉擘破咱這面皮面皮

〔云〕快出去〔旦云〕我同去則便了也〔做出門見老千戶云〕元帥斷然不肯饒你可不道法正天須順你甚的官清民自安我可什麼妻賢夫禍少呸也做不得子孝父心寬〔下〕〔老旦云〕似這般如之奈何〔老千戶云〕經歷相公你眾官人每告一告兒可不好〔經歷云〕且留人者〔眾官跪科〕〔正末云〕你這眾屬官每做甚麼〔經歷云〕相公罰不擇骨肉賞不避仇讐小官每怎敢唐突但老完顏倚恃年高耽酒誤事透漏賊兵打破夾山口子其罪非輕相公幼亡父母叔父撫育成人此恩亦重據小官每愚見以為老完顏若遂明正典刑雖足見相公執法無私然而于國盡忠于家不能盡孝賢者或不然矣〔詩云〕告相公心中暗約將法度也須斟酌小官每豈敢自專望從容尊鑑不錯〔正末唱〕

〔步步嬌〕則你這大小屬官都在這廳堦下跪暢好是一個個無廉恥他是叔父我是姪道底來火須不熱如灰你是必再休提〔云〕他是我的親人犯下這般正條款的罪過來我尚然殺壞了你每若有些兒差錯呵〔唱〕你可便先看取他這個傍州例

〔云〕你每起去饒不的〔經歷出門科云〕相公不肯饒哩〔老千戶云〕似這般怎了也〔經歷云〕老完顏你既八月十五日失了夾山口子怎生不追他去〔老千戶云〕我十六日上馬趕殺了一陣人口牛羊馬匹我都奪將回來了〔經歷云〕既是這等你何不早說〔見正末云〕相公老完顏纔說他

十六日上馬復殺了一陣將人口牛羊馬匹都奪將回來了做的個將功折罪〔正末云〕既然他復殺了一陣奪的人口牛羊馬匹回來了這等呵將功折過饒了他項上一刀改過狀子杖一百者〔經歷云〕理會的〔讀狀云〕 責狀人完顏阿可見年六十歲無疾病係京都路忽里打海世襲民安下女直氏見統征南行樞密院事先鋒都統領勾當近蒙差遣把守夾山口子自合謹守整搠軍士却不合八月十五日晚失於隄備透漏賊兵過界侵擄人口牛羊馬匹若干就于本月十六日阿可親率軍士挺身赴敵效力建功復奪人口牛羊馬匹于所侵之地殺退賊兵得勝回還本合將功折過但阿可不合帶酒拒院不依前來應得罪犯隨狀招伏如蒙准乞執結是實伏取鈞旨完顏阿可狀〔正末云〕准狀杖一百者〔經歷云〕老完顏元帥將令免了你死罪則杖一百〔老千戶云〕雖免了我死罪打了一百我也是個死的相公且住一住兒着誰救我這姓命也老夫人咱家裏有個都管喚做狗兒如今他在這裏央及他勸一勸兒〔做叫科〕〔淨扮狗兒上云〕自家狗兒的便是伏侍着這行院相公好生的愛我若沒我呵他也不吃茶飯若見了我呵他便懽喜了不問什麼勾當但憑狗兒說的便罷了正在竈窩裏燒火不知是誰喚我〔老千戶云〕狗兒我喚你來〔做跪科云〕我央及你咱〔狗兒云〕我道是誰元來是叔叔休拜請起〔做跌倒科云〕直當撲了臉叔叔你有什麼勾當〔老千戶云〕狗兒元帥要打我一百哩可憐見替我過去說一聲兒〔狗兒云〕叔叔你放心投到你說呵我昨日晚夕話頭兒去了也〔老千戶云〕如今你過去告一告兒〔狗兒云〕叔叔放心都在我身上〔見正末科〕〔正末云〕你來做什麼〔狗兒云〕我無事可也不來想着叔叔他一時帶酒失誤了軍情你要打他一百他不疼便好可不道大能掩小海納百川看着狗兒面皮休打他若打了他呵我就惱也饒了他罷〔正末唱〕

〔沽美酒〕則見他㒒憋憋的做樣勢笑吟吟的強支對他那裏口口聲聲道是饒過只我這裏尋思了一會這公事豈容易

〔太平令〕我將他幾番家叱退他苦央及兩次三回則管裏指官畫吏不住的叫天吖地〔帶云〕狗兒〔唱〕你可向這裏問你莫不待替吃〔狗兒云〕我替吃我替吃〔正末云〕你替吃令人你安排下大棒子者〔唱〕我先拷的你拷的你腰截粉碎

〔云〕令人拿下去打四十〔做打科〕〔正末云〕打了搶出去〔狗兒跌出科〕〔老千戶云〕狗兒說的如何〔狗兒云〕我的話頭兒過去了也〔老千戶云〕你再過去勸一勸〔狗兒云〕他叫我明日來〔老千戶推科云〕你再過去走一遭〔見科〕〔正末云〕你又來做什麼〔狗兒云〕我來吃第二頓相公叔叔老人家了也看着你小時節他怎麼擡舉你來叔叔便罷了那嬸子抱着你睡你從小裏快屎常是澆他一肚子看着嬸子的面皮饒了他罷〔正末云〕你待替吃麼〔狗兒云〕我替吃我替吃〔正末云〕再打二十〔做打科〕〔正末云〕搶出去〔狗兒跌出科〕〔老千戶云〕狗兒你說的如何〔狗兒捧屁股科云〕我這遭過去不得了也〔老千戶再推科〕〔狗兒云〕相公〔正末云〕拿下去〔狗兒慌科云〕可憐見我狗兒再吃不得了也〔正末云〕將銅鍘來切了你那驢頭〔狗兒跌出科〕〔老千戶云〕你再過去勸一勸〔狗兒云〕老弟子孩兒你自掙揣去〔下〕〔正末云〕拿過來者替吃了多少也〔經歷云〕替吃了六十也〔正末云〕打四十者〔做打科正末唱〕

〔鴈兒落〕你暢好是腕頭有氣力我身上無些意可不道廚中有熱人我共他心下無讐氣

〔得勝令〕打的來一棍子一刀錐一下起一層皮他去那血泊裏難禁忍則着俺校椅上怎坐實他失誤了軍期難道他沒罪誰擔罪〔云〕打了多少也〔經歷云〕打了三十也〔正末唱〕纔打到三十赤瓦不剌海你也忒官不威牙爪威

〔云〕再打者經歷云斷訖也扶出去〔老千戶云〕老夫人打殺我也誰想他不可憐見我打了這一頓我也無那活的人也〔老旦哭云〕老相公我說什麼來我着你少吃一鍾兒酒〔老千戶云〕老夫人打了我這一頓我也無那活的人了也老夫人有熱酒篩一鍾兒我吃〔下〕〔正末云〕經歷到來日牽羊擔酒與叔父煖痛去〔唱〕

〔鴛鴦煞〕你則合眠霜臥雪驅兵隊披星帶月排戈戟你也曾對咱盟咒再不貪杯唱道索記前言休貽後悔誰着你旦暮朝夕嘗吃的來醺醺醉到今日待怨他誰這都是你那戀酒迷歌上落得的〔衆隨下〕

〔音釋〕徵音止　佟音同　剌音辣　嗽音去聲　職張恥切　膝婁擠切　劃音畫　戟巾以切　敵丁梨切　的音底　礴音膩　食繩知切　賊則平聲　笛丁梨切　席星西切　十繩知切　疾精妻切　約音杳　酌音沼　從音匆　錯音草　姪征移切　嚼音炒　撇邦也切　力音利　禁平聲　實繩知切　夕星西切　得當美切

第四折

〔老千戶同老旦上云〕誰想山壽馬做了元帥則道怎生樣看覷我誰想道着他打了一百老夫人

閉了門者不問誰來只不要開門〔老旦云〕老相公打壞了也我關上這門者我如今閉門家裏坐還怕甚禍從天上來〔正末引旦經歷祗從上云〕經歷今日同夫人牽羊擔酒與叔叔煖痛去來〔經歷云〕理會的〔正末云〕可早來到叔叔門首怎麼閉着門在這裏令人與我叫開門來〔祗從做叫門科〕〔正末唱〕

〔正宮端正好〕則爲他誤軍期遭殘害依國法斷的明白尋思來這期親尊長多妨礙俺今日謝罪也在宅門外

〔滾繡毬〕疾去波到第宅休道是鎮南邊統軍元帥則說是親眷家將羊酒安排休道遲莫見責省可裏便大驚小怪將宅門疾快忙開報與俺那老提控叔叔先知道則說我姪兒山壽馬和茶茶煖痛來莫得疑猜

〔云〕怎麼叫了這一會還不開門經歷你與我叫門去〔經歷云〕理會的〔做叫門科云〕老完顏你開門來俺有說的話〔老千戶云〕我不開門〔經歷云〕你真個不開門〔老千戶云〕我不開〔經歷云〕你那舊狀子不曾改還要問你罪哩〔老千戶云〕你要問我的罪再打上一百罷了我死也只不開門隨你便怎麼樣來〔經歷云〕相公老完顏只不開門怎生是好〔正末唱〕

〔伴讀書〕他道你結下的寃讐大傷了他舊叔姪美情懷一任你昨日的供招依然在休想他低頭做小心腸改便死也只吃杯兒淡酒何傷害到底個不伏燒埋

〔云〕茶茶你叫門去〔旦做叫門科云〕叔叔嬸子我茶茶在門外你開門來開門來〔老旦云〕想茶

茶昨日也曾爲你告來是那山壽馬姪兒執性不肯饒你看茶茶面上開了門罷〔老千戶云〕他既然今日到我家來昨日便爲我再告一告兒不得譬如我已打死了只不要開門〔正末唱〕

〔笑和尚〕他問我今日個一家兒爲甚來昨日個打我的可是該也那不該把臉皮都撇在青霄外從今後拚着個貪杯的老不才謝了個賢慧那女裙釵休休休休想他便降階的忙迎待

〔云〕待我自家去叔叔你姪兒山壽馬自在這裏你開門來〔老旦云〕既然元帥親身到此須索開門請他進來者〔做開門〕〔正末同旦經歷跪科云〕這是姪兒不是了也〔老千戶云〕你昨日打我這一頓虧你有甚麼面皮又來見我〔正末云〕叔叔這不干你姪兒事〔老旦云〕你叔叔偌大年紀你打他這一頓兀的不打殺了也〔正末唱〕

〔川撥棹〕你得要鬧咳咳鬧咳咳使性窄我須是奉着官差法令應該豈不知你年華老邁故意的打你這一百

〔老千戶云〕我老人家被你打了這一頓還說不干你事倒干我事〔正末唱〕

七弟兄你也不索左猜右猜既帶了這素金牌則合一心兒鎮守着夾山寨誰着你賞中秋翫月暢開懷敢前生少欠他幾盞黃湯債

〔梅花酒〕呀這一場事不諧又不是相府中台御史西臺打的你肉綻也那皮開你心下自裁劃招狀上沒些歪打你的請過來將牌面快疾擡老官人覷明白

〔老千戶云〕依你說是誰打我這一百來〔正末唱〕

〔收江南〕呀這的是便宜行事的那虎頭牌〔老千戶云〕元來是軍令上該打我來〔正末唱〕打的你哭啼啼濕肉伴乾柴也是你老官人合受血光災休道是做姪兒的忒歹早忘了你和俺爺爺妳妳是一胞胎〔云〕茶茶快與我殺羊盪酒來與叔叔煖痛者〔唱〕

〔尾煞〕將那煖痛的酒快釃將那配酒的羔快宰儘叔父再放出往日沉酣態只留得你潦倒餘生便是大古裏啋

〔老千戶云〕既是這般呵我也不記讐恨了只是吃酒〔老旦云〕你也記的打時節這般苦惱少吃些兒罷〔正末云〕非是我全不念叔姪恩情也只爲虎頭牌法度非輕今日個將斷案從頭說破方知道忠和孝元自相成

〔音釋〕白巴埋切　宅池齋切　責齋上聲　咳音孩　窄齋上聲　百音擺　劃胡乖切　釃音篩　潦音老

題目　樞院相公大斷案

正名　便宜行事虎頭牌

便宜行事虎頭牌雜劇

冰雪堂張儀用智
傚項容筆

凍蘇秦衣錦還鄉
珍倣宋版印

凍蘇秦衣錦還鄉雜劇

元　　　撰

明吳興臧晉叔校

楔子

〔冲末扮孛老同搽旦卜兒淨蘇大大旦二旦上〕〔孛老云〕錢會說話米會搖擺無米無錢失光落彩老漢蘇大公的便是我在這蘇家莊居住嫡親的六口兒家屬婆婆李氏有兩箇孩兒大的孩兒是蘇梨第二的孩兒是蘇秦有兩房媳婦兒那蘇秦孩兒不肯做莊農人家生活逐朝每日則是要讀書寫字他拜義了箇哥哥姓張名儀他兩個同堂學業轉筆抄書他如今待要上朝進取功名去蘇梨喚你兩個兄弟出來〔蘇大云〕兩個兄弟父親呼喚〔正末扮蘇秦同張儀上〕〔正末詩云〕三尺龍泉萬卷書老天生我竟何如山東宰相山西將彼丈夫兮我丈夫小生姓蘇名秦字季子這位哥哥是張儀幼年間父母雙亡流落在我蘇家莊上和俺兩箇自幼讀書學成滿腹文章爭奈功名未遂如今七國紛爭正當招賢之際小生待要進取功名去不知張儀哥哥你意下如何〔張儀云〕兄弟說的是喒兩個到於草堂辭別了父母便索長行也〔見蘇大科〕〔蘇大云〕兩個兄弟您來了也等我報復去〔見孛老科〕〔云〕父親兩個兄弟來了也〔孛老云〕着他過來〔蘇大云〕兩個兄弟您見父親去〔正末同張儀見孛老科〕〔云〕父親母親拜揖〔孛老云〕孩兒免禮〔張儀云〕父親呼喚兩個有何分付〔正末云〕父親母親如今七國爭雄都下招賢之榜您孩兒稟過父親母親待和哥哥同去應舉那時節若得一官半職回來改換家門可不好那〔孛老云〕張儀蘇秦你兩個近前來孩兒也俺是莊農人家一了說若要富土裏做若要饒土裏刨依着我你兩個休去則不如做莊農的

好〔卜兒云〕老的也既然他兩箇要去等他自措盤纏求官去來省的在我耳朵根邊終日子曰子曰伊哩烏蘆的這般鬧炒倒也淨辦〔孛老云〕婆婆你也說的是便好道心去意難留留下結冤讎您既然要去您兩箇早些去罷〔正末同張儀做拜科〕〔正末云〕父親母親您孩兒若得了官呵父親是老評事母親便是老夫人哥哥便是大官人嫂嫂便是大夫人我媳婦便是夫人縣君也〔蘇大云〕兄弟既今日誇了大口俺一家兒都指望着你哩〔孛老云〕我記着你若得了官呵我便是老評事你母親是老夫人哥哥是大官人嫂嫂是大夫人你媳婦兒是夫人縣君你可着志者〔正末云〕父親您孩兒留下四句詩表我志氣咱〔詩云〕三寸舌爲安國劍五言詩作上天梯青雲有路終須到金榜無名誓不歸父親母親您則放心也〔唱〕

〔仙呂賞花時〕憑着我七尺身軀八斗才那怕他十謁朱門九不開休想我白首困塵埃憑着這兵書也那戰策〔孛老云〕孩兒我則記着金榜無名誓不歸〔正末云〕父親母親您放心也〔唱〕我直着奪得一箇可兀的錦標來〔下〕

〔張儀云〕收拾琴劍書箱上朝進取功名走一遭去也〔下〕〔孛老云〕蘇大你兩箇兒弟去了也

〔蘇大云〕都去了也〔孛老詩云〕眼觀旌節旗耳聽好消息〔同下〕

〔音釋〕鉋音袍　策欽上聲

第一折

〔外扮王長者領家童上〕〔王長者詩云〕箱內綾羅庫內珍盈倉米麥廣收屯詩酒笙歌叢裏過在城幾箇富豪民小生姓王名真字彥實乃弘農人也幼習儒業頗識詩書後從商賈專趨什一家中

頗有資財郭外多增田土只因平生忠厚敬老憐貧人口順都稱我做王長者近來有一秀才姓蘇名秦此人博古知今真乃將相之器奈時運未遂在此店肆中安下我着人去請他來共話聽其談吐少開茅塞家童門首覷者這早晚蘇先生敢待來也（家童云）理會的（正末上云）小生蘇秦是也自離了家中來到這秦國界上弘農縣店肆中安下染了一場天行證候不能進身張儀哥哥等不的我他先上朝取應去了這裏有一人乃是王長者數遍家着人來請小生今日無甚事須索相訪走一遭去也呵（唱）

〔仙呂點絳唇〕我又不會下賤營生特的來上朝取應離鄉井感的這時氣天行早是我身躭病

〔混江龍〕俺把那指尖兒掐定整整的二十年窗下學窮經苦了我也青燈黃卷悞了我也白馬紅纓本待做大鵬鳥高摶九萬里却被這惡西風先摧折了六稍翎端的是雲霄有路難僥倖把我在紅塵中埋沒幾能勾青史上標名

（云）可早來到也（見家童科云）敢問哥哥長者在家麼（家童云）俺員外在（正末云）報復去道有蘇秦在於門首（家童云）老員外有蘇秦在於門首（王長者云）道有請（家童云）請進（做見科）（王長者云）久聞先生大名如雷貫耳今日幸遇尊顏實乃小生萬幸（正末云）量小生有何德能敢勞長者如此用心也（王長者云）敢問先生仙鄉何處因何至此（正末云）小生洛陽人氏（王長者云）久聞先生學成滿腹文章只合早早立身顯姓秉政臨民却還在此布衣之中不圖進取當是爲何（正末云）長者不知聽小生慢慢的說一遍咱（唱）

〔油葫蘆〕難道我不想功名只這等〔王長者云〕先生莫非是盤纏缺少麼〔正末
唱〕但得個有盤纏便進程〔王長者云〕先生若肯屈節於人必有進步之日〔正末唱〕
我可也心高氣傲惹人憎因此上空囊那討一文剩只落的孤身乾
受十分冷〔王長者云〕時值嚴冬天道雪花初霽風力猶嚴先生你身上敢單寒麼〔正末唱〕
昨日個風又起今日箇雪乍晴則我這領破藍衫剛有那一條囫圇
領那夜裏不長嘆到二三更
〔王長者云〕可傷可傷我看先生必有崢嶸之日爭奈時間寂寞目下孤寒居於旅店之中困在塵
埃之內悶眠坐榻備對寒燈不知連宵風雪先生也會飲酒來麼〔正末唱〕
〔天下樂〕可正是酒冷燈昏夢不成則我那通也波廳通廳土坑冷
兀的不着我翻來覆去直到明且休說冰斷我肚腸爭些兒凍出我
眼睛〔王長者云〕如此般寂寞先生你怎捱的這等寒苦也〔正末云〕着長者便道恁的箇蘇秦〔
唱〕哎我可什麼畫堂春自生
〔王長者云〕在下聊備一杯淡酒與先生盪寒家童擡上果桌來者〔家童云〕理會的〔擡果桌上
云〕老員外果桌在此〔王長者云〕將酒來〔家童云〕酒到〔王長者把盞科云〕斟的滿者先生請
飲一杯〔正末云〕長者先請〔王長者云〕先生請〔正末飲科〕〔王長者云〕久聞先生胸藏蓋世文
章腹隱安邦妙策我想太公未遇持釣於渭水之濱伍相含冤吹簫在丹陽之縣後來興師伐紂萬
萬載書史留名報恨强吳千千古丹青畫像據先生甘貧守困待勢乘時所謂蛟龍得雲雨終非池
中之物且請開懷飲酒者〔詩云〕文章錦繡滿胸懷知是天生冠世才任使無心求富貴終須富貴

逼人來〔正末唱〕

〔元和令〕你道我滿胸中文學精又道我有才華會施逞可不道黃河有日也澄清偏則是我五星直恁般時乖運蹇不通亨覷功名如畫餅

〔云〕長者如今街市上有等小民他道俺秀才每窮酸餓醋幾時能勾發跡〔唱〕

〔上馬嬌〕那一個不把我欺不把我淩這都是冷暖世人情直待將牙爪安排定驚方知道畫虎恁時成

〔王長者云〕肉眼愚民不識高賢正所謂燕雀豈知鴻鵠之志無足怪也〔正末唱〕

〔後庭花〕他他他滄海將升斗傾泰山將等秤稱鰲魚向池中養鳳凰在籠內盛我如今眼睜睜捱盡了十分蹭蹬待要去做莊農又怕悞了九經做經商又沒箇本領往前去賺入坑往後來褪入井兩下裏怎據憑折磨俺過一生

〔王長者云〕據先生懷才抱德闊論高談未膺玉帛之求且度虀鹽之況終有日時運亨通封侯拜相揚名六國垂譽千秋此乃有志者事竟成大丈夫之所爲也先生〔詩云〕你如今運不來兮命不通寒窗經史用多功有朝身掛黃金印方表男兒志氣雄〔正末云〕長者〔唱〕

〔青哥兒〕也是我那前程前程不定百忙裏揣摩揣摩蹤影還說甚有志的從來事竟成〔王長者云〕先生我想這先貧後富的古人有伊尹躬耕傅說版築馮驩彈鋏甯戚飯牛孫臏刖足百里奚賣身古人尚然如此先生必遂其願也〔正末唱〕想當初伊

尹在莘野躬耕傅說版築勞形馮驩彈鋏知名甯戚扣角歌聲孫臏足趾遭刑百里奚陪嫁秦庭這都自古豪英個個白衣公卿蘇秦也是書生偏我半生飄零一世不得崢嶸都則爲命兒裏注定在前生

(帶云)長者(唱) 我待和誰爭競

(王長者云)見今六國選用賢良先生仗胸中虎略憑腹內龍韜但若投於一國必然名揚天下在下無物相贈有春衣一套鞍馬一副白銀兩錠與先生權爲路費望乞笑納(正末云)長者小生久困窮途過蒙厚贈日後倘能發跡必當重報(王長者云)先生何出此言豈不聞寶劍賣與烈士紅粉贈與佳人以先生之才怕不進取功名易如拾芥但恐禮物微鮮不足供長途之費耳(正末唱)

(賺煞尾)打滅了腹中饑掙閫了身邊冷謝長者將咱厚贈免的我流落窮途涕淚零只今日便索長行看鯫生黃榜高登博一個千萬人中第一名(王長者云)先生此一去則要你着志者(正末唱) 我將這星辰再整乾坤來扶定(王長者云)先生此一去投於何處(正末云)小生往那裏去的是(唱) 我只索去那虎狼叢裏覓前程(下)

(王長者云)蘇先生去了也據此人貫世文才必然顯名天下家童快些安排酒殽待我追至十里長亭與蘇先生餞行走一遭去來(下)

(音釋)屯音豚 躭音擔 掐音恰 僥音交 剩音盛 囫音忽 圇音倫 崢音橙 嶸音橫 盪湯去聲 蹭妻鄧切 蹬音鄧 賺音湛 褪吞去聲 鋏音結 刖音月 競其硬切 閫齊上聲 鯫音鄒 叢音從 覓音密 餞音踐

第二折

〔孛老同卜兒領大旦二旦上〕〔孛老云〕老漢蘇大公的便是自從蘇秦孩兒和他那哥哥張儀求官去了許多時光景音信皆無也不知他流落在那裏時遇暮冬天氣風又大雪又緊十分寒冷大的個孩兒他撇和頭口兒去了媳婦兒你鏇鍋兒裏盪下些熱湯等蘇大來家吃咱〔大旦云〕理會的〔正末上云〕小生蘇秦是也自從王長者齎發了我銀兩盤費鞍馬不想凍天行病證又發盤纏又使的無了可着我往那裏去的是我則索去家中望父親母親走一遭去也呵〔唱〕

〔正宮端正好〕嘆書生我這裏便嘆書生可兀的身無濟那裏也麽子封妻則俺那一般兒求仕的諸相識他每都閃賺的我難回避

〔滾繡毬〕想着我去家來望發跡定道是上青雲可指日又誰知遇天行染了這場兒病疾險些兒連性命也不得回歸我蘇秦也年紀呵近三十歲文學呵又不是沒得可怎生不能圖個榮貴却教我滿頭家風雪淒淒看別人崢嶸黃閣三公位偏則我依舊紅塵一布衣怎不傷悲

〔倘秀才〕我空走些千山萬水不得個一官也那半職〔帶云〕蘇秦也你不得官呵休說那般大言波〔唱〕你再休說金榜無名誓不歸我若見俺那高年父和俺那大賢妻〔帶云〕蘇秦你得官來麽〔唱〕不俫你着我說一個甚的

〔云〕我來到家門也我待要過去來父親母親道蘇秦你得官來麽可着我說甚的是我待要不過去來風又大雪又緊身上無衣肚裏無食可着我往那裏去的是〔唱〕

〔伴讀書〕我待去來終久則是他苗裔待不去來便怎肯忘了恩義想着我那父母情腸別不得可知俺三從四德妻賢慧却不道相隨百步有這徘徊意俺爺娘便怎肯出醜的這揚疾

〔笑歌賞〕我待去來你覷我衣衫襤襤縷縷不整齊待不去來則這裏匆匆匆風共雪相摧逼去不去三兩次自猜疑我我我突磨到多半晌走到他跟底呀呀呀可怎生無一箇採我的來來來我將這羞臉兒且揣在懷兒內

〔云〕事已到此無如之奈且自過去咱〔見科云〕父親您孩兒回來了也〔拜科〕〔孛老轉身科〕〔正末云〕母親您孩兒回來了也〔做拜科〕〔卜兒轉身科〕〔正末云〕 父親母親都不理我則望着中間裏拜咱〔做拜科〕 〔孛老與卜兒同轉身撞臉科〕〔正末云〕二嫂我來家了也〔二旦做織機科〕〔正末云〕可怎生都不言語那〔唱〕

〔滾繡毬〕這壁廂拜了一會那壁廂問了一日可怎生無一箇將咱支對則您這一家兒端的是嫌誰〔孛老云〕 嫌你嫌你你可怎麼不做官來 〔正末唱〕俺爹娘他須是老背悔〔二旦云〕蘇秦你得了官來那箇嫌你〔正末唱〕妻也你也好忒下的〔大旦云〕蘇秦你選場中及第也不曾〔正末唱〕 你問我選場中及第來不曾及第你不看見我馬頭前列兩行家朱衣〔孛老云〕 蘇秦我問你你當日不做莊農生活則去讀書要做官你跟的張儀去了許多時光景你如今得了箇甚麼官來 〔正末唱〕我恰纔入門來休問榮枯事可不道觀着容顏兀的便得知〔帶

云〕我這官職呵〔唱〕大古裏是箱兒裏盛只
〔孛老云〕蘇秦你將官來與我們看一看也好〔正末云〕父親母親您孩兒不曾得官〔孛老云〕你
去時節誇盡大言你說道金榜無名誓不歸你既不曾為官你來家做甚麼〔正末云〕您孩兒得了
一場凍天行病症張儀哥哥等不的我先上朝取應去了您孩兒回到家中望父母來〔孛老云〕噤
聲怕猫拖了我你官也不曾得做今日這般窮身潑命的你來俺家裏做甚麼你快離了我這門再
踏着我這門呵我決打三百黃桑棒你出去你出去〔正末云〕您孩兒出去則便了也母親勸一
勸兒波〔卜兒云〕老的也看我的面皮着孩兒在家中住到來春再着孩兒應舉去做一個官回來
罷〔孛老云〕你靠後省的什麼〔大旦云〕公公依着婆婆的說話着叔叔過了冬呵來春再取應去
〔孛老云〕你婆婆勸我尚然不聽小孩兒家那裏有你說處靠後〔正末見大旦科云〕嫂嫂我腹中
饑餒身上單寒做些兒熱茶飯與我吃咱〔大旦云〕我有什麼茶飯在那裏〔正末見二旦科云〕二
嫂你有茶飯與我吃些兒去呵〔二旦云〕蘇秦你問我要茶飯吃你是為官的人吃堂食飲御酒你
怎吃的這麄茶淡飯休道是沒有便有那茶飯呵你也吃不的哩〔正末唱〕
〔朝天子〕嗨這婆娘的見識所為〔帶云〕蘇秦也今日回來做妻子的也來譏誚着
〔唱〕他怕道冷茶飯傷脾胃〔二旦云〕蘇秦你這一去怕不得了官也〔正末唱〕你常
好是立兒不覺坐兒饑枉使會拖刀計〔二旦云〕你當初去時則要做官到今日
官在那裏〔正末唱〕你問我官在那裏教我說個甚的可兀的乾受了你
這一肚皮腤臢氣〔二旦云〕休說父母怪你我見了你也害羞哩〔正末唱〕俺嫂嫂也
不為炊妻也不下機哎喲天那我這裏便則落的那幾點兒淒惶淚

〔二旦云〕蘇秦你不得官呵當初說甚麼來〔正末唱〕

〔四邊靜〕我想着那當初一日〔二旦云〕可不道金榜無名誓不歸〔正末云〕蘇秦也你料着不得官呵休說那般大言波〔唱〕你再休說道是金榜無名誓不歸〔二旦云〕你這些時在那裏那〔正末唱〕我在那弘農縣裏〔二旦云〕在那裏做些甚麼〔正末唱〕無靠無依枉受盡多狼狽罷罷罷我男子漢身長七尺寧死也做一個不着家鄉的鬼

〔二旦云〕蘇秦我待不與你些茶飯吃來爭奈俺那夫妻腸肚又過不去待與你些吃來又怕公婆怪我你在這門首躲着我與你些熱茶飯吃咱〔正末做吃飯科〕〔蘇大上云〕甚麼人吃我家的飯哩〔見科〕〔正末云〕哥哥是您兄弟蘇秦來家了也〔蘇大云〕是蘇秦回來了你做了官麼〔正末云〕哥哥您兄弟染了一場凍天行病症不會進取功名去〔蘇大云〕你不會爲官呵着我做甚麼大官人乾着我買了個唐帽在家安了許多時你着我那裏發付虧你不羞你還奪我的飯碗吃快出去快出去〔正末出門科云〕罷罷罷我凍死餓死再不上你門來也〔唱〕

〔煞尾〕盼的是冬殘曉日三陽氣不信我撥盡寒鑪一夜灰我則今番到朝內脫白襴換紫衣兩行公人左右隨一部笙歌出入圍馬兒上響響穩坐的當街裏劬劬恁炒戚親爺親娘我也不認得〔帶云〕蘇秦得了官也着孩兒家裏來〔唱〕那其間我直着你手拍着胸脯恁時節悔〔下〕

〔孛老云〕蘇大你見你兄弟蘇秦來麼〔蘇大云〕蘇秦去了也〔孛老云〕孩兒你好歹也我一時惱怒你就沒一箇勸我一勸的我便一時間把孩兒趕將出去了您也留他一留怕做什麼婆婆你趕

蘇秦孩兒去（卜兒云）老弟子孩兒頭裏我勸你時搶白的我沒是處如今孩兒去了也大風大雪裏可着我趕他着我那裏趕他去（卜兒做出門科云）蘇秦你父親着你家來老弟子孩兒他去的遠了也（孛老云）婆婆孩兒真個去了也婆婆想着你受千辛萬苦怎生擡舉他來他今日撇了俺老兩口兒去了呵（詩云）不由我哭哭啼啼思量起兩淚沾衣且休說懷躭十月只從小偎乾就濕幾口氣擡舉他偌大恰便似燕子銜食今日箇撚他出去呸那裏也孟母三移蘇大趕你兄弟去（蘇大云）理會的（出門叫科云）兄弟你且回家裏來呀他去的遠了也（見科云）父親兄弟去的遠了也（孛老云）哦去的遠了也大的兒你來可不道兄弟如同手足手足斷了再難續你和蘇秦兩個指頭兒般弟兄你怎便忍的看他去了我說與你（詩云）共乳同胞本一身猶如枝葉定連根門戶與衰須並守祖宗田產莫爭分禽逢水食猶相喚豈可人爲資財便沒恩只你那碗剩飯殘羹能值幾呸早忘了脚踏頭稍兄弟親大的個媳婦趕你小叔叔去（大旦云）理會的（出門科云）小叔叔你回家裏來罷呀他去的遠了也（見科云）公公小叔叔去的遠了也（孛老云）哦去的遠了也但凡人家不和皆起于妯娌爭長競短分門各戶都是您這婦人家做出來的做哥哥的要打要罵你只該勸你那丈夫便好你倒走將來火上澆油（大旦云）公公您媳婦兒怎麼敢（孛老云）噤聲（詩云）他弟兄從來不踈況堂上現有公姑做哥哥的很着要打你也去奪了碗大叫高呼逼的他忍饑受冷並不敢半句支吾俺蘇秦也做不的孫二你這做嫂嫂的呸你可甚楊氏女殺狗勸夫小媳婦兒你趕你丈夫去（二旦云）父親你媳婦兒不曾敢留下蘇秦他去的遠了也（孛老云）是真個去的遠了也他每都不曉事你須是他的結髮夫妻你該留他一留媳婦兒你好下的也（詩云）做甚一家骨肉盡生嗔都只爲那不圖家業恨蘇秦雖然堂上公婆親做主你也不合容他

便出門只今強扶雞骨投何地你敢巧畫蛾眉別嫁人萬一將他逼去饑寒死呸可不道的一夜夫妻百夜恩（卜兒云）老賊這都是你的不是你埋怨那別人做甚麼（詞云）不是我炒炒鬧鬧痛傷情搥胸跌脚那蘇秦不得官羞歸故里怎當的一家兒齊攢聒噪做爺的道學課錢幾時掙本做媳婦的道想殺我也五花官誥做哥的纔入門便嗔便罵做嫂嫂的又道是你發跡甕生根驢生笄角老賊你道再回來我决打你二百黃桑棍可甚的叫做父慈子孝俺一家兒努眼苦眉只待要逼蘇秦險些上吊這早晚不知大雪裏跌倒在那箇牆邊教我着誰人訪尋消耗不爭凍餓死了俺這卧冰的王祥兀的不沒亂殺你那太公家教蘇秦兒也則被你痛殺我也（同下）

（音釋）齎音躋　疾精妻切　十繩知切　得當美切　職張恥切　的音底　襤音藍　逼音彼　日人智切　行霞泿切　只張恥切　識傷以切　腤音庵　臢音簪　吃音恥　尺音恥　劬音渠　戚倉洗切　濕傷以切　食繩知切　妯音逐　娌音里　脚音皎　笄音肌　角音皎　苫聲占切

第三折

（外扮張儀領陳用張千上）（張儀詩云）龍樓鳳閣九重城新築沙堤宰相行我貴我榮君莫羨十年前是一書生下官張儀是也自與兄弟蘇秦在弘農店肆中分別之後到於咸陽見了秦王獻上三策十分當意即授小官咸陽令尹不數月間陞遷右丞相之職我想兄弟一別早已三年光景時常切切在心未敢有忘竟不知我兄弟可曾進取功名也還是那流落四方這兩箇孩兒一箇是陳用一個是張千那陳用孩兒家私裏外都是他管理張千跟隨着下官衙門辦事時遇暮冬天道紛紛揚揚下着國家祥瑞張千門首覷者看有甚麼人來報復我知道（張千云）理會的（正末上云）

小生蘇秦家中望父親母親去來不想父母將我趕出家門聽知的張儀哥哥做了秦邦右相我去那裏圖個進身便不然也好借些盤纏去遊說各國蘇秦你好命薄也呵〔唱〕

〔南呂一枝花〕如今那有才學的受困窮幾時得居要路爲卿相我想那耕牛無宿料倉鼠可兀的有餘糧十載寒窗捱不出虀鹽況怎生那風共雪纏的我慌則他好茶飯不濟饑腸這破衣衫偏歐着我脊梁

〔梁州第七〕我要吃呵也無那珍饈百味要衣呵也無那羅錦千箱這生涯都在那長街上我可也又無甚資本又不會做經商止不過腕懸着灰罐手執着毛錐指萬物走筆成章有那等不曉事的倒將我來呸搶剗的來着我凍剝剝靠着這賣文爲活窮滴滴守着這單瓢也那陋巷天那我幾時能勾氣昂昂博得這衣錦還鄉這廂那廂爲功名不遂離鄉黨合着眼到處裏撞走盡西秦一地方倒陪了些琴劍書囊

〔正末做見張千科云〕哥哥拜揖那裏是張丞相的第宅〔張千云〕則這箇門樓便是〔正末云〕哥哥你在這裏做甚麼勾當〔張千云〕則我便是丞相爺把門的叫做張千〔正末云〕生受哥哥替我報復去道有蘇秦在於門首〔張千云〕你是蘇秦則這裏有者〔張千報科云〕稟相公得知有蘇秦在於門首〔張儀云〕是誰〔張千云〕是蘇秦〔張儀云〕他說是蘇秦〔張千云〕他說是蘇秦〔張儀云〕下官語未懸口兄弟至此也我接待兄弟去〔做沉吟科〕〔復坐云〕張千蘇秦有甚鞍馬步從

〔張千云〕無什麼鞍馬步從身上好生襤縷〔張儀云〕哦元來我兄弟還在布衣之中則除是這般
陳用你近前來〔打耳喑科〕〔陳用云〕您孩兒知道〔下〕〔張儀云〕張千你對他說去他不自家過
來待着老夫接待他麼〔正末云〕俺哥哥聽的我來這場管待也非同小可〔張千云〕兀那秀才
〔正末云〕您丞相說什麼來〔張千云〕俺丞相爺說來你不自家過去敢待着俺丞相爺接待你那
〔正末云〕他是我的哥哥我是他的兄弟我自過去怕做什麼〔正末做見科云〕哥哥多時不見兄
弟有一拜〔張儀云〕住者休拜〔正末云〕為什麼〔張儀云〕張千將我那拜褥來〔正末云〕要那拜
褥怎麼〔張儀云〕則怕展污了你那錦繡衣服〔正末云〕可早一句兒也哥哥受您兄弟幾拜〔做
拜科〕〔張儀云〕兄弟免禮我與你分別之後一向在於何處〔正末云〕您兄弟在店肆中安下染
了一場凍天行證候不能進身也〔張儀云〕曾到家中見父母來麼〔正末云〕也曾回到家中望父
母去來〔張儀云〕父母見了你歡喜麼〔正末云〕哥哥俺父母大風雪裏將您兄弟趕將出來也〔張
儀云〕父母可也不是見你這等崢嶸發達的孩兒可怎生趕將出來兄弟你這一來為何〔正末
云〕聽知哥哥做了秦邦丞相一徑的投奔哥哥來您兄弟有一首詩哥哥試看咱〔張儀云〕有一
首詩將來我試看咱〔正末做遞詩科〕〔張儀做接看科〕〔詩云〕一聲雷動震雲門散作陽和天下
春池內龍騰千尺水廳前花發幾枝新已知兄長官階貴曾受皇家敕賜恩世事升沉如轉盼算來
由命不由人〔張儀背云〕兄弟你將這段心思留在那萬言策上愁甚麼不坐於都堂可來我根前
獻詩兄弟你錯用了心也〔回云〕兄弟您哥哥做了秦邦右相屈於一人之下坐于百僚之上你見
我這正廳上安着二十四把交椅可都是公卿每坐處你是箇白衣人坐着外人觀看不雅相這裏
你也難坐張千打掃冰雪堂者那裏管待兄弟〔正末云〕哥哥則這裏坐罷沒來由去那冰雪堂做

什麼〔張儀云〕兄弟也那裏正好管待你這秀才每跟我來〔做走科〕〔正末做到冰雪堂冷科云〕勿勿勿〔張儀云〕張千開了那門者〔張千云〕理會的〔做開門冷科〕〔張儀云〕是有些兒冷兄弟請坐張千將那四面的吊窗都與我推開將那雪都與我打掃將來堆在四面着幾箇祗從人攪動那風車者〔張千云〕理會的〔做打掃雪科〕〔正末云〕住者〔唱〕

〔賀新郎〕大開東閣掛起那西窗〔張儀云〕兄弟你不知您哥哥做秦邦右丞相坐於八位之上哩〔正末唱〕許來大八位裏官人可怎生無他那半盆兒火向〔張儀云〕男子漢家有甚麼冷可怎生要向火〔正末唱〕覷了這炎漢嘴臉何興旺真乃是國家棟梁可正是畫堂別是風光將來的茶飯不准備則我這盤纏不商量〔張儀云〕張千四下裏攪動那風車者〔正末唱〕可怎生風神王都聚在你這前廳上〔張儀云〕兄弟我與你拂塵咱〔正末唱〕早難道洗塵斟玉斝〔張儀云〕張千喚幾箇歌兒舞女來伏侍兄弟咱〔正末唱〕兀的是開宴出紅粧〔張儀背云〕張千你近前來我分付你你將兩壺酒來我吃的酒放熱着蘇秦的那壺酒去那大雪裏冰一冰再着上些雪在裏面先將那冷酒來〔張千云〕理會的〔張千拏酒科云〕酒到〔張儀云〕將酒來兄弟滿飲一杯〔做遞酒科云〕〔正末云〕哥哥先飲〔張儀云〕兄弟先飲〔正末唱〕

〔隔尾〕我喜則喜一盞瓊花釀恨則恨十分他這個冰雪般涼〔張儀云〕這一杯酒與兄弟盪寒咱〔正末唱〕你待與我盪寒呵你着那祗候人盪一盪〔張儀云〕兄弟吃了者〔正末唱〕小生嚥下去怎當冰斷我這肚腸〔帶云〕哥哥先飲〔唱〕這一盞酒推辭了多半晌

(張儀云)兄弟你不飲酒小後生家臘月裏吃了冷酒開春來不害眼兄弟你敢冷麼(正末云)可知冷哩(張儀云)你可不早說張千將我的綿團襖來(張千遞襖科云)理會的襖在此(張儀做接科云)將來將來兄弟你見這綿團襖麼(正末云)你兄弟見(張儀云)你冷麼(正末云)你兄弟冷(張儀云)你真箇冷(正末云)你兄弟真箇冷(張儀云)你冷我也冷(張儀做自穿襖科云)兄弟你肚裏饑麼(正末云)可知饑哩你兄弟還不曾吃飯(張儀云)兄弟你可不早說張千你近前來我分付你(背云)我的饅頭粉湯蒸的熱着蘇秦吃的饅頭是那二年前祭丁的冷饅頭放在他根前粉湯裏面放上些冰凌與他食用(張千云)理會的(做下湯科)(張儀云)兄弟也先請些兒粉湯(正末云)你兄弟吃(做吃湯科云)奇怪可怎生粉湯裏面都是些冰凌(張儀云)兄弟請箇饅頭兒者(正末做劈開科云)我吃這饅頭咱你兄弟敢問麼(張儀云)兄弟你問什麼(正末云) 喒與哥哥別了幾時也(張儀云)兄弟喒離別了三年也(正末云)嗨可早三年也好硬饅頭張儀你是何道理(張儀云)你不是蘇秦(正末云)你怎敢呼我的名(張儀云)你怎敢道我的姓

(正末云)張儀你聽者(唱)

(綵蝦蟆)只爲你箇同窗友做頭廳相因此上我心中自酌量這交情非比泛常好做十分倚仗撇下父母在堂遠遠特來相訪吟就新詩一章訴說飄零異方必然見我感傷不惜千金治裝豈知你故人名望也不問別來無恙放下一張飯牀上面都沒擺當冷酒冷粉湯冷湯着咱如何近傍百般粧模作樣訕笑寒酸魍魎甚勾當來來往往張張狂狂村村棒棒(張千喝科云)點湯(正末唱)哎又要你走將來走將來

便雪上加霜忒顇慌〔正末云〕張儀〔張儀云〕蘇秦〔正末唱〕這都是剝民脂膏養的能豪旺腌情況甚紀綱只我在你行待將此些寒溫話講〔帶云〕攄了去者〔唱〕須不是告什麼從良

〔張儀云〕這廝原來酒後無德撒酒風那〔正末云〕張儀你有什麼好文章〔張儀云〕蘇秦我的文章不如你呵怎得做秦邦丞相張千喝點湯〔張千云〕點湯〔正末唱〕

〔牧羊關〕你比我文學淺〔張千云〕點湯〔正末唱〕我比你只命運囊〔張千云〕點湯〔正末唱〕你苟圖此些紫綬金章〔張千云〕點湯〔張儀云〕我則理會的見世生苗〔正末唱〕赤緊的見世生苗〔張千云〕點湯〔正末唱〕我則理會的埋根千丈〔張千云〕點湯〔張儀云〕你爲大官的得什麼罪過〔正末唱〕止不過惡大官吃八十棒〔張千云〕點湯〔正末唱〕須不是我見小利鬧一千場〔張千云〕點湯〔正末唱〕俺兩個纔廝挺纔廝挺〔張千云〕點湯〔正末唱〕唗你敢也走將來喝點湯喝點湯

〔云〕點湯是逐客我則索起身〔張千云〕點湯〔正末云〕我下的這廳堦來〔張千云〕點湯〔正末云〕我來到這門樓底下〔張千云〕點湯〔正末云〕這門樓底下也喝點湯〔張千云〕點湯〔正末云〕男子漢頂天立地幾曾受這般恥辱來罷罷罷不如就這儀門底下解下我繫腰帶兒覓一個死處〔陳用沖上云〕住住住螻蟻尚且貪生爲人怎不惜命敢問賢士爲什麼在這儀門底下尋覓自盡〔正末云〕哥哥你不知這張儀和我是八拜交的朋友我和他同共應舉來小生命薄落在店肆中安下染了一場凍天行的證候不能進身他如今得了官我特地投奔他來他將那冷酒冷饅

頭羞辱我我受不過他的氣因此上覓一箇死處〔陳用云〕恁的呵是我家丞相爺的不是了賢士你則這裏有者待我將的來你看這白銀二錠春衣一套鞍馬一副齎發賢士權爲路費休嫌輕薄若得官呵莫便忘了我陳用也〔正末云〕哥也你是謊那可是真個〔陳用云〕賢士我陳用豈敢說謊〔正末云〕蘇秦也知他是睡裏也是夢裏〔唱〕

〔幺篇〕他齎發了我銀兩錠我恰便似夢一場着蘇秦死生難忘他是箇祗候人的所爲可有那孟嘗君的這度量張儀也你便頭頂着軍司庫脚踹着萬年倉說不盡宰相多榮貴我蘇秦也男兒當自強

〔正末云〕哥我拏着你這兩錠白銀再過去羞那廝一場〔陳用云〕好好好賢士你過去〔正末做見張儀科云〕張儀你看〔張儀云〕你不是蘇秦兩個手裏拏着許多東西莫不是那裏偷將來的〔正末云〕我偷了你的來你聽者我久後得官呵必不在你之下〔張儀云〕你怎生能勾爲官我量着你一世兒不能發跡你若能勾發跡呵〔詩云〕則除是驢生𢍰角甕生根天教窮斷脊梁筋小物不堪成大用蘇秦則是舊蘇秦快出去快出去〔正末唱〕

〔黄鍾尾〕罷罷罷憑着我胸中豪氣三千丈筆下文才七步章親不親是鄉黨若今番到舉場將萬言書見帝王插宮花飲御觴傘蓋下馬兒上請哥哥再相訪我言語不虛誑這齎發這覷當兩錠銀重百兩遮莫便十年呵休想我貴人多忘將你一箇山海也似大恩人〔云〕哥你叫做陳用〔唱〕我蘇秦長則個今日般想〔下〕

〔張儀云〕陳用蘇秦去了也〔陳用云〕他去了也〔張儀云〕陳用他敢有些兒怪我麼久已後着他

謝我也則是遲哩〔同下〕

〔音釋〕斝音賈　釀泥降切　晌音賞　訕山去聲　魍音罔　魎音兩　腌掩去聲　誆光去聲

第四折

〔孛老同卜兒領蘇大大旦二旦上〕〔孛老云〕老漢蘇大公便是自從將我那蘇秦孩兒趕將出去可早許多時光景音信皆無知他在那裏蘇大孩兒你打聽你兄弟的音信可是有也是無〔蘇大云〕父親你着我那裏打聽去〔張千上云〕自家張千的便是奉蘇秦元帥將令前去蘇家莊取討鍋甕槽鍘去問人來則這裏便是蘇家門首裏面有人麼〔蘇大云〕什麼人喚門我開開這門試看咱哥哥做什麼〔張千云〕我奉蘇元帥將令問你要鍋甕槽鍘驛亭中使用不要悞了〔蘇大云〕哥哥那蘇元帥敢是蘇秦麼〔張千云〕嗯元帥的名諱你怎敢輕道快些取那鍋甕槽鍘出來我要回元帥的話去也〔下〕〔蘇大云〕父親你歡喜咱原來蘇秦兄弟做了元帥見在驛亭中安下哩〔孛老云〕孩兒也是真個麼婆婆蘇秦孩兒得了官也俺一家牽羊擔酒直至驛亭中認蘇秦孩兒去來〔卜兒云〕俺同去來〔同孛老蘇大大旦二旦下〕〔正末扮官人領張千上云〕某乃蘇秦是也自到趙國遊說一舉成名爲某文安社稷武定干戈着我歷說韓魏燕齊楚五國如今官封六國都元帥衣錦還鄉誰想我蘇秦有這一日也呵〔唱〕

〔雙調新水令〕謝當今聖主重賢臣我爭些兒有家難奔恰便似旱苗纔得雨枯樹恰逢春受盡了萬苦千辛蘇秦也常記得求官去那時分

〔孛老同卜兒領蘇大大旦二旦上〕〔孛老云〕老漢蘇太公的便是領着俺一家兒直至驛亭中認孩兒去來可早來到門首也令人報復去道有元帥的老相公同母親哥哥嫂嫂夫人都在於門首〔張千云〕喏報的元帥得知有老相公同家眷來了也〔正末云〕什麼老相公着他過來〔張千云〕理會的着過去〔孛老同衆做見科云〕孩兒也我道你不是箇受貧的〔正末云〕誰是你的孩兒〔孛老云〕你是我的孩兒你得了官你怎生不回家裏去〔正末云〕兀那老兒你是什麼人〔孛老云〕我是你父親你如今得了什麼官來〔正末云〕我做了六國都元帥〔孛老云〕似你這等崢嶸與我父母增多少光彩好兒也呵〔正末唱〕

〔步步嬌〕怎消的父親母親將孩兒認〔孛老云〕孩兒家去來在驛亭中做什麼〔正末唱〕我爲甚館驛裏權安頓當日箇父親行得處分恰便似經板兒由然在心印〔孛老云〕孩兒舊話休題〔正末云〕父親你不道來〔孛老云〕我道什麼來〔正末唱〕我若是踏着你正堂門我其實怕打那二百黃桑棍

〔孛老云〕是老漢的不是了〔正末云〕張千都與我搶出去〔張千云〕理會的〔做搶科云〕出去〔孛老云〕婆婆孩兒不肯認我父母可怎生是了也〔張儀領陳用上云〕小官張儀是也聽知的蘇秦兄弟做了六國都元帥差人持千金來謝弘農縣主人王眞又打一封戰書要來伐我秦國這個是明明記着冰雪堂的讎恨若待他兵馬到來那時晚矣如今趁他衣錦還鄉在洛陽驛亭中安下我特地探望他一遭去說開此事多少是好迤邐行來可早到了也令人接了馬者〔做見孛老卜兒科云〕兀的不是父親母親哥哥嫂嫂都在這裏〔孛老云〕原來是張儀孩兒那〔張儀云〕父親曾過去認你孩兒來麼〔孛老云〕恰纔俺都過去認孩兒來他堅意不肯認俺把俺一家兒都趕將

出來了〔張儀云〕父親母親哥哥嫂嫂且放心者待您孩兒過去他必然認了也〔孛老云〕爲甚麽
你過去便認你〔張儀云〕想着我冰雪堂那塲好管待他怎麽不認令人報復去道有秦丞相張儀
來見元帥〔張千云〕喏報的元帥得知有秦丞相張儀來了也〔正末云〕你說去他不自過來等我
接待他怎的〔張千云〕奉俺元帥將令說你不自過去等俺元帥接待你怎的〔張儀云〕他早還了
我一句兒也〔見科云〕元帥我說你不是受貧的人多時不見有一拜〔正末云〕住者你且休拜
〔張儀云〕元帥怎的〔正末云〕張千將拜褥來〔張儀云〕要那拜褥做什麽〔正末云〕則怕展汚了
你那錦繡衣服〔張儀云〕他不曾忘了一句〔正末唱〕

〔川撥棹〕便待要獻殷勤笑吟吟敘弟昆我那時衣不遮身今日箇駟馬雕輪公吏每忙跟兀良脅底下插柴內忍全不想冰雪堂無事哏

〔七弟兄〕我這裏動問你是甚人〔張儀云〕我是你哥哥張儀〔正末云〕我道你是誰那〔唱〕元來你是那孟嘗君想蛟龍未得風雷信定道是泥蟠無日上青雲也似俺書生怎脫淒涼運

〔梅花酒〕呀我直捱到這地分在野店荒村被疾病纏身舉目也那無親只有你你你張儀是故人因此上我我我千里遠投奔怕不的有黃金濟我貧豈知你倚恃着做官尊覷朋友若遺塵沒半點話溫存訕笑的我不成人定餓死做異鄉魂到今日也跳龍門

〔云〕張儀你不道來那〔張儀云〕元帥我道什麽來〔正末唱〕

〔喜江南〕呀莫不我驢生犇角甕生根你覷波莫不我窮斷脊梁筋蘇秦只是舊蘇秦今日箇證本想皇天也不負讀書人

〔正末云〕張千與我搶出去〔張千做搶科云〕理會的出去〔張儀云〕住者你强殺者波則是箇兵馬大元帥我歹殺者波我是個秦國右丞相怎麼搶我出去我這裏坐不的一坐陳用將交牀來我坐〔陳用云〕交牀在此〔正末云〕誰是陳用〔陳用見科云〕小人便是陳用〔正末云〕哥哥你請坐受我幾拜咱〔做拜科〕〔唱〕

〔沽美酒〕我須是錢親人不親〔陳用云〕元帥折殺小人也〔正末唱〕追富來不追貧他是一箇紫衫銀帶的祗候人他倒肯憐咱困窘齎發與雪花銀

〔太平令〕齎發的我功名有准多謝你箇山海也似深恩你便待佯推佯遜我怎肯不睬不問常言道遠親近鄰不如你這對門哥哥也着小生一言難盡

〔張儀云〕蘇秦你是何相待有父親母親哥哥嫂嫂和下官來認你都不肯認你做的箇輕呵輕君子重呵重小人我歹殺者波是秦邦右丞相陳用强殺者波則是箇泥鞋窄襪走立公人你是何相待也〔正末云〕他是我大恩人〔張儀云〕他怎生是你大恩人〔正末云〕當此一日我投奔你來你將那冷酒冷粉冷饅頭羞辱我那一場我受不的你那氣出到門樓底下覓箇死處若不是陳用救了我性命齎發我兩錠花銀今日怎能勾做官因此上他是我的大恩人〔張儀云〕原來是這等兄弟你認我不認我〔正末云〕我不認你〔張儀云〕陳用你不說等甚麼哩〔陳用云〕元帥便好道人

不說不知木不鑽不透冰不掿不寒膽不嘗不苦我如今從頭兒說破與元帥得知〔詩云〕小人一一說真情元帥從頭聽事因當初故意相輕慢登時忿怒便離門暗把行裝齊備下故使陳用將來假做恩我本是泥鞋窄襪公人輩那裏取一套春衣兩錠銀若不是秦邦右相瞞天智怎能勾虎符金印到家門〔正末云〕元來如此則被你瞞殺我也哥哥〔張儀云〕則被你傲殺我也兄弟父親母親都在門首你因何不認他〔正末云〕請父母兄嫂妻兒都過來〔孛老入見科云〕孩兒兀的不歡喜殺老漢也〔正末做拜認科〕〔唱〕

〔鴛鴦煞〕想當初風塵落落誰憐憫到今日衣冠楚楚爭親近暢道威震諸侯腰懸六印世索把世態炎涼心中暗忖假使一朝馬死黃金盡可不的依舊蘇秦做陌路看承被人哂

〔張儀云〕天下的喜事無過父子兄弟夫婦團圓殺羊造酒做一箇慶喜的筵席者〔詩云〕六國從橫將相權文才武略幾人全歸來果佩黃金印一家骨肉永團圓

〔釋音〕 鑔查察切 迤音移 逞音呈 哏很平聲 瞅音揪 掿女角切

題目 冰雪堂張儀用智

正名 凍蘇秦衣錦還鄉

凍蘇秦衣錦還鄉雜劇

白鷺村失妻雙拆散

翠紅鄉兒女兩團圓

翠紅鄉兒女兩團圓雜劇

元　楊文奎撰

明吳興臧晉叔校

楔子

〔搽旦扮李氏同二淨福童安童上〕〔搽旦詩云〕人無千日好花無百日紅早時不算計過後一場空老身姓李夫主姓韓夫主早年亡化過了所生兩孩兒一個喚福童一個喚安童有個小叔叔是韓弘道嬸子兒張二嫂潑天也似家私他掌把着我如今要分另了這家私俺兩個孩兒未娶妻哩福童請你嬸子來〔福童喚科云〕嬸子有請〔二旦扮張氏上云〕孩兒也你喚我做甚麼〔福童云〕我母親請你哩〔二旦云〕這等我須索走一遭去早來到門首也你報復去〔福童云〕母親嬸子來了也〔搽旦云〕道有請〔福童云〕嬸子請〔二旦做見搽旦拜科云〕伯娘喚我做什麼〔搽旦云〕嬸子請坐我請將你來別無甚事我要分另了這家私我兩個孩兒不曾娶親哩〔二旦云〕伯娘我可不敢主張等你叔叔韓二來家商議〔搽旦云〕福童門首看者若你叔叔來呵報復我知道　〔正末扮韓弘道上云〕　老夫蠡州白鷺村人也姓韓名義字弘道祖上庄農出身所積家財萬貫有餘我有一個家兄是韓弘遠早年間亡化過了家兒遺下二子長叫福童次叫安童我那兩個姪兒他從那三五歲上無爺可是老夫擡舉的他成人長大爭奈我那嫂嫂性兒有些乖劣幸得我妻張氏賢惠見老夫年近六旬無有子嗣與我娶了個小渾家姓李小字春梅如今腹懷有孕也這兩日見我嫂嫂和那兩個姪兒心中好生不喜想必為這春梅懷孕有些妬忌的意思也不見得恰纔和幾箇老弟兄每飲了幾杯酒回來早到家門首也〔搽旦云〕分另了家私卻也淨辦〔正末云〕怎生這般

大驚小怪的我過去咱〔福童云〕好好叔叔來了也〔正末見搽旦施禮科云〕呀早辰間不曾見嫂嫂嫂嫂祗揖〔搽旦回禮科云〕叔叔請坐〔正末云〕二嫂您恰纔爲什麽這般炒鬧那〔二旦云〕恰纔伯娘請將我來要分另了這家私〔正末云〕誰這般道來〔二旦云〕是伯娘道來〔正末云〕我問嫂嫂咱〔做問科云〕嫂嫂您恰纔爲什麽炒鬧來〔搽旦云〕是我請將叔叔嬸子過來要分另了這家私樹大枝散自然之理也〔正末云〕這家私比先家兒在時原無積攢都是我苦掙下的既然嫂嫂要分另家私我問這兩個姪兒咱福童安童您母親要分另家私您兩個心裏如何〔福童云〕我兩個不曾娶老婆哩分另這家私倒也淨辦〔正末云〕這的是您娘兒每商定了也可不干我事請的本處社長來者〔福童云〕理會的出的門來社長在家麽〔社長上詞云〕老阿老起遲臥早硬的便嫌軟軟的蒸餅兒倒好我是本處的社長門首有人喚門我開開這門孩兒也喚我做甚麽〔福童云〕俺叔叔要分另了家私我一徑的來請老社長你說我家的這家私虧了誰來〔社長云〕多虧了你那韓二〔福童云〕老社長你若過去見了俺叔叔只說這家私虧了韓大我便買羊頭打旋餅請你你若是分的我這家私少了呵你也知道我的性兒〔社長云〕理會的來到門首也報復去〔福童做報科云〕請的社長來了也〔正末云〕道有請〔福童云〕請進去〔社長做見科云〕支揖〔正末還禮科云〕老社長請坐〔社長云〕請將老漢來有甚麽勾當〔正末云〕請將老社長來別無甚事我這嫂嫂和俺兩個姪兒要分家哩我這家私的緣故老社長你也盡知庄農人家止不過有些田產物業牛羊孳畜金銀錢物分做兩分我與兩個姪兒各得一半老社長你則平等着〔社長云〕老漢知道有多少鈔〔福童云〕鈔有十塊〔社長云〕韓二你拏一塊與這孩兒九塊〔福童云〕銀子十斤〔社長云〕韓二你拏一斤與這孩兒九斤〔福童云〕老社長還有牛羊孳畜田產物業〔

社長云〕韓二你要他怎麽都與這兩個孩兒罷分的平平兒的也〔正末云〕改日致謝老社長勿罪勿罪〔福童送社長出科〕〔社長云〕孩兒家私都是你拏了也羊頭薄餅將來我吃〔淨打社長科云〕老弟子孩兒有甚羊頭薄餅不得工夫買哩改日請你吃罷〔社長詩云〕這廝做事忒不才分另家私喚我來羊頭薄餅不會吃險些打出腰子來〔下〕〔正末云〕嫂嫂分開了家私也有這所宅兒您便住那東首裏俺住這西首裏〔大旦云〕一宅分爲兩院你也休上俺門來我也不上你門去〔同福童安童下〕〔正末云〕嫂嫂打起這界牆咱便是不廝見了二嫂你看這無兒女的好不氣長也呵〔二旦云〕韓二伯娘要分這家私不爲別的見你每朝逐日伴着那火狂朋恠友飲酒作樂因此上分另了這家私常在背後罵你做酒浸頭哩〔正末云〕這家私依着他分開便了却要說這等閑言長語做什麽那〔唱〕

〔仙呂賞花時〕何須你簸揚我貪杯酒浸頭則你那閑言語說念的春風樹點頭〔云〕可也恠不的〔唱〕從來這拙婦每他須巧舌頭〔云〕一家兒人家被這等歹心的婦人每都壞了也〔唱〕他搜尋出這等分家私的由頭〔云〕我若早有個兒子也不到得眼裏看見如此〔唱〕哎這便是我沒孩兒的那個下場頭

〔同二旦下〕

〔音釋〕蠡音里　長音丈　簸音播

第一折

〔搽旦同福童安童上〕〔搽旦云〕事不關心關心者亂雖然和俺兩個孩兒分另了家私想俺那叔叔有個小渾家喚李春梅他如今腹懷有孕若得個女呵罷了若是得個小廝兒家私過活都是他

的我這兩個孩兒可不乾生受了一世只得了這一分家計今日臘月十五日是嬸子生日我如今請將嬸子過來吃幾杯酒我將三兩句話搬調他把李春梅或是趕了或是休了家緣過活都是我兩個孩兒的便是我平生願足〔福童云〕母親說的是〔搽旦云〕孩兒隔壁請將你嬸子來者〔福童云〕理會的嬸子在家麼〔二旦上云〕是誰喚我開門看來孩兒也有甚麼勾當〔福童云〕俺母親有請〔二旦云〕韓二也隔壁伯娘請我哩你看家我便來也〔二旦做到科〕〔福童報云〕母親嬸子來了也〔搽旦云〕道有請〔福童云〕嬸子請進〔二旦見科云〕伯娘喚我做甚麼〔搽旦云〕今日是你貴降之日故請你來吃杯壽酒〔二旦云〕做甚麼要害伯娘〔搽旦遞酒科云〕孩兒將酒來嬸子滿飲一杯〔二旦云〕伯娘你也飲一杯酒勾了也〔搽旦做搬調科云〕嬸子我有句話敢與你說麼〔二旦云〕伯娘甚麼話你說波〔搽旦云〕我叔叔恰不娶了春梅如今腹懷有孕叔叔說道若是得個女兒且罷若得個小廝兒呵我把二嫂着他灶窩裏燒火打水運漿着他和那毋狗兩個睡我聽得這句說話一向有些不忿我若不和你說呵你怎麼受得這虧我和你妯娌之情故和你說知你要自做個主意〔二旦云〕伯娘酒勾了也待改日我還席罷我回家去也〔做別科云〕我出的這門來恰纔聽了伯娘所說氣的我一點酒也無了我如今到家中沒這般事萬事罷論若有這等勾當韓二也我不道的和你兩個乾罷了哩〔下〕〔搽旦云〕嬸子去了也孩兒你放心好歹趕了春梅這家私都是您的無甚事後堂中飲酒去來〔同下〕〔正末同搽旦春梅上〕〔正末云〕今日臘月十五日是我那二嫂賤降之日隔壁兩個姪兒和嫂嫂請將過去了必是慶壽的酒李氏比及二嫂來呵先和你吃幾杯酒咱時遇冬天紛紛揚揚下着大雪又刮起這般大風便好道風雪是酒家天也

呵〔唱〕

〔仙呂點絳脣〕凜列風吹雪花飄墜彌天地不辨高低似一片瓊瑤砌

〔混江龍〕莫不是春光明媚既不沙可怎生有梨花亂落在這滿空飛這雪呵供陶學士的茶竈粧黨太尉的筵席這雪呵探梅客難尋三徑去便有那釣魚翁也索披得一蓑歸幸際着太平時世正遇着豐稔年歲有新釀熟的白酒舊醃下的肥雞自偎爐斟酌沒故友相知則我放開懷連飲到數十巡待要儘今生向這老瓦盆邊醉但守着竹籬茅舍也不願那畫閣朱扉

〔二旦上云〕我來到這前廳上不見韓弘道敢在這臥房裏〔做聽科云〕兀的不吃酒哩我且不要過去聽他說甚麽〔春梅云〕俺那姐姐有你在家呵另做個眼兒看我無你呵將我不是打便是罵我這般受苦怎生是好〔二旦云〕元來這個潑奴胎他正說我哩〔正末云〕李氏也你不說呵我怎生知道我與你把盞陪話咱〔唱〕

〔油葫蘆〕我這裏親手高擎着這瀲灩杯李氏也我有句話苦勸你則咱這家務事不許外人知〔帶云〕似着我的心呵從今以後〔唱〕則要您便歡歡喜喜相和會不要你那般悲悲戚戚閙爭氣〔春梅云〕每日打罵我怎麽受的〔二旦云〕你道波我做甚麽打你來〔正末云〕你依着我呵〔唱〕他要強與他些強你伏低且做低你辦着一片志誠的心可自有個崢嶸日你是必休拚證是和非

〔云〕便做道他强你弱他好你歹都休在我眼前說也〔唱〕
〔天下樂〕豈不聞道路上行人也那口似碑我如今便年也波紀年
紀可便近六十雖然咱有家私我這眼前無一個子息〔云〕李氏也我爲
你呵多會用心來〔唱〕我背地裏禱神祇〔帶云〕也不論是男是女〔唱〕但得一箇喂
眼的恰便似那心肝兒般知重你
〔二旦云〕這個老弟子孩兒無禮心肝兒般知重他哩〔做喚門科云〕開門來開門來〔正末做開
門科云〕呀二嫂來了也〔二旦云〕老弟子爲這個潑賤奴胎說的我好也我打這歪刺骨〔正末
唱〕
〔那吒令〕你入門來便鬧起有甚的論黃數黑街坊每都聽知誰敲
牙波料嘴這婆娘家便背悔也忒瞞心昧己〔二旦做打春梅科云〕我打這箇
歪刺骨〔正末云〕二嫂休閃了手〔唱〕火不登紅了面皮沒揣的便揪住鬏髻〔二
旦云〕我打他有甚麼事〔正末云〕二嫂休閃了手〔唱〕不歇手連打到有二十
〔鵲踏枝〕哎你一個歹東西常好是不賢慧〔二旦叫科云〕天也韓弘道氣殺
我也〔正末唱〕有甚事叫喚聲疼沒來由出醜揚疾可怎生全不依三從
波四德也是我不合將你來百縱千隨
〔二旦云〕韓二我老實和你說你棄一壁兒就一壁兒你愛他時休了我愛我休了他者〔正末云〕
虧你不害口磣說出這等話來〔唱〕
〔寄生草〕你休恁般生嫉妬休那般無智識量這一個皮燈毬犯下

甚麽滔天罪吔你一箇鬼精靈會魔障這生人意可知我這個酒糟頭不識你這拖刀計則恐怕李春梅奪了你那燕鶯期走將來黃桑棒打散了鴛鴦會

（云）二嫂請坐今日是你箇貴降的日子我陪禮奉你一杯（二旦云）我吃你娘漢子的酒依着我把春梅休了者（正末云）有甚麽難見處隔壁兩個姪兒和嫂嫂請過去必定搬調了你一言兩句所以家來尋鬧休聽別人言語聽我兩句話咱兒要自養穀要自種休聽人言語二嫂且滿飲一杯（二旦丟盞科云）我還吃甚麽酒快把春梅休了者（春梅云）韓二省的這般鬧休了我罷（正末云）小賤人俺這裏說話那得你來你知道您姐姐爲甚麽娶將你來則爲老夫年近六旬無子所以尋將你來姐姐肯信着別人的言語趕了你出去倒着我韓弘道絕戶了二嫂你休聽別人言語則滿飲一杯（二旦云）將的去我吃他做甚麽如今好便好歹便歹俺兄弟七八個如狼似虎哩我如今尋個死處俺那幾個兄弟城裏告將下來把你皮也剝了我死也要你休了者（正末云）二嫂你休覓死處嗨我這男子漢到這裏好兩難也呵待休了來不想有這些指望待不休了來我這大渾家尋死覓活的倘或有些好歹我那幾個舅子狠虎般相似去那城中告下來呵韓弘道爲小媳婦逼死大渾家連我的性命也送了則不如休了他者只少着紙墨筆硯奈何（二旦云）兀的不是鞝鞋樣兒的紙描花兒的筆你快寫不寫時我便尋死也（正末做寫科云）寫就了也二嫂你與他去（二旦云）則有丈夫休媳婦那裏有個大媳婦休小媳婦倘或衙門中告下來我倒吃罪過與他便與他不與他我便尋死也（正末云）二嫂只我與他便了也春梅這的不干我事去去（春梅云）我出的這門來我將着這休書也不嫁人前街後巷則是叫化爲生韓弘道則被你苦殺我也

〔下〕〔正末云〕二嫂我往院前院後執料去咱〔二旦云〕你敢要趕李春梅去也〔正末云〕哎休也休了他我趕他做甚麼〔背云〕那左院裏小的每有人曾見李春梅來麼有人收留的在家我多有錢鈔與您也〔內云〕去的遠了也〔正末云〕去的遠了兀的不痛殺我也〔二旦云〕韓二你不啼哭來那〔正末云〕老漢偌大年紀眼兒裏怎生無些冷淚〔二旦做冷笑科云〕你這等症候好來的疾也〔正末云〕二嫂我有句敢說麼〔二旦云〕敢是要趕李春梅麼〔正末云〕我的主意待把李春梅尋將回來也不留在咱家裏住則着在那庄院人家借住待他生下一男半女那其間再趕出去也未遲哩〔二旦云〕為什麼那〔正末云〕我則怕絕戶了也〔二旦云〕放着兩個姪兒怕做甚麼〔正末云〕那兩個都不是孝順的也〔唱〕

〔賺煞尾〕罷罷罷你今不聽我這丈夫言久矣後必受俺那姪兒每的氣那廝每一個個賊心賊意只待要吞佔我的家私你也須自做個見識我言語盡是誠實說着呵痛傷悲怎不的蹙損的這愁眉你也則是穩放着船到江心那其間可便補漏遲現如今有穿有吃到後來無子無力二嫂也我只怕你得便宜翻做了一個落便宜〔下〕

〔音釋〕妯音逐　娌音里　席星西切　釀泥降切　瀲離店切　灩音豔　崢音橙　嶸音橫
十繩知切　息喪擠切　黑亨美切　滴丁離切　慧音會　疾精妻切　德當美切
磣初錦切　識傷以切　實繩知切　吃音恥　力音利

第二折

〔外扮俞循禮同旦兒王氏上〕〔俞循禮詩云〕耕牛無宿料倉鼠有餘糧萬事分已定浮生空自忙

小可是這新庄店人氏姓兪名循禮嫡親的夫妻兩口兒家屬渾家王氏他有一箇兄弟在這四村上下看着幾箇頭口兒人口順都喚他做王獸醫我如今潑天也似家私無邊際的田產物業爭奈寸男尺女皆無謝天地可憐如今我這大嫂腹懷有孕十箇月滿足將次分娩城中有幾主錢鈔下次小的每取不將來我如今自要親身的去大嫂我囑付你則怕我一頭的去後你分娩呵若得一箇小廝兒就槽頭上選那風也似的快馬着小的每到城中來報我我若到的家中殺羊造酒做個慶喜的大筵席若得一個女兒便打滅休題着大嫂我囑付下你也下次小的每數下頭口兒我到城中索取錢債走一遭去來（下）（旦兒云）員外索錢去了我得個兒也是你的女也是你的怎麽得個兒便教報信得個女便打滅了天阿怎生得個小廝兒稱了俺員外的心也好下次小的每於路上好看員外早些兒回來者（下）（李春梅上云）妾身是李春梅自從韓二休將我出來我腹懷有孕白日裏在這四村上下叫化我到晚來在巡鋪裏歇息天色晚了也我去這巡鋪裏歇息去怎麽一時間就肚疼起來敢是要養娃娃也（丑扮王獸醫拏振鼻木上云）自家新庄店人氏姓王在這四村上下看着幾個頭口兒人口順則叫我做王獸醫嫡親的夫妻兩口兒寸男尺女皆無新來俺那渾家根前得了一個小的可惜落地便死了俺那渾家好不煩惱我便道俺這骨頭裏沒他的你煩惱做什麽我有個姐姐嫁與這兪循禮潑天也似家私寸男尺女也都沒有俺那姐姐懷着身孕却養下一個女兒俺那姐夫索錢去了臨出門時對俺姐姐說若得個女兒便打滅了休題若得個小廝兒便着人飛馬報他去你看我那姐夫隔着肚皮那裏知道做娘的都是一樣懷胎分甚麽男女我在東庄裏看幾箇頭口兒吃了幾鍾酒回去老的每道王獸醫也前頭有鬼你行動些兒我說道那裏便有鬼來天色將晚了也我口裏便強着脚步裏也走動些兒（做走科）（春梅做叫喚

科〕〔王獸醫云〕呀真個有鬼我拏出我這㨄鼻木來有鬼無鬼撮揾入水待走過去我先喝他一聲喂甚麼東西〔春梅云〕我是人〔王獸醫云〕我說不是鬼你是甚麼人〔春梅云〕我是叫化的〔王獸醫云〕你是男子是婦人〔春梅云〕我是個婦人〔王獸醫云〕你那裏做甚麼哩〔春梅云〕我這裏養娃娃哩〔王獸醫云〕元來叫化的他也養娃娃你得了箇小廝兒是女兒〔春梅云〕是個小廝兒〔王獸醫云〕俺姐夫潑天也似家私倒得了個女兒你看這叫化的倒養了個兒子天阿知他怎生對付着哩兀那婦人你那小的不與了人要做甚麼〔春梅云〕俺與人誰要〔王獸醫云〕將來我要〔春梅云〕你將的去波〔王獸醫云〕一箇好兒也你看那青旋旋的頭兒小小的口兒高高的鼻兒我抱將去暗暗的與俺姐姐可不是好呀百忙裏溺我一身尿兀那婦人我隨身帶着些碎銀子兒與你將息去者〔春梅云〕哥哥你姓甚麼〔王獸醫云〕問我姓咦他倒乖也你問我做甚麼你可姓甚麼〔春梅云〕我姓李小字春梅〔王獸醫云〕你將的這碎銀子兒將息你那身體去我將着這小的到的家中久後擡舉的成人長大李春梅也我着你子母每團圓了也不見的哩〔下〕〔旦兒上云〕妾身王氏自從員外索錢去了我得了箇女兒我也不曾稍信與他我那兄弟王獸醫他這幾日也不來望我好煩惱人也〔王獸醫上云〕我將着這個孩兒送與俺姐姐去我不敢往那前門裏去恐怕人看見我我往這後門裏去却又撞見那肯分的老院公我叮嚀他這樁事則除是天知地知你知我知若是走透了一點兒消息我着俺姐姐打也打殺你我自一逕走到姐姐根前去〔旦兒云〕是誰〔王獸醫云〕是您兄弟〔旦兒云〕自家的兄弟怕做甚麼過來〔王獸醫見科云〕姐姐你添了個甚麼〔旦兒云〕我添了個女兒〔王獸醫云〕我可與你個小廝兒〔旦兒云〕你那裏將來〔王獸醫云〕姐姐你休問他若是姐夫來家則說是你添的〔旦兒云〕好好兄弟也你將這女兒

或是丢在河裏井裏憑你將的去（抱兒下）（王獸醫云）我出的這門來你看俺那姐姐波與了他那小廝兒他便道把這女兒丢在河裏井裏那個小廝兒便強殺者波則是別人的這個女兒便歹殺者波只是我的親外甥兒我便怎麼下的我將到家中我那渾家可不有乳食把這女孩兒擡舉成人長大招個女壻兒久以後也把老糟頭送在土裏（下）（俞循禮云）過日月好疾也則從索錢回來我這大嫂根前所生了個添添孩兒今經可早十三年光景我因爲這得了添添孩兒特地蓋了一座義學堂請了一箇先生將這四村上下小的每都聚會在這學堂裏攻書但是那別個學生背不過的書俺這添添孩兒他又早記了也好一個聰明的孩兒我心中十分歡喜大嫂則是一件你那兄弟王獸醫他無酒再不到俺家裏來但醉了呵上門來便尋炒鬧萬千的不是我則是看着你的面皮大嫂天色也覺早哩等孩兒吃些茶飯着院公送的他學堂裏去（王獸醫上打唏科云）纔說兄弟兄弟便至自從抱的那小的兒來與了俺姐姐今經十三年光景也那小的喚做添添天生聰明俺姐夫好不歡喜往常問我姐夫借一具牛今年再借牛去走一遭來到得門首我自逕入（做見科云）姐姐姐夫有酒將來我吃（俞循禮云）大嫂兀的不又醉了也（王獸醫做打倈兒科云）我打這個小弟子孩兒（俞循禮云）呀驚了孩兒大嫂你那糟頭怎生打我孩兒這一下（王獸醫云）我把你箇忘恩背義的弟子孩兒（俞循禮云）他怎生忘恩負義你雪堆兒裏扶起他來那（王獸醫云）十三年前也虧我這麼抱（俞循禮云）你抱什麼（旦做覷科）（王獸醫云）姐姐虧我抱的他這般大（俞循禮云）大嫂他又醉了（王獸醫云）我來別無話說姐夫每年問借與我一具牛我今年要問你借牛去耕種來（俞循禮云）我往年間便借牛與你今年間偏不借與你（王獸醫云）往往往姐夫可要說的明白往年間怎生借與我今年怎生不借與我

〔俞循禮云〕我往年間借與你添添孩兒未成人小哩如今長成十三歲也曉的人事你借我的去或是倒了我牛隻損了我犂耙你着誰陪我你又無兒你又絶戶〔王獸醫云〕誰絶戶〔俞循禮云〕你絶戶〔王獸醫云〕偏你不絶戶〔俞循禮云〕添添是我的孩兒我怎生絶戶〔王獸醫云〕誰是你的兒〔俞循禮云〕添添是我的兒〔王獸醫云〕添添是你的兒〔俞循禮云〕怎麼不是我的兒〔王獸醫云〕我倒不知道添添是你的兒〔俞循禮云〕你看這糟頭怎麼你知道你說〔王獸醫做覷旦兒科云〕姐姐添添孩兒是您的兒〔旦兒做慌科云〕兄弟看着我的面皮休要胡說〔王獸醫云〕想着那十三年前也虧我抱〔俞循禮云〕怎的抱〔王獸醫云〕也虧我這般樣抱〔俞循禮云〕你是他的親娘舅你便抱他一抱打甚麼不緊〔俞循禮做推王獸醫科云〕你箇精驢禽獸快出去再也休上俺門來兀的不氣殺我也〔王獸醫做出門科云〕我出的這門來姐夫你好狠也只一具牛不借便罷罵我做絶戶你便是不絶戶的王獸醫也一不做二不休拚的逩着四村上下關廂裏外爪尋那十三年前李春梅我一把手兒拖將他來道李春梅則這個便是那添添孩兒是你的兒且看姐夫是你絶戶還是我絶戶那〔下〕〔俞循禮云〕大嫂這廝又氣我這一場也〔旦兒云〕員外則是看我些些面皮休和他一般見識〔俞循禮云〕大嫂凡百的不是我則看着你的面上着院公送孩兒學堂裏去來〔同下〕〔正末抱病二旦扶上科〕〔二旦云〕老的這都是我的不是了也你掙閣者我不合信着伯娘的言語將李春梅休了若是有呵得一男半女也省的你這般煩惱〔正末云〕婆婆你如今後悔可是遲了則被我那兩個姪兒定害殺老夫也呵〔唱〕

〔南呂一枝花〕這些些時典賣了我些些南畝田耗散了中庭麥我將那少欠錢無心去索婆婆也這些些時都只是盤纏了我自家的財說着

呵不由我感嘆傷懷我如今年紀老無接代恨不的建一座望子臺我如今空蓋着那鬱沉沉大廈連雲天那幾時能勾鬧炒炒喧堂戲綵

〔三旦云〕這都是我的不是了也〔正末唱〕

〔梁州第七〕誰着你便聽信着徐卿的那二子怎麽來砍折了王氏三槐到如今歲寒然後知松柏那兩個蠢蠢之物伴着鬆泛泛之才每日價貪圖花酒潑使錢財倒將我劈面搶白欺負咱軟弱囊揣都不到半年呵早弄的家業全衰則我那好言語勸着他可更分毫不採他道我絕後波也是緣分上合該這廝他縱心兒放乖摸着的當了拏着的賣使了自己少下人債從今後依前若不改婆婆也是必着他休上我門來

〔王獸醫上云〕姐夫嗨你好歹也我問你借具牛你借便借不借便罷罵我是絕戶白白的受他一場氣這白鷺村韓弘道叔叔家我少他十錠鈔本利該二十錠我若今生今世不還了他呵我那生那世也不如人我將着這些本利還他去說話中間可早來到門首也〔王獸醫做見二旦科云〕嬸子唱喏哩〔二旦云〕獸醫哥哥那裏去來〔王獸醫云〕我一徑的來〔正末云〕婆婆門首甚麽人〔二旦云〕是王獸醫〔正末云〕自家的孩兒着他過來〔王獸醫見正末科云〕叔叔怎麽來〔正末云〕孩兒也我病哩〔王獸醫云〕叔叔您休怪你姪兒若知道叔叔病呵您姪兒可早來看叔叔哩〔正末云〕孩兒你那裏去來〔王獸醫云〕叔叔你不知道我問俺姐夫俞循禮借一具牛借便借不

借便罷怎就罵我絶戶〔二旦云〕哥哥你休那般道您叔叔正爲無兒憂愁思慮害成病哩〔王獸醫云〕　嗨這老的也缺着半壁兒哩叔叔我少你十錠鈔本利該二十錠您姪兒一徑的還叔叔鈔來〔正末云〕孩兒也別人的錢不知饒了多少量你這些打甚麽不緊婆婆尋出孩兒那一紙文書來休說本利連這文書也還了孩兒您將這錢鈔家中做盤纏去〔王醫獸云〕叔叔你休鬭您姪兒耍〔正末云〕孩兒也我不鬭你耍〔王獸醫云〕是真箇謝了叔叔嬸子〔背云〕姐夫你好狠也這老的他是各白世人本利該二十錠鈔都不問我要連文書也與了我你是我親姐夫借一具牛便不肯借與我倒罵我做絶戶王獸醫也十三年前將那小的與這老的可不好來姐夫你好狠也〔回云〕叔叔既不要本利都還了我待我拏這鈔去買瓶酒來與叔叔吃幾甌〔正末云〕孩兒也不要你買我家中自有酒婆婆你去鏇將熱酒來着孩兒吃〔福童安童上云〕兄弟俺叔叔染病哩俺兩箇將家私都使的無了問叔叔討些使用可不好那來到門首逕自過去〔做見科云〕您孩兒一徑的來問叔叔要些錢鈔把俺兩箇使用〔正末云〕這裏有客人哩〔唱〕

〔牧羊關〕這廝故意的將人炒入門來便撒賴他吃的醉沉沉放涙形骸你看他行不動東倒西歪哎喲你覷他立不定天寬地窄〔福童云〕叔叔你無現錢將那遠年近歲欠下的文書將來與俺兩箇索去〔王獸醫做口扯文書科〕〔福童云〕你慌做甚麽〔正末唱〕當日那舉債錢是咱親放今日個要文書做您家財至如我七十三八十四〔帶云〕哎賊醜生每也〔唱〕慣的您來千自由百自在

〔福童云〕叔叔你便死了這家私總則是俺兩個的〔正末唱〕

〔哭皇天〕這廝那狠毒心如蜂蠆荒淫心忒分外堪恨這兩個薄劣種現世的不成才只古裏向咱家咱家取索也須知俺這三年五載看看衰邁還有甚精金響鈔暗暗藏埋只被你兩個潑無徒潑無徒將俺來廝定害沒揣的大驚小怪便待要生非作歹

〔云〕婆婆家中有兩箱櫃文書休閑那鎖鑰都與我擡將出來〔二旦着人擡出科〕〔正末唱〕

〔烏夜啼〕也不索將的去堂前晒也不索檢視的明白〔云〕小的每將些草來蓋在櫃上再掌個燈來者〔唱〕只一把火都燒做了紙灰來〔帶云〕燒了燒了〔唱〕請兩個早離廳階自去安排我待學劉員外仗義散家財我待學龐居士放做了來生債把我這宿世緣交天界〔帶云〕燒了燒了〔唱〕不強如焚錢烈楮滅罪消災

〔云〕你看文書也燒了錢鈔也無了快去快去〔福童云〕他不肯與俺錢鈔俺兩箇家去了罷〔下〕〔王獸醫云〕叔叔這兩個是你甚麼人〔正末云〕這兩個是我的姪兒〔王獸醫云〕叔叔您姪兒不恠你倒則恠嬸子〔正末云〕你爲甚麼恠他〔王獸醫云〕嬸子你若肯替俺叔叔娶一個近身扶侍得一男半女不強如受這兩個姪兒的氣〔正末云〕孩兒也曾有來〔王獸醫云〕可那裏去了〔正末云〕我說與你聽咱〔唱〕

〔賀新郎〕我當年娶了個女裙釵〔王獸醫云〕他和嬸子說的着麼〔正末唱〕爲他每話不相投因此上遣他在門外〔王獸醫云〕他去了多少時節〔正末唱〕經今早過了十三載〔王獸醫云〕這人敢還有麼〔正末唱〕他可便一去了可石沉

大海（王獸醫云）叔叔你打與我個模狀兒（正末唱）則他生的短矮也那蠢坌身材（王獸醫云）多大年紀也（正末唱）他年庚有三十歲（王獸醫云）曾拐帶了些甚麼（正末唱）止不過腹懷着半年胎（王獸醫云）曾着人打聽來麼（正末唱）這其間知道和尚在也那鉢盂在（王獸醫云）他小名兒喚做甚麼（正末唱）每日家問春梅無信息（王獸醫云）這人敢有哩（正末唱）哎他也恰便似趙杲送曾哀（王獸醫做打呵欠科）（正末云）哥你莫不在那裏見李春梅來（王獸醫云）沒有見我打了箇呵欠（正末云）將酒來與哥吃（王獸醫云）嬏子我要濕濕去（二旦云）你看這廝波（王獸醫云）我出的這門來（做溺尿科云）姐夫嗨你好狠也添添孩兒有了主也我過去說了可是你絕戶我絕戶（做過去見旦科云）嬏子您姪兒濕濕濕了也（二旦云）你看這廝波（王獸醫云）叔叔我與嬏子一個娃娃（正末云）敢是醉了也（王獸醫云）我醉了酒在肚裏事在心頭聽的你把那十三年前的事說起來我怕不與嬏子一箇娃娃（正末云）婆婆他說那十三年前的話我有些耳背你聽者（王獸醫云）叔叔我十三年前去那四村上下看幾個頭口兒那老的每便道王獸醫天色晚了也你休家去兀那前面二十里巡鋪上有鬼我便道我是人可怎麼倒怕鬼到的二十里巡鋪上則聽的那裏面噎噎的啼哭我道噢敢真個有鬼麼我拏起這拐鼻木來喝了一聲道甚麼人他便道我是個叫化的我便道你是男子也是婦人他便道我是婦人在這裏養娃娃哩（正末云）哥可得了個兒也是女（王獸醫云）沒產房我不會進去（正末云）將酒來與哥吃（王獸醫云）我問他得了個兒也是女他便道得了個小廝兒我便道你不與了人怎麼他便道我便與人誰要我便道將來我要我與了他些碎銀兩他便與了我我問他甚的名姓多大年紀他道姓李叫做春梅年紀三

十歲我將那孩兒抱到家中與了俺姐夫新庄店俞循禮爲兒長成一十三歲每日上學打您門前經過小名喚做添添便是你的兒〔正末做咬王獸醫手科云〕哥也你不說謊是真個麼〔王獸醫云〕呀咬你的指頭波〔正末唱〕

〔罵玉郎〕聽說罷我便有九分來不快早十分也得快〔王獸醫云〕老的你兩口兒歡喜咱〔正末唱〕不由我春滿眼喜盈腮抵多少東風飄蕩垂楊陌〔王獸醫云〕老的你可有了後代兒孫也〔正末唱〕一片心想後代〔王獸醫云〕我則是報答你仗義踈財的恩〔正末唱〕三不知逢着貴客〔王獸醫云〕叔叔也是天意〔正末唱〕我兩隻手忙加額

〔王獸醫云〕也是你苦盡甘來〔正末唱〕

〔感皇恩〕天那這的是苦盡甘來〔王獸醫云〕你命裏有則是有命裏無則是無〔正末唱〕暢好是命也時哉〔王獸醫云〕若不是我說你怎麽知道〔正末唱〕你個知心友泄天機俺那青春子從天降這個白頭叟聽天的那差婆婆也你把那雞兒快宰好酒頻釃〔王獸醫云〕酒勾了吃不的了也〔正末云〕將酒來〔唱〕與足下相慶賀同喜悅放愁懷

〔採茶歌〕則我這箇老奴才若認了那小嬰孩〔王獸醫云〕老的一似枯樹又逢春也〔正末唱〕哥也我就似枯樹上再花開則道那一去了的孩兒在青霄外誰承望洛陽的花酒一時來

〔正末云〕小的每鞁兩匹全付鞍馬來者〔王獸醫云〕則鞁一匹馬罷我和婿子疊騎着〔正末云〕

你看這廝波你着俺子母每團圓呵也在你不着俺子母每團圓呵也在你〔做跪科〕〔王獸醫云〕叔叔請起只當搶了臉〔正末云〕哥你着俺父子團圓呵我去那城中請一個巧筆丹青的畫匠我把哥這個形像畫將來着俺子子孫孫輩輩兒供養着哥也不多哩〔王獸醫云〕叔叔便有那巧筆丹青也畫不出我這個醜嘴臉來〔正末云〕哥在意者〔唱〕

〔黃鍾尾〕我則要你抱麟兒撞開孫子連環寨婆婆也我則要你引鸞雛飛出韓侯那一座大會垓想自家年老憊憂念的我這鬚鬢白則我這孤獨的身也可哀〔云〕哥你和婆婆先去〔王獸醫云〕叔叔我知道〔正末唱〕我這裏把這恩養錢我可也便剗劃〔帶云〕我雖無現在的〔唱〕我這裏或是典或是賣儘着他言由着他責你則似那水也似流風也似擺使不着你糕也似團婆婆也我則要你謎也似猜哥不須我叮嚀的向你行說一派〔帶云〕可到那裏呵〔唱〕用着你那巧言波令色〔二旦云〕老的也我知過了也〔正末唱〕婆婆也則要你知過而必改〔云〕我到那裏一頭的見了我那孩兒兩隻手抱的牢者〔唱〕哎你可便休道是拾得一個孩兒落得價擇〔同下〕

〔音釋〕娩音免　韛音備　捩音利　溺奴吊切　闠音債　麥音賣　索篩上聲　甍音萌　柏音擺　夥羅上聲　白巴埋切　揣平聲　窄齋上聲　蠆齋去聲　矮哀上聲　蠢春上聲　坌盆去聲　杲音稿　嚥與咽同　陌音賣　客揩上聲　額鞋去聲　醜音篩　垓音該　憊音敗　剗音擺　劃胡乖切　責齋上聲　謎迷去聲　色篩上聲

捽升攏切

第二折

〔倈兒上云〕我是那俞循禮的孩兒下學來家裏吃飯去怎麼不見養爺來接我〔王獸醫上云〕自家王獸醫的便是姐夫你好狠也罵我做絶戶如今添添孩兒有了主也他原來是韓弘道的孩兒我如今與添添孩兒說知了姐夫看你絶戶是我絶戶〔做見科倈兒做唱喏科云〕舅舅你那裏去來〔王獸醫云〕添添孩兒我問你咱你是誰的孩兒〔倈兒云〕我是俞循禮的孩兒〔王獸醫云〕你不是俞循禮的孩兒是白鷺村韓弘道的孩兒你休家去你的父親乘着鞍馬便來看你也〔下〕〔倈兒做哭云〕元來我是韓家的兒我且不家去則在這裏看有甚麼人來〔正末扮院公上云〕自家是俞循禮家中的個院公如今着我接添添小哥去這裏也無人添添小哥不是俞循禮養的是王獸醫抱將來的則我知道別人都不知道這添添小哥今年十三歲天生的甚是聰明父親歡喜死他却那裏知道這就裏也小哥上學去了我如今接着他去者〔唱〕

〔商調集賢賓〕則俺那小哥哥從幼兒便有志節端的那頑劣處並無些兒敢則是天生的聰俊待改家門氣象兒全別寫字兒寫得來端方對句兒比別人對的來真切可久以後廣寒宮裏必將丹桂折雷發聲便動春蟄則我看承他似堂上親把他來誇獎的就做了世間絶

〔云〕小哥老漢背的你到家中吃飯去波〔倈兒做使性不言語科〕〔正末唱〕

〔金菊香〕我則見他自推自跌自傷嗟哎哥也你那般抹淚揉眵可

是因甚也我問道時無話說哎這椿事我敢猜者哥也多應是師父行吃了些虧折〔倈兒云〕養爺我不是俞循禮的兒我是韓弘道的兒哩〔正末云〕誰這般說來〔倈兒云〕王獸醫舅舅說來〔正末云〕王獸醫哎你送了人也呵〔唱〕

〔梧葉兒〕我聽說罷着我醒如醉可便諕的我來心似呆〔云〕哥你不知道王獸醫是個不良的人他問你父親借具牛你父親不曾借與他他記這些冤讐阻隔您這父子的情也〔唱〕我急慌裏着些閑散話兒遮〔帶云〕王獸醫哎〔唱〕他是個不覩事的喬男女你便橫枝兒待犯些口舌那廝敢平地下鍬撅〔帶云〕哎哥也則你休聽他這酒魔的漢呵〔唱〕一謎裏便胡謅亂說

〔二旦同王獸醫上〕〔二旦云〕這個是俺的孩兒也〔正末云〕是誰的孩兒〔二旦云〕是俺的孩兒〔正末云〕是您家的孩兒您倒省氣力也〔唱〕

〔後庭花〕你常好是要便宜的小大姐〔二旦云〕元是我家的兒〔正末云〕噤聲〔唱〕你這言語也瞞不過我個老養爺〔二旦云〕着孩兒認了姓頻頻的來往〔正末云〕你道什麼哩〔二旦云〕認了姓頻來往〔正末唱〕你道是教孩兒認了姓頻來往〔云〕這等話誰說來〔二旦云〕是韓弘道說來〔正末唱〕哎那老子識時務也便爲俊傑聽說罷這週摺不由我不喉堵也那氣噎〔云〕小哥你今待要如何〔倈兒云〕我挣的百年時入墓穴兩下裏駕轝車〔正末云〕哎喲痛殺我也〔唱〕則他這小孩兒家發話別便大人也不會您樣說他道是百年時入墓穴兩下裏駕轝

車

〔青哥兒〕急的我兩頭兒無能無能計設俺姐姐雖不曾道懷躭懷躭十月哥也那恩養你處何曾道倦怠了些我常記的舊年時節你身子兒薄怯發着潮熱他將那錦繃兒繡藉蓋覆的個重疊但有些兒焦慘便解下搖車乳哺的寧貼恰得個休歇俺姐姐直守到畫眉窗外月兒斜〔帶云〕這也則爲你呵〔唱〕伴孤燈熬長夜

〔三旦同王獸醫做拖倈兒科〕〔正末唱〕

〔柳葉兒〕哎哥也除你外別無甚枝葉爭忍道義斷恩絕便則道腸裏出來腸裏熱怎生把俺來全不借你謊的波小爹爹你今番去了再幾時來也

〔三旦同倈兒下〕〔正末拖住王獸醫云〕庄院裏小的每喚俺哥哥姐姐來〔俞循禮同旦兒上云〕做什麼哩〔正末云〕有人家奪將小哥去了也〔俞循禮云〕誰這般說來〔正末云〕你則問王獸醫〔俞循禮云〕王獸醫添添孩兒怎麼着人奪將去〔王獸醫云〕是韓弘道的兒他奪的去了也〔俞循禮云〕是真個兀的不氣殺我也〔俞循禮同旦兒做倒正末扭住王獸醫科〕〔王獸醫云〕你撇了手不似你這個兩頭白面搬脣遞舌的歹弟子孩兒〔下〕〔正末做驚科云〕呀呀呀哥哥精細者添添小哥來了也姐姐精細者添添小哥來了也〔唱〕

〔油葫蘆〕呀可這壁廂便氣殺他娘〔云〕哥哥精細者添添小哥來了也姐姐精細者添添小哥來了也〔唱〕那壁廂衝倒他爺哎喲慌的我來戰篤速這手兒

可怎生擡撲〔帶云〕哥哥省煩惱〔唱〕俺正是容易得來你今日容易捨也是喒前生的冤業勸哥哥姐姐莫癡呆〔俞循禮做哭科云〕大嫂別人家的兒着他奪將去了可不氣殺我也〔正末云〕哥哥喒家去來〔唱〕

〔浪裏來煞〕這施恩不在年紀老哎扭打不必性兒劣〔帶云〕王獸醫你好狠也呵〔唱〕把俺這連枝樹可怎麼一時截若是喒不煩惱則除心似鐵非干俺便忒着那疼熱大剛喒這人生最苦是離別〔同下〕

〔音釋〕節音姐　別邦爺切　切音且　折音者　蟄張蛇切　絕莊靴切　揉音柔　眵音蚩也平聲　說書者切　者平聲　呆音爺　舌繩遮切　鍬粗消切　撅渠靴切　謁音鄴　傑其耶切　摺音者　噎衣者切　別皮也切　穴希耶切　設商者切　月魚夜切　怯丘也切　熱仁蔗切　繃音崩　疊音爹　撇邦也切　貼湯也切　歇希也切　葉音夜　揲音爹　業音夜　劣閭夜切　截藏斜切　鐵湯也切

第四折

〔俞循禮同旦兒上云〕大嫂你整整的瞞了我十三年光景我早知道這添添不是我的兒我也不擡舉他這十三年也〔王獸醫上云〕嗨俺姐夫敢有些兒怪我來到門首我自過去見俺姐夫去姐夫〔俞循禮云〕舅子你好狠也你怎生下的〔王獸醫云〕不干我事〔俞循禮云〕可是誰說來那〔王獸醫云〕都是那酒說出來了也〔俞循禮云〕你少吃一鍾波罷罷罷既是他家的落的着他將去了我若今生今世昧了人家子嗣我便死呵到那生那世越折罰的我重舅子也你將這八句詩

送與孩兒他是個聰明的若見了詩他必然來看我若是來的早便能勾見我的面若來的遲了我那裏得活的人也（詩云）舅子你那末說之時俺也恩不斷被你說破之時俺就斷了恩大嫂也俺有日百年身死後天那知他誰是拖麻拽布人（做哭科云）添添孩兒則被你痛殺我也（同下）（王獸醫云）我將着這詩送到韓弘道家與添添孩兒看走一遭去來（下）（正末韓弘道同二旦倈兒上）（正末云）誰想有今日也呵孩兒也你叫我一聲爹爹（倈兒做叫科云）爹爹（正末云）兀的不喜歡殺老夫也呵（唱）

（雙調新水令）則俺這眼前花風雨夜來時投至俺得相逢非同造次有如那枯竹上生嫩笋老樹上長新枝仔細尋思這也非人力乃是天賜

（王獸醫上做見正末科云）叔叔你歡喜麽（正末云）可知歡喜哩（王獸醫云）你怕不歡喜這早晚煩惱殺俺那姐姐姐夫也俺姐夫將的八句詩與你孩兒看者（倈兒做念詩科云）璧玉連枝取次分鐵人無淚也消魂愁雲聚此新庄店喜氣生他白鷺村畫閣有誰知冷煖高堂無客問晨昏夢回不覩親兒面斜月微明獨倚門（詞云）我看罷也兩淚千行不由我刀攪心腸認了你個生身父母俺牽羊擔酒却拜謝俺那養育爺娘（王獸醫云）叔叔你牽羊擔酒直至俺姐夫門上認親走一遭去來（正末云）哥哥說的是俺領着孩兒認親去來（同下）（俞循禮同旦兒上云）這早晚怎生不見王獸醫來（正末同倈兒二旦上）（正末云）來到了也（做見俞循禮拜科云）多蒙親家養育之恩老夫今日同孩兒特來拜謝也（做把盞科）（唱）

（沽美酒）高高的捧着玉巵伏伏的跪在堦址願親家滿飲香醪你

便且莫辭〔俞循禮云〕您便是有兒的〔正末唱〕哎喲你再休咭唇波掛齒現放着一箇正名師

〔太平令〕莫怪他泥中隱刺〔俞循禮云〕俺是絕戶的〔正末唱〕他又不曾道節外生枝也不索丁一卯二〔俞循禮云〕都是王獸醫來〔正末唱〕且休問什麼張三波李四咱兩個老兒到死時令這個小廝我着他兩下裏居喪拜祀

〔王獸醫同李春梅上〕〔王獸醫云〕我尋得李春梅來了也〔正末云〕誰是李春梅〔春梅云〕則我便是李春梅〔正末唱〕

〔七弟兄〕聽說了姓兒和這小字不由我就不喜孜孜這一場好事從天至莫不是夏蟬高噪綠楊枝險些兒西風了却黃花事

〔梅花酒〕我覷了這女豔姿如此般蠢坌身子麁奘腰肢却生的這般俊秀的孩兒敢則是鴉窩裏出鳳凰糞堆上產靈芝這言語信有之想天公果無私將人心暗窺視沒揣的對付雄雌酩子裏接上連枝

〔帶云〕春梅也這一場呵〔唱〕

〔收江南〕呀抵多少斷腸人寄斷腸詞今日個弄璋人說與弄璋的詩都是那老天不絕俺宗支這一家兒恰似恰似旱苗甘雨得來時

〔俞循禮云〕住住住大嫂閒話休題添添孩兒便是他的我問你那十三年前你可添了個甚麼來

(旦兒云我得)了個女兒(俞循禮云)如今可在那裏(旦兒云)與俺兄弟王獸醫也(俞循禮云)王獸醫好呵你可將我那女兒來波(王獸醫云)好好好一場惡怨都打在我身上我十三年前在那四村上下二十里巡鋪抱得李春梅的兒子換了姐姐的女兒回去我渾家又有乳食擡舉的一十三歲叫做桂花便是你的女兒姐姐你也依着我者將桂花女兒與俺叔叔家做了個媳婦添添兒與俺姐夫做個女婿你兩家做那世世割不斷的親戚百年之後着這兩口兒澆茶奠酒墳前拜掃罷後拖麻可憐見我無主意老糟頭身死之後將這把絕戶的骨頭葬在墳外牆下到那冬年節下月一十五澆不了的涼漿冷飯去我那絕戶的骨頭上澆奠一兩盞便是報答老糟頭一般(詩云)莫怪區區巧舌頭兩家不要記冤讐今朝兒女重完聚姐夫哎何不當初借我那耕牛(俞循禮云)這廝也說的有理天下喜事無過子婦團圓殺羊打酒做一個慶喜的筵席(正末唱)

(尾聲)甫能認的孩兒至又得個媳婦兒完成喜事儘着我瓦盆邊飲白酒盡餘生畫堂中戲斑衣快活個死

(音釋)造音糙　攪音皎　跕店平聲　裝莊去聲　酩音茗　轝御平聲

題目　白鷺村夫妻雙拆散

正名　翠紅鄉兒女兩團圓

翠紅鄉兒女兩團圓雜劇

珍做宋版邟

甚黑子花柳鳴珂巷
倣孫過筆

李素蘭風月玉壺春
珍倣宋版印

李素蘭風月玉壺春雜劇

元　武漢臣撰
明吳興臧晉叔校

第一折

〔老旦扮卜兒上〕〔詩云〕教你當家不當家及至當家亂如麻早晨起來七件事柴米油鹽醬醋茶老身嘉興府人氏姓李有一個女孩兒小字素蘭幼小間學成歌舞吹彈做着個上廳行首這裏也無人我這個女兒也不是我親養的他自身姓張幼小間過房與我做義女如今十八歲了詩詞歌賦針指女工無不通曉生的十分大有顏色時遇清明節令着女孩兒梳粧打扮了領着梅香去郊外踏青賞玩去早些兒來家老身無甚事往劉媽媽家吃茶去也〔下〕〔正末扮李斌引琴童上云〕小生姓李名斌字唐斌別號玉壺生本貫維揚人也自幼攻習儒業因遊學來至嘉禾地方這是古秀州乃江南繁華勝地今日清明傾城士民盡往郊外遊春賞玩小生引着琴童前往郊外散心小生暗想寒窗下曾受十載苦功他日必奪皇家富貴豈不聞十年窗下無人問一舉成名天下知信有之也〔唱〕

〔仙呂點絳唇〕映雪窗前豈辭勞倦攻經典甲榜爭先獨占文場選

〔混江龍〕赴瓊林飲宴不枉了青燈黃卷二十年有那官過盞中使傳宣御酒淋漓袍袖濕宮花蹀躞帽簷偏列紫衫銀帶聽玉管冰絃挑絳紗紅燭對皓月遙天醉醺醺紅粧扶策下瑤堦氣昂昂朱衣迎接離金殿擺列着玉轡珠履准備着寶馬銀鞭

〔琴童云〕相公時遇春天清明節令你看這郊外人稠物穰都是賞心樂事真個好熱鬧也〔正末唱〕

〔油葫蘆〕則見那仕女王孫遊上苑人人可便賞禁煙則見那桃花散錦柳飛綿語關關枝上流鶯囀舞翩翩波面鴛鴦戀這壁廂羅綺叢那壁廂鼓吹喧抵多少笙歌鬧入梨花院可兀的就芳草設華筵

〔天下樂〕則待要悶向秦樓列管絃青帘風外懸嗔遊人醉眠芳徑軟綠陰中聞鷓鴣紅香中啼杜鵑休辜負豔陽三月天

〔云〕琴童你看那香車寶馬來往交雜正好賞心樂事也呵〔唱〕

〔那吒令〕一叢叢香車翠輦一隊隊雕鞍駿駹一簇簇蘭橈畫船一攢攢蹴踘場一處處鞦韆院一行行品竹調絃

〔鵲踏枝〕一個個玉天仙一雙雙美嬋娟一層層錦塢花溪一里里翠遶珠圈一步步丹青扇面一段段流水桃源

〔云〕你看如此春景真乃咏之不足翫之有餘明明是一幅丹青圖畫也〔唱〕

〔寄生草〕端的是萬萬首詩難盡千千筆畫不全日暄暄芳草汀晴沙暖襯鴛鴦鷺露涓涓楊柳樓柔絲困擺黃金線風習習杏花村粉牆亂落胭脂片翻滾滾玉闌干搧粉翅飛倦採香蝶急煎煎翠池塘展烏衣忙殺銜泥燕

〔云〕琴童天色早哩俺慢慢的行〔旦扮李素蘭引梅香上云〕妾身姓李小字素蘭自幼習學些談

諧歌舞做着個上廳行首時遇春天清明節令母親言語着梅香跟着妾身郊外散心梅香你看那萬紫千紅遊人甚廣俺來到這花深去處將那春盛擔兒放在一壁俺慢慢的賞翫咱(正末云)好一個小娘子也(旦云)好一個俊秀才也(梅香云)好一個傻琴童也(琴童云)好一個醜梅香也(梅香云)你也不俊(正末唱)

[六幺序]呀猛見了心飄蕩魂靈兒飛在天怎生來這搭兒遇着神仙他那裏眼送眉傳我這裏腹熱心煎兩下裏都思惹情牽他則管送春情不住相留戀引的人意懸懸似熱地蚰蜒他生的身軀嬝娜真堪羨更那堪眉彎新月步蹙金蓮

[幺篇]好着俺餓偃熬煎眼暈頭旋有口難言兀的不送了我也這一搭兒平原他那裏褪後趨前俺這裏意馬心猿幾時得共宿同眠若天公肯與人方便成就了一世姻緣若是風亭月館諧鸞燕但得他舌尖上甜唾纔止住這口角頭頑涎

(旦云)梅香你問那秀才那裏人氏姓甚名誰(梅香見末科)秀才萬福(正末云)琴童接了馬者(琴童云)牢墜鐙(正末云)小娘子祗揖(梅香云)秀才俺姐姐使我來問秀才那裏人氏姓甚名誰(正末云)小生揚州人氏姓李名斌字唐斌別號玉壺生今年方纔二十八歲未曾娶妻哩(梅香云)也是個傻廝誰管你娶妻也不曾(正末云)小生則這般道(梅香云)我回俺姐姐話去姐姐那秀才揚州人氏姓李名斌字唐斌年方二十八歲(旦云)梅香你問那秀才我有心請他來花塢中將咱那洒餚共飲幾杯看他心下如何(梅香見末科云)秀才俺姐姐說來請你去那花塢中

飲幾杯酒你心下如何〔正末云〕小生願隨鞭鐙〔梅香云〕你看他一讓一個肯〔正末見旦科云〕姐姐祗揖〔旦云〕秀才萬福〔正末云〕敢問姐姐誰氏之家姓甚名誰〔旦云〕妾身是本處上廳行首姓李小字素蘭今日因賞清明節令幸遇尊顏妾身有菲饌蔬酒若蒙不弃共飲幾杯未知尊意如何〔正末云〕感承姐姐厚意小生焉敢違命〔旦云〕梅香將酒過來我與秀才遞一杯〔正末云〕量小生有何德能敢勞姐姐如此相待也〔唱〕

〔後庭花〕感謝你個曲江池李亞仙肯顧戀這貶江州白樂天願你個李素蘭常風韻則這個玉壺生永結緣雙通叔敢開言着你個蘇卿心願我雖無那走江湖大本錢也敢賠家私住幾年

〔柳葉兒〕也養的恁滿門宅眷也是我出言在駿馬之前哎你個謝天香肯把着卿戀我借住臨川縣敢買斷麗春園一任着金山寺擺滿了販茶船

〔旦云〕秀才若肯屈高就下妾身願與秀才做一程兒伴妾身有隨身的翠珠囊一枚更有二十五輪香串一腕與秀才權爲信物只望貴脚早踏賤地〔正末云〕姐姐見賜之意小生合當拜受小生有掠鬢角的玉螳螂一枚白羅春扇一把送姐姐權且收留亦爲信物〔旦云〕此信物妾身收留來日專候秀才休得失信〔正末云〕小生孔子門徒焉敢失信也〔唱〕

〔賺煞〕我得了這沉香串翠珠囊你收取這玉螳螂白羅扇四件兒是咱這玉潔冰清意堅〔旦云〕秀才則是一件爭奈老母嚴惡休得見責〔正末云〕姐姐放心〔唱〕料的這入馬東西應不免我着他揀口兒食換套兒穿任抓

掀不是我撥萬論千常揣着賣了城南金谷園若你個李素蘭意專這玉壺生情願我情願一春常費買花錢〔下〕

〔旦云〕天色晚了也梅香喒回家去來〔下〕

〔音釋〕 斌音賓 蹀音迭 躞音屑 策釵上聲 稠音紬 穰人掌切 帘音簾 鷓遮去聲 鴣音姑 輦連上聲 駌音宛 橈音饒 踘音菊 襯初艮切 蝶音爹 儍商鮓切 蚰音尤 蜒音延 嬝音鳥 娜挪上聲 暈音韻 褪吞去聲 涎徐煎切 塢音五 抓莊瓜切 掀音軒

楔子

〔冲末扮陶伯常引祗候上〕〔詩云〕三年為吏在錢塘近奉徵書入建章自省循良無實政終慚父老說甘棠小官姓陶名綱字伯常廣陵人也由進士及第授杭州同知之職今奉聖人的命取小官赴京路從嘉興府過此處有一故友乃是李玉壺據此人文學還在小官之上爭奈此人以花酒為念墮了功名小官在此驛亭中等候已曾着人請他去了左右的門首覷者若來時報復我知道〔一正末引琴童上云〕小生李玉壺今有故友陶伯常相公在驛亭中相請小生須索走一遭去門上的報復去道有李玉壺特來拜見〔祗候報科〕報相公得知有李玉壺求見〔陶伯常云〕道有請〔一見科正末云〕早知哥哥來到只合遠接接待不及勿令見罪〔陶伯常云〕數載不見有失動問兄弟請坐〔正末云〕哥哥請問因何至此〔陶伯常云〕兄弟不知今有聖人命取小官赴京路從此過聞知兄弟在於此處風月兄弟你有滿腹才學不思進取功名只以花柳為念小官恐怕誤汝一生大事如之奈何〔正末云〕老兄嚴訓焉敢不從因愚弟疎狂致勞尊念李斌得罪於仁兄有玷於名

教雖然如此爭奈此妓非風塵之態乃貞節之婦故此留心於他實非李斌荒淫〔陶伯常云〕既賢弟堅心有難割遣如今小官行促賢弟平日有甚麼做下文章待小官齎至都城保奏但得進身以盡朋友之心可是何如〔正末云〕辱弟有作下的萬言長策萬望哥哥提拔〔陶伯常云〕將來我看咱〔做遞策接看科云〕好寫染也小官將此萬言長策親到聖人跟前舉薦你爲官必不負所托〔正末云〕多謝了哥哥〔陶伯常云〕小官則今日便索與賢弟長別也〔正末唱〕

〔仙呂端正好〕赴皇都趨天闕現如今國家選用豪傑〔陶伯常云〕據賢弟文章必得重用〔正末唱〕憑着我三冬足用文章絕揮翰墨走龍蛇穿宮錦着朝靴封官爵享豪奢那時分恁時節我可將仁兄結草的這銜環謝〔下〕

〔陶伯常云〕兄弟去了也小官不敢久停久住將着此萬言長策回京師見聖人走一遭去〔下〕

〔音釋〕 齎音躋 闕區也切 傑其耶切 絕藏靴切 節音姐

第二折

〔卜兒上云〕老身是李素蘭的母親自從去年清明時俺那女孩兒領將一個秀才來家他兩個過的綢繆不離寸步那廝初來時使了些錢鈔如今篩子裏喂驢漏豆了趕也趕不將他出去似這般呵俺家裏吃甚麼近日有個客人姓甚喚做甚舍他要和俺女孩兒吃酒他又有錢今日來俺家裏吃茶小的他若來時報我知道〔淨扮甚舍上云〕自家是山西平陽府人氏姓甚人都叫我甚舍鄉裏老的每見我有這人才模樣與我起了個表德喚我做甚黑子我裝三十車羊羢潞紬來這嘉興府做些買賣此處有一個上廳行首李素蘭生得十分大有顏色我有心要和他做一程兒伴那虔

婆請我今日在他家吃茶走一遭去媽媽在家麼〔卜兒云〕甚舍來了也請家裏坐〔做見科〕〔甚舍云〕媽媽我今日一逕的來你家吃茶〔卜兒云〕甚舍俺孩兒有一個舊人我將那廝趕了去可留着你在家裏住〔甚舍云〕妳妳我與你二十兩銀子做茶錢你若肯將女孩兒嫁與俺我三十車羊羢潞紬都與妳妳做財禮錢〔卜兒云〕甚舍你放心我和我女孩兒說去他若肯了我着梅香來喚你〔甚舍云〕多謝妳妳我回客店中去只等你回報〔下〕〔卜兒云〕甚舍去了也我到臥房中和素蘭說知不怕他不肯〔下〕〔旦引梅香拏畫上云〕妾身李素蘭自從與李玉壺作伴可早一載有餘也俺兩個赤心相待他是李玉壺我是素蘭畫了一軸畫兒畫着玉壺裏面插着一朵素蘭花兒俺李玉壺親題一首詞寄玉壺春就寫在上面將俺當日初相見時表信的翠珠囊玉螳螂掛在兩邊朝朝宴會夜夜歡娛妾身就記此玉壺春旋打新腔歌唱今日李玉壺往街市上探望幾位相識去了這早晚敢待來也梅香一壁廂安排下茶飯酒餚待我和他食用身子有些困倦略且歇息咱〔旦做睡科〕〔正末引琴童上云〕多蒙陶伯常哥哥將我萬言長策去了未知道舉薦如何〔歎科〕嗨也非我不想功名甘心流落只是我與素蘭作伴歲餘兩意綢繆因此不能割捨〔琴童云〕相公你不思進取功名只要上花臺做子弟有甚麼好處〔正末云〕琴童你那裏知道做子弟的聲傳四海名上青樓比爲官還有好處做子弟的有十個母兒一家門二生像三吐談四串仗五溫和六省傍七博覽八歌唱九枕席十伴當做子弟的須要九流三教皆通八萬四千傍門盡曉纔做得子弟非同容易也呵〔唱〕

〔南呂一枝花〕每日家春風燕子樓夜月鳴珂巷鶯花脂粉社詩酒綺羅鄉弄玉團香助豪氣三千丈列金釵十二行我是個翠紅堆傳

粉的何郎花衚衕畫眉的張敞

〔梁州第七〕我去那錦被裏舒頭作耍紅裙中插手難當爭鋒處准備着施謀量顯吹彈歌舞論角徵宮商使心猿意馬逞舌劍唇鎗着那等嫩鵓鴿眼腦着忙訕杓倈手脚慌張若是我老把勢展旗旛立馬停驂着那俊才郎倒戈甲抱頭縮項俏勤兒卸袍盔納款投降論胸襟紀綱我是寨兒中風月的元戎將善吟詠會波浪能譔梨園新樂章我可便旋打會新腔

〔做到科云〕梅香姐姐在那裏〔梅香云〕姐夫你來了也俺姐姐歇息哩我喚他去〔正末云〕你休喚姐姐則恐怕驚着他我試看波〔唱〕

〔牧羊關〕見一朵嬌蘭種似風前睡海棠好受用也鴛枕牙牀風流盡繡褥羅衾可喜殺翠屏錦帳〔旦做醒科云〕一覺好睡也〔正末唱〕睡濃時素體鮮紅玉覺來也蕙魄散幽香眼濛濛如西子春嬌困汗溶溶似太真般浴罷粧

〔旦云〕玉壺生你來了也〔正末云〕小生來了也〔旦云〕玉壺生你看這幅畫虧那巧筆丹青怎生畫成來〔正末云〕是畫的好也呵〔唱〕

〔隔尾〕看了這四時蘭蕙十分旺說甚麼一架薔薇滿院香今日折向書齋玉壺中放相近着綠窗勝梨花淡粧每日家淨洗雙眸樂心兒賞

〔旦云〕玉壺生你爲妾身誤却了你的功名如何〔正末云〕姐姐休這等說〔唱〕

〔賀新郎〕我則待簪花殢酒賦詞章至如我折桂攀蟾也不似這淺斟低唱誰想甚禹門三月桃花浪我則待伴素蘭風清月朗比爲官另有一種風光誰待奪皇家龍虎榜爭如占花叢燕鶯場我則要做梨園開府頭廳相我向這花柳營調鼎鼐風月所理陰陽

〔旦云〕梅香將酒來我共玉壺生飲幾杯酒我就歌此玉壺春之曲〔正末云〕對此畫歌此詞真可賞也〔唱〕

〔四塊玉〕這壺畫的來玉潤温這蘭畫的來香飄蕩看了這玉軟香嬌不尋常則這個玉生香花解語風流像端的可便堪畫圖畫圖來堪咏題咏題來堪翫賞

〔旦云〕待妾身表白這一首玉壺春詞〔詞云〕香嬌淡雅天然格蕋嫩幽奇能艷白看四季永馨香遠蓬蓽豈隣野陌惟待客不許遊人閑摘　玲瓏瑩軟無瑕色玉潔冰清有潤澤玉壺內插蘭花壓梅瓣壽陽點額休撒摔莫伴羣芳亂折〔正末云〕將酒來我與姐姐遞一杯姐姐滿飲一杯好高才也〔唱〕

〔隔尾〕那裏是敲金擊玉辭源嚮則爲這玉骨冰肌體段香畫的來素淡輕盈甚停當從今後高捲起莫張做一個繡袋兒謹藏休着那等乾嚥唾冷眼兒的閑人把做話講

〔旦做念云〕玉螳蛔翠珠囊高燒銀燭照紅粧我壓着春風一曲杜韋娘〔卜兒冲上云〕呆屌唱的

好踏開這廝門〔旦慌科〕〔卜兒云〕呸休波甚麽春風一曲杜韋娘〔正末唱〕
〔罵玉郎〕這場禍事從天降妳妳你便休唱叫喒可便好商量走將來平白地生波浪睜着一對白眼睛舒着一雙黑爪老揸着一條黃桑棒
〔感皇恩〕呀眼見的打死鴛鴦拆散鸞凰則這個玉壺生更和這素蘭女則索告你個柳青娘〔卜兒云〕我將你賣與回回達達虜虜去〔旦悲科〕〔正末唱〕
從今後迎風北苑早則不待月西廂直惹的狂蝶覷野蜂鬧喜蛛忙
〔採茶歌〕素蘭呵那裏也翠珠囊百忙裏玉螳螂決撒了高燒銀燭照紅粧沒指望月夜雙歌玉壺腔空壓殺春風一曲杜韋娘
〔卜兒云〕梅香與我請甚舍來〔甚舍上云〕自家甚舍正在客房閑坐媽媽使人來請我須索走一遭去〔見科〕大姐祗揖媽媽我來了也〔卜兒云〕素蘭你看這等一個子弟他又有錢這一表人物不強似那窮秀才〔甚舍云〕我有三十車羊絨潞紬都與媽媽則要娶你個大姐〔正末唱〕
〔牧羊關〕多管是人遭遇料應來天對當走將來凍剝剝雪上加霜這廝待掤斷了俺風月佳期掀騰了花燭洞房〔卜兒云〕李玉壺你是個讀書的人好不聰明你也知法度你要娶俺女孩兒你姓李俺也姓李同姓不可成親你曉的麽李婉兒為甚復落娼皆因為李府尹的兒子也姓李的緣故現放着斷下一首南柯子詞便是個大證見〔正末唱〕你又不是判宰府的南柯子這的是玉壺生小詞章誰想花柳亭鳴珂巷撞着你個嘴巴巴狠切的娘

〔卜兒云〕槐花黃舉子忙你不去求官則管裏戀着我的女孩兒做甚麼〔正末唱〕

〔二煞〕我爲戀着春風蘭蕊嬌容放晦早忘了秋日槐花舉子忙玉壺生拜辭了素蘭香向着個客館空牀獨宿有梅花紙帳那寂寞那淒涼那悲愴鴈杳魚沉兩渺茫冷落吳江

〔旦云〕玉壺生不爭你去了妾身如之奈何則被你痛殺我也〔悲科〕〔正末云〕姐姐今朝間阻何日相會也〔唱〕

〔黃鍾尾〕再誰供養我那荔枝漿薔薇露葡萄釀再誰照顧我那應口飯依時茶醒酒湯不是我冷氣虛心厮數量則要你玉骨冰肌自主張傲雪欺霜映碧窗不要你節外生枝有踈放若別了巫山窈窕娘憂愁殺章臺走馬郎離了嘉禾舊朋黨斷却蘇州刺史腸再要相逢莫承望但提着俺那花前月下共雙雙便是鐵石的心肝我索慢慢的想〔下〕

〔卜兒云〕李玉壺去了甚舍有錢留他在家裏住〔旦云〕妳妳李玉壺被你趕將出去了我有甚心腸與你覓錢梅香將剪子來〔剪髮科〕〔詩云〕雖是歡娛止一春料應宿世結婚姻今朝截下青絲髮方表真心不嫁人〔下〕〔卜兒云〕嗨這妮子剪了頭髮不肯覓錢甚舍你放心我好歹把他嫁與你〔甚舍云〕妳妳大姐不肯嫁我他剪了頭髮可怎麽好〔詩云〕他本是個烟花妓倒做了個禿師姑若要他嫁我甚黑子則除非死了李玉壺〔同下〕

〔音釋〕綢音紬　繆麻彪切　喂音位　娛音余　珂康和切　徵音止　訕山去聲　杓繩昭

切 倈郎爹切 卸寫去聲 殢音膩 鼐音奈 擻音擻 摔音率 屌凋上聲 掿
音鬧 攧聲卯切 萄音桃 釀泥降切

第三折

〔貼旦扮陳玉英上云〕妾身陳玉英是也在這嘉興府做着第二個行首有大行首李素蘭與李玉壺作伴有他母親板障剪了頭髮不出來官身如今我做了大行首李玉壺昨日望我要與李素蘭廝見一面許他今日相見着梅香先請過素蘭來且躲在房中看他說甚麼這早晚李玉壺敢待來也〔正末上云〕小生被那虔婆板障賭氣離了他門出來在客店中安下數日光景也心中抛撇不下昨日央陳玉英姨姨要與素蘭相見一面許小生今日相見小生欲待要不去懸心掛意怎生撇得欲待要去呵又惹的人言三語四使人惶恐好兩難也呵〔唱〕

〔中呂粉蝶兒〕則為我夜去明來沒來由惹一場大驚小怪我不合占着柳陌花街惹的那個言這個語教小生如何忍奈我拜辭了舞榭歌臺赤緊的還不徹宿生冤債

〔云〕也有人勸我道李玉壺你好癡心也我便道哥哥每你不會害着這等證候哩〔唱〕

〔醉春風〕俺情分重如山相思深似海他心我意兩相同着小生如何便改改想着俺懷抱兒內恩情枕頭兒上恩意被窩兒裏恩愛

〔云〕姨姨在家麼〔貼旦云〕李玉壺你來了也請家裏坐〔正末云〕小生特來相煩姨姨〔貼旦云〕李玉壺我便使人請姐姐去了則是那老虔婆有些利害他若知道呵可怎了也〔正末唱〕

〔迎仙客〕謝姨姨肯憐才則你是洛伽山救苦的觀自在問甚麼撞

着喪門管甚麼逢着弔客怕甚麼月值年災拚死在鶯花寨

〔貼旦云〕玉壺你不老素蘭又青春你慌怎麼那道不的個有情誰怕隔年期〔正末唱〕

〔紅繡鞋〕若瞞過那老虔婆賺離了門外便是將俺那望夫石喚下山來呸你一個忒聰明肯做美的姨姨你自裁劃你道他風流剛二八我俊雅未頭白姨姨則道波我則怕兀那青春不再來

〔旦上云〕我約定了李玉壺在陳玉英妹子家相會我須索走一遭去〔做見科〕玉壺生則被你痛殺我也〔做悲科〕〔正末云〕姐姐似此間阻怎生是好也〔唱〕

〔滿庭芳〕端詳了豔色春生杏臉笑入蓮腮我本要秦樓夜訪金釵客我與你審問個明白因甚上不插帶犀梳鳳釵懶親傍寶鏡鸞臺爲甚麽雲鬢鬆了金額不由我轉猜端的爲誰來

〔旦云〕我爲你剪了頭髮我如今塵朦寶鑑土暗銀箏官身都不去承應了則被你悶殺我也〔做悲科〕〔正末唱〕

〔石榴花〕你道是箏閑玉鴈懶鋪排琴被暗塵埋休道你那綠窗前針指不曾拈便小生也土培了硯臺揪撇下詩才你爲我病懨懨攙過這裙兒帶我爲你沈腰寬減盡了形骸你怕咱問時休放解告姨姨只借過那鏡兒來

〔做照科〕〔正末唱〕

〔鬬鵪鶉〕你便似淡描來的洛浦神仙我勝似泥塑來的投江太白

你可便休疑我的心腸莫尋咱罪責〔旦云〕你則這般撇的下我可怎生便不上門來那〔正末唱〕赤緊的十謁朱門九不開可着我怎剗劃那老虔婆虎視着蘭房小生呵怎能勾龍歸大海

〔貼旦云〕姐姐你休煩惱少不的先憂後喜苦盡甜來煩惱他做甚麼〔正末云〕姨姨休要大驚小怪的則怕那虔婆聽的〔貼旦云〕你則這般怕他那〔正末唱〕

〔快活三〕那虔婆恨不的竪起條金斗街險化做楚陽臺將一朵並頭蓮生磕擦兩分開刀割斷合歡帶

〔鮑老兒〕硬鼻凹寒森森掃下雪來冷臉似冬凌塊夕鬭毛齊眼睛向下排則是個敲人腦的活妖怪動不動神頭鬼臉投河奔井拽巷邏街張舌騙口花言巧語指皂爲白

〔卜兒引甚舍上云〕俺那妮子不在家眼見的又在陳玉英家和那窮廝說話哩甚舍你跟着我尋他去如何現關着這門眼見的在這裏開門來開門來〔旦驚科云〕那虔婆來了也可怎生是好〔正末唱〕

〔十二月〕諕得他無顏落色驚的他手脚難擡姨姨也那裏是先憂後喜再沒些苦盡甘來〔旦云〕玉壺生你怎是好那虔婆來了也〔正末唱〕那裏怕邏惹着囊揣的這秀才兀良我則怕生諕殺軟弱的裙釵

〔帶云〕姨姨〔唱〕

〔堯民歌〕俺可甚洛陽花酒一時來也做場蒺藜沙上野花開不能

勾誤隨流水泛天台則有分今宵無夢到陽臺哀哉多應命裏該〔帶云〕我怕怎麼〔唱〕便撞見何妨礙

〔開門科〕〔甚舍云〕大姐唱喏哩〔卜兒云〕陳玉英你是我緊隣你窩藏着俺女孩兒在這裏兀那李玉壺你也不識羞兀那小妮子好大膽也我拔下牙撞破腦我和你告官去〔正末云〕這虔婆好無禮也〔唱〕

〔上小樓〕覷不的千般像態十分叵耐走將來摔碎瑤琴擊破菱花折散金釵拔下頦撞腦袋自行殘害聽不的他死聲吼氣惡乂白賴

〔甚舍云〕這窮廝無禮你雖然先在他家走怎比的我有三十車羊羢潞紬可知現世生苗哩〔正末唱〕

〔幺篇〕恕生面咱雙秀才告迴避波縣宰你也索典田賣地弃子休妻送米供柴〔卜兒云〕我則見有錢的便留他〔正末唱〕則你那本性也難移山河易改雄心猶在但來的一個個不賒現錢便賣

〔甚舍云〕我這般模樣一表人物我又有錢你怎生比的我〔正末云〕也怪不着那虔婆看上你〔唱〕

〔耍孩兒〕這廝他村則村到會做這等腤臢態你向那兎窩兒裏呈言獻策遮莫你羊羢紬段有數十車待禁的幾場兒日炙風篩准備着一條脊骨捱那黃桑棒安排着八片天靈撞翠崖則你那本錢兒光州買了滑州賣但行處與村郎作伴怎好共鸞鳳和諧

〔四煞〕則有分別騰的泥毬兒換了你眼睛便休想歡喜的手帕兒兜着下頦一弄兒打扮的實難賽大信袋滴溜着三山骨硬布衫攔截斷十字街〔甚舍云〕我是山西客人甚黑子便是看我打扮比你全別〔正末唱〕細端詳語音兒是個山西客帶着個高一尺和頂子齊眉的氈帽穿一對連底兒重十斤壯乳的麻鞋

〔甚舍云〕你這等窮廝我見有三十車羊羢潞紬哩〔正末唱〕

〔三煞〕你雖有萬貫財爭如俺七步才兩件兒那一件聲名大你那財常踏着那虎口去紅塵中走我這才但跳過龍門向金殿上排你休要嘴兒尖舌兒快這虔婆怕不口甜如蜜鉢他可敢心苦似黃蘗

〔卜兒云〕兀那李玉壺你這等窮身潑命俺女孩兒守着你做甚麼那〔正末唱〕

〔二煞〕他饑寒守自然我清貧甘分捱他守我那紫羅襴白象簡黃金帶我直着駟馬車鼎沸這座鸎花陣我將着五花誥與他開除了那面煙月牌常言道老實的終須在我便是桑樞甕牖他也情願的布襖荊釵

〔卜兒云〕李玉壺你又無錢俺家裏不留你便罷被你攙調的我女孩兒和我不和明有清官我和你見官去來〔陶伯常引張千上云〕下官陶伯常新任嘉興府太守張千攛開頭踏慢慢的行〔卜叫科云〕寃屈也〔陶伯常云〕張千是甚麼人叫寃屈拏近前來〔張千云〕犯人當面〔陶伯常云〕兀那婆子你告甚麼人〔認末科云〕這個不是我兄弟李玉壺〔正末云〕兀的不是我哥哥陶伯常

〔陶伯常云〕張千將一行人都與我拏的衙中去休着少了一個〔正末唱〕

〔煞尾〕慚愧也老虔婆業確兒滿小杓倈死限該〔甚舍云〕他敢打我多少〔正末云〕也不打多則為你倚仗財物欺壓平人〔唱〕將你拷一百流逐三千里外〔卜兒云〕他敢殺了我麼〔正末云〕則為你坑人財陷人物敲人腦剝人皮〔唱〕你落的個屍首完全大古裏是彩〔下〕

〔音釋〕伽音茄　劃胡乖切　白巴埋切　色篩上聲　客音楷　額崖去聲　鼻平聲　攙初銜切　責齋上聲　刵音擺　凹汪卦切　邏音羅　叵音頗　摔音洒　頦音孩　咷音逃　腤音菴　臢音簪　鉢音撥　龔音擺　拷音考

第四折

〔陶伯常引祇候上云〕小官陶伯常自到京師謝聖恩可憐遷除嘉興府太守之職將李玉壺的萬言長策獻與聖人聖人大喜就加李玉壺本府同知共小官做着同僚免其赴闕謝恩即之任所小官來到長街市上見一簇人鬧不想正是李玉壺恐外人覷之不雅我着祇候人都拏在衙中來了也張千將那一行人都與我拏上廳來〔張千云〕理會的一行人俱在〔正末同卜兒旦甚舍上〕〔卜兒云〕今日見了官纔是一個明白〔甚舍云〕我使了三十車羊絨潞紬則這般罷了〔正末唱〕

〔雙調新水令〕這廝他不明白硬撞入武陵溪量你個野蜂兒怎調和蜂蜜頹氣了惜花春起早拽塌了愛月夜眠遲強風情不曉事呆廝誰着你將錢去買憔悴

〔衆見官科〕〔張千云〕當面〔陶伯常云〕一行人都跪着單則李玉壺請起〔卜兒云〕爺爺我是原

告他是被告怎生教我跪着放他起來〔正末唱〕

〔駐馬聽〕老虔婆唱叫揚疾更狠如剔髓挑觔索命鬼見俫子撅天撲地不弱如打家劫舍殺人賊老虔婆坐兒不覺立兒饑甚黑子東行不見西行利沒道理全不怕咆哮兩行公人立

〔卜兒云〕爺爺可憐見李玉壺先前和俺女孩兒作伴後來我家裏別留山西客人甚舍他自沒趣走了出去反倒撥調的我娘兒兩個不和我因此來告他緣何原告跪着被告立着豈有此理〔陶伯常云〕這事當初曾有玉壺春圖畫恭明是你家女兒許配李玉壺了你怎麼又留了甚舍〔正末云〕可知道來〔唱〕

〔水仙子〕俺只道玉壺春打滅再休題險做了運退雷轟薦福碑元來素蘭香也有逢春日沉香串依然共素手攜翠珠囊似合浦重回玉螳螂飛繞在蘭叢內白羅扇長如明月輝怎肯教杜韋娘嫁了王魁

〔陶伯常云〕兀那婆子你聽者因他李玉壺獻了萬言長策聖人就加他為本府同知〔甚舍云〕我死也〔卜兒云〕李玉壺我道你不是個受窮的人〔正末唱〕

〔落梅風〕從公道依正理怎做得倚官挾勢想李素蘭剪斷香雲為甚的也只是願雙雙並諧比翼

〔陶伯常云〕李素蘭我將你配與李玉壺為妻你意下如何〔旦云〕多謝相公妾情愿從良改正〔一

陶伯常云〕兄弟小官將李素蘭與你做夫人好麼〔正末云〕全仗仁兄主張您兄弟不敢忘報〔一

唱〕

〔鴈兒落〕成就了碧桃間鸞鳳栖翠沼畔鴛鴦配一任他綠陰中鶯燕喧錦塢內蜂蝶戲

〔得勝令〕呀這連理厚栽培並蒂共葳蕤今日個告別了煙花市同歸了錦繡鬮准備了佳期合歡帶常拴繫得遂了于飛同心結莫摘離

〔陶伯常云〕既然從良改正着禮案上除了名字將素蘭配與玉壺爲夫人〔甚舍云〕爺爺這成不的他也姓李那也姓李同姓不可爲婚〔旦云〕相公妾身本姓張自幼年過房與他做義女來我如今要出姓改正有何不可〔陶伯常云〕是實麼〔卜兒云〕嗨俺那忤逆種不認我了教我怎好賴得實是我過房的女孩兒他本姓張〔陶伯常云〕李玉壺兄弟你將白銀百兩給與這婆子做恩養禮錢兀那甚黑子倚仗財物奪人妻妾罪該不應杖斷四十搶出衙門去李玉壺今爲本府同知將五花官誥與張素蘭做夫人你兩個望闕謝了恩者〔末旦謝恩科〕〔正末唱〕

〔沽美酒〕多謝你大恩人做主持這本性不難移也只爲鶯花寨聲名非是美情願做從良正妻結婚姻要成對

〔太平令〕請受了五花誥身榮顯貴七香車表正容儀玉壺子元稱國器這素蘭女堪爲佳配從今後足衣足食所事兒足意呀不枉了天地間人生一世

〔陶伯常云〕李玉壺你聽者〔詞云〕則爲你萬言策轉奏明光封官爵佐理黃堂不枉了十年窗下

今日得紫綬金章素蘭女婚姻注定改本姓准許從良老虔婆給銀百兩甚黑子斷遣還鄉從此後

夫榮妻貴永團圓地久天長

〔音釋〕蜜忙閉切　疾精妻切　髓桑嘴切　撅與掘同　賊則平聲　咆音袍　哮希交切

行霞浪切　立音利　轟音烘　的音底　翼銀計切　葳音威　甤兒追切　繫音計

摘齋上聲　忤音五　足臧取切　食繩知切

題目　甚黑子花柳鳴珂巷

正名　李素蘭風月玉壺春

李素蘭風月玉壺春雜劇

韓魏公斷借屍還魂

呂洞賓度鐵拐李岳
倣顧德謙筆
珍倣宋版印

呂洞賓度鐵拐李岳雜劇

元　岳伯川撰
明吳興臧晉叔校

第一折

（旦扮李氏上詩云）花有重開日人無再少年休道黃金貴安樂最值錢妾身姓李是岳孔目的渾家嫡親的三口兒家屬丈夫在這鄭州做着六案都孔目有一箇小廝喚做福童孩兒上學去了孔目接新官未回這早晚不見來小的每安排下茶飯則怕孔目來家要食用咱（外扮呂洞賓上云）我勸你世俗人跟貧道出家去來我教你人人成仙箇箇了道做大羅神仙也（做看科云）這裏也無人貧道不是凡人乃上八洞神仙呂洞賓是也因爲下方鄭州奉寧郡有一神仙出世乃是岳壽做着箇六案都孔目此人有神仙之分只恐迷却正道貧道奉吾師法旨差來度脫他須索走一遭去可早來到岳壽門首（做哭科云）岳孔目好苦也（做笑科）（倈兒上云）自家岳孔目的孩兒福童便是學裏來家喫飯家門首一箇先生師父作揖（呂洞賓云）無爺的小業種（倈兒云）我好意與你作揖你倒罵我和俺妳妳說去（見旦科云）母親門首一箇先生罵我是無爺業種（旦云）在那裏我去看（做見呂科云）你這先生好無禮也怎生在門首大哭三聲大笑三聲又罵孩兒是無爺業種（呂洞賓云）你是箇寡婦領着箇無爺業種（旦云）這先生連我也罵起來了我是箇婦人家不和你折證等我孔目回來不道的饒了你哩你則休走了也（正末扮岳孔目領張千上云）某鄭州奉寧郡人氏姓岳名壽嫡親的三口兒家屬渾家李氏孩兒福童我在這鄭州做着箇都孔目這箇兄弟姓張名千因他能幹就跟着我辦事一月前上司行文書來說俺鄭州濫官污吏較多聖

人差的個帶牌走馬廉訪相公有勢劍銅鍘先斬後奏鄭州官吏聽的這消息說這大人是韓魏公就來權鄭州謊的走的走了逃的逃了兄弟爲甚我不走不逃（張千云）哥哥爲何不逃（正末云）兄弟您哥哥平日不曾扭曲作直所以不走不逃迎接大人不着咱回家吃了飯再去迎接（做行科）（張千云）哥哥咱閉口論閉話想前日中牟縣解來那一火囚人不知哥哥怎生不斷哥哥試說與你兄弟咱（正末云）前日中牟縣解來的囚人想該縣官吏受了錢物將那爲從的寫做爲首的爲首的改做爲從的來到咱這衙門中若不與他處決可不道人之性命關天關地兄弟你那裏知道俺這爲吏的若不貪贓能有幾人也呵（唱）

（仙呂點絳唇）名分輕薄俸錢些小家私暴又不會耕種鋤鉋倚仗着笞杖徒流絞

（混江龍）想前日解來強盜都只爲昧心錢買轉了這管紫霜毫減一筆教當刑的責斷添一筆教爲從的該敲這一管紐曲作直取狀筆更狠似圖財致命殺人刀出來的都關來節去私多公少可曾有一件兒合天道他每都指山賣磨將百姓畫地爲牢

（呂洞賓做笑科云）岳壽你今年今月今日今時你死也（張千做看見科云）哥哥有一箇風魔先生哭三聲笑三聲在咱門首鬧哩（正末怒云）這先生好無禮也他是盆兒我是罐兒他敢不知道岳孔目的名兒我試看咱（做見科云）兀那先生爲甚在我門首哭三聲笑三聲這是怎說（呂洞賓云）岳壽你是箇沒頭鬼你死也（正末云）呸你看我悔氣連日接新官不着來家吃飯又被這潑先生罵我是沒頭鬼（旦上云）孔目你不知孩兒下學來吃飯被這先生罵孩兒是沒爺業種又

罵我是寡婦好無禮也〔正末云〕大嫂你家裏去等我問他兀那先生我那孩兒惱着你甚麽來你罵他〔呂洞賓云〕岳壽沒頭鬼你死也這孩兒就是無爺業種〔正末云〕這潑先生好無禮也〔唱〕

〔油葫蘆〕你欺負俺孩兒年紀小出家人廝扇搖喫的來滴滴鄧鄧醉陶陶門前哭罷門前笑街頭指定街頭鬧孩兒他娘引着你罵他爺死了〔呂洞賓云〕我是個出家人你怎生近的我〔正末唱〕也不索官中插狀衙中告〔帶云〕我要禁持你至容易〔唱〕只消得二指闊紙提條

〔呂洞賓云〕岳壽你敢怎麽我〔正末唱〕

〔天下樂〕敢把你拖到官司便下牢我先教你省會了你和那打家賊並排壓定脚祇從人解了你縧首領每剝了你袍〔帶云〕休道是先生〔唱〕我着你似生驢般喫頓拷

〔呂洞賓云〕岳壽沒頭鬼你死也〔正末云〕我怎生是沒頭鬼〔呂洞賓云〕韓魏公新官到任有勢劍銅鍘想你這等扭曲作直的污吏決難逃也〔正末云〕韓魏公見我這等幹辦公勤決不和我做敵對〔呂洞賓云〕你休強口咱〔正末唱〕

〔金盞兒〕你道是新官正決難逃俺這舊吏富易通交眼見得一官二吏三年了家私休想落分毫他這新官倚俸祿俺這舊吏靠窠巢他這官清司吏瘦俺這家富小兒嬌

〔云〕張千把這廝高高弔起來等我吃了飯慢慢的問他〔張千云〕你這先生無禮怎敢罵我哥哥且弔在這門首〔做弔科〕〔外扮韓魏公上將解放立住科〕〔呂下〕〔張千云〕哥哥一個出家人風

僧狂道和他一般見識放了他罷〔正末云〕兄弟由你罷你看他酒醒也不會〔張千出門不見呂科云〕那先生那裏去了是誰放了他則有這個老頭子在這裏兀那老子是你放了那先生來〔一韓魏公云〕一個出家人是老漢放了他來〔張千云〕是你放了他你敢吃了熊心豹膽俺弔着的人你放了這村老漢尋死也我和俺哥哥說去〔做見正末科云〕哥哥恰纔弔着的那先生不知那裏來的一個莊家老子把那先生放的去了我問是誰放了這先生來那老子便道是我解了繩子放了來哥哥這老子情理難容也〔正末云〕俺門首弔着的人一個莊家老子就解放了那廝在那裏〔張千云〕見在門首哩〔正末云〕張千你將坐位整好了放下問事簾來張千你近前依着我問他去〔正末隔簾見韓魏公科云〕兀的是那莊家老子〔張千云〕則他便是〔正末云〕依着我問他去〔張千云〕哥哥你說來依着你問他〔正末云〕看了這廝待說俺城裏的這城裏不會見這等一箇人待道是鄉裏的這村老子動靜可別着哩張千你問他者〔唱〕

〔醉扶歸〕你問他在村鎮居城郭〔張千云〕兀那老子俺哥哥問你城裏住村裏住〔韓魏公云〕哥哥老漢村裏也有莊兒城裏也有宅兒〔張千云〕這老頭子硬頭硬腦的正是躲避差傜游食戶村裏尋住城裏去城裏尋住村裏去你則在這裏我回俺哥哥話去〔做見正末云〕哥哥那村老子說城裏也有宅兒村裏也有莊兒〔正末云〕這老子好無禮也他回我這等話張千你敢問的差了也你則依着我再問他去〔唱〕你問他當軍役納差傜〔張千云〕兀那老子俺哥哥着我問你當差是軍身是民戶〔韓魏公云〕老漢軍差也當民差也當因老漢有幾文錢又當站戶哩〔張千云〕你軍差也當民差也當因有錢又當站戶〔韓魏公云〕是〔張千云〕他是埋頭財主我回哥哥話去〔做見正末云〕哥哥他說軍差也當民差也當因有錢又當站戶哩〔正末云〕噤聲這廝好不

幹事跟我這幾年了着這莊家老子使的兩頭回來走的你則依着我再問去〔唱〕你問他開鋪席爲經商可也做甚手作〔張千云〕兀那老子你可開鋪席做經商的是甚麼手作〔正末云〕張千你再問他〔唱〕你與我審個住處查個名號〔張千云〕他是個莊家老子只管要問他住處怎的〔正末唱〕我多待不的三日五朝將他那左解的寃讎報〔云〕張千休教走了這老子等我慢慢的奈何他〔張千云〕哥哥他諸般兒當諸般兒做你可怎生奈何他〔正末云〕你說我奈何不的他我如今略說幾樁兒看我奈何的他奈何不的他〔張千云〕哥哥你說我聽〔正末唱〕

〔金盞兒〕他或是使斗秤拿箇大小等箇低高〔云〕我禁的他麼〔張千云〕他不賣糧食開個段子鋪兒你怎生禁他〔正末云〕更好奈何他哩〔唱〕或是他賣段疋揀箇寬窄覷箇紕薄〔云〕我奈何的他麼〔張千云〕他也不做買賣每日閉着門只在家裏坐你怎生奈何他〔正末云〕我越好奈何他哩〔唱〕或是他粉壁遲水瓮小拖出來我則就這當街拷〔張千云〕他城裏也不住搬在鄉裏住你怎生奈何他〔正末云〕我正好奈何他〔唱〕便是他避城中居鄉下我則着司房中勾一遭〔帶云〕他來的疾便罷來的遲呵加上箇頑慢二字〔唱〕我着他便有禍〔帶云〕他依着我便罷若不依我呵我下上箇欺官枉吏四個字〔唱〕我着他便違條〔帶云〕這老子是下戶我添做中戶是中戶我添做上戶的差徭〔唱〕我着那挑河夫當一當直窮斷那廝筋〔帶云〕我更狠一狠呵一〔唱〕我着那打家賊指一指〔帶云〕輕便是寄贓重便是知情〔唱〕我直拷折那廝

腰

〔張千云〕哥哥你這樣做就沒官府了〔正末云〕且莫說是個百姓就是朝除官員怎出的俺手〔一

唱〕

〔後庭花〕怕不初來時粧會幺看他間深裏探會爪我見先他見後他臨行我放刁笑裏暗藏刀代官來到不道咱輕放了

〔張千云〕他拚的不做官你怎生治他〔正末唱〕

〔金盞兒〕有了狀但去呵決私逃停了俸但住呵怎輕饒離了官房沒了倚靠絕了左右沒了牙爪我直着他典了衣賣了馬方見俺心似鐵筆如刀饒他便會鑽天能入地怎當俺拿住腳放頭稍

〔張千云〕哥哥實不相瞞這幾日跟哥哥早起晚眠甚是辛苦怎生與你兄弟做個面皮我出去放了那老子討些酒錢養家〔正末云〕你也說的是我也要接新官去哩依着你要些酒錢放了他罷〔張千云〕我出的這門來兀那老子你可也有福我為你在哥哥面前磨了半截舌頭我看你也不是這城裏人你是盆兒是罐兒〔韓魏公云〕怎麼是盆兒罐兒〔張千云〕我和你說盆兒無耳朵罐兒有耳朵你不知道俺哥哥的名兒若說起來諕你八跌他是岳壽見做着大案都孔目誰不怕他有箇外名兒叫做大鵬金翅鵰〔韓魏公云〕怎生是大鵬金翅鵰〔張千云〕你這老子是不知道我和你說大鵬金翅鵰是箇神鳥生的沒世界大天地間萬物都攝的吃了好生利害你認的我麼〔韓魏公云〕你是誰〔張千云〕我是小鵰兒〔韓魏公云〕怎生是小鵰兒〔張千云〕俺這鄭州奉寧郡但除將一個清官來俺哥哥着他坐一年便一年着他坐二年便二年若不要他坐呵只一鵰就

鵰的去了俺哥哥是大鵬金翅鵰鵰那正官我是箇小鵰兒鵰那佐二方纔要送你性命我替你說着饒了你了〔韓魏公云〕多謝了哥哥老漢回去也〔張千扯住科云〕你好自在性兒我爲你在我哥哥面前怎生樣勸解你就要回去你豈不聞管山的燒柴管河的吃水〔韓魏公云〕老漢不省的〔張千云〕正是箇莊家老子我勸哥哥饒了你性命有甚麼草鞋錢與我些〔韓魏公云〕可不早說有有有老漢昨日騎驢城中來跌了我這腰這鈔袋裏有碎銀子哥哥你自己取些罷〔張千云〕這老子倒乖哄的我低頭自取你却叫有蹦絡的倒着你的道兒〔韓魏公云〕我不哄你〔張千取鈔科〕〔做拿金牌科云〕這老漢是村裏人進城來諸般不買先買了箇擦牀兒〔細認是金牌做怕科〕〔韓魏公云〕兀那廝這鄭州接誰哩〔張千云〕接韓魏公哩〔韓魏公云〕兀那廝你擡起頭來看則我便是韓魏公〔張千云〕我死也〔韓魏公云〕你纔說岳壽是大鵬金翅鵰〔張千云〕爺爺號做黑老鴉了〔韓魏公云〕你說你是小鵰兒〔張千云〕號做麻雀兒了〔韓魏公云〕老夫跟前還要鈔那百姓怎了也那廝你聽者可知這鄭州官濫吏弊人民頑嚚把持官府老夫今日非是私來奉聖人的命與我勢劍金牌爲廉訪使審囚刷卷先斬後奏除姦去暴扶弱摧强都只爲你這濫官汚吏損害良民〔詞云〕我親奉當今聖主差勅賜勢劍與金牌只爲鄭州民受苦私行悄悄入城街那岳壽似困虎離山逢子路張千似病蛟出水遇澹臺休道別人手裏不要鈔則我老夫身上也還要錢買草鞋說與你把持官府岳孔目着他洗的脖子乾淨絶早州衙試劍來〔下〕〔張千向古門道拜科云〕爺爺不敢了也〔正末云〕你看張千這廝好不幹事也我着他放了那老子去這早晚不見回來我試看咱〔做見科云〕你看這廝兄弟你做甚麼哩你敢見鬼來〔張千云〕我見你就和見鬼一般〔正末云〕咗這廝好無禮也你起來我問你那莊家老子那裏去了〔張千云〕號殺我也哥

你接誰哩〔正末云〕接韓魏公〔張千云〕那老子就是韓魏公我問他討錢來他着我看金牌號殺我也〔正末云〕你對他說甚麼來〔張千云〕不知那箇早死遲托生的弟子孩兒說你是大鵬金翅鵰說我是小鵰兒〔正末云〕阿呀你送了我也他說甚麼來〔張千云〕他說着你明日洗的脖子乾淨州衙裏試劍來〔正末云〕則他便是韓魏公他說着我洗的脖子乾淨明日州衙裏試劍來不中張千備馬來待我趕將上去〔做跌倒科〕〔旦出扶科〕〔張千云〕哥哥蘇醒者弔了靴也哥哥蘇醒者〔正末云〕大嫂引着福童孩兒往衙門裏見相公去說岳壽再不敢放肆了也大嫂我眼見的無那活的人也且扶我後房中去來〔唱〕

〔賺煞尾〕赤緊的官長又廉曹司又拗我便是好令史怎禁他三徧家取招我今日爲頭便把交爭奈在前事亂似牛毛有人若是但論着休想道肯擔饒早停了俸追了錢斷罷了不是我千錯萬錯大剛來一還一報〔帶云〕他道我是大鵬金翅鵰吱喲〔唱〕誰想那百姓每的口也是禍之門舌是斬身刀〔下〕

〔音釋〕 鏩音查 薄巴毛切 鉋音袍 笞音痴 郭沽卯切 作音早 紕音批 撾莊瓜切 綹音柳 拗音要 錯音草

第二折

〔皁隸人衆排衙科云〕早衙清淨人馬平安〔韓魏公上詩云〕造法容易執法難徒流笞杖死相關三尺由來天下命精審刑名莫等閑老夫姓韓名琦字稚圭幼年進士及第累蒙擢用老夫一生公廉正直與人秋毫無犯凡官吏聞老夫之名盡皆斂手回容謝聖人可憐進封魏國公之職今因鄭

州官濁吏弊往往陷害良民奉聖人命差老夫來鄭州刷卷勅賜勢劍金牌先斬後奏老夫隨路打聽的說這鄭州有個六案都孔目岳壽說此人好生把持官府老夫私行到岳壽門首見弔着一箇先生老夫解放去了不想有箇祗候人張千問老夫要金帛說岳壽是大鵬金翅鵰他是小鵰兒被老夫言語教岳壽洗的脖子乾淨明日絕早來州衙裏試劍岳壽聽的這話諕成了病不得痊可老夫來到衙門中刷卷文案中無半點兒差錯不想此人是箇能吏左右與我喚將孫福來者〔左右云〕孫福何在〔孫福上詩云〕人道公門不可入我道公門好修行若將曲直無顛倒脚底蓮花步步生小人孫福是也在這鄭州做着箇令史大人呼喚須索見咱〔做見科云〕大人喚孫福那廂使用〔韓魏公云〕孫福喚你來不為別因老夫數日前私行到岳壽門首他知是老夫諕的在家成病一臥不起你今將着老夫俸鈔十錠送與岳壽做藥資傳我的言語等岳壽病好時依舊六案中用他你見了岳壽時快來回老夫的話〔詩云〕因岳壽遭人毀謗遣孫福到家探望若是他病症痊時依舊在衙門勾當〔下〕〔孫福云〕奉着大人言語將着十錠俸銀送與岳壽做藥資不敢久停久住往哥哥宅上走一遭去來〔下〕〔正末抱病旦同張千扶上〕〔正末云〕大嫂我眼見的無那活的人也你好生看覷孩兒這一會覺昏沉上來你扶着我者〔正末發昏科〕〔旦悲科云〕孔目你甦醒者張千拿衣服來教孔目穿了者〔張千做穿衣科正末醒科云〕大嫂怎生大驚小怪的做甚麼〔旦云〕你纔發昏來與你穿上衣服了也〔正末云〕怪道這等熱燥快脫了者我身上衣服儘勾了也〔旦云〕孔目你平生吃辛受苦鬬閫下平日愛穿的幾件衣服你不穿了去留下做甚麼〔正末云〕快脫了我不穿去且留着〔唱〕

〔正宮端正好〕你裝裹我二十重或是三十件〔旦云〕你置下的合該你穿〔

〔正末唱〕你道是我置下我死合穿知他土坑中埋我多深淺裝裹殺也無人見

〔旦云〕孔目也盡我每一點的心〔正末唱〕

〔滾繡毬〕妻也空費你心你也索聽我言這衣服呵且休算萬針千線也不論舊絮新綿你如今值着業寃使着死錢這衣服但存幾件

〔旦云〕你命也不保留着他做甚麼〔正末唱〕怕你子母每受窮時典賣盤纏比如包屍裹骨棺函內爛把似遇節迎寒您子母每穿省可裏熬煎

〔云〕大嫂你休大驚小怪的等我歇息一會咱〔旦云〕張千你門首看着但有人來探望休着過來孔目要歇息哩〔張千云〕理會的〔孫福上云〕小人孫福是也不想岳孔目哥哥沖撞着韓魏公得了這一驚臥病不起奉大人的台旨着我探病走一遭去可早來到也〔做見張千科云〕張千哥哥病如何〔張千云〕則有添無減〔孫福云〕我奉韓魏公言語來看哥哥的病送這俸鈔做藥資若好了時依舊六案中重用哥哥哩〔張千云〕快休題韓魏公三個字若提起韓魏公三個字就諕死了哥哥等我報去〔做見正末科云〕哥哥有孫福在扵門首〔正末云〕誰在門首〔張千云〕孫福來探哥哥病〔旦云〕既有人來孔目我且迴避〔正末云〕大嫂不必迴避則恁的也要請他來說話着他過來〔孫見科云〕哥哥病體若何〔正末云〕兄弟請坐你這些時在那裏來〔孫福云〕衙門中公事忙您兄弟不曾來探望哥哥休怪您兄弟纔奉韓魏公大人鈞旨〔張千發科云〕呀呀就諕殺了〔孫福云〕着我送俸錢來與哥哥就問病體如何若好了時大人依舊用哥哥衙中辦事〔正末云〕大人則是遲了些兒不濟事了大嫂你去裝香來和福童望衙門謝了者〔旦謝科〕〔正末云〕兄弟

我如今覷天遠入地近眼見的無那活的人也兄弟我身沒之後別無所托你是個志誠君子我托妻寄子與你你嫂嫂年紀小孩兒嬌痴你勤勤的照覷照覷〔孫福云〕兄弟知道〔正末云〕大嫂你熬些粥湯來我吃〔旦云〕下次小的每快熬粥湯去〔正末云〕大嫂你自己去下次小的每不中用〔旦背云〕我理會的了那裏是熬粥湯他要和小叔叔說甚麼話故意兒着我熬粥湯去我也不去熬粥湯只在這裏聽者〔虛下〕〔正末云〕福童孩兒過來跪着你叔叔者兄弟也這福童孩兒跪着就是我跪着一般今世裏則有飲酒食肉的朋友那裏有托妻寄子的朋友我若有些好歹別無以次人止有福童孩兒我有心待托妻寄子在兄弟跟前怕兄弟有那穿不着的衣服與孩兒一件半件穿吃不了的茶飯與孩兒一碗半碗吃〔孫福云〕哥哥為何〔正末云〕我則怕久後迷了岳家的本姓〔唱〕

〔倘秀才〕也不索囑付你千言萬言想着咱同衙府十年五年〔帶云〕倘我死之後〔唱〕你是必打聽着山妻照顧着豚犬他一頭亡了夫主廢了家緣〔帶云〕您嫂嫂是個年少婦人家〔唱〕他從來腼腆〔孫福云〕哥哥放心便怎生有這等事〔正末唱〕

〔叨叨令〕怕有那無廉恥謊漢子胡來纏〔孫福云〕嫂嫂不比其他的人〔正末云〕兄弟也我死之後有那等謊廝上門來〔唱〕則你那無主意拙嫂嫂從來善則要你無私曲好兄弟頻來見〔帶云〕你見你那嫂子有不中處你說不出來呵〔唱〕着你那無面目的嬸子兒便將他勸〔孫福云〕着媳婦子勸些甚麼〔正末云〕着嬸子勸道姆姆俺伯伯是人面上的人你要愛惜行止〔唱〕着言語勸他也麼哥着言語勸

他也麼哥豈不聞臨危好與人方便

〔旦上悲科云〕孔目你怎生對着小叔叔說這等話那〔正末云〕大嫂這等近禮的話我也難對你說〔旦云〕則願的無是無非便有些好歹你則放心我一車骨頭半車肉我一馬不鞴兩鞍雙輪不碾四轍守着福童孩兒直到老死也不嫁人有你在時三重門兒也不曾出休道你死了我可出門去〔正末云〕你道你不出門去保守着不見人的面皮我略說幾件兒見人的勾當與你聽者〔旦云〕你說我聽〔正末唱〕

〔倘秀才〕或是祭先祖逢冬遇年〔云〕到那冬年時節月一十五孩兒又小上墳呵大嫂你可出去見人麼〔旦云〕我不去着張千引着孩兒墳上燒紙便了〔正末云〕這個且罷〔唱〕或是待親戚排筵坐筵〔云〕福童孩兒娶媳婦六親相識每吃筵席你不出去支待着誰支待〔旦云〕若有女客來我便支待若有男客來着張千支待罷〔正末云〕大嫂者有呵〔唱〕非五服內男兒不曾教見一見則為你有人材多嬌態不老相正中年〔帶云〕我死之後〔唱〕你休忘了大人家體面

〔旦云〕孔目你但放心我只不出去見人便了〔正末云〕大嫂你道你不見人我有些好歹一頭地停喪在家我往日相識的朋友聽的道岳孔目死了他沒的不來燒紙張千兄弟在外執料福童孩兒年紀幼小家中再無一人你不出去接待可着誰人接待〔唱〕

〔滾繡毬〕你必索迎門兒接紙錢〔旦云〕孔目也你直恁般多心我着張千領着孩兒出去迎接我只不見人便了〔正末云〕可早一椿兒也這個也罷我死之後停到一七者波便停到二七者波想着咱二十年兒女夫婦你沒的不送我到郊外〔唱〕又索隨靈車哭少年〔云〕

有那等年紀小的後生便道岳孔目有個好渾家三門四戶不出無人能勾得見今日出來送岳孔目的殯喒看去來〔唱〕那其間任誰都見〔帶云〕見了你這個中注模樣〔唱〕有那等廝圖謀的賊漢心專〔云〕有那謊漢每便道這個是岳孔目的渾家我久已後好歹要娶了他〔唱〕俺親眷行除孝服你爺娘行使會錢〔帶云〕俺的親眷你的爺娘都肯了只你不肯〔唱〕他與你些打眼目的衣服頭面〔云〕你見了好衣服好頭面那裏還想我哩〔旦云〕孔目也我堅心守志怎生肯嫁別人〔正末唱〕你便守煞呵剛捱到服滿三年你嫁箇知心可意新家長〔帶云〕吱喲福童兒也〔唱〕那裏發付那有母無爺小業寃就兒裏難言

〔孫福云〕哥哥俺嫂嫂不比其他婦女〔旦云〕你說甚麼話我和你二十年兒女夫妻我怎肯做這般勾當孔目你則將息你那病休胡說假如有些好歹我堅心守志〔正末云〕我主意則是要你休嫁人〔唱〕

〔脫布衫〕我和你十七八共枕同眠二十載兒女姻緣一脚地停屍在眼前〔帶云〕妻阿〔唱〕則落的酒茶澆奠

〔小梁州〕怕不的痛哭靈堂守志堅兩淚漣漣有那等贏姦賣俏俊官員早聘下金釵鈿〔帶云〕你見了呵〔唱〕還守的幾多年

〔幺篇〕那裏想夫妻往日心廝戀也是前世前緣囑付你小業寃聽爺勸您娘別尋了繾綣〔帶云〕若有人與你金銀錢物呵〔唱〕你是必休是必休接受買服錢

〔孫福云〕哥哥如今官府難荅應哥哥平日所行教與兄弟些〔正末云〕我見舊官去呵〔唱〕

〔倘秀才〕笑裏刀一千聲抱怨〔帶云〕我見新官到呵〔唱〕馬前劍有三千箇利便舊官行揹勤些東西新官行過度些錢見起由難似產聽得到照會緊如烟做多少家罪譴

〔滾繡毬〕新官若請得意虔舊官若來得自然〔云〕新官到任衙門中事必須問俺我從頭說一徧再訪之於舊官相同所謂舊令尹之政必以告新令尹〔唱〕若是新官和舊官相見舊尹政新尹合傳問衙事那箇虛那箇實那箇愚那箇賢議論咱六房中吏人一徧咱那前程事則消得舊官去新官行附耳低言把那姦猾刁刺的州縣裏剖將那清幹忠直的向省部內遷平地升仙

〔云〕兄弟官府雖然這等我又有法兒彌縫他怎生出的喒手〔唱〕

〔倘秀才〕他那擎天柱官人每得權俺拖地膽曹司又愛錢〔帶云〕兄弟也〔唱〕你須知我六案間峥嶸了這幾年也曾在饑喉中奪飯吃凍尸上剝衣穿便早死呵不敢怨天

〔孫福云〕哥哥說的話多了且養養精神者〔正末云〕福童孩兒趁我精細再囑付你幾句我死之後你若長大休做吏典只務農業是本等〔唱〕

〔滾繡毬〕兒呵你學使牛學種田你自養蠶自摘繭農莊家這衣飯穩善便刷卷呵我也只自安然當軍呵你自當做夫呵快向前剩納

些稅糧絲絹只守着本等家緣你若不辭白屋農桑苦免似你爺請受公門俸祿錢無罪無愆〔云〕大嫂你來聽我再囑付幾句〔唱〕

〔三煞〕妻呵你將這幹家私使心力二十年夫主相隨見把你這忒嬌養正愚頑十一歲冤家廝可憐教孩兒鎮守親娘休遭繼父專記臨終莫忘遺言若孩兒爲官呵教聽些有理的公事爲民呵教做些有理的營生爲吏呵教取些有理的人錢休教我這白骨頭上作賤我便死也口眼閉在黃泉

〔二煞〕你爲夫主呵似孟光般舉案非爲謟你爲孩兒呵似陳母般埋金恰是賢常則是戶靜門清上和下睦立計成家衆口流傳那時節保香名到省內除雜役在官中立綽楔在門前教滿城人欽羨強如哭一萬徧少年天

〔旦悲科云〕孔目你怎生說的這等你就說到底則不辱沒你便了〔孫福云〕哥哥你省煩惱將息你那病症倘或哥哥有些好歹若嫂嫂姪兒少吃無穿都在你兄弟身上哥哥你放心〔正末云〕多謝了兄弟大嫂我這一會昏沉上來扶我前廳上去來大嫂你好生覷當孩兒我說的話你休忘了〔旦云〕孔目你蘇醒者〔正末云〕大嫂有兩個古人你學一個休學一個〔旦云〕你教我學那一個〔正末唱〕

〔煞尾〕你學那守三貞趙真女羅裙包土將那墳塋建休學那犯十

惡桑新婦綵扇題詩則將那墓頂搧黑婁婁潮上涎鐵屑屑手腕軟
直挺挺腿怎拳銅斗兒家私不能勾擅血點兒相識不能勾面花朵
般渾家不能勾戀魔合羅孩兒不能勾見半世團圓分福淺則俺這
三口兒相逢路兒遠〔下〕
〔孫福云〕誰想哥哥身亡了也我不敢久停久住回相公話去〔下〕〔旦哭科云〕孔目身亡了一壁
廂破木造棺停喪七日高原選地築造墳墓好好的埋葬他〔哭科云〕孔目撇得俺子母每無主則
被你痛殺我也〔下〕

〔音釋〕 琦音奇 甦音蘇 閘爭去聲 闠音僓 腼面上聲 腆拖典切 鞁音被 碾尼展
切 釧川去聲 繾音遣 綣音眷 服房夫切 揹肯去聲 譴音遣 綽昌約切
楔音屑 搧扇平聲 涎徐煎切

楔子

〔外扮閻王引判官牛頭馬面鬼上詩云〕未滿缾壺豈降災衆生造業苦難捱鎗山劍樹無邊苦及
早修行作善來吾神乃陰司閻羅王是也冥司有十地閻君掌管人間輪迴六道大抵塵世衆生舉
心動念無非是罪皆受大鐵圍山小鐵圍山罪苦又有十八重地獄雖然名目各別總之受罪無私
今爲陽世鄭州奉寧郡有一人乃是六案都孔目岳壽平昔之時吏權大重造業極多那更褻瀆大
羅神仙此人陽壽已盡死歸冥路必須定罪鬼力與我攝過來者〔正末上云〕自家岳壽是也閻神
呼喚須索見咱〔做見科〕〔閻王云〕岳壽你知罪麼〔正末云〕小人不知罪〔閻王云〕因爲你在陽
間做六案都孔目瞞心昧己扭曲作直造業極多褻瀆大羅神仙牛頭馬面燒起九鼎油鑊放上一

文金錢教岳壽自取〔牛頭云〕理會的〔正末云〕罷罷罷往日罪惡今日我都見了也〔唱〕

〔仙呂賞花時〕火坑裏消息我敢踏油鑊內錢財我敢拿則爲我能跳塔快輪鍘今日向陰司折罰〔牛頭云〕我一义挑下油鑊去〔正末慌科唱〕望着番滾滾熱油义

〔呂洞賓冲上云〕岳壽你省也麽〔正末云〕呀〔唱〕

〔幺篇〕我手扯住環縧禮拜他〔呂洞賓云〕岳壽你曉得人有生死麽〔正末云〕師父救徒弟咱〔呂洞賓云〕油鑊雖熱全真不傍苦海無邊回頭是岸岳壽你省也麽〔正末云〕徒弟省了也〔呂洞賓云〕跟我出家去來〔正末云〕情願跟師父出家〔呂洞賓云〕鬼力且留下等我見閻君去〔呂做見閻王科閻王云〕早知上仙到來只合遠接接待不周勿令見罪〔呂洞賓云〕岳壽所犯何罪义入九鼎油鑊〔閻王云〕因他在陽間做六案都孔目造罪極多又觸犯上仙因此义入油鑊〔呂洞賓云〕上帝好生之德閻君看貧道面上免岳壽油鑊之罪化與貧道做個徒弟放他回陽間去罷〔閻王云〕待我看咱〔做望科云〕可憐也岳壽的妻將他屍骸焚化還魂不的了也〔呂洞賓云〕却怎了閻君你再與我看一看去〔閻王云〕待小聖再看去〔做看科云〕上仙今有鄭州奉寧郡東關裏青眼老李屠的兒子小李屠死了三日熱氣未斷着岳壽借屍還魂去上仙可是如何〔呂洞賓云〕好好好岳壽誰想你渾家將你屍骸燒化了我如今着你借屍還魂屍骸是小李屠魂靈是岳壽休迷了本來面目若到人間休戀着酒色財氣人我是非貪嗔痴愛你聽者前姓休移後姓莫改雙名李岳道號鐵拐速離陰府者〔正末云〕大嫂你好狠也把我多留幾日怕做甚麽那〔唱〕聽的道燒了我屍骸將我來沒亂煞俺妻子知他是怎生麽若放我回家兒半霎只

當似枯樹上再開花〔下〕

〔呂洞賓云〕岳壽還魂去了也此人到的陽間見那酒色財氣人我是非貪嗔痴愛等他功成行滿貧道再去點化他〔詩云〕我着他閻王殿上除生死紫府宮中立姓名指開海角天涯路免得迷人大道行〔下〕〔閻王云〕領上仙法旨送岳壽生魂直至李屠家借屍還魂去岳壽你好有緣也〔詩云〕人之生死在吾前貴賤榮枯能幾年今朝岳壽還魂去異日當爲洞府仙〔下〕

〔音釋〕衆平聲　踏當加切　鑊音和　罰扶加切　煞雙鮓切　霎雙鮓切

第三折

〔淨扮孛老引旦倈上云〕老漢姓李是這鄭州東關裏屠戶父母生我時眼上有一塊青人順口叫我做青眼李屠嫡親的四口兒這個是媳婦兒這個是孫子孩兒是小李屠不幸患病死了今日三日也心上還有些熱孩兒着衆街坊擡出來我看〔衆人擡正末出科〕〔孛老云〕孩兒你甦醒者兀的不痛殺我也〔正末做還魂科〕〔唱〕

〔雙調新水令〕只俺個把官猾吏墮阿鼻多謝得呂先生化爲徒弟家裏啼哭殺嬌養子沒亂殺脚頭妻生死輪迴一去了早三日

〔云〕大嫂張千福童你在那裏也〔孛老云〕謝天地孩兒還魂了也〔正末云〕嗁兀那村老子你有甚麼事到衙門裏告去怎生直來到我臥房中〔孛老云〕我是你的父親這是你媳婦兒子你怎生不認的了〔正末唱〕

〔沽美酒〕知道他誰是誰我將你記一記委實委實不認的〔旦兒云〕李屠你不認的我麽我是你渾家〔孛老云〕孩兒你怎生說這等話孩兒我是你父親你魂迷了忘記

了也〔正末唱〕却怎生一發的鬧起知他是甚親戚〔太平令〕依舊有青天白日則不見幼子嬌妻我纔離了三朝五日兒也這其間哭的你一絲兩氣我如今在這裏不知他在那裏幾時得父子夫妻完備

〔云〕張千你與我拿將下去〔孛老云〕孩兒怎生說這話我是你爹爹〔正末云〕我倒是你公公哩〔孛老云〕你聽我說你是我兒子小李屠今日死了三日也心頭有些熱不曾送出去今日你還魂來了怎生不認的我了〔旦兒云〕李屠我是你渾家怎生不認的〔正末云〕休要大驚小怪的等我尋思咱〔做沉吟科背云〕我是岳壽罵了韓魏公得了這一驚諕死了我死至陰府閻君將我乂入九鼎油鑊是呂先生救了着我還魂誰想岳大嫂燒了我的屍骸着我借屍還魂屍骸是李屠的魂靈是岳壽的這裏敢是李屠家裏我待看岳大嫂和福童孩兒怎生得去只除是這般〔向衆云〕我雖是還魂回來我這三魂不全一魂還在城隍廟裏我自家取去〔孛老云〕媳婦兒快收拾香紙喒替孩兒取魂去〔旦兒云〕爺休教他去〔正末云〕我自家取去您是生人驚散了我的魂靈我又是死的了你休來我自己取去〔正末起身跌倒科云〕哎喲跌殺我也〔孛老云〕孩兒你一條腿瘸你走不動〔旦兒云〕你一了瘸〔正末云〕怎生腿瘸師父也把似你與我個完全屍首怕做甚麼呢〔孛老云〕你有一條拐我拿將來你拄着你便行的動〔正末云〕將來將來〔做拄拐起身行科旦兒云〕我扶將你去〔正末云〕靠後我自家取去〔旦兒云〕你休去你且歇一日明日取去〔正末唱云〕靠後〔做出門科〕〔孛老云〕着他先行俺隨後跟將去〔同旦兒下〕〔正末云〕我想當初做吏人時扭曲作直瞞心昧己害衆成家往日罪過今日折罰都是那一管筆〔詩云〕可正是七寸逍

遙管三分玉兔毫落在文人手勝似殺人刀〔唱〕

〔鴈兒落〕則我那一管筆扭曲直一片心瞞天地一家兒享富貴一輩兒無差役

〔云〕我當初做吏人時掙將來的東西妻兒老小都受用了〔唱〕

〔得勝令〕俺只道一世裏喫不盡那東西誰承望半路裏脚殘疾爲甚麼屍首兒登途慢則爲我魂靈兒探爪遲則爲當日罵韓魏公一塲怕一塲氣至如今日〔帶云〕若有人說腦背後韓魏公來也〔唱〕哎喲諕的我一脚高一脚低

〔慶東原〕爲甚我今日身不正則爲我往常心不直和那鬼魂靈不能勾兩脚踏實地至如省裏部裏臺裏院裏咱只說府裏州裏他官人每一箇箇要爲國不爲家怎知道也似我說的行不的

〔做回看科云〕休來休來我到城隍廟取魂靈去也想我死不多時岳大嫂便把我屍骸焚化了這嫁人事知他又是怎的我索行動些〔唱〕

〔川撥棹〕俺自從做夫妻二十年幾曾離了半日早起去衙裏便是分離晚夕來到家裏那塲歡喜滿口賢惠一刻精細要一供十舉案齊眉那些夫妻道理聽的當遠差教休出去早教我推病疾今日受煩惱有甚盡期

〔七弟兒〕那一七二七哭啼啼盡七少似頭七淚親人約束外人欺

獨自坐地獨獨自睡

〔梅花酒〕看看的過百日官事又縈羈衣食又催逼兒女又央及那婆娘人材迭七八分年紀勾四十歲不爭我去的遲被那家使心力使心力厮搬遞厮搬遞賣東西賣東西到家裏到家裏看珠翠看珠翠寄釵篦寄釵篦定成計定成計使良媒使良媒怎支持怎支持謊人賊

〔收江南〕我只怕謊人賊營勾了我那脚頭妻脚頭妻害怕便依隨依隨了一徧怎相離我如今在這裏（云）適纔李屠的渾家也有些顏色着我就這裏不中（唱）我這裏得便宜俺渾家敢那裏落便宜

（帶云）我想這做屠戶的雖是殺生害命還强似俺做吏人的瞞心昧己欺天害人也（唱）

〔太清歌〕他退猪湯不熱如俺濃研的墨他殺狗刀不快如俺完成筆他雖是殺生害命爲家計這惡業休提俺請受了人幾文錢改是成非似這般所爲磣可可的活取民心髓抵多少猪肝猪蹄也則是秤大小爲生過日不強似俺着人膿血換人衣

〔川撥棹〕想當初去衙裏馬兒上穩坐地挺着腰肋撚着髭鬚引着親隨傲着相知似那省官氣勢到如今折罰來直恁的

（云）你每休跟的我來驚了我魂靈我又是死的也呀左右無人這影兒可是誰的可原來是我的

（做摸頭髮髭鬚科云）天也怎生變得我這等模樣了（唱）

〔鴛鴦煞〕却怎生鬅鬆着頭髮鬍着箇嘴剗地拄着條粗枴瘸着條腿往常我請俸祿修養的紅白飲羊羔將息的豐肥暢道我殘病身軀醜詫面皮穿着這繿縷衣服呸可怎生聞不的這腥膻氣到家裏見了俺那幼子嬌妻將我這借屍首的魂靈兒敢不認得〔下〕

〔音釋〕阿何哥切　鼻音疲　日人智切　的音底　戚倉洗切　瘸巨靴切　直征移切　役銀計切　疾精妻切　剗音產　十繩知切　七倉洗切　逼兵迷切　及更移切　力音利　篦邦迷切　賊則平聲　墨忙背切　筆部每切　磣森上聲　髓桑嘴切　肋梨妹切　詫瘡詐切　繿音藍

第四折

〔岳旦領倈兒上云〕妾身岳壽的渾家是也自俺孔目亡過之後韓魏公大人與俺立了個節婦牌說俺岳壽是個能吏因諕死了與俺重修房舍門樓一應閑雜人等不許上俺門來今日要與孔目看經做好事我着張千與孫福叔叔請僧人去了怎生不見來下次小的每門首看着若來時報復我知道〔正末上云〕自家岳壽便是望我大嫂和孩兒去忘了我家住處試問人咱〔向古門道問科云〕兀那大哥那裏是岳孔目住處〔內應云〕那新門樓就是自從岳孔目死了韓魏公大人見他是個能吏與他修理門樓房屋但凡閑雜人等不許上門哩〔正末云〕量岳壽有何德能着大人這般用心也〔唱〕

〔中呂粉蝶兒〕大院深宅閑雜人趕離門外與亡靈累七修齋則俺那守服的妻帶孝的子爭知我在也不在若聽的岳孔目回來孩兒

每那一場大驚小怪
〔醉春風〕則俺情意重如山那裏也侯門深似海〔做叫門云〕岳大嫂開門來〔岳旦開門云〕一個鑿槽叫化頭出去〔做推倒末科〕〔正末唱〕出門來推了箇脚梢天這婆娘不將我睬睬〔帶云〕大嫂你不睬也罷〔唱〕怎將我劈面拳敦湧身推搶那裏降階接待
〔岳旦云〕這廝說話有些蹺蹊你是甚麼人〔正末云〕大嫂我是你丈夫岳壽〔岳旦云〕這廝胡說俺那丈夫這般模樣好要便宜拖這廝往官司去你說你是岳孔目當初怎生死了來說的是萬事都休說的不是不道的饒了你哩〔正末云〕你也說的是你聽我說當日我與張千接韓魏公不着來家吃飯見一個先生在咱門首大哭三聲大笑三聲罵福童孩兒做無爺業種罵你做寡婦罵我做沒頭鬼被我使張千弔在門首不知那裏走將一個莊家老子解放的去了我罵他老無知張千又對他說什麼我是大鵬金翅鵰他是小鵰兒不想那老子可正是韓魏公我得了這一驚諕死了到於陰府閻君將我乂入九鼎油鑊多虧了呂洞賓師父救了我着我還魂被你燒了我的屍骸着我借東關裏青眼老李屠的兒子小李屠的屍首借屍還魂我一徑的來看你子母每想當日韓魏公着我洗的脖子乾淨絕早來州衙裏試劍去則一句兒〔唱〕
〔十二月〕諕的我忘魂喪魄謝呂洞賓免難除災閻羅王饒過我性命你把岳孔目燒毀了屍骸一靈兒無處刞劃空教人兩淚盈腮
〔堯民歌〕我一靈兒先到望鄉臺將這李屠屍首借回來為孤兒寡婦動情懷因此上瘸臁跛足踐塵埃哀也波哉特地望你來怎下的

推我出宅門外
〔岳旦云〕原來是孔目借屍還魂這等你且進來〔正末唱〕
〔紅繡鞋〕賢達婦將咱休怪這姦猾心把你胡猜蓋世間那箇不是水性女裙釵把親夫殯擡出去不曾把後老子招將來我比你倒挂着一半拐
〔岳旦云〕孔目你怎生這等模樣了〔正末唱〕
〔喜春來〕我往常見那有錢無理的慌分解見有理無錢的卽便拍瞞心昧己覓錢財爲甚我兩箇脚一箇歪也是我前世不修來
〔岳旦云〕孔目你坐着孫福張千請僧人去了敢待來也〔孫福張千上云〕今日是俺哥哥的頭七請了幾個和尚買了些紙劄與哥哥看經來到門首俺見嫂嫂去來〔做見正末科云〕嫂嫂怎生伴着個叫化的坐是甚麼模樣拿棍來打這廝〔正末唱〕
〔迎仙客〕一箇家嗔忿忿一箇家鬧咳咳改不了司房裏欺人惡性格孫福咱相識二十年張千你隨我六七載哎沒上下村村怎不把岳孔目哥哥拜
〔岳旦云〕這人不是叫化的是你哥哥岳孔目〔張千云〕咗俺哥哥怎生這般嘴臉〔正末云〕孫福張千我是你哥哥岳壽〔張千云〕你道是岳孔目你怎生死了來〔正末云〕我借李屠屍首還魂回來你怎生不認我〔孫福張千做悲科云〕原來是孔目哥哥借屍還魂了也〔孛老同旦兒上云〕我遠遠的跟着孩兒往這一家裏去了也只得跟進去〔做見科云〕孩兒你在這裏做甚麼喒回家去

來〔正末云〕這是俺家裏〔岳旦云〕這是我的夫主〔李旦云〕他是我的丈夫〔衆爭認科〕〔張千奪拐打孛老科〕〔正末做勸跌倒科云〕張千我須有些瘸〔張千發科云〕你可不早說與我〔孛老云〕我家的兒子認了別人更待干罷俺去告官去來〔衆同下〕〔韓魏公引從人上排衙科云〕老夫韓琦是也今日升廳坐起早衙左右的喝攛廂〔孛老李旦孫福張千岳旦俫兒正末同上〕〔孛老云〕寃屈寃屈〔韓魏公云〕甚麼人叫寃屈左右與我拿過來〔做拿科〕〔韓魏公云〕兀那老子你告甚麼〔孛老云〕相公可憐見小人是李屠有我的兒子小李屠死了三日如今還魂回來他說一靈兒在城隍廟裏他自取去誰想走到這個人家裏去就不來家不肯認我他是我的孩兒相公與我做主咱〔岳旦云〕相公可憐見則他便是我丈夫岳壽〔韓魏公問正末科云〕兀那廝你端的是誰家人〔正末云〕則我是岳壽借屍還魂回來也〔韓魏公云〕你說你是岳壽你當初怎麼死了來你說一偏我聽〔正末云〕相公可憐見聽岳壽細說一偏咱〔韓魏公云〕你說的是萬事罷論說的不是左右安排下勢劍銅鍘決不饒恕〔正末唱〕

〔普天樂〕爲相公有聲名因小人多粘帶小人有銅肝鐵膽相公有勢劍金牌魂靈兒歸地府死屍兒焚郊外死屍兒焚了魂靈兒在謝呂先生救得回來因此上更名改姓瘸臁跛足換骨抽胎

〔孛老云〕你是我的兒跟我家去〔正末云〕我不跟你去〔韓魏公云〕你因何不跟他去〔正末唱〕

〔快活三〕恁的官法嚴把牛馬宰你見行市緊早毋猪災懸羊頭賣狗肉賴人財倚仗着秤兒小刀兒快

〔孛老云〕相公他不跟我去一棍打殺了大家都不要〔正末唱〕

〔鮑老催〕你正是拾的孩兒落的摔待將我細切薄批賣〔韓魏公云〕這椿事着老夫怎生下斷〔呂洞賓沖上科云〕韓魏公休錯斷了事也〔正末唱〕有德行的吾師恰到來我這裏掂脚舒腰拜好着我慌慌亂亂勞勞嚷嚷怨怨哀哀

〔呂洞賓云〕岳壽你省了也麼〔正末云〕弟子省了也情願跟師父出家去〔唱〕

〔上小樓〕我如今把玉鎖頓開金枷不帶撇了酒色辭了財氣跳出牆來上的街化了齋別無妨礙只望完全了乞兒皮袋

〔幺篇〕抹了鉢盂裝在布袋繿繿縷縷悲悲鄧鄧往往來來拄着楞穿草鞋麻袍寬快但得個無煩惱恰勝似紫袍金帶

〔呂洞賓云〕徒弟則今日跟我朝元去來〔正末云〕岳大嫂好看福童孩兒李大嫂你承奉李老人家師父弟子情願出家去〔做拜謝韓魏公同呂洞賓下〕〔韓魏公云〕岳壽已跟呂洞賓修仙去了你等也不必爭論各自回家去罷〔斷云〕老夫爲官斷事今已老這等借屍還魂從古少要知大羅仙徑本非遙只是世人眼孔生來小你也莫思夫主再回來你也休想孩兒重認了不如各自歸家早早修免被是非人我空勞擾〔同下〕〔正末上唱〕

〔耍孩兒〕從今日填還了妻子冤家債我心上別無掛礙拜辭了人我是非鄉拂綽了滿面塵埃名韁利鎖都教剖意馬心猿盡放開也只怕尊師怪遠離塵世近訪天台

〔衆仙隊子上奏樂科〕〔呂洞賓云〕衆仙長都來了也李岳跟我朝元去來〔正末唱〕

〔二煞〕漢鍾離有正一心呂洞賓有貫世才張四郎曹國舅神通大藍采和拍板雲端裏響韓湘子仙花臘月裏開張果老驢兒快我訪七真游海島隨八仙赴蓬萊〔呂洞賓云〕您衆人聽者這的是李屠的屍首岳壽的魂靈我着他借屍還魂來〔詞云〕貧道再降臨凡世度你個掌刑名主文司吏因爲有道骨仙風誤墮入酒色財氣懼怕那韓魏公命染黃泉就陰府化爲徒弟李屠家借屍還魂終不脫腥羶臭穢煅煉就地水火風合養定元陽真氣跟貧道證果朝元拜三清同朝玉帝〔正末拜謝科唱〕

〔煞尾〕你着我側着身雲霧裏行瘸着腿波面上踹屠戶家脚起全憑着拐則俺這令史每心平過的海

〔音釋〕宅池齋切　累上聲　鑾平聲　皃鋪買切　剮音擺　劃胡乖切　臁音廉　跛波上聲　拍鋪買切　咳音孩　格皆上聲　摔音洒　掂店平聲　羶扇平聲　穢音畏　踹捕采切

題目　韓魏公斷借屍還魂

正名　呂洞賓度鐵拐李岳

呂洞賓度鐵拐李岳雜劇

老尉遲鞭對鞭當場賭勝

倣閻立本筆

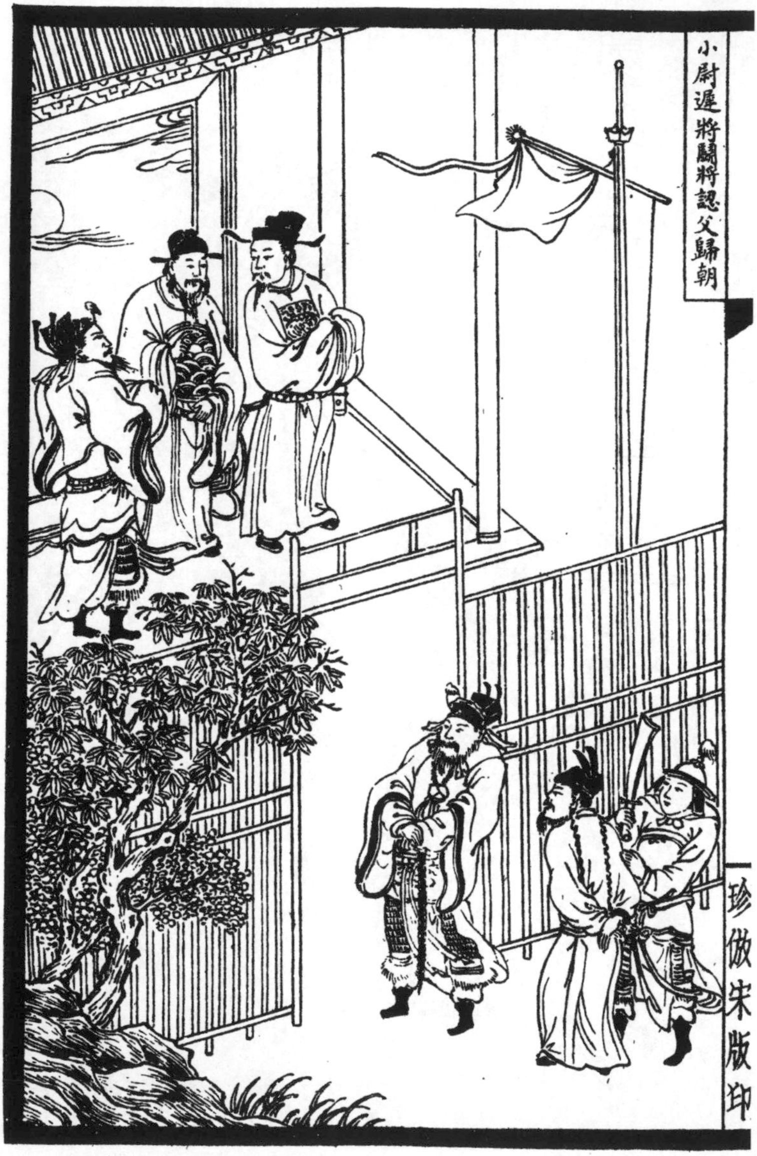
小尉遲將鬬將認父歸朝
珍倣宋版印

小尉遲將鬬將認父歸朝雜劇

元　　撰

明吳興臧晉叔校

第一折

〔冲末扮劉季真領番卒上詩云〕帥鼓銅鑼一兩敲轅門裏外列英豪三軍報罷平安喏緊捲旗旛再不搖某北番劉季真是也我父親乃定陽王劉武周只爲俺二十年前父親手下有一員上將乃是尉遲敬德因與唐兵交戰困在介休縣不想那敬德降唐去了他撇下一子那小的纔生三歲他有箇養爺乃是宇文慶某就將那小的要了與我做了孩兒不想今經二十年光景這孩兒長立成人喚做劉無敵那一個敢說是尉遲敬德的兒我就殺了他如今這孩兒學成十八般武藝無有不拈無有不會他却不知那尉遲敬德是他父親我打聽得大唐家將老兵驕病了秦瓊閑了敬德我如今着孩兒劉無敵領十萬雄兵下將戰書去單搦尉遲敬德出馬那敬德老了也必然羸不的我劉無敵若羸了那尉遲敬德那時節某親統大勢雜兵直殺過去覷大唐一鼓而下有何難哉小番說與劉無敵領十萬雄兵選定吉日便起營到于大唐界上打將戰書去單搦尉遲敬德出馬某隨後領兵接應來也〔詩云〕俺孩兒武藝精通搦敬德出馬交鋒只一陣生擒回寨纔認的番將英雄〔下〕〔外扮劉無敵領番卒上云〕某劉無敵是也父親是劉季真有宇文慶是養爺幼小裏將我來恩養的成人長大今奉父親的將令着某點就十萬精兵單搦尉遲敬德交戰去今日在私宅前廳上收拾軍裝打磨兵器小番門首覷者看有什麼人來報復知道〔正末扮宇文慶拏拄杖上云〕老夫覆姓宇文名慶當初是尉遲敬德家一箇院公二十年前敬德佐於定陽王劉武周手下爲將次

後降唐去了撇下一子在老夫根前他父親去時孩兒纔三歲也不想俺落在北番劉季真手下他就要了這孩兒如今喚做劉無敵年長二十三歲學成十八般武藝可也不減似那敬德我幾番待要和孩兒說來恐怕劉季真知道今日他在前廳上打磨兵器收拾軍裝不知為何我且去問他一個緣因詳細咱〔唱〕

〔仙呂點絳唇〕你這般對壘交鋒到頭都總南柯夢說甚軍功可兀的與你身兒上元無用

〔混江龍〕到如今干戈猶動只待和大唐家廝殺見雌雄常是個爭龍鬪虎剔蝎撩蜂你看那昏慘慘征塵遮的遍地黑熖騰騰燎火燒的半天紅繡旗颭颭戰鼓鼕鼕排營撥撥列陣重重愁雲靄靄殺氣濛濛單看的你這一條鞭到處無攔縱待要你扶持社稷保護疆封

〔云〕小番報復去道有宇文慶在於門首〔番卒報科云〕喏報的將軍知道有宇文養爺來了也〔劉無敵云〕快有請〔番卒云〕請進去〔正末做見科云〕小將軍你為何在此打磨兵器〔劉無敵云〕養爺不知父親的將令着我領十萬精兵單搦大唐家尉遲敬德交戰因此上我在這裏打磨兵器收拾軍裝不日便行也〔正末云〕小將軍你斷然不可去〔劉無敵云〕養爺你為何不要我去〔正末云〕你便去也贏不的他〔劉無敵云〕且莫說箇贏的贏不的父親的將令誰敢有違〔正末唱〕

〔油葫蘆〕好着我盡在嘻嘻冷笑中我勸着他怎不從〔劉無敵云〕我如今起兵在即你怎說這等話〔正末唱〕你將我這口中言看成做耳邊風你是一

個朽木材怎比的他真梁棟你是一箇寒鴉兒怎比的他丹山鳳〔劉無敵云〕憑着父親手下兵多將廣量大唐何足道哉〔正末唱〕則咱這劉季真怎比的他徐茂公你本是那潑泥鰍打夥相隨從可便乾鬧起一座水晶宮

〔天下樂〕可不道將在謀而不在勇哎你一箇將也波軍枉用功〔劉無敵云〕憑着我坐下馬手中鎗有萬夫不當之勇料他到的那裏〔正末唱〕你道十八般武藝都曉通賣弄你智量高氣勢雄你小可如劉黑闥王世充

〔劉無敵云〕養爺你放心憑着我一身武藝那尉遲敬德雖然是一員上將他如今年紀高大也敵不的我了〔正末云〕小將軍你認的那尉遲敬德麼〔劉無敵云〕我不認的他則聽的人說他如今老了也我則理會的後生可畏〔正末云〕小將軍你若到來日兩陣之前須隄防着敬德那一條水磨鞭〔劉無敵云〕養爺你怎麼滅自己志氣長別人雄風那尉遲敬德有水磨鞭我劉無敵也有鞭哩〔正末唱〕

〔村裏迓鼓〕那敬德鞭無虛舉舉無不中你便要一衝一撞登時間早將你七擒七縱倒不如且從容莫賭鬭無驚恐〔劉無敵云〕養爺你說那裏話我到來日兩陣之間也不搊別人單搊那尉遲敬德這老頭兒出馬〔正末唱〕你待要兩陣間單搊那鄂國公〔云〕小將軍你和他厮殺呵有箇比喻〔劉無敵云〕將何比喻〔正末唱〕你恰便似病羊兒逢着大蟲

〔劉無敵云〕養爺你放心我這一去必然取勝量他到的那裏〔正末唱〕

〔元和令〕你這一去少吉多凶則宜止不宜動可不道箭安弦

上慢張弓方信道緊行無善踪〔劉無敵云〕看各人的本事你休阻我〔正末唱〕你這般大驚小怪氣冲冲早難道軍情事不透風

〔劉無敵云〕哎養爺俺這裏七里圍子手擺布的銀山鐵壁相似直着那敬德老兒覷也不敢覷咱的敢和俺賭戰〔正末唱〕

〔上馬嬌〕他將那袍凱披兵器攻端的是人如虎馬如龍他若是掿鋼鞭款款把征騘鞚敢着你轟的呵一命早丟空

〔遊四門〕你便有那銀山鐵壁數十重殺的你人似血衚衕則他那尉遲敬德敵頭重〔劉無敵云〕小番則今日下教場點軍好歹要與他交鋒去來〔正末唱〕你那裏高叫響如鐘空逞恁的好喉嚨

〔劉無敵云〕養爺你放心看我活拏了敬德回來取將相王侯都在這一遭兒也〔正末唱〕

〔勝葫蘆〕哎說甚麽將相王侯元沒種〔云〕小將軍只怕你敵不過敬德麽〔劉無敵云〕養爺出軍發馬也要個吉利〔正末唱〕休煩惱你個小先鋒不爭你九里山前廝鬧哄便要與劉沛公出力我勸你韓元帥莫動則被你羞殺我也蒯文通

〔劉無敵云〕我如今做着前部先鋒俺父親合後接應我到那裏無三合無兩合則一合活拏將敬德回來纔見的好漢〔正末唱〕

〔後庭花〕你將一箇後老子來忒緊攻倒把一箇親爺來不敬重我道你是頂天立地的男兒漢怎做了背祖離宗的牛馬風〔劉無敵云〕這

說話一發說到那裏去了〔正末唱〕可不罵你個黑頭蟲我則索教唆詞訟我這裏絮叨叨言始終你那裏假惺惺做耳聾甘落在人彀中我猛然的覷面容便思量俺那鄂國公

〔劉無敵云〕養爺發起悲來可是爲何〔正末唱〕

〔柳葉兒〕恰便似刀剜我這心痛整整的二十年信息難通大唐家不想你三軍動我將你即發送子父每得相逢將軍呵你肯分的去出馬爭鋒

〔劉無敵云〕恰纔養爺說的那言語好是奇怪我就問他咱養爺我如今要與尉遲敬德交戰你這般阻當我呵必有一個緣故你對我實說怕做什麼〔正末云〕小將軍你着小校每迴避着〔劉無敵云〕一應人等且各迴避喚着便來不喚着休來〔番卒云〕理會的〔正末云〕小將軍你是誰的兒〔劉無敵云〕這箇養爺老的混沌了我是劉季真的兒〔正末云〕你不是劉季真的兒〔劉無敵云〕我不是他的兒卻是誰的兒〔正末云〕小將軍你不知道聽我說與你二十年前你父親降唐去了撇下你留在我處叫做尉遲保林那時你纔三歲那劉季真他可無兒收留你做了兒就喚你做劉無敵我數番家要和你說我則怕劉季真知道枉送了我的老命你父親臨行時留下一副披掛在我處收着哩是一條水磨鞭一頂鐵幞頭一副烏油甲皁羅袍你若見了尉遲敬德則對的上這水磨鞭便是你父親我就取的來與你看波〔正末取衣甲上〕〔做看科〕〔劉無敵云〕真個一副衣甲一條好鞭原來我就是鄂國公的兒養爺不說呵我怎生得知〔做悲科〕〔正末云〕小將軍休煩惱則怕劉季真知道你是穿上這袍鎧披掛了我看〔劉無敵穿科云〕養爺我比父親如何〔

正末云〕好將軍也你這一去怎生認你父親〔劉無敵云〕養爺我這一去單搦我父親出馬與我交戰呵我自有箇主意〔正末云〕小將軍你這一去小心在意者〔劉無敵云〕養爺你放心我若認了我父親呵我便來取你也〔正末唱〕

〔賺煞尾〕則要你竭力報寃讎在意的驅兵衆你盡孝何妨盡忠這虎將門中無犬蹤端的是結束威風我覷了他這英雄身體儀容不由我覩物思人淚點紅他帶着這鐵幞頭把鴛肩來一聳穿上這皁羅袍將虎腰來那動〔劉無敵云〕養爺我比父親如何〔正末云〕好將軍也〔唱〕分明是活脫下一個單鞭奪槊的尉遲恭〔下〕

〔劉無敵云〕誰想我正是鄂國公的孩兒多虧了養爺說知我到的兩陣之間自有箇主意〔詩云〕父子離分二十年豈知今日得團圓陣前要認生身父只對上我虎眼竹節這條鞭〔下〕

〔音釋〕搦靈帶切　柯音哥　蝎音歇　黑亨美切　颭占上聲　揌哉上聲　夥羅上聲　闥音塔　搭音鬧　鞚空去聲　轟音烘　衚音胡　衕音同　唆音梭　剜烏官切　沌音遁　鴛音元　槊聲卯切

第二折

〔外扮徐茂公引祗候上詩云〕憶自歸唐二十秋佐立天家四百州兩條眉鎖江山恨一片心懷社稷憂老夫徐茂公是也自從投唐以來爲國家東蕩西除南征北討建什大功勞官封英國公之職即今四方平定干戈罷息止有北番劉季真尚未歸伏如今下將戰書來搦我大唐家名將出馬聖人的命着我老夫在朝堂與衆公卿計議須要老尉遲去平此餘孽以佐太平只待房玄齡到來請

那尉遲公去令人門首覷者若老丞相到時報復知道〔祗候云〕理會的〔外扮房玄齡上詩云〕龍樓鳳閣九重城新築沙隄宰相行我貴我榮君莫羨十年前是一書生老夫房玄齡是也扶佐吾主平定天下現爲中書省左丞相之職今因劉季真下將戰書來搦俺大唐家名將出馬衆公卿計議非尉遲敬德不可某奏過聖人着尉遲老將軍去平伏此寇軍師徐茂公在朝堂等候須索走一遭去令人報復去道房玄齡下馬也〔祗候報科云〕喏報的軍師得知有房丞相來了也〔茂公云〕道有請〔祗候云〕請進〔房玄齡做見科〕〔茂公云〕老宰輔此事如何〔房玄齡云〕聖人准某所奏着尉遲公掛元戎印前去征討劉季真成功回來更加封賞〔茂公云〕既是這等令人快去請將鄂國公來者〔淨扮李道宗上詩云〕我做將軍有志分上陣使條齊眉棍別人殺的軍敗了我在前頭打贏陣回來走在帳房裏好酒好肉噇一頓本來不醉佯粧醉則在營裏胡廝混自家李道宗的便是因我立的功多陞我做淨盤將軍你道因何封我做淨盤將軍若有人請我到的酒席上且不吃酒將各樣好下飯狠餐虎噬則一頓都噇了方纔吃酒以此號爲淨盤將軍這些時沒人來手頭屬短終日家閑邀邀的悶坐打聽的老尉遲征討劉季真去那老尉遲這一去馬到成功我如今去朝堂中與徐茂公說我要出力報効跟的老尉遲去他得了勝我也得些陞賞不强似閑着來此間是朝堂門首令人報復去道有老李來了也〔祗候報科云〕喏報的軍師得知有李皇叔在於門首〔茂公云〕道有請〔祗候云〕請進〔李道宗做見喬施禮科云〕二位老先兒在此小子特來議事〔房玄齡云〕有何事〔李道宗云〕老先兒想爲臣子要盡忠報國小子道宗聽的劉季真那狗刮頭下將戰書來氣的我酒肉也吃不的〔做支架子科云〕放心我領兵去殺的那弟子孩兒沒躲處〔茂公云〕你那裏去的那劉季真手下名將箇箇驍勇你去不的〔李道宗云〕哎喲氣殺我也我這

麼一個人去不的着誰去〔房玄齡云〕如今着鄂國公尉遲老將軍去〔李道宗云〕哎喲氣殺我也那尉遲公在先時許他來如今老了那裏數他還該我小子去〔茂公云〕你那裏去的〔李道宗云〕我廝殺耍子去〔房玄齡云〕道宗你去不的此一場非同小可已是奏准過聖人着尉遲公掛元戎印你請退〔李道宗云〕老先兒不要惱躁只望二位看顧着尉遲公爲元帥我小子爲副帥好麼〔茂公云〕你做不的副帥休在此攪擾請退〔李道宗云〕氣殺我也不要我做元帥又不要我做副帥兩個老頭兒則是趕我難道我就這等罷了且唱箇曲兒出這一肚子不平之氣〔唱〕

〔清江引〕房玄齡徐茂公真老傻動不動將人罵不知道我哄他把我當實話去買一瓶兒打剌酥吃着耍〔下〕

〔正末扮尉遲上云〕某覆姓尉遲名恭字敬德朔州善陽人也先事定陽王劉武周爲將後歸大唐爲某累建大功官拜鄂國公之職今有北番劉季真下將戰書來單搦某交戰今日軍師呼喚不知有甚事須索走一遭去來〔唱〕

〔中呂粉蝶兒〕惱的我不鄧鄧忿氣盈腮可怎生另巍巍把咱單搦不由我這胡髯乍滿領頦人一似虎出山馬一似龍離海憑着我鎗疾鞭快領雄兵穰穰垓垓披掛上皁袍烏凱

〔醉春風〕我與你忙帶上鐵幞頭緊拴了紅抹額我若是交馬處不拏了那個潑奴才我可敢和姓也改改憑着我千戰千贏百發百中保護着一朝一代

〔云〕令人報復去道有尉遲恭下馬也〔祗候報科云〕喏報的軍師得知有鄂國公來了也〔茂公

云）道有請（祇候云）請進去（正末見科云）軍師喚老夫有何事商議（茂公云）老將軍來了也奉聖人的命今有北番劉季真下將戰書來單搦老將軍出馬如今聖人着你領十萬雄兵與劉無敵交戰說他好生英勇難及哩（正末云）軍師量那無名的小將何足道哉（房玄齡云）老將軍古語有云凡人不可貌相海水不可斗量休輕覷了也（正末唱）

〔迎仙客〕他曾上甚惡戰場他曾經甚大會垓他則是劣馬乍調嫌路窄向尉遲行說兵機向尉遲行誇戰策我可甚冷笑咍咍（茂公云）聽的人說那劉無敵也使一條水磨鞭更勝過你老將軍也（正末云）軍師他也使鞭我也使鞭可也怪他不着（唱）他正是擔水向河頭賣

（茂公云）老將軍那劉無敵須年少你如今可老了也（正末云）量那小的到的俺那裏（房玄齡云）老將軍後生可畏你也要隄防着些兒（正末唱）

〔紅繡鞋〕兀的不龍欺於魚鱉蝦蟹虎伏於狐兔狼豺這小廝今年有些血光災我鞭打碎他天靈蓋鎗搠透他三思臺你更怕我敢慈悲生患害

（茂公云）論你年紀小時休說一個劉無敵便十個也不怕他則可惜你年紀老了些（正末云）軍師你說的差了也（唱）

〔快活三〕雖然我六旬過血氣衰我猶敢把三五石家硬弓開便小覷的我心長髮短漸斑白我可也怎肯伏年高邁

（茂公云）老將軍您到了這年紀怎好說的不老那（正末唱）

〔鮑老兒〕我老則老殺場上有些氣概豈不聞虎瘦雄心在〔茂公云〕則怕你近不的他麼〔正末唱〕若是我不得勝之時怎的來則怕羞見俺那唐十宰料應他衣絕祿盡時乖運拙月值年災托賴着君王洪福千秋萬歲神保天差

〔房玄齡云〕老將軍到來日兩陣之間怎生與他相持對壘你是說一遍我聽咱〔正末唱〕

〔柳青娘〕到來日撲鼕鼕的征鼙慢凱韻悠悠的角聲哀響璫璫的銅鑼款篩忽剌剌的繡旗開黑漫漫殺氣遮了日色惡哏哏的人離了寨柵不騰騰馬踐塵埃磣磕磕的鐙相磨亂紛紛的鎗相截密匝匝的甲相挨

〔道合〕那潑奴才潑奴才就殺人場裏鬧垓垓鬬鞭來教咱教咱生嗔怪教咱教咱怎躭待把鋼鞭忙向手中擡磕叉打的他連盔夾腦半斜歪直遮腮骨碌碌眼睜開看承看承似嬰孩抹着抹着遭殘害略把略把虎軀側揝住揝住獅蠻帶那怕他鐵打形骸銅鑄胚胎早活挾過活挾過這逆逆逆逆賊來

〔茂公云〕老將軍你這一去小心在意者若得勝還朝聖人自有加官賜賞哩〔正末唱〕

〔隨尾〕比破竇建德省些氣力擒王世充不利害遮莫是銀山鐵壁連環寨憑着我英雄慷慨兀良我把那敗殘軍直趕過李陵臺〔下〕

〔茂公云〕老尉遲這一去必然得勝也〔詩云〕尉遲公雖然年老這鋼鞭殺人不少〔房玄齡詩云〕

若是他大勝還朝唐天子重加官爵〔同下〕

〔音釋〕孽音聶 嚌音腮 傻商鮓切 剌音辣 頷音含 頦音孩 額崖去聲 窄齋上聲 策釵上聲 咍海平聲 摑聲卯切 白巴埋切 色篩上聲 哏狠平聲 柵釵上聲 埃音哀 磣參上聲 磕音可 摔音灑 側齋上聲 揝音昝 賊則平聲 爵焦上聲

第三折

〔劉無敵䠒馬兒領番卒上云〕某乃劉無敵是也若不是養爺宇文慶說呵我怎生知道如今領兵到的陣前兩家敵住見了我父親自有箇主意兀的塵埃起處敢是大唐家軍兵來也〔正末領卒子上云〕大小三軍擺開陣勢者〔唱〕

〔越調鬬鵪鶉〕俺兀自有美良川的威風榆科園的猛氣止不過病了秦瓊又不曾閃了敬德都是我鞭打就的江山鎗刺成的社稷這逆賊敢料敵則問他武藝何如就待欺負我年華老矣

〔紫花兒序〕我施逞會挾人捉將顯耀會撞陣衝營賣弄會擂鼓奪旗他須披不的兩重凱甲帶不的三頂頭盔敢和我相持便做有銅鑄就的天靈和那鐵背脊鞭着處粉零麻碎今日箇將遇敵頭直殺的他馬不停蹄

〔云〕來將是誰〔劉無敵云〕某乃大將劉無敵你是誰來〔正末云〕則我是大唐家尉遲公是也〔劉無敵背科云〕這個是我父親〔回科云〕兀那老將軍你老了也你回去罷〔正末云〕這廝好無

禮也呵〔唱〕

〔小桃紅〕覷了這北番軍校好着我笑微微我比他爭些年紀〔劉無敵云〕看了我血氣方剛後生可畏量你老人家到的那裏〔正末唱〕你倚仗着血氣方剛有雄勢你可也便休題則我這不剌剌趁日追風騎烏油甲密砌點剛鎗鋒利豈不聞老將會兵機

〔劉無敵云〕兀那老將軍你別着一個出馬來你去自在罷〔正末唱〕

〔鬼三臺〕雁翅張魚鱗砌列寨柵攢軍隊齊臻臻排開陣勢則聽的悠悠的畫角吹鼕鼕的花腔鼓擊小可的見了肝膽碎便英雄怕不魂魄飛都是些沉點點鞭簡撾鎚明晃晃鎗刀劍戟

〔做調陣子科〕〔劉無敵云〕看了我父親的武藝呵怕不好則是氣力不加我又不敢還他則是遮截架隔些兒者〔正末唱〕

〔調笑令〕往日間但逢敵驟馬橫鎗覺甚的我攢搠丟打不曾離不曾離前心兩肋我見他遮截得來省氣力倒拖鬪的我氣喘狼籍

〔劉無敵云〕我這裏便待下馬認父親來有衆將每看着陣哩不中我詐敗落荒的走父親必然趕將我來〔劉無敵做走下〕〔正末云〕這廝走了也更待干罷不問那裏趕將去〔做追科〕〔劉無敵上云〕我父親趕將來了我走到這無人去處我下的馬來兀的不是我父親您孩兒跪在地下父親須認您孩兒者〔正末上云〕這廝走了可在這裏〔劉無敵云〕父親認的您孩兒麼〔正末云〕你是誰〔劉無敵云〕則我是你二十年前撇下的孩兒叫做尉遲保林〔正末唱〕

〔麻郎兒〕誰使的你來認義〔劉無敵云〕是宇文養爺說來〔正末唱〕誰使的你敢相持〔劉無敵云〕是劉季真來父親不信呵兀的水磨鞭信物在此〔正末云〕將來我看〔唱〕我把信物接將來手裏看有甚親題標記

〔么篇〕兀的我臨老也尉遲喜歡來那似今日自相別存亡不知怎想你成人長立

〔劉無敵做悲認科云〕父親一自相別可早二十年光景也〔正末唱〕

〔絡絲娘〕這幾年不通個信息怎想着今朝得見你恰纔廝殺處你是贏不的可是讓我哩〔劉無敵云〕我特的認父親來恰纔兩陣之前被衆將壓着難以明認我故意佯輸詐敗〔正末唱〕好兒也方信道後生可畏

〔云〕孩兒你那宇文養爺怎生對你說來〔劉無敵云〕父親您孩兒本不知養爺宇文慶說父親降唐時節撇下孩兒纔得三歲被劉季真認做了兒枉生了這二十年不曾認的父親今日憑着這信物纔得父子相逢父親受您孩兒幾拜咱〔正末云〕孩兒我和你同見軍師去來〔劉無敵云〕父親您孩兒怕不要同去爭奈無寸箭之功父親先去待您孩兒再回軍中去拏的劉季真來一者與父親出力二者也就做孩兒進身之禮〔正末云〕既如此我先去也你隨後便來〔唱〕

〔收尾〕團圓了尉遲公煩惱殺劉家裏只明日早來到營中宴喜這的是天指引一個小將軍共扶持我那當今大唐國〔下〕

〔小尉遲云〕我恰纔認了父親也回到營中活拏那劉季真去來〔下〕

〔音釋〕德當美切　稷將洗切　敵丁梨切　搊莊瓜切　脊將洗切　擊巾以切　魄鋪買切

戟巾以切　的音底　肋雷去聲　力音利　藉精妻切　日人智切　立音利　息喪
擠切　國音鬼

第四折

〔劉季真領番卒上云〕某劉季真領兵接應孩兒去兀的不是孩兒來也〔小尉遲領番卒上云〕這不是劉季真〔劉季真云〕孩兒勝敗如何〔小尉遲云〕衆軍校與我拏住〔劉季真云〕你敢殺的眼花了我是你父親怎生倒執縛了我〔小尉遲云〕兀那廝我不是你孩兒如今認了我父親鄂國公要降唐去無甚功勞因此執縛你去權爲投獻之禮〔劉季真云〕元來你如今認了你父親也你要降唐爲無投獻的禮物要拿我去獻功傻弟子孩兒你別買副羊酒去罷〔小尉遲云〕衆軍校就今日領着本部人馬降唐走一遭去來〔詩云〕我本是尉遲保林直被你瞞到如今執縛去權爲投獻請看道那個欺心〔下〕〔徐茂公領卒子上云〕老夫徐茂公今有尉遲公領兵與劉無敵交鋒去了不意監軍回來說尉遲公兩陣之間交戰數合忽然尉遲公與劉無敵走到無人去處二人下馬交頭說話他將劉無敵放將回去了竟不追趕聖人大怒道尉遲公必有背逆之心着老夫在帥府中等他回來問其罪犯〔房玄齡上云〕老夫房玄齡今有聖人的命着徐茂公在帥府中等尉遲公來問其罪犯某想敬德老將軍一片忠心豈有反叛之事我須索與他做保去來令人報復去道有房玄齡下馬也〔卒子報科云〕喏報的軍師得知有房丞相在於門首〔茂公云〕道有請〔卒子云〕請進〔房玄齡見科云〕軍師老夫聞知敬德老將軍與劉無敵交戰去了未知勝敗若何〔茂公云〕哦老宰輔不知有監軍回來說敬德兩陣之前交戰數合與劉無敵到無人去處下馬交頭不知說些甚的只見敬德將劉無敵放回去了竟不追趕聖人疑他有反叛之心以此着老夫在帥府中專等

敬德來時問其罪犯〔房玄齡云〕軍師我料尉遲公必無此心則怕其中有故等敬德來時便知分曉〔正末上云〕某尉遲敬德到於兩陣之上不想那劉無敵正是我二十年前撇下的孩兒尉遲保林他如今認了老夫說拿了劉季真就來獻功某先見軍師走一遭去也呵〔唱〕

〔雙調新水令〕則俺那大唐家新添了一箇玉麒麟疑怪他兩三番搊咱出陣鬬起我美良川狠氣勢榆科園惡精神我將這水磨鞭款款摩掄只待打碎他腦蓋紛紛誰承望共我關親若不是所說原因險些兒生扭做單雄信

〔駐馬聽〕當日離分痛煞煞生拋掌上珍今朝厮認笑吟吟還猜做夢中人二十年訪不出死和存幾千迴擺不下愁將恨心暗忖甚福也得見這團圓分

〔云〕令人報復去道有尉遲公下馬也〔卒子報科云〕喏報的軍師得知有尉遲公來了也〔茂公云〕着他過來〔卒子云〕着過去〔見科〕〔正末云〕軍師某敬德來了也我與劉無敵兩陣對圓交鋒數合只見劉無敵大敗虧輸滾鞍下馬跪在塵埃中不想就是我的孩兒尉遲保林他敬意的降唐認嗜父親來〔茂公云〕你陣上與番將交頭低語來又不戰去又不追聖人大怒道你有背叛朝廷之意着老夫在此問罪你說番將是你孩兒只怕說不過麼〔正末唱〕

〔沽美酒〕我與心的報主恩竭力的掃胡塵常言道上陣無過子父軍只待一鞭兒把番兵殺盡扶宇宙定乾坤

〔太平令〕他可便約定把唐朝歸順〔茂公云〕他既降唐怎生不同你來〔正末唱〕

索甚麼拔樹尋根將逆賊不留齠齔做功勞好將身進他呵既然的便肯就准認了俺父親呀又怎敢言而無信

〔茂公云〕尉遲公那劉無敵姓劉你自姓尉遲怎麼認的做孩兒敢是另有個尉遲保林便是他不認得你難道你也不認的他却與他陣上廝殺那〔正末云〕軍師不知我那孩兒尉遲保林撇下二十多年豈知劉無敵就是他倒是他認着我來說降唐無寸箭之功要回去活拏了劉季真權爲進身禮物限定今日午時獻功也〔房玄齡云〕軍師老夫權做保人且保着尉遲公若午時不見他孩兒來降唐那其間二罪俱罰未爲遲也〔茂公云〕老宰輔既是保着且將尉遲公暫行保候待午時前後劉無敵來獻功便罷若不來時必然見罪令人將尉遲公收在一壁者〔小尉遲上云〕某尉遲保林拏住劉季真見我父親去咱可早來到帥府門首令人報復去道有尉遲保林活拏劉季真來投降也〔卒子報科云〕喏報的軍師得知有尉遲保林來了也〔房玄齡云〕着他過來〔卒子云〕着過去〔小尉遲做見科〕〔房玄齡云〕你是甚麼人〔小尉遲云〕就是劉無敵元名尉遲保林我是鄂國公的孩兒如今拏將劉季真認父降唐來〔房玄齡云〕則你便是鄂國公的孩兒尉遲保林你父親爲你來聖人大怒將你父親要見罪我保着哩我是左丞相房玄齡〔小尉遲云〕老丞相可憐見怎生說與我父親知道咱〔玄齡云〕你則這裏等着我與你父親說去〔見正末云〕老將軍你歡喜咱有你孩兒拏將劉季真來了也〔正末云〕在那裏〔房玄齡云〕見在這裏〔正末見小尉遲云〕孩兒你來了也〔宇文慶見科云〕小的宇文慶叩頭〔正末云〕哦我只道是那個宇文養爺元來就是我家院子宇文慶孩兒恰纔我在軍師根前說你降唐軍師不信將我收在此處我和你同見軍師去來〔房玄齡見茂公科云〕軍師果然尉遲公的孩兒拏將劉季真來降唐也〔茂公云〕着他過來

〔房玄齡云〕小將軍你見軍師去〔正末云〕咱和你同去軍師則這個便是我的孩兒尉遲保林〔一茂公云〕兀那小將軍你怎生是尉遲公的孩兒你慢慢的說一遍咱〔小尉遲訴詞云〕告軍師停嗔息怒聽小將從頭分訴俺父親投唐以來撇下我歸依無處劉季真要我爲兒名無敵做他前部着我搦尉遲出馬交鋒被養爺說知緣故因此上認父來降對雙鞭並無差誤俺父親一世功臣這丹心肯移末路我如今擒縛番王獻朝廷將功報父望軍師轉達天聽賜父子一家完聚〔茂公云〕原來真有此事今日平定了山後這功非小老夫便與你奏知聖人必然有加官賞賜也〔正末唱〕

〔鴈兒落〕笑你個莽軍師可也忒忍真把我個老尉遲空生忿再不審比干心有是非直着的張儀口難爭論

〔玄房齡云〕老將軍若不得這小將軍到來你怎了也〔正末唱〕

〔得勝令〕呀則爲這二十三的小將軍險送了七十歲老功臣〔云〕孩兒你拜了軍師者〔唱〕你將這徐茂公親身拜〔小尉遲做拜科云〕軍師受小將一禮〔茂公云〕小將軍免禮劉季真安在〔正末云〕孩兒你拏過劉季真來者〔卒子做拏劉季真跪見科〕〔正末唱〕分付與你兩事家劉季真歡欣同扶着唐天子方興運殷也波勤多謝你個房玄齡落保人

〔茂公云〕這是劉季真麽〔小尉遲云〕則這廝便是劉季真〔茂公云〕令人將劉季真推出轅門斬訖報來〔劉季真云〕罷罷罷他本是尉遲公的孩兒沒來由養的他長大成人倒將我來做降唐的禮物你家父子都一樣這等沒仁沒義的我死去與我家老子說少不的來報你〔卒子拏劉季真下〕〔茂公云〕尉遲公你父子每望闕跪者聽聖人的命〔詞云〕則爲你勇敢無前俺唐主寵任多

年生撇下孩兒不題再相逢信是天緣鄂國公賜金千兩加食邑萬頃莊田小尉遲金吾上將作先鋒世掌軍權將鬭將同扶王室鞭對鞭父子團圓〔正末小尉遲謝恩科〕

〔音釋〕惡音襖　髫音條　齔音襯

題目　老尉遲鞭對鞭當場賭勝

正名　小尉遲將鬭將認父歸朝

小尉遲將鬭將認父歸朝雜劇

宋齊丘明識親詞藻

韓熙載暗遣閒花草
珍倣宋版印

秦弱蘭羞寄斷腸詩

陶學士醉寫風光好
倣李晞道筆
珍倣宋版印

陶學士醉寫風光好雜劇

元　戴善夫撰

明吳興臧晉叔校

第一折

（沖末扮宋齊丘引祗從上）（詩云）獨持忠赤佐君王保障金陵地一方江南自古稱佳麗何必區區說大唐小官姓宋名齊丘金陵人氏見在南唐主人駕下爲丞相之職俺這後主天生聰睿詩詞歌賦品竹調絲風流蘊藉實乃右文之主見今中原周世宗升遐趙點檢即位國號大宋改元乾德親驅戎馬所向無前如南閩北虜河東西蜀望風皆降惟我江左不曾加兵我國亦嘗用心防備近日前路文書行來宋家遣翰林院學士陶穀來我國中索要圖籍文書我想陶穀是個掉弄喉舌之人況四海未寧要圖籍何用此人必來以游說爲功我將他機關探破奏知吾主則說吾主有疾不能接見將陶穀留在館驛中羈絆住着每日供給小官三五日相訪一遭自七月初間至此今八月將盡秋露乍零旅館蕭索我着金陵太守韓熙載看他一言一動略有纖毫破綻便報與我知道自有制他的法度（詩云）非是我好用陰謀則隄防讒舌如鉤待窺破一些動靜管教他有國難投（下）（外扮韓熙載引樂探上）（詩云）　遠離鄉土渡橫江入仕南唐佐李王從來兒女多情處不是風雲氣不長小官姓韓名熙載官拜昇州太守佐於南唐李主駕下今奉宋齊丘丞相鈞旨每日供給大宋學士陶穀今日安排筵席管待將歌者秦弱蘭乃金陵名妓席間令其唱曲看陶學士所守之志何如樂探你與我喚將上廳行首秦弱蘭來者（樂探云）理會的（做喚科）秦弱蘭安在太守老爺呼喚哩（正旦扮秦弱蘭上云）妾身秦弱蘭是也門首有人相喚我試看咱（做見科云）哥哥

喚我怎的〔樂探云〕太守老爺喚官身哩〔正旦云〕我想俺這門戶人家則管裏迎賓接客幾時是了也呵〔唱〕

〔仙呂點絳唇〕憑着我霧鬢雲鬟黛眉星眼尋衣飯則向這酒社詩壇多少家喬公案

〔混江龍〕悲歡聚散二三年經到有百千番恰東樓飲宴早西出陽關兀的般弄月嘲風留客所便是俺追歡買笑望夫山這些時迎新送舊執盞擎盤怎倒顫欽欽惹的我心兒憚怕只怕是那羅紈錦舊鶯老花殘

〔樂探云〕大姐似你這等上官見喜非同容易也〔正旦云〕哥哥我自幼到今無個歡喜的前程造次的可也不敢上門來〔唱〕

〔油葫蘆〕也會把有魂靈的郎君常放翻但來的和土剷可正是烟波名利大家難〔云〕上俺門來有個比喻〔唱〕恰便似犬逢餓虎截頭澗更簽似軍騎羸馬連雲棧饒你便會使慳徹骨姦則俺這女娘每寄信的鴛鴦簡便是招子弟的引魂旛

〔天下樂〕常教他一縷兒頑涎濕不乾丁單將科派攤剛剛的對付難上難脖項上搭上套頭皮面上帶上揜眼怎發付這一千斤鐵磨桿

〔樂探做到科〕〔報科〕稟老爺叫將秦弱蘭來了〔韓熙載云〕着他過來〔正旦見科〕〔韓熙載云〕

秦弱蘭教你來伏事陶學士你可乖覺着〔正旦云〕老爺放心此事容易〔韓熙載云〕你且躲在一壁我教你來便來〔正旦云〕理會的〔韓熙載云〕左右的把果桌安排停當我請陶學士去來〔下〕

〔正末扮陶穀引驛吏上〕〔詩云〕少年文史足三冬下筆成章氣似虹時人不識君王寵禪草何因出袖中小官姓陶名穀字秀實襄陽人也乃晉處士陶潛之後以進士及第於周太祖時曾事錢王俶頗蒙信任後因遣入大宋以覩動靜又作宋臣官授翰林學士已經三載不得與俶相會如今太祖早朝議下江南之策小官言曰雖堯舜禹湯興兵未免有所損益莫若小臣掉三寸之舌說李主歸降豈不易哉太祖依臣所奏先將文書行至昇州隨令小官直至南唐索取圖籍文書爲由若見李主必中說詞自七月初至此今八月將盡李主推疾不朝無由可見惟宋齊丘丞相常來驛亭討論文字此外昇州太守韓熙載專管供給甚是盡禮但我羈留在此漸入秋深風光月色琴韻砧聲不覺感懷且向亭中閑步一迴〔做看科云〕這一片素光粉壁未嘗繪畫驛吏取筆硯來我待學春秋隱語因而感懷成十二字書於此處料無有解者〔做寫科〕〔念云〕川中狗百姓眼虎撲兒公廚飯〔韓熙載上云〕左右報復去說韓太守在此〔陶穀云〕道有請〔見科〕〔陶穀云〕太守爲何至此〔韓熙載云〕小官領宋丞相鈞旨聊具蔬酌奉獻左右擡過果桌來〔做設席科〕〔韓熙載云〕將酒來學士滿飲此杯〔陶穀飲科云〕太守飲一杯〔韓熙載云〕小官更衣咱〔出科云〕張千喚秦弱蘭來〔張千喚科〕〔正旦上云〕妾身來了〔韓熙載云〕弱蘭今日就筵宴之中要你加精神者陶學士生性威嚴人莫敢犯你小心過去〔正旦云〕老爺放心者〔唱〕

〔後庭花〕那學士若見了南唐秦弱蘭更不說西京白牡丹則消得我席上歌金縷管取他尊前倒玉山〔韓熙載云〕勸的他盡醉要他十分歡喜〔正

旦唱〕要歡喜不爲難則着這星眸略瞬盼教他和骨頭都軟癱
〔韓熙載云〕學士筵前無樂不成歡樂張千叫個歌者來唱一曲伏侍學士〔正旦同衆妓上叩見科〕〔陶穀云〕大丈夫飲酒焉用婦人爲吾不與婦人同食教他靠後休要惱怒小官〔韓熙載云〕秦弱蘭與學士把一杯〔正旦云〕這學士好冷臉子也〔韓熙載云〕着動樂者〔陶穀云〕住了樂聲小官一生不喜音樂但聽音樂頭暈腦悶〔正旦唱〕
〔金盞兒〕我這裏覰容顏待追攀嗨暢好是冷丁丁沉默默無情漢則見那冬凌霜雪都堆在兩眉間恰便似額顱上挂着紫塞鼻凹裏倚着藍關可知道秀才雙臉冷宰相五更寒
〔韓熙載云〕這婦人彈的好吹的好教他吹彈歌舞奉學士酒者〔陶穀云〕老子云五音令人耳聾五色令人目盲聽了他呵正勾當都做不的了〔韓熙載云〕弱蘭唱者〔正旦唱科〕〔陶穀喝云〕我一生不聽音樂但聽了音樂昏睡三日靠後〔正旦唱〕
〔醉中天〕他教莫把瑤箏按只許鳳簫閑他道是何用霓裳翠袖彎更休撒紅牙板不教放筵前過盞幾時得酒闌人散直恁般見不得歌舞吹彈
〔韓熙載云〕俗語云座上若有一點紅斗筲之器盛千鍾座上若無油木梳烹龍炮鳳總成虛弱蘭與學士遞一杯〔正旦把盞科〕〔陶穀怒云〕潑賤人靠後小官一生不吃婦人手內飲食〔韓熙載云〕學士飲一杯怕做甚麼豈不聞將酒勸人終無惡意何怒之有學士也與他接談略擡眼看他一看波直恁般的弱蘭遞酒〔正旦遞酒科〕〔陶穀云〕靠後小官乃孔門弟子放鄭聲遠佞人鄭聲

淫佞人殆小官平生目不視邪色耳不聽淫聲太守何故三回五次侮弄下官是何道理〔正旦唱〕

〔金盞兒〕他不把話頭攀諕的我毛骨寒戰兢兢把不住臺和盞我這裏承歡奉喜兩三番太守見我退後來早台意怒學士見我向前去早惡心煩好教我左右沒是處來往做人難

〔韓熙載云〕此女子不肯用心伏侍學士〔正旦云〕教妾身怎生是好天使只願你寬恕咱〔陶穀云〕此婦人無知靠後〔正旦唱〕

〔後庭花〕學士你隻身在旅邸間着個甚羅幃錦帳單學士你德行如顏子也索要風流做謝安我勸你且開顏須不比尋常風範你敢越聰明越掛眼

〔陶穀云〕兀那婦人靠後我頭頂儒冠身穿儒服乃正人君子不得無禮〔正旦退科〕〔韓熙載云〕歌者可再勸酒〔陶穀云〕太守小官酒醉失禮李太白有詩云我醉欲眠君且去明朝有意抱琴來我待睡些兒咱〔做醉睡科〕〔韓熙載云〕學士醉了也您歌者且回去〔正旦云〕理會的〔唱〕

〔賺煞〕幾時捱得酒筵闌官員散恨不得目下天昏日晚諕的那舞女歌兒似受戰汗難施逞樂藝熟閑〔韓熙載云〕弱蘭則要你小心在意者〔正旦唱〕這其間春意相關放着滿眼芳菲縱心兒揀爭奈這尋芳人意懶嬉游的心慢哎不是個惜花人休想肯凭欄〔衆隨下〕

〔韓熙載云〕學士睡了也驛吏看着醒來時伏侍的臥房中去〔做看壁上字科問驛吏云〕這一堵素光白壁誰寫字在上頭涴了這壁子〔驛吏云〕是陶學士寫下的〔韓熙載云〕既是陶學士寫的

將紙筆來我抄了去〔抄科云〕將馬來我回丞相話去也〔下〕〔陶醒科云〕太守去了〔驛吏云〕去了〔陶穀云〕既然太守去了收拾鋪蓋我回後堂中歇息去〔同下〕

〔音釋〕閩音民　說音稅　顫音戰　紕音批　剗音產　嶮與險同　棧音綻　慳溪閑切

脖音勃　桿音趕　俶音叔　解音械　瞬音舜　暈音運　塞音賽　凹汪卦切　盛

平聲　熟裳由切　涴音臥

第二折

〔宋齊丘引張千上云〕事不關心關心者亂今日着韓太守驛亭中管待陶學士去如何不見來回話〔韓熙載上云〕小官韓熙載奉宋丞相鈞旨着我管待陶學士看他動靜不想他寫下十二個字在牆壁上被我抄將來學士怎生瞞的過我此乃獨眠孤館四字此人客況動矣陶穀也你也說不的李主我直教你還不得家鄉我將此十二字見丞相去左右報復去道韓熙載來見〔報科〕〔宋齊丘云〕着他過來〔見科〕〔宋齊丘云〕昨日席間動靜如何〔韓熙載云〕昨日陶學士座中古憋將秦弱蘭正眼不看被此女子將學士灌醉了學士睡了小官出門見壁上十二字乃是他寫下的小官抄將來與丞相看〔宋齊丘云〕熙載你比外郡太守不同況且斯文此非公衙私宅之內將座兒來太守請坐〔韓熙載云〕小官不敢〔宋齊丘云〕何妨〔韓坐宋看字科云〕太守你解此意麼乃春秋戰國之時多有作者號曰隱語說他正大則看這十二個字上便見他平日所守川中狗者蜀犬也蜀字着個犬字是個獨字百姓眼者民目也民字着個目字是個眠字虎撲兒者爪子也爪字着個子字是個孤字公廚飯者官食也官字着個食字是個館字團句道獨眠孤館此人客況動矣陶穀你如何瞞的過我你來要說李主下江南我直教他還不得鄉土太守你近前來〔做耳語科

云〕待十數日後依吾計行此人必中吾計矣陶學士陶學士〔詩云〕由你千般計較枉自惹人談笑休誇伶俐精詳必定中吾圈套〔同下〕〔正旦改扮素衣引梅香上云〕妾身秦弱蘭爲陶學士古憋太守着我今夜狐媚了他呵便得賞賜狐媚不的呵便加罪責今日天晚則除是這般梅香那香桌完備了麽〔梅香云〕若論姐姐這等乖覺料他到的那裏〔正旦唱〕

〔南呂一枝花〕我也曾將宣使迎不似這天臣強果然道易求無價寶難得有情郎他多管是鐵石心腸直恁的難親傍一鼻凹衠是雪霜無情的付粉何郎冷臉的畫眉張敞

〔梁州第七〕他則是慣受用玉堂金馬不思量月戶雲窗則他那古憋心甚的喚做鳴珂巷空那般衣冠濟濟狀貌堂堂却爲甚偏嫌俺妓女怕見婆娘莫不他淨了身不辨陰陽人道這秀才每都不荒唐偏怎那洞庭湖柳毅傳書謝家莊崔護覓漿賈充宅韓壽偷香想我那往常伎倆播弄的子弟如翻掌這個鐵臥單我怎窩藏我自尋思出這個風流俏智量須要今夜成雙

〔云〕梅香將香桌來我燒夜香〔梅擺桌科〕〔陶穀便衣上云〕小官自從到此兩月有餘不得見唐主淹留驛亭之中今夜風清月朗閑庭寂靜客況蕭然蛩聲聒耳桂子飄香推開這角門去這花園內乘月色觀桂花釋悶咱〔正旦望見陶科云〕梅香兀那月下閑行的正是那俫〔梅香云〕姐姐可知是哩〔正旦唱〕

〔賀新郎〕他去那無人處獨步也氣昂昂這公則會闊論高談那裏

知淺斟低唱我這裏潛身軀迸定臉凝睛望端的是風清月朗可甚麽軟玉温香〔陶穀望北斗頂禮做笑科云〕月色團圓也〔正旦唱〕他這般更深離館舍夜靜步回廊〔陶穀吟詩云〕月中桂子宜攀折苑内凡花不耐看〔正旦唱〕我猜他莫不勞魂役夢胡思想〔陶穀云〕魏武帝有詩曰月明星稀烏鵲南飛繞樹三匝無枝可依看來正是小官〔正旦唱〕原來他望天瞻北斗却不肯和月待西廂

〔云〕梅香我燒罷香回去對此月色口占一詩〔念科云〕隔窗疎雨送秋聲夜夜愁人睡不成遇此良宵多感慨清風明月又關情〔陶穀云〕原來有人在柳陰深處吟詩我過去看咱〔正旦云〕梅香咱回去來〔陶穀云〕小娘子勿罪〔正旦拜科〕〔陶穀云〕一個好女子也小娘子高姓誰氏之家因甚在此官舍之中〔正旦唱〕

〔牧羊關〕俺夫主爲驛吏身姓張〔陶穀云〕元來是驛吏的妻子你是那裏人氏〔正旦唱〕生長在兩浙蘇杭〔陶穀云〕如今你丈夫那裏去了〔正旦唱〕怎想他半路裏情絶他從那二年前身喪〔陶穀云〕小娘子怎生在此住坐〔正旦唱〕妾身見如今獨自個持着服孝〔陶穀云〕你多大年紀持服來〔正旦唱〕我從二十六上守孤孀〔陶穀云〕敢問小娘爲何這早晚對月吟詩〔正旦云〕我自釋悶而已那裏是詩〔唱〕我也則詩句内題秋景月明中燒夜香

〔陶穀云〕小官乃是大宋使臣陶學士若小娘子不弃願同衾枕不知小娘子意下如何〔正旦云〕妾身守服之婦不堪陪奉尊官〔陶穀云〕小娘子何發此言若心肯時小官有幸也〔正旦唱〕

〔隔尾〕我則道他喜居苦志顔回巷却元來愛近多情宋玉牆這搭

兒廝敘的言詞那停當想昨日在坐上那些兒勢況苫眼鋪眉盡都是謊

〔陶縠云〕小娘子但與小官成其夫婦終身不敢忘也〔正旦云〕學士不弃妾身殘妝陋質願奉箕箒之歡〔陶縠云〕小娘子可到官舍中去〔做同行科〕〔陶縠云〕小娘子請坐異日必娶你為正室夫人〔正旦云〕妾身有一句話向學士道破者〔唱〕

〔牧羊關〕你見我心先順隨了你可不氣長有句話須索商量你休將容易恩情等閒撇漾〔陶縠云〕他日你做夫人縣君哩〔正旦唱〕我等駟馬車為把定物五花誥是撞門羊你明日北去人千里早變做南柯夢一場

〔陶縠云〕小娘子趁此夜闌人靜成其夫婦多少是好〔正旦云〕則怕你日後不取我呵被人笑恥有何表記的物件與我可為憑信〔陶縠云〕小娘子將何以為信〔做相戲科〕〔正旦唱〕

〔紅芍藥〕他早把繡幃兒簌簌的塞了紗窗款款的背轉銀釭早把我腰款抱揾殘妝羞答答懶弃羅裳袖稍兒遮了面上可曾經這般情況懷兒中把學士再端詳全無那古懶心腸

〔菩薩梁州〕一剗地踈狂千般的波浪諸餘的事行難道是不理會惜玉憐香一團兒軟款那安詳半星兒不顯威儀相引逗的人春心蕩昨日在尊席上那模樣便這般和氣春風滿畫堂全不見臉似冰霜

〔出汗巾科云〕學士告乞珠玉〔陶穀云〕有有〔做寫科云〕寫就了也〔旦接念云〕好姻緣惡姻緣奈何天只得郵亭一夜眠別神仙琵琶撥盡相思調知音少待得鸞膠續斷絃是何年右調風光好是好高才也請學士落款〔陶穀寫科云〕翰林陶學士作〔正旦云〕謝了學士者〔唱〕

〔三煞〕我看了高才詞翰華牋上却爲甚不肯爛醉佳人錦瑟傍可知我把小末的郎君放他兀的錦繡文章更做着皇家卿相被我着個小局段兒早打入天羅網看這公古憋性從來無些雅況我試與滿捧瑤觴

〔云〕學士你飲一杯酒者〔陶穀云〕我吃我吃〔正旦唱〕

〔二煞〕你這般當歌對酒銷金帳煞強如掃雪烹茶破草堂你許下我的休教無承望此別後水遠山長把美繾綣則怕貴人多忘則要你經板兒印在心上當日也是我在尊前不容近傍假粧好人家便引動情腸

〔煞尾〕我想這歌臺舞袖風流相怎如大院深宅窈窕娘也得今朝這一場想官司也不枉共學士有情況再開筵敢說強風光好是招狀我明日太守行決將咱厮覷當我把那段疋綾羅不希望我本不樂作娼則向那烟花簿上勾抹了我的名兒勝如賞〔下〕

〔陶穀云〕小官回京決取此女爲妻方是我平生願足〔詩云〕客中最怕是秋天蟲聲砧韻總淒然今宵幸遇良人婦美滿恩情結好緣〔下〕

〔音釋〕撇音鱉　强音絳　衡音朧　倆音兩　蛩音窮　倈離靴切　苫聲占切　揾温去聲
行霞浪切　繾音遣　綣音眷　窈音杳　窕音調

第三折

〔宋齊丘引張千上云〕小官宋齊丘與韓熙載定計處置那陶穀學士如何不見回話這早晚敢待來也〔韓熙載上〕〔詩云〕安排打鳳牢龍計引起尤雲殢雨心小官韓熙載不想陶學士被某識破十二字隱語用此機關果中其計我今來回丞相的話左右報復去道韓熙載來見〔報科〕〔宋齊丘云〕有請〔見科〕〔宋齊丘云〕幹事如何〔韓熙載云〕此人果中其計秦弱蘭賺了他一篇樂章親筆落款他自將着今日來回丞相話哩〔宋齊丘云〕我料他怎出的喒二人之手則今日便臥翻羊擺下果桌小官就對他說我唐主病可今日着俺將着茶飯來與學士釋悶明日早朝相見他聽的必然歡喜飲酒之間喚秦弱蘭來歌此樂章看他怎生說話太守一壁廂執料茶飯小官回了主人的話便到館驛中來也〔韓熙載云〕謹領鈞旨〔同下〕〔陶穀上云〕小官陶學士昨夜晚間不意驛吏之妻與我苟合我看此女有沉魚落鴈之容閉月羞花之貌我許他娶爲正室今日等韓太守來時我囑他放此婦人回去等我日後好來取他〔韓熙載上云〕來到這驛亭中學士恭喜〔陶穀云〕敢問何喜〔韓熙載云〕學士歸有日矣我主病體頗安明日早朝便請相見〔陶穀云〕這也則完的一場使事何足爲喜〔宋齊丘引張千上云〕來到這館驛門首左右報復去道某家來了也〔報見科〕〔宋齊丘云〕學士歸有日矣玉體頗安請學士明日相見〔韓見宋科〕〔宋齊丘云〕學士韓太守是當今文學之士見任太守即古之京兆尹陪坐何如〔陶穀云〕這也不妨〔宋齊丘云〕將酒來我奉學士一杯太守一面准備歌兒舞女教他侑酒與學士作歡如何〔韓熙載云〕丞相說的

是早已備下了卽當喚來供奉學士〔陶穀云〕丞相差矣我輩孔門高弟何用此輩侑酒休喚來〔宋齊丘云〕學士寬洪大度何所不容便喚幾個來唱與俺聽學士休聽便了〔正旦上云〕今日筵間那學士還倣古𢢾歷〔唱〕

〔正宮端正好〕總然你富才華高名分誰不愛翠袖紅裙你看這般東風桃李香成陣猶兀自難遣東君恨

〔滾繡毬〕人都道秀才每村不會將女色親他每則是識廉恥正心不肯但出語也做的個郎君假若是誇談俺好婦人則着些俗言語便不真他每用文章也道的來淹潤則着兩句詩說盡精神裙拖六幅湘江水髻挽巫山一段雲休道不消魂

〔做見科〕〔正旦云〕你看他比前日又冷臉也〔唱〕

〔倘秀才〕昨夜個橫着片風月膽房中那親今日個緊着柄冰霜臉人前又狠空這般苫眼鋪眉立那教門我須索心恭謹意殷勤侑尊

〔張千云〕上廳行首秦弱蘭謹參〔旦拜科〕〔宋齊丘云〕學士此乃金陵數一數二的歌者與學士遞一杯〔陶穀云〕丞相小官此一來非為歌妓酒食而來奉命索取圖書李主託疾不見不以我為朝使相待棄禮多矣我非比其他學士奉命南來使事未完故令歌者狐媚小官是何體𠑽〔宋齊丘云〕學士息怒酒乃天之美祿學士不飲小官吃幾杯〔韓熙載云〕弱蘭你與學士把盞者〔正旦云〕理會的〔唱〕

〔滾繡毬〕這酒則是斟八分學士索是飲一巡則不要滴留噴噀〔陶

穀云〕靠後些〔正旦唱〕學士這玳筵間息怒停嗔你則待點上燈關上門那時節舉杯丰韻〔陶穀云〕小官不吃酒但吃一口昏睡三日將過去〔正旦唱〕這裏酒盞兒不肯沾唇却不道相逢不飲空歸去則這明月清風也笑人常索教酒滿金樽

〔陶穀接杯科〕〔韓熙載云〕弱蘭你歌一曲侑觴咱〔正旦唱詞科云〕好姻緣惡姻緣奈何天只得郵亭一夜眠別神仙琵琶撥盡相思調知音少待得鸞膠續斷絃是何年〔陶穀云〕這婦人在我跟前唱這等淫詞艷曲好生不敬〔宋齊丘云〕這也則是風月之詞非爲不敬學士休罪〔韓熙載云〕誰着你唱這等詞教學士怪我酒散之後我不道的饒了你哩〔正旦唱〕

〔叨叨令〕學士寫時節有些腔兒韻妾身謳時節有些詞兒順〔陶穀云〕不知是何等無知之人做下此等語句〔正旦唱〕做時節難訴千般恨寫時節則是三更盡〔旦拜陶科唱〕學士你記得也麼哥你記得也麼哥〔出詞科唱〕兀的是親筆寫下牢收頓

〔陶穀怒云〕這個潑烟花賊誣人我那裏與你會面來〔正旦云〕妾身不敢昨夜蒙大人錯愛〔唱〕

〔滾繡毬〕那素衣服是妾身詐做驛吏妻把香火焚我誦情詩暗傳芳信向明月中獨立黃昏見學士下砌跟瞻北辰轉身軀猛然驚問便和咱燕爾新婚喒正是武陵溪畔曾相識今日佯推不認人道的他滿面似燒雲

〔陶穀云〕這婦人好無禮也你故寫淫詞展汚小官清名〔宋齊丘云〕學士各人筆跡自家認得〔

正旦云〕學士你要推託聽妾身說昨夜之事〔唱〕

〔倘秀才〕妾身本不肯舒心就親學士便做不的先姦後婚〔陶穀云〕小官昨夜門也不曾出那裏會你來〔正旦唱〕學士早回過燈光掩上門〔陶穀云〕小官並無此事你贓誣我哩〔正旦唱〕妾身謀成不謀敗學士宜假不宜真不信不自隱

〔陶穀怒云〕這婦人虛詐情由我若是與你相會呵我便認了有何妨難道小官直如此忘魂〔正旦悲科云〕學士你好無仁義也〔唱〕

〔滚繡毬〕好也囉學士你營勾了人却便粧忘魂知他是甚娘情分你則是憎嫌俺烟月風塵昨夜個我雖改換的衣袂新須是模樣真咱只得眼前廝趁實不丕與你情親你把萬般做作千般怒兀的甚一夜夫妻百夜恩則是眼裏無珍

〔宋齊丘云〕學士這小的最老實不會說謊〔韓熙載云〕老丞相主婚小官為媒招學士為金陵秦弱蘭女壻〔陶穀云〕小娘子是誰教你這等短道兒來〔正旦云〕都是太守相公教妾身這般見識來〔韓熙載云〕學士便娶了秦弱蘭何妨論此女聰明不玷辱了你〔正旦云〕若得與學士成其夫婦妾之願也多謝二位老爺〔做叩謝科〕〔宋齊丘云〕你與學士把一杯酒者〔正旦遞酒科〕〔唱〕

〔三煞〕賤妾煞是展汚了個經天緯地真英俊為國於民大宰臣〔陶穀云〕酒後踈狂惹此一場是非〔正旦唱〕賤妾煞不識高低不知遠近不辨賢愚不別清渾這的是天注定的是非天指引的前程天匹配的婚姻喒

兀的教太守主婚〔陶穀云〕可着誰做媒人〔正旦唱〕則這風光好是媒人

〔陶穀做伏案盹睡科〕〔宋齊丘云〕太守陶學士見咱識破他就裏羞見咱推醉睡了秦弱蘭俺上馬去也你等他醒了看他說甚麽便來回俺的話〔韓同下〕〔陶醒科問正旦云〕他每都去了〔正旦云〕都去了〔陶穀云〕則着你害了我也〔正旦云〕怎生我害了你〔陶穀云〕我本意來說他反被他算了我我如今也回不的大宋去也見不的唐主我且至杭州尋個前程却便來取你古人云十年不識君王面始信嬋娟解誤人信斯言也〔正旦唱〕

〔二煞〕此別後我專想着你玉堂金馬懷離恨誰再與野草閑花作近鄰〔陶穀云〕我今別處尋個前程便來取你〔正旦唱〕我等你那取我的軒車贈咱的官品我也待顯耀鄉閭改換我這家門學士怎肯似那等窮酸餓醋得一個及第成名却又早負德辜恩則要你言而有信休擔閣了少年人

〔陶穀云〕姐姐你既與我成其夫婦焉肯負你久以後夫人縣君必然你做也〔正旦唱〕

〔黃鍾煞〕你可休一春魚鴈無音信却教我千里關山勞夢魂我和你兩情調兩意肯這諧合有氣分我覷了暗地哂全不見沒事狠綢繆處直恁親臨相別也懷恨若還家獨自身被兒底少温存怕不想舊日人要圓成要尋問則這續斷鸞膠語句兒真便是我錦片前程敢可也盼的准〔下〕

〔陶穀云〕誰想被宋齊丘韓熙載反算了我小官羞歸大宋恥向汴梁我有故人錢俶在杭州為天

下兵馬大元帥鎮守吳越兩浙之地便宜行事自放兩浙官選我則索那處尋個前程再做道理〔一詩云〕當年玉殿逞高強為愛嬌容悔這場自料不能還故國須當帶月走南唐〔下〕

〔音釋〕⿰歹尤音尤　殢音膩　賺音湛　侑音又　分音奮　𢇍古絕字　噴平聲　噀詢去聲
嬋音蟬　辜音姑　哂身上聲

第四折

〔外扮錢王引近侍卒子上〕某姓錢名俶字德厚自先祖錢鏐世居杭州唐昭宗時改杭州為鎮海軍封我祖為鎮海軍節度使號杭州為衣錦城梁太祖賜玉帶一條打獵馬十疋唐莊宗賜玉冊金印先祖下世我父元瓘嗣爵父没之後某嗣守錢唐會汴京太祖即位我故人陶穀勸我歸宋同至汴京衆臣僚上疏五十三道皆諫太祖留我太祖不從我帶去的大小將官陞賞各有等差後賜一包袱封裹御押囑言曰待爾歸後然後發此觀之我回國開視乃衆臣留我之疏我見之大驚向北再拜曰臣已心伏陛下誓守臣節遂留陶穀於宋為翰林學士後來差他去說南唐李主被宋齊丘所算不敢回去復來投我我問其詳他以實告曾為十二字隱語被宋齊丘看破遂泄其機使秦弱蘭為謀以中之那秦弱蘭是江南名妓近日宋主遣曹彬下江南收了李唐有一歌者來至我境把隘軍人擒來見我乃秦弱蘭也我與他房屋居住又與他錢物用度着本處樂探領去陶穀尚不知道我今日推往郊外打圍就湖山堂上排宴着人請陶學士去了怎生這早晚還不見來〔陶穀上云〕小官陶穀自從中了宋齊丘之計我想那一個聰明女子臨别時相期我若得志必然娶你為妻李白有言美女能療饑我看着他呵不吃飯也罷了我今來兩浙投錢元帥一見如故他如今正授天下兵馬大元帥自選兩浙官吏我今在此尋個前程只不能勾再見那秦弱蘭今日元帥在湖

山堂較獵相招我索去走一遭左右報復去道小官來了也〔報見科〕〔錢王云〕學士某在此湖山堂上聊備蔬酌與你等盡歡而散〔陶穀云〕多謝多謝小官偶作一詞望大人斤削〔錢接念科云〕詞寄青玉案冰澌乍泮春來早一夜野梅開了簾幙風閒人靜悄曉窗夢斷篆烟輕裊庭院苔痕繞歸期暗卜天涯渺魚水雲鴻信杳鏡裏朱顏驚漸老不求名利不思宣召惟恨知音少好高才也常言道筵前無樂不成歡笑左右的叫一個歌者來奉酒〔卒子云〕理會的〔正旦上云〕妾身秦弱蘭今大宋遣曹彬下江南收伏了李主妾身避難來到杭州多虧錢元帥收留與我房屋錢物在此居住不知俺那陶學士在那裏也呵〔唱〕

〔中呂粉蝶兒〕一自當時向烟花簿豁除了名氏打疊起狂蕩心兒專等那七香車五花誥絕無人至一路上尋思莫不他翻悔了這門親事

〔醉春風〕我則想學士寄音書却早是錢王傳令旨他全然不知俺至誠心消不得半張兒紙紙到今日如今見時相見是誰不是

〔樂探報云〕稟大王喚將歌者來了〔錢王云〕學士這歌者原是學士所會的金陵秦弱蘭避難來此學士且躲在人叢裏看他認得認不得〔陶閃避科〕〔錢王云〕叫那歌者過來〔正旦唱〕

〔迎仙客〕我心恐恐入內門戰兢兢步堦址這裏錯行了眼前輕是死如今我也上丹墀朝帝子我暗暗地冷笑孜孜兀良抵多少長亭畔迎宣使

〔做見科云〕大王叩頭〔錢王云〕你是秦弱蘭當初怎生認的陶學士來〔正旦云〕大王聽妾身慢

慢說一遍〔唱〕

〔石榴花〕他從去年宣命下京師韓太守接着時他則是冷丁丁清耿耿並無私軒昂氣志撚斷吟髭妾身向筵前過盞無還次他面皮上刮下冰澌那妖嬈樂妓勤伏侍他一件件盡推辭

〔錢王云〕他這等古撇你如何承應〔正旦唱〕

〔鬬鵪鶉〕他見不的妙舞宮腰聽不的俺清歌皓齒〔錢王云〕他席間怎生發怒來〔正旦唱〕他袖拂了金杯手推開玉巵〔錢王云〕後來又怎生看上你來〔正旦唱〕妾向館驛裏別粧個美貌姿俺兩個相見時則他那舊性全無共妾身新婚燕爾

〔錢王云〕他既愛上你會說甚麼話來〔正旦唱〕

〔上小樓〕他許我夫人位次妾除了烟花名字再不曾披着帶着官員祗候褙子冠兒〔錢王云〕你自離了陶學士再曾迎新送舊麼〔正旦唱〕我這些時甚的是茶坊酒肆每日價冷清清為他守志

〔錢王呼一淨官上指云〕秦弱蘭這個是陶學士麼〔淨官悲云〕小娘子兀的不想殺我也〔正旦云〕這不是陶學士〔唱〕

〔么篇〕他生的端嚴相貌尊崇舉止幾曾見這般眼暗頭昏地慘天愁抹淚揉眵覷絕時這君子其實不是却怎生沒半星兒相似

〔錢王云〕這個既不是你在這衆官中試看咱〔正旦唱〕

〔快活三〕我向這金堦下領台旨教我向百官內暗窺伺他每都靜巉巉齊臻臻顯容姿〔行至陶前科〕〔唱〕我猛可裏擡頭視

〔鮑老兒〕則見他人叢裏疊擈着個齒臉兒閒別來安樂否陶學士〔做扯住科〕〔陶穀云〕你是何人扯住我的衣服〔正旦唱〕從頭兒覷這百司那裏有這等冷鼻凹的文章士我爲你離鄉背井抛家失業來覔男兒倒把我不瞅不睬不知不識相問相思

〔陶穀云〕這女子你敢錯認了也我非是下等之人休得無禮〔錢王云〕弱蘭你要認的是着〔正旦唱〕

〔哨徧〕對着這千乘當今帝子待教我一星星數說你喬行止我爲你截日離了官司再不當火院家私便弄針黹每日價胭憔粉悴玉減香消專等你那音書至今日全無一字都淚淹破腮頰病瘦損腰肢則這腕兒上慢鬆了的金釧是相知身兒上寬綽了羅衣是正明師你這般背約違期負德辜恩怎生意思

〔陶穀云〕我那裏見你來休得胡纏〔正旦唱〕

〔耍孩兒〕枉了我一年獨守冰霜志指望你封妻蔭子我並不想東風賣笑倚門時畢罷了綵筆題詩再不向泥金扇底歌新曲白玉堂前舞柘枝我自離了鶯花市無半星兒點汚一抹兒瑕疵

〔三煞〕你那些假古憹原來是粧謊子你無誠無信無終始我則道

你是鋪眉苫眼真君子你最是昧己瞞心潑小兒許下俺調琴瑟今日似難鳴孤掌不線的單絲〔錢王云〕秦弱蘭你既認的是真你與他自說緣故〔正旦唱〕

〔二煞〕我正是忒坎坷自怨咨九重天忽有君恩至正是一灣死水全無浪也有春風擺動時不甫能尋着爾〔出風光好詞科云〕大王這是他親筆寫下的〔唱〕這是他誑君的招狀親筆的情詞

〔煞尾〕公堂上坐着相公堦直下列着武士我這裏盡場分說心間事拚兩個雙棒兒堦前覓一個死〔做撞堦科〕〔錢王云〕住住住秦弱蘭留性命逗你耍哩〔陶穀云〕姐姐閒別無恙則被你想殺我也〔錢王云〕秦弱蘭陶學士爲你回不的汴京你兩口兒且在我杭州居住等我朝京見了大宋主人奏過還着陶學士復舊職那其間駟馬軒車五花官誥都是你的〔正旦拜科云〕多謝了大王〔錢王云〕古人有言樂莫樂兮新相知悲莫悲兮生別離今日你兩個夫妻會合便當殺羊宰馬做個慶喜筵席〔詞云〕當日個有意江南降李主故書隱語顯文章豈謂彼中有識者獨眠孤館早參詳故教此女來狐媚惱亂春風學士腸驛亭巧把姻緣結新詞留下好風光此心媿赧難回汴只得潛身且寄杭專待君恩重召取那其間同駕香車入畫堂半世孤高占仕路一天風月動詞場若道鍾情非我輩因何千載說高唐

〔音釋〕鏐音留 瓚音贊 差抽支切 彬音賓 澌音斯 使去聲 撚奴典切 推退平聲 褙音背 眵音蚩 伺音似 饞初銜切 黹音旨 思去聲 柘遮去聲 瑕音霞

疵音慈　瑟生止切　坷音可　誑光去聲　赧囊亶切

題目　宋齊丘明識新詞藻
　　　韓熙載暗遣閑花草
正名　秦弱蘭羞寄斷腸詩
　　　陶學士醉寫風光好

陶學士醉寫風光好雜劇

貞烈婦梅英守志

魯大夫秋胡戲妻
倣黃宗道筆
珍倣宋版印

魯大夫秋胡戲妻雜劇

元　石君寶撰

明吳興臧晉叔校

第一折

〔老旦扮卜兒同正末扮秋胡上卜兒詩云〕花有重開日人無再少年休道黃金貴安樂最值錢老身劉氏自夫主亡逝已過止有這個孩兒喚做秋胡如今有這羅大戶的女兒喚做梅英嫁與俺孩兒為妻昨日晚間過門今日俺安排些酒果謝俺那親家孩兒也你去請將丈人丈母來者〔秋胡云〕這早晚丈人丈母敢待來也〔淨扮羅大戶同搽旦上羅詩云〕人家七子保團圓偏是吾家只半邊〔搽旦詩云〕雖然沒甚房奩送倒也落的三朝吃喜筵〔羅云〕老漢羅大戶的便是這是我的婆婆我有個女孩兒喚做梅英嫁與秋胡為妻昨日過門今日親家請俺兩口兒吃酒須索走一遭去可早到他門首秋胡俺兩口兒來了也〔秋胡云〕報的母親得知有丈人丈母來了也〔卜兒云〕道有請〔秋胡云〕請進〔見科〕〔卜兒云〕親家請坐酒果已備孩兒把盞者〔秋胡遞酒科云〕岳父岳母滿飲一杯〔羅搽旦飲科云〕孩兒的喜酒我吃我吃〔卜兒云〕孩兒喚出梅英媳婦兒來者〔秋胡喚科〕〔正旦扮梅英同媒婆上云〕婆婆妳妳喚我做甚麼那〔媒婆云〕姐姐喚你謝親哩〔正旦云〕我羞答答的怎生去得〔媒婆云〕姐姐男婚女聘古之常禮有甚麼羞〔正旦唱〕

〔仙呂點絳唇〕男女成人父娘教訓當年分結下婚姻則要的廝敬愛相和順

〔媒婆云〕姐姐我聽的人說你從小兒攻書寫字我卻不知姐姐試說一遍與我聽咱〔正旦唱〕

〔混江龍〕曾把毛詩來講論那關雎爲首正人倫因此上兒求了媳婦女聘了郎君琴瑟和調花燭夜鳳凰匹配洞房春好教我懶臨廣坐怕見雙親羞低粉臉推整羅裙也則爲俺婦人家一世兒都是裙帶頭這個衣食分雖然道人人不免終覺的分外羞人

〔媒婆云〕姐姐你當初只該揀取一個財主好吃好穿一生受用似秋老娘家這等窮苦艱難你嫁他怎的〔正旦云〕婆婆這是甚的言語也〔唱〕

〔油葫蘆〕至如他釜有蛛絲甑有塵這的是我命運想着那古來的將相出寒門則俺這夫妻現受着虀鹽困就似他那蛟龍未得風雷信你看他是白屋客我道他是黃閣臣自從他那問親時一見了我心先順咱人這貧無本富無根

〔媒婆云〕姐姐如今秋胡又無錢又無功名姐姐你別嫁一個有錢的也還不遲哩〔正旦唱〕

〔天下樂〕咱人腹內無珍一世貧你着我改嫁他也波人則不如先受窘可曾見做夫人自小裏便出身蓋世間有的是女娘普天下少什麼議論那一個胎胞兒裏做縣君

〔媒婆云〕姐姐你過去見你父親母親者〔做見拜科云〕妳妳喚你孩兒有何分付〔卜兒云〕媳婦兒喚你出來與你父親母親遞一杯酒〔正旦云〕理會的婆婆將酒來〔遞酒科云〕父親母親滿飲一杯〔羅搽旦云〕好好好喜酒兒吃乾了也〔卜兒云〕孩兒你慢慢的勸酒等你父親母親寬飲幾杯〔外扮勾軍人上云〕上命官差事不由己自家勾軍的便是今奉上司差遣着我勾秋胡當軍走

一遭去可早來到魯家莊也秋胡在家麼〔秋胡見科〕〔勾軍人云〕秋胡我奉上司鈞旨你是一名正軍着我來勾你當軍去〔做套繩子科〕〔秋胡云〕哥哥且住待我與母親說知〔秋胡見卜科云〕母親有勾軍的奉上司鈞旨在於門首喚您孩兒當軍去〔卜兒云〕孩兒似此可怎了也〔正旦云〕婆婆爲甚麼這等吵鬧〔媒婆云〕如今勾你秋胡當軍去哩〔正旦云〕秋胡似此怎生是了也〔唱〕

〔村裏迓鼓〕都則爲一宵的恩愛揣與我這滿懷愁悶他去了正身只是俺婆婦每誰憐誰問我迴避了座上客心間事着我一言難盡不爭他見我爲着那人躭着貧窘搵着淚痕休也着人道女孩兒家直恁般意親

〔媒婆云〕今日方纔三日正吃喜酒兒勾軍的來了哏呵我媒婆還不曾得一些兒花紅錢鈔哩〔正旦唱〕

〔元和令〕他守青燈受苦辛吃黃虀捱窮困指望他玉堂金馬做朝臣原來這秀才每當正軍我想着儒人顛倒不如人早難道文章好立身

〔勾軍人云〕秋胡快着文書上期限一日也躭遲不得的〔秋胡云〕哥哥略待一時兒波〔正旦唱〕

〔上馬嬌〕王留他情性狠伴哥他實是村這牛表共牛觔則見他惡噷噷輪着粗桑棍這廝每哏端的便打殺瑞麒麟

〔卜兒云〕孩兒娶親纔得三日光景剗的便勾他當軍去着誰人養活老身兀的不痛殺我也〔正旦唱〕

〔遊四門〕適纔個筵前杯酒敘慇懃又則待仗劍學從軍想着俺昨宵結髮諧秦晉向鴛鴦被不曾溫今日個親親送出舊柴門

〔勝葫蘆〕還說甚玉臂相交印粉痕你可便臥甲地生鱗須知道離亂之時武勝文颺人頭似滾噙熱血相噴這就是你能報國會邀勳

〔秋胡云〕梅英我當軍去也你在家好生侍奉母親只要你十分孝順者〔卜兒云〕孩兒你去則去你勤勤的稍個書信來着我知道〔正旦唱〕

〔後庭花〕不甫能就三合天地婚避孤虛日月輪望十載功名志感一朝雨露恩把翠眉顰莫不我成親的時分下車來衝着歲君拜先靈背了影神早新婦兒遭惡運送的他上邊庭離當村

〔柳葉兒〕眼見的有家來難奔暢好是短局促燕爾新婚莫不我儘今生寡鳳孤鸞運你可也曾量忖問山人怎生的不揀擇個吉日良辰

〔卜兒云〕孩兒你去罷則要你一路上小心在意頻寄個書信回來休着我憂心也〔秋胡云〕你孩兒理會的母親保重將息〔正旦唱〕

〔賺煞〕似這等天闊鴈書稀人遠龍荒近教我閣着淚對別酒一樽遙望見客舍青青柳色新第一程水館山村〔云〕秋胡〔秋胡云〕有〔正旦唱〕早不由人和他身上關親〔云〕我想夜來過門今日當軍去〔唱〕卻正是一夜夫妻百夜恩破題兒勞他夢魂赤緊的禁咱愁恨則索安排下和淚待

黃昏〔同媒婆下〕

〔秋胡云〕岳父岳母好看覷我母親和妻子梅英者我當軍去也〔羅拯旦云〕這也是你家的本分我女孩兒的悔氣你去罷〔秋胡做拜別科云〕勾軍的哥哥喒和你同去〔詩云〕莫怨文齊福不齊娶妻三日卻分離軍中若把文章用管取崢嶸衣錦歸〔同勾軍下〕〔羅拯旦云〕秋胡當軍去了也親家母俺回家去來〔卜兒云〕親家母孩兒去了不好留的你多慢了也〔詩云〕本意相留非是假爭奈秋胡勾去當兵甲〔羅拯旦詩云〕明年若不到家來難道教我孩兒活守寡〔同下〕

〔音釋〕奩音廉 分去聲 睢音疽 推退平聲 甑精去聲 噉音去聲 哏狠平聲 颺音樣 噙音禽 離去聲 奔去聲 量平聲 禁平聲 崢音橙 嶸音橫 甲江雅切

第二折

〔淨扮李大戶上詩云〕段段田苗接遠村太公莊上弄猢猻農家只得鋤鉋力涼酸酒兒喝一盆自家李大戶的便是家中有錢財有糧食有田土有金銀有寶鈔則少一個標標致致的老婆單是這件好生沒興我在這本村裏做着個大戶四村上下人家都是少欠我錢鈔糧食的倒被他笑我空有錢無個好媳婦怎麼吃的他過我這村裏有一個老的喚做羅大戶他原是個財主有錢來如今他窮了問我借了些糧食至今不曾還我他有一個女兒喚做梅英儘生的十分好嫁與秋胡為妻如今秋胡當軍去了十年不回來我如今叫將那羅大戶來則說秋胡死了把他女兒與我做媳婦那舊時少我四十石糧食我也饒了他還再與他些財禮錢那老子是個窮漢必然肯許我早間着人喚他去了這早晚敢待來也〔羅上詩云〕人道財主叫便是福星照我也做過財主來如何今日聽人叫老漢羅大戶的便是自從秋胡當軍去了可早十年光景也老漢少李大戶四十石糧食

不曾還他今日李大戶喚我畢竟是這樁事要緊且去看他有甚說話無人在此我自過去（見科云）大戶喚老漢有甚麼事（李云）兀那老的我喚將你來有樁事和你說你的那女壻秋胡當軍去吃豆腐瀉死了（羅云）誰這般說來（李云）我聽的人說（羅云）呀似這般怎了也（李云）老的你休煩惱我問你你這女壻死了如今你那女兒年紀幼小他怎麼守的那寡你把你那女兒改嫁了我罷（羅云）大戶你說的是何言語（李云）你若不肯你少我四十石糧食我官府中告下來我就追殺你你若把女兒與了我呵我的四十石糧食都也饒了我再下些花紅羊酒財禮錢你意下如何（羅云）大戶容咱慢慢的商議我便肯了則怕俺媽媽不肯（李云）這容易你如今先將花紅財禮去則要你兩個做個計較等他接了紅定我便牽羊擔酒隨後來也（羅云）我知道大戶你慢慢的來我將這紅定先去也（做出門科云）我肯了我媽媽有甚麼不肯我如今就將紅定先交與親家母去來（下）（李云）那老子許了我也愁他女兒不改嫁與我如今將着羊酒表裏取梅英去待他到我家中扢搭幫放番他就做營生何等有趣正是洞房花燭夜金榜掛擂槌（下）（卜兒上云）老身劉氏乃是秋胡的母親自從孩兒當軍去了可早十年光景音信皆無多虧了我那媳婦兒與人家縫聯補綻洗衣刮裳養蠶擇繭養活着老身我這幾日身子不快怎麼連不連的眼跳不知有甚事來且只靜坐聽他便了（羅上云）老漢羅大戶如今到這魯家莊上若見了那親家母時我自有個主意也不要人報復我自過去（見科云）親家母你這幾時好麼（卜兒云）親家請坐今日甚風吹的到此（羅云）親家母我爲令郎久不回家我一徑的來望你與你散悶這裏有酒我遞三杯（卜兒云）多謝親家我那裏吃的這酒（羅遞酒三杯科云）親家母吃了酒也還有這一塊兒紅絹與我女兒做件衣服兒（卜兒云）親家這般定害你等秋胡來家呵着他拜謝親家的厚意也

〔接紅科羅做擱手笑云〕了了了〔卜兒云〕親家甚麼了了了〔羅云〕親家這酒和紅都不是我的都是本村李大戶的恰纔這三鍾酒是肯酒這塊紅是紅定秋胡已死了也如今李大戶要娶梅英他自家牽羊擔酒來也我先回去〔詩云〕這是李家大戶使機謀誰着你可將他聘禮收不如早把梅英來改嫁免的經官告府出場羞〔下〕〔卜兒云〕這老子好無禮也他走的去了你着我見媳婦兒呵我怎麼開言媳婦兒那裏〔正旦上云〕妾身梅英是也自從秋胡去了不覺十年光景我與人家擔好水換惡水養活着俺妳妳這幾日我妳妳身子有些不快我恰纔在蠶房中來我可看妳妳去咱秋胡也知你幾時還家也呵〔唱〕

〔正宮端正好〕想着俺只一夜短恩情空嘆了千萬聲長吁氣枉教人道村里夫妻撇下個壽高娘又被着疾病纏身體他每日家則是臥枕着牀睡

〔云〕有人道梅英也請一個太醫看治你那妳妳你可怕不說的是也〔唱〕

〔滾繡毬〕怕不待要請太醫看脈息着甚麼做藥錢調治赤緊的當村裏都是些打當的牙槌我這幾日告天地願他的子母每早些兒歡會常言道媳婦是壁上泥皮則願的白頭娘早晚遲疾可〔帶云〕天阿〔唱〕則俺那青春子何年可便甚日回信斷音稀

〔見卜兒科云〕妳妳吃些粥兒波〔卜兒云〕媳婦兒可則一件雖然秋胡不在家你是個年小的女娘家你可梳一梳頭等那貨郎兒過來你買些胭脂粉搽搽臉你也打扮打扮似這般蓬頭垢面着人笑你也〔正旦唱〕

〔呆骨朵〕妳妳道你婦人家穿一套兒新衣袂我可也直恁般不識一個好弱也那高低〔帶云〕秋胡呵〔唱〕他去了那五載十年阻隔着那千山萬水早則俺那婆娘家無依倚更合着這子母每無笆壁〔卜兒云〕媳婦兒你只待敦葫蘆摔馬杓哩〔正旦唱〕媳婦兒怎敢是敦葫蘆摔馬杓〔云〕妳妳道等貨郎兒過來買些胭脂粉搽搽我梅英道秋胡去了十年穿的無吃的無〔唱〕妳妳也誰有那閒錢來補笊籬

〔李大戶同羅搽旦領鼓樂上李云〕我如今娶媳婦兒去來洞房花燭夜金榜掛擂槌〔正旦云〕妳妳門首吹打嚮敢是賽牛王社的待你媳婦看一看咱〔卜兒云〕媳婦兒你看去波〔正旦做出門見科云〕我道是誰原來是爹爹和媽媽你那裏去來〔羅云〕與你招女婿來〔正旦云〕爹爹與誰招女婿〔羅云〕與你招女婿〔正旦云〕是甚麼言語與我招女婿〔唱〕

〔倘秀才〕你將着羊酒呵領着一火鼓笛我今日有丈夫呵你怎麼又招與我個女婿更則道你莊家每葫蘆提沒見識〔羅云〕孩兒秋胡死了也如今李大戶要娶你哩〔正旦唱〕我既為了張郎婦又着我做李郎妻那裏取這般道理

〔搽旦云〕孩兒也可不道順父母言呼為大孝你嫁了他也罷〔正旦唱〕

〔滾繡毬〕我如今嫁的雞一處飛也是你爺娘家匹配貧和富是您孩兒裙帶頭衣食從早起到晚夕上下唇並不曾粘着水米甚的是足食豐衣則我那脊梁上寒噤是捱過這三冬冷肚皮裏淒涼是我

舊忍過的饑休想道半點兒差遲〔羅云〕你休只管鬧你家婆婆接了紅定也〔正旦云〕有這等事我問俺妳妳去〔見卜兒科云〕妳妳想秋胡去了十年光景我與人家擔好水換惡水養活着妳妳你怎麼把梅英又嫁與別人要我這性命做甚麼我不如尋個死去罷〔卜兒云〕媳婦兒這也不干我事是你父親强揣與我紅定是他賣了你也〔卜兒做哭科〕〔正旦唱〕

〔脫布衫〕他那裏哭哭啼啼我這裏切切悲悲〔做出門科唱〕爹爹也全不怕九故十親笑恥〔羅云〕我待和你婆婆平分財禮錢哩〔正旦唱〕則待要停分了兩下的財禮〔羅云〕孩兒也你嫁了他等我也落得他些酒肉吃〔正旦唱〕

〔醉太平〕爹爹也大古裏不會吃那些酒食〔搽旦云〕孩兒俺也要做個筵席哩〔正旦唱〕妳妳也只恁般好做那筵席〔李云〕小娘子不要多言你看我這個模樣可也不醜〔做嘴臉被正旦打科唱〕把這廝劈頭劈臉潑拳搥向前來我可便搊撓了你這面皮〔帶云〕這等清平世界浪蕩乾坤〔唱〕你怎敢把良人家婦女公調戲〔做見卜兒科唱〕哎呀這是明明的欺負俺高堂老母無存濟〔羅云〕嚷這許多做甚麼你這生忿忤逆的小賤人〔正旦唱〕倒罵我做生忿忤逆在爺娘面上不依隨爹爹也你可便只恁般下的〔李云〕兀那小娘子你休鬧我也不辱沒着你豈不聞鸞凰只許鸞凰配鴛鴦只許鴛鴦對〔正旦唱〕

〔叨叨令〕你道是鸞凰則許鸞凰配鴛鴦則許鴛鴦對莊家做盡莊家勢〔鼓樂响正旦做怒科云〕你等還不去呵〔唱〕留着你那村裏鼓兒則向村裏擂〔李云〕小娘子你靠前來似我這般有銅錢的村裏再沒兩個〔正旦唱〕其實我便覷不上也波哥其實我便覷不上也波哥我道你有銅錢則不如抱著銅錢睡〔羅云〕兀那小賤人比及你受窮不如嫁了李大戶也得個好日子〔正旦唱〕

〔煞尾〕爹爹也怎使這洞房花燭拖刀計〔李云〕我這模樣可也不醜〔正旦唱〕我則罵你鬧市雲陽吃劍賊牛表牛觔是你親戚大戶鄉頭是你相識哎不曉事莊家甚官位這時分俺男兒在那裏他或是皁蓋雕輪繡幕圍玉轡金鞍駿馬騎兩行公人排列齊水罐銀盆攏的直斗來大黃金肘後隨箔來大元戎帥字旗回想他親娘今年七十歲早來到土長根生舊鄉地恁時節母子夫妻得完備我說你個驢馬村夫爲踓氣那一個日頭兒知他是近的誰狠虎般公人每拏下伊〔帶云〕他道誰迤逗俺渾家來誰欺負俺母親來〔做推李倒科唱〕我可也不道輕輕的便素放了你〔同卜兒下〕

〔李云〕甚麼意思娶也不曾娶的我倒吃他搶白了這一場又吃這一跌我更待乾罷〔詩云〕只爲洞房花燭惹心焦險被金榜擂槌打斷腰〔羅搽旦詩云〕這也是你李家大戶無緣法非關是我女兒忒煞會粧幺〔同下〕

〔音釋〕息喪擠切 日人智切 疾精妻切 壁音彼 摔音洒 杓繩昭切 笊嘲去聲 笛丁梨切 識傷以切 食繩知切 夕星西切 噤音禁 席星西切 搊莊瓜切 的音底 賊則平聲 戚倉洗切 行霞浪切 直征移切 長音掌 迤音移 逗音豆 思去聲

第三折

〔秋胡冠帶上云〕小官秋胡是也自當軍去見了元帥道我通文達武甚是見喜在他麾下累立奇功官加中大夫之職小官訴說離家十年有老母在堂久缺侍養乞賜給假還家謝得魯昭公可憐賜小官黃金一餅以充膳母之資如今衣錦榮歸見母親走一遭去〔詩云〕想當日哭啼啼遠去從軍今日個笑吟吟榮轉家門捧着這赤資資賜黃金奉母安慰了我那嬌滴滴年少夫人〔下〕〔卜兒上云〕老身秋胡的母親自從孩兒去了音信皆無前日又吃我親家氣了一場多虧我媳婦兒有那貞烈的心不肯嫁人若是他肯了呵老身可着誰人侍養媳婦兒今日早桑園裏採桑去了想他這等勤勞也則爲我老人家來只願的我死後依舊做他媳婦也似這般侍養他方纔報的他也天氣困人我且去歇息咱〔下〕〔正旦提桑籃上云〕採桑去波〔唱〕

〔中呂粉蝶兒〕自從我嫁的秋胡入門來不成一個活路莫不我五行中合見這鰥寡孤獨受饑寒捱凍餒又被我爺娘家欺負早則是生計蕭疎更值着沒收成歉年時序

〔醉春風〕俺只見野樹一天雲錯認做江村三月雨也不知是誰人激惱那天公着俺莊家每受的來苦苦說甚麼萬種恩情剛只是一

宵繾綣早分開了百年夫婦

〔云〕可來到桑園裏也〔唱〕

〔普天樂〕放下我這採桑籃我揀着這鮮桑樹只見那濃陰冉冉翠錦哎模糊衝開他這葉底煙蕩散了些稍頭露〔做採桑科唱〕我本是摘繭繅絲莊家婦倒做了個拈花弄柳的人物我只怕淹的蠶饑那裏管採的葉敗攀的枝枯

〔云〕我這一會兒熱了也脫下我這衣服來我試晾一晾咱〔做晒衣服科〕〔秋胡換便衣上云〕小官秋胡來到這裏離着我家不遠我更改了這衣服兀的不是我家桑園這桑樹都長成了也我近前去這桑園門怎麼開着我試看咱〔做見正旦科云〕一個好女人也背身兒立着不見他那面皮則見他那後影兒白的是那脖頸黑的是那頭髮可怎生得他回頭我看他一看可也好那哦待我着四句詩嘲撥他他必然回頭也〔做吟科詩云〕二八誰家女提籃去採桑羅衣掛枝上風動滿園香可怎麼不聽的待我再吟〔又吟科〕〔正旦回身取衣服做見云〕我在這裏採葉他是何人却走到園子裏面來着我穿衣服不迭〔秋胡做揖科云〕小娘子支揖〔正旦驚還禮科唱〕

〔滿庭芳〕我慌還一個莊家萬福〔秋胡云〕不敢小娘子〔正旦唱〕他不是閒遊的浪子多敢是一個取應的名儒我見他便躬着身插着手陪言語你既讀那孔聖之書〔秋胡云〕小娘子有涼漿兒覓些與小生吃波〔正旦唱〕我是個採桑養蠶婦女休猜做鋤田送飯村姑〔秋胡云〕這裏也無人小娘子你近前來我與你做個女壻怕做甚麼〔正旦怒科唱〕他酩子裏丟抹娘一句怎人模人樣

做出這等不君子待何如

(秋胡云)小娘子左右這裏無人我央及你咱力田不如見少年採桑不如嫁貴郎你隨順了我罷

(正旦云)這廝好無禮也(唱)

(上小樓)你待要諧比翼你也曾聽杜宇他那裏口口聲聲攛掇先生不如歸去(秋胡云)你須是養蠶的女人怎麼比那杜宇(正旦唱)你道是不比俺那養蠶處好將伊留住則俺那蠶老了到那裏怎生發付

(秋胡背云)不動一動手也不中(做扯正旦科云)小娘子你隨順了我罷(正旦做推科云)靠後(唱)

(十二月)兀的是誰家一個匹夫暢好是膽大心麤眼腦兒涎涎鄧鄧手脚兒扯扯也那捽捽(秋胡云)你飛也飛不出這桑園門去(正旦唱)是他便攔住我還家去路我則索大叫波高呼

(做叫科云)沙三王留伴哥兒都來也波(秋胡云)小娘子休要叫(正旦唱)

(堯民歌)桑園裏只待強逼做歡娛諕的我手兒脚兒滴羞蹀躞戰篤速他便相偎相抱扯衣服一來一往當攔住當也波初則道是峨冠士大夫原來是個不曉事的喬男女

(秋胡背云)且慢者這女子不肯怎生是了我隨身有一餅黃金是魯君賜與我侍養老母的母親可也不知常言道財動人心我把這一餅黃金與了這女子他好歹隨順了我(做取砌末見正旦科云)兀那小娘子你肯隨順了我我與你這一餅黃金(正旦背云)這弟子孩兒無禮也他如今

將出一餅黃金來我則除是恁般兀那廝你早說有黃金不的你過這壁兒來我過那壁兒看人去

〔秋胡云〕他肯了也你看人去〔正旦做出門科云〕兀那禽獸你聽者可不道男子見其金易其過女子見其金不敢壞其志那禽獸見人不肯將出黃金來你道黃金這般好用的〔唱〕

〔耍孩兒〕可不道書中有女顏如玉〔秋胡云〕叫倒吃了他一個番瓜兒〔正旦唱〕你將着金要買人殢雲殢雨却不道黃金散盡爲收書哎你個富家郎慣使珍珠倚仗着囊中有鈔多聲勢豈不聞財上分明大丈夫不由咱生嗔怒我罵你個沐猴冠冕牛馬襟裾

〔秋胡云〕小娘子你不肯我跟你家裏去成就這門親事可不好也〔正旦唱〕

〔二煞〕俺那牛屋裏怎成得美眷姻鴉窠裏怎生着鸞鳳雛蠶繭紙難寫姻緣簿短桑科長不出連枝樹漚麻坑養不活比目魚轆軸上也打不出那連環玉似你這傷風敗俗怕不的地滅天誅

〔秋胡云〕小娘子休這等說你若還不肯呵我如今一不做二不休拚的打死你也〔正旦云〕你要打誰〔秋胡云〕我打你〔正旦唱〕

〔三煞〕你瞅我一瞅黥了你那額顱扯我一扯削了你那手足你湯我一湯拷了你那腰截骨掐我一掐我着你三千里外該流遞摟我一摟我着你十字堦頭便上木驢哎吃萬剮的遭刑律我又不曾掀了你家墳墓我又不曾殺了你家眷屬

〔秋胡云〕這婆娘好無禮也你不肯便罷了怎麽這般罵我〔正旦提桑籃科唱〕

〔尾煞〕這廝睜着眼覷我罵那死屍腆着臉着我咒他上祖誰着你桑園裏戲弄人家良人婦便跳出你那七代先靈也做不的主〔下〕

〔秋胡云〕我吃他罵了這一頓我將着這餅黃金回家侍養老母去也〔詩云〕一見了美貌娉婷不由的我便動情用言語將他調戲倒被他罵我七代先靈〔下〕

〔音釋〕累上聲 衣去聲 獨東盧切 種上聲 繾音遣 綣音眷 繅音騷 物音務 晾音亮 福音府 酩音茗 出音杵 攛粗酸切 捽音祖 蹀音迭 躞音屑 速蘇上聲 服房夫切 玉于句切 尪音尢 殢音膩 嘔歐去聲 轆音鹿 黥音擎 足臧取切 骨音古 掐音恰 遞音地 律音慮 屬繩朱切 腆天上聲

第四折

〔卜兒上詩云〕朝隨日出採柔桑採到將中不滿筐方信遍身羅綺者從來不是養蠶娘老身秋胡的母親便是我媳婦兒採桑去了這早晚怎生不見回家也〔秋胡冠帶引祇從上云〕小官秋胡來到此間正是自家門首不免徑入母親你孩兒回來了也〔卜兒驚問云〕官人是誰〔秋胡云〕則你孩兒便是秋胡〔卜兒云〕孩兒你得了官也則被你想殺老身也〔秋胡送金科云〕母親你孩兒得了官現做中大夫之職魯君着我衣錦還鄉賜一餅黃金奉養老母〔卜兒云〕孩兒這數年索是辛苦也〔秋胡云〕母親梅英那裏去了〔卜兒悲科云〕孩兒你去了十年光景若不是你這媳婦兒養活我呵這其間餓殺老身多時也今日梅英到桑園裏採桑去了〔秋胡云〕母親梅英那裏去了〔卜兒云〕他採桑去了這早晚敢待來也〔秋胡云〕嗨適纔桑園裏逗的那個女人敢是我媳婦麽他若回來時我自有個主意〔正旦慌上云〕走走走〔唱〕

〔雙調新水令〕若不是江村四月正農忙扯住那吃敲才決無輕放第一來怕鴉飛天道黑第二來又則怕蠶老麥焦黃滿目柔桑一片林莊急切裏沒個隣里街坊我則怕人見甚勾當

〔云〕俺家又不是會首大戶怎麼門前拴着一匹馬我把這桑籃兒放在蠶房裏我試看咱這弟子孩兒無禮也他桑園裏逗引我見我不肯他公然趕到我家裏來也〔唱〕

〔甜水令〕這廝便倚強凌弱心粗膽大怎敢來俺莊上不由的忿氣夯胸膛我這裏便破步撩衣走向前來揝住羅裳咱兩個明有官防

〔做扯秋胡科〕〔卜兒云〕媳婦兒你休扯他他是秋胡來家了也〔正旦放手科唱〕

〔折桂令〕呀原來你曾參衣錦也還鄉〔做出門叫秋胡科云〕秋胡你來〔秋胡云〕梅英你喚我做甚麼〔正旦云〕你曾逗人家女人來麼〔秋胡背云〕我決撒了也則除是這般梅英我幾曾逗人來〔正旦唱〕誰着你戲弄人家妻兒迤逗人家婆娘據着你那愚濫荒唐你怎消的那烏靴象簡紫綬金章你博的個享富貴朝中棟梁〔帶云〕我怎生養活你母親十年光景也〔唱〕你可不辱沒殺受貧窮堂上糟糠我捱盡淒涼熬盡情腸怎知道爲一夜的情腸却教我受了那半世兒淒涼

〔卜兒云〕媳婦兒你來〔正旦同秋胡見卜科〕〔卜兒云〕媳婦兒魯君賜我孩兒一餅黃金侍養老身這十年間多虧了你將這黃金我酬謝你收了者〔正旦云〕妳妳媳婦兒不敢要留着與妳妳打簪兒戴〔做出門科云〕秋胡你來〔秋胡云〕你又喚我做甚麼〔正旦唱〕

〔喬牌兒〕你做賊也呵我可拏住了贓吱你個水晶塔便休強這的是魯公宣賜與個頭廳相着還家來侍奉你娘〔云〕假若這黃金若是別人家婦女呵〔唱〕〔豆葉黃〕接了黃金隨順了你才郎也不怕高堂餓殺了你那親娘福至心靈才高語壯須記的有女懷春詩一章我和你細細斟量可不道要我桑中送咱淇上〔云〕秋胡你可曾逗人家婦人來麼〔秋胡云〕你好多心也〔正旦唱〕〔川撥棹〕那佳人可承當〔做拏桑籃科唱〕不倈我提籃去採桑空着我埋怨爹娘選揀東牀相貌堂堂自一夜花燭洞房怎隄防這一場〔殿前歡〕你只待金殿裏鎖鴛鴦我將那好花輸與你個富家郎躭着饑每日在長街上乞些兒剩飯涼漿你與我休離紙半張〔秋胡云〕你怎麼問我討休書來〔正旦唱〕早插個明白狀也留與傍人做個話兒講道女慕貞潔男效才良〔卜兒云〕秋胡你爲甚麼這般炒鬧〔秋胡云〕母親梅英不肯認我哩〔卜兒云〕媳婦兒你爲甚麼不認秋胡那〔正旦云〕秋胡你聽者貞心一片似冰清郎贈黃金妾不應假使當時陪笑語半生誰信守孤燈秋胡將休書來將休書來〔秋胡云〕梅英你差矣我將着五花官誥駟馬高車你便是夫人縣君怎忍的便索休離了去也〔正旦唱〕〔鴈兒落〕誰將這五花官誥湯誰將這霞帔金冠望〔帶云〕便有呵〔唱〕

我也則牢收箱櫃中怎敢便穿在咱身軀上

〔得勝令〕呀又則怕風動滿園香〔李大戶同羅搽旦䟽當上李云〕他受了我紅定倒被他搶白一場難道便罷了我如今帶領了許多狠僕搶親去也〔羅搽旦云〕今日是個好日辰我和你搶他娘去〔做見科云〕兀的不是我女兒梅英〔正旦唱〕走將來雪上更加霜早是俺這釣鰲客咱不認哎你個使牛郎休更想〔秋胡喝云〕兀那廝你來我家裏做甚麼〔李驚云〕呀元來他做了官不是軍了也我聞知你衣錦榮歸特來賀喜〔羅搽旦云〕呸這等你說他死了也〔李云〕他不死倒是我死〔秋胡云〕元來那廝假揑流言奪人妻女左右與我拿下送到鉅野縣去問他一個重重罪名〔祗從做縛科〕〔李云〕這也不是我的主意就是你的岳翁岳母欠了我四十石糧食將他女兒轉賣與我的〔秋胡云〕這等一發可惡明明是廣放私債逼勒賣女了左右你去與縣官說知着重責四十板枷號三個月罰穀一千石備濟饑民毋得輕縱者〔祗從云〕理會的〔李云〕一心妄想洞房春誰料金榜擂槌有正身〔羅搽旦云〕我們也沒嘴臉在這裏不如只做送李大戶到縣去暗地溜了〔詩云〕如今且學烏龜法只是縮了頭來不見人〔同下〕〔卜兒云〕媳婦兒你若不肯認我孩兒呵我尋個死處〔正旦唱〕諕的我慌忙則這小鹿兒在心頭撞有的來商也波量〔云〕妳妳我認了秋胡也〔卜兒云〕媳婦兒你認了秋胡我也不尋死了〔正旦云〕罷罷罷〔唱〕則是俺那婆娘家不氣長

〔卜兒云〕媳婦兒你既認了可去改換梳洗和秋胡孩兒兩個拜見咱〔正旦下改扮上同秋胡先拜卜兒次對拜科〕〔正旦唱〕

〔鴛鴦煞〕若不爲慈親年老誰供養爭些個夫妻恩斷無承望從今

後卸下荆釵改換梳粧暢道百歲榮華兩人共享非是我假乖張做出這喬模樣也則要整頓我妻綱不比那秦氏羅敷單說得他一會兒夫壻的謊

〔秋胡云〕天下喜事無過子母完備夫婦諧和便當殺羊造酒做個慶喜筵席〔詞云〕想當日剛赴佳期被勾軍驀地分離苦傷心拋妻棄母早十年物換星移幸時來得成功業着錦衣脫去戎衣荷君恩賜金一餅為高堂供膳甘肥到桑園糟糠相遇強求歡假作癡迷守貞烈端然無改真堪與青史標題至今人過鉅野尋他故老猶能說魯秋胡調戲其妻

〔音釋〕夯音享　揝簪上聲　强音絳　倈離靴切　白巴埋切　帔音配　驀音陌

題目　貞烈婦梅英守志

正名　魯大夫秋胡戲妻

魯大夫秋胡戲妻雜劇

包待制單見黑旋風
倣蕭照筆

神奴兒大鬧開封府
珍倣宋版印

神奴兒大鬧開封府雜劇

元　　撰

明吳興臧晉叔校

第一折

〔冲末扮李德義同搽旦上臘梅上〕〔李德義云〕小可汴梁人氏嫡親的五口兒家屬哥哥李德仁小生李德義嫂嫂陳氏渾家王氏小字臘梅我根前無出哥哥有個孩兒喚做神奴兒俺兩房頭則覷着那孩兒這個家私都是哥哥嫂嫂掌把着他十分操心我與二嫂吃着現成衣飯好不快活也〔搽旦云〕李二如今伯伯伯娘說你每日則是貪酒不理家計又說俺兩口兒積儹私房你又多在外少在家一應廚頭竈腦都是我照覷俺伯娘房門也不出何等自在俺兩口兒穿的都是舊衣舊襖他每將那好綾羅絹帛整疋價拏出來做衣服穿你依着我言語將這家私分開了俺兩口兒另住可不還快活那〔李德義云〕二嫂你堅意要我分另了俺是敕賜義門李家三輩兒不曾分另教我怎麼對哥哥說二嫂再尋思咱〔搽旦云〕我那裏受的這等氣李二你多吃上幾碗酒假粧個醉到那裏則依着我說定要分開這家私便了〔李德義云〕既然你主意要分開這家私罷罷罷到那裏我則依着你便是喒和你見哥哥去來〔同下〕〔正末扮李德仁同大旦陳氏上〕〔正末云〕自家姓李雙名德仁渾家陳氏所生一子當孩兒生時是個賽神的日子就喚孩兒做神奴兒今年十歲也我有個兄弟是李德義娶的王氏則我那兄弟媳婦兒有些乖劣他妯娌不和他常是鬧自祖父以來俺家三輩兒不曾分另敕賜義門李家大嫂俺兄弟媳婦口強你讓他些兒看俺父母的面皮〔大旦云〕你說的是我怎麼也與他一般的見識〔正末唱〕

〔仙呂點絳唇〕我可也自小心直使錢不會學經紀但能勾無是無非便休說黃金貴

〔混江龍〕想爲人一世如今這有錢的誰肯使呆癡昨日箇眉清目秀今日箇便腰屈頭低窗外日光彈指過席前花影座間移〔云〕大嫂這早晚怎生不見孩兒下學來〔大旦云〕孩兒這早晚敢待來也〔倈兒上云〕自家神奴兒便是下學家中吃飯去嬭嬭我來家了也〔倈兒做哭見科〕〔大旦云〕孩兒你來了也却爲甚麼啼哭〔倈兒云〕嬭嬭一般學生每都笑話我無花花襖子穿哩〔正末唱〕見孩兒撒旖旎放嬌癡心鬧吵眼乜嬉打阿老痛傷悲我把這手帕兒揾了腮邊淚省可裏着嗔着惱你休那等自跌自推〔云〕大嫂揀箇有顏色的段子與孩兒做領上蓋穿〔李德義同搽旦上〕〔李德義云〕來到哥哥門首也二嫂俺是共乳同胞的親兄弟如今過去呵着我怎麼說的出來〔搽旦云〕李二你只推醉哩依着我便是喒過去來〔同見科〕〔李德義云〕哥哥我唱喏哩嫂嫂唱喏哩〔正末云〕呀兄弟來了也你不醉了也〔李德義云〕哥哥這個婦人我與他唱喏他怎麼不還我的禮好生不賢慧那〔大旦云〕我還叔叔禮來〔搽旦云〕我拜你你不還我禮也罷李二是您叔嫂看父母面皮也該還李二的禮李二還不和他鬧哩〔李德義做打倈兒科云〕這小弟子孩兒怎生不叫我〔正末云〕兄弟是嫂嫂不是了看我的面皮咱〔唱〕

〔油葫蘆〕你但有酒後便特故裏來俺這裏兄弟你可也撒滯殢〔二末云〕哥哥你兄弟心中煩惱你可知道也〔正末唱〕兄弟你心中煩惱我爭知〔二末云

一我敬意的採望哥哥來倒受這等的氣〔正末唱〕你一番價探望哥哥吃的來醺醺醉你一番價見嫂嫂常只是沖沖氣〔搽旦做打調科云〕李二你來我和你說如今你那哥哥還則是向着嫂嫂你依着我分開這家私者〔正末唱〕你沒來由尋唱叫你可便因甚的渾家你便見他來則合先施禮〔帶云〕兄弟是你嫂嫂不是了也〔唱〕今日個您嫂嫂是還禮的遲

〔搽旦云〕李二你不說呵等到幾時〔李德義云〕二嫂你堅心要分另我和哥哥是一母所生的親弟兄怎麼開口〔搽旦怒云〕你還不說哩〔李德義云〕你惱怎的我則依着你〔李德義做見大末科云〕哥哥便好道老米飯揑殺也不成團咱可也難在一處住了似這般炒鬧不如把家私分開了罷〔正末云〕兄弟你差了也便是你嫂嫂都不是了呵也還放着我哩〔唱〕

〔天下樂〕你便有那萬件事也合看着我的面皮你可便情也波知誰敢道是欺負你我見他嗔忿忿怒從心上起〔搽旦云〕李二今日好歹要分了這家私罷〔李德義云〕哥哥你向着嫂嫂弟兄上無一些兒情分你則守着這不賢慧的嫂子住分開了這家私罷〔正末云〕兄弟你恰纔入門來說你嫂嫂不曾還你的禮如今可要分家私〔唱〕你打破盆則論盆休的要纏麻頭續麻尾〔大旦云〕既然小叔和嬸子要分開這家私呵依着他分開了罷〔正末云〕噤聲〔唱〕連你也迎風兒簸簸箕

〔搽旦云〕李二好共歹今日務要把家私分另了罷〔正末云〕兄弟不爭分另了這家私不違悖了父母的遺言這家私斷然分不的〔搽旦云〕李二不要信他好共歹今日務要把家私分另了罷〔正末唱〕

〔那吒令〕你哥哥勸你休煩天惱地大嫂你靠這壁休推天搶地孩兒這裏耍哩休啼天哭地〔帶云〕李大員外二員外〔唱〕俺須是親手足您須是親妯娌有什麽話不投機

〔搽旦云〕伯伯我這等受氣你那裏知道〔正末唱〕

〔鵲踏枝〕丈夫的失了尊卑媳婦兒不賢慧他兩箇一上一下直留支剌唱叫揚疾〔搽旦叫科云〕天喲欺負俺兩口兒也〔正末云〕噤聲〔唱〕那裏也趙禮讓肥你可甚家有賢妻

〔帶云〕兄弟凡百事看着你哥哥的面皮咱〔唱〕

〔寄生草〕我和你須是親兄弟又不是廝認義你今日不相識的故意爲相識你可便不親的結托爲親戚兄弟也你可怎生全不知儘讓您這哥哥意〔搽旦云〕俺倒不言語他倒說長道短的李二你還不打他哩〔正末唱〕你這般揎拳擺袖爲因何枉惹的街坊每恥笑着親隣每議

〔搽旦云〕李二他堅意不分家私你着他棄一壁兒就一壁兒〔李德義云〕怎生是棄一壁兒就一壁兒〔搽旦云〕他說道祖先三輩兒不曾分另這家私怕違了父母的遺言不分便也罷都是那嫂嫂撥調的您兄弟每不和你如今着他休棄了嫂嫂我便不分這家私這的是棄一壁兒就一壁兒〔李德義云〕他是哥哥的兒女夫妻又無罪犯怎生着休了他〔搽旦打李德義科云〕我有主意你則依着我者〔李德義云〕也罷我依着你哥哥實不相瞞這家私三輩兒不曾分另是父母遺留的言語俺怎敢違拗這個也罷俺家中不和都是嫂嫂不賢慧你如今休棄了嫂嫂我便不分這家私

你若捨不的嫂嫂便分另了這家私哥哥你心下如何〔正末云〕兄弟也俺是勅賜義門李家祖傳三輩兒不曾分另這家私你要我休了嫂嫂可也容易爭奈紙墨筆硯俱無〔李德義云〕二嫂喒哥哥說無紙筆〔搽旦云〕我這裏有剪鞋樣兒的紙描花兒的筆都預備下了〔李德義云〕哥哥紙墨筆硯都有了也〔正末云〕兄弟也我選箇好日子休你嫂嫂〔搽旦云〕子丑寅卯今日正好則今日是大好日辰寫了罷寫了罷〔正末云〕將來將來大嫂也則被你帶累殺我也〔大旦云〕員外我又無罪過你如何休棄了我〔李德義云〕哥哥你寫的是着再不要改移了也〔正末唱〕

〔後庭花〕您哥哥爲人無改移我這裏便要寫待寫着個甚的〔李德義云〕你若無兒弟情呵留着這婦人罷〔正末唱〕不爭我便戀着他恩義怎肯着我弟兄每分在兩下裏〔搽旦云〕李二你看你哥哥口裏便强手裏可不肯寫那休書哩〔李德義云〕哥哥不必作難你寫了休書罷〔正末唱〕兄弟你莫嫌遲你與我疾忙研墨我手擎着紙共筆索將他來便捨棄則消的我別主媒再尋一個年少的

〔李德義云〕哥哥你既是割捨不的嫂嫂倒休了你兄弟罷〔正末唱〕

〔柳葉兒〕在那裏別尋一箇同胞兄弟媳婦兒是牆上泥皮可不說相隨百步尚有徘徊意〔大旦云〕員外喒是兒女夫妻你怎下的休了我也〔正末唱〕我須索依着他那主意疾忙的休離大嫂也你便休題道兒女夫妻

〔云〕兄弟也父母遺留的言語你不聽今日要分另了家私死於九泉有何顏見亡父母之面兀的不氣殺我也〔正末氣倒科〕〔大旦哭科云〕員外精細着精細着〔李德義云〕哥哥精細着可怎生

是了〔正末作醒科〕〔唱〕

〔賺煞尾〕你常存着見官的心准備着告人的意則你那狀本兒如瓶注水俺親弟兄看成做了五眼雞〔搽旦云〕俺若欺負你頭上有天哩〔正末唱〕你也須索念着好門風祖上留遺今日爲他誰覓鬧尋非却不道湛湛青天不可欺你就那般瞞心昧己就這般生忿忤逆〔云〕人間私語天聞若雷休言不報也〔唱〕敢只爭來早與來遲〔作氣死下〕

〔大旦云〕誰想把員外氣殺了也員外則被你痛殺我也〔同倈兒哭科下〕〔李德義云〕誰想哥哥一口氣氣死了丟下你兄弟一個可怎生是了也〔搽旦云〕李二休啼哭你哥哥已死了也着嫂嫂領着神奴兒另住守寡潑天也似家私都是俺兩口兒的〔李德義云〕說的是二嫂哥哥亡逝已過則等他埋葬了這家私都是我的二嫂今日稱了你的心願也〔詩云〕苦爲分居事不公弟兄情義一場空堪憐兄長今朝喪則除是南柯夢裏再相逢〔下〕

〔音釋〕 妯音逐 娌音里 直征移切 旖音倚 旎寧巳切 吵音炒 乜彌嗟切 阿何哥切 揾温上聲 慧音惠 䐈音膩 的音底 簸音播 壁音彼 疾精妻切 識傷以切 戚倉洗切 揎音宣 攞羅上聲 拗音要 墨忙背切 筆邦每切 忤音悟 逆銀計切

楔子

〔大旦領倈兒上詩云〕天下人煩惱都在我心頭自從員外亡化過了可早斷七也家裏別無得力的人則有一個老院公家私裏外多虧了他我根前只靠的這個神奴兒孩兒也你休門前耍去 一

倈兒云〕妳妳我要街上耍去哩〔大旦云〕孩兒也無人領你去〔倈兒云〕着老院公領我去〔大旦云〕你喚將老院公來〔倈兒云〕院公俺妳妳喚你哩〔正末扮院公上云〕老漢是這李員外的老院公便是自從老員外身亡之後嫂嫂與神奴孩兒另住見老漢年紀高大做不的重生活着我每日看管神奴兒小哥哥恰纔嫂嫂呼喚不知有何事須索走一遭去〔見科云〕嫂嫂喚老漢有何事〔大旦云〕院公孩兒要街上耍去你領將他去你便領將他來〔正末云〕嫂嫂但放心老漢手裏領將哥哥去我手裏還領將哥哥來〔大旦云〕院公你小心在意休着我憂心也〔下〕〔正末云〕哥哥你跟老漢長街市上閑耍去來〔同倈兒做耍科云〕哥哥耍的勾了則怕嫂嫂家中盼望俺與你還家去來〔倈兒哭科云〕老院公我要傀儡兒耍子〔正末云〕哥哥休啼哭我買將來便了哥哥你只在這橋邊站着等我與你買去咱〔唱〕

〔仙呂賞花時〕我將這傀儡兒杆頭疾去買哥哥你莫得胡行休動側兀良我剛轉過那條街休着你娘憂心兒等待我與你大走去可兀的買將來〔下〕

〔李德義做醉科上云〕弟兄每休怪改日還席〔倈兒做叫科云〕兀的不是叔叔叔叔〔李德義云〕是誰喚我哩〔倈兒云〕叔叔是神奴兒叫你哩〔李德義云〕兀的不是神奴兒你在這裏做甚麼〔倈兒云〕老院公領將來我要個傀儡兒耍老院公替我買去了着我這裏等他哩〔李德義云〕這個老弟子孩兒我兩房頭則覷着神奴一個倘若馬過來踏着孩兒呵可怎了也孩兒也我和你家去來〔倈兒云〕我不去嬸子利害〔李德義云〕不妨事放着我哩我和你家去來〔李德義做抱倈兒科〕〔淨扮何正沖上做撞李德義科云〕哥哥休怪是在下不是了也〔李德義做罵科云〕村

弟子孩兒你眼瞎撞了我打是麼不緊我兩房頭則覷着這個神奴孩兒就如珍珠一般倘若有些好歹怎了你是個驢前馬後的人兀那廝你不認的我我是義門李家我是李二員外你知道我那住處麼下的州橋往南去紅油板搭高槐樹那個便是我家裏〔何正云〕我非私來乍到我接包待制大人去哩〔李德義云〕你那包待制管的我着〔何正云〕噤聲我把你個村弟子孩兒我不誤間撞着你我陪口相告做小伏低你就罵我做驢前馬後數傷我父母我道接包待制大人去你道包待制敢怎的我兒也你便是李二員外這個小的是神奴孩兒你那住處下的州橋往南行紅油板搭高槐樹你常蹅着吉地而行你若犯在我那衙門中該誰當直馬糞裏污的杖子一下起你一層皮李二喒兩個休軸頭兒廝抹着〔下〕〔李德義抱倈兒云〕我兒抱着你家去來〔下〕

〔音釋〕傀音詭　儡累上聲　站知濫切　側齋上聲　瞎許轄切　蹅音渣

第二折

〔搽旦上云〕自家李二嫂便是自從伯伯亡過已後那嫂嫂領着神奴兒另住如今止有神奴兒那小廝還不穪我的意我一心則待要所算了那小廝家私便都是我兩口兒的〔李德義抱倈兒上醉科云〕二嫂開門來〔搽旦云〕李二回來了我開開這門〔李德義云〕二嫂我醉了也我抱的神奴兒來你好看孩兒買些好果子兒好燒餅兒與他吃休驚諕着他我且歇息去〔李德義做睡科〕〔搽旦云〕李二你兀的不又醉了也我知道你睡去我如今得做就做趂他睡去便將他勒死了等他酒醒時我自有主意〔做拏繩子勒倈兒科云〕你往黃泉做鬼去休要怨我〔倈兒做慌哭科云〕嬸子我和你往日無寃近日無讎嬸子你好狠也怎下的勒殺我也〔搽旦做勒死倈兒科云〕將這小廝勒殺了也看李二醒來說甚麼〔李德義做醒科云〕好酒也我醉則醉心上可明白我記得抱

將神奴兒家來可怎麼不見他二嫂神奴孩兒在那裏〔搽旦云〕神奴兒在那裏睡哩你看去〔李德義做看倈兒科云〕你這箇不賢慧的婦人怎下的着孩兒在冷地上睡着孩兒在這牀上睡可不好你這婦人怎生這等不賢慧〔做起身看科云〕我兒你起身來牀上睡去〔做再看科云〕哎喲二嫂你好狠也兩房頭則看着神奴兒一個你怎麼下的將他勒死了若是嫂嫂要神奴兒教我把個甚的還他這場官司少不的要打我和你見官去來〔搽旦云〕呸是你拖將來着我勒殺了他你是夫主你主的事我不依你我和你見官去到那裏你說一句我說兩句你說兩句我說十句我務要對在你身上我就和你見官去〔李德義云〕他倒賴在我身上似此怎了〔搽旦云〕這也容易你拖將他來別人又不知道我和你把這小廝埋在陰溝裏〔李德義云〕埋在陰溝裏這上面可不顯出來〔搽旦云〕着石板蓋上再墊上些土兒踹一踹便有誰知道〔做埋倈兒科云〕填上些土潑上些水哎喲整累了我一日可不是個乾淨若不是我靠着你那有這箇見識〔李德義云〕二嫂你好狠也則怕嫂嫂來呵你自去支吾他〔搽旦云〕眼見的神奴兒勒殺了也家私都是我的天那我有這一片好心天也與我半碗兒飯吃〔同下〕〔正末上云〕老漢買傀儡兒回來不見小哥不知往那裏去了嫂嫂問呵着我說甚麼的是我索尋去咱神奴兒哥哥那裏去了也〔唱〕

〔南呂一枝花〕一合兒使碎我心半霎兒憂成我病幾條街穿着走則我這兩條腿打折般疼好着我膽戰心驚急攘攘空傒倖哎你個小冤家可也是怎生我恰纔把着手街上閑行〔帶云〕哥哥要傀儡兒我去買〔唱〕怎生轉回頭就不知個蹤影

〔梁州第七〕你莫不大街上逢着甚麼驢馬你莫不小巷裏撞着甚

麼車乘則我這好言好語無心聽我將你來廝將廝領同坐同行眼睛兒般照覷氣命兒般看承他行坐裏陪着一箇笑臉兒相迎待飛騰則恨我肋下沒稍翎教我便來來去去脚似攛梭我可便篤篤末末身如這翻餅哎喲天那好教我便慌慌速速手似撈鈴〔云〕想必哥哥等不得回家去了我且到家中看咱〔大旦上云〕院公你來了也〔正末慌科〕〔唱〕則聽的叫咱一聲水澆般不由我渾身冷我待悔來教我悔不定〔大旦云〕神奴孩兒在那裏〔正末唱〕告嫂嫂休忙且暫停〔大旦做哭科〕〔正末唱〕省可裏兩淚如傾

〔大旦云〕院公怎生不見神奴孩兒〔正末云〕嫂嫂我說則說你則休煩惱我和哥哥街上閑耍哥哥要一個傀儡兒老漢道你則在這裏等着老漢買傀儡兒去了急回來不見了哥哥也〔大旦云〕不見了孩兒可怎了也〔正末云〕嫂嫂你休煩惱老漢和嫂嫂尋哥哥去天也早哩我倒拽上這門喒尋將去來〔唱〕

〔四塊玉〕一壁廂說與廂長一壁廂報與坊正恨不的翻過那物穰人稠臥牛城〔做叫云〕街衢巷陌張三李四趙大王二〔唱〕你若見的可便也合通個名姓不見了小舍人可教俺也便待怎生〔帶云〕兩房頭則覷着哥哥一個哩〔唱〕呆老子也我只索與他償命

〔大旦云〕院公俺兩房頭則覷着孩兒一個怎生了也〔正末云〕嫂嫂街上沒有則怕一般小弟兄每送哥哥來家也不見的〔同做回科〕〔大旦云〕我開開這門點上燈院公我問你咱你敢打孩兒

來孩兒害怕也敢躲了你因此上尋不見孩兒〔正末云〕嫂嫂你放心老漢在門首覷神奴兒哥哥咱〔唱〕

〔隔尾〕我將你懷兒中撮哺似心肝兒般敬眼前覷當似在手掌兒上擎〔帶云〕神奴兒哥哥〔唱〕我叫道有二千聲神奴兒將你來叫不應爲你呵走折我這腿脡俺嫂嫂哭破那雙眼睛我這裏靜坐到天明將一個業冤來等

〔正末做睡科〕〔倈兒扮魂子上云〕自家神奴兒是也老院公領着我街上耍我要一個傀儡兒耍老院公替我買去了我在州橋上等着他不想遇着俺叔叔抱將俺家去俺嬸子將繩子勒殺我埋在陰溝裏石板底下壓着哩恐怕老院公不知我去托一夢與他咱來到也老院公開門來開門來〔正末云〕哎喲哥哥來了也哥哥家裏來〔唱〕

〔牧羊關〕我則怕走的你身子困又嫌這鋪臥冷我與你種着火停着殘燈怕你害渴時有柿子和梨兒害饑時有軟肉也那薄餅我將你尋到有三千遍叫道有二千聲怎這般死沒堆在燈前立〔帶云〕小爹爹家裏來波〔唱〕你可怎生悄聲兒在門外聽

〔帶云〕神奴兒哥哥家裏來是老漢的不是了也〔倈兒哭科〕〔正末唱〕

〔罵玉郎〕我這裏連忙把手多多定〔倈兒哭科〕〔正末唱〕他那裏越憋拗放懞掙則管裏啼天哭地相刁蹬哎你個小醜生世世不曾有這般自由性

〔感皇恩〕呀他那裏暗氣吞聲側立傍行則管裏哭啼啼悲切切不住淚盈盈往常時似羊兒般軟善端的似耍馬兒般胡伶〔倈兒做哭云〕老院公你聒噪什麽〔正末唱〕你道我閑聒噪他那裏撒滯殢不惺惺

〔云〕哥哥誰欺負你來〔倈兒云〕老院公自從你替我買傀儡兒去了我在那州橋上等你却遇着俺叔叔抱的俺家去俺嬸子將繩子勒殺我埋在陰溝裏面石板底下壓着老院公你與俺做主咱

〔正末驚科〕〔唱〕

〔採茶歌〕聽的他說真情兀的不唬掉了我的魂靈天那急的我戰篤速不敢便驀入門桯將我這睡眼朦朧呼喚醒我只見他左來右去不消停

〔倈兒推正末科云〕老院公你休推睡裏夢裏〔下〕〔正末做醒科云〕兀的不諕殺我也原來是一夢嫂嫂哥哥來了也〔大旦云〕哥哥來了也哥哥在那裏〔正末云〕老漢說則說嫂嫂你休煩惱老漢在門首身子困倦不覺睡着了夢見神奴兒哥哥他說有叔叔抱他家去被李二嫂將他勒死了埋在水溝裏面石板底下哥哥道委實死的苦也〔大旦做哭倒科〕〔正末做扶大旦科云〕嫂嫂甦醒着天色明了也俺到李二家尋去來〔大旦做醒科云〕哎喲神奴兒兀的不痛殺我也〔正末唱〕

〔黃鍾尾〕我這裏潛蹤躡足臨芳徑我與你破步撩衣近小亭見孩兒世不曾不由我不悲哽天色寒風力冷夜迢迢星耿耿忽的陰忽的晴我則道神奴兒在曲檻閑行〔帶云〕兀的不是哥哥來了也〔唱〕哎却原來是雲破月來花弄的影〔同下〕

〔音釋〕墊音店 踹抽枴切 霎音殺 傒音奚 覷趨去聲 肋音勒 攛粗酸切 穰人掌切 裀音紬 哺音步 脡音挺 憋音鱉 懞音蒙 掙音爭 蹬音鄧 喑音陰 嚇音黑 驀音陌 桯音形 甦音蘇 躧音犇 哽音景

第二折

〔李德義同搽旦上〕〔李德義云〕自家李二的便是二嫂你好下的手也自從你撥調的我要分另了家私將我哥哥氣殺了一應家私都在手裏你還不足直把神奴兒勒殺了兒也痛殺我也若是嫂嫂來尋呵都在你身上〔搽旦云〕不妨事若來時我自有個分曉我關上這門者〔正末同大旦上大旦云〕院公我和你尋神奴兒去來〔正末云〕嫂嫂放心我不道的饒了李二家兩口兒哩〔唱〕

〔中呂粉蝶兒〕這廝每敗壞風俗攬的俺一家兒不成活路那吃敲才百計虧圖則他那長舌妻殺人的賊教我就怎生輕恕待和他廝結着衣服揀一個大衙門將他告去

〔醉春風〕他和我做殺死寃讎我和他決無干罷處〔正末叫寃屈科〕〔大旦云〕且休叫休叫〔正末唱〕我可便豁惡氣連叫了兩三聲嫂嫂也你休將這口來堵堵饒你這舌辯如蘇秦口強似陸賈我看你怎生般分訴

〔云〕開門來開門來〔李德義做慌科云〕二嫂兀的不喚門哩可怎了也〔做開門科云〕我開開這門〔正末扯科云〕你強要家私勒死了孩兒更待干罷也〔李德義背云〕這事怎了我可怎生支吾他去〔搽旦云〕伯娘你來俺家有何事〔大旦云〕我來尋神奴兒來說叔叔抱將來在你家裏〔搽

旦云〕誰曾見你那神奴兒來他來俺家裏做甚麼〔正末云〕神奴兒在你家裏〔李德義云〕這個老弟子孩兒神奴兒做甚麼到俺家裏〔大旦云〕是叔叔抱將孩兒來家也〔李德義云〕幾曾抱那孩兒我和你問街坊每去可誰見來〔正末唱〕

〔紅繡鞋〕你也不索硬打掙去街坊上幺喝神奴兒死屍骸只在這水溝裏埋伏〔搽旦做慌科云〕誰和你說在水溝裏埋着如今在那裏在那裏〔正末唱〕孩兒也向那夢兒裏依本畫葫蘆他爲甚的便慌篤速一句句緊支吾您正是賊兒膽底虛

〔李德義云〕神奴兒委實不在俺家裏〔大旦云〕叔叔是你抱將孩兒來了也〔李德義云〕我抱將來誰見諂你自尋去〔正末云〕你休鬧我自尋去〔唱〕

〔迎仙客〕又不曾下甚雨水因甚這般濕泥淤〔搽旦云〕是潑下的惡水〔正末唱〕你道是水沙兒誰人糝上土〔搽旦云〕見這塊兒凹掃了些糞草土兒墊上又灑了些水兒俺家的勾當要你管着我〔正末唱〕這石板爲甚撅開〔搽旦云〕天晴開水道下雨不蹅泥我開溝來開溝來〔正末唱〕這水路因何當住〔搽旦云〕雨下的緊了怎麼不漫出水來神奴兒在那裏你自尋麼〔正末唱〕不索你便將我來催促我與你便慢慢尋將去

〔云〕嫂嫂他故意的藏了屍首也〔搽旦云〕李二你來這婦人年紀小守不的那空房背地裏有姦夫所算了他孩兒故意的來俺這裏展賴你問他要官休也私休〔李德義云〕說的是嫂嫂你要官休也私休〔大旦云〕怎麼是官休怎麼是私休〔李德義云〕你若是官休呵我⺀到官中三推六問

吊拷綳扒你無故因姦氣殺俺哥哥謀害了姪兒不怕你不招你若是私休呵你將那一房一臥都留下則這般罄身兒出去任你改嫁別人這個便是私休〔大旦云〕我肚裏膽壯怕做甚麼我情願和你見官去〔正末云〕我和你見官去來〔同下〕〔淨扮孤領張千上〕〔孤詩云〕官人清似水外郎白似麪水麪打一和糊塗做一片小官是本處縣官今日陞廳坐起早衙張千喝攛箱放告〔李德義搽旦扭大旦正末同上〕〔李德義做叫科云〕寃屈也〔張千云〕拏過來〔衆見跪科〕〔孤云〕你這一行人告什麼〔李德義云〕相公可憐見這個是我嫂嫂背地裏有姦夫這老子他盡知情氣殺了我哥哥所算了我姪兒都是這婦人告大人與小的做主咱〔孤云〕那人命事我那裏斷的張千與我請外郎來〔張千云〕令史相公有請〔丑扮外郎上詩云〕天生清幹又廉能蕭何律令不會精纔聽上司來刷卷登時諕的肚中疼自家姓宋名了人表字贓皮在這衙門裏做着個令史你道怎麼喚做令史只因官人要錢得百姓們的使外郎要錢得官人的使因此喚做令史我正在私房裏打盹張千來請不知有何事〔做見張千科云〕張千你喚我做甚麼〔張千云〕相公請你斷事哩〔外郎云〕料着是告狀的又斷不下來喚我哩我見相公去張千報復去說我外郎來了也〔張千報科云〕相公外郎來了也〔孤云〕道有請〔張千云〕請進去〔外郎見科云〕相公請我來有何事〔孤見外郎跪科云〕外郎我無事也不來請你有告人命事的我斷不下來請你來替我斷一斷〔外郎云〕請起來外人看着不雅相兀那一行人那個是原告〔李德義云〕小人李二便是原告〔外郎做看李二科云〕哦這廝我那裏會見他來哦哦哦是那一日巡街去來到他家門首我討個橈兒坐一坐他就不肯拏出來我兒也你今日犯到我這衙門裏來張千與我採過來〔張千云〕理會的〔李德義過銀子舒指頭科〕〔外郎做看科云〕你那兩箇指頭瘸可又來晚夕送來你這一行人

那個是原告那個是被告兀那廝你那裏人氏姓甚名誰你告什麼對我從實的說來說的是也罷說的不是着實打呀〔李德義云〕相公可憐見這個是我嫂嫂背地裏有姦夫這老子他盡知其情氣殺了我哥哥所算了我姪兒都是這婦人告大人與小的做主咱〔外郎云〕這個是人命的事看起來這個婦人是個不良的張千將這婦人採近前來兀那婦人你怎生氣殺丈夫勒殺親兒與我從實的說來〔大旦云〕小婦人並不曾氣殺丈夫勒殺親兒〔外郎云〕這廝不打不招張千與我着實打者〔張千云〕招了罷〔打科〕〔外郎云〕將這婦人採在一壁將那老子採近前來〔張千云〕理會的〔外郎云〕兀那老子這婦人怎生氣殺丈夫勒殺親兒你與我從實的說來〔正末云〕相公可憐見俺嫂嫂並無姦夫〔外郎云〕看起來偷寒送暖都是你這老弟子張千與我打着者〔張千做打科云〕快招了罷〔打科〕〔外郎云〕兀那老子我問你他那丈夫無了多少時也〔正末云〕相公聽老漢慢慢的說一遍咱〔唱〕

〔石榴花〕俺哥哥死盡七不曾把靈除〔外郎云〕這婦人必定有姦夫〔正末唱〕俺嫂嫂可無倚靠現持服〔外郎云〕怎生勒殺親兒來〔正末唱〕當日個爲孩兒撒拗便啼哭〔外郎云〕那小廝哭可爲甚麼〔正末唱〕他待要長街市上耍去〔外郎云〕誰領將他去來〔正末唱〕只老漢和他步步相逐〔外郎云〕你領他到那裏去〔正末云〕哥哥要傀儡耍老漢說我買去〔唱〕轉回頭百般的無尋處〔外郎云〕你可在那裏尋他來〔正末唱〕遶着這前街後巷兩頭尋覷〔外郎云〕你曾問人來麼〔正末唱〕撞着這個那個多曾分付神奴兒端的見來無〔外郎云〕你也還到那裏去尋他來〔正末唱〕

〔鬬鵪鶉〕遶着那土市街頭〔外郎云〕你尋到多早晚來〔正末唱〕直走到天昏日暮〔外郎云〕你可多早晚回家去〔正末唱〕老漢還家時纔過初更比到來恰交二鼓〔帶云〕其時朦朧睡裏夢見神奴孩兒也曾道來〔唱〕他道嬸子也把咽喉緊緊的掐住勒的他一命卒可憐那做爺的命掩黃泉做兒的又身歸也那地府

〔外郎云〕李二告這婦人勒殺他親兒哩〔正末唱〕

〔上小樓〕李二也天生狠毒可便的心生嫉妬俺家裏偌大的房屋許富的家私則覷着神奴〔外郎云〕李二根前有什麼小的〔正末唱〕那李二呵也無男也無女單則是一夫一婦你可便着誰來抵當門戶

〔外郎云〕看將起來氣殺丈夫勒殺親兒眼見的這神奴兒不是他那親生嫡養的因此上把他勒殺了莫不是個義兒麼〔正末唱〕

〔么篇〕做兒的不是義兒做母的也不是義母想着他嚥苦吐甘偎乾就濕怎生擡舉休說道十月懷躭長立成人且則說三年乳哺怎下的生割斷他那子母每腸肚

〔外郎云〕那婦人你既是與他從小裏夫妻你怎生氣殺丈夫謀害了親兒性命與姦夫圖謀他家私你若不招呵我不道的饒了你也從實招了者〔大旦云〕寃屈也〔正末唱〕

〔十二月〕俺嫂嫂與員外從小裏媳婦他可便掌把着門閭你道他將親來所圖你道他抵盜那財物這公事憑誰做主都是他二嫂粧

誣

〔外郎云〕他若有姦夫呵快快與我指攀出來〔正末唱〕

〔堯民歌〕呀他是個好人家平白地指着姦夫〔外郎云〕我好歹要這樁事斷的明白〔正末唱〕　哎你一個水晶塔官人忒胡突便待要羅織就這文書全不問實和虛〔外郎云〕你快與我招了者〔正末唱〕則管你招也波伏外郎呵自窨付兀良可是他做來也那不曾做

〔外郎云〕我為吏一生清正不受民財那個不知道〔正末唱〕

〔耍孩兒〕你可甚平生正直無私曲我道您純麵攪則是一盆糊若無錢怎撾得你這登聞鼓便做道受官廳党太尉能察鴈那裏也昌平縣狄梁公敢斷虎一個個都吞聲兒就牢獄一任俺寃讎似海怎當的官法如罏

〔外郎云〕這個是人命事和他說甚麼來不打不招張千將那潑婦人打着者〔張千打科云〕招了罷招了罷〔大旦云〕我並無此事招不得〔外郎云〕這廝賴肉頑皮不打不招張千着實打者〔張千打科云〕　招了罷招了罷〔外郎云〕兀那婦人你招也是不招〔大旦云〕我是好人家女好人家婦我那裏受的這等拷打我葫蘆提招了罷是我有姦夫氣殺丈夫所算了孩兒都是我來〔外郎云〕既是招了也不屈你畫了字張千將長枷來上了長枷下在死囚牢裏去〔大旦云〕天那誰與我做主也〔正末云〕嫂嫂痛殺我也做叔叔的圖謀了家私嬸子兒勒殺了姪兒官人糊突令史貪贓等包待制大人下馬呵〔唱〕

〔煞尾〕憑着我紙兒上寫着這一一的犯由懷兒裏揣着這重重的痛苦只待他包龍圖來到南衙府捹的個接馬頭一氣兒叫道有二千聲屈〔下〕

〔大旦云〕天那着誰人與我做主也〔下〕〔外郎云〕李二你是個原告出去隨衙聽候〔李德義云〕理會的〔同搽旦下〕〔外郎云〕張千你伏侍我一日辛苦了不曾吃飯張千你自吃飯去如今新官下馬我待接新官去也〔下〕〔孤云〕你看麼斷事一日飯也不曾吃外郎和張千都去了着一個擡擡這桌子也好罷罷罷我自家端着這桌子罷〔做掇桌科下〕

〔音釋〕俗詞疽切　服房夫切　淤音迂　糝三上聲　凹音夭　促音取　刷數括切　吨頓上聲　瘸巨靴切　哭音苦　逐長如切　咽音烟　掐音恰　卒音祖　毒東盧切　物音務　突東盧切　伏房夫切　窨音蔭　曲丘雨切　撾莊瓜切　獄于句切　屈丘雨切

第四折

〔外郎同張千上〕自家宋了人的便是如今新官下馬有許多文書不曾攢的如今日在此攢這文書張千有一應閑雜人等休放過來若有人來打攪我我不道的饒了你哩〔李德義上云〕自家李二的便是聞說包待制大人下馬這文書不曾完備我如今見令史去可早來到也張千哥令史相公在那裏〔張千云〕正在司房裏攢文書哩一應閑雜人等都不放過去〔李德義做拖開張千見科云〕令史相公我這樁事不曾了怎生可憐見〔外郎努嘴〕〔張千拖李德義科云〕我說令史攢文書哩出去出去〔李德義做出科云〕張千哥怎生方便我見令史相公說一句話〔做見外郎科

云〕令史相公無多銀子只五兩送相公買鍾酒吃〔外郎云〕張千看茶來與二哥吃這樁事都在我身上二哥你自家去〔李德義云〕都在相公身上我家去也〔下〕〔外郎云〕張千擡了書案跟着我接新官去來〔同下〕〔正末扮包待制領張千上云〕老夫包拯是也西延邊賞軍回來到這汴梁城中張千攛開頭踏慢慢的行者〔張千云〕理會的〔喝科〕〔正末唱〕

〔雙調新水令〕恰纔個上西延奉詔賞三軍這回來敢辭勞頓乘驛馬到儀門避不的遠路風塵望南衙內急忙進

〔神奴兒扮魂子上打攔路馬前轉科〕〔正末云〕好大風也別人不見惟有老夫便見馬頭前一個屈死鬼魂兀那鬼魂你有甚麼啣冤負屈的事跟老夫開封府裏去來〔魂子旋下〕〔張千排衙上云〕喏在衙人馬平安擡書案〔正末上云〕老夫陞廳坐早衙者張千喚的當的當該司吏來〔張千云〕當該司吏安在〔外郎上云〕來了你都在司房裏趓着廳上喚哩我答應去〔做見科云〕小的每是當該司吏〔正末云〕兀那司吏有甚麼合僉押的文書將來我看〔外郎云〕理會的〔外郎做遞文書科云〕文書在此〔正末云〕這個是甚麼文卷〔外郎云〕這個是在城李阿陳因姦氣殺丈夫勒殺親兒前官斷定了大人判個斬字拏出去殺壞了罷〔正末云〕這一行人都有麼〔外郎云〕都有〔正末云〕都與我喚上廳來〔外郎云〕張千把李阿陳一起都拏過來者〔張千拏李德義大旦上科云〕當面〔外郎云〕大人則這個便是李阿陳一起〔正末云〕兀那廝說你那詞因〔李德義云〕我哥哥是李德仁小的是李德義俺嫂嫂有姦夫氣殺俺哥哥所筭了姪兒大人與小的每做主咱〔正末云〕誰是那李阿陳〔大旦云〕小婦人便是〔正末云〕兀那李阿陳我問你咱〔唱〕

〔慶東原〕誰主意把你家私競〔大旦云〕是小叔叔來〔正末云〕李德義你聽得麼〔唱〕誰氣的男兒命不存〔大旦云〕也是小叔叔來〔正末云〕李德義你聽得麼〔唱〕却原來將親兄氣殺都是伊生忿〔李德義云〕大人不干小的事都是我這嫂嫂他不和六親氣殺俺哥哥勒殺孩兒都是他來〔正末唱〕你道他不和六親〔李德義云〕大人若不信則問街坊隣舍便是〔正末唱〕噤聲索問甚麼街坊四隣〔帶云〕李德義你若不招呵〔唱〕一頓打敢着你死有十分〔帶云〕兀那李德義〔唱〕我則問你狀內詞因不要你將枝稍隱

〔云〕這文狀上有個老院公可怎生不見〔外郎云〕院公下在牢中哩〔正末云〕他有甚麼罪過下在死囚牢裏與我提將來者〔張千云〕院公死了也〔正末云〕怎麼死了〔外郎云〕院公生一個大刺唬獅死了也〔正末唱〕

〔攪箏琶〕只你這批頭棍屈打死那平民現如今暴骨停屍是坐着那一款罪犯招因小叔兒和嫂嫂乾尋釁令史每死也波錢親背地裏揣與些金銀休想那正眼兒敢覷着原告人我將你拔樹連根

〔云〕這椿事必然暗昧兀那李德義你那姪兒那裏去了〔李德義云〕是俺嫂嫂同姦夫所弃了他來〔正末云〕兀那李阿陳說你那詞因〔大旦云〕告大人息雷霆之怒罷虎狼之威小婦人與李大是兒女夫妻當日李二要分另家私李大便道俺是勅賜的義門李家三輩兒不會分另你如何要分另一口氣氣殺俺丈夫有神奴孩兒要街市上耍去院公引的孩兒到州橋左側孩兒要傀儡兒耍子院公買傀儡兒去了不期李二撞見孩兒抱的家去嬸子將孩兒勒死了我與院公尋去他

倒說我有姦夫所算了孩兒不由分訴拖到官中三推六問吊拷綳扒屈打成招今日投至見大人似那撥雲見日昏鏡重明柔軟莫過溪澗水不平地上也高聲大人懷揣萬古軒轅鏡照察我這啣冤負屈情〔正末云〕兀那司吏這婦人口內詞因怎生和這狀子上不同那〔外郎云〕大人他都是那揭帖上學定了的休聽他說這婦人有姦夫勒殺親兒都是他來〔正末云〕兀那李阿陳我再問你咱〔唱〕

〔鴈兒落〕你莫不是李員外娶的後婚〔大旦云〕俺是綰角兒夫妻持過公婆孝服埋殯夫主每日的澆茶奠酒上墳哩我家是勅賜義門李氏怎敢辱抹家門大人可憐見〔正末唱〕他道是綰角兒成秦晉他去那公婆行持孝服他將親夫主纔埋殯

〔得勝令〕每日價澆茶奠酒上新墳怎肯貪圖淫慾辱家門你道他所算了孩兒命我道來須是他嫡母親想着他生身他曾受十月懷躭孕擡舉得成人他也曾有三年乳哺恩

〔云〕你看這李阿陳口內詞因與這狀子上不同其中必然暗昧着老夫怎生下斷中間但得一個干證的來可也好也〔何正上見正末跪科云〕喏小的是何正〔正末云〕你是何正這椿事怎來你說〔何正云〕小的姓何名正是衙門中祗候人我則道大人喚何正哩〔正末云〕你看老夫波他是衙門中一個祗候人老夫年紀高大耳背了既然不干你事你去〔何正下〕〔做見李德義覷科云〕一我那裏見這廝來哦你是那李二員外〔何正做打科云〕快招快招〔正末云〕何正做甚麽將那李德義這般打也〔何正云〕大人斷事小的每是祗候人官不威牙爪威〔正末云〕你看這廝胡說下廳去〔何正又打李德義科〕〔正末云〕你看何正那廝好無禮也〔唱〕

〔沉醉東風〕他去那原告人十分覷問眼見的那被告人九分關親他將李阿陳相哀憫他去那李二行百般的施讎恨料應來必有個緣因我見他兩次三番如喪神早難道肋底下插柴自穩〔云〕張千拏下何正者〔張千云〕理會的〔張千做拏何正科〕〔正末云〕你爲甚麼將這李德義來揪撏摑打必然官報私讎說的是萬事都休說的不是將銅鍘先切了你那驢頭〔何正云〕大人息怒聽小的從頭至尾慢慢的說一遍當日大人去西延邊賞軍去小的聽的大人回還忙離府地急出衙門遠接大人前去來到州橋左側帶酒慌速不悞撞了他一交他懷裏抱着個小的叫做神奴兒我陪言相告做小伏低他惱罵不絕數傷父母我本唬嚇他一句道我非私來乍到迎接包待制大人去他道包待制便怎的我〔李德義做怕科〕〔何正云〕我兒也我且饒你這一句誰想大人陞廳喚小的何正下廳去看見了這廝便好道讎人相見分外眼明向廳前揪撏摑打也只是報州橋左側毀罵這場的讎恨別無他意〔詩云〕包爺爺高擡明鏡非干我言多傷行見李二抱定神奴是小人叫名何正〔正末云〕兀那李二你將的神奴兒那裏去了〔李德義云〕我抱了家去分付與妻子王氏來〔正末云〕我問你咱你娶的婦人是兒女夫妻是半路裏娶的〔李德義云〕是半路裏娶的〔正末云〕何正與我拏將那婦人來者〔何正云〕理會的〔李德義云〕你認的我家裏麼〔何正云〕你不道來下的州橋往南行紅油板搭高槐樹哩〔下〕〔搽旦上云〕自家李二的渾家正在家中閑坐這一會兒有些眼跳不知有甚麼人來〔何正上云〕來到李家門首也〔做見搽旦科云〕兀那婦人大人衙門裏喚你哩〔搽旦云〕我不怕你就和你見大人去〔同見正末科〕〔何正云〕當面〔正末云〕兀那婦人你知罪麼〔搽旦云〕大人小兒犯罪罪坐家長干小婦人每甚麼事〔正末

云〕這婦人也說的是小兒犯罪罪坐家長你出去〔搽旦出門做打呵欠睡科〕〔神奴兒扮魂子打搽旦科云〕醜弟子你不說怎麼〔搽旦慌科云〕氣殺伯伯也是我來混賴家私也是我來勒殺姪兒也是我來是我來都是我來〔何正云〕你看他〔正末云〕何正〔何正云〕有〔正末云〕爲甚麼這般大驚小怪的〔何正云〕大人那婦人出的衙門摑着那手他說氣殺伯伯也是我來混賴家私也是我來勒殺姪兒也是我來是我來是我來都是我來〔正末云〕與我拏過來〔何正做拏搽旦見科〕〔正末云〕兀那婦人你說那詞因〔搽旦云〕我有甚麼詞因小兒犯罪罪坐家長干我甚的事〔正末云〕既無詞因不干你事出去〔搽旦做出門打呵欠睡科〕〔魂子打科〕〔搽旦招科〕〔何正拏見正末科〕〔如此三科〕〔正末云〕何正你敢戲弄老夫麼你從實的說說的是便罷說的不是我不道饒了你哩〔何正云〕大人可憐見他在衙門外便說在廳上又不說〔正末云〕好是奇怪〔做沉吟科云〕哦我知道了也〔唱〕

〔甜水令〕好教我便煩煩惱惱㦬㦬焦焦嗔嗔忿忿都變做了笑欣欣我這裏親舉霜毫寫道牒文使顆印信將着去衙門外把火燒焚

〔云〕大家小家兒有個門神戶尉何正你將這道牒文衙門外燒了者〔何正做接科云〕理會的〔正末詩云〕老夫心下自裁劃你將金錢銀紙快安排邪魔外道當攔住只把那屈死的冤魂放過來〔唱〕

〔折桂令〕囑付那開封府戶尉門神當住他那外道邪魔放過他這屈死冤魂〔何正云〕我燒了紙一陣好大風也〔放魂子進門科〕〔正末云〕別人不見惟有老夫便見〔唱〕見一陣旋風兒打個盤渦足律律遶定堦痕〔云〕兀那鬼魂有甚麼

啣冤負屈的事你說我與你做主咱〔魂子訴詞云〕告大人停嗔息怒聽孩兒細說緣故俺母親嬸子不和因此上分家另住當日我學裏回家我待要街上覷覷老院公領我出門來到那十字大路我見個賣傀儡的過來院公道我與你買去等院公不見回身撞見我嫡親叔父領的我到他家中俺嬸嬸便生嫉妒將麻繩拴住脖子勒的我登時命卒一靈兒蕩蕩悠悠每日家嚎咷痛哭正撞見你這清耿耿無私曲的待制爺爺與我這沒投奔屈死的神奴兒做主〔正末云〕哎好可憐人也〔唱〕他和那親兄長無些兒義分將一個小孩兒屈死在荒村叵奈頑民簸弄錢神便應該斬首雲陽更揭榜曉諭多人

〔收江南〕呀誰着你個逆風兒點火落的這自燒身便不念自家骨肉自家親也須知舉頭三尺有靈神今日到南衙來勘問纔見得我老龍圖就似那一輪明鏡不容塵

〔云〕一行人聽我下斷本處官吏不知法律錯勘平人各杖一百永不敘用王臘梅不顧人倫勒死親姪市曹中明正典刑李德義主家不正知情不首杖斷八十何正路見不平拔刀相助重賞花銀十兩將應有的家私都與李阿陳永遠執業設一個黃籙大醮超度神奴兒生天〔詞云〕則爲這攪家潑婦心愚魯故要分居滅上祖若非是包龍圖剖斷不容情怎結束神奴兒大鬧開封府

〔音釋〕拯音整　競其硬切　癤音節　釁欣去聲　撏詞纖切　摑乖上聲　鍘音閘　劃胡乖切　渦音窩　足臧取切　嚎音豪　咷音桃　叵音頗　勘坎去聲

題目　包龍圖單見黑旋風

正名　神奴兒大鬧開封府

神奴兒大鬧開封府雜劇

三封書謁揚州牧

半夜雷轟薦福碑
珍倣宋版印
倣張僧繇筆

半夜雷轟薦福碑雜劇

元　馬致遠撰

明吳興臧晉叔校

第一折

〔沖末扮范仲淹同外扮宋公序上詩云〕龍樓鳳閣九重城新築沙堤宰相行我貴我榮君莫羨十年前是一書生老夫姓范名仲淹字希文累蒙擢用頗有政聲今謝聖恩可憐除老夫為天章閣學士之職這個是老夫幼年朋友姓宋名公序還有一個同堂小弟姓張名鎬字邦彥老夫自登仕路以來與兄弟張鎬數載不能相會未知進取功名也流落四方老夫常切切於心拳拳在念今奉聖人命着老夫江南採訪賢士宋公序所除揚州為理只今日俺兩個便索登程去也〔宋公序云〕哥哥您兄弟已行別無他事止有一女未曾許聘他人哥哥可有甚麼好親事舉保將來就勞哥哥主婚成就這門親事〔范仲淹云〕相公放心我有一同堂小弟張鎬論此生的才學不在老夫之下我若有書呈到於相公跟前便成就了這門親事〔宋公序云〕多謝哥哥您兄弟謹領則今日辭了哥哥便往揚州之任走一遭去〔先下〕〔范仲淹云〕宋公序去了也老夫不敢久停久住則今便往江南採訪賢士走一遭去來〔下〕〔淨扮張浩上詩云〕段段田苗接遠村太公庄上戲兒孫庄農只得鋤鉋力答賀天公雨露恩自家是個庄家姓張名浩字仲澤在張家庄居住廣有庄田牛羊孳畜不知其數我做個大戶近新來有一個秀才到我這庄上我問他名字他也姓張名鎬字邦彥此人滿腹文章留在庄兒上教些學生讀書我偷聽他幾句言語知之為知之不知為不知我今日無甚事看了田禾我去書房裏望那秀才走一遭去〔下〕〔正末扮張鎬引學生上云〕小生汴京人氏姓張

名鎬字邦彥幼小父母雙亡我有八拜至交的哥哥乃是范仲淹他爲翰林學士之職數載不曾相見小生飄零湖海流落天涯在於潞州長子縣張家庄上有一人姓張名浩字仲澤他見我和他同名同姓留我在他庄上教着幾個蒙童度日張鎬幾時是你那發達的時節也呵〔唱〕

〔仙呂點絳唇〕我本是那一介寒儒半生埋沒紅塵路則我這七尺身軀可怎生無一個安身處

〔混江龍〕常言道七貧七富我便似阮籍般依舊哭窮途我住着半間兒草舍再誰承望三顧茅廬則我這飯甑有塵生計拙越越的門庭無徑舊遊疎〔帶云〕常言道三寸舌爲安國劍五言詩作上天梯〔唱〕既有這上天梯可怎生不着我這青霄步我可便望蘭堂畫閣剗地着我瓮牖桑樞

〔范仲淹上云〕老夫范學士自離了汴京隨路採訪賢士來到這潞州長子縣打聽的我那兄弟張鎬在於張家庄上教學老夫直來到此處探望我那兄弟走一遭去可早來到也祗候人接了馬者學童你師父在家麼〔學生云〕師父家裏有〔范仲淹云〕你報復去道有范學士特來相訪〔學生報云〕有范學士在於門首〔正末云〕道有請〔范仲淹云〕賢弟別來無恙〔正末云〕哥哥請坐受您兄弟兩拜〔唱〕

〔後庭花〕哥哥也喒可便相別了數載餘哎你個故人音信踈遠阻隔三千里你可便近新來安樂無〔云〕比及哥哥來我早知道了也〔范仲淹云〕兄弟我[illegible]不會有書信來你如何知道〔正末唱〕我昨夜看文書猛擡頭疑怪他這燈

花兒結聚今日個果門迎你個長者車
〔范仲淹云〕賢弟論你高才大德博學廣文爲何不進取功名劃地在此教學爲生可是主何意
〔正末云〕哥哥你兄弟一言難盡〔唱〕
〔油葫蘆〕則這斷簡殘編孔聖書常則是養蠹魚我去這六經中枉下了死工夫凍殺我也論語篇孟子解毛詩註餓殺我也尚書云周易傳春秋疏比及道河出圖洛出書怎禁那水牛背上喬男女端的可便定害殺這個漢相如
〔天下樂〕這世裏難乘駟馬車想賢也波愚不並居我干受了漏星堂半世活地獄〔范仲淹云〕你積攢下些甚麼囊篋〔正末唱〕我渾攢下到六七斤家麻四五斗家粟幾時能勾播清風一萬古
〔范仲淹云〕賢弟受窘你肯謁托一兩個朋友呵必有濟惠得些盤費進取功名可不好那〔正末云〕哥哥如今難投托人今人與古人不同〔唱〕
〔那吒令〕當日個結交有周瑜魯肅當日個量寬有王陽貢禹今日個義讓無管仲鮑叔則我這運未通時難遇枉了狂圖
〔鵲踏枝〕我如今帶儒冠着儒服知他我那命裏有公侯也伯子男乎我左右來無一個去處天也則索閣落裏韞匵藏諸
〔范仲淹云〕兄弟也你是看書的人便好道富家不用買良田書中自有千鍾粟安居不用架高堂書中自有黃金屋出門莫恨無人隨書中車馬多如簇娶妻莫恨無良媒書中有女顏如玉前賢遺

語道的不差也〔正末唱〕
〔寄生草〕想前賢語總是虛可不道書中車馬多如簇可不道書中自有千鍾粟可不道書中有女顏如玉則見他白衣便得一個狀元郎那裏是綠袍兒賺了書生處
〔幺篇〕這壁攔住賢路那壁又擋住仕途如今這越聰明越受聰明苦越癡呆越享了癡呆福越糊突越有了糊突富則這有銀的陶令不休官無錢的子張學干祿
〔六幺序〕我想那今世裏真男子更和那大丈夫我戰欽欽撥盡寒鑪則這失志鴻鵠久困鰲魚倒不如那等落落之徒枉短檠三尺挑寒雨消磨盡這暮景桑榆我少年已被儒冠誤羞歸故里懶覩鄉閭
〔幺篇〕則這寒儒則索村居教伴哥讀書牛表描硃爲甚麽怕去長安應舉我伴着夥士大夫穿着些百衲衣服半露皮膚天公與小子何辜問黃金誰買長門賦好不直錢也者也之乎我平生正直無私曲一任着小兒簸弄山鬼揶揄
〔范仲淹云〕賢弟似此訓蒙呵幾時是你發達時節也〔正末云〕您兄弟吃這些學生每定害殺我也〔唱〕
〔金盞兒〕出來的越頑慝忒乖踈便有文宣王哲劍難拘束一個個拴縛着紙鑣子一個個粧畫鬧葫蘆一個撮着那布裙踏竹馬一個

舒着那臁肕跳灰驢他每那裏省的鴉窩裏出鳳雛您兄弟常則是油甕裏捉鮎魚

〔范仲淹云〕兄弟請你那東道出來我和他廝見〔請科淨上云〕我如今無甚事學堂裏望那張鎬去〔正末云〕老兄我哥哥范學士來在此你和他廝見咱〔做見科〕〔范仲淹云〕老兄賢弟在此多蒙垂顧〔淨云〕知之為知之不知為不知〔正末云〕小生往常曾說此便是小生的哥哥范學士〔淨云〕多勞相公遠降有失迎迓知之為知之不知為不知〔范仲淹云〕賢弟這廝也是個愚魯之人〔正末云〕哥哥量他何足道哉〔唱〕

〔醉扶歸〕這廝蠢則蠢家豪富富則富腹中虛〔帶云〕哥哥〔唱〕便道東道和門館德不孤他純經義不詞賦他識字呵不抵死十分看書他則是個中選的鋤田戶

〔淨云〕老相公請坐我執料些茶飯去知之為知之不知為不知〔下〕〔范仲淹云〕兄弟你身邊有何功課〔正末云〕您兄弟積下萬言長策哥哥你試看咱〔范仲淹云〕兄弟我將此萬言長策獻上聖人保舉你為官意下如何〔正末云〕此處豈你兄弟久遠安身之地〔范仲淹云〕兄弟既然你要轉動我與你三封書投托三個人去頭一封書洛陽黃員外你投托他去他見我書呈你那衣食盤費都在此封書上第二封書是黃州團練副使劉仕林他見我書呈必有厚贈這第三封書最要緊是揚州太守宋公序你下到這封書呵休說你那盤纏鞍馬就是前程事都在此封書上兄弟也你着意者你若不得第時權在張家庄上住我着人來取你為官你意下如何〔正末云〕多謝哥哥賜我這三封書我辭別東家便索長行也〔淨上云〕這弟子孩兒不中用燒着一隻鵝却揭開鍋蓋可

被他飛的去了〔正末云〕長者小生在此多多混踐着衆學生各自還家去等我回時可教他再來讀書哥哥小弟收拾了琴劍書箱便索起程也〔唱〕

〔賺煞〕您兄弟先謁信安君後訪揚州牧看小子今番命福恁兄弟一片功名心更速豈不聞光陰如過隙白駒我將這護身符你着我變幾貫青蚨〔帶云〕長者〔唱〕我投人須投大丈夫則這新豐一旅將着馬周來不遇〔帶云〕哥哥你可放心也〔唱〕你看我專等常何的那一紙薦賢書〔下〕

〔范仲淹云〕兄弟去了也長者恕罪老夫就將着萬言長策去獻與聖人保舉兄弟爲官不敢久停久住祗候將馬來別處採訪賢士走一遭去來〔同下〕

〔音釋〕鎬音浩　鉋音袍　沒音暮　樞昌書切　獄于句切　粟須上聲　肅須上聲　叔音暑　服房夫切　匵音讀　祿音路　鏺音播　揶音爺　揄音余　綣音見　臁音廉　朒仁去聲　牧音暮　福音府　速蘇上聲　白巴埋切

楔子

〔旦上云〕妾身是黃員外的渾家是好煩惱人也昨日有個秀才投下一封書俺員外接過書呈看罷不知怎生當夜晚間員外害急心疼亡了兀的不痛殺我也〔正末上云〕自從張家庄上與哥哥約別之後小生一徑的來到洛陽投奔那黃員外昨日下了書呈在店肆中安下今日無甚事黃員外宅上走一遭去哦可怎生門首掛着紙錢那〔做喚門科云〕門裏有人麽〔旦云〕是誰〔正末云〕小生是昨日下書的張秀才〔旦云〕你是那下書的兀那秀才你聽者自從你昨日下了書呈將俺

員外急心疼一夜妨殺了今日有甚臉上我門來你若入門時抓了你那臉卒風暴雨不入寡婦之門你快回去〔正末云〕誰死了〔旦云〕員外死了〔正末做哭科云〕張鎬你好命薄也呵哥哥與我三封書頭一封書投與洛陽黃員外昨日下了書一夜急心疼死了那員外也小生不避驅馳索往黃州投着團練副使劉仕林走一遭去罷〔唱〕

〔仙呂賞花時〕我恰做訪戴山陰王子猷身似飄飄沒纜舟為活計拙如鳩則這客僧投寺宿措大謁儒流

〔幺篇〕投至得千里書回碧樹秋則怕這一夜霜天白髮愁王粲謁荊州我想那朝中故友休教我空倚定仲宣樓〔下〕

〔音釋〕 宿羞上聲

第二折

〔范仲淹同使官上云〕老夫范學士自從江南採訪賢士到於朝中老夫就將兄弟張鎬所作萬言長策獻與聖人謝聖恩可憐就加張鎬為吉陽縣令老夫本待親身自去爭奈公事冗雜老夫差一使命去加官賜賞使命你近前來我囑付你你去潞州長子縣張家庄上有一人是張鎬為他獻了萬言長策聖人的命加他為吉陽縣令教他走馬到任小心在意疾去早來〔下〕〔使官云〕領了老相公言語直至潞州長子縣張家庄上加官賜賞走一遭去〔下〕〔淨上云〕自家張浩自從那張秀才散了學生去了許多時也我今日看了田禾回來無甚事且閑坐些兒則箇〔使官上云〕來到也左右接了馬者張浩聽聖人的命〔淨云〕呀快裝香來知之為知之不知為不知〔做跪科使官云〕張浩為你獻了萬言長策聖人見喜加你為吉陽縣令教你走馬上任謝恩〔淨拜科云〕待茶飯了

去〔使官云〕不必了小官事忙將馬來回聖人話去〔下〕〔淨云〕知之爲知之不知爲不知誨我幾曾有那萬言長策來是那張鎬的錯加了官也且由他有誰知道我如今不可久停久住收拾鞍馬便索理任去也〔下〕〔正末上云〕小生張鎬收拾琴劍書箱且往黃州投奔團練使劉仕林走一遭去呵〔唱〕

〔正宮端正好〕恨天涯空流落投至到玉關外我則怕老了班超發了願青霄有路終須到剗地着我又上黃州道

〔滾繡毬〕這一遭下不着孔融好等你那禰衡一鶚哥也我便似望鵬摶萬里青霄你搬的我散了學置下袍去這布衣中莽跳空着我遶朱門恰便似燕子尋巢比及見這四方豪士頻插手我爭如學五柳的先生懶折腰枉了徒勞

〔云〕小生幼年間攻習儒業學成滿腹文章指望一舉狀元及第崢嶸發達誰想今日波波碌碌受如此般辛勤也〔唱〕

〔叨叨令〕往常我青燈黃卷學王道剗地來紅塵紫陌尋東道如今十個九個人都道都道是七月八月長安道兀的不困殺人也麼哥困殺人也麼哥看書生何日得朝聞道

〔云〕貧乃士之常聖人道君子固窮小人窮斯濫矣〔唱〕

〔滾繡毬〕雖然我住破窰使破瓢我猶自不改其樂後來便爲官也富而無驕洛陽書坐化了黃州書自晉約比及到那時節有一個秀

才來投托這世裏誰似晏平仲善與人交〔云〕到那財主門首報復將去有個秀才下書那財主便道着他門首等者〔唱〕他睓着胸脯眼見的昂昂傲〔帶云〕要他那賫發呵〔唱〕將我這羞臉兒懷揣着慢慢的熬〔帶云〕投至得他那幾貫錢呵〔唱〕輕可等半月十朝

〔云〕這裏是個三乂路不知那條路往黃州去天色喧熱就在柳陰直下歇一歇等一個來往的人問路咱〔正末坐地科〕〔行者上云〕好熱也晒殺我也〔正末云〕一個出家人來了我問訊咱〔唱〕

〔倘秀才〕敢問你個禪師長老〔行者云〕問甚麼〔正末唱〕這條路去黃州也不錯〔行者云〕正是黃州大路〔正末唱〕長老也則他這鐘不宜時爲甚敲〔行者云〕是無常鐘死了人便撞這鐘〔正末唱〕我道死了人的不是個鋤田漢〔行者云〕不是〔正末唱〕必然是個富官僚〔行者云〕可知裏〔正末云〕這官人姓甚名誰〔行者云〕我說與你死了的官人是黃州團練使劉仕林〔正末唱〕我聽的他道了

〔做歎氣科〕〔唱〕

〔醉太平〕爭些兒把我撞着可着我心痒難揉揚州太守聽消耗你這其間莫不害倒第一封書已自無着落第二封書打發誰行要我將這第三封扯做紙題條〔帶云〕張鎬〔唱〕則好去深村裏教學

〔行者云〕說我這一跳秀才你閑也是忙忙便罷閑便來寺裏吃酸餡來〔正末云〕長老恕罪張鎬也怎生如此般命蹇哥哥與了三封書妨殺了兩個人第三封書謁托揚州刺史罷罷罷我不往揚州去我則回那潞州長子縣張家村上等哥哥消耗可不好那〔下〕〔龍神上詩云〕獨魁南海作龍

神與雲降雨必躬親會因悞受天公罰至今不敢借凡人吾神乃南海赤鬚龍是也奉玉帝勅旨著吾神行雨身體困倦在於廟中歇息片時有何不可〔正末上云〕好大雨也兀的是個龍神廟我那裏避雨去咱〔唱〕

〔倘秀才〕則他這香火冷把他庄家賽倒莫不是雨雪少把這黎民來瘦却古廟荒涼餓鬼嚎我權捻土做香燒怨書生的命薄

〔云〕供卓上有一個珓兒我試問神道咱小生張鎬流落在潞州長子縣張家庄教着幾個村學當時一日有我的哥哥范學士來訪小生將我萬言長策進了保舉我為官又與我三封書兩封書妨殺兩個人第三封書小生不會往揚州去如今則回潞州長子縣去張家庄上等待哥哥消耗小生若是能勾為官便與三個上上大吉若是不能勾為官便與我三個下下不合神道〔唱〕

〔滾繡毬〕將碑珓兒咒愿了香爐上度了幾遭〔做擲珓科云〕元來是個下下不合神道〔三科〕〔唱〕可怎生一擲一個不合神道和這塊臭芹泥也折貴攀高遮莫是角木蛟氐土貉大古裏是今秋水落你下下下濟了我大段田苗將我些有金銀富漢都亡過我和你無祭享泥神兩個廝撞着〔帶云〕我罵你呵〔唱〕那裏也雨順風調

〔云〕這披鱗的曲蟮帶甲的泥鰍我歹殺呵是國家白衣卿相你豈敢戲弄我怎生出的這惡氣我則題破這廟宇便是我平生之願取出我這筆墨來有這簷間滴水磨的這墨濃蘸的這筆飽就這搗椒壁上寫下四句詩〔做寫科云〕詩寫就了我表白一遍咱〔詩云〕雨暘時若在仁君鼎鼐調和有大臣同舍若能知此事謾將香火賽龍神我題罷這詩也覺一陣昏沉就這殿角邊歇息咱〔末

做睡科〕〔龍神云〕叵耐張鎬無禮你自命蹇福薄時運未至却怨恨俺這神祇將吾毀罵題破我這廟宇更待乾罷你行一程我趕一程行兩程我趕兩程張鎬你聽者〔詩云〕你虧心折盡平生福行短天教一世貧古廟題詩將俺這神靈罵你本是儒人我着你今後不如人〔下〕〔正末做醒科云〕天色晴了日影兒出來也我趕程途去便索長行〔下〕〔淨騎馬上云〕自家張浩的便是托賴祖宗餘蔭得了這官如今去赴吉陽縣令萬言長策不是我的是那個張鎬的我就混賴了他的有誰知道今日走馬赴任行動咱知之爲知之不知爲不知〔正末上云〕兀的不是張仲澤仲澤〔淨云〕不中我索走走走〔下〕〔正末唱〕

〔呆骨朵〕我這裏高阜處不住的呀呀叫〔曳刺上云〕一匹好馬也〔正末唱〕見一個帶牌子的曳刺隨着〔云〕敢問麼〔曳刺云〕你問甚麼〔正末唱〕這人姓甚名誰〔曳刺云〕姓張是張浩〔正末唱〕他那年紀兒是大小〔曳刺云〕三十歲也〔正末唱〕莫不在長子縣村中住〔曳刺云〕是長子縣居住〔正末唱〕因甚上爲官爵〔曳刺云〕爲他獻了萬言長策來〔正末云〕他那裏有萬言長策〔唱〕我則道舊相知張仲澤〔帶云〕哥哥休怪〔唱〕管是我眼睛花將他錯認了

〔曳刺云〕傻厮放手我趕相公去〔下〕〔正末云〕他那裏取萬言長策來世上多有同名同姓的我則回潞州長子縣張家庄上等待哥哥消耗便了〔下〕〔淨騎馬上云〕知之爲知之不知爲不知天色晴了也我走了這一日覺的有些困倦且下這馬來拴在柳樹上在這綠陰之下暫歇息咱〔曳刺上云〕好塊子馬脚打着腦杓子走趕不上兀的不是那塊子馬相公敢在這裏〔曳刺見淨科〕〔淨云〕兀那廝是甚麼人〔曳刺云〕洒家是個曳刺接相公來則被那塊子馬走的緊洒家緊趕着

跟不上接不着相公〔淨云〕你知道你那罪過麽〔曳剌云〕洒家不知道〔淨云〕你要饒你那罪過麽〔曳剌云〕可知要饒哩〔淨云〕你路上曾見個秀才麽〔曳剌云〕洒家見來〔淨云〕你殺了他去我便饒了你罪過〔曳剌云〕洒家知道我殺那傻厮去且慢者乞個罪名〔淨云〕他拐了我梅香偷了我壺瓶臺盞你殺了他去〔曳剌云〕我便去〔淨云〕你回來倘若你不殺他呵你休瞞了我要你三件信物要他那衣衫襟子刀上有血掙命的土刻灘子三件都有你便來回話〔下〕〔正末上云〕天色暄熱打破了我這脚我慢慢的行波〔曳剌趕上云〕兀的不是那傻厮兀那秀才你住者我和你說話〔正末云〕那騎馬的可正是張仲澤麽〔曳剌云〕俺那相公認的你着我與你十兩棗穰金在我這腿曲褳子裏打着你自取去〔正末云〕在那裏〔做低頭取科〕〔曳剌云〕你黄泉做鬼休怨我〔做殺末科〕〔正末云〕哥哥饒俺性命小生其實寃屈死於九泉之下我不告張仲澤我則告着你〔曳剌放末科云〕兀那秀才他道你拐了他梅香偷了他壺瓶臺盞教我來殺你你可說你怎生寃屈你試慢慢說一遍咱〔正末云〕哥哥你停嗔息怒聽小生從頭至尾告訴得來小生姓張名鎬字邦彥他姓張名浩字仲澤因與俺同名同姓他留小生在他庄兒上教着幾個村童當初一日有我的哥哥是范學士來相訪小生將我的萬言長策收了又與了我三封書兩封書妨殺了兩個人有第三封書小生不曾往揚州去眼見的小生離了那庄上哥哥着人來宣喚我為官小生可不在他也姓張名浩我也姓張名鎬同名同姓賴了我這官爵他恐怕久後白破他這事故意着哥哥來殺壞小生他自封妻廕子哥哥你沒來由替別人做甚麽〔曳剌云〕恁的呵是俺那傻厮的不是〔正末云〕小生到不怪那張仲澤則怪我那范學士哥哥〔曳剌云〕兀那秀才你休胡說那范學士你怎生怨他〔正末唱〕

〔倘秀才〕我則爲他三封書把我這前程來誤卻萬言策被別人賴了大道上肯分的軸頭兒廝抹着他請我在庄兒上教村學也曾看成的我至好

〔曳剌云〕兀那秀才他也姓張名浩你也姓張名鎬他是那一個浩字你是那一個鎬字你試說我聽咱〔正末云〕哥哥不知聽小生說〔唱〕

〔滾繡毬〕我是金字邊着個高〔曳剌云〕可他呢〔正末唱〕他是點水邊着個告因此上一般名號〔曳剌云〕那加官的管着甚麼來〔正末唱〕誰想這送宣的再也不辨個根苗他道是蓋世豪我道是兒女曹喒兩個非同管鮑哥也則你那十兩棗穰金是鞘裏藏刀俺兩個一時本是知心友不想道半路裏番爲刎頸交他怎肯將我就饒

〔曳剌云〕兀那秀才你不說呵我怎麼知道既然這等饒你性命不殺你〔正末云〕謝了哥哥〔做行科〕〔曳剌云〕兀那秀才轉來問你要三件信物〔正末云〕那三件信物〔曳剌云〕要你那衣衫襟刀子有血掙命的土刻攤子你與我這三件兒你便去〔正末云〕哥哥你要衣服可劃一塊去〔曳剌云〕將來〔做劃科云〕衣襟有了也這刀子上要有血〔正末云〕怎麼能勾這刀子有血〔曳剌云〕兀那秀才揀你那不痛處我札一刀子〔正末做怕科云〕哥哥那答兒是不疼的〔曳剌云〕兀那秀才你打破鼻子〔正末做打鼻科〕〔曳剌云〕你重些打〔正末云〕哥哥怎麼打〔曳剌自做打鼻出血科云〕這般打〔正末云〕哥也打破你的鼻子就着那血抹在那刀子上罷省的我打〔曳剌云〕倒好了你也那秀才你躲了〔做跌倒科〕〔正末云〕哥也你做甚麼〔曳剌云〕傻屌也可

是那掙命的土刻攤子〔正末云〕感謝哥哥此恩念異日必當重報敢問哥哥姓甚名誰〔曳刺云〕我姓趙是趙實你久後得官呵休忘了趙實〔正末云〕哥哥是趙實我勞記着哩小生一句話敢說麽〔唱〕

〔煞尾〕你是必與心兒再認下這搭沙和草哥也你可休不挂意揩抹了這把帶血刀〔帶云〕張浩〔唱〕休想天公把你饒鞭牛漢平白的賴了官爵採桑婦沒來由受了郡誥我空向他鄉走一遭千里投人怕的是到若不是吾兄義氣高若不是哥哥怎生了山海也似恩臨決然報異日崢嶸廝撞着請一個傳神巧待詔一幅丹青寫容貌堂上鋪陳掛幔幙羅列盃盤置椅卓百味珍羞不教少一炷明香旦暮燒將你那救我命的恩人〔帶云〕你是趙實哥哥〔唱〕直供養到老〔下〕

〔曳刺云〕秀才去了也三件信物都有了我回相公話去〔下〕〔淨上云〕這廝好不幹事這早晚不來回話〔曳刺上見淨云〕相公洒家回來了也〔淨云〕你殺了那秀才也不曾〔曳刺云〕我趕上只一刀殺了那秀才三般驗證都有衣衫襟刀子有血相公怕不信呵去看那掙命的土刻灘子〔淨云〕這廝好男子我饒了你接不着的罪過〔背云〕秀才也殺了這廝久後說出來可怎了則除是這般兀那曳刺你去了一日光景馬不曾飲水兀那裏有井你那裏打些水飲馬去〔曳刺云〕洒家知道〔曳刺做打水〕〔淨推科〕〔曳刺云〕有人推我〔做轉身按倒淨科云〕叫有殺人賊也〔宋公序引隨從沖上云〕小官宋公序今取回京師去也來到此處是甚麼人鬧炒拿近前來你是甚麼人你說〔曳刺云〕洒家是吉陽縣伺候教小人接新官去接着這個傻屌他道你怎麼誤了接待我

洒家便道那馬走的緊小人趕不上他便道你要饒你麽洒家便道可知要饒哩他便道你路上曾見一個秀才來我便道見來他道你去殺了他去我便道乞個罪名這個傻廝便道他拐了我梅香偷了壺瓶臺盞他又怕我不肯殺他問我要三件信物驗證要衣衫襟刀子有血掙命的土刻攤子洒家趕上秀才說了他項上事那秀才姓張名鎬這傻廝也姓張名浩他兩一般名字他泥賴了他萬言長策得了他官爵洒家聽的說我放的秀才去了回這傻廝的話他久後怕我說出來着我飲馬去我到井邊恰待打水這傻廝便要推我在井裏相公我死呵不打緊我有八十歲的母親可着誰人侍養說兀的做甚（詞云）小人說從頭至尾說的來不差半米殺了秀才又渰死洒家傻廝也你做的個損人利己（宋公序云）我多聽的范學士哥哥說一個張鎬的名兒這個未知是不是祗候人拿住這兩個人跟隨我去到於京師見了范學士親問明白我自有個主意左右那裏將馬來赴京師走一遭去（淨云）知之爲知之不知爲不知（同下）

〔音釋〕落音澇　着池燒切　鶚音傲　樂音澇　簪音陰　約音杳　托音討　十繩知切
訊音信　揉與撓同　學奚交切　却音巧　薄巴毛切　珓音叫　貉音豪　祗音其
爵音勦　傻商鮓切　廝凋上聲　幞音冒　卓之卯切

第三折

（范仲淹上云）老夫范學士自從將兄弟張鎬加爲吉陽縣令至今音信皆無老夫今奉聖人的命差老夫饒州公幹收拾行裝便索往饒州走一遭去來（下）（外扮長老上詩云）澗水煎茶燒竹枝袈裟零落任風吹看經只在明窗下花落花開總不知貧僧乃薦福寺長老自幼出家剃度爲僧經文佛法無不通曉我這寺中碑亭內有一統碑文是顏真卿寫的就是他親手鐫的書法精妙寺中

以為至寶等閑人不得見近日有一人姓張名鎬是范學士的朋友因持三封書投托人妨殺了兩個人流落在此貧僧每日齋食管待今日無甚事請到方丈中與此人攀話這早晚敢待來也（正末上云）打聽的范學士哥哥在此饒州為刺史小生一徑的投到饒州來不想哥哥又宣的回去將小生淹留在此這薦福寺中安下多多的定害這長老早間使人來請小生須索方丈中走一遭去呵（唱）

（中呂粉蝶兒）千里而來早則不與闌了子猷訪戴乾賠了對踐紅塵踏路的芒鞋則俺那守饒州范學士故人安在哥也不爭你日轉千階我便是第三番又劫着個空寨

（醉春風）行殺我也客路遠如天悶殺我也侯門深似海趁着這木魚聲每日上堂齋秀才也更做甚麼客客謝長老慈悲為小生貧困將我做上賓看待

（見長老科云）長老小生在此多混踐長老也（長老云）不敢請坐敢問先生學成滿腹文章為何不進取功名剗地流落四方是何主意（正末云）長老不問呵小生不敢說休嫌絮煩聽小生說一遍咱（長老云）先生慢慢說一遍（正末唱）

（石榴花）小生可便等三年一度選場開守村院看書齋（長老云）當初范學士可怎生相訪來（正末唱）不想俺那月明千里故人來他見我便困在萬丈塵埃（長老云）說道與了你三封書去投逩人如何（正末唱）倚仗着他三封書還了我這饑寒債（帶云）好處托生也（唱）先妨殺一個洛陽的員外蹅黃

州早則無方礙半路裏先引的一個旋風來

〔長老云〕先生但肯謁托一兩個朋友呵必有濟惠〔正末唱〕

〔鬭鵪鶉〕只爲他財散人離閃的我天寬地窄抵死待要屈脊低腰又不會巧言令色況兼今日十謁朱門九不開休道有七步才他每道十二金釵強似養三千劍客

〔長老云〕先生何不進取功名自甘流落〔正末云〕小生待要往京師去爭奈缺少盤纏〔長老云〕既然如此你若進取功名呵我無物相贈我這碑亭中有一通碑文乃是顏真卿書法我將一千張紙幾錠墨教小和尚打做法帖賣一貫錢一張往京師去一路上做盤纏意下如何〔正末唱〕

〔普天樂〕謝吾師傾心愛有田文義氣趙勝的胸懷打一統法帖碑去向京師賣到處裏書生都相待誰肯學有朋自遠方來那裏取鳴時的鳳麟則別些個喧檐的燕雀當路的狼豺

〔長老云〕先生今日天色晚了到來日着行者與你打法帖老僧回方丈中去也〔下〕〔正末云〕我閉上這門就方丈中宿過一夜明日五更前後打了這碑文慢慢的上路便了〔內做雷響科〕〔云〕兀的雷响不下雨也我開了這門試看咱好大雨也呵〔唱〕

〔紅繡鞋〕本待看金色清涼境界霎時間都做了黃公水墨樓臺多管是角木蛟當直聖親差把黃河移得至和東海取將來抵多少長江風送客

〔帶云〕這雨越下的大也〔唱〕

〔上小樓〕這雨水平常有來不似今番特煞這場大雨非爲秋霖不
是甘澤遮莫是箭杆雨過雲雨可更淋漓辰霤〔帶云〕我今夜不讀書〔唱〕
看你怎生飄麥
〔帶云〕兀的不諕殺我也〔唱〕
〔幺篇〕振乾坤雷鼓鳴走金蛇電影開他那裏撼嶺巴山攪海翻江
倒樹摧崖這孽畜更做你這般神通廣大也不合佛頂上大驚小怪
〔龍神上云〕鬼力轟碎了碑文這張鎬你聽者〔詩云〕莫瞞天地昧神祇禍福如同燭影隨善惡到
頭終有報只爭來早與來遲〔下〕〔正末云〕天色明了我看那碑文呀一夜雷轟碎了這碑文也〔
唱〕
〔滿庭芳〕粉碎了閻浮世界今年是九龍治水少不的珠露成災將
一統家丈三碑霹靂做了石頭塊這的則好與婦女搥帛把似你便
逞頭角欺負俺這秀才把似你便有牙爪近取那澹臺周處也曾除
三害我若得那魏徵劍來我可也敢驅上斬龍臺
〔云〕怎生不見長老到來〔長老上云〕張先生一夜雷雨不住可是怎生〔正末云〕長老一夜雷轟
碎了這碑文也〔長老云〕你因甚惱着雷神來〔正末唱〕
〔快活三〕你不去五臺山裏且逃乖乾把個梵王宮窨雲埋則待要
倒天河渰沒了講經臺那裏取日月光琉璃界
〔鮑老兒〕當日個七箇女思凡養着俺這秀才那其間可不好霹碎

了天靈蓋古廟裏題詩是我罵來我不會學了賁海張生怪我腹懷錦繡劍揮星斗胸捲江淮饒你衝開海嶽磨昏日月崩踢山崖〔云〕長老小生命運如此是天不容小生也這殿角邊有株槐樹要我這性命做甚麼倒不如撞槐身死〔范仲淹冲上拖末云〕螻蟻尚且貪生爲人何不惜命〔正末唱〕

〔十二月〕我爲甚的做鉏麑觸槐捹捨了這土木形骸〔范仲淹云〕孔子有言吾豈匏瓜也哉想你滿腹文才一時未遇何便不振如此〔正末唱〕想吾豈匏瓜也哉好着我無處安排〔范仲淹云〕我不會與你三封書來〔正末唱〕再休題三封書與我添些兒氣概怎知道救不得我月值年災

〔堯民歌〕做了場蒺藜沙上野花開〔范仲淹云〕指望你金榜標名〔正末唱〕但占着龍虎榜誰思量這遠鄉牌那裏是揚州車馬五侯宅今日個洛陽花洒一齊來哀也波哉西風動客懷空着我流落在天涯外〔范仲淹云〕兄弟也你則今日跟的我往京師見聖人去來〔正末云〕小生情愿跟的哥哥走一遭去〔唱〕

〔耍孩兒〕更怕我東南倦上紅塵陌空惹的行人賽色可不騎鶴人枉沉埋把着個顏回瓢也叫化的回來未曾結廬山長老白蓮社正遇着東海龍王大會垓他共我寃仇大將這座藥師佛海會都變做趙太祖凶宅

〔二煞〕若不是八金剛護着寺門險些兒四天王值着水災偏這條

龍不受佛家戒恰纔禪燈老衲開青眼可又早薦福碑文臥綠苔空悲嘅他風雲已遂我日月難捱

〔一煞〕雖然相公回百姓安則怕小生行雨又來也是我曾經着蛇咬自驚怪我則見一株松影橫僧舍錯認做個千尺蒼龍臥殿堦真無奈今日貴神迎見喜我問甚麼青龍洞求財

〔煞尾〕相公文章欺董仲舒詩才過李太白則爲這三封書齎發我做十年客你則休教八輔相葫蘆提了那萬言策〔同下〕

〔長老云〕貧僧無甚事陪着范學士同赴京師走一遭去來〔下〕

〔音釋〕賠音裴 客音楷 旋去聲 窄齋上聲 色篩上聲 煞音晒 澤池齋切 靄哀上聲 麥音賣 撼含去聲 轟音烘 帛巴埋切 蹋音塔 鉏助平聲 麑音移 鉋音袍 宅池齋切 陌音賣 嘅開去聲 齎音躋 策釵上聲

第四折

〔范仲淹上云〕老夫范學士自與兄弟張鎬同到京師見了聖人日不移影對策百篇聖人見喜加爲頭名狀元今日驛亭中安排茶飯管待狀元令人請去了這早晚敢待來也〔正末上云〕張鎬怎想有今日也呵〔唱〕

〔雙調新水令〕往常我望長安心急馬行遲誰承望坐請了一個狀元及第恕面生也白象笏少拜識也紫朝衣今日個列鼎而食煞強如淡飯黃虀到今日恰回味

〔駐馬聽〕當日個廢寢忘食鑄鐵硯長分磨劍的水到今日攀蟾折桂步金堦纔覓着上天梯得青春割斷管寧席險白頭擲却班超筆謝罷禮君恩敕賜平身立

〔做見科〕〔范仲淹云〕兄弟崢嶸有日奮發有時若不是這一番舉薦呵豈有今日〔正末云〕不干哥哥事〔范仲淹云〕果然不干我事是兄弟的才學過人〔正末云〕也不是〔范仲淹云〕都不是呵憑甚麼得這官來〔正末唱〕

〔鴈兒落〕都則爲范張雞黍期今日得龍虎風雲會你休誇舉薦心我非得文章力

〔得勝令〕都則爲那平地一聲雷今日對文武兩班齊想當初在古廟裏題詩句誰承望老龍王劈破面皮其實驅逼的我無存濟誰知可元來運通也有發跡

〔長老云〕貧僧來到這京師聽知的張鎬中了頭名狀元在於驛亭中我望相公走一遭去〔做進見科〕〔范仲淹云〕長老間別無恙〔正末云〕長老勿罪〔長老云〕恭喜相公已得美除〔正末唱〕

〔落梅風〕當日個薦福碑多謝你老禪師倒賠了紙墨不想那避乖龍肯分的去碑上起可早霹靂做粉零麻碎

〔宋公序上云〕小官宋公序聽知的范學士哥哥在驛亭中我先去見哥哥去趙實你休着走了那張浩只在這裏等着來到門首我自過去〔做見范科云〕哥哥一別許久〔范仲淹云〕相公你與這相公廝見〔宋問科云〕敢問哥哥這位是誰〔范仲淹云〕則這個便是張鎬〔看張云〕兄弟這個便

是揚州太守宋公序〔末正唱〕
〔水仙子〕枉自有三封書札袖中攜我則索撥盡寒爐一夜灰眼睜
睜現放着傍州例我則去那菜饅頭處拖狗皮早兩椿兒送的來路
絕人稀〔范仲淹云〕兄弟那死的死了揚州爲何不去〔正末唱〕便道你揚州牧能意
氣我則怕又做了死病難醫
〔宋公序云〕哥哥不知您兄弟路上拿住一個假張浩也〔范仲淹云〕在那裏拿將過來〔正末云〕
張仲澤我和你有甚冤仇着人殺壞我來〔淨云〕知之爲知之不知爲不知〔正末唱〕
〔川撥棹〕你道你便老實你不知爲不知你只會拽耙扶犂抱甕澆
畦萬言策誰人做的你待要狐假虎威哎你個賈長沙省氣力
〔七弟兄〕就裏端的現放着試金石這是萬邦取則魚龍地對金鑾
壯志吐虹霓不比你那看青山滿眼騎驢背
〔梅花酒〕呀張仲澤你忒下得說小生當日正波迸流移無處可也
依棲他倚恃着黃金浮世在我險些兒白髮故人稀當日在村庄裏
村庄裏教學的教學的謝天地謝天地遂風雷遂風雷脫白衣脫白
衣上丹墀上丹墀帝王知帝王知我身虧我身虧那一日那一日便
心裏便心裏得便宜
〔收江南〕呀你今日討便宜翻做了落便宜你待將漚麻坑索換我
那鳳凰池〔淨云〕可憐見我父親年紀高大又有疾病哩〔正末唱〕你道你父親年老

更殘疾他也不是個好的常言道老而不死是爲賊

〔云〕只不見我那大恩人在那裏〔曳刺云〕相公認的洒家麼只我便是趙實〔正末云〕哥哥受張鎬兩拜〔曳刺云〕洒家不敢相公請起〔范仲淹云〕兄弟你爲甚麼拜他〔正末云〕哥哥不知我當此一日若不是他饒了我性命呵豈有今日〔范仲淹云〕元來有這等事你一行人聽我下斷假張浩暗賴了萬言長策詐圖官爵殺壞平人市曹中明正典刑趙實見義當爲不行邪徑就加你爲吉陽縣令薦福寺長老加爲紫衣太師宋公序選吉日良辰就招女壻張鎬過門老夫殺羊造酒做一個慶喜的筵席〔衆謝科〕〔正末唱〕

〔鴛鴦煞〕則這遠公休結白蓮會謝安却被蒼生起誰知也有這日成就了宰相薦賢心纔趁了男兒仗義膽白破了賊漢拖刀計倒招了個女嬌娃結着姻和你這老禪師爲交契大都來是書生命裏不爭將黃閣玉堂臣幾乎的做了違宣抗勅鬼

〔音釋〕食繩知切 席星西切 筆邦每切 立音利 力音利 實繩知切 跡將洗切 墨忙背切 耙音罷 畦音奚 的音底 石繩知切 得當美切 日人智切 漚歐去聲 疾精妻切 賊則平聲

題目 三封書謁揚州牧

正名 半夜雷轟薦福碑

楊六使私下瓦橋關

謝金吾詐拆清風府

倣黃子久筆

珍倣宋版印

謝金吾詐拆清風府雜劇

元　　撰

明吳興臧晉叔校

楔子

（沖末扮殿頭官領校尉上）（殿頭官詩云）君起早臣起早來到朝門天未曉長安多少富豪家不識明星直到老下官殿頭官是也今有王樞密奏知聖人因爲官道窄狹車駕往來不便奉聖人的命就着王樞密立起標竿拆到楊家清風無佞樓止如有違拒者依律論罪令人傳與王樞密只等拆徧了可來報知好回聖人話（校尉云）理會得（殿頭官詩云）奉命傳宣下玉階東廳樞密要明白修街先把標竿立事完回奏聖人來（下）（淨扮王樞密領祗候上云）下官姓王名欽若字昭吉方今大宋真宗皇帝即位改元景德元年下官現爲東廳樞密使這裏也無人下官本是番邦蕭太后心腹之人原名是賀驢兒爲下官能通四夷之語善曉六番書籍以此遣下官直到南朝做個細作臨行時蕭太后恐怕下官戀着南朝富貴忘了北番之恩在我這左脚底板上以硃砂刺賀驢兒三個大字下面又有兩行小字道寧反南朝不背北番下官自入中原正値真宗皇帝爲東宮時選文學之士下官因而得進今聖人即位寵用下官陞拜樞密之職掌着文武重任言聽計從好不權勢只有一事不能稱心現今有一員名將乃是楊令公之子姓楊名景字彥明更兼他手下有二十四個指揮使人人勇猛個個英雄天下軍民皆呼他爲楊六郎因他父子每盡忠報國先帝與他家造下一座門樓題曰清風無佞樓至今樓上有三朝天子御筆勅書大小朝官過者都要下馬天子春秋降香楊六郎母親封爲佘太君有先皇誓書鐵券與國同休免他九個死罪那楊景鎮守着瓦

橋三關所以北番不能得其寸尺之地近來有蕭太后使人將書來見下官之罪說我忘了前言我今無計可施想來蕭太后連年不能取勝皆因懼怕楊景不敢與兵若得殺了楊景一個雖有二十四個指揮使所謂蛇無頭而不行也就不怕他了那時等我蕭太后盡取河北之地易如反掌豈不稱了下官平生之願前者聖人曾言御街窄狹車駕往來不便下官就要乘此機會謀殺楊景令人與我喚將女壻謝金吾來者（祗候云）理會的謝金吾安在（丑扮謝金吾上云）我做衙內不糊塗白銀偏對眼珠烏滿城百姓聞吾怕則我倚權挾勢謝金吾小官謝金吾是也官拜衙內之職你道我是使着那個的權勢我丈人是個王樞密誰敢欺負我我打死人又不要償命到兵馬司裏坐牢今有丈人呼喚須索走一遭去可早來到門首也令人報復去道謝金吾下馬也（祗候云）報的大人知道謝金吾來了也（王密樞云）着他過來（祗候云）着過去（謝金吾做見科云）父親喚你孩兒有甚麼公幹（王樞密云）喚你來別無甚事前日聖人曾言官道窄狹車駕往來不便我今日早間奏過在這京城裏外立下丈二標竿但抹着標竿者不問軍民房舍盡行拆毀拆到楊家清風無佞樓止你不曉得那楊家須是我的對頭我如今把這個到字添上個立人做個倒字則說拆倒清風無佞樓止差你丈量官街闊狹高下一例拆毀金吾你可用心着志務要拆倒清風無佞樓住早些回我的話來（謝金吾云）孩兒此一去隨他銅牆鐵壁也不怕不拆倒了他的（王樞密唱）

【仙呂賞花時】我可甚的要拆倒清風無佞樓也只爲咱與楊家話不投（云）我料得楊景那廝聞知拆倒了他家門樓必然趕回家來與我詰奏其事那時節我預先差人拏住他奏過聖人責他擅離信地私下三關之罪（唱）但賺的離雄州便好將他斬首（云）此事只好我知你知休要泄漏者（謝金吾云）我好不乖哩要你分付（王樞密唱）這

的是六耳不通謀（同下）

（音釋）樞處平聲　白巴埋切　劵音勸　賺音湛

第一折

（謝金吾領夫役上云）自家謝金吾的便是奉聖人的命說這街道窄狹車馬往來不便不管大小官員房舍但是侵占官街的盡皆拆毀來到這所門樓根前這樓正占着官街夫役每向前與我拆倒者（院公上云）老漢是楊令公家的老院公是什麼人在門前大呼小叫我去看咱（見謝金吾云）衆夫役您且住者為什麼敢拆我家府裏的清風無佞樓（謝金吾云）你這老奴才那裏知道我是奉聖旨開展街道現今你這樓正占着官街應得拆毀的（院公云）既然是這等我去請老夫人與你說話太君有請（正旦扮佘太君引十娘子八娘子上）（正旦云）老身佘太君的便是正在中堂閑坐只聽的門首大驚小怪不知為何（七娘子云）老院公為什麼這般慌慌的來（院公云）告的夫人知道謝金吾領着衆多夫役拆毀房舍到咱這無佞樓根前了也老夫人何不與他說去（正旦云）誰這般道來（院公云）現今正在那裏要拆毀哩（正旦云）上面見有先皇的御書他怎敢拆毀此人好是大膽也呵（唱）

（仙呂點絳唇）則俺這百尺樓臺是祖先留在功勞大更打着個郡馬的名色那廝也怎敢便來胡拆

（混江龍）這樓呵起初修蓋也不知費他府藏偌多財上面有御書的玉札欽賜的金牌莫說朝省裏官員皆下馬便是春秋天子也要降香來（院公云）這早晚敢動手哩老夫人行動些兒（正旦唱）只聽的鬧垓垓越急

的我氣咍咍脚忙擡步難捱半合兒行不出宅門外我這裏擋不住
夫役遹不的㘃埃
〔謝金吾云〕老夫人你來做什麼〔正旦云〕我這清風無佞樓是奉聖旨蓋的你怎敢拆毀俺這樓
來〔謝金吾云〕老夫人你差矣當初是聖人命替你家蓋如今我也奉聖旨替你家拆是礙了我走
路我要拆來夫役每先把那門樓上的磚瓦亂摔下來〔正旦云〕這廝好無禮也〔唱〕
〔油葫蘆〕我只見他帶瓦和磚擲下來〔謝金吾云〕夫役每將這椽木都屈折了
等我拏家去做柴燒管他怎的〔正旦唱〕他他他將椽木拆做柴〔謝金吾云〕上緊的拆
〔正旦唱〕他他他催逬的來不放片時刻則他這滿城人那一個不添
驚怪偏我這一家兒直恁的遭殘害〔謝金吾云〕老夫人上命遣差蓋不由己我直
從朝門外拆起多少王侯宰相家連片拆了單單拆的你這一家兒也〔正旦唱〕我這裏急問
他他那裏硬掙闘向前去手揝住腰間帶〔謝金吾云〕老夫人你好沒意思我是
奉聖人的命你揪住我待要怎的〔正旦唱〕你敢是沒聖旨擅差排
〔謝金吾云〕老夫人誰敢說謊現有聖旨哩〔正旦云〕有聖旨在那裏我與你面聖去來〔唱〕
〔天下樂〕喒兩個廝扭定向君王前奏去來〔謝金吾云〕我和你去不妨事夫
役每不要管他則管拆着〔正旦唱〕則你個喬也波才直恁歹俺雖是隨朝的
武官十數載〔謝金吾云〕只因你這樓正占着官街方纔拆了你的〔正旦唱〕這門樓誰
不曾過去這門樓誰不曾到來偏你這謝金吾嫌道窄
〔謝金吾云〕老夫人你也只亂嚷那聖旨上明明寫道拆倒清風無佞樓止須不是我私造的你要

請看我就與你看今日好歹定要拆毀了〔正旦云〕敢不是聖旨麽〔謝金吾云〕難道我哄你那裏有個聖旨是好假的你只管言三語四信口兒罵誰哩敢不中麽〔正旦唱〕

〔那吒令〕這都是王樞密王樞密的計策故意教謝金吾謝金吾來拆壞強把着宋真宗宋真宗來頂戴上不怕天理該下不怕人情駭你也啓奏的忒不明白

〔鵲踏枝〕割捨了我個老裙釵博着你個潑駑駘遮莫待撾怨鼓撅皇城死撞金堦覷了他拆的來分外不由我感嘆傷懷〔云〕謝金吾我家和你往日無冤舊日無讎也〔唱〕

〔寄生草〕咱和你又無甚別讎隙怎這般狠佈擺領着火頑皮賊骨渾無賴也不問個朱樓畫壁誰家界霎時間早雕欄玉砌都安在似你這不忠不信害人賊那裏也有仁有義朝中客〔謝金吾云〕且莫要說起聖旨便是我謝衙內現做的朝中宰你也不該挺撞我〔正旦唱〕

〔村裏迓鼓〕那廝道朝中宰則俺楊家也不是民間宗派〔謝金吾云〕你還不認的我哩我是王樞密的女壻那裏看的你個白頭疊雪的在眼兒裏〔正旦唱〕元來你倚着丈人行的氣概就待欺負咱年華高邁〔金吾云〕你這個老人家好不知高低我儘讓你說幾句便罷則管裏倚老賣老口裏嘮嘮叨叨的說個不了你便就長出些個鬍子來我也不理你你去〔謝金吾推正旦倒科〕〔正旦唱〕不隄防被他來這一捽錯閃了腰肢擦傷了膝蓋爭些兒磕破了腦袋哎你也可憐俺個白頭的這

妳妳

〔謝金吾云〕夫役每把那金釘朱戶虬鏤亮槅拆不動的都打爛了罷〔正旦唱〕

〔元和令〕他他他把金釘朱戶生扭開虬鏤亮槅盡毀敗〔謝金吾云〕把那柱子就砍拆了〔正旦唱〕把沉香柱一似拆麻稭土填平多半街〔云〕你拆了我門樓也罷了怎麼將這御書牌額都打碎了〔唱〕怎生的打碎了這牌額〔謝金吾云〕我便碎了這面牌額打甚麼不緊你要告告了我去〔正旦唱〕難道你有官防無世界〔謝金吾云〕我奉聖人的命在此你罵了我就是罵了聖旨一般你罵聖旨該得何罪〔正旦唱〕

〔青哥兒〕那廝拆壞了咱家咱家第宅倒把着大言大言圖賴教我便有口渾身也怎劈劃哎誰想我到這年衰值着凶災被他推倒當街跌損形骸直從鬼門關上孩兒每喳喳的叫回來他也忒欺人煞〔謝金吾云〕夫役每今日也拆不了明日再來拆罷〔下〕〔正旦云〕嗨這箇那裏是謝金吾敢來這裏撒潑明明是王樞密與俺家做對頭故意使他來的我那六郎孩兒好個性子他若知道怕不跑回家來一發着他道兒了老院公你近前來只今日我修下一封書你直至瓦橋三關說與六郎孩兒若有明白的聖旨着他下關來若無明白聖旨着他休下關來小心在意者〔唱〕

〔賺煞〕若不除得那昧心賊依舊把俺那門樓蓋則除非把俺楊家姓改他則待賺俺孩兒尋罪責則今朝將你個都管親差這書上已明開休的胡猜就兒裏關連着大利害雖則是被那廝搶白囑付俺孩兒寧奈休得要誤軍機私下禁關來〔下〕

〔音釋〕佘音蛇　色音篩　拆釵上聲　偌人夜切　垓音該　哈海平聲　刻揩上聲　國音
僨　揞簪上聲　窨齋上聲　撾莊瓜切　撅與掘同　霎音殺　賊則平聲　摔音洒
虬音求　鏤音漏　槁皆上聲　稽音皆　額音崖　宅池宰切　劃胡乖切　煞音晒

第二折

〔冲末扮楊六郎領卒子上〕〔楊六郎詩云〕雄鎮三關二十秋番兵不敢犯白溝父兄爲國行忠孝勅賜清風無佞樓某姓楊名延景字彥明祖貫河東人氏父親是金刀教手無敵大總管楊令公母親佘太君所生俺弟兄七個乃是平定光昭朗景嗣某居第六鎮守着三關是那三關是梁州遂城關霸州益津關雄州瓦橋關此乃三關某受六使之職是那六使邊關裏外點檢使界河兩岸巡綽使關西五路廉訪使淮浙兩場催運使幽汾二州防禦使河北三十六處救應使此乃六使之職因奈北番韓延壽無禮自與某交鋒不會得某半根兒折箭我手下有火結義兄弟自岳勝孟良而下共總二十四員掛印指揮使也不是我褒獎他真個出來的都一個個精通武藝善曉兵機冠簪金獬豸甲掛錦狻猊廝琅琅弓上箭撲刺刺馬攢蹄忘生捨死安邦將大膽雄心敢戰兒某今日在元帥府陞帳令人轅門外倘有報緊急軍情者報復咱家知道〔院公上云〕老漢是楊令公家老院公的便是因爲謝金吾拆毀清風無佞樓將老夫人推下堦基跌破了頭老夫人的言語將着書呈直至三關見六郎哥哥走一遭去說話中間可早來到也把轅門的報與元帥得知有老院公在於門首〔六郎云〕着他過來〔卒子云〕着過去〔院公做見科云〕老漢有緊急事來見你哩〔六郎云〕院公你來有何緊急事〔院公云〕元帥有老夫人的書呈在此你是看咱〔六郎拆書跪讀云〕將書來我看母親太君寄書與六郎孩兒今有王樞密令女壻謝金吾拆毀清風無佞樓又將老身推下堦

基跌破了我頭好生煩惱着你知道雖然如此邊關重地如無明白聖旨是必休念老身私下關來反墮王樞密姦計你緊記者（作怒科云）院公你吃了飯先回拜上太君好好將息咱我自有個道理（院公云）老漢不敢久停久住回老夫人話走一遭去（詩云）傳送書呈便轉身路遙不敢避辛勤願借順風吹的去一日回家見太君（下）（六郎云）我如今要私下三關看母親去爭奈不敢擅離信地此恨痛入骨髓不可不報待我慢慢尋思一個計策來令人緊把着帳門者（外扮焦贊上詩云）鎮守三關爲好漢殺的番兵沒逃竄軍前陣後敢當先則我是虎頭魚眼焦光贊某焦贊是也適纔巡邊回來見哥哥去令人報復去道有焦贊下馬也（卒子做報科云）喏報的元帥得知有焦贊來了也（六郎云）着他過來（卒子云）着過去（焦贊做見科云）哥哥焦贊巡邊無事特來回話（六郎云）兄弟既然無事你回去（焦贊做出門科云）您兄弟知道往常時見我來便歡天喜地今日見我來甚是煩惱我也不去我則在這裏聽他說甚麽（六郎云）焦贊去了也我是再看這書咱母親太君寄書與六郎知道今有王樞密令女壻謝金吾拆毀了清風無佞樓又將老身推下堦基將我頭來跌破了着你知道（焦贊云）原來哥哥有這般煩惱叵奈王樞密無禮拆毀了清風無佞樓又將太君的頭都跌破了比及哥哥要回去我先到京城將他一家老小誅盡殺絕與哥哥報讎走一遭去來可不好也（詩云）雖則是接境西番險隘處自有巡攔岳排軍緊守營寨我瞞六郎先下三關（下）（六郎云）嗨似此讎恨何日得報我要私下三關去爭奈衆將無人掌領此事不好泄漏若被焦贊知道怎了則除是這等令人與我喚將岳勝孟良來者（卒子云）岳勝孟良安在（外扮岳勝上詩云）赤心一片佐皇朝日夜巡邊不憚勞隨你番兵三百萬着誰當咱岳家刀某乃雙刀岳勝是也佐於楊景麾下爲將正在演武場中操練軍卒有哥哥呼喚不知甚事須索去走一

遭令人報復去道有岳勝下馬也（卒子報科云）報的元帥得知有岳勝來了也（六郎云）着他過來（卒子云）着過去（岳勝做見科云）哥哥喚您兄弟有甚事（六郎云）且一壁有者（外扮孟良上詩云）兩軍相對堵三通催戰鼓則我身背火葫蘆肩擔蘸金斧某乃加山孟良是也佐於楊六郎麾下爲指揮使之職恰纔哥哥呼喚不知有甚事須索走一遭去令人報復去有孟良下馬也（卒子做報科云）報的元帥得知有孟良來了也（六郎云）着他過來（卒子云）着過去（孟良做見科云）哥哥喚您兄弟那廂使用（六郎云）喚您兩個來別無甚事今有王樞密令他女壻謝金吾拆了俺楊家府清風無佞樓將老母推下堦基跌破了頭我要私下三關探望母親走一遭去岳勝兄弟你掌領着衆將緊守營寨隄備番兵只說某抱病一時不能卽出衆將不許一人跟隨某星夜一人一騎私下三關看母親走一遭去（詩云）驟征駹星夜奔還衆將校休離營盤若不爲太君跌壞我楊景也怎敢的私下三關（下）（岳勝云）哥哥去了也孟家兄弟我奉哥哥將令着我緊守營寨着你整搠軍馬巡綽各邊隄備番寇等哥哥回來小心在意休違誤者（孟良云）哥哥放心我自理會得（岳勝詩云）元戎早晚便回還整搠兵戈不暫閑（孟良詩云）但得巡邊留我在番兵誰敢向南看（同下）（焦贊上云）自家焦贊有哥哥私下關來探望老母我在這城門外守着只等他過來呵我和他說知這早晚敢待來也（六郎上云）某楊景瞞着衆將離了三關到這城門外再等一等人眼黑些好進城去（做見焦贊科）（焦贊云）哥哥你那裏去（六郎云）兄弟你那裏去（焦贊云）哥哥我知道多時了我與哥哥做個護臂咱同共入城探母親去（六郎云）兄弟既然你知道了不要大驚小怪的咱弟兄二人探望母親去兄弟你平日性子粗糙此事干繫斫頭的罪犯一些兒泄漏不得只等黃昏時候入城兄弟跟着我去來（同下）（正旦同七娘子上）（正旦云）吋

奈王樞密好生無禮拆毀了我家清風無佞樓老身再三阻當不住倒將我推下堦基跌破了這頭
看看至死老身差院公去說與六郎知道着他不要回來只等院公到時纔見分曉也呵〔唱〕
〔南呂一枝花〕這兩日氣的我悶悶的眠害得我懨懨的臥把功臣
生割捨縱賊子放乖潑天理如何着細作都瞞過聖人前寵用他現
放着中書省鼎鼐調和樞密院將邊關事領掇
〔梁州第七〕都是這兩賴子調度的軍馬你可甚麼一管筆判斷山
河痛煞煞這幾日難挨過不聽的做夜市的炒鬧爭地鋪的攙奪經
商客旅買賣無多往常時這清風樓前後屯合到今日冷清清只一
片空闊不見了祥雲罩碧瓦丹甍不見了曉日映珠簾繡幙不見了
香霧鎖畫戟雕戈那廝敢胡爲亂做把先皇聖旨不怕些兒個平白
地闖出這場禍送的我倒枕着牀沒奈何拆的來做不得存活
〔帶云〕孩兒每我待睡些兒早關上門者〔楊六郎上云〕某乃楊景是也入的城來不見了焦贊來
到府門首我且輕的擊着開門來〔七娘子云〕是誰喚門來〔六郎云〕是您哥哥〔七娘子云〕我開
開這門原來是六郎哥哥來家了也〔六郎云〕妹子報與母親說您哥哥來了也〔七娘子云〕我報
與母親去〔做見科〕〔正旦云〕這早晚誰在門首裏〔七娘子云〕母親是六郎哥哥來了也〔正旦
云〕着孩兒進來〔六郎見旦科〕〔正旦云〕孩兒也你這一來是請旨的麼〔六郎云〕母親您孩兒
一見了書就恨不得飛到家來看我母親怎麼還有工夫去請聖旨是瞞着衆將私自回來的〔正
旦云〕孩兒你不會請旨私下關來敢不中麼〔唱〕

〔牧羊關〕我急使的人攔當你慌來家做甚麼你敢跳不出這地網
天羅他則待賺離了邊關羅織你些罪過〔六郎云〕您孩兒只因謝金吾把母親
的頭跌破了來〔正旦唱〕他他他又不曾將我頭跌破又不曾將我廝揪撮
因拆門樓得了些腤臢氣這幾日纔較可
〔六郎云〕母親待孩兒是看咱兀的不氣殺我也〔正旦云〕六郎你甦醒者〔唱〕
〔罵玉郎〕我則見堦直下氣倒忙扶坐我這裏慌摟定緊收撮則聽
的喝嘍嘍口內潮涎唾我與你搖臂膊揪耳朶高聲和
〔感皇恩〕呀叫一聲楊景哥哥直恁的叫不回他我這裏掐人中七
娘子揪頭髮一家兒鬧喧聒不爭你沉沉不醒撇下了即世的婆婆
却教俺怎支持怎發付怎結末
〔帶云〕那王樞密呵〔唱〕
〔採茶歌〕怕不的平地起干戈直趕上馬嵬坡〔帶云〕倘若有些好歹呵〔唱〕
你可便着誰人搭救宋山河世不會來家愁殺我你也心兒裏精細
不風魔
〔六郎醒科云〕這父母之讎幾時得報活活的氣殺孩兒也〔正旦云〕孩兒我一家兒只靠的你可
便回三關去不要在這裏惹出禍來〔六郎云〕奉母親的命孩兒不敢有違只今晚便回三關去也
若再有什麼緊急事着八娘子稍書來報您孩兒知道〔正旦云〕孩兒我且問你咱〔唱〕
〔哭皇天〕那軍情事非輕可不知你會引的人來也獨自個〔六郎云〕

母親您孩兒同焦贊兄弟來也〔正旦云〕焦贊孩兒在那裏着孩兒家裏來波〔六郎云〕入城來不見了也〔正旦唱〕你道他入城時不見了因甚的不尋他他從來有些兒有些兒撒潑他若是見說拆毀嗜樓閣他若是見說跌損嗜肩窩怕不就掇起他不騰騰那殺人心殺人心如烈火怎還顧別人的利害自己的死活

〔六郎云〕那焦贊好個殺人放火的性兒多嗜要做下來了這也是惡人自有惡人磨哩〔正旦唱〕

〔烏夜啼〕哎還說甚惡人自有惡人磨這都是你自惹的風波那賊也正掌着威權大但有攙搓誰與兜羅〔帶云〕孩兒你也不要顧他了你只便回三關上去免墮賊臣之手〔六郎云〕母親恁孩兒便去〔做別科〕〔正旦云〕孩兒你且坐着聽上譙更鼓這早晚幾更了〔六郎云〕是二更過了〔正旦唱〕聽漏沉沉纔勾二更過意懸懸盼不到來日個你且暫歇波權時坐一來是鞍馬上困倦二來是腹內煩渴

〔云〕早雞鳴了也孩兒你不可久停久住便索趕早出城回三關去小心在意者〔六郎云〕母親好將息您孩兒辭了母親便去也〔正旦唱〕

〔尾聲〕只等的雞鳴便去休擔閣兒也你若得飛出城門便是你一命脫我少不的到聖人前自言破怕只怕王樞密的刻薄百般的將你個楊六郎摧挫兒也你只自逩你的前程顧甚我〔下〕

〔六郎云〕辭過了母親須索往三關去也〔詩云〕夤夜裏回到家庭天未曉又待登程能盡的忠不

盡孝生忿子苦痛傷情〔下科〕〔巡軍上云〕什麼人兀的不是楊景快拏住者執縛定了見樞密大人去來〔六郎云〕街坊隣舍與我母親前報知說王樞密拏我楊六郎往法場上去了母親則被你痛殺我也〔下〕

〔音釋〕鼐音奈　綽超上聲　豳音賓　汾音焚　叵音頗　褒音包　獬音械　豸音寨　猜音唐　猊音移　髓桑嘴切　竄倉算切　蘸知濫切　鵷音宛　捌聲卯切　潑音頗　他音拖　掇音朵　奪音多　合音何　闊音顆　罩嘲去聲　甍音萌　幙音磨　闖丑禁切　活音和　麼眉波切　撮磋上聲　腤音庵　臢音簪　甦音蘇　涎徐煎切　膊波上聲　掐音恰　聒音果　末音磨　嵬音韋　閣音何　大音惰　攙初銜切　兜斗平聲　渴音可　脫音妥　薄音波　迸本去聲　釁音寅

第三折

〔謝金吾同梅香上〕〔金吾云〕自家謝金吾從拆了清風無佞樓回來這幾日只管眼跳常言道眼瞤跳悔氣到難道有甚悔氣到的我家裏梅香且安排酒來等我吃幾杯咱〔焦贊上云〕某焦贊和六郎哥哥私下三關天色已晚入的城來便好道君子報冤且歇三年只我老焦這一箇急性莫說三年便是一夜也等不得叵奈王樞密謝金吾無禮我打聽得這箇宅子便是謝金吾住宅我先殺了謝金吾滿門良賤然後殺王樞密去我聽上衙更鼓咱三更前後也我跳過這牆來我來到這後花園中我是聽咱〔梅香云〕這早晚衙內還在那裏味酒如今也該睡了我前後執料去咱〔做叫猫科云〕猫兒猫兒〔焦贊做見殺梅香科云〕兀那妮子休走喫我一刀〔梅香做死科下〕〔焦贊云〕則這個便是謝金吾的臥房我踏開門來〔做殺謝金吾科〕〔焦贊云〕我殺了謝金吾并家眷

一十七口也我這等去了不爲好漢我立不更名坐不改姓待我割下一幅衣衫就血泊裏蘸着鮮
血寫着四句詩在那白粉壁上〔做寫科〕〔詩云〕多來少去關西漢殺人放火曾經慣一十七口誰
殺來六郎手下焦光贊〔云〕你看這詩恰像朱筆寫的可不寫的好一不做二不休殺了謝金吾再
殺那王樞密去跳過那牆來〔巡軍上云〕是什麼人拏住這不是焦贊執縛定了報樞密大人去〔
下〕〔淨扮韓延壽領番卒上〕〔韓延壽詩云〕馬到旗開處處平臨軍對陣辨輸贏掌管番兵都領
袖塞北英雄第一名某乃番將韓延壽是也見爲都總管大將之職某手下有雄兵百萬戰將千員
長與大宋相持不能取勝可是爲何只爲南朝有一大將乃是楊六郎此人十分英雄久鎮河北之
地使俺番兵不能侵其境界今奉太后之命俺這裏有一人乃是賀驢兒此人深通六番文書着他
到南朝陰爲細作改名王欽若他若是得志於中原與俺家做個裏合外應恐怕他貪戀中原富貴
忘俺契丹之恩去他左脚板下硃砂刺賀驢兒三字果然他到的南朝直做到樞密之職上馬管軍
下馬管民好生權勢不想他背義忘恩更待干罷我累累的着細作去到南朝見那賀驢兒至今不
見回信我如今再着一個能幹的人持書一封見他去書呈已寫下了也兀那小番你則今日爲細
作直至京師見王樞密去關口上小心在意隄備官軍休教楊六郎知道則今日你便去〔詩云〕不
避風霜道路寒假粧探馬入邊關若能投見王樞密不得回書莫便還〔番卒上云〕自家韓延壽帳
下小番奉俺元帥將令差我往南朝見王樞密去我來到這半山之中迷蹤失路不知往那裏去遠
遠的官軍來也我且趓在這裏〔孟良上云〕某孟良是也遠遠的一個番軍小校與我拏住者兀那
番軍你往那裏去從實的說你若不說小校拏我那斧來待我劈下那顆驢頭〔番卒云〕老爺休砍
我死了着那一個送書哩〔孟良云〕將書來我看這廝正是細作則今日與岳勝哥哥說知將這廝

綁縛了直至京師見聖人去來〔下〕〔王樞密上云〕恨小非君子無毒不丈夫叵奈楊景無禮他私下三關擅離信地夤夜將謝金吾良賤一十七口盡行殺壞我已曾着人拏住楊景焦贊兩個正是飛蛾投火不怕他不死在手裏但那楊景是一個郡馬怎好就是這等自做主張將他只一刀哈喇了倘或他郡主入朝來稱冤叫屈可不我倒要與他打官司如今朦朧奏過聖人將他兩個押赴市曹殺壞了以絕後患我就自做監斬官來到這角頭上鬧市中左右那裏喚劊子手將那兩箇賊犯綁將過來〔劊子拏楊景焦贊上〕〔劊子云〕行動些時辰到了〔六郎云〕兄弟你送了我也〔王樞密云〕兀那楊景焦贊你擅離信地私下三關無故殺壞謝金吾一門十七口良賤你知罪麼〔六郎云〕着誰人救我咱〔王樞密云〕刀斧手到午時三刻疾忙下手者〔劊子云〕理會的〔正旦扮皇姑領雜當上〕〔正旦詩云〕朝登黃金殿暮宿宰臣家饑餐御廚飯渴飲翰林茶老身長國姑是也今因我女壻楊六郎不合擅離信地私下禁關帶領了焦贊到京殺壞了謝金吾一十七口家屬王樞密在聖人前朦朧奏過建起法場他親爲監斬官眼見兩個孩兒沒那活的人也老身不免領着手下幾箇親隨劫法場走一遭去也呵〔唱〕

〔越調鬬鵪鶉〕我看那赴法的孩兒則待搭救俺女壻今日個郡馬當刑暢好是君皇下的臣宰每不勸諫留人直等到午時三刻聽的那一聲叫下手只可不道一將難求千軍易得

〔紫花兒序〕唬的我急煎煎心如刀攪痛殺殺腹若錐剜撲簌簌淚似扒推〔王樞密云〕刀斧手且住者不知是那箇皇親國戚來了也等他過去了纔好殺人那〔正旦做見王樞密云〕我道是誰原來是楊六郎丈母長國姑我若是尊敬他必然要我留人再奏天子

可不那楊六郎一定饒了我則把法度利害與他說怕做什麼我是東廳樞密使他又不敢惹我〔做施禮科云〕國姑到此有什麼事〔正旦云〕我無事也不來〔唱〕送長休飯着俺這女壻再休思想永別酒和俺這女壻從此分離〔王樞密云〕這的是聖旨哩〔正旦唱〕誰敢把聖旨輕違〔王樞密云〕國姑良吏不管月局貴人不踏嶮地這個所在便不來也罷〔正旦唱〕這殺場上不關親因何來到這裏〔王樞密云〕是是是殺場上國姑且請回咱〔正旦唱〕他兩三番把咱支對你怎麼信口胡噴搶白的我臉上無皮〔王樞密云〕哎我王樞密幾曾搶白來也只是好勸你這法場上不是國姑來處想那楊家父子有甚麼功勞〔正旦云〕你那裏知道他家沒的功勞倒是你有功勞來〔唱〕

〔金蕉葉〕則這滿京城百姓每盡知你與俺大宋朝出甚麼氣力題起他父子每端的痛悲一輩輩於家爲國〔王樞密云〕楊景便也罷想他父親楊業沒本事死了陣上這也是有功勞的〔正旦唱〕

〔寨兒令〕他他他也則爲俺趙社稷甘心兒撞倒在李陵碑便死也不將他名節毀他也曾斬將搴旗耀武揚威普天下那一個不識的他是楊無敵〔王樞密云〕想他哥哥楊五郎削髮爲僧這等怕死也是有功勞的〔正旦唱〕

〔幺篇〕你道是楊和尚破天陣吃了些虧却不道救銅臺是靠着伊誰他兄弟在沙場上苦戰爭刀尖上博功績怎怎怎着他雲陽市赴

這個好筵席〔王樞密云〕事做到這裏怕他怎麽我是東廳樞密使他也不敢惹我國姑據楊景犯下的罪名叫做一人造反九族遭誅國姑你倒要來救那罪人敢是你女娘家不會看王法哩〔正旦云〕我這兩個孩兒當日有功今日有罪也合將功折罪王樞密你則是看我國姑面上將兩個孩兒饒過者〔王樞密云〕這國姑好會做大也我要殺的人只說看國姑的面皮我的面皮可着狗喫了〔正旦云〕你罵誰哩你饒便饒不饒便罷你怎生罵我〔王樞密云〕我歹殺波是東廳樞密使〔正旦云〕你便做着東廳樞密使來想你當初不得志時提着個灰罐兒賣詩寫狀那早晚也是東廳樞密使來〔王樞密云〕這個國姑越饒着越逞道我不得志時提着個灰罐兒賣詩寫狀你家父祖當初不得志時遊關西五路也曾挺着脖子拽傘車兒來〔正旦云〕這廝好無禮也〔唱〕

〔鬼三台〕百姓每都聽得王樞密這姦賊敢和咱鬬嘴直恁般無上下失尊卑我如今問你問你個罵皇親的罪過該甚的〔王樞密云〕我罵了一個老婆子有甚的罪過〔正旦唱〕可是你掌朝綱的王法也不識常言道莫說他人先輸了自己〔王樞密云〕我是東廳樞密使你也不該毀罵大臣麽〔正旦云〕是我罵來是我罵來〔唱〕

〔調笑令〕你道是樞密罵不的是我罵你這改姓更名漏面賊蕭太后使你爲奸細幾年間將帝主明欺〔帶云〕你道我不知道你哩〔唱〕則那賀驢兒小名須是你〔王樞密云〕那裏是甚麽賀驢兒我是王欽若〔正旦云〕噤聲那壁姓賀這壁姓王〔唱〕可不的山河易改本姓難移

〔云〕你這賊可知道我家奉的聖旨麼覷一覷剜了眼睛指一指剁了手腕〔唱〕

〔雪裏梅〕剜眼睛便挑剔剁手足自收拾〔云〕俺府裏的親隨那裏〔唱〕你與我扭開了長枷將六郎扶起喚左右快疾

〔做放楊景焦贊王樞密奪正旦打科〕〔六郎云〕母親休打他則怕不中麼〔正旦唱〕

〔禿廝兒〕不恁的如何救你不打死不算忠直我今番下手也則是遲我和你廝扯定入宮闈去見官裏

〔王樞密云〕我是東廳樞密使國家大臣你怎的我〔正旦唱〕

〔聖藥王〕遮莫你有勢力有職位到底是我天朝部下潑奴婢我可也不怕你不懼你我須是天潢支派沒猜疑來來來我敢和你做頭抵

〔王樞密云〕我那裏認的你這國姑你先皇潛龍時販油傘遊關西五路都不曾有偌多親眷今日這箇也親那箇也親你家姓柴官裏姓趙胡姑姑假姨姨可是甚麼親眷〔正旦云〕兀那廝你聽着我是太祖皇帝的妹妹太宗皇帝的姐姐真宗皇帝的姑姑柴駙馬的渾家杜太后的閨女柴世宗皇帝的媳婦你偏不認的我〔唱〕

〔麻郎兒〕俺柴家托孤讓位俺趙家受禪登基這都是一門親戚須不比重山認義

〔幺篇〕俺大哥開天立極俺二哥繼體垂衣今皇帝是俺嫡堂叔姪先皇帝是俺同胞的那姊妹

〔慶元貞〕俺本是深宮內苑帝王姬如今在瓊樓朱邸做貴臣妻家藏着丹書鐵券有光輝你這賊不知那個知怎將俺做的胡姑姑也假姨姨

〔王樞密云〕你爲楊六郎只管駡我楊景私下三關焦贊擅殺謝金吾一十七口合該誅殺你怎敢劫了法場我結紐了你見聖人去來〔正旦云〕兀那兩街百姓都聽者他在這法場上駡了我也罷只到朝中剝了他朝靴看他脚底板上刺着兩行硃砂字道賀驢兒寧反南朝不背北番這難道是我粧誣他的〔唱〕

〔收尾〕則他這賀驢兒小名怎許長瞞昧現放着脚板上兩行兒硃砂字跡到來日我一星星奏與君王不到得輕輕的素放了你〔下〕

〔王樞密云〕嗨我欲殺壞了楊六郎焦贊兩人剪草除根誰想被國姑劫了法場放了這兩箇似此怎了只除先去奏過聖人少不的連這國姑也斷送我老王手裏〔詩云〕可奈潑婆娘公然劫法場我今須面聖先下手爲强〔下〕

〔音釋〕咮音床 塞音賽 角音皎 的音底 刻康美切 只張恥切 得當美切 諕音夏 剜碗去聲 嶮與險同 噴平聲 力音利 國音鬼 稷將洗切 敵丁離切 博巴毛切 席星西切 識傷以切 剔音體 拾繩知切 疾精妻切 直征移切 潢音黃 禪音善 姪征移切 姊音子 跡將洗切

第四折

〔殿頭官領校尉上云〕下官殿頭官是也今因楊景焦贊私下三關擅殺謝金吾聖人命王樞密監

斬二人可怎生不見回話令人朝門外覷者若來時報俺知道〔王樞密上云〕自家王樞密奉聖人的命親爲監斬官建起法場殺那楊景焦贊兩個不想長國姑劫了法場我今不敢隱諱去見聖人奏知此事早已來到朝門內了也〔做見科云〕大人可憐見長國姑欺負殺我也他又劫了法場毀了聖旨大人須與我轉奏者〔殿頭官云〕既然這等下官即當替你轉達天聽不須煩惱〔正旦同楊景焦贊上云〕這廝每好無禮也呵〔唱〕

〔雙調新水令〕我須是真宗皇帝老姑姑這賊呵誰根前你來我去將皇親廝毀謗將大將廝虧圖我和你直叩青蒲揀着那愛處做

〔正旦同楊景焦贊見科〕〔殿頭官云〕長國姑你怎麽毆打王樞密於禮不合麽〔正旦云〕大人聽我說一遍波〔殿頭官云〕你是說我聽咱〔正旦唱〕

〔甜水令〕只見那孩兒每鬧鬧嚷嚷聒聒焦焦簇捧着法場前去〔殿頭官云〕這法場上你也不該去麽〔正旦云〕我是他親丈母怎不要去送碗長休飯遞杯兒永別酒那〔唱〕我須是割不斷的緊親屬因此上熬一片痛苦心腸忍一點悽惶眼淚陪一句哀求言語做殺卑伏

〔殿頭官云〕長國姑你爲女壻的情分這般伏低做小那王樞密却怎麽〔正旦唱〕

〔折桂令〕那一個王樞密氣昂昂腆着胸脯納胯粧幺使盡些官府他道我兩家同坐一人造反九族全除〔帶云〕大人那王樞密罵我來〔殿頭官云〕你是長國姑他怎生的罵來〔正旦云〕他罵俺先皇曾遊關西五路挺着脖子拽傘車兒哩〔唱〕他不合毀罵俺先皇上祖也曾的把馬推車那廝不識親疎不辨賢愚

一刻的殘害忠良抵多少指斥鑾輿

〔殿頭官云〕楊景擅離信地私下三關焦贊殺死謝金吾家一十七口都是他自犯出來罪過須不是王樞密屈陷他的〔正旦唱〕

〔喬牌兒〕便不合離邊關到帝都便不合將謝家十七口一時屠則俺個官家怎不看功勞簿縱有那彌天罪也准贖

〔殿頭官云〕長國姑你說將功折罪也是只可惜來遲了被王樞密先奏過聖人說你劫了法場毀了詔書毆辱大臣龍顏大怒着哩〔正旦唱〕

〔水仙子〕哎他道俺劫法場擅放了御囚徒又道俺恃皇親毀詔書又道俺毆大臣激的天顏怒〔殿頭官云〕長國姑你也枉做一場那楊景焦贊到底饒不得這死罪哩〔正旦唱〕要鳴冤何處所可不的屈殺無辜既然是饒不的那孩兒命我也更何顏號國姑拚納下這雪白頭顱

〔做撞死科〕〔殿頭官云〕住住住待我與你再奏官裏不要這等做性命着〔孟良拏番卒上云〕自家孟良早來到朝門之外令人報復去道孟良到來有緊急軍情事〔校尉報科云〕喏報的大人得知有孟良在於門外〔殿頭官云〕着他過來〔校尉云〕着過去〔孟良做見科云〕報的大人得知孟良拏得一箇番軍他說是韓延壽的細作稍書一封送與王樞密的我拏將來要面見聖人當朝勘問煩大人卽便轉達〔殿頭官云〕拏過那廝來〔番子見跪科云〕我是韓延壽差的單要見王樞密來〔殿頭官云〕這等顯見的王樞密果有反叛之心令人拏下王樞密者〔校尉拏王樞密驗科報云〕左脚板上委實有賀驢兒三字〔正旦云〕大人你纔不說來〔殿頭官云〕我說甚麼來〔正旦

唱〕

〔側磚兒〕你道我平白地把得人把得人來加凌辱這公事眼看虛實定何如撇起個瓦兒在半空裏怎住須不是我皇姑的厮趾誣

〔竹枝歌〕你道他久在天朝不負初你道我妄指他做番臣無證處可怎生搜出那紙文書反叛的是王樞密細作是謝金吾這兩個無徒今日裏合天誅

〔殿頭官云〕奉聖人的命長國姑以下都向闕跪者聽我下斷〔詞云〕此樁事久屈無伸到今日纔得明分謝金吾假傳聖語背地裏嫉妬元勳清風樓三朝勅建拆毀做一片灰塵更無端行兇逞勢跌損了佘太夫人倚恃着東廳樞密他本是叛國姦臣通反書一時敗露枉十年金紫榮身上木驢凌遲碎剮顯見的王法無親楊六郎合門忠孝焦光贊俠氣超羣皆是我天朝名將加服色並賜麒麟長國姑除邪去害保忠良重鎮關津也論功增封食邑共皇家萬古長春〔衆謝恩科〕〔正旦唱〕

〔清江引〕謝得當今聖明主不受姦臣誤把清風樓重建一層來着楊六郎元鎮三關去直把宋江山扶持到萬萬古

〔音釋〕 屬繩朱切 伏房夫切 腆他典切 剗音產 贖繩朱切 毆謳上聲 辜音姑 辱如去聲 剮音寡 俠音協

題目 楊六使私下瓦橋關

正名 謝金吾詐拆清風府

謝金吾詐拆清風府雜劇

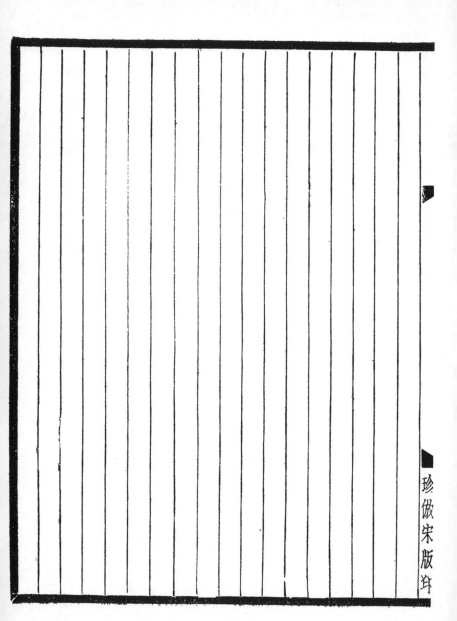

上

漢鍾離翻作抱官囚

郭上竈雙赴靈虛殿

呂洞賓三醉岳陽樓

呂洞賓三醉岳陽樓雜劇

元　馬致遠撰

明吳興臧晉叔校

第一折

〔淨扮酒保上詩云〕俺家酒兒清一貫買兩缾灌得肚兒脹溺得膝兒疼自家店小二是也在這岳陽樓下開着一個酒店但是南來北往經商客旅做買做賣都來這樓上飲酒今日早晨間我將這鏇鍋兒燒的熱了將酒望子挑起來招過客招過客〔正末扮呂洞賓提墨籃上云〕貧道姓呂名巖字洞賓道號純陽子先爲唐朝儒士後遇鍾離師父點化得成仙道貧道在蟠桃會上飲宴忽見下方一道青氣上徹雲霄此下必有神仙出現貧道視之却在岳州岳陽郡不免按落雲頭扮做一個賣墨的先生長街市上來往君子都來買貧道好墨也〔唱〕

〔仙呂點絳脣〕這墨光照文房取烟在太華頂上仙人掌更壓着五李三張入硯松風響

〔混江龍〕棱頭琴樣助吟毫清徹看書窗恰行過一區道院幾處齋堂竹几暗添龍尾潤布袍常帶麝臍香早來到洞庭湖畔百尺樓傍〔做上樓科云〕是好一座高樓也〔唱〕端的是憑淩雲漢映帶瀟湘俺這裏躡飛梯凝望眼離人間似有三千丈則好高歡避暑王粲思鄉〔酒保云〕我在這門首覷者看有甚麼人來〔正末唱〕

〔油葫蘆〕俺只見十二欄干接上蒼〔酒保云〕招過客招過客〔正末云〕休叫休叫

〔酒保云〕你怎生着我休叫〔正末唱〕我則怕驚着玉皇誰着你直侵北斗建槽坊〔酒保云〕你看我這樓上有牌牌上有字上寫着世間無此酒天下有名樓〔正末唱〕寫道是岳陽樓形勝偏雄壯更壓着你洞庭春好酒新炊湯盌〔酒保云〕老師父你看這邊景致〔正末唱〕翠巍巍當着楚山〔酒保云〕休道是楚山連太山華山都看見了師父你看這邊景致〔正末唱〕浪淘淘臨着漢江〔酒保云〕不要說漢江連洞庭湖鄱陽湖青草湖都看見了〔正末云〕正是雞肥蟹壯之時〔唱〕正菊花秋不醉倒陶元亮〔酒保云〕師父你來遲了我這酒都已賣盡無了酒也〔正末云〕你道是無酒呵〔唱〕怎發付團臍蟹一包黄

〔酒保云〕這裏有酒呵把甚麼與我做酒錢〔正末云〕至如我無有錢呵〔唱〕

〔天下樂〕我則待當了環縧醉一場〔酒保云〕說便這等說實是無了酒也〔正末云〕你道無酒你聞波〔唱〕那裏這般清甘滑辣香〔酒保云〕酒有只你醉了不好下樓去〔正末唱〕但將老先生醉死不要你償〔酒保云〕師父這樓上好涼快哩〔正末唱〕我特來趁晚涼趁晚涼入醉鄉〔酒保云〕老師父天色將晚了〔正末云〕還早哩〔唱〕爭知俺仙家日月長

〔云〕小二哥你供養的是一尊甚麼神道〔酒保云〕這是初造酒的杜康我供養着他這酒客日日常滿〔正末唱〕

〔那吒令〕我待和你喚上那登真的伯陽你覷當更懸壺的長房不強似你供養那招財的杜康〔酒保云〕師父我買活魚來做按酒〔正末唱〕更休說

釣錦鱗蒭新釀待邀留他過往經商

〔鵲踏枝〕自隋唐數興亡料着這一片青旗能有的幾日秋光對四面江山浩蕩怎消得我幾行兒醉墨淋漓

〔酒保云〕師父我這酒賽過瓊漿玉液哩〔正末唱〕

〔寄生草〕說甚麼瓊花露問甚麼玉液漿想鸞鶴只在秋江上似鯨鯢吸盡銀河浪飲羊羔醉殺銷金帳這的是燒猪佛印待東坡抵多少騎驢魏野逢潘閬

〔酒保云〕小人聽得說王弘送酒劉伶荷鍤李白摸月也不似先生這等貪杯〔正末唱〕

〔幺篇〕想那等塵俗輩恰便似糞土牆王弘探客在籬邊望李白捫月在江心喪劉伶荷鍤在墳頭葬我則待朗吟飛過洞庭湖須不曾搖鞭誤入平康巷

〔云〕小二哥打二百長錢酒來〔酒保云〕先交了錢然後吃酒〔正末云〕你也說的是與你這一錠墨便當二百文錢的酒〔酒保云〕笑殺我也量這一錠墨有甚麼好處那裏便值二百文錢〔正末云〕我這墨非同小可便當二百文錢也不多哩〔唱〕

〔後庭花〕這墨瘦身軀無四兩你可便消磨他有幾場萬事皆如此〔帶云〕酒保也〔唱〕則你那浮生空自忙他一片黑心腸在這功名之上

〔酒保云〕我不要這墨你則與我錢〔正末云〕墨換酒你也不要〔唱〕敢糊塗了紙半張

〔酒保云〕他是個出家人我那裏不是積福處留下這墨寫帳也有用處罷罷打二百文錢酒與他

老師父酒便與你自己吃不了請幾個道伴來吃〔正末云〕小二哥你也說的是你看着我請幾個道伴來者疾你來你來〔酒保云〕在那裏〔正末云〕疾你也來你也來〔酒保云〕你看這先生風了〔正末云〕一個舞者一個唱者一個把盞者直吃的盡醉方歸〔酒保云〕我說這先生風了當真風了把袍袖往東一拂道你來你來往西一拂道你也來你也來一個舞者一個唱者一個把盞者都在那裏〔正末云〕可知你不見哩〔唱〕

〔金盞兒〕我這裏據胡牀望三湘有黃鶴對舞仙童唱主人家寬洪海量醉何妨直吃的捲簾邀皓月再誰想開宴出紅粧但得一尊留墨客〔帶云〕我困了也〔唱〕我可是兩處夢黃粱

〔正末做睡科〕〔酒保云〕如何我說你吃不了二百錢的酒我說你請幾個道伴來吃你不肯兀的不醉了他睡着了可怎生是好我這樓上妖精鬼魅極多害了他性命怎生是好我索喚起他來〔做喚科〕師父你起來這樓上妖精極多鬼魅極廣枉害了你性命〔正末不醒科〕〔酒保云〕他睡着了叫不醒怎生是好且下樓去收了鏇鍋兒落了這酒望子上了這板闥我再上樓去叫他去可撲可撲老師父你不起來妖精出來吃了你不干我事我自去也〔下〕〔外扮柳樹精上〕〔詩云〕翠葉柔絲滿樹枝根科榮茂正當時爲吾屢積陰功厚上帝加吾排岸司小聖乃岳陽樓下一株老柳樹是也我在此千百餘年又有杜康廟前一株白梅花在此作祟我上樓巡綽一遭可是爲何恐怕他傷害了人性命今日天晚須索上樓巡綽一遭好奇怪我往常間上這樓來坦然而上今日如何心中懼怯既來難道回去須索上去〔做見科〕呀上仙在此須索回避咱〔正末喝云〕業畜那裏去回來〔柳云〕早知上仙在此只合遠接接待不着勿令見罪〔正末云〕好可憐人也〔唱〕

〔醉中天〕我見他拄着條過頭杖恰便似老龍王〔柳云〕早知上仙在此合當參拜〔正末唱〕你這般曲脊駝腰來我跟前有甚勾當〔帶云〕我看你本相〔唱〕我這裏斜倚定闌干望〔柳云〕師父望甚麼〔正末云〕你道我望甚麼〔唱〕原來是掛望子門前老楊〔柳云〕小聖在此千百餘年也〔正末云〕噤聲〔唱〕你道是埋根千丈你如今絮沾泥則怕泄漏春光

〔云〕柳也你有幾般兒歹處哩〔柳云〕師父我有甚麼歹處〔正末唱〕

〔憶王孫〕亞夫營裏晚天涼煬帝宮中春晝長按舞罷楚臺人斷腸你只是爲春忙〔柳云〕再有甚麼歹處〔正末唱〕餓得那楚宮女腰肢一捻香

〔云〕兀那老柳這岳陽樓上作祟的元來是你〔柳云〕不干小聖事是杜康廟前一株白梅花在此作祟〔正末云〕待我看來真個是杜康廟前一株白梅花在此作祟好好兀那老柳你跟我出家去罷〔柳云〕師父我去不得〔正末云〕你爲何去不得〔柳云〕我根科茂盛枝葉繁多去不得〔正末云〕他是土木形骸到發如此之語〔唱〕

〔金盞兒〕我是個呂純陽度你個綠垂楊你則管伴烟伴雨在溪橋上舞東風飄蕩弄輕狂如今人早晨栽下樹到晚來要陰涼則怕你滋生下些小業種久已後乾撇下你箇老孤椿

〔云〕老柳你跟我出家去來〔柳云〕既領師父訓教情愿跟師父出家但我土木形骸未得人身怎生成的仙道〔正末云〕你也說的是土木之物未得人身難成仙道兀那老柳你聽者你往下方岳陽樓下賣茶的郭家爲男身名爲郭馬兒着那梅花精往賀家托生爲女身着你二人成其夫婦三

十年後我再來度脫你〔做與墨籃科云〕你與我將着這物〔柳做頭項科云〕師父我這般將着是麼〔正末云〕不是再將者〔三科〕〔正末云〕都不是將來將來他是土木之物未曾得人身如何便能知道你看者〔正末抱籃科唱〕

〔賺煞〕似我般抱定墨籃兒〔柳抱籃科云〕師父這般將着可好麼〔正末唱〕兀的不纔似一箇人模樣〔柳云〕師父你怎生識的小聖來〔正末唱〕我底根兒把你來看生見長〔柳云〕師父仙鄉何處〔正末唱〕我家住在白雲縹緲鄉〔柳云〕那裏幽靜麼〔正末唱〕俺那裏無亂蟬鳴聒噪斜陽〔柳云〕徒弟去則去則是捨不的這一派水也〔正末唱〕量湖光不大似半畝芳塘〔柳云〕徒弟省了也〔正末唱〕你嶮做了長亭繫馬樁〔柳云〕敢問師父兩句言語合道不合道是怎麼說〔正末云〕你一句句問將來〔柳云〕師父合道是怎生〔正末唱〕合道在章臺路傍〔柳云〕師父不合道可是怎生〔正末唱〕不合道你則在灞陵橋上〔云〕你若肯跟我出家教你學取一個〔柳云〕學取那一個〔正末唱〕我着你學取那呂岩前松柏耐風霜〔同下〕

〔音釋〕溺尼叫切 鏇旋去聲 盪湯去聲 躡音聶 鎉叉搜切 釀泥降切 浪平聲 液音亦 鯨音擎 鯢音移 吸音翕 閬音浪 鍤音插 捫音門 魅音妹 闟音塔 祟音歲 煬音陽 捻音聶 樁音莊 嶮與險同

第二折

〔柳改扮郭馬兒引旦兒上〕〔詩云〕龍團鳳餅不尋常百草前頭早占芳採處未消峯頂雪烹時猶帶建溪香自家郭馬兒是也這是我渾家賀臘梅在這岳陽樓下開着一座茶坊但是南來北往經

商客旅都來我茶坊中吃茶我聽得老的曾說來三十年前這岳陽樓上賣酒如今輪着俺這一輩賣茶俺兩口兒自成夫婦已經數載寸男尺女皆無但是那過往的人剩下的殘茶我都吃了他的可是爲何這個喚做偷陰功積福力但生得一男半女也不絕了郭氏門中香火今日開開茶坊我燒的鏇鍋兒熱了我昨日多飲了幾杯今日有些害酒大嫂茶客也未來哩我且在這閣子裏歇一歇若有茶客來時着我知道〔旦兒云〕理會的〔郭馬睡科〕〔正末上云〕徐神翁你與我纜住小舟我度脫了郭馬兒咱兩個同舟而歸貧道當初在這岳陽樓下度了一株柳樹因他是土木之物不得成道教他托生爲人如今岳陽樓下賣茶郭馬兒便是又着白梅花精托生在賀家爲女他兩個配爲夫婦可又早三十年矣過往君子吃剩的殘茶此人便吃了雖然如此爭奈濁骨凡胎無人點化常言道玉不琢不成器人不磨不成道休道是他至如呂岩當初是個白衣秀士未遇書生上朝求官在邯鄲道王化店遇着鍾離師父再三點化纔得成仙了道假如遇不着鍾離師父呵〔唱〕

〔南呂一枝花〕猶兀自騎着箇大肚驢吃幾頓黃粱飯則今日有緣遊閬苑可正是無夢到邯鄲〔云〕有人說道你這等醉生夢死的那神仙大道却怎生得來〔唱〕休笑我行步艱難無證候粧些殘患如今便岳陽樓來了兩番空聽的駭浪驚濤〔帶云〕呆漢子〔唱〕洗不淨愚眉肉眼

〔云〕我這般東倒西歪前合後偃的〔唱〕

〔梁州第七〕我爲甚不帶酒佯推着醉裏〔帶云〕人問先生塵世如何〔唱〕我可甚點頭來會盡人間休笑我形骸土木脂膽扮強如紫綬勝似白襴袖藏着寶劍腹隱着金丹消磨盡綠鬢朱顏恰離了雲幌星壇〔帶

云〕世俗人休笑俺神仙無定也〔唱〕早來到綠依依採靈芝徐福蓬萊恰行過高聳聳臥仙臺陳摶華山又過了勃騰騰來紫氣老子函關把船彎此間正江樓茶罷人初散你這郭上竈喫人讚則俺乞化先生左右難來尋你下榻陳蕃

〔正末尋郭科云〕這個閣子裏無有這個閣子裏也無有〔做見科云〕這廝在這裏馬兒也如今桃花放徹柳眼未開〔打郭科〕〔郭驚云〕倒諕我一跳早是不曾打着我的耳朶〔正末云〕打了你耳朶不曾傷着你六陽魁首馬兒你看波〔郭云〕你着我看甚麽〔正末云〕兀的不是烏江岸〔郭云〕烏江岸在那裏〔正末云〕兀的不是華容路〔郭云〕華容路在那裏〔正末哭笑科〕〔郭云〕這師父風僧狂道着我看兀的不是烏江岸兀的不是華容路哭了又笑笑了又哭正是個風魔的哩〔正末云〕古人英雄今安在哉華容路這壁是曹操遺跡烏江岸那壁是霸王故址曹操姦雄夜眠圓枕日飲鴆酒三分霸王有喑啞叱咤之勇舉鼎拔山之力今安在哉〔唱〕

〔賀新郎〕你看那龍爭虎鬭舊江山〔郭云〕你笑甚麽〔正末唱〕我笑那曹操姦雄〔郭云〕你哭甚麽〔正末唱〕我哭呵哀哉霸王好漢〔郭云〕老師父你怎麽哭了又笑笑了又哭〔正末唱〕爲興亡笑罷還悲嘆不覺的斜陽又晚想咱這百年人則在這撚指中間〔郭云〕不爭老師父在樓上玩賞可不攪了我茶客〔正末唱〕空聽得樓前茶客鬧爭似江上野鷗閒百年人光景皆虛幻〔正末看科〕〔郭云〕我也學你看一看〔正末唱〕我覷你一株金線柳猶兀自閑凭着十二玉闌干

(郭云)老師父你來我這裏有甚勾當(正末云)我來問你化一盞茶吃(郭云)化一盞茶吃你可是甜言美語的出家人那裏不是積福處大嫂造一個茶來與師父吃(正末云)我不這般吃你則依着我丁字不圓八字不正深深的打個稽首上告我師吃個甚茶我便說與你茶名(郭云)你看麼我見他是出家人則這般與他個茶吃他又這般饒舌也罷依着他左右茶客未來哩他又風我又九伯俺大家耍一會我依着他丁字不圓八字不正深深的打個稽首上告我師吃個甚茶(正末云)我吃個木瓜(郭云)哎喲好大口也弔了下吧我說道你吃個甚茶說道我吃個木瓜(正末云)郭馬兒你學誰哩(郭云)我學你哩(正末云)但學的我儘勾了也(郭云)學你腤臢頭一世罷罷大嫂造個木瓜來(正末吃茶科)(郭云)將盞兒來(正末云)我不與你盞兒(郭云)怎生不與我盞兒(正末云)你則依着我丁字不圓八字不正深深的打個稽首上告我師茶味如何我便與你盞兒(郭云)罷罷我便依着你這些不必說了師父稽首茶味如何(正末云)這茶敢不好(郭云)好波你與我貼招牌哩(正末云)罰一個(郭云)怎生罰一個(正末云)依舊的問將來(郭云)我依着你依舊打個稽首師父要吃個甚茶(正末云)我吃個酥僉(郭云)好緊唇也我說道師父吃個甚茶他說道吃個酥僉頭一盞吃了個木瓜第二盞吃了個酥僉這師父從來一口大一口小(正末云)郭馬兒我是一口大一口小(郭云)一口大一口小不是個呂字傍邊再一個口我這茶絕品高茶罷罷大嫂造個酥僉來與師父吃(正末接茶科云)郭馬兒你這茶裏面無有真酥(郭云)無有真酥都是甚麼(正末云)都是羊脂(郭云)羊脂昨日澆了燭子那裏得羊脂來(正末云)插上你呵多少羊脂哩(郭云)恁麼樣說我是柳樹了(正末吃茶科)(郭云)將盞兒來(正末云)我不與你盞兒依舊的問將來(郭云)我依着你師父茶味如何(正末云)這茶敢又不

好〔郭云〕可早兩遭兒了〔正末云〕再罰一個你依舊問將來〔郭云〕就依你問師父要吃個甚茶〔正末云〕我吃個杏湯〔郭云〕這師父倒會吃頭一盞吃了個木瓜第二盞吃了個酥僉第三盞吃個杏湯再着上些乾糧倒飽了半日〔正末云〕馬兒你若不是我呵是做了乾粱也〔郭云〕看將起來我是塊木頭罷罷大嫂造個杏湯來與這師父吃〔旦兒云〕杏湯便有無有板兒也〔郭云〕師父杏湯便有無有板兒也〔正末云〕你說杏湯便有無了板兒三十年前解開你都是板兒〔郭云〕師父我怎當的你這一句那一句大嫂造一個杏湯來〔正末吃茶科〕〔郭云〕將盞兒來〔正末云〕我不與你盞兒依舊的問將來〔郭云〕我依着你師父茶味如何〔正末云〕郭馬兒你這茶〔郭云〕敢又不好〔正末云〕你怎生攙了我的〔郭云〕我學你道哩〔正末云〕則要你學我道哩〔郭嗏茶盞科〕〔正末云〕郭馬兒我見你兩次三番嗏〔郭云〕嗏甚麼〔正末云〕嗏我這茶盞底是何緣故〔郭云〕師父你不知我與渾家賀臘梅自做夫妻數載有餘寸男尺女俱無但是南來北往經商客旅做買做賣都來我這樓上吃茶剩下殘茶我都吃了却是爲何這是偷陰功積福德但得一男半女也絕不了郭氏門中香火〔正末云〕原來如此我着你大積些陰功如何〔郭云〕恁的呵更好〔正末云〕將盞兒來郭馬兒你吃了我吐的殘茶教你有子嗣〔正末吐科〕〔郭做意不吃科〕〔背云〕看了他那嘴臉我吃他吐的茶就絕戶了也成不的我哄他一哄看他說甚麼師父你肯吃我的剩飯我便吃你的殘茶〔正末云〕將你那剩飯來〔唱〕

〔梧桐樹〕你道是兩碗通輕汗獨不聞一粒度三關管甚麼餛飩皮饅頭餡和剩飯總是個有酒食先生饌

〔正末又吐科〕〔郭云〕可磣殺我也〔正末云〕你吃了我的殘茶我便吃你的剩飯〔郭云〕我和你

說我也不吃你殘茶也不要你吃我的剩飯你披着半片羊皮乞兒模樣好嘴臉（正末唱）
〔隔尾〕你休笑這丐兒披定羊皮嬾你會首休猜做大臥單（云）馬兒
我吃了三盞茶無一盞真的（郭云）怎生無有一盞真的（正末唱）我吐與你木瓜裏棗
酥僉裏脂杏湯裏瓣（云）馬兒你喫了者（郭云）喫不得（正末唱）只恁般左難右
難（云）馬兒吃了者（郭云）其實吃不得（正末云）你不吃接了盞者（正末哄科云） 打碎了盞兒
也（郭云）倒諕我一驚（正末唱）我看你怎發付松風兔毛盞
（帶云）馬兒你看我吐的不小可也（唱）
〔牧羊關〕這吐也無那竹葉雲濤泛也無那石鐺雪浪翻這吐呵但
開口滿簾香散更壓着仙酒延年更壓着蟠桃般駐顏也不索採蒙
頂山頭雪也不索茶點鷓鴣斑比及你吸取楊子江心水（帶云）馬兒也
（唱）可強似湯生螃蟹眼
（云）馬兒吃了者（郭云）吃不得（正末云）賀臘梅你吃了者（旦兒吃科云）稽首弟子省了也（
正末云） 你怕不省也郭馬兒還不省哩將盞兒來（正末抹盞底殘茶與郭科）（郭云）好東西也
吃下去醍醐灌頂甘露洒心好東西也師父纔抹到我口裏是甚麼東西（正末云）我恰纔抹到你
口裏的可是那殘茶（郭云）在那裏再與我些吃（正末云）都無了（郭云）往那裏去了（正末云）
賀臘梅吃了也（郭云）他吃了可怎麼說（正末云）他吃了先得了道也（郭云）我呢（正末云）你
還在道傍邊哩（郭云）看起來我是柳樹（正末云）誰說你是榆樹來（郭云）我吃了你這殘茶怎
麼說俺渾家吃了你這殘茶怎麼說（正末云）你吃了我這殘茶你是我的道伴你渾家吃了我這

殘茶他是我的仙友(郭云)且住者我吃了他的殘茶我是他道伴俺渾家吃了他的殘茶倒和他爲仙友道伴也罷這仙友可難爲看起來俺老婆養着你哩(做怒打正末科)(正末唱)

(紅芍藥)把一片歲寒心燒做了火炎山哎你弟子好是兒頑(郭扯袍科)(正末唱)把一領布袍襟扯住不容還碎紛紛直似靈幡(郭打科)(正末唱)打的我比春牛少片板總是我不合勸修行吐盡心肝(云)郭馬兒你休惱了我也(郭云)惱了你可怎麼的我(正末唱)把岳陽樓翻做鬼門關休只管賣弄拳僝

(郭打科)(正末唱)

(菩薩梁州)打的我死狗兒彎跧青泥也腐爛頭披也髩散呀葫蘆裏攮了些靈丹(郭云)甚麼靈丹都是些羊屎彈子(正末唱)扭回頭遥望北邙山(郭云)正是個風僧狂道(正末唱)知他是你痴呆我是風魔漢(郭云)大嫂爐中添上些炭(旦兒云)理會的(正末唱)鑪中有火休添炭大都來有幾年限打打打先生不動憚更怕甚聖手遮攔

(末做架住起身科云)郭馬兒跟我出家去來(郭云)這師父打不改的(正末唱)

(哭皇天)我着你早尋個香火新公案煞強似久墮風塵大道間只爲你瘦伶仃無人盼纔長大便爭攀若不是我把長條自挽則你在洞庭湖上揚子江邊受了些風吹日炙雪壓霜欺崄些兒做了這岳陽樓岳陽樓酒望竿(郭云)我就跟你出家去有甚麼好處(正末唱)我着你逍遥

散誕你自待偎慵惰懶

〔烏夜啼〕愁甚麼楚王宮陶令宅隋堤岸我已安排下玉砌雕闌則要你早回頭靜坐把功程辦參透玄關勘破塵寰待學他嚴子陵隱在釣魚灘管甚麼張子房燒了連雲棧競利名爲官宦都只爲半張字紙却做了一枕槐安

〔三煞〕想人能克己身無患事不欺心睡自安便百年能得幾時閑去向那石火光中急措手如何迭辦你何不早回看直到落日桑榆暮景殘方纔道倦鳥知還

〔二煞〕爭如我蓋間茅屋臨幽澗披片麻衣坐法壇倒也躲是非忘寵辱無牽絆不強似你在人我場中把個茶博士終朝淘渲〔做笑科云〕郭馬兒你及早省悟也是遲了〔唱〕我笑你忒愚頑枉了我度你親身三兩番還不省也天上人間〔云〕郭馬兒跟我出家去來〔郭云〕我跟你出家去你那裏有甚麼道伴〔正末云〕你若肯出家我着你看兩個道伴〔郭云〕那兩個道伴〔正末唱〕

〔黃鍾尾〕我着你看藍采和舞春風六扇雲陽板〔郭云〕那一個呢〔正末唱〕我着你看韓湘子開冬雪雙莖錦牡丹疾回頭莫怠慢〔郭云〕師父我送你下樓去〔正末唱〕下江樓近水灣〔云〕呀徐神翁等不的我先去了也〔郭云〕在那裏〔正末唱〕你與我撐開船掛起帆〔云〕郭馬兒上船來〔郭云〕你先上船〔正末云〕我先

上船〔郭推正末科云〕推他娘在這水裏〔正末云〕呀這廝䝉些兒不閃我在水裏〔唱〕行至蓬萊宮方丈山俺那火送行人世不曾西出陽關早則不凝望渭城和淚眼〔下〕

〔郭云〕那師父去了也今日茶也不曾賣的被他打攪了一日天色已晚了收拾了鏇鍋兒閉了茶肆大嫂咱還家中去來〔下〕

〔音釋〕邯音寒　鄲音丹　腤音菴　臢音簪　氤音因　函音咸　幌胡誑切　鴆沉去聲
喑音陰　啞音雅　咤詹詐切　撚尼蹇切　幻音患　磣參上聲　丐音蓋　瓣音扮
鐺楚耕切　鷓張射切　鴣音姑　醍音提　醐音胡　儇呼關切　跧之灣切　卭音
忙　煞與殺同　偎音威　慵音蟲　勘坎去聲　棧音綻　渲踈譔切　莖音刑

楔子

〔郭馬上云〕自家郭馬兒自從見了那個師父但合眼便見他道郭馬兒跟我出家去來我可怎生出的家我如今不賣茶了在這岳陽樓下賣酒我今日打點些按酒去我不往前街上去怕撞着那師父我往這後街裏去〔正末冲上云〕郭馬兒你往那裏去〔郭云〕我躲他正撞在懷裏師父我如今不賣茶了在岳陽樓下賣酒請師父吃三鍾〔正末云〕你請我吃三鍾我在你這樓上醉了兩醉也你再請我吃一醉〔做行科〕〔郭云〕上的這樓來師父你吃一碗〔正末云〕你也吃一碗〔郭云〕師父你再吃一碗〔正末云〕你也再吃一碗〔郭云〕師父你再吃一碗〔正末云〕你送我下樓去〔郭云〕我送師父下樓去〔正末云〕郭馬兒跟我出家去來〔郭云〕我怎生出的家我若跟你出家可把我媳婦發付在那裏〔正末云〕你殺了你媳婦者〔郭云〕殺了我媳婦可着誰償命〔正末云〕

敢是你償命〔郭云〕可知哩我便要殺俺媳婦可也無兵刃〔正末云〕兀的不是一口劍〔郭云〕師父是一口好劍〔正末唱〕

〔仙呂賞花時〕這劍曾伴我三十年來海上遊夜夜光芒射斗牛〔云〕郭馬兒我與你這一口劍要些回答的禮物〔郭云〕可要甚麼回奉的禮物〔正末唱〕要一顆血瀝瀝婦人頭〔郭云〕好容易也〔正末唱〕爲你箇牆花路柳〔帶云〕若不是恁兩箇呵〔唱〕誰肯三醉岳陽樓〔下〕

〔郭云〕這師父正是風僧狂道好沒生與我一口劍教我殺了俺媳婦兒我可怎生捨的這一口劍拿到家中切菜也有用處今日又被他歪死纏不會賣的酒且回家中去來〔下〕

第三折

〔郭馬兒上云〕自從那師父與了我一口劍拿到家中三更前後不知甚麼人把我媳婦殺了劍上寫着四句詩道朝游北海暮蒼梧袖裏青蛇膽氣粗三醉岳陽人不識朗吟飛過洞庭湖後面寫着洞賓作我如今先告知社長然後見官去也未遲哩可早來到社長門首我試喚他一聲社長在家麽〔丑扮社長上云〕誰叫門哩我開開這門看〔見科〕〔郭云〕社長拜揖了昨日有個不知姓名的胡先生與了我一口劍着我拿到家裏三更前後不知甚麼人把俺媳婦殺了劍上寫着四句詩道朝游北海暮蒼梧袖裏青蛇膽氣粗三醉岳陽人不識朗吟飛過洞庭湖後面寫着洞賓作〔社長云〕你媳婦殺了麽〔郭云〕殺了〔社長云〕殺了罷干我膫兒事〔郭云〕你是個當坊社長不和你說和誰說〔社長云〕馬兒我和你說洞賓作想必是洞中一塊賓鐵拿來打成這口劍則怕是這個殺了你媳婦兒〔郭云〕不是〔社長云〕既然不是依着你怎麽說〔郭云〕我如今和你告官去討一

紙勾頭文書長街市上尋那個道人去但有人念這四句詩的便是他殺了俺媳婦兒（社長云）這也說的是（郭詩云）我如今先去爪尋他慢慢的告請差官捕（社長詩云）便縱然尋着胡先生也當不得你這醜媳婦（同下）（正末愚鼓簡子上）（詞云）披蓑衣戴箬笠怕尋道伴將簡子挾愚鼓閉看中原打一回歇一回清人耳目念一回唱一回潤俺喉咽穿茶房入酒肆牢拴意馬踐紅塵登紫陌繫住心猿跨彩鸞先飛到西天西裏駕青牛後走到東海東邊靈芝草長生草二三萬歲娑羅樹扶桑樹八九千年白玉樓黃金殿烟霞靄靄紫微宮青霄閣環珮翩翩鸚鵡杯鳳凰杯滿斟玉液獅子罏狻猊罏香噴龍涎吹的吹唱的唱仙童拍手彈的彈舞的舞劉衮當先做廝兒做女兒水煎火燎或雞兒或鵝兒醬炒油煎來時節剛纔得安眉待眼去時節只落得赤手空拳勸賢者勸愚者早歸大道使老的使小的共結良緣人身上明放着四百四病我心頭暗藏着三十三天風不着雨不着豈知寒暑東不管西不管便是神仙船到江心牢把柂箭安弦上謾張弓今生不與人方便念盡彌陀總是空（唱）

（正宮端正好）我勸你世間人休爭氣及早的歸去來兮可乾坤做一牀黃紬被單搠着陳摶睡

（滾繡毬）我穿着領布懶衣不吃烟火食淡則淡淡中有味又不是坐崖頭打當牙椎人問我姓甚的住那裏要尋我煞時容易酒排沙緊對着鍾離怕你虎狼叢吃閃呆獐般看是非海渰着死馬兒醫樹倒風吹

（郭同社長上云）兀的不是那道人來了聽他念甚的（正末云）朝游北海暮蒼梧袖裏青蛇膽氣

粗三醉岳陽人不識朗吟飛過洞庭湖〔郭云〕好也可是你殺了我媳婦你逃走到那裏去〔做扯末科〕〔正末唱〕

〔倘秀才〕你在當街上把師父扯曳這是我勸弟子修行的氣力〔郭打科云〕我打你個弟子孩兒〔正末云〕你打不的〔唱〕打打打今世饒人不是痴天生下這頑皮壯吃〔正末頓脫郭手科〕〔唱〕

〔滾繡毬〕好生地放了者我爲甚不惹你赤緊的關子喚做惜氣但行處憑鼓相隨憑是不省的鼓是沒眼的柳呵今日蕝葱般人脆一口氣不回來教你落絮沾泥則俺那洞中有客鶴來早抵多少秋後無霜葉落遲看那箇便宜

〔云〕郭馬兒你當街截住我是怎的〔郭云〕你因何殺了我媳婦兒我如今撞見你有甚話說〔正末唱〕

〔叨叨令〕則爲這潑家私滿鏡裏白髭鬚熬煎得鑊湯餅一肚皮長吁氣一頭把老先生推在荒郊內哎你箇潑婆娘又摟着別人睡不殺了要怎麼也波哥不殺了要怎麼也波哥爭如我夢周公高臥在三竿日

〔郭云〕你賴不過我今告着你哩〔正末云〕你憑甚麼勾我〔郭云〕我憑勾頭文書勾你〔正末云〕你文書那裏〔郭出文書科〕〔正末云〕你念我聽〔郭念云〕奉州官台旨即勾喚殺人賊一名胡道

人是你不是你〔正末云〕將來我看〔做換文書科云〕疾你再讀看是誰就拿誰〔郭云〕是讀看是誰就拿誰〔念科云〕奉州官台旨勾換殺人賊一名郭馬兒〔驚科〕這上面可怎麼寫着我〔正末唱〕

〔倘秀才〕我不信那官人敢斷誰則爲你愚不省將勾頭來弔你正是俺自有心猿百字碑哎村物事潑東西怎到得那裏

〔滾繡毬〕俺那裏白雲自在飛仙鶴出入隨俺那裏洞門不閉〔郭云〕師父則怕那裏有俺媳婦兒麼〔正末唱〕你可也再休題家有賢妻〔郭云〕師父這裏是那裏〔正末云〕馬兒你看波〔唱〕這壁銀河織女機那壁洞中玉女扉怎發付你那酒色財氣則你那送行人何曾道展眼舒眉你是箇紅塵道上千年柳你覷波白玉堂前一樹梅〔旦兒上郭見科云〕兀的不是我渾家賀臘梅哩〔正末云〕疾〔旦下〕〔郭云〕師父俺媳婦那裏去了纔在這裏怎生不見了〔正末唱〕怎知這就裏玄機

〔郭云〕我也道花枝般好媳婦被你殺了不成快教他出來還了我罷〔正末唱〕

〔伴讀書〕你道是花枝兒媳婦天然美又道是筍條兒一對青年紀端的誰遣來兩個成匹配到今日又誰拆散你這芳連理可怎生不解其中意還認做兒女夫妻

〔郭云〕你藏了我媳婦兒我便肯干罷社長你也幫我一幫扭他見官去來〔社長云〕勾頭文書元着我協同着你拿這胡道人我幫你我幫你〔正末唱〕

〔笑和尚〕我我我要你媳婦兒做甚的你你你扭住我欲何爲敢敢敢挾着這一紙文書的勢看看看你媳婦兒在那裏有有有誰是個殺人賊來來來咱和你去當官對〔郭云〕社長適纔我那媳婦你也看見的到官去你與我做箇質證〔社長云〕你不要等他唱曲只拿他到官司去〔正末唱〕

〔煞尾〕再休想一枝逗漏春消息則要你三島追隨路不迷拜辭了瀟湘洞庭水同去蟠桃赴仙會酒泛天漿滋味美樂奏雲璈音調奇絳樹青琴左右立都是玉骨冰肌世無比我勸你這片凡心早收拾莫爲嬌妻苦縈繫〔郭云〕你拐了我媳婦兒更待干罷社長你幫我拖他到官去好歹要還我媳婦來〔正末云〕這呆漢昏迷不省枉了我三遭兒也〔唱〕似這等呆腦呆頭勸不回呸可不乾賺了我奔走紅塵九千里〔做頓袖脫科下〕

〔郭云〕好兩個後生拿一個先生被他瀏了我不問那裏趕上去〔社長云〕這裏有兩條路你往這頭我往那頭兩路抄將來不怕他會飛上天去〔郭云〕說的是趕趕趕〔同下〕

〔音釋〕咽音煙　狻音酸　猊音移　搊囊帶切　曳音異　力音利　吃音恥　的音底　蕝鏴入聲　鶴音豪　日人智切　賊則平聲　息喪擠切　璈音敖　立音利　拾繩知切　繫音計　賺音湛　瀏柳平聲

第四折

〔正末打愚鼓簡子上云〕羅浮道士誰同流草衣木食輕王侯世間甲子管不得壺裏乾坤只自由

數着殘碁江月曉一聲長嘯海門秋飲餘回首話歸路笑指白雲天際頭（郭馬兒冲上拿科云）拿住我如今再不等你瀏了和你見官去來（正末唱）

（雙調新水令）則這殺人賊須是你護身符教你做神仙悟也不悟你看承我做酒布袋請看這藥葫蘆不是村夫還有三卷天書（郭云）甚麼天書敢是化緣的疏頭（正末唱）你休猜做化緣疏

（郭扯末云）告官去來（正末唱）

（駐馬聽）你將我袍袖揪捽誤了你龍麝香茶和露煮將我環縧扯住怎教鳳城春色典琴沽建溪別館覓錢篦蓬萊仙島休家去（郭云）你殺了人往那裏去（正末唱）我若是欠人債負俺那裏白雲滿地無尋處

（郭云）我的媳婦兒你送的那裏去了（正末云）不是你的媳婦（郭云）倒是你的媳婦（正末唱）

（沉醉東風）是我綰角兒宿緣伴侶垂髫時兒女妻夫是我的媳婦兒潑男女尚古自參不透野花村務（郭云）你是個出家人如何要老婆（正末唱）道士須當配道姑（帶云）呆漢（唱）則俺兩口兒先生姓呂

（郭云）你不要強和你告官去來（正末唱）

（七弟兄）由你到大處告去只揀愛的做你道是踏破鐵鞋無覓處算來全不費工夫可乾喫了半碗腤臢吐

（梅花酒）想您箇匹夫不識賢愚蠢蠢之物落落之徒休猜俺做左道術俺自拿着捩鼻木您拽着我布道服俺急切裏要回去您當街

裏纏師父俺爲甚的不言語您心兒下自躊躇

〔收江南〕俺則待朗吟飛過洞庭湖您在茶坊中說甚蜜和酥〔外扮孤一行上云〕甚麼人嚷亂與我拿過來者〔正末唱〕扇圈般一部落腮鬍更狠似道錄馬頭前不慌殺了賀仙姑

〔郭云〕這個道人殺了我的媳婦兒大人與我做主咱〔孤云〕兀那道人清平世界浪蕩乾坤你怎敢殺人〔正末云〕郭馬兒告我殺了他媳婦兒他媳婦賀臘梅見在不曾死〔孤云〕賀臘梅在那裏叫來我看〔正末云〕現在此處疾〔旦兒上云〕師父喚你徒弟那廂使用〔正末云〕這不是他媳婦兒〔孤云〕郭馬兒你告這道人殺了你媳婦兒如今你媳婦現在做的個告人徒自己徒左右推出去殺壞了者〔孤一行下〕〔郭云〕可怎了也〔正末云〕郭馬兒你告着我殺了你媳婦兒如今你媳婦現在做了個誣告人死罪自己反坐如今要殺壞你要我救你不救〔郭云〕可知要救我哩〔外扮鍾離引衆仙上云〕郭馬兒你認的我麼〔郭云〕怎生官人也不見了祗候也不見了都是一火先生敢是我錯走在五龍壇裏來了〔正末云〕郭馬兒你認的這衆仙麼〔郭云〕這位做官的鬍子是誰〔正末唱〕

〔水仙子〕這一個是漢鍾離現掌着羣仙籙〔郭云〕這位拿着拐兒的不是阜隸〔正末唱〕這一個是鐵拐李髮亂梳〔郭云〕兀那位着綠襴袍的不是令史哩〔正末唱〕這一個是藍采和板撒雲陽木〔郭云〕這老兒是誰〔正末唱〕這一個是張果老趙州橋騎倒驢〔郭云〕這位背葫蘆的是誰〔正末唱〕這一個是徐神翁身背着葫蘆〔郭云〕這位攜花籃的是誰〔正末唱〕這一個是韓湘子韓愈的親

姪〔郭云〕這位穿紅的是誰〔正末唱〕這一個是曹國舅宋朝的眷屬〔郭云〕敢問師父你可是誰〔正末云〕貧道姓呂名岩字洞賓道號純陽子〔唱〕則我是呂純陽愛打的簡子愚鼓〔郭云〕是了三十年前我是岳陽樓下老柳樹俺渾家賀臘梅就是杜康廟前白梅樹後來託生下方配為夫婦直待師父三度點化纔歸正道稽首我弟子早省悟了也〔鍾離云〕你二人既得省悟聽吾指示〔詞云〕你本是人間土木之物差洞賓將你引度今日個行滿功成跨蒼鸞同登仙路〔郭旦拜謝科〕〔正末唱〕

〔收尾〕則我向岳陽樓來往經三度指引你雙歸紫府方纔識仙家的日月長再不受人間的斧斤苦

〔音釋〕捽音租 簏音路 負音赴 髫音條 術繩朱切 捩音裂 鼻音疲 木音暮 服房夫切 錄音慮 籙音慮 屬繩朱切

題目 郭上竈雙赴靈虛殿

正名 呂洞賓三醉岳陽樓

呂洞賓三醉岳陽樓雜劇

上

趙頑驢偷馬殘生送
珍倣宋版印

下

包待制三勘蝴蝶夢
珍倣宋版印

包待制三勘蝴蝶夢雜劇

元大都關漢卿撰

明吳興臧晉叔校

楔子

〔外扮孛老同正旦引沖末扮王大王二丑扮王三上詩云〕月過十五光明少人到中年萬事休兒孫自有兒孫福莫爲兒孫作遠憂老漢姓王是這開封府中牟縣人氏嫡親的五口兒家屬這是我的婆婆生下三個孩兒都不肯做農莊生活只是讀書寫字孩兒也幾時是那崢嶸發跡的時節也呵〔王大云〕父親母親在上做農莊有甚好處您孩兒一舉首登龍虎榜十年身到鳳凰池〔孛老同旦云〕好兒好兒〔王二云〕父親母親你孩兒十年窗下無人問一舉成名天下知〔孛老同旦云〕好兒好兒〔王三云〕父親在上母親在下〔孛老云〕胡說怎麼母親在下〔王三云〕我小時看見俺爺在上頭俺娘在底下一同牀上睡覺來〔孛老云〕你看這廝〔王大云〕父親母親從古道文章可立身這不是讀書的好處〔孛老云〕孩兒你說的是〔正旦云〕老的雖然如此你還替孩兒尋一個長久立身之計〔唱〕

〔仙呂賞花時〕且休說文章可立身爭奈家私時下窘枉了寒窗下受辛勤卻被那愚民暗哂多咯是宜假不宜真

〔幺篇〕他只敬衣衫不敬人我言語從來無向順若三個兒到開春有甚麼實誠定准怎生便都能勾跳龍門〔同下〕

〔音釋〕崢音澄　嶸音橫　覺音叫　哂身上聲

第一折

（孛老上云）老漢來到這長街市上替三個孩兒買些紙筆走的乏了且坐一坐歇息咱（淨扮葛彪上）（詩云）有權有勢儘着使見官見府沒廉恥若與小民共一般何不隨他帶帽子自家葛彪是也我是個權豪勢要之家打死人不償命時常的則是坐牢今日無甚事長街市上閑耍去咱（一做撞孛老科云）這老子是甚麼人敢衝着我馬頭好打這老驢（做打孛老死科下）（葛彪云）這老子詐死賴我我也不怕只當房簷上揭片瓦相似隨你那裏告來（下）（副末扮地方上云）王大王二王三在家麼（王大兄弟上云）叫怎的（地方云）我是地方不知甚麼人打死你父親在長街上哩（王大兄弟云）是真實母親禍事了也（哭科王三云）我那兒也打死俺老子母親快來（正旦上云）孩兒爲甚麼大驚小怪的（王三云）不知是誰打死了俺父親也（正旦云）呀可是怎地來（唱）

（仙呂點絳唇）仔細尋思兩回三次這場蹊蹺事走的我氣咽聲絲恨不的兩肋生雙翅

（混江龍）俺男兒負天何事拿住那殺人賊我乞個罪名兒他又不曾身耽疾病又無甚過犯公私若是俺軟弱的男兒有些死活索共那倚勢的喬才打會官司我這裏急忙忙過六街穿三市行行裏撓腮撧耳抹淚揉眵

（做行見屍哭科唱）

（油葫蘆）你覷那着傷處一堝兒青間紫可早停着死屍你可便從

來憂念沒家私昨朝怎曉今朝死今日不知來日事血模糊汚了一身軟答刺冷了四肢黃甘甘面色如金紙乾叫了一炊時〔天下樂〕救不活將咱沒亂死咱家私自暗思到明朝若是出殯時又沒他一陌紙空排着三個兒這正是家貧也顯孝子

〔王大兄弟云〕母親人都說是葛彪打殺了俺父親來俺如今尋見那廝扯到官償命來〔下〕〔正旦唱〕

〔那吒令〕他本是太學中殿試怎想他拳頭上便死今日個則落得長街上檢屍更做道見職官俺是個窮儒士也索稱詞

〔葛彪上云〕自家葛彪飲了幾杯酒有些醉了也且回家中去來〔王大兄弟上云〕兀的不是那兇徒拿住這廝〔做拿住科云〕是你打死俺父親來〔葛彪云〕就是我來我不怕你〔正旦唱〕

〔鵲踏枝〕若是俺到官時和您去對情詞使不着國戚皇親玉葉金枝便是他龍孫帝子打殺人要吃官司

〔王大兄弟打葛死科兄弟云〕這兇徒粧醉不起來〔正旦云〕我試問他〔問科云〕哥哥俺老的怎生撞着你你就打死他你如何推醉睡在地下不起來則這般乾罷了你起來你起來呀你兄弟可不打殺他也〔王三云〕好也我並不曾動手〔正旦云〕可怎了也〔唱〕

〔寄生草〕你可便斟量着做似這般甚意兒你三人平昔無瑕玼你三人打死雖然是你三人倒惹下刑名事則被這清風明月兩閒人送了你玉堂金馬三學士

〔做指葛彪科唱〕

〔金盞兒〕想當時你可也不三思似這般逞兇撒潑干行止無過恃着你有權勢有金貲則道是長街上粧好漢誰想你血泊內也停屍正是將軍着痛箭還似射人時

〔王大兒第二云〕這事少不的要吃官司只是咱家沒有錢鈔使些甚麼〔正旦唱〕

〔醉中天〕咱每日一瓢飲一簞食有幾雙箸幾張匙若到官司使鈔時則除典當了閑文字〔帶云〕便這等也不濟事〔唱〕你合死呵今朝便死雖道是殺人公事也落個孝順名兒

〔淨扮公人上云〕休教走了拿住這殺人賊者〔正旦唱〕

〔金盞兒〕苦孜孜淚絲絲這場災禍從天至把俺橫拖倒拽怎推辭一壁廂磣可可停着老子一壁廂眼睜睜送了孩兒可知道福無重受日禍有併來時

〔公人云〕殺人事不同小可咱見官去來〔正旦悲科云〕兒也〔唱〕

〔後庭花〕再休想跳龍門折桂枝少不得為親爺遭橫死從來個人命當還報料應他天公不受私〔帶云〕兒也〔唱〕不由我不嗟咨幾回家看視現如今拿住爾到公庭責口詞下腦箍使拶子這其間痛怎支

〔柳葉兒〕怕不待的一確二早招承死罪無辭〔帶云〕兒也〔唱〕你為親爺雪恨當如是便相次赴陰司我也甘心做郭巨埋兒

〔祗候云〕快見官去罷〔正旦云〕兒也你每做下這事可怎了也〔王大兄弟云〕母親可怎了也〔正旦唱〕

〔賺煞〕爲甚我教你看詩書習經史俺待學孟母三移教子不能勾金榜上分明題姓氏則落得犯由牌書寫名兒想當時也是不得已爲之便做道審得情真奏過聖旨止不過是一人處死須斷不了王家宗祀那裏便滅門絕戶了俺一家兒〔同下〕

〔音釋〕彪巴矛切　翄蚩去聲　撧疽且切　眵音蚩　堝音窩　剌音辣　玼音此　簞音丹食音似　當去聲　推退平聲　磣森上聲　箍音姑

第二折

〔張千領祗候排衙科喝云〕在衙人馬平安喏〔外扮包待制上詩云〕咚咚衙鼓響公吏兩邊排閻王生死殿東岳攝魂臺老夫姓包名拯字希文廬州金斗郡四望鄉老兒村人也官拜龍圖閣待制學士正授開封府府尹今日升廳坐起早衙張千分付司房有合僉押的文書將來老夫僉押〔張千云〕六房吏典有甚麼合僉押的文書〔內應科〕〔張千云〕可不早說早是酸棗縣解到一起偷馬賊趙頑驢〔包待制云〕與我拿過來〔祗候押犯人跪科〕〔包待制云〕開了那行枷者兀那小廝你是趙頑驢是你偷馬來〔犯人云〕是小的偷馬來〔包待制云〕張千上了長枷下在死囚牢裏去〔押下〕〔包待制云〕老夫這一會兒困倦張千你與六房吏典休要大驚小怪的老夫暫時歇息咱〔張千云〕大小屬官兩廊吏典休要大驚小怪的大人歇息哩〔包做伏案睡做夢科云〕老夫公事操心那裏睡的到眼裏待老夫閑步游玩咱來到這開封府廳後一個小角門我推開這門我試看

者是一個好花園也你看那百花爛熳春景融和兀那花叢裏一個撮角亭子亭子上結下個蜘蛛羅網花間飛將一個蝴蝶兒來正打在網中〔詩云〕包拯暗暗傷懷蝴蝶曾打飛來休道人無生死草蟲也有非災呀蠢動含靈皆有佛性飛將一個大蝴蝶來救出這蝴蝶去了呀又飛了一個小蝴蝶打在網中那大蝴蝶必定來救他好奇怪也那大蝴蝶兩次三番只在花叢上飛不救那小蝴蝶伴常飛去了聖人道惻隱之心人皆有之你不救等我救〔做放科〕〔張千云〕喏午時了也〔包待制做醒科〕〔詩云〕草蟲之蝴蝶一命在參差撒然夢驚覺張千報午時張千有甚麼應審的罪囚將來我問〔張千云〕兩房吏典有甚麼合審的罪囚押上勘問〔內應科〕〔張千云〕喏中牟縣解到一起犯人弟兄三人打死平人葛彪〔包待制云〕小縣百姓怎敢打死平人解到也未〔張千云〕解到了也〔包待制云〕與我一步一棍打上廳來〔解子押王大兄弟上正旦隨上唱〕

〔南呂一枝花〕解到這無人情御史臺元來是有官法開封府把三個未發跡小秀士生扭做吃勘問死囚徒空教我意下惆惆把不定心驚懼赤緊的賊兒膽底虛教我把罪犯私下招承不比那小去處官司孔目

〔梁州第七〕這開封府王條清正不比那中牟縣官吏糊塗撲咚咚堦下升衙鼓諕的我手忙脚亂使不得膽大心粗驚的我魂飛魄喪走的我力盡筋舒這公事不比尋俗就中間擔負公徒嗨嗨嗨一壁廂老夫主在地停尸更更更赤緊地子母每坐牢係獄呀呀呀眼見的弟兄每受刃遭誅早是怕怖我向這屏牆邊側耳偷睛覷誰曾見

這官府則今日當廳定禍福誰實誰虛

〔正旦同衆見官跪科張千云〕犯人當面〔包待制云〕張千開了行枷與那解子批回去〔做開枷科〕〔王大兄弟云〕母親哥哥喒家去來〔包待制云〕那裏去這裏比你那中牟縣那張千這三個小廝是打死人的那婆子是甚麼人必定是證見人若不是呵敢與這小廝關親兀那婆子這兩個是你甚麼人〔正旦云〕這兩個是大孩兒〔包待制云〕這個小的呢〔正旦云〕是我第三的孩兒〔包待制云〕噤聲你可甚治家有法想當日孟母教子居必擇隣陶母教子剪髮待賓陳母教子衣紫腰銀你個村婦教子打死平人你好好的從實招了者〔正旦唱〕

〔賀新郎〕孩兒每萬千死罪犯公徒那廝每情理難容俺孩兒殺人可恕俺窮滴滴寒賤爲黎庶告爺爺與孩兒每做主這三個自小來便學文書他則會依經典習禮義那裏會定計策廝虧圖百般的拷打難分訴豈不聞三人誤大事六耳不通謀

〔包待制云〕不打不招張千與我加力打者〔正旦悲科唱〕

〔隔尾〕俺孩兒犯着徒流絞斬蕭何律枉讀了恭儉溫良孔聖書拷打的渾身上怎生覷打的來傷觔動骨更疼似懸頭刺股他每爺飯娘羹何曾受這般苦

〔包待制云〕三個人必有一個爲首的是誰先打死人來〔王大云〕也不干母親事也不干兩個兄弟事是小的打死人來〔王二云〕爺爺也不干母親事也不干哥哥兄弟事是小的打死人來〔王三云〕爺爺也不干母親事也不干兩個哥哥事是他肚兒疼死的也不干我事〔正旦云〕並不干

三個孩兒事當時是皇親葛彪先打死妾身夫主妾身疼忍不過一時乘忿爭鬭將他打死委的是

妾身來（包待制云）胡說你也招承我也招承想是串定的必須要一人抵命張千與我着實打者

（正旦唱）

〔鬬蝦蟆〕靜巉巉無人救眼睜睜活受苦孩兒每索與他招伏相公跟前拜覆那廝將人欺侮打死咱家丈夫如今監收媳婦公人如狼似虎相公又生嗔發怒休說麻槌腦箍六問三推不住勘問有甚數目打的渾身血汚大哥聲寃叫屈官府不由分訴二哥活受地獄疼痛如何擔負三哥打的更毒老身牽腸割肚這壁廂那壁廂由由忬忬眼眼廝覷來來去去啼啼哭哭則被你打殺人也待制龍圖可不道兒孫自有兒孫福難吞吐沒氣路短嘆長吁愁腸似火雨淚如珠

（包待制云）我試看這來文咱（做看科云）中牟縣官好生糊塗如何這文書上寫着王大王二王三打死平人葛彪這縣裏就無個排房吏典這三個小廝必有名諱更不呵也有個小名兒兀那婆子你大小廝叫做甚麼（正旦云）叫做金和（包待制云）第二的小廝叫做甚麼（正旦云）叫做鐵和（包待制云）這第三個呢（正旦云）叫做石和（王三云）尙（包待制云）甚麼尙（王三云）石和尙（包待制云）嗨可知打死人哩庶民人家取這等剛硬名字敢是金和打死人來（正旦唱）

〔牧羊關〕這個是金呵有甚麼難鎔鑄（包待制云）敢是石和打死人來（正旦唱）這個是石呵怎做的虛（包待制云）敢是鐵和打死人來（正旦唱）這個便是鐵呵怎當那官法如爐（包待制云）打這賴肉頑皮（正旦唱）非干是孩兒每賴肉

頑皮委的啣寃負屈（包待制云）張千便好道殺人的償命欠債的還錢把那大的小厮拿出去與他償命（正旦唱）眼睜睜難搭救簇擁着下堦除教我兩下裏難顧瞻百般的沒是處

（云）包待制爺爺好葫蘆提也（包待制云）我着那大的兒子償命兀那婆子說甚麼（張千云）那婆子手扳定枷梢說包待制爺爺胡蘆提（包待制云）那婆子他道我葫蘆提與我拿過來（正旦跪科）（包待制云）着你大兒子償命你怎生說我葫蘆提（正旦云）老婆子怎敢說大人葫蘆提則是我孩兒孝順不爭殺壞了他教誰人養活老身（包待制云）既是他母親說大小厮孝順又多隣家保舉這是老夫差了留着大的養活他張千着第二的償命（正旦唱）

〔隔尾〕一壁廂大哥行牽掛着娘腸肚一壁廂二哥行關連着痛肺腑要償命留下孩兒寧可將婆子去似這般狠毒又無處告訴手扳定枷梢叫聲兒屈

（云）包待制爺爺好葫蘆提也（包待制云）又做甚麼大驚小怪的（張千云）那婆子又說老爺葫蘆提（包待制云）與我拿過來（正旦跪科）（包待制云）兀那婆子將你第二的小厮償命怎生又說我葫蘆提（正旦云）怎敢說爺爺葫蘆提則是第二的小厮會營運生理不爭着他償命誰養活老婆子（包待制云）着大的償命你說他孝順着第二的償命你說他會營運生理却着誰去償命（王三自帶枷科）（包待制云）兀那厮做甚麼（王三云）大哥又不償命二哥又不償命眼見的是我了不如早做個人情（包待制云）也罷張千拿那小的出去償命（做推轉科）（包待制云）兀那婆子這第三的小厮償命可中麼（正旦云）是了可不道三人同行小的苦他償命的是（包待制

云〕我不葫蘆提麼〔正旦云〕爺爺不葫蘆提〔包待制云〕噤聲張千拿回來爭些着婆子瞞過老夫眼前放着個前房後繼這兩個小廝必是你親生的這一個小廝必是你乞養來的螟蛉之子不着疼熱所以着他償命兀那婆子說的是呵我自有個主意說的不是呵我不道饒了你哩〔正旦云〕三個都是我的孩兒着我說些甚麼〔包待制云〕你若不實說張千與我打着者〔正旦云〕大哥二哥三哥我說則說你則休生分了〔包待制云〕這大小廝是你的親兒麼〔正旦唱〕

〔牧羊關〕這孩兒雖不曾親生養却須是咱乳哺〔包待制云〕這第二的呢〔正旦唱〕這一個偌大小是老婆子擡舉〔包待制云〕兀那小的呢〔正旦打悲科唱〕這一個是我的親兒這兩個我是他的繼母〔包待制云〕兀那婆子近前來你差了也前家兒着一個償命留着你親生孩兒養活你可不好那〔正旦云〕爺爺差了也〔唱〕不爭着前家兒償了命顯得後堯婆忒心毒我若學嫉妬的桑新婦不羞見那賢達的魯義姑

〔包待制云〕兀那婆子你還着他三人心服果是誰打死人來〔正旦唱〕

〔紅芍藥〕渾身是口怎支吾恰似個沒嘴的葫蘆打的來皮開肉綻損肌膚鮮血模糊恰渾似活地獄三個兒都教死去你都官官相爲倚親屬更做道國戚皇族

〔做打悲科唱〕

〔菩薩梁州〕大哥罪犯遭誅二哥死生別路三哥身歸地府乾閃下我這老業身軀大哥孝順識親疎二哥留下着當門戶第三個哥哥

休言語你償命正合去常言道三人同行小的苦再不須大叫高呼

(包待制云)聽了這婆子所言方信道良賈深藏若虛君子盛德容貌若愚這件事老夫見為母者大賢為子者至孝為母者與陶孟同列為子者與曾閔無二適間老夫晝寐夢見一個蝴蝶墜在蛛網中一個大蝴蝶來救出次者亦然後來一小蝴蝶亦墜網中大蝴蝶雖見不救飛騰而去老夫心存惻隱救這小蝴蝶出離羅網天使老夫預知先兆之事救這小的之命(詞云)恰纔我依條犯法分輕重不想這分外却有別詞訟殺死平人怎干休莫言罪律難輕縱先教長男赴雲陽為言孝順能供奉後教次子去餐刀又言營運充日用我着那最小的幼男去當刑他便歡喜緊將兒發送只把前家兒子苦哀矜倒是自己親兒不悲痛似此三從四德可褒封貞烈賢達宜請俸忽然省起這事來天使游魂預驚動三個草蟲傷蛛絲何異子母官司向誰控三番繼母棄親兒正應着午時一枕蝴蝶夢張千把一干人都下在死囚牢中去(正旦慌向前扯科唱)

(水仙子)則見他前推後擁廝揪捽我與你扳住枷梢高叫屈眼睜睜有去路無回路好教我百般的沒是處這場兒便死待何如好和弱隨將去死共活攔當住我只得緊揝住衣服

(張千推旦科押三人下)(正旦唱)

(黃鍾尾)包龍圖往常斷事曾着數今日為官忒慕古枉教你坐黃堂帶虎符受榮華請俸祿俺孩兒好冤屈不覷事下牢獄劃捨了待潑做告都堂訴省部撅皇城打怨鼓見鑾輿便唐突呆老婆唱今古又無人肯做主則不如覓死處眼不見鰥寡孤獨也強如沒歸着痛

煞煞哭啼啼活受苦〔下〕

〔包待制云〕張千你近前來可是恁的〔張千云〕可是中也不中〔包待制云〕賊禽獸我的言語可是中也不中〔詩云〕我扶立當今聖明主欲播清風千萬古這些公事斷不開怎坐南衙開封府〔一同下〕

〔音釋〕拯音整　蠢春上聲　參抽森切　差音蚩　惆音紬　幮音廚　目音暮　俗詞疽切　獄于句切　福音府　謀音模　律音慮　骨音古　巉初銜切　伏房夫切　覆音府　屈丘雨切　毒東盧切　忬餘去聲　哭音苦　鑄音注　行音杭　族聰蹤切　捽音租　服房夫切　祿音路　做租去聲　突東盧切　獨東盧切

第三折

〔張千同李萬上詩云〕手執無情棒懷揣滴淚錢曉行狼虎路夜伴死屍眠自家張千便是有王大王二王三下在死囚牢中與我拿將他三個出來〔王大王二上云〕哥哥可憐見〔張千云〕別過枷稍來打三下殺威棒〔打三下科云〕那第三個在那裏〔王三上云〕我來了〔張千云〕李萬擡過押牀來丟過這滾肚索去扯緊着〔做扯科三人叫科張千云〕李萬你家去吃飯我看着則怕提牢官來〔李萬下〕〔正旦上云〕我三個孩兒都下在死囚牢中我叫化了些殘湯剩飯送與孩兒每吃去〔唱〕

〔正宮端正好〕遙望着死囚牢恰離了悲田院誰敢道半步俄延排門兒叫化都尋遍討了些殘剩飯和雜麵

〔滾繡毬〕俺孩兒本思量做狀元坐琴堂請俸錢誰曾遭這般刑憲

又不曾犯五刑之屬三千我不肯吃不肯穿燒地臥炙地眠誰曾受這般貧賤正按着陳婆婆古語常言他須不求金玉重重貴却甚兒孫個個賢受煞迍邅

(做到牢門科云)這裏是牢門首我搜動這鈴索者(張千云)則怕是提牢官來我開開這門看是誰搜動鈴索來(正旦云)是我搜來(張打科云)老村婆子這是你家裏你來做甚麼(正旦云)我與三個孩兒送飯來(張千云)燈油錢也無冤苦錢也無俺吃着死囚的衣飯有鈔將些來使(正旦云)哥哥可憐見一個老的被人打死了三個孩兒又在死囚牢內老身吃了早晨無了晚夕前街後巷叫化了些殘湯剩飯與孩兒每充饑哥哥只可憐見(唱)

(倘秀才)叫化的剩飯重煎再煎補納的破襖兒番穿了正穿(云)哥哥則這件舊衣服送你罷(唱)有這個舊褐袖與哥哥且做些冤苦錢(張千云)我也不要你的(正旦唱)謝哥哥相覷當廝周全把孩兒每可憐

(張千云)罷巳問定也救不的了(正旦唱)

(脫布衫)爭奈一家一計腸肚縈牽一上一下語話熬煎一左一右把孩兒顧戀一捋一把兩淚漣漣

(醉太平)數說起罪愆委實的銜冤我這裏煩煩惱惱怨青天告哥哥可憐他三個足丟沒亂眼腦剔抽禿刷轉依柔乞煞手脚滴羞篤速戰迷留沒亂救他叫破俺喉咽氣的來前合後偃

(張千云)放你進來我掩上這門(正旦進見科云)兀的不是我孩兒(做悲科)(王大云)母親你

做甚麼來〔正旦云〕我與你送飯來〔正旦向張千云〕哥哥怎生放我孩兒吃些飯也好〔張千云〕你沒手兀那婆子喂你那孩兒〔正旦喂王大王二科唱〕

〔笑和尚〕我我我兩三步走向前將將將把飯食從頭勸我我我一匙匙都抄徧你你你胡噎饑你你你潤喉咽〔王三云〕娘也我也吃些兒〔正旦唱〕石和尚好共歹一口口剛剛嚥

〔旦做傾飯科云〕大哥這裏有個燒餅你吃休教石和看見二哥這裏有個燒餅你吃休教石和看見〔唱〕

〔叨叨令〕叫化的些殘湯剩飯那裏有重羅麵你不想堂食玉酒瓊林宴想當初長枷釘出中牟縣却不道布衣走上黃金殿兀的不苦殺人也麼哥兀的不苦殺人也麼哥告你個提牢押獄行方便

〔云〕大哥我去也你有甚麼說話〔王大云〕母親家中有一本論語賣了替父親買些紙燒〔正旦云〕二哥你有甚麼話說〔王二云〕母親我有一本孟子賣了替父親做些經懺〔王三哭云〕我也沒的分付你你把你的頭來我抱一抱〔正旦出科〕〔張千云〕兀那婆子你要歡喜麼〔正旦云〕我可知要歡喜哩〔張千入牢科云〕那個是大的〔王大云〕小人是大的〔張千云〕放水火〔王大做出科〕〔張千云〕兀那婆子你這大的孝順保領出去養活你你見了這大的兒子你歡喜麼〔正旦云〕我可知歡喜哩〔張千云〕我着你大歡喜〔做入牢科云〕那個是第二的〔王二云〕小人便是〔張千云〕起來放水火〔做放出科〕〔張千云〕兀那婆子再與你這第二的能營運養活你〔正旦云〕哥哥那第三個孩兒呢〔張千云〕把他盆弔死替葛彪償命去明日早牆底下來認屍〔正

旦悲科唱〕
〔上小樓〕將兩個哥哥放免把第三的孩兒推轉想着我嚥苦吞甘十月懷躭乳哺三年不爭教大哥哥二哥哥身遭刑憲教人道桑新婦不分良善
〔么篇〕你本待寃報寃倒做了顛倒顛豈不聞殺人償命罪而當刑死而無怨〔做看王三科唱〕若是我兩三番將他留戀教人道後堯婆兩頭三面
〔王大王二云〕母親我怎捨得兄弟也〔正旦云〕大哥二哥家去來休煩惱者〔唱〕
〔快活三〕眼見的你兩個得生天單則你小兄弟喪黃泉 做覷王三悲科唱〕教我扭回身忍不住淚漣漣 〔王大王二悲科〕〔正旦云〕罷罷罷但留的你兩個呵〔唱〕他便死也我甘心情願
〔朝天子〕我可便可憐孩兒忒少年何日得重相見不爭將前家兒身首不完全枉惹得後代人埋怨我這裏自推自攧到三十餘徧暢好是苦痛也麼天到來日一刀兩段橫屍在市廛再不見我這石和面
〔尾煞〕做爺的不曾燒一陌紙錢做兒的又當了罪愆爺和兒要見何時見若要再相逢一面則除是夢兒中咱子母團圓 〔王大王二隨下〕
〔王三云〕張千哥哥我大哥二哥都那裏去了〔張千云〕老爺的言語你大哥二哥都饒了着養活

你母親去只着你替葛彪償命〔王三云〕饒了我兩個哥哥着我償命去把這兩面枷我都帶上只
是我明日怎麼樣死〔張千云〕把你盆吊死三十板高牆丢過去〔王三云〕哥哥你丢我時放仔細
些我肚子上有個癤子哩〔張千云〕你性命也不保還管你甚麼癤子〔王三唱〕
〔端正好〕腹攬五車書〔張千云〕你怎麼唱起來〔王三云〕是曲尾〔唱〕都是些
禮記和周易眼睜睜死限相隨指望待為官為相身榮貴今日個
畢罷了名和利
〔滾繡毬〕包待制比問牛的省氣力俺父親比那教子的少見識
俺秀才每比那題橋人無那五陵豪氣打的個遍身家鮮血淋漓
包待制又葫蘆提令史每粧不知兩邊廂列着祇候人役貌堂堂
都是一火灑肏娘的隔牢攛徹牆頭去抵多少平空尋覓上天梯
〔帶云〕張千〔唱〕等我肏你嬭嬭歪屄〔張千隨下〕
〔音釋〕迍音肫　邅音氈　捋力闊切　𠎝與愆同　咽音烟　噎音以　易銀計切　力音利
識傷以切　役銀計切　合音入　的音底　屄鄙平聲

第四折

〔王三背趙頑驢屍上伏定〕〔王大王二上云〕咱同母親尋三哥屍首去來母親行動些〔正旦
上云〕聽的說石和孩兒盆吊死了他兩個哥哥擡屍首去了我叫化了些紙錢將着柴火燒埋孩
兒去呵〔唱〕
〔雙調新水令〕我從未拔白悄悄出城來恐怕外人知大驚小怪我

叫化的亂烘烘一陌紙拾得粗坌坌幾根柴俺孩兒落不得席捲椽擡誰想有這一解〔打悲科云〕孩兒呵〔唱〕

〔駐馬聽〕想着你報怨心懷和那橫死爺相逢在分界牌〔帶云〕若相見時呵〔唱〕您兩個施呈手策把那殺人賊推下望鄉臺黑洞洞天色尚昏霾靜巉巉迥野荒郊外隱隱似有人來覷絕時教我添驚駭〔王大王二背屍上云〕母親那裏這不是三哥屍首〔旦做認悲科唱〕

〔夜行船〕慌急列教咱觀了面色血模糊污盡屍骸我與你慌解下麻繩急鬆開衣帶您疾忙向前來扶策

〔掛玉鉤〕你與我揪住頭心招下頦我與你高阜處招魂魄石和哎貪慌處將孩兒落了鞋你便叫殺他怎得他瞅睬空教我悶轉加愁無奈只落得哭哭啼啼怨怨哀哀〔帶云〕石和孩兒呵〔唱〕

〔沽美酒〕我將這老精神強打拍小名兒叫的明白你個孝順的石和安在哉則被他抛殺您妳妳教我空沒亂把地皮摑

〔太平令〕空教我哭啼啼自敦自摔百般的喚不回來也是我多災多害急煎煎不寧不耐〔云〕石和孩兒呵〔王三上應云〕我在這裏〔正旦唱〕教我左猜右猜不知是那裏應來呀莫不是山精水怪

(王三上云)母親孩兒來了(正旦慌科云)有鬼有鬼(王三云)母親休怕是石和孩兒不是鬼(正旦唱)

(風入松)我前行他隨後趕將來諕的我撧耳撓腮教我戰篤速杜把孩兒拜我與你收拾壘七修齋(王三云)母親我是人(正旦唱)不是鬼疾言個皁白怎免得這場災(王三云)包爺爺把偷馬賊趙頑驢盆弔死了着我拖他出來饒了你孩兒也(正旦唱)

(川撥棹)這場災一時間命運衰早則解放愁懷喜笑盈腮我則道石沉大海(云)大哥二哥您兩個管着甚麼哩(唱)這言語休見責(云)您兩個好不仔細擡這屍首來做甚(唱)

(殿前歡)孩兒你也合把眼睜開却把誰家屍首與我背將來也不是提魚穿柳歡心大也不是鬼使神差雖然道死是他命該你爲甚無妨礙(王三云)孩兒知道沒事是包爺爺分付教我背出來的(正旦唱)常言道老實的終須在把錯擡的尸首你與我土內藏埋(包待制衝上云)你怎生又打死人(正旦慌科)(包待制云)你休慌莫怕他是偷馬的趙頑驢替你償葛彪之命你一家兒都望闕跪者聽我下斷(詞云)你本是龍袖嬌民堪可爲報國賢臣大兒去隨朝勾當第二的冠帶榮身石和做中牟縣令母親封賢德夫人國家重義夫節婦更愛那孝子順孫今日的加官賜賞一家門望闕霑恩(正旦同三兒拜謝科云)萬歲萬歲萬萬歲(唱)

(水仙子)九重天飛下紙赦書來您三下裏休將招狀責一齊的望

闕疾參拜願的聖明君千萬載更勝如枯樹花開捱了些膿血債受徹了牢獄災今日個苦盡甘來

〔鴛鴦煞〕不甫能黑漫漫填滿這沉冤海昏騰騰打出了迷魂寨願待制位列三公日轉千堦唱道娘加做賢德夫人兒加做中牟縣宰赦得俺一家兒今後都安泰且休提這恩德無涯單則是子母團圓大古裏彩

〔音釋〕坌滂悶切　解音械　策釵上聲　霾音埋　掐音恰　頦音孩　魄鋪買切　拍鋪買切　白巴埋切　摑乖上聲　摔音洒　責齋上聲

題目　葛皇親挾勢行兇橫

趙頑驢偷馬殘生送

正名　王婆婆賢德撫前兒

包待制三勘蝴蝶夢

包待制三勘蝴蝶夢雜劇

繼浣紗漁翁伏劍
倣郭忠恕筆

說鱄諸伍員吹簫

說鱄諸伍員吹簫雜劇

元　李壽卿撰
明吳興臧晉叔校

第一折

（沖末扮費無忌引卒子上詩云）別人笑我做姦臣我做姦臣笑別人我須死後纔還報他在生前早喪身小官少傅費無忌是也自從臨潼鬬寶之後誰想太傅伍奢無禮他在平公面前搬弄我許多的是非不想被我預先說過倒惹的平公大怒將伍奢并家屬盡皆拏來殺壞了我想伍奢二子皆有些本事怕他日後報讎已將他大的孩兒伍尙賺的來也殺壞了只有他小的孩兒乃是伍員他在臨潼會上秦穆公賜他白金寶劍稱爲盟府文敵百里奚武勝秦姬輦拳打蒯聵脚踢卞莊保十七國公子無事回還他如今現爲三保大將軍樊城太守那廝若知道我殺了他一家老小他肯和我干罷我着他有備算無備無備則蓋着草鷹睡我如今着我大的孩兒費得雄他也是個好漢常在教場中和小的們打髀殖耍子我如今着人叫他來着他詐傳平公的命將伍員賺將來拏住哈喇了俺便是翦草除根萌芽不發左右那裏去教場中尋將費得雄來者（卒子云）費得雄安在（淨扮費得雄上詩云）我做將軍只會掄兵書戰策沒半點我家不開粉鋪行怎麼爺兒兩個盡搽臉自家非別乃是費無忌的靴後根（卒子問科云）甚麼靴後根（費得雄云）可是長子哩我正在教場中耍子老頭兒呼喚須索走一遭去不索報復我自過去（做見科云）老兒喚我大叔那廂使用（費無忌云）費得雄喚你來別無甚事我將伍奢父子并一家老小盡皆殺壞了則有伍員一個現在樊城你今詐傳平公之命宣那伍員去則說是臨潼鬬寶之後多有汗馬功勞宣你入朝爲相

出朝爲將若賺的來時也將他殺壞了便是翦草除根萌芽不發你則今日直至樊城賺伍員走一遭去（費得雄云）老兒放心憑着我三寸不爛之舌見了伍員不怕他不來若不來我便拳撞脚踢也不怕他不死（做一拳打費無忌倒科云）你看我家老頭兒這等不中用那拳頭剛擦的一擦便一個脚稍天哩（下）（費無忌云）嗨這弟子孩兒跌了我這一交他去了麽（卒子云）去了也（費無忌云）我說他不敢不去正是養得一子孝何用子孫多（下）（外扮芊建抱芊勝上云）某乃楚國公子芊建是也頗奈費無忌無禮在父王根前百般讒譖將俺老相國伍奢父子滿門家屬誅盡殺絕則有伍員在于樊城爲守聽知得費無忌詐傳父王之命差他孩兒費得雄去樊城賺伍員去了倘一時不知墮其姦計可不送了他一家壞了俺楚國我如今抱着孩兒芊勝私奔出朝先到樊城報與伍員知道可不好也（詩云）想子胥蓋世威名爭忍見中討身傾費無忌雖多奸險我救賢臣先奔樊城（下）（正末扮伍員引卒子上云）某姓伍名員字子胥自臨潼會上秦穆公賜我寶劍一口號爲盟府保的十七國諸侯無事還朝平公加某爲十三太保大將軍仍兼太守之職在於樊城鎮守你看了俺手下軍兵是好雄猛也呵（唱）

（仙呂點絳脣）久鎮南方指麾兵將多雄壯守着這鄂渚湘江有多少翻滾滾東流浪

（混江龍）俺也曾西除東蕩把功勞立下幾樁樁生博的標名畫閣常只是捨命沙場錯認他一片塵飛驅戰馬那知道三通鼓響報升堂俺本是個掌三軍的帥首今做了撫百姓的循良興學校勸農桑清案牘恤流亡寬稅斂聚餱糧也非是我爲臣子好出衆人先則待

要佐君王穩坐在諸侯上長享着萬邦玉帛永保着千里金湯

（芊建抱倈兒上云）某乃芊建是也自出朝門日夜奔走來到這樊城地面早至他帥府門首也令人報復去道有公子芊建到此（卒子做報科云）報的元帥得知有公子芊建在于門首（正末云）快有請（卒子云）請進（芊建做見科）（正末云）公子遠勞你貴脚來踐賤地可是為何（芊建云）將軍我無事也不敢來今有讒臣費無忌將你父兄并滿門家屬誅盡殺絕則留得你在樊城他如今又差着孩兒費得雄詐傳父王之命賺你還朝暗行殘害此是他翦草除根之計因此上我抱着幼子曉夜奔來報與你知道若費得雄來時將軍切不可饒了他（正末氣倒科云）父親則被你痛殺我也某想臨潼會上保全十七國公子無事回還如此大功今日聽信費無忌讒言將我三百口家屬盡皆殺壞自古道父母之讎不共戴天兄弟之讎不反兵我和你更待干罷（唱）

【油葫蘆】想秦國雄兵似虎狼在臨潼筵會上（帶云）當此一日若不是我伍員呵（唱）怕不那十七邦公子盡遭殃（芊建云）將軍有如此大功那費無忌姦賊反來害你一家好是無禮也（正末唱）怎聽他費無忌說不盡瞞天謊着伍子胥救不得全家喪也枉了俺竭忠貞輔一人掃烽烟定八方倒不如他無仁無義無謙讓自落的父子擅朝綱

（芊建云）我怕費得雄早先到了反出其後以此擔饑忍餓日夜奔來兀的這兩脚上不跚成了趼也（正末唱）

【天下樂】你曉夜兼程來探訪似這般傍也波徨都只是為我行生怕那潑無徒前來趕不上害的你脚心裏踏做了趼肚皮裏餓斷腸

〔芈建云〕將軍你早知有這今日當初臨潼關上便不立的功勞也罷了〔正末唱〕則俺這做元戎的不氣長〔費得雄上云〕我費得雄是也奉父親的言語着我智賺伍員去行了數日光景來到這樊城這就是他宅門首我下得這狗來把門的快報入去道有費得雄親爲使命在于門首〔卒子報科云〕喏報的元帥得知有費得雄到此〔芈建云〕伍將軍我可往那廂去〔正末云〕不妨事你且壁衣後藏着〔芈建云〕好好我且迴避咱〔正末云〕着他進來〔卒子云〕請進〔費得雄做見科云〕誰是伍員〔正末云〕則某便是〔費得雄云〕你是伍員麼我奉主公的命因你在臨潼會上文欺百里奚武勝秦姬輦拳打蒯瞶脚踢卞莊保十七路公子無事多有功勞今特宣你回來着你入朝爲相出朝爲將上馬管軍下馬管民再賜你上馬一提金下馬一提銀不可久停久住則今日走馬臨朝謝了恩者〔正末云〕某已半年來不曾入朝我家父母兄長安康麼〔費得雄云〕你家裏這幾時好生興旺聽得說宣你入朝着我多多上覆早早起身正要見你一面哩〔正末云〕你看這廝好無禮也〔唱〕

〔村裏迓鼓〕惱得我伍員心怒〔費得雄云〕我與你報這等喜信不見拏出一些兒賞錢倒打將起來〔正末唱〕打這廝十分的口強〔費得雄云〕官兒你休惹事如今兵馬司正尋這等盤子頭的哩〔正末唱〕你把我全家誅滅猶然道我爹娘興旺〔費得雄云〕我家老子一日不殺人也殺好幾個希罕你家這兩個兒做這等狗頭狗怎的〔正末唱〕按不住我心上惱口中氣有不騰騰三千丈〔費得雄云〕常言道捉賊見贓捉姦見雙看你這個嘴臉敢要和我打人命官司也須得個證見人既然道你一家是我家老子殺了你說是誰見來〔正末唱〕若不是芈建來說就裏白破了這廝謊險些兒被賺入

天羅地網

（費得雄云）伍員我是奉命來的宣你入朝賞你上馬一提金下馬一提銀出朝爲將入朝爲相那些兒虧了你你顛倒打我（正末唱）

〔元和令〕你道是上馬金下馬銀出朝將入朝相（云）你曉的你父親罪麽（費得雄云）我老子做事不通一些兒風與我我那裏知道（正末唱）只你那費無忌如此狠心腸做兀的般歹勾當（費得雄云）你不要惱你那老子便活到一百二十歲也少不得要死（正末唱）便做道人生在世有無常也不似俺一家兒死的來忒枉

（正末做打科）（費得雄云）你打的好你當住門把定走路便打死了我有什麽本事你敢到朝裏去打我麽（芊建出見勸科云）將軍且息怒（正末唱）

〔上馬嬌〕你可便不索慌不索忙（芊建云）將軍息怒再慢慢的問他（正末唱）我則是先打後商量（費得雄云）哎喲你那鉢盂般大的拳頭颼颼的打得我那碎屁兒支支的可不打殺了我芊建只你便是個見證（芊建云）將軍息怒（正末唱）請公子放手休攔當饒這廝強也飛不過土城牆

（費得雄云）你個老叔你也勸他一勸（芊建云）將軍息怒（正末云）我在臨潼會上拳打蒯聵脚踢卞莊力舉千斤之鼎我打死你這賊值得甚的（唱）

〔勝葫蘆〕憑着我舉鼎的威風略顯揚遮莫是鐵金剛也打的他肉綻皮開血泊裏倘覷着你這般模樣那般伎倆還待要強誇張

〔費得雄云〕我如今在你宅裏你要打我這個叫做門裏大可不着你打了但是打也要打的有些道理我奉使命而來取你入朝有甚的歹處你要打我豈不防外人談論〔正末唱〕

〔幺篇〕兀的不自有傍人說短長誰着你讒舌巧如簧難道有眼高天不鑒詳害了俺這尊兄伍尚父親賢相〔帶云〕父兄之讎我不報誰報〔唱〕少不的寃債你還償

〔費得雄云〕則被你打殺我也你不肯入朝去則把你那上馬一提金下馬一提銀送與我大叔買些糖果兒吃也好怎麽你打我我如今權且忍着回家對我老子說去少不得也打還你走走走〔一下〕〔芊建云〕將軍既然打了費得雄此人回去見那父親說了必然統兵擒拏我和你兩個自古道長安雖好不是久戀之鄉我和你如今投奔那一國去好〔正末云〕公子你放心喒則今日去鄭國借兵報俺父兄之讎罷罷罷〔唱〕

〔賺煞〕想着我爲盟府逞英雄保各國渾無恙也曾踢打了蒯瞶和他卞莊到今日都付春風夢一場還說甚誰弱誰強急茫茫遠奔他鄉但借的鐵甲三千入故鄉你看那費無忌智量怎和俺伍子胥近傍我將的潑無徒直摑滿了這湛盧槍〔同下〕

〔音釋〕 員音雲 輦連上聲 瞶音外 髀音妣 芊音米 餱音侯 躂音渣 跚思關切 跰音蹁 行音杭 倆音兩 摑聲卯切

第二折

〔費無忌引卒子上詩云〕須知草要連根拔專怕春回芽再發我今不殺伍子胥倒等他來把我殺

自家費無忌的便是頗奈伍員無禮我差費得雄去詐宣他入朝不想芊建私奔樊城先與伍員說知將我費得雄着實打了一頓還喜的我家孩兒有些本事掙的回來如今他與芊建共投鄭國去了更待干罷你妬我爲寃我妬你爲讎今啓過主公差養由基領五千鐵騎趕上伍員發箭射死了他便是我平生願足左右那裏與我喚將養由基來者（卒子云）養由基安在（外扮養由基上詩云）手挽雕弓胎是鐵能於百步穿楊葉一生輸與賣油人他家手段還奇絶某乃養由基是也佐于楚平公麾下官封中大夫之職某猿臂神射將一柳葉懸于百步之外射之百發百中軍中喚某爲穿楊神射養由基今有費無忌元帥呼喚不知甚事須索走一遭去小校報覆去道有養由基來了也（卒子報科云）養由基到（費無忌云）將軍今因伍員私走樊城怕他各處借兵來侵犯本國奉主公的命差你領五千鐵騎趕上伍員發箭射死你則今日就點人馬追趕伍員去來成功之日自有加官賜賞（養由基云）得令則今日就點五千軍馬追趕伍員走一遭去（詩云）領三軍疾去如風無過是短箭輕弓憑着我穿楊妙手管教他一命丢空（下）（正末躧馬上云）某乃伍員是也自從打了費得雄有公子芊建不知去向某只得攜着芊勝私出樊城投于鄭國借兵報讎去來兀的後面一簇軍馬必然是追兵至也（養由基領卒子趕上云）某養由基奉費無忌的言語着某領五千人馬追趕上伍員發箭射死某想伍員在臨潼會上立下十大功勞不料費無忌讒佞將他父兄幷三百口家屬都殺壞了則留的他一個私奔各國又要差某趕上將他射死那伍員本是忠臣良將不爭射死了他擔着萬代罵名我如今追上前去待見他時自有個主意（正末見科云）來者莫非是養由基麽（養由基云）然也某奉主公之命領五千鐵騎趕上射你哩（正末云）將軍不爭你射死我誰與我報父兄之讎（養由基云）將軍你只放心自去大小三軍擺開陣勢待我發箭（一

做咬箭頭發箭科〕〔正末云〕呀怎麼這箭是沒箭頭的明明是他要放我走的意思不若衝開陣面殺一條血路而走〔戰下〕〔養由基云〕怎生連發三箭射他不死你走了更待干罷我不問那裏趕將去來〔下〕〔正末抱芊勝策馬上云〕休趕休趕且喜離驛亭相去已遠把馬加上一鞭趲路前去我想養由基穿楊神箭百發百中若非他咬去箭頭賣此一陣焉能殺的出來到得鄭國那公子芊建已先在彼正待要借兵報讎豈知鄭子產反爲楚公有害某之意某只得一把火燒了驛亭奪路而走可惜公子芊建死于亂軍之中如何是好〔做歎科〕嗨教我如今往那國去的是仔細想來唯有吳公子姬光曾受我活命之恩必然借兵與我不免抱了芊勝竟投吳國去來我伍員好險也好苦也呵〔唱〕

〔南呂一枝花〕撲碌碌撞開門外軍不剌剌殺出這城邊路緊防他弦上箭又則怕失卻掌中珠仔細躊躇俺父兄多身故他又把咱家一命圖淚沾灑四野征塵氣吁成半天毒霧

〔梁州第七〕則願得斫不折匣中寶劍則願得走不乏跨下龍駒憑着我這湛盧槍攧下功勞簿盔纓慘淡袍錦模糊想當日筵前鬬寶暗裏埋伏脫臨潼都是俺的機謀向雲陽早壞了俺的親族我我我舉什麼千鈞鼎惡識了西秦是是是到如今一口氣羞歸南楚來來來只不如片帆風飛過東吳我這裏悄悄嘆吁敢命兒裏合受奔波苦世做的背時序且一半惺惺一半愚說甚當初

〔旦兒扮浣紗女提罐兒上詩云〕每日溪頭出浣紗皆言妾貌似桃花不須動問名和姓瀨水西頭

第一家妾身浣紗女的便是我的婆婆就喚做浣婆婆有個兄弟乃是伴哥在這江岸上耕田我將這飯罐兒與俺哥哥送飯去咱〔正末云〕正行之間江邊一個女子提着兩個瓦罐我自問他咱兀那女子你這罐兒裏是甚麼東西〔浣紗女云〕是苴兒粥水薄酒〔正末云〕你肯與人吃麼〔浣紗女云〕你是何人〔正末云〕我是一個將軍走的路遠甚是饑餒女子你將此飯與俺暫且充饑和這小哥也食用些兒我日後必當重報〔浣紗女云〕既是這等你跟我到莊兒上宰個羔羊兒殺個雞兒那飯兒中吃這個則是豆兒粥你吃不的〔正末云〕不妨事你將來我食用些兒〔浣紗女云〕如不棄嫌這兩罐都與將軍食用波〔正末做吃再與芈勝吃科云〕我吃了這飯也女子此恩日後必當重報〔浣紗女云〕那個是頭頂鍋兒走的區區一飯何報之有〔正末云〕兀那女子我有句說話分付你殘漿勿漏〔浣紗女云〕你吃了飯又說殘漿勿漏我這罐兒不漏〔正末云〕不是說這罐兒漏我去之後若有人馬趕將來呵必然問你萬望可憐見不要說與他知走漏了我的消息〔浣紗女云〕將軍你放心的去我只不說便了〔正末唱〕

〔牧羊關〕謝得你個幼女心兒善〔浣紗女云〕你可慌甚麼〔正末唱〕怎知我是賊人膽底虛〔浣紗女云〕你則放心者〔正末唱〕緩急間須要你支吾可憐我孤身的躲難逃災更一家兒銜冤負屈〔浣紗女云〕哦元來將軍是避難的請自放心若有軍馬來吾自與你支吾便了〔正末唱〕我爲甚麼告殘漿休漏泄也則怕有軍士緊追逐〔浣紗女云〕將軍你久後得意呵休忘了我這一飯之德也〔正末唱〕我怎忘了你這瀨水上的浣紗女救了我走樊城的伍子胥

〔云〕我去之後願的你殘漿勿漏〔浣紗女云〕你去後倘有別人說時也則是我說罷罷罷我教你

去也去得放心將軍我在此江岸上住我乃浣紗女母親是浣婆婆兄弟是伴哥將軍你則記者〔詩云〕將軍名姓蓋寰宇一心待要投吳主你是忍餓登程伍子胥休忘了我抱石投江浣紗女〔做投水科下〕〔正末云〕好一個賢哉女子也爲我一身倒喪了他一命罷罷罷異日得志我當在此水上與你修蓋祠堂表揚貞烈報答一飯之恩便了〔唱〕

〔罵玉郎〕他生來野水荒村住又不曾讀甚古人書怎麼肯爲英雄甘把紅顏沒我久已後索與他蓋一所設像的祠建一統紀節的碑這便是我表一點酬恩的處

〔云〕早來到江邊了也不得個船來渡過去如何是好遠遠的不是一隻漁舟漁翁你與我撐過船來〔外扮閭丘亮上詩云〕船穩潮平漫漫行偷吹鐵笛兩三聲自從隱在江湖上再不聞人說戰爭老夫閭丘亮是也幼年曾在朝中出仕如今年紀衰邁棄職閉居隱於江湖之上打魚爲活隔江有一人喚渡待我問他兀那來的是什麼人〔正末云〕漁翁快撐船來渡我過江去〔閭丘亮云〕你說是什麼人我好渡你〔正末云〕我是楚將伍員是也〔閭丘亮云〕你就是伍盟府麼〔正末云〕則我便是伍盟府〔閭丘亮云〕你且少待〔做撐船科云〕盟府請上船將那馬也牽上船來我渡你過去〔正末上船科〕〔閭丘亮云〕可早來到這岸邊也〔正末云〕多謝了漁翁此恩異日必當重報〔閭丘亮云〕盟府你敢饑麼〔正末云〕我可知饑哩我還不打緊這小哥一晝夜不曾吃飯哩〔閭丘亮云〕我安排些酒飯來與盟府食用你且在這蘆葦中藏着恐防有人見你等我來時我只叫道蘆中人你便道信有之以此爲個暗號〔正末云〕是〔閭丘亮云〕我家中取酒飯去〔虛下〕〔再上云〕蘆中人〔正末云〕信有之〔閭丘亮云〕一壺濁酒一甌魚羹一盂大米飯權且充饑咱〔正末

云〕多謝了漁翁渡我過江來又賜酒飯此恩必當重報敢問漁翁高姓大名〔閭丘亮云〕老夫乃楚國大夫閭丘亮是也只因年邁辭朝在江邊捕魚爲生今知盟府亡楚甚急老夫特在此江邊停舟等候〔正末云〕多謝了老丈我身邊別無甚物件待要將這匹馬送與先生我可要代步止有一口白金劍留與老丈做船資咱〔閭丘亮云〕盟府誤矣你本一世豪傑不幸遭父兄之難走鄭投吳老夫在此艤舟而待豈望報乎請自收回不勞再賜〔詩云〕千金寶劍賽吳鈎一片精光射斗牛藏處非冰寒凜凜舞時無雨急颼颼隨身偏壯忠臣膽入手能摽逆子頭君自有讎持報去老夫爭好便收留〔正末云〕老丈休看得這劍輕了呵此劍乃秦穆公在臨潼會上賜與我爲盟府的〔閭丘亮云〕今楚國之令得伍員者賜黃金萬兩爵至執圭似此不貪豈圖一劍盟府你可自有用處收回去罷〔正末云〕老丈你只留了者〔唱〕

〔哭皇天〕你本是滄江上烟波侶能念我蘆葦中饑餓夫這劍呵似半潭秋水寒一片月光浮我本待實心兒實心兒送與待不與大恩難報待與來禮意輕疎〔閭丘亮云〕將軍你將此劍去自與父兄報讎〔正末唱〕他道俺報冤讎報冤讎有用處〔正末云〕我伍員就此告辭只願老丈殘漿勿漏〔閭丘亮云〕盟府請放心老夫怎肯洩漏誤你的大事〔正末云〕我去之後若有追軍到來問老丈時怎生遮掩〔閭丘亮云〕我至死也不說你自放心的去〔正末云〕老丈便有軍兵拏住我呵我死何足惜只可惜我三百口家屬幾時得報〔閭丘亮云〕盟府你疑我怎的你去後我就將此船沉于江中再不渡人如何〔正末云〕老丈不然想伍員在臨潼會上保十七國諸侯回還今日將我三百口家屬殺壞這等冤讎教我怎生忘得後面喊聲漸近想有追兵來了我去便去只要老丈殘漿勿漏〔閭丘亮云〕盟府我

教你去得放心我有一子却是個村廝兒你久後得志休忘了此子盟府你借劍來與老夫一看〔詩云〕臨行不索更徘徊殘槳匆匆漏我先知向風刎頸謝公子滿船空載月明歸〔下〕〔正末云〕嗨好忠臣烈士也芊勝公子你牢記者〔唱〕則怕我片時間多忘你心中記取

〔烏夜啼〕這一場又自刎了他漁父不由我不爲他來掩面嗟吁漁翁也再不見落霞低伴孤飛鶩你可爲甚的生撇鄉閭死葬江湖從今後半瓶濁酒有誰沽拋下這一江野水無人渡芳草洲垂楊路無人攀話閒殺樵夫

〔云〕嗨可着誰埋葬他我不免拔出這腰間劍來〔唱〕

〔煞尾〕我劍砍的這江邊蘆葦權遮護你向這水國龍宮且暫居急回來滅了楚那其間到此處拜你個沒半面的恩烈丈夫我怕不待忍住忍不住痛哭〔做嘆科〕〔唱〕只爲我斷送了你這漁翁和那一個抱石投江的浣紗女〔下〕

〔音釋〕伏房夫切　謀音模　族從蘇切　瀨音賴　浣音玩　屈丘雨切　逐長如切　沒音暮　邁音賣　艤音以　浮音巫　忘去聲　鶩音暮

第三折

〔淨扮老人丑扮里正同上〕〔老人詩云〕段段田苗接遠村醉來攜手弄兒孫雖然只得鉋鋤力托賴天公雨露恩老漢是這丹陽縣老人便是喜遇連年清平無事多收米麥廣種桑麻俺莊農們好生快活我這丹陽縣中有個牛王廟兒秋收之後這一村疃人家輪流着祭賽這牛王社近年來但

到迎神送神時節不知是那裏來的一個大漢常來打攪俺每只等吃酒他便吹簫好歹也要吃得醉飽了纔去今日他又來呵我可怎了〔里正云〕老社長你放心今年賽社該是我做社頭我如今多叫些莊家後生等那個吹簫的人來我着些後生打將出去偏不與他酒吃與他一個沒興頭已後便不來了可好麽〔老人云〕你說得是你請將衆人來計較〔里正云〕我是喚當村裏後生咱無路子沙三伴哥牛表牛觔你每一齊的都來〔無路子上云〕來也來也〔詩云〕雖然本事只如此跌打相爭可也不怕死衆人不識我名姓則叫我做無路子自家無路子的便是這幾個都是俺這當村疃裏後生我一生膂力過人專打的是好漢正在家中閑坐有社長呼喚俺見去來〔無路子同衆見科云〕老的也呼喚俺來有何事幹〔老人云〕衆莊家都來了老的也你分付他〔里正云〕無路子今年賽牛王社我做社頭每年家迎送神道呵有那別處來的一條大漢拏着管簫知他吹些什麽好歹要吃得醉飽了纔去被他打攪的慌今年再來你衆人拏住打上一頓搶將出去俺便關了門自自在在的吃酒你則管裏打打死了呵你便償命〔無路子云〕老的我則道你叫我做什麽你則怕吹簫的那個人攪了賽社等他來時着我打的他去老的你放心休道是一個吹簫的便是十個我都與你趕他出去〔老人云〕無路子你若趕退了他呵我身上包管你一醉〔無路子云〕老的放心等他來呵我把那弟子孩兒鼻子都打塌了他的〔衆云〕俺衆人攝哺着你打那廝〔里正云〕說的有理俺每慢慢的祭賽波〔正末吹簫上云〕自從私出樊城初投鄭國頗奈鄭子產無禮被某一把火燒了鄭亭到于吳國幾次借兵爭奈吳王有事不允流落于此靠着吹簫度日經今十八年光景可早老了也〔詩云〕當年策馬度昭關未報冤讎甚日還世人只認吹簫客那知我一天豪氣半生閑〔唱〕

〔中呂粉蝶兒〕何日西歸困天涯一身客寄恨無端歲月如馳都是些傲窮民趨富漢不放我同歡同會空走到十數筵席有那個堪相酬對

〔醉春風〕我如今白髮滯他鄉青春離故國憑短簫一曲覓衣食常好是恥恥這一座村坊兀的班人物遭逢着恁般時勢

〔云〕兀那裏賽牛王社兒我去吹一曲討一鍾酒吃咱〔正末見老人科云〕老者支揖哩〔老人云〕這廝又來了也可怎生是好小後生每着氣力搶他出去〔無路子云〕這廝沒廉恥真個來了快與我出去不要討打吃〔做推正末科〕〔正末云〕我吹一曲討一鍾酒吃有什麼不是處〔無路子云〕這廝好說着不聽後生們撮哺着我將他搶出去〔做搶科〕〔外扮鱄諸醉冲上云〕自家鱄諸的便是我向東莊裏賽牛王社與衆兄弟每吃幾杯酒去來兀的一簇人爲什麼這等炒鬧我分開這人是看咱〔做見正末科云〕好一條大漢可怎生被這一夥人欺侮他咄這廝每休得無禮〔做打衆人科〕〔無路子云〕我每近不得他你衆人跟着我走了罷〔同下〕〔正末唱〕

〔石榴花〕我則見滿街人各散東西一個個吃得醉如泥〔鱄諸怒科云〕這廝有好漢要打的出來我和你做個對手〔旦兒換下兒衣服拏拄杖上云〕鱄諸你又來了也待打誰那〔鱄諸怕科云〕不敢不敢〔正末唱〕這婦人必定是那人妻攝伏盡虎威〔鱄諸做跪科云〕是鱄諸一時間懆暴再不敢了也〔正末唱〕他磕撲的跪在街基他將這條過頭拄杖眵眵的又不知要怎地施爲〔鱄諸做悲科云〕這個是母親遺下的訓教是鱄諸的不是了也〔旦兒云〕鱄諸你回過背來〔鱄諸做回背科〕〔正末唱〕他喝一聲

疾快忙回背〔旦兒打科云〕一十二十三十〔正末唱〕不歇手連打到二三十
〔鱄諸云〕我鱄諸再不敢惹事了也〔正末唱〕
〔鬬鵪鶉〕這漢空有個男子襟懷哎那婦人也無個夫妻的道理〔旦兒云〕你與我快家去〔鱄諸云〕是我就還家去也〔鱄諸跟旦兒走科〕〔正末云〕我道是個好男子來〔唱〕元來是怕媳婦的喬人嚇良民嚇良民的潑皮我和你相識後爭如不相識我待來且慢只我問他個擘兩分星說一段從頭的至尾
〔旦兒云〕鱄諸你家裏來〔鱄諸云〕是我來到這房門首也我入的這門來〔旦兒做脫衣衫放拄杖跪科云〕你休怪我這個是母親的遺言非干賤妾之事〔鱄諸云〕大嫂請起這原是俺母親遺留下的教訓我怎好怪的你〔正末云〕可是蹺蹊怎麼那婦人到得家裏脫下衣服放了拄杖却又跪着這大漢也不知他口裏說個甚的我一時難解我且喚他一聲請相見咱〔做咳嗽科〕裏面有人麼〔鱄諸做見正末科云〕君子請家裏坐〔正末云〕恰纔若不是大哥打散了這火莊家着小人好生沒意思〔鱄諸云〕君子你這等一個人可被那廝欺負我好是不平也〔正末云〕大哥恰纔那個姐姐是你什麼人〔鱄諸云〕你問他做甚麼〔正末云〕大哥你為何這等怕他〔鱄諸云〕不瞞君子說他是我的渾家田氏〔正末云〕我不是你這裏人不知此處的鄉風與俺那裏全然各別〔鱄諸云〕你原來不是俺這丹陽人我不是怕渾家為我平生性子懆暴路見不平便與人廝打常惹下爭來有母親臨亡時遺言我但惹事呵着我這渾家身穿母親衣服手拏着拄杖我若見了這兩椿兒便是見我母親一般我因此上害怕〔詩云〕君子問我因何故路見不平拔刀助衣服拄杖母

親留怎做鱄諸怕媳婦〔正末背科云〕若得此人助我一臂之力愁甚寃讎不報則除這般正是踏破鐵鞋無覓處得來全不費工夫大哥你肯和喒做一個朋友麽〔做拜科〕〔鱄諸做迴避科云〕君子請起請起〔正末唱〕

〔迎仙客〕哥哥請受禮莫疑惑久聞名在先可惜不認得〔鱄諸云〕量小人有何德能敢勞君子相顧〔正末唱〕哥哥你便恕生面你兄弟可少拜識〔鱄諸云〕是我和你從不曾相識你可怎生拜我做弟兄敢問君子姓甚名誰〔正末唱〕你問我姓甚名誰〔鱄諸云〕未知君子多大年紀〔正末云〕你兄弟拜德不拜壽〔唱〕可不道四海皆兄弟

〔鱄諸云〕我看你身材凜凜相貌堂堂想不是個淪落的君子你端的姓甚名誰〔正末云〕你問我姓甚名誰我乃楚國伍員是也〔鱄諸云〕敢是做盟府的那伍員〔正末云〕則我便是〔鱄諸云〕某聞將軍大名久矣聽知得臨潼會上掛白金劍爲盟府有什大功勳名播天下爲何今日流落于此

〔正末云〕大哥不知想當初秦穆公在臨潼會上設一會名曰鬬寶驅十七國諸侯都來赴會某文欺百里奚武勝秦姬輦拳打蒯聵脚踢卞莊掛白金劍爲盟府戲舉千斤之鼎手劫秦王親送關外

〔鱄諸云〕將軍真乃世之虎將也〔正末唱〕

〔快活三〕向人前論武藝〔正末扯簫科〕〔鱄諸云〕可是一管簫〔正末唱〕猶兀自說兵機〔鱄諸云〕若不是將軍呵衆諸侯怎能勾出的這潼關也〔正末唱〕我也曾把千鈞寶鼎手中提纔保的衆諸侯離秦地

〔鱄諸云〕你是楚國大將今日在這丹陽縣吹簫度日可是爲着何來〔正末唱〕

〔朝天子〕哥哥你豈知豈知我就裏再休來說起那臨潼會〔鱄諸云〕你端的爲甚麼來〔正末唱〕多勞你問及問及我今日兀的不屈沈殺英雄輩〔鱄諸云〕敢是將軍與什麼人爭競來〔正末唱〕我則爲那費賊費賊的妬嫉〔鱄諸云〕哦是那費無忌了雖然他百般讒譖難道將軍有如此大功楚王也不做主咱〔正末唱〕更和那楚平公也好下得〔鱄諸云〕將軍的父親可也做甚麼官位〔正末唱〕俺父親正當着諫議諫不從斬訖〔鱄諸云〕一個諫不從兩個諫〔正末云〕俺哥也曾諫來爭奈一個諫一個死兩個諫兩個死〔唱〕赤緊的俺父親先做了傍州例〔鱄諸云〕既有父兄之讎此恨非輕你尋幾個賢士同去破楚可不好那〔正末云〕我豈不要爭奈你這裏無有賢士〔鱄諸云〕俺這裏可怎生無有賢士你在那裏尋過來〔正末云〕我走樊城時倒也曾見兩個賢士只可惜都死了〔鱄諸云〕可是那兩個賢士〔正末唱〕

〔上小樓〕有一個漁翁只爲着一時意氣自刎了六陽的那首級有一個浣紗女脚踹着清波手抱着頑石撲鼕的身跳在江裏那老的是男子便當仁不避只可惜了那十三四女流之輩

〔鱄諸云〕將軍不知俺這裏也有賢士哩〔正末云〕誰是賢士〔鱄諸云〕則我便是賢士〔正末云〕既然你是賢士你敢同我破楚去麼〔鱄諸云〕我敢去將軍若不棄呵我情願與你同報楚讎萬死不避〔正末云〕你可休番悔也〔鱄諸云〕大丈夫一言既出駟馬難追豈有番悔之理〔正末云〕你道定者〔鱄諸云〕我去則去未曾和我渾家說知〔旦兒冲上云〕鱄諸你要那裏去〔鱄諸云〕大嫂不知此人乃是楚將伍員和我拜做弟兄他有父兄之讎未報說我這丹陽縣無有賢士我百歲死

有何遲三歲死有何早則怕死而無名我欲要與他同去破楚你的意下如何〔旦兒云〕鱄諸他有
冤讎干你甚事你又要拏出那兩椿兒來麼〔鱄諸云〕說的是家有賢妻男兒不遭橫事〔正末云〕
哥哥你莫不番悔麼〔鱄諸云〕將軍休怪我去不得了也〔正末唱〕
〔滿庭芳〕你承當了怎推〔云〕你恰纔不說來〔鱄諸云〕我說甚麼〔正末唱〕可不
道一言既出駟馬難追〔鱄諸云〕我說便說爭奈有些兒去不得哩〔正末唱〕元來你
這般貪生怕死無仁義〔云〕你去的麼〔鱄諸云〕我去不得〔正末云〕你立着我坐着〔做
推鱄諸科〕〔唱〕你則將八拜禮還席〔鱄諸云〕嗨我則道我是好漢這人又好漢我直
拜你一百拜〔正末唱〕枉教你頂天立地空教你帶眼安眉剛一味胡支對
則向你媳婦根前受制〔鱄諸云〕非是我怕媳婦只爲我母親的遺言有那兩椿兒在他
手裏不敢違拗〔正末唱〕使不着你佯孝順假慈悲
〔鱄諸云〕罷罷罷大丈夫一言如白染早則怕死而無名便我母親再生料也阻不的我大嫂你豈
不聞父母在不許友以死今我母親不在了我如今爲個好朋友捨死報讎豈爲不孝大嫂我意已
決好也要去歹也要去將軍爭奈妻子着他安身何處〔旦兒云〕鱄諸你堅意要去既做了賢士怎
還做得孝子罷罷罷我叫你去的放心〔做取劍自刎科〕〔詩云〕盟府投吳待借兵男兒意氣許同
行紅塵未顯鱄諸跡青史先標田氏名〔下〕〔鱄諸云〕呀渾家自刎了將軍則被你送了俺一家兒
也〔正末云〕大哥我和你破楚報讎去來〔鱄諸云〕罷罷罷則今日便索同你報讎去若不破楚我
誓不還吳也〔正末唱〕
〔尾聲〕不索我言不索我言全在你全在你但想起父兄讎便急的

我肝腸碎〔帶云〕有一日拏住費無忌呵〔唱〕直着那廝摘膽剜心做俺祭桌兒上的禮〔同下〕

〔音釋〕鉋音袍 疃土緩切 膂音旅 哺音布 席星西切 國音鬼 食繩知切 鱄音專 懆音竈 磕音可 胗真上聲 十繩知切 識傷以切 只張恥切 惑音回 得當美切 及更移切 賊則平聲 嫉精妻切 訖巾以切 刎文上聲 級巾以切 石繩知切 的音底 推退平聲 拗音要 摘齋上聲 剜碗平聲

楔子

〔外扮楚昭公引卒子上云〕某乃楚昭公是也自從秦穆公臨潼鬬寶之後有伍員立下十大功勞俺父平公加他爲三保大將軍樊城太守有少傅費無忌暗用讒言將其父伍奢幷兄伍尚三百口家屬都殺壞了又着他兒子費得雄賺那伍員去被伍員識破私出樊城投于吳國如今借起十萬精兵侵伐俺國俺自揣將寡兵微難以抵敵這都是費無忌結下的冤讎致此禍患不免喚他出來着他與伍員交鋒去令人與我喚將費無忌來者〔卒子云〕費無忌安在〔費無忌上詩云〕當時得意還年少今日看看老來到見說子胥將報讎可知連日眼睛跳自家費無忌自從伍員私出樊城今經十八年光景也他投于吳國借起十萬兵來要與楚國賭戰主公呼喚多喒爲這事來令人報復去道有費無忌來了也〔卒子報科云〕費無忌到〔楚昭公云〕着他過來〔卒子云〕着過去〔費無忌見科云〕主公喚費無忌有何事商議〔楚昭公云〕費無忌今有伍員背楚投吳借起十萬精兵要破俺國單搠你費無忌出馬交鋒我今撥與你三萬人馬與伍員交戰去則要你小心在意成功而回〔費無忌云〕我費無忌後生時交鋒出馬甚是去的如今年紀老了一向貪自在慣受用的人

怎麼還到的陣面上去做賭頭的買賣主公別差一個精壯的去饒我這老頭兒罷〔楚昭公云〕這禍元是你做下的你不去可着誰去〔舉劍科〕若不去先殺你這老匹夫軍前號令〔費無忌云〕主公不要性急我費無忌就去則今日點起三萬人馬與伍子胥廝殺去來〔詩云〕衆軍聽我傳將令要與伍員相比並當初殺他親父兄今朝丟了老性命〔下〕〔楚昭公云〕費無忌去了也我與二公子芈旋親到將臺上面看他與伍員決勝去來〔下〕〔費無忌引卒子上云〕自家費無忌奉主公的命領着三萬人馬與伍子胥決戰大小三軍擺開陣勢遠遠的塵土起處敢是吳兵來也〔正末躧馬兒上云〕某伍員自到吳國借起十萬精兵來攻楚國擒拏費無忌大小三軍擺布得嚴整者〔費無忌云〕來將何人〔正末云〕某乃伍員是也你是誰來〔費無忌云〕你就不認的我老叔哩我是費無忌〔正末云〕兀那姦賊疾忙下馬受死我父兄之讐今日必報也〔費無忌云〕你在我老叔根前探空靴撒響屁說這等大話你敢和我廝殺麼〔正末云〕這廝好無禮也操鼓來〔做戰科〕

〔唱〕

〔仙呂賞花時〕他躍馬當先拚廝殺不由我忿氣橫生怒轉加這廝只會暗地裏弄姦猾今日呵使不着心麄膽大〔費無忌云〕我敵不得你逃命走走走〔下〕〔正末云〕這廝走那裏去〔唱〕我則待探手兒把你活擒拏

〔做費無忌走正末追科〕〔鱄諸冲上云〕拏住〔做拏費無忌科〕〔正末云〕費無忌早拏住了也大小三軍即便殺入郢城只可惜楚平公已死可將他墳墓掘開取出屍首待我親鞭三百以報父兄之讐〔詩云〕早拏住賊臣無忌再掘開平王墳地與屍首三百鋼鞭纔雪我胸頭怨氣〔同下〕

〔音釋〕搦女角切　殺雙鮓切　猾呼佳切

第四折

〔外扮鄭子產引卒子上云〕小官覆姓公孫名僑字子產佐于鄭簡公麾下爲上卿之職當日伍子胥爲父兄之讎背棄楚國私出樊城攜了公子芊勝投于俺國要得借兵破楚小官想來各霸其主難以結怨因設一計將伍員留於驛亭中安排筵宴管待酒席之間暗藏甲士擊金鐘爲號擒拏伍員不想伍員揣知其意一把火焚了驛亭同芊勝晝夜奔吳去了如今借起兵來打破楚國生擒費無忌親鞭平王之屍小官想來那子胥是個一飯不忘片言必報的人必然乘此得勝之兵來伐俺國奈兵微將寡何以禦之我今出一榜文但有說得伍員不伐我國的將他官封萬戶賞賜千金已經張掛數日小校看着若有人揭了榜文報復我知道〔卒子云〕理會的〔丑扮村廝兒上詩云〕長江短棹作生涯千尋浪裏度年華有人問我居何處蘆花灘畔是吾家自家村廝兒的便是我父親乃是閭丘亮曾爲楚國上大夫之職因見楚平公不道棄職辭朝在此江邊捕魚爲活適值伍子胥逃難到于江邊被追兵趕急我父親深知子胥之冤急渡過江贈以酒飯那子胥留下白金劍謝之我父親再三不受臨别之時那子胥告曰殘漿勿漏我父親言道我有一子乃是村廝兒汝若得志呵休忘了此子可憐我父親沉舟捨命至今未葬聞得子胥借起吳兵打破楚國將及鄭邦如今張掛榜文要尋一個退兵之策我想來我父親與他曾有大恩我若揭了榜文說知就裏子胥必然收兵罷戰可不得了這一場賞賜待我揭了榜文者〔卒子報科云〕報報報有一莊家後生揭了榜文也〔鄭子產云〕着他過來〔卒子云〕着你過去〔村廝見科〕〔子產云〕兀那漢子你有何計策來揭這榜文〔村廝云〕大人小人雖然是個農夫只要送我去親見那伍子胥自有退兵之計〔子產云〕既如此我就厚贈你些盤費去見那伍子胥只要退得兵時必有加官賜賞你小心在意者〔村廝

云）就此辭別了大人便索長行也（詩云）想父親爲甚捐生料伍相必肯收兵（子產詩云）但保得鄭邦無恙包還你爵賞非輕（同下）（外扮吳王闔廬引卒子上詩云）我父諸樊忒慕名故將吳國讓延陵若使王僚知此意魚腸何必送殘生某乃吳王闔廬名姬光者是也只因楚國費無忌讒佞將伍奢伍尚幷三百口家屬皆無罪而死又差費得雄去樊城賺那伍子胥要得一併殺害却被子胥私出樊城投於俺國借兵十萬前去伐楚兩陣之間活拏了費無忌奏凱而回子胥道走樊城之時有兩個賢人一個浣紗女一個漁父閭丘亮浣紗女有他母親浣婆婆閭丘亮有一子村廝兒要捨自己的封賞與他兩個人豈不是個報恩報讎豪俠的勾當令人與我請將芊勝來者（卒子云）芊勝公子安在（芊勝上詩云）當初去楚尚嬰孩伍相懷中抱的來可奈昭公攘我位至今笑臉不曾開某乃楚公子芊勝是也只因祖父平王無道聽信費無忌讒言將伍奢伍尚一家殺盡還不稱意又差他兒子費得雄去賺伍子胥入朝是我父芊建得知將某抱在懷中走至樊城說知就裏子胥纔得逃命而走從鄭到此多虧吳王借起大兵生擒了費無忌得勝回還如今吳王呼喚須索走一遭去令人報復道有芊勝來了也（卒子報科云）喏報的大王得知有公子芊勝到（吳王云）着他過來（卒子云）着過去（芊勝見科云）多蒙大王借兵得報讎恨芊勝死生難忘（吳王云）公子你家的事就和寡人一般你須是平王的冢孫這位該是你的今昭公强佔不還使你失國寡人何功之有令人請將伍子胥來者（卒子云）子胥安在（正末同鱄諸上云）某乃伍員這是鱄諸如今生擒費無忌班師歸國見吳王去來想我背楚投吳豈意有今日也呵（唱）

（雙調新水令）困紅塵十載受驅勞常記得走樊城那時年少雖不能千金酬節俠我也曾四海結英豪投至得末尾三稍不覺的頭上

老來到

〔云〕令人報復去道有伍員鱄諸來了也〔卒子報科云〕伍子胥到〔吳王云〕道有請〔卒子云〕請進見〔二將見科〕〔吳王云〕伍相國想你自走樊城來到俺這丹陽縣吹簫度日過了十八年光景如今得生擒費無忌親鞭楚平王屍報了父兄之讎却也不枉了〔正末云〕皆托大王之德副將鱄諸之能容伍員異時別圖報効〔芊勝云〕若不是老相國雄材大略和鱄諸敢勇當先豈有今日〔鱄諸云〕小將因人成事何足道哉〔正末唱〕

〔駐馬聽〕想着俺蓋世雄驍函谷關前看鬭寶只爲一時窮暴却教俺丹陽市上學吹簫誰承望淩烟閣重把姓名標兀的個殺人場還許寃讎報幾回家暗窨約則我這鬢邊白髮添多少

〔吳王云〕如今費無忌在那裏〔正末云〕見拏在轅門首〔吳王云〕拏將過來〔卒子拏費無忌見科〕〔吳王云〕你一生讒佞將伍奢父子滿門家屬無罪而死今日擒來有何理說〔費無忌云〕是我殺了他一家三百口他今日只殺的我一個又是個沒用的老頭兒有什麼本事〔吳王云〕令人與我推出轅門梟首示衆〔殺費無忌科〕〔下〕〔吳王云〕伍相國你說那兩個賢士家屬今在何處〔正末云〕伍員已差人取將來了也〔吳王云〕令人與我喚將過來〔卒子云〕兩個賢士家屬安在〔卜兒扮浣婆婆上云〕老身浣婆婆的便是自從我女孩兒在江邊浣紗遇着伍子胥將軍抱石投江而死如今差人接取老身來到這裏既蒙呼喚便當進見〔見科〕〔吳王云〕十八年前伍相國避難經過瀨上多虧了你女孩兒一飯之恩寡人未聞其詳請相國試說一遍與我聽咱〔正末唱〕

〔雁兒落〕想當日躍金鞍把性命逃我也曾解鐵甲將王孫抱不騰

騰死冲開荊棘叢急煎煎苦奔走風塵道〔得勝令〕害的這小使長好心焦撞見那年少的女多嬌他提着一罐兒漿和粥天賜俺兩人來醉又飽〔浣婆婆云〕俺女孩兒爲着將軍情願捨了性命抱石投江死的好苦也〔正末唱〕眼看着波濤他抱石塊和身跳似這等功勞我待建祠堂做香火燒

〔吳王云〕那浣婆婆且一壁有者村廝兒安在〔村廝上云〕自家村廝兒蒙鄭國子產厚贈送我入吳不想行至中途適值伍子胥盟府也差人來接我今日呼喚須索過去見來令人報復去道有村廝兒在於門首〔卒子報科云〕村廝兒到〔吳王云〕着過來〔村廝見科〕〔吳王云〕你見了伍相國〔村廝做見科云〕支揖〔正末云〕令人傳令出去快與我點齊軍馬者〔村廝云〕你今領兵何往〔正末云〕我如今要統大勢雄兵征伐鄭國去也〔村廝云〕且住〔詞云〕聽小人從頭說破想是你也曉的其詳我父親捕魚爲業適遇伍盟府逃難離鄉那盟府有倉徨狀態我父親就發惻隱衷腸連忙的請他下馬上船來渡過長江又見他腹中饑餓權避在蘆葦邊傍雖然是濁醪粗飯却也有蝦菜魚湯將白金劍再三留贈我父親只不承當多喒被追兵趕逼臨別時甚是慌張叮嚀道殘漿勿漏可不是把我父隄防要着他放心前去則除非自刎身亡我父親其時便說有一子是個村廝憨郎久已後你須得地略把眼照覷休忘到今日鄭邦甚急惟恐你要動刀鎗問小人退兵之計我道到吳國自有商量常聞得蒙點水尚且仰泉思報何況我父親將草命替你遮藏我說兀的做甚只爲平公太不仁專聽讒佞害忠臣當日投吳將雪恨今朝伐鄭有何嗔雄材豈必誇長勝上策須知貴恤隣若得收兵無事日俺父親呵便從泉下亦沾恩〔吳王云〕這樁事再請相國試說一遍與

寡人聽者〔正末唱〕

〔甜水令〕想當日爲避追兵忙離瀨上奔來江表烟水隔迢遙幸遇漁翁將咱濟渡別無推調元來他也是個遯世的由巢

〔折桂令〕他待要把酒論交覷的我千金劍贈只當做一片塵飄俺本爲啣着冤讎思圖報復受盡煎熬只要他休洩漏俺這萍根浪脚那知道翻斷送他雪鬢霜毛空餘下波浪滔滔蘆荻蕭蕭至今的回首東風尚忍不住淚點雙拋

〔吳王云〕這等說起來你也多虧了那漁父閭丘亮今日這村廝兒特來與鄭國討饒相國可看閭丘亮面上不去伐鄭也罷了〔正末唱〕

〔月上海棠〕若提起驛亭那日多姦狡他倒要替楚除根絕禍苗不是我命兒高怕不的着他所料我便身亡了這心頭還着惱

〔么篇〕我如今指麾軍將親征討拿住公孫活開剝〔村廝云〕伍老爺你只饒了他罷〔正末唱〕若要我躭饒只除是東方日落〔村廝云〕你早忘了我家老子這等情薄〔正末唱〕非情薄這的是一冤還一報

〔村廝云〕伍老爺你畢竟不肯退兵罷罷罷一發借那把白金劍與我也勒死了好與我家老子做一搭兒埋葬〔正末云〕且住那漁父的大恩尚未曾報得怎好着這村廝兒又爲我而死令人傳下令去將伐鄭的軍馬暫收回者〔唱〕

〔喬牌兒〕我只怕大恩人沒下稍怎當這村廝兒又哀告〔帶云〕村廝兒

你去對那公孫僑老匹夫說〔唱〕着他把降書早早來投到我纔把軍兵收轉着

〔村廝云〕這個俺就去索是謝了將軍也〔浣婆婆云〕只我那女孩兒死了我兒子伴哥年紀又小如今閃的我老身無依無靠着誰人養贍我來兀的不好苦也〔做悲科〕〔正末云〕你那婆子休哭只你那下半世衣飯都是我養贍着你再也不必憂慮〔唱〕

〔清江引〕這紅顏因甚不自保閃的你無依靠他爲我顯的十分忠我爲他也盡些兒孝直着你豐衣足食快活到老

〔浣婆婆云〕這等索是謝了將軍也〔吳王云〕一行人都跪下者聽寡人的命〔詞云〕楚平公聽信費無忌任忠良一旦全家斃伍子胥單騎走樊城構芊勝千里投吳地在中途遇着兩賢人赴江心誓死無迴避丹陽市生計托吹簫說鱄諸共吐虹霓氣借軍兵破楚凱歌回殺姦臣親把冤魂祭芊公子事定送還都鱄將軍爵賞應如例浣婆婆給養盡終身村廝兒救鄭功非細報恩讎從此快平生堪留作千古英雄記〔衆謝恩科〕〔正末唱〕

〔隨尾〕一生心事神天表早將他恩讎報了越顯得那兩個救忠良甘捨命的世間稀這一個展英雄能爲國的可也衆中少

〔音釋〕

僑音喬　捐音元　恙音樣　凱開上聲　俠音協　攘仁張切　窨音蔭　𦎟音委　憨音酣　巢鋤昭切　脚音皎　狡音皎　落音澇　薄巴毛切　着池燒切　贍傷佔切　斃音弊

題目　繼浣紗漁翁伏劍

正名　說鱄諸伍員吹簫

說鱄諸伍員吹簫雜劇

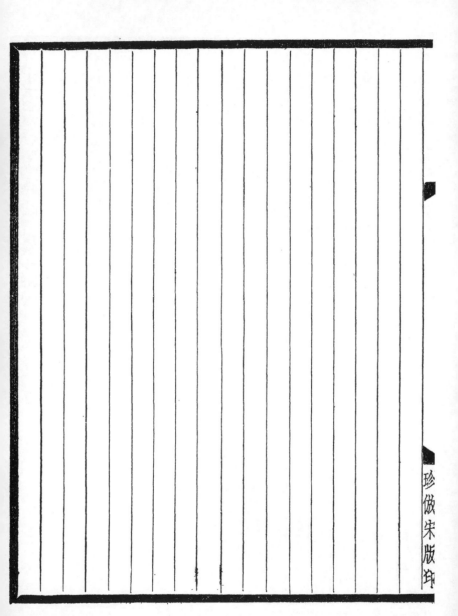

趙令史為吏見錢親

王小二好鬬禍臨身

下

珍倣宋版印

河南府張鼎勘頭巾雜劇

元　孫仲章撰

明吳興臧晉叔校

第一折

〔丑扮王小二上詩云〕白雲朝朝走青山日日閑自家無運智却道世途艱自家姓王排行第二人都叫我做王小二祖居南京人氏母子二人別無眷屬家中窮窘朝趁暮食燒地眠炙地臥有那財主人家見我這等貧苦可憐見我與些盤纏買些柴米度日今朝出來遇不着一個人此處有箇員外姓劉我數番定害他今日到他家去若見員外好歹與我些東西可早來到門首也你看我那造物不見一個人當門臥着一隻惡犬我拿一塊磚頭打的那狗叫必有人出來〔打狗科云〕你看我那類命麼狗也不會打的着倒打破了一個尿缸如之奈何我則推狗咬了我的腿〔做叫科〕〔旦上云〕妾身乃劉員外渾家正在家中閑坐門外怎生大呼小叫的我試看咱開了這門甚麼人打破這尿缸來〔見王科〕〔罵云〕你這窮弟子孩兒那一遭不與你些盤纏你怎麼打破我的缸〔王小二云〕這娘子好不曉事你家的狗咬了我的腿倒還罵我〔旦云〕我不和你鬧等員外出來和你說話〔正末扮劉員外帶酒上云〕自家姓劉名平遠祖居南京人氏平昔好飲的幾杯兒酒愛讀的兩行兒書頗有些家私人都叫我做劉員外這城裏城外放着幾主兒錢鈔今早索錢去來飲了幾杯酒可早醉了也正待歇息不知甚麼人在門首大驚小怪的我試看咱〔唱〕

〔仙呂點絳脣〕杜宇傷春錦鶯啼恨東風順則聽的叫喚聲頻早將我酒力消磨盡

〔混江龍〕我把這衣衫整頓急煎煎行出臥房門悠悠的驚了七魄忽忽的諕了三魂脚趔趄難支吾荒冗冗眼朦朧猶兀自醉醺醺我這裏下堦基轉影壁親身問問一箇事從來歷唱叫緣因〔云〕大嫂你和誰鬧哩〔旦云〕你看王小二這窮弟子孩兒打破我的缸倒說狗咬了他他又罵我〔正末云〕大嫂你自入去等我問他〔問科云〕兀那王小二爲甚麼在門首大呼小叫的欺負誰哩〔王小二云〕員外你家的狗咬了我的腿我怎敢欺負你〔正末云〕王小二我不曾歹看你我的衣服與你穿我的錢鈔與你使便我家狗兒咬了你可也好商量沒來由鬧怎的他是個婦人家你是個男子漢你將不中的言語毀罵他理上敢不中麼〔王小二云〕小人怎敢毀罵娘子〔正末云〕噤聲〔唱〕

〔油葫蘆〕他是個腰繫紅裙一婦人你試議論有甚事便推天搶地手粘身〔王小二云〕你家狗咬了我〔正末云〕你打破我缸倒說狗咬了〔唱〕你且休論這兩家憑傷損〔帶云〕常言道男不和女鬭王小二〔唱〕你先合該笞四十批頭棍〔帶云〕你罵了人倒說你是〔唱〕你沒事哏沒事村則你那鬧閑鑽懶腌身分到官中也不索取詞因〔帶云〕我若和你一般見識呵〔唱〕

〔天下樂〕敢拖到官中拷斷你筋哎你個喬人情性村則你那潑言語賴人不本分着我待饒來怎地饒待忍來怎地忍恨不的莽拳頭嘴縫墩

〔云〕是誰家的狗咬着你來〔王小二云〕你家的狗咬着我來〔正末云〕你道我家狗咬着你衆街坊試看咱若是我家狗咬他我便寫與你保辜文書若不會咬着你便陪我缸來〔街坊云〕員外說的是俺看他這條腿不會咬着〔王小二云〕不是這條腿是那一條腿〔街坊云〕也不會咬〔正末唱〕

〔醉中天〕請小二哥休心困覷兩條腿辨清渾羞的那廝一柄臉通紅似絳雲他慌遮掩牡身褪瞞不過相識街坊衆親定睛覷認並無些咬破牙痕

〔云〕原來不會咬着這第子孩兒這等圖賴人〔王小二云〕這等惡狗你養他怎的〔正末唱〕

〔金盞兒〕俺這犬吠柴門和月待黃昏只除是盜賊不敢來相近〔帶云〕若是閑人呵〔唱〕無過是搖頭擺尾弄精神他可也能熬鞭杖打不棄主人貧我則理會妻賢先嫁主這的是惡犬護三村

〔王小二云〕員外你輕呵輕君子重呵重小人怎將狗比我〔正末云〕我這富漢打死你這窮漢則苦了幾文錢〔王小二云〕你說這等大話我大街上撞見你一無話說僻巷裏撞見你我殺了你〔旦云〕好也這廝不只是說出來一定做出來問他要一紙生死文書一百日以裏但有頭疼腦熱都是你一百日以外並不干你事〔正末云〕做甚麼哩〔旦云〕王小二要殺了你我問他要保辜文書〔正末云〕大嫂他怎敢殺人王小二你聽者〔唱〕

〔賺煞〕你伏低呵自商和我尋罪責官司問若不看解勸街坊面分小後生從來火性緊發狂言信口胡噴自評論口是禍之門我勸你

言詞休記恨減了些性粗性蠢則要你粧痴粧坌〔王小二云〕員外是我的不是了我與你陪禮取一缾兒酒請員外飲一盃罷〔正末唱〕何須你倒擎着酒盞去求人〔同旦下〕

〔王小二云〕鈔又不會討的又着員外怪了討了我一紙保辜文書總只是一時間言語差錯連忙伏低做小也是遲哩則我這無錢的真個不好天那兀的不窮殺王小二也〔下〕

〔音釋〕窘君上聲　趁嗔去聲　趔郎耶切　趄且去聲　哏很平聲　腌掩平聲　辜音姑　褪吞去聲　噴平聲　蠢春上聲　坌滂悶切

楔子

〔旦上云〕妾身劉員外的渾家是也我瞞着員外和那太清庵王知觀有些不伶俐的勾當我則待所算了員外急切裏無個計策不想王小二要殺員外我就問他要了一紙保辜文書我着人尋王知觀去了這早晚敢待來也〔淨扮道士上云〕道可道真強盜名可名大天明小道太清菴王知觀道本處劉員外的渾家俺與他有些小勾當他着我所算了那員外爭奈無個下手處他今日着人來叫我須索走一遭去來到這門首也道可道〔旦見科云〕你來了也〔淨云〕稽首〔旦云〕有件事和你說前日王小二打破了俺家尿缸員外鬧了幾句道俺這富漢打殺你這窮漢則苦了幾文錢那王小二便道我大街撞見你一無話說若僻巷裏撞見我殺了你我就着這事問王小二要了一紙保辜文書明日員外出城索錢去你跟到無人去處將他所算了我要兩件信物芝蔴羅頭巾減銀環子若殺了時來回我的話咱兩個永遠做夫妻可不好也〔淨云〕我知道憑着俺這等好心天也與俺半碗飯吃〔同下〕〔正末上云〕自家劉員外的便是城外索錢去來衆兄弟留我多飲了幾

杯酒迎着這風不覺的酒上來了我下馬來把馬拴在樹上我去那柳陰下且歇息咱〔唱〕

〔仙呂賞花時〕落日西園花正濃撲面東風酒力湧全不省上青驄只記得金鍾漫捧直勸我喫的到喉嚨

〔么篇〕你覷那芳草渾如蜀錦蒙殘照堪爲燭影紅垂柳作簾櫳暫撇下心煩意冗醉臥綠陰中

〔做睡科〕〔淨上殺末科云〕我殺了劉員外也拿着這芝蔴羅頭巾減銀環子同大嫂話去來〔下〕

〔街坊上云〕劉員外娘子不知是甚麼人殺了員外也〔旦上云〕衆街坊甚麼人殺了俺員外〔街坊云〕知道是甚麼人〔旦云〕別無讎人則是王小二到他家試問咱早到門首也〔喚科〕〔王小二上見科〕〔旦云〕好也你與了我保辜文書不上十日就把員外殺了明有王法我和你見官去來

〔王小二云〕我門也不曾出可怎麼冤我殺了員外誰人與我做主咱〔下〕

第二折

〔淨扮孤領張千祗候上詩云〕官人清似水外郎白如麪水麪打一和糊塗成一片小官本處大尹今日升廳坐起早衙張千喝攛箱〔旦拖王小二上云〕冤屈也〔孤云〕甚麼人叫冤屈拿將過來

〔張千云〕當面〔旦王小二跪科〕〔孤云〕告甚麼說你那詞因來〔旦云〕妾身是劉平遠渾家當初一日這王小二打破俺家尿缸俺員外與他相嚷說道俺這富漢打死你這窮漢則苦了幾文錢王小二道我大街上撞見你一無話說僻巷裏撞見你我殺了你我就問他要了一紙保辜的文書不上十日俺丈夫出城索錢去被王小二殺死大人與我做主咱〔孤云〕他口裏必律不剌說了半日我不省的一句張千與我請外郎來〔張千云〕當該何在〔趙令史上云〕自家趙仲先的便是在這

府裏做着個把筆司吏正在司房裏攢造文書相公呼喚須索見咱〔見科〕〔孤云〕哥定害了你一日酒肚裏疼了一夜〔做謝科〕〔令史云〕相公你坐着百姓每看見哩兀那婦人你告甚麽〔旦云〕告人命事王小二立了保辜文書不上十日在城外殺了俺丈夫劉平遠令史與妾身做主咱〔王小二云〕令史可憐見小人怎敢殺人〔令史云〕你立了保辜文書不上十日殺了劉平遠不是你是誰不打不招張千與我打着者〔打科〕〔王小二云〕我那裏受的這般拷打我屈招了罷大人是我殺了劉員外來〔令史云〕他既招了上了枷下在牢中去〔王小二云〕天那教誰人救我也〔張千押王小二下〕〔孤云〕還有芝蔴羅頭巾減銀環子不見下落〔令史云〕兀那婦人你且隨衙伺候明日再問〔旦云〕我且回去明日再來〔下〕〔孤云〕令史咱兩個問了這件事無甚勾當且回私宅喝三甌冷酒去來〔同下〕〔張千上詩云〕手執無情棒懷揣滴淚錢曉行狼虎路夜伴死屍眠我張千今日方纔有些兒油水牢中取出王小二來〔王見科〕〔張千云〕脊背打三十殺威棍〔王小二云〕哥哥可憐見〔張千云〕我饒了你開了門入牢去〔王入牢科〕〔張千云〕關上這門等我略盹一盹〔做睡科〕〔丑扮莊家上云〕自家是個庄家在這望京店住與俺妳妳兩個過日每日入城賣草兀那高房子裏賒了一擔草今日索也無錢明日索也無錢俺妳妳說我換嘴吃了今日再去索那錢去〔走科云〕可早來到也青天白日關着門哩〔做打門科云〕叔待開門來〔張千驚醒科云〕呀提牢官人來了且慢者若是官人呵拽動鈴索可怎生打的門响〔開門見科〕〔丑云〕叔待還我草錢來〔張千笑云〕我正尋你哩你替我打個草苫兒我還你草錢〔背云〕我把這廝賺入牢去〔做拿匾擔攛入牢科〕〔丑云〕將我的來〔張推丑入牢科〕〔丑云〕叔待怎生黑洞洞地〔張千做開天窗科〕〔丑云〕怎生你家都是木板上生出人頭來他不咬人麽將草來我替你打苫子〔打

苦科〕〔令史上云〕可早來到也我拽動這鈴索〔張千云〕提牢官來了這廝可怎生是好〔做枷丑丑怕科張千云〕休言語你但言語我就打死你〔做開門科〕〔令史云〕你休要了囚人的錢放鬆了他〔張千云〕不敢〔令史云〕拿過王小二來兀那廝還有兩件贓仗未完是芝蔴羅頭巾減銀環子在那裏〔王小二云〕哥我也是屈招了的委實沒有〔令史云〕不打不招張千打着者〔打科〕〔王小二云〕我受不過這打我招了罷有有有在蕭林城外瘸劉家菜園裏井口傍邊石板底下壓着哩〔令史云〕今日該誰當直〔張千云〕小人當直〔令史云〕則今日你手裏要頭巾環子你畫了字者〔張千云〕我知道〔令史云〕我這一向不曾查點這囚犯〔張千云〕哥哥這個不該你管該胡令史管〔令史云〕這個是甚麼賊〔張千云〕這是偷馬的〔令史云〕這個是甚賊〔張千云〕這是剪綹的〔令史問丑云〕這個是甚麼賊〔張千云〕這是潑皮賊〔令史云〕我正要打這潑皮賊〔做打科云〕我直打的你認的我便罷潑皮賊潑皮賊〔下〕〔張放丑出科云〕你且去明日來討草錢〔丑云〕討您娘的漢子我草錢也不要了〔下〕〔張千云〕我把王小二監好了〔王小二云〕哥也放鬆些兒〔下〕〔張千云〕則今日取頭巾環子走一遭去〔下〕〔丑慌走上淨跟上做撞科〕〔丑云〕哎喲他又來打我了〔做走又撞淨掉帽子科〕〔丑云〕我只道是那戴翅兒的元來是個牛鼻子〔淨拾帽掉燒餅丑搶餅科云〕好燒餅香香的〔淨云〕送與你吃了罷〔丑云〕好人好人〔淨云〕哥你在那裏來〔丑云〕兀那高房子那人家少我一擔草錢今日索也不與明日索也不與俺妳妳說我換嘴吃了今日又去索錢那人家青天白日關着門着我叫開門裏頭看不見人我說哥怎生黑洞洞地他望上一擲就明明的他一屋裏都是木板上生出人頭來的他着我打草苫兒正打之間外廂有人叫門他慌了拿過一塊板來上頭有個窟籠套在我脖子上把我撇倒教我休言語則見外面

走將一個人來頭上兩個翅兒他說道拿過王小二來問他要芝蔴羅頭巾減銀環子王小二說我
不知道天那把王小二只管打打的王小二渾身血胡淋剌的王小二道有有有在蕭林城外瘸劉
家菜園裏井口邊石板底下壓着哩（淨聽走下科）（丑云）那戴翅兒的團團看轉來問是甚麼賊
那人平白地揣與我個賊名兒他道我是潑皮賊哥也你是聰明的人你道可有潑皮賊麼（做回
頭看科云）呀這弟子孩兒可去了我恰似見鬼的則管說我也去也（下）（淨慌上云）這裏便是
瘸劉家菜園我跳過去（張千撞上）（淨下科）（張千云）原來是個牛鼻子我不是官身忙趕上打
他一頓這是瘸劉家菜園（做跳牆科云）這是井口邊（做石板下取巾環跳出科云）贓物有了也
王小二我倒替你愁哩（下）（外扮府尹引祗候上張千喝云）早衙清淨人馬平安（府尹詩云）鞶
鞭壯士廳前立捧暫佳人閣內行沉醉早筵方欲散耳邊猶聽管絃聲小官完顏女真人氏完顏姓
王普察姓李幼年進士及第累蒙擢用頗有政聲今為河南府尹此處官濁吏弊人民頑鹵御賜我
勢劍金牌先斬後奏差某往此審囚刷卷便宜行事專一剷除濫官污吏禁治頑嚚愚民早已赴任
三日也今日升廳坐起早衙張千喚將當該司吏來（張千云）理會的當該司吏老爺呼喚（令史
上云）張千喚我怎的（張千云）哥哥這個老爺不比前任的好生利害（令史見科）（府尹云）兀
那令史有甚麼合僉押的文書將來我看（令史遞文卷科云）文卷在此（府尹云）這一宗是甚麼
文卷（令史云）在城王小二殺了劉平遠贓仗明白問成死罪只等大人判個斬字拿出去殺了罷
（府尹云）將一行人解將過來（張千押王小二上）（令史云）兀那王小二到那邊不要言語問着
是你殺了劉平遠來你道是我就拿你出去只一刀殺了也是伶俐（王見跪科）（府尹云）老夫觀
察人情看了王小二不是個殺人的就中必有暗昧兀那王小二你有甚麼不盡的詞因我根前實

詐者老夫與你做主（令史云）大人他無詞因了也（王小二云）我待要說來又打我也罷也罷是我殺了劉平遠來無甚詞因（府尹云）罪人口裏既說無甚詞因則管裏問他怎的將筆來判個斬字拿出去殺壞了者（押小二出科小二云）天那着誰人救我也（正末扮張鼎上云）自家姓張名鼎字平叔在這河南府做着個六案都孔目想俺這爲吏的人非同容易也大凡掌刑名的有八件事可是那八件事一筆札二算子三文狀四把法五條劃六書契七抄寫八行止（詩云）這的是書案傍邊兩句言一重地獄一重天翰林風月三千首怎似這吏部文章二百篇（唱）

〔南呂一枝花〕雖是個判行的舊狀詞合幹辦新公事出司房忙進步登踊道下堦址又無甚過犯公私把文卷依節次請新官題判時先呈與個押解牒文後押上個拘頭僉字

〔梁州第七〕我從來甘剝剝與民無私誰敢道另巍巍節外生枝我向嚇魂臺把文案偷窺覷見一人高聲叫屈我這裏低首尋思多應被拷打無地全沒那半點兒心慈想危亡頃刻參差端的是垂命懸絲正廳上坐着個傲慠慠問事官人堦直下排兩行惡哏哏行刑漢子書案邊立着個响璫璫責狀曹司爲甚事咬牙切齒諕的犯罪人面色如金紙見相公判個斬字慌向前來取台旨便待要血泊內橫屍

（云）張千這是甚麼人這等叫屈稱冤（張千云）哥哥他是王小二殺了劉員外招伏俱明如今拿出去施刑去也（正末云）則他便是在城的王小二我多聽的人說這廝好生冤屈張千你且留人

者等我見了大人自有個道理兀那王小二我這一過去救的你休歡喜救不的你休煩惱〔做進見科〕〔府尹云〕下官一路上來聽的人說這河南府有個能吏張鼎刀筆上雖則是個狠傻儸却與百姓每水米無交張鼎你有甚麼合僉押的文書拿來我看〔正末云〕大人張鼎有合僉押的文卷〔府尹云〕既有僉押的文卷拿將來發落〔正末云〕文卷在此〔府尹云〕是那幾件你說〔正末唱〕

〔牧羊關〕這的是行惡的供成招伏〔府尹云〕這一宗呢〔正末唱〕這是打家賊責下口詞〔府尹云〕這是甚麼文卷〔正末唱〕這的是遠倉糧猶未關支〔府尹云〕這一紙呢〔正末唱〕這的是再修理道路橋梁〔府尹云〕橋梁道路庫獄倉廒都是合管的便該修理去又這一宗文卷呢〔正末唱〕這的是重蓋下倉廒庫司〔府尹云〕這一宗呢〔正末唱〕這的是親兄弟爭田土〔府尹云〕這個呢〔正末唱〕這的是親女壻賴了家私〔府尹云〕這一宗呢〔正末唱〕這的是相鬬爭商和狀〔府尹云〕這宗可是甚麼文書〔正末唱〕大人這的是打殺人也未檢屍〔府尹云〕張鼎再有甚麼文書僉押〔正末云〕別無了張千收過了者〔府尹云〕張鼎我聽得你替俺官府每辦事的當又各處攢造文書一年光景好生驅馳與你一個月假限休來衙門裏畫卯賞你一羫羊十瓶酒還家歇息去〔正末云〕多謝了大人〔出門科〕〔張千云〕哥哥王小二的事如何〔正末云〕嗨你看我可忘了再轉去波〔做進見科〕〔府尹云〕張鼎你轉來有何事〔正末云〕大人張鼎行至稟牆邊見一個待報的囚人稱冤叫屈知道的說那廝怕死不知道的則說大人新理任三日敢錯問了事麼〔府尹云〕張鼎你不知〔正末云〕是張鼎不知這樁事該誰管〔府尹云〕該趙

令史管〔正末云〕趙令史這事該你管〔令史云〕你也多管干你甚事〔正末云〕趙令史借你那文卷來我看〔令史云〕看甚麽你多管事的人〔正末云〕我是六案都孔目也合教我看這宗文卷〔令史云〕兀那文書你看你看〔正末看科云〕大人可知王小二那廝稱冤叫屈這文書不中使〔令史云〕怎麽不中使你要買肉吃那〔正末云〕四下裏無牆壁〔令史云〕大人在露天裏坐衙哩〔正末云〕這上面都是窟籠又無招伏無賍仗〔令史云〕這頭巾環子便是賍仗〔正末云〕既有賍仗可怎生前官手裏不結絶直到如今〔令史云〕因爲近日方纔追的那頭巾環子出來〔正末云〕你將那頭巾來我看〔令史云〕兀的頭巾你看〔正末看科云〕這頭巾放在那裏〔令史云〕在蕭林城外瘸劉家菜園裏井口傍邊石板底下壓着來〔正末云〕哦在蕭林城外十里田地瘸劉家菜園裏井口傍邊石板底下壓着來這官司打勾多少時了〔令史云〕這廝坐半年牢也〔正末云〕這官司打勾半年這頭巾是誰取來〔張千云〕是小人去取來〔正末云〕張千是你去取來那井是枯井可是有水的井〔張千云〕是打水澆畦的井〔正末云〕哦原來是打水澆畦的井大人這人情可推看這頭巾在蕭林城外瘸劉家菜園裏井口傍邊石板底下壓着半年也恰纔張鼎接在手裏看落在地下可也染上塵土休說有水的井大人尋思波〔唱〕

〔賀新郎〕這頭巾在菜園裏埋伏許多時可怎生無半點兒塵絲一星兒土漬〔令史云〕瘸劉家菜園裏井口邊大石板壓着怎麽得泥來〔正末唱〕那更這減銀上因何不見生澁則他這一春雨何曾道是住止〔帶云〕大人尋思波〔唱〕可怎生黑真真的不動個文字請先生別勘問告大人再尋思這廝每其中敢有暗昧蹺蹊事〔做問科云〕誰是原告〔旦云〕妾身是原告〔正末云〕

兀那婦人且一壁去這婦人不是個良人〔府尹云〕怎生見得他不是良人〔正末唱〕這婦人睛
天開水路無事設曹司
〔云〕這事好生暗昧令史你敢受他私來〔令史云〕哥也我若受他一文銅錢害疔瘡〔正末唱〕
〔牧羊關〕我跟前休胡諱那其間必受私既不沙怎無個放捨悲慈
常言道飽食傷心忠言逆耳且休說受苞苴是窮民血便那請俸祿
也是瘦民脂咱則合分解民冤枉怎下的將平人去刀下死
〔云〕趙令史道不的人性命關天關地也〔唱〕
〔隔尾〕這的是南衙見掌刑名事東岳新添速報司怎禁那街市上
閑人廝譏刺見放着豹子豹子的令史則被你這探爪兒的頹人將
我來帶累死
〔云〕趙令史你怎生這等葫蘆提〔令史云〕你說大人葫蘆提我告大人去〔告云〕大人張鼎說大
人葫蘆提〔府尹云〕張鼎道誰葫蘆提〔令史云〕是張鼎說大人葫蘆提〔府尹云〕張鼎你怎道我
葫蘆提〔正末跪云〕大人張鼎不敢〔府尹云〕我纔理任三日你道我葫蘆提這三年我不在這裏
為官張鼎王小二殺了劉平遠錯問了事是前官差了你怎道老夫葫蘆提我今分付你限三日問
成這件事我的俸錢與你充賞若問不成呵我不道的饒了你哩哎〔詞云〕你個無端老吏奸猾
將堂官一脚蹅踏若問成了我將你喜孜孜賜賞加官若問不成呵嘗我這明晃晃勢劍銅鍘〔下〕
〔正末云〕你是甚麼好外郎〔令史云〕你是甚麼好孔目我不怕你只等過了三日看那個試銅鍘
便是〔下〕〔正末云〕張千且將這一行人都收在牢裏去明日勘問〔唱〕

〔黃鍾煞〕這的是三朝斡了千年事一日難捱十二時喚公人再傳示要推勘王小二定頭梢下椤指爲明見費神思〔帶云〕張鼎呵〔唱〕少不的去司房中悶㶿㶿傒倖死〔同下〕

〔音釋〕 盹頓上聲　苫聲占切　賺音湛　瘸巨靴切　綹音柳　搠音朔　鼻音疲　鹵音魯　刷雙寡切　劃胡乖切　澁生止切　嚇亨美切　參抽森切　差抽支切　傷粗叟切　憿音鰲　厫音敖　羫音腔　畦音奚　漬音恣　苞音包　苴音疽　鍘音閘　勘坎去聲　椤子傘切　傒音奚

第三折

〔張千押王小二帶枷上云〕王小二如今張孔目問你哩看你的造化且關上這牢門者　〔正末上云〕自家張鼎是也今日去牢中勘問王小二走一遭去也呵〔唱〕

〔商調集賢賓〕沒來由惹這場閑是非親自問殺人賊全不論清廉正直倒不如懵懂愚痴爲別人受怕躭驚沒來由廢寢忘食則俺那不明白該死的在那裏好教我悶㶿㶿蹙損雙眉則爲我一言容易出今日個駟馬卻難追

〔逍遙樂〕我爲你親身臨牢內審問虛實端詳就裏〔云〕可早來到這牢門首也我搖動這鈴索波〔張千云〕這是孔目來了〔做開門見科云〕我開開這門哥哥請進來　〔正末入科云〕張千拿過王小二來〔做拿王跪科末云〕兀那廝你從實說來〔唱〕若說的半句兒差池穩情取六問三推休想我等閑間覷面皮向我行如何支對也

無那八棒十枷萬死千生都不到一時半刻

〔云〕兀那王小二你有甚麼不盡的詞因你從實說你若是不會殺了劉員外你怎麼知道這頭巾在蕭林城外瘸劉家菜園裏井口邊石板底下壓着來你若說的是呵我與你辨明說的不是呵准備下大棒子者〔張千云〕理會的〔王小二云〕告孔目停嗔息怒聽小人慢慢的說一遍小人母子二人過其日月爭奈家貧無計所奈每日向街市求覓錢鈔回家奉母當初一日到於劉員外門首則見個狗兒臥着不見一個人出來我待打起那狗叫呵員外定然出來乞討些錢鈔我拿起塊磚頭來不想打不着那狗倒打破他門前尿缸有員外的娘子出來將小人千罵窮弟子孩兒萬罵叫化頭小人分說不的他娘子又叫出員外來道俺有錢的打死你這窮漢則費得幾文錢小人便道俺這窮漢前街裏撞見你一無話說後巷裏撞見你敢殺了你那員外倒不言語他娘子揪住小人要了一紙保辜文書寫着道一百日以裏員外但有頭疼腦熱抓破小拇指頭也是小人認一百日以外不干小人事不到十日不知誰人殺了員外有他娘子將小人告到官中三推六問吊拷綳扒打的小人受不過只得屈招了今日相公判了斬字着我償命去若不是孔目哥哥那裏得我性命來投至今日得見孔目哥哥呵似那撥雲見日昏鏡重磨我這冤枉有那天來高地來厚海來深路來長我說兀的做甚〔詩云〕小人一一說真實孔目心下謾評隲可憐這少吃無穿王小二怎做的提刀仗劍殺人賊〔正末云〕一個死罪好小事兒你就肯招承了〔王小二云〕也則是打的慌我胡攀亂指〔正末云〕你噤聲〔唱〕

〔醋葫蘆〕你道是打的慌胡亂指不想這頭巾在那裏則你那勘時節莫不有甚麼外人知〔張千云〕哥也這是獄不通風誰敢來並無人知〔正末唱〕取

來時不有甚麼人見你〔張千云〕是我張千取來的並無人見〔正末云〕勘時節也無人知取時節又無人見〔唱〕這公事深藏着曖昧好教我左猜右忖沒端倪〔云〕張千這頭巾當初是你去取來〔張千云〕是我取來〔正末云〕你到糴劉家菜園裏會叫那地主和房隣眼同一齊取來麼〔張千云〕不曾叫那地主房隣我自家跳過牆去取來了〔正末云〕張千你不曾叫那地主房隣眼同去取又是越牆而過張千這頭巾環子敢是你放在那裏劉員外敢是你殺了麼〔張千云〕哥哥干我甚麼事〔正末云〕可知不干你事哩你則與個不應的狀子〔張千云〕怎麼把我也問個不應〔正末云〕你看這廝不中用休說別的則說這個問事廳你來我跟前支了多少錢鈔今日也修理明日也修理便無那瓦呵你也買幾箇草來苫一苫可也好〔張千笑科云〕哦我想起來了也〔正末云〕張千你想起甚麼來這等笑〔張千云〕那一日問王小二頭巾環子時有一個賣草的在這裏來〔正末唱〕

〔幺篇〕聽言絕則我沉默默腹內憂都做了虛飄飄心上喜則那的便是圖財致命殺人賊〔帶云〕張千〔唱〕你手裏要昨日賣草索錢的〔云〕快與我拿的那個人來〔張千云〕我拿去〔正末云〕回來〔唱〕你聽言仔細〔帶云〕你若拿不來〔唱〕不拿來你身上有災危

〔云〕你說你拿去假若你拿一個平人來我又不認的你打與我個模樣狀兒〔唱〕

〔幺篇〕則他那身材兒長共短〔張千云〕我試想着我記的他是個矮的〔正末唱〕面皮兒瘦共肥〔張千云〕是個黃甘甘瘦臉兒〔正末唱〕他住居村舍可也近城池〔張千云〕他說住在望京店我記的他有些苫昏髭髮〔正末唱〕你把他眉眼口鼻不

記的怎生則有些苦唇髭髮請你個司功猶自說兵機

〔云〕且將王小二收在一壁者〔張千云〕王小二牢裏去〔王下〕〔張千云〕我出的這門來可着我那裏尋那賣草的去〔丑冲上云〕我可索我那草錢去咱〔張千見打科丑云〕你又來打我你可還我那草錢來〔張推丑入牢科〕〔正末云〕張千你來了你拏的人呢〔張拏丑跪科云〕則這便是〔正末唱〕

〔掛金索〕省可裏後擁前推着他向書案傍邊立衹候人悄語低聲休監押休着他跪〔帶云〕孩兒也〔唱〕你若說實情呵我可便買與你個合酪吃〔丑云〕你孩兒肚裏正饑哩〔正末唱〕我則問你言詞你一句句明支對

〔云〕孩兒你姓甚麼〔丑云〕我不知我姓甚麼〔正末云〕你老子可姓甚麼〔丑云〕等我想哦我想起來了也我老子姓李不知我姓甚麼那〔正末云〕你敢也姓李〔丑云〕這們說起來我倒是個隨爺種俺妳妳說來我有個舅舅姓張在這衙門裏辦事我沒處尋他〔正末云〕孩兒也則我是你的舅舅哩〔丑云〕則你便是怪道一個鼻子和俺妳妳的一般般樣那〔丑拜科做起身看張科云〕嗯兀那小張兒你只管打我他這個是我舅舅哩〔張打科〕〔正末云〕張千休打孩兒你吃了飯也不曾〔丑云〕我吃了也〔正末云〕你幾時吃來〔丑云〕我去年八月裏吃來〔正末云〕張千下合酪來與孩兒吃孩兒你曾到這裏來麼〔丑云〕我這裏也曾來〔正末云〕你來這裏曾見甚麼人說甚話來〔丑云〕我不曾聽的〔末努嘴科張打科〕〔正末云〕張千休打休打下合酪與孩兒吃〔張千云〕我下合酪去〔丑云〕哥多着上些葱油兒〔正末云〕你出這門時曾見甚麼人來〔丑云〕我出的這門不曾見甚麼人我就家去了〔正末云〕是不曾見人〔做努嘴科〕〔張打科〕〔正末云〕張千休打

下合酪去〔丑云〕這舅舅一個好人這廝只要打我〔正末云〕孩兒也你那時可曾有人問你甚麼來你則從實的說〔丑云〕我不會說甚麼也不會有人問我〔正末努嘴科張打科〕〔正末云〕張千休打休打下合酪去〔張千云〕我知道〔丑云〕哥多着些花椒葱油兒〔正末云〕你真個不會說甚麼不會見人〔丑云〕道我不會說也不會見人〔正末努嘴張打科〕〔正末云〕張千休打孩兒〔丑云〕你休努你那嘴波〔張千云〕我下合酪去〔虛下復上云〕沒了合酪也〔正末云〕你這廝不中用既沒了合酪就是饅頭燒餅也買幾個來可也好那〔丑笑云〕舅舅你不提這燒餅我想不起來你纔說這燒餅我就想起來了〔正末云〕你可想起甚麼來〔丑云〕當日我來索草錢他把我拿進牢裏來着我打個草苫兒正打着哩則見外廂有人叫門這廝也害怕拿起一塊板上面有一個眼子套在我脖子上把我扯倒了他教我休言語則見外邊走將一人來頭上兩個翅兒剛坐下拿過王小二來不知說甚麼把那王小二只管打打的那王小二渾身上下血胡淋剌的那王小二道休打休打有有有芝蔴羅頭巾減銀環子在蕭林城外瘸劉家菜園裏井口邊石板底下壓着那人道我多時不曾打點罪人問張千道這個是甚麼賊他回是偷馬的剪綹的問到我跟前這個是甚麼賊那入娘的平白揣與我個名兒叫做潑皮賊舅舅你是個聰明的人你肯做潑皮賊麼他可放我出去不知那裏走一個人來和我劈面一撞撞掉了那廝帽兒原來是個牛鼻子〔張千云〕哦哥也我去取頭巾時也撞見個牛鼻子來〔正末云〕孩兒也那牛鼻子曾問你甚麼話來〔丑云〕他問我來我把王小二事對他說他就一道烟去了〔正末云〕這樁事都在劉員外的渾家身上我如今喚的他來定審問出個實情了也〔唱〕

〔醋葫蘆〕聽言罷他口內詞不由我心內疑況兼那婆娘顏色有誰

及他莫不共先生平日有些不怜悧只他兩個同謀設計我十猜八九是真實

〔云〕張千着他吃合酪去〔丑下〕〔正末云〕張千你去拏劉平遠渾家來〔張千云〕理會的〔出門科云〕兀那劉員外渾家衙門裏喚你哩〔旦做醉上云〕妾身劉員外的渾家俺男兒被王小二殺了衆街坊都來與我解悶飲了幾盃散悶酒有衙門裏着人來喚我不知說甚麼須索走一遭去〔見末科〕〔正末云〕這婦人不吃酒來〔旦云〕是吃悶解酒來〔正末云〕敢是解悶酒〔旦云〕是衆街坊見死了員外都替我解悶來〔正末唱〕

〔幺篇〕你見這惡哏哏公吏排不是我官不威牙爪威不招承敢粉碎了望夫石休則管我跟前聲支刺叫喚因甚的大古是脚踏實地你從來本性我須知

〔云〕兀那婦人你近前來我且問你你丈夫是誰殺了來〔旦云〕是王小二殺了他來〔正末云〕敢不是王小二說是你的姦夫殺了來〔旦云〕你說我的姦夫可是甚麼人〔正末云〕你那姦夫不是俗人是個先生〔旦云〕誰道是和尙來可知是個先生哩〔正末云〕他可早招了也那廝被我拿將來了你如今却要我怎的〔旦云〕我重重謝你〔正末云〕你不知道那文書上面好生不停當明明都是你起意謀殺員外我如今替你逐脫了這樁事你可怎生相謝我〔旦云〕我送五兩銀子與孔目買茶果吃〔正末云〕你與了趙外郎幾個銀子〔旦云〕我與了兩個銀子還說少哩〔正末云〕我如今拿出那廝來我一樁樁問的來你便一樁樁都推在他身上着他替你員外償了命你便無事你可送我幾個銀子〔旦云〕我送孔目五個銀子〔正末云〕既與我五個銀子你畫與我個字兒我

明日好討〔旦畫字科〕〔正末云〕張千與我牢裏取出那廝來〔張押丑戴囚帽上帶枷立左邊旦立右邊科〕〔正末唱〕

〔後庭花〕待推來怎地推不招承等甚的當日個指望待同諧老今日被意中人連累你你兩個待做夫妻怎當的官司臨逼阻鸞鳳兩下飛跪佳人在這裏枷姦夫在那壁〔云〕兀那廝我問的你是你便點頭問的不是你便搖頭〔張千云〕兀那廝你聽者〔正末唱〕

〔梧葉兒〕他道你先主意〔旦云〕是他先起意來〔正末云〕是誰先起意來〔丑點頭科〕〔正末云〕兀那廝是你先起意來〔張千云〕他說是他來〔正末唱〕他道都是你的見識〔旦云〕都是他的見識〔正末云〕兀那廝是你的見識麼〔丑點頭科〕〔正末唱〕他道和你整二載暗偷期〔旦云〕那裏有二載纔半年也〔正末云〕兀那廝是半年麼〔丑點頭科〕〔正末唱〕他道他二十歲〔旦云〕連自己歲數都忘了他三十一歲也〔正末云〕兀那廝是三十一歲麼〔丑點頭科〕〔正末唱〕他道他身姓李〔旦云〕連他自己姓也忘了他姓王〔正末云〕兀那廝你姓王麼〔丑點頭科〕〔正末云〕是姓王〔唱〕他道他曾買與你些東西〔旦云〕他身上道袍還是我買與他的〔正末云〕你可留他些甚麼那〔旦云〕初一十五圖他幾個饅頭吃〔正末云〕這個也不打緊兀那婦人你聽者〔唱〕他道是家住在三清觀裏〔旦云〕哎呀不是是太清菴裏王知觀〔正末云〕是王知觀麼〔旦云〕正是王知觀〔正末云〕張千將這婦人打着者〔張千打旦科〕〔旦云〕孔目也我是無罪之人你安排着公吏覷誰哩〔正末云〕張千與我打着者〔唱〕

〔金菊香〕你道是安排着公吏謊他誰〔旦做揭囚帽科云〕嗨原來不是他〔正末唱〕則被這賣草的庄家瞞過了你〔丑云〕哥哥合酪熟了麼〔張千云〕早哩早哩〔正末唱〕若不是張孔目使些些見識怎能勾詳察出虛實〔帶云〕王小二早無事了也〔唱〕嶮些些兒王小二一身虧

〔張千云〕兀那廝有了殺人賊也〔丑云〕可是個甚麼人〔張千云〕就是那個牛鼻子〔丑云〕既是殺人賊也有了傻廝你可去了我這枷者〔張去枷推丑出門科云〕你明日來討草錢〔丑云〕討你娘的頭〔詩云〕小人做事忒多磨偏生遇着張千歹哥哥兩次草錢都不與剛剛吃得一個大饕餮〔下〕〔正末云〕張千你去太清菴裏拿那王知觀一步一棍打將來者〔張千云〕我知道〔做行科云〕早來到也王知觀有麼〔淨上云〕還我道袍麼〔張千云〕㖃衙門裏勾喚你哩行動些〔淨見旦科云〕大姐你怎生在這裏誰喚的你來〔旦云〕張孔目勾將我來三推六問訴出實情我受不的苦楚從實招了也〔淨云〕醜弟子你既招了喒兩個死也〔做見末科〕〔正末云〕兀那王知觀你是出家人不守戒律貪戀酒色敗壞人倫你知罪麼〔淨云〕我則知修真養性不知有何罪〔正末云〕這劉員外是你殺了麼〔淨云〕我持齋把素口誦黃庭道德真經怎肯持刀殺人並無此事〔正末云〕這廝不打不招張千選大棍子打着者〔張打科〕〔淨云〕我受不過這般拷打罷罷罷我招我招是我殺了劉員外來〔正末云〕着他畫了字上了長枷者〔張上枷科〕〔淨云〕張千哥我招便招了端的定我甚麼罪〔張千云〕不打緊謀殺親夫拿到市曹量決一刀刀過頭落又省得吃飰〔淨云〕是好是好一了說碧桃花下死做鬼也風流〔正末云〕張千將這一行人休少了一個跟着我見府尹大人去來〔唱〕

〔浪裏來煞〕合立通德政碑減了些不平氣爲頭兒對府尹說詳細只教他欠身的立起銀交椅驚殺了兩行公吏恁時節須奏與聖人知〔衆下〕

〔音釋〕賊則平聲　食繩知切　刻康美切　抓莊瓜切　綳音崩　隲音質　曖音愛　的音底　獃郎帝切　推退平聲　立音利　合音何　酪音澇　喫音恥　及更移切　實繩知切　逼音彼　壁音彼　識傷以切　嶮與險同　傻商鮓切　鏺音波　行音杭

第四折

〔府尹領祗候上詩云〕王法條條誅濫官明刑款款去貪殘若道威權不在手只把勢劍金牌試一看老夫河南府尹奉聖人命勅賜勢劍金牌先斬後奏在此爲因王小二殺了劉平遠一事張孔目說老夫葫蘆提老夫就委他問這樁事去了若問成了奏知聖人加官賜賞若問不成另行定奪可怎生不見來回話左右的門首覷者若張鼎來時報復我知道〔祗候云〕理會的〔正末領一行人上云〕自家張鼎是也問成了這樁事領着一行人府中見大人去論此事非同輕可也呵〔唱〕

〔雙調新水令〕他痴心兒指望結姻緣全不肯敬天尊養真修煉那裏也清閑真道本無事散神仙今日個枷鎖身纏落可便死無怨〔云〕可早來到也左右報復去道張鼎領一行人來見〔祗候云〕報的老爺得知有張鼎領一行人來見〔府尹云〕着他過來〔祗候云〕一行人過去〔正末見科〕〔府尹云〕你勘問的事體如何〔正末云〕張鼎都勘問明白了也〔唱〕

〔喬牌兒〕小人呵非浪言這公事何難辨把從頭罪犯供明遍請大人自發遣

〔府尹云〕這樁事我限你三日問成今日果然第三日難道這般有唯一日也不多一日也不少莫非有些欺弊瞞着老夫麽〔正末云〕小人張鼎怎敢〔唱〕

〔鴈兒落〕眼見得一行人都在前整整的三日內成招卷真不真看便知賞不賞憑尊便

〔得勝令〕呀也只爲人命事關天因此上不厭細窮研那一個漏網的何僥倖那一個無辜的實可憐我可也非專只要他一點真情見端的個無偏恰便似一輪明鏡懸

〔府尹云〕這殺人賊還是王小二不是王小二〔正末云〕不是王小二是太清菴王知觀與劉平遠妻因姦通謀殺了親夫〔淨云〕少說少說殺了劉員外也是我來和他老婆通姦也是我來除死無大災饒便饒不饒把俺兩口兒就哈喇了罷大嫂我和你到陰司下又無人管正好的做一對兒美滿夫妻可不自在兀那張鼎我還要閻王殿下攀告你來拏去質辨不道的素放了你哩〔正末云〕噤聲〔唱〕

〔川撥棹〕你你你敢昧神天將平人招罪愆還待要攞袖揎拳假潑佯顛一味胡纏誰知道到咱案前有神通怎施展

〔云〕趙仲先將取過供狀來讀與他聽者〔令史念科云〕供狀人王知觀係河南府太清菴道士向與劉平遠妻通姦情熟有王小二與劉平遠爭論伊妻責立保辜文書不到十日劉平遠果被殺死

東門外柳樹下伊妻告執王小二追得芝蔴羅頭巾減銀環子到官問成抵命今蒙重勘係是望京店莊家因入牢打草苫看見趙令史拷打王小二審問頭巾環子二件藏匿何處王小二被拷不過朦朧報稱在蕭林城外瘸劉家菜園裏井口邊石板底下當差張千即日去取適知觀在外探聽陡遇莊家得其消息隨將前件往置彼處剛從菜園跳出正遇張千三面質對俱無異詞委係因姦謀殺劉平遠不干王小二之事所供是實（正末唱）

〔七兄弟〕仲先向前讀文卷明明是因姦殺死劉平遠回頭兒觀覷女嬋娟早諕的來膽破心驚戰（云）趙仲先這樁事可不道你也和他會有首尾來（唱）

〔梅花酒〕這都是你弄威權待積趲家緣廣置莊田盛買絲綿因此上葫蘆提逞機變強打掙做質辨護姦賊壞良善臭名兒怎指免（令史云）也只是小的每失於仔細豈敢玩法（正末唱）

〔收江南〕呀現放着雪花銀兩是贓錢把你個好心田翻做了惡心田今日個勘頭巾分解這場冤（府尹云）此一場冤事多虧你問出奏知聖人加官賜賞不負你之功也（正末云）小人怎敢望賞（唱）也只要全大人體面方纔得公平正直萬民傳

（府尹云）這樁事我盡知了也一行人聽我下斷姦夫淫婦市曹中明正典刑將劉員外家私給付王小二管業趙令史枉法成獄杖一百流口外爲民老夫罰俸三個月給賞張鼎還再具表申奏敘功加張鼎縣令之職（詞云）則爲荒淫婦戀色傾夫主貪財漢枉法害平人我秉正直再理舊文案

顯的你清廉吏張鼎勘頭巾

〔音釋〕 僥音交 攞羅去聲 揎音宣 陡音斗 嬋音蟬 娟音涓 揩楷平聲

題目　趙令史爲吏見錢親
王小二好鬬禍臨身

正名　望京店莊家索冷債
河南府張鼎勘頭巾

河南府張鼎勘頭巾雜劇

及時雨單責狀
傚范寬筆

黑旋風雙獻功

黑旋風雙獻功雜劇

元　高文秀撰
明吳興臧晉叔校

第一折

（冲末扮孫孔目搽旦扮郭念兒同上）（孫孔目詩云）人道公門不可入我道公門好脩行若將曲直無顛倒脚踏蓮花步步生小生鄆城縣人氏姓孫名榮渾家姓郭是郭念兒嫡親的兩口兒家屬我在這衙門中做着個把筆司吏我許了這泰安神州三年香願今年第三年也這渾家要跟隨將我去爭奈小生平昔間輭弱泰安神州謊子極多哨子極廣怎生得一個護臂跟隨將我去方可大嫂你在家中安排下茶飯我去長街市上尋一個護臂走一遭去來（下）（搽旦云）孔目你尋了護臂早些兒來波這裏也無人我心上只想着那白衙內和他有些不伶俐的勾當我已央人叫他去了只等來時自有說話（詩云）衙內性兒乖把他叫將來說些私情話必定稱心懷（下）（外扮宋江吳學究領僂儸上）（宋江詩云）家住梁山泊平生不種田刀磨風刃快斧蘸月痕圓強劫機謀廣潛偷膽力全弟兄三十六個個敢爭先某姓宋名江字公明綽號及時雨者是也幼年曾爲鄆州鄆城縣把筆司吏因帶酒殺了閻婆惜被告到官脊杖六十迭配江州牢城因打此梁山經過有我八拜交的哥哥晁蓋知某有難領僂儸下山將解人打死救某上山就讓我第二把交椅坐哥哥晁蓋三打祝家庄身亡衆兄弟拜某爲頭領某聚三十六大夥七十二小夥半垓來小僂儸寨名水滸泊號梁山縱横河港一千條四下方圓八百里東連大海西接濟陽南通鉅野金鄉北靠青齊兗鄆有七十二道深河港屯數百隻戰艦艨艟三十六座宴樓臺聚幾千家軍糧馬草風高敢放連天火

月黑提刀去殺人我有個八拜交的兄弟姓孫是孔目許下泰安神州燒香三年燒了二年也今年是第三年問某討個護臂的人小僂儸寨門首望着若兄弟來時報復某知道〔僂儸云〕理會得〔孫孔目上云〕小生孫孔目的便是我離了家中瞞着我渾家則說街市上尋個護臂的人去我這裏離梁山至近宋江哥哥是我舊交的朋友我問他討一個護臂去可早來到也你們休放冷箭報復去道有孔目孫榮特地拜見哥哥來〔僂儸報科云〕喏報的哥哥得知有孔目孫榮到此求見〔宋江云〕道有請〔僂儸云〕請進〔孔目做見科云〕哥哥多時不見受你兄弟兩拜〔宋江云〕兄弟免禮此一來莫非為討護臂麼〔孫孔目云〕哥哥我則為這三年香願今年是第三年也要帶媳婦兒前去那泰安神州謊子極多喒子極廣特來問哥哥這裏告一個護臂來〔宋江云〕學究兄弟這樁事難以點差小僂儸踏着山岡傳着某的將令道三十六大夥七十二小夥半垓來小僂儸那一個好男子保着孫孔目上泰安神州燒香去可是有也是無〔僂儸云〕理會的我出得這門去兀那三十六大夥七十二小夥半垓來小僂儸那個好男子保着孫孔目上泰安神州燒香去可是有也是無〔做三科〕〔正末扮李逵上云〕有有有我敢去我敢去〔唱〕

〔正宮端正好〕遮莫待渡關河登途徑把哥哥直送上泰嶽山城將我這夾鋼斧綽清泉觸白石揣揣的新磨淨放心也我和那合死的官軍併

〔云〕報復去道有山兒李逵來了也〔僂儸云〕喏報得哥哥得知有山兒李逵來了也〔宋江云〕着他過來〔僂儸云〕着過去〔正末做見科云〕宋江哥哥喏學究哥哥喏你兄弟來了也〔宋江云〕兄弟有個客人在此你和他廝見咱〔正末做見孔目科云〕你兄弟知道客人喏〔孫孔目驚科云〕是

人也那是鬼〔宋江云〕兄弟休驚莫怕則他是第十三個頭領山兒李逵這人相貌雖惡心是善的

〔正末唱〕

〔滾繡毬〕我這裏見客人將禮數迎把我這兩隻手插定哥也他見我這威凜凜的身似碑亭他可慣聽我這莽壯聲誮他一個癡掙誮得荊棘律的膽戰心驚〔帶云〕哥也他不怕我別的〔唱〕他見我風吹的齷齪是這鼻凹裏黑他見我血漬的腌臢是這衲襖腥審問個叮嚀

〔宋江云〕山兒這樁事我還不曾點差你可是要去只你這個名字不好誰不知你是李逵你更了名改了姓者〔正末云〕哥也你兄弟去便去要改這名字怎的〔宋江云〕你改了着〔正末云〕既要我改我改做山兒者波〔宋江云〕誰不知你是山兒〔正末云〕改做李逵者波〔宋江云〕誰不知你是李逵〔正末云〕你兄弟老爺老娘家姓王改做王重義者波〔宋江云〕雖然更了名改了姓你這般茜紅巾腥衲襖乾紅褡膊腿綳護膝八答麻鞋恰便似那烟薰的子路墨染的金剛休道是白日裏夜晚間揣摸着你呵也不是個好人〔正末云〕你兄弟打扮做庄家後生可是如何〔宋江云〕這等便堪可去只是那得庄家的衣服來〔正末云〕有有有你兄弟下得山去在那官道傍邊一壁掩映着等那庄家過去哥你那衣服借與我使一使兒那廝與我萬事罷論他但說個不與我一隻手揪住衣服領上一隻手搯住脚腕滴溜撲摔個一字交闊脚板踏着那廝胸膛舉起我這夾鋼板斧來覷着那廝嘴縫鼻凹恰待砍下哥休道是衣服那廝連鐵鍬都與你兄弟了也〔唱〕

〔倘秀才〕我今日改換了山寨的醜名我打扮做個庄家後生我着那捕盜官軍摸不着我影忒搊殺好相爭我和他鬭迎

〔宋江云〕山兒泰安神州天下英雄都在那裏你休與人廝丟廝打做那打家截道殺人放火的勾當〔正末唱〕

〔伴讀書〕泰安州便有那千千丈陷虎池萬萬尺牢龍阱我和你待攞手去橫行管教他抹着我的無乾淨保護得俺哥哥不許生疾病若是有差遲失了軍中令哥也我便情願納下一紙兒軍狀爲憑〔宋江云〕山兒你要寫文書最好只是你輸着什麼〔正末云〕哥也您兄弟這一去保護得哥哥無是無非還家來若有些失錯呵我情願輸三兩銀子〔宋江云〕這個少哩〔正末云〕哦我再做個東道請你那一班落保的都吃一個爛醉何如〔宋江云〕也還少哩〔正末云〕罷罷罷我情願輸了這六陽魁首〔唱〕

〔笑和尚〕你你你道我謅着嘴不志誠我我我打着手多承領管管管他壯着膽無徯倖倘倘倘若是到泰安州敗了興敢敢敢指梁山誓不回程來來來我情願輸了我吃飯的這一顆頭和頸〔宋江云〕山兒你便寫得是了只要你下山去常忍事饒人者〔正末云〕哥也假似有人罵您兄弟呢〔宋江云〕忍了〔正末云〕有人唾在兄弟臉上呢〔宋江云〕你也還他些〔正末云〕還他這些兒〔宋江云〕少〔正末云〕還他這些兒〔宋江云〕少〔正末云〕還到這裏怕做甚麼〔做打拳科〕〔宋江云〕可不打殺人也則要你把是和非少爭競些兒纔好〔正末唱〕

〔耍孩兒〕是和非誰共你閑相競假若是買物件多和少也不和他爭若有醉漢每罵我一千場〔帶云〕哥也你罵的是〔唱〕我只索忙陪着笑

臉兒相迎那廝鼻中殘涕望着我這耳根邊噴那廝口內頑涎望着我面上零再不和他親折證我只是吞聲忍氣匿跡潛形〔宋江云〕那泰安山神州廟有一等打擽臺賭本事的要與人廝打你見他山棚上擺着許多利物只怕你忍不過就要廝打起來也不見得〔正末唱〕

〔一煞〕有那等打擽臺使會能擺山棚博個贏占場兒沒一個敢和他爭施逞拳打的南山猛虎難藏隱脚踢的北海蛟龍怎住停我也只緊閉口不放些兒硬我只做沒些本領再不應承〔宋江云〕如今你怎生打扮去纔好〔正末唱〕

〔二煞〕我將氈帽遮了眼睛粗布帛縛了腿脡着誰人識破我喬行逕〔宋江云〕孫孔目哥哥到那山上要點燭燒香回錢了願都是你與他當值來〔正末唱〕他上山時我與他備點燭燒香的事下山時我與他供回錢了願的情一步步跟隨竟〔宋江云〕假似哥哥上馬呵〔正末唱〕上馬處就與他執鞭墜鐙〔宋江云〕假似哥哥吃酒呵〔正末唱〕吃酒處就與他綽鏇提觥〔宋江云〕那一個孫大嫂可也生得大有顏色只怕那一夥閑漢跟着他走不好意思〔正末唱〕

〔三煞〕那大嫂年又青貌又整則被他一班兒惡少相纏定似這等天寬地蕩的清平世怎容得女縱男淫潑賤精觸犯我真無幸請大嫂輕輕移步和哥哥慢慢同行〔宋江云〕山兒我教道你一句話兒你聽者是恭敬不如從命〔正末唱〕

〔哨遍〕可便道恭敬不如從命今日裏奉着哥哥令若有人將哥哥廝欺負我和他兩白日便見那簸箕星則我這兩條臂攔關扶碑則我這兩隻手可敢便直鈎缺丁理會的山兒性我從來個路見不平愛與人當道撅坑我喝一喝骨都都海波騰撼一撼赤力力山嶽崩但惱着我黑臉的爹爹和他做場的歹鬭翻過來落可便弔盤的煎餅

〔宋江云〕便好道弓硬絃長斷人强禍必隨你若保着孫孔目回來時我自有重賞小心在意則要你忍事饒人者〔正末云〕哥哥你放心也〔唱〕

〔煞尾〕我去呵兩隻手忙揪住巔嶮峯兩隻脚牢踏住村峭嶺主張的我神州廟裏身周正我可敢撇倒那嵯峨〔帶云〕放心也哥〔唱〕這一座泰山頂〔同孫孔目下〕

〔吳學究云〕李山兒與孫孔目去了也恐怕有失還該差神行太保戴宗尾着他去打探消息我們方好接應他〔宋江云〕這說的是小僂儸傳令與神行太保戴宗着他星夜下山打聽李山兒消息疾來回報者〔卒子云〕理會的〔宋江詩云〕孫孔目要護臂燒香李山兒怕惹事遭殃因此上差神行太保將消息早報取隄防〔同下〕

〔音釋〕鄆云去聲 輭郎軟字 稱去聲 蘸音湛 難去聲 濟上聲 港音講 屯音豚 艦音檻 艨音蒙 艟音同 離去聲 將去聲 綽超上聲 搊抽支切 相去聲 聽平聲 齷於角切 齪側角切 凹汪卦切 腤音庵 臢音簪 茜阡去聲 繃音

覰　搊鄒上聲　搊音炒　興去聲　應平聲　鏇旋去聲　鈋姑橫切　思去聲　鏇
音播　撼含去聲　嶮與險同　扳音班　嵯倉梭切

楔子

〔搽旦上云〕妾身是孫孔目的渾家郭念兒的便是有孔目街市上尋護臂去了我瞞着他着人尋那白衙內來有緊要的說話可怎生這早晚還不見他來也〔淨扮白衙內上詩云〕五臟六腑剛是俏四肢八節却無才村入骨頭挑不出俏從胎裏帶將來自家白赤交的便是官拜衙內之職我是那權豪勢要之家打死人不償命的有這孫孔目渾家是郭念兒和我兩個有些不伶俐的勾當他着人來尋我我如今到他家裏若是他夫主不在家我和他說幾句話可早來到門首也孫孔目在家麼〔搽旦云〕這個是他來了孔目不在家你進來〔白衙內做見科〕〔搽旦云〕我着人尋你你在那裏這早晚纔來〔白衙內云〕我也忙你喚我做甚麼〔搽旦云〕如今孫孔目同我要往泰安神州燒香去他說在火爐店裏安下我有一計你便先去那裏等着我我有兩句兒唱你則聽着我便道眉兒鎮常扢皺你便唱夫妻每醉了還依舊我叫衙內你叫念兒我和你兩個跳上馬便走〔白衙內云〕此計大妙你先到那裏你便等着我我先到那裏我便等着你若見了你呵跳上馬牙不約兒赤便走〔搽旦云〕衙內去了也這早晚孫孔目為甚不來〔孫孔目同正末上云〕兄弟來到我家門首也你過去與嫂嫂廝見咱〔正末云〕哥也請嫂嫂廝見咱〔孫孔目云〕大嫂我尋了個護臂是王重義你和他廝見咱〔正末見旦兒科云〕嫂嫂休怪恕生面少拜識〔搽旦云〕呸臉腦兒恰似個賊〔孫孔目云〕你好歹口也他聽着哩〔正末云〕哥哥你兄弟有一句話可是敢說麼〔孫孔目云〕兄弟有甚話說〔正末云〕這嫂嫂敢不和哥哥是兒女夫妻麼〔孫孔目云〕你好眼毒也你怎麼便

認將出來〔正末云〕我便認出來也〔唱〕

〔越調金蕉葉〕你看他那說話處呵〔帶云〕我纔說道恕生面少拜識〔唱〕他做多少丟眉弄色〔搽旦云〕你看我這幾步兒走〔正末唱〕你看他那行動處呵〔帶云〕娘也又不是那小脚兒竪裏一尺横裏五寸〔唱〕做多少家鞋弓襪窄可怕不打扮得十分像胎〔帶云〕哥哥不是你兄弟口歹也〔唱〕你可敢記着一場天來大小利害

〔孫孔目云〕大嫂收拾行李咱燒香去來〔同下〕〔丑扮店小二上詩云〕買賣歸來汗未消上牀猶自想來朝爲甚當家頭先白一夜起來七八遭小可是這火罏店上一個賣酒的但是南來北往官員士庶人等進香的都在我這店中安歇我今日開開板搭燒的鏇鍋兒熱着是有甚麼人來〔正末同孫孔目搽旦上〕〔正末云〕哥也來到這火罏店小二哥有麼〔店小二云〕官人每打了火過去〔正末云〕有乾淨房兒麼俺住一住〔店小二云〕官人請裏邊來有頭一間房子乾淨正好住〔孫孔目云〕小二哥把俺這大嫂寄在這裏不許放甚麼閑雜人等到來攪擾大嫂你則在這店中頭一間房子裏等着我和兄弟占了房子便來也〔搽旦云〕你可早些兒來我可害怕〔正末云〕嫂嫂你則在這裏我和俺哥哥占了房子便來也〔搽旦云〕你可早些兒來我可害怕哩〔正末云〕嫂嫂你在這裏青天白日害甚麼怕哥哥去波〔搽旦云〕孔目你則早些兒回來〔孫孔目云〕我知道〔搽旦云〕孔目你是必早些兒來休着我憂心也〔正末云〕哦這個嫂嫂你直這般割捨不得那〔一唱〕

〔幺篇〕哎你個嫂嫂莫得見責也則是虧着俺爲人在客我恰纔囑

付了三回五解〔搽旦扯孔目科云〕孔目你早些兒回來〔孫孔目云〕我就回來也〔正末扯孔目做走科云〕嫂嫂不索說我和哥哥便來我恰纔囑付了店家安撫了嫂嫂天色將晚也〔唱〕則去兀那泰安州尋一個家頭房子去來〔同下〕

〔白衙內上云〕自家白衙內的便是有郭念兒約我在這火罏店內相等我便來到這裏他不知在那裏〔搽旦云〕不知那白衙內來了也不會我自唱一聲咱〔唱〕眉兒鎮常扢皺〔白衙內唱〕夫妻每醉了還依舊〔做叫科云〕念兒〔搽旦云〕衙內快上馬俺和你去來〔同下〕〔店小二云〕怎麼了恰纔那官人寄下的女人平白地唱了一聲外邊一個人也唱了一聲他兩個私奔走了如今他那弟兄兩個來時我可怎麼回他的話〔孔目上云〕我與兄弟泰安神州占了房子我想我的大嫂獨自一個在那店肆中我放心不下我撇了我那兄弟看我那渾家去來到這店肆中我那大嫂呢〔店小二云〕哥也是我在這裏〔孫孔目尋科云〕你怕不在這裏只問你我渾家那裏去了〔店小二云〕我說則說你休煩惱你兩個占房子去了你大嫂平白的唱甚麼眉兒鎮常扢皺外邊一個人也唱了一聲道是夫妻每醉了還依舊一箇叫念兒一個叫衙內無三念無兩念則一念他就念得走了〔孫孔目云〕我兒你死也我這渾家寄在這裏着人拐的走了我到田閑可等我兄弟來時他便和你說話〔詩云〕渾家好容貌生得十分俏被人拐去了須索把狀告〔同下〕

〔音釋〕 色篩上聲 窄齋上聲 責齋上聲 客音楷 拐乖上聲

第二折

〔正末上云〕自家山兒的便是和俺哥哥草參亭上占房子去來三轉身不見俺哥哥想必去那店肆中望俺那嫂嫂去了你看時遇春天是好景致也呵〔唱〕

〔仙呂點絳唇〕柳絮堪撦似飛花引惹紛紛謝鶯燕調舌此景宜遊治

〔混江龍〕春光明曄路行人拂袖撲蝴蝶你覷那往來不斷車馬相接牆角畔滴溜溜草稕兒挑茅簷外疎剌剌布帘兒斜可知道你做營運的家家業大古裏人煙熱鬧買賣稠疊

〔油葫蘆〕三月春光景物別好着我難棄捨怎當這佳人士女醉扶者你看那桃花杏花都開徹更和那梨花初放如銀葉〔白衙內同搽旦上〕〔衙內云〕大姐喒行動些〔正末唱〕我這裏七留七林行他那裏必丢不搭說又被那夥喬男喬女將咱來拽〔白衙內做撞正末科〕〔白衙內云〕不中走走走〔同下〕〔正末唱〕這田地上赤留兀剌那時節

〔云〕甚麼人絆我這一脚不是趕俺哥哥忙呵我不道的饒了你也〔唱〕

〔天下樂〕打得那一匹馬不剌剌走不迭〔孫孔目同店小二上〕〔孫孔目云〕我那渾家到那裏去了〔正末唱〕我這裏便覷也波絕那裏無話說我見他自推自攧自哽咽因我與你便一處行一處歇哥也不知道你煩惱因甚些

〔云〕哥也怎麼撇了我先來了那〔孫孔目云〕我因放我大嫂不下我先回來看他誰想這店中不見了大嫂也〔正末云〕哥也可怎生不見俺嫂嫂麼〔孫孔目云〕兄弟你休問我你則問店小二去

〔正末云〕兀那店小二俺嫂嫂呢〔店小二做怕科〕〔孫孔目云〕你則問店小二〔正末云〕兀那廝俺嫂嫂呢〔店小二云〕着人拐的去了〔正末云〕怎生着人拐將去了也〔正末做打店小二孫孔

目勸科〕〔正末云〕哥也你放手〔唱〕
〔醉扶歸〕則俺這拳起處如刀切恨不得打塌這廝太陽穴〔孔目揪正末科云〕兄弟也干他甚麽事〔正末云〕哥也你放手〔唱〕你將我這臂膊休揪住了者〔帶云〕我不打這廝別的〔唱〕只打這廝強奪人妻妾〔帶云〕兀那廝可不道寄在不寄失〔唱〕你是個小主人家可不道管着一個甚也我恨不得一把火刮刮匝匝燒了你這村房舍
〔云〕哥也我見來我見來一個男子漢一個婦人兩個疊騎着馬我正行走着裏被那馬撞了我一脚我待要趕去來因爲趕着哥哥不曾去得哥也打與你一個模狀兒我見那廝的衣裳鞍馬說起來看是也不是〔唱〕
〔一半兒〕我適纔途中馬上見他些那一個婦人疊坐着鞍兒把身體趄那一個喬才橫摔着鞭兒穿插的別我打個模狀兒說可不道有一半兒朦朧倒有一半兒切
〔孫孔目云〕店小二哥你只聽我兄弟說他穿的衣服和你兩個對着可是他麽〔店小二云〕哥你說將來看是也不是〔正末唱〕
〔後庭花〕那廝綠羅衫絛是玉結皁頭巾環是減鐵〔店小二云〕正是正是〔正末唱〕他戴着個玉頂子新纓笠穿着對錦沿邊乾皁靴〔店小二云〕這個一發是了他叫做什麽衙內〔正末唱〕那廝暢好是忒啤嗻且莫說他鷂兒小鵪吹筒粘竿有諸般來擺設只他馬兒上更馱着一個女豔治

〔孫孔目云〕眼見得他是一箇權豪勢要之家着他拐了我渾家去可怎了也〔正末云〕哥也那廝走得也不遠我和你趕將去〔店小二云〕哥我對你說那個婦人在店裏面唱一聲道眉兒鎮常扢皺那一個衙內在店外面唱一聲道夫妻每醉了還依舊一個叫道衙內一個叫道念兒無三念無兩念只一念便念得走了〔正末唱〕

〔醉扶歸〕那婦人呵他唱一句爲關節那喬才呵他應一句到來也兩下裏慌速速怕甚麼途路賒必然個寬打着大週摺我和你疾忙趕上者將他一雙的在馬前拽

〔孫孔目云〕兄弟你休去你這一去則是你獨自一個他那裏人手極多你手裏又無兵器則怕你近不得他〔正末唱〕

〔賺煞尾〕我也不用一條鎗也不用三尺鐵則俺這壯士怒目前見血東嶽廟磕塔的相逢無話說把那廝滴溜撲馬上活挾他若是與時節萬事無些不與呵山兒待放會劣懒惱起我這草坡前倒拖牛的性格強逞我這些敵官軍勇烈我把那廝脊梁骨各支支生撇做兩三截〔下〕

〔孫孔目云〕兀那廝你認的拐了我渾家的那個人麼〔店小二云〕他是那白衙內又喚做甚麼白赤交〔孫孔目云〕既然是這等我去大衙門裏告這廝走一遭去我那個大嫂也則被你想殺我也〔下〕〔店小二云〕怎麼了那一個趕那廝去了這一個告狀去了他這一去若是趕不上回來我可怎了我關上門也不開這酒店罷〔詩云〕今日造化低惹場大是非不如關了店只去吊水雞〔下〕

〔音釋〕撦音車 舌繩遮切 曄音夜 蝶音爹 接音姐 稕音準 剌音辣 帘音廉 業音夜 疊音爹 別邦爺切 者音遮 徹昌惹切 葉音夜 說書惹切 拽音夜 穴希節音姐 迭音爹 絶藏靴切 攧與跌同 咽衣也切 結饑也切 切音且 耶切 妾音且 也音耶 趄青夜切 鐵湯也切 椶音宗 笠音利 啤音奢 嗻音遮 䳒音鬆 設商者切 摺音者 血希也切 挾希爺切 撇邦也切 格饑也切 烈郎夜切 撧疽雪切 截藏斜切

第三折

〔白衙內領張千上詩云〕小子白衙內平生好倚翠拐了郭念兒一日七箇醉自家白衙內的便是自從我拐了那郭念兒來我則怕那孫孔目來告狀因此上我借這大衙門坐三日他若來告狀我自有個主意張千門首覷着若有告狀的放他過來〔張千云〕理會得〔孫孔目上云〕小生孫孔目的便是被白衙內拐了我渾家去了我來到這大衙門裏我告他一狀寃屈也〔白衙內云〕甚麼人叫寃屈張千與我拿將過來〔張千云〕當面〔白衙內云〕兀那廝告甚麼〔孫孔目云〕大人我告着白衙內白赤交拐了我渾家去了望大人可憐見與小人做主他把良人婦女拐了則這等千罷那廝少不得車碾馬踏該殺該剮〔白衙內云〕這廝你怎麼這等罵他假似他聽得呢〔孫孔目云〕他有偌長耳朵〔白衙內云〕這廝無禮拏枷來上了枷下在死囚牢裏去〔孔目云〕大人我是原告〔白衙內云〕我這衙門裏則枷原告〔張千云〕你如今告誰〔孫孔目云〕我告白衙內〔張千云〕你原來不認得白衙內則這便是白衙內〔孫孔目云〕原來他便是白衙內我告了關門狀可着誰人救我那〔下〕〔白衙內云〕如何我道他來告狀麼如今把這廝下在死囚牢裏我直牢死他他渾家

便屬了我憑着我這片好心腸天也與我條兒糖吃〔同下〕〔丑扮牢子上詩云〕有福之人人服侍
無福之人服侍人小可牢子的便是今日該我當直有孔目孫榮下在死囚牢裏不免拏他出來〔
孫孔目帶枷上〕〔牢子云〕入牢先吃三十殺威棍〔孫孔目云〕大哥則望你照顧我來〔牢子云〕
罷罷罷且入牢去將軍柱上拴了頭髮上了脚鐐手扭擡上匣牀使上滾肚索拽拽拽〔孫孔目叫
科〕〔牢子云〕你燈油錢也無免苦錢也無倒要吃着死囚的飯有這等好處你也帶挈我去走走〔
正末上云〕這裏也無人山兒也事要前思免勞後悔當此一日小僂儸踏着山岡問了三聲道有
好男子跟的孫孔目哥哥往泰安神州燒香去你正是囊裏盛錐尖者自出我便道我敢去我敢去
又立了軍狀在宋江哥哥根前說下大言保護得孫孔目無事還家來若有些失錯呵願輸項上這
顆頭同孔目下的山來到得火爐店內我和他草參亭上占房子去不知甚麼人把大嫂拐的去了
我說哥哥你則在這裏我不問那裏趕上那廝奪得大嫂回來我則趕他去了誰想那哥正告在刁
了俺大嫂的白衙內根前如今把哥下在死囚牢裏山兒也你有甚麼面目見俺宋江哥哥我無計
可使權打扮做個庄家呆後生提着這飯罐兒我怎能勾入的那牢裏去呵我自有個主意也〔唱〕
〔雙調新水令〕我可便爲哥哥打扮個醜容儀〔帶云〕有那等不認得我的他
道我是個呆廝呆廝有那等認得我的他便道我那裏是真呆廝倒是箇真賊〔唱〕怎知道我
是那宋公明的兄弟可也自有咱心上事不許外人知將我這飯罐
兒忙提山兒也可用着你那賊見識入牢內
〔做向古門問科云〕大哥那裏是那牢哩〔內應云〕高牆兒矮門棘針屯着的便是〔正末云〕哦高
牆兒矮門兒一週遭棘針屯着的便是多謝了大哥〔做走科云〕此間是牢門首也放下這飯罐兒

我拽動這牽鈴索山兒也你尋思波着那牢子便道你既是做莊家呆後生便怎生認得個是牽鈴索可不顯出來了傍邊兒有這半頭甎我拾將起來我是敲這門咱叔待叔待你家裏有人麽〔牢子云〕甚麽人敢是提牢官來了住着若是提牢官呵拽動這牽鈴索可是甚麽人打得這牢門鼕鼕的響我且開開這門看咱〔正末與牢子撞倒科〕〔牢子云〕我打您個弟子孩兒〔正末云〕叔待你爲甚麽打我那〔牢子笑科云〕原來是個莊家呆廝〔正末唱〕

〔落梅風〕我這裏高聲的叫叫到那五六回哥哥你便開門呆廝可便與哥哥支揖〔牢子打科云〕這呆廝好無禮也你怎麽抱住我兩隻手臂我打這個弟子孩兒〔正末唱〕做甚麽惡哏哏怒從你那心上起叔待呆廝不曾湯着你不索你沒來由這般叫天吖地

〔牢子云〕你是甚麽人〔正末云〕叔待孩兒每是個莊家〔牢子云〕你這莊家們倒會受用快樂〔正末云〕叔待俺這莊家至受苦惱也〔唱〕

〔夜行船〕俺家裏要打水澆畦〔帶云〕打罷那水澆罷那畦俺娘道呆廝你還不往田裏去〔唱〕我又索與他壓耙扶犂〔牢子云〕好也他把我當耕牛使用〔正末唱〕我家裏還待要打柴刈葦織屨編席倒杼翻機俺做莊家忒老實俺可也不謊詐不虛脾

〔牢子云〕兀那廝你來這裏做甚麽〔正末云〕叔待你家裏有我個孫孔目哥哥麽〔牢子云〕這弟子孩兒不知是牢他說是我家裏他姓孫你可姓甚麽〔正末云〕我姓王〔牢子云〕我打這個弟子孩兒他姓孫你姓王怎麽是兄弟〔正末云〕叔待我可知和他不親哩這孔目跟的那官人到俺那

鄉里勸農去來見我家房子乾淨他就在俺家裏下俺娘見他是箇孔目將那好茶好飯兒這般管待他因問俺娘姓甚麼俺娘道我姓孫那孔目道我也姓孫他拜俺娘做姑姑俺娘道俺家裏別無甚麼人只則有這個呆廝早晚去那城裏面納些秋糧兒納些夏稅兒你便照顧他俺是這般親俺那裏是那真個的親眷來那〔牢子云〕原來是這等〔正末唱〕

〔甜水令〕俺那時節因納稅當差曾離鄉下到來城內〔牢子云〕這個也是認的兄弟打甚麼緊〔正末唱〕因此上認義我做相識〔牢子云〕若是要見他須是替他將油燈錢苦惱錢都與我些〔正末唱〕我待要與俺哥哥送些茶飯見些情義俺兩個又不是那真個親戚

〔得勝令〕呀便問我要東西叔待則你那沒粱桶兒便休提不比你財主們多周濟量俺這窮庄家有甚的俺真個堪嗟俺孩兒每臥土坑披麻被你可也爭知〔帶云〕還有精着腿無個袴兒穿的〔唱〕誰有那閑錢補笊籬

〔牢子云〕你看這個弟子孩兒把這頭扭過來驀過去一陣尿臊臭如今開開這牢門我着他先進去等待低下頭我一脚蹬倒這廝我取一面咲兀那呆廝你先進牢裏去看你哥哥那〔正末云〕叔待你先行波〔牢子做不走科云〕我腿轉筋〔正末云〕叔待你休怪呆廝說俺家裏個老驢也是這麼抽蹄抽脚的〔牢子云〕唗〔正末云〕叔待你又怎麼的〔牢子云〕我腿上一個瘡〔正末云〕早看覷着不要遲了怕變做疔瘡哩〔牢子云〕你看這廝罵得我好〔正末云〕叔待你將我的這件東西波〔牢子云〕甚麼東西〔正末云〕俺娘與了我一貫鈔着我路上做盤纏我就揣在懷裏怎麼的吊

了俺大家尋一尋還我〔牢子云〕等我替你尋〔牢子低頭科〕〔正末蹬科〕〔牢子跌倒科〕〔正末入門科云〕 叔待我先進來了也叔待你家裏怎生這般黑洞洞的〔牢子云〕一個傻弟子孩兒休要呆着跟將我來〔正末云〕叔待你家裏人一定不老實可怎生高牆矮門兒一週遭棘針兒屯着〔牢子云〕呆廝跟的我來這是牢裏〔正末笑科云〕呵呵我怎知是牢裏〔唱〕

〔歸塞北〕他前面引只我背後把他跟隨我將這田地兒踏窩坨兒來記呀誰知道一步步走入那棘針根底

〔鴈兒落〕那坨兒裏牆較低那坨兒裏門不閑那坨兒裏得空便那坨兒裏無尋覓

〔牢子云〕跟着我入牢裏去〔正末唱〕

〔川撥棹〕跟着他入牢內使盡我這賊見識哭哭啼啼切切悲悲則俺那孔目哥哥在那裏你可也思量些甚飯食

〔云〕孔目哥哥〔孫孔目應科云〕哎喲喚我的是誰〔正末唱〕

〔七兄弟〕我這裏喚你倒問我是誰喚你的是王重義〔云〕哎喲哥哥也〔孫孔目云〕兄弟也你在那裏來〔牢子打科云〕休要大驚小怪的〔正末唱〕閣不住兩眼恓惶淚俺哥哥含冤負屈有誰知兀的不斷送在高牆厚壁矮門內

〔梅花酒〕哥這罪也自省的使不着你精細使不着你伶俐竟不知你甚日脫離告押衙休疑惑辦別個是和非有關防無勢力把平人下在死田地

〔喜江南〕呀俺哥哥又不是打家截道的殺人賊倒賠了個如花似玉的好嬌妻送與你這倚權挾勢白衙內到今朝這日纔得我非親是親的送那碗飯兒喫

〔牢子云〕你看這呆廝口裏只管篤篤喃喃的說着許多說話既然有飯快拏將來餵他些罷〔正末云〕叔待與俺哥哥些飯兒吃〔做解手科〕〔牢子打科云〕你餵他飯便罷你怎麼解他的手〔正末云〕你休打波叔待不要鬬我要你將我的來波〔牢子云〕敢又是那一貫鈔〔正末唱〕

〔歸塞北〕俺哥哥二朝的五日可便忍餓躭饑五六日不曾嘗着水米常言道饑飽勞役

〔云〕叔待你將我的來波〔唱〕

〔鴈兒落〕他煙支支的撒滯殢涎鄧鄧相調戲別無人則有你〔云〕你這個神道是甚麼神道〔牢子云〕這個是獄神〔正末云〕你跪着我也跪着〔唱〕喒兩個說取一個牙疼誓

〔牢子云〕你爲甚麼也跪着神道要我說誓來〔正末唱〕

〔小將軍〕我恰纔送些茶飯與俺哥哥且點饑〔帶云〕你恰纔開門時節你那頭撞着我這頭叔待有俫〔唱〕明白的把一張匙却插在這裏這路天地下不是你個坌東西叔待我將你來跪了可便重還跪

〔牢子云〕你便這一張匙打甚麼不緊你餵你哥哥飯去〔正末云〕哥哥你吃些兒波〔孫孔目云〕我吃不得了也〔正末云〕哥哥不吃我自家吃〔牢子云〕兀那呆廝是甚麼東西〔正末云〕一罐子

羊肉泡飯哥哥不吃我自家吃〔牢子云〕你哥哥這幾日吃死囚的飯他不吃拏來我吃〔正末云〕你真個要吃管山的燒柴管水的吃水管牢的吃我脚後根〔牢子云〕這廝他倒傷着我將來我吃〔正末背科云〕我隨身帶着這蒙汗藥我如今攪在這飯裏他吃了呵明日這早晚他還不醒哩叔待你吃你吃〔牢子云〕將來我吃〔做吹科〕〔正末云〕叔待吹甚麼哩〔牢子云〕將來我吹去了些砒霜巴豆〔牢子吃飯科云〕倒好飯兒鄉里人家着得那花椒多了吃下去麻撒撒的哎喲麻撒撒的〔牢子倒科〕〔正末云〕兀那牢子起來這廝麻倒了也到明日也還不醒哩我解放了俺哥哥則不俺哥哥一個人我把這滿牢裏人都放了我開開這門你每各自逃生去哥哥我指與你一條大路你一徑先上梁山寨見俺宋江哥哥去我晚間殺了白衙內回來獻功也〔唱〕

〔鴛鴦煞〕這廝他兩三番會使拖刀計咱安排下搭救哥哥智只在今日明朝得勝而歸暢道天理難欺人心怎昧則他這肉眼愚眉把一個黑旋風爹爹敢來也認不得〔下〕

〔牢子起身慌科云〕哎喲麻撒撒的〔下〕

〔音釋〕碾年上聲　剮音寡　鐐音遼　杻音丑　戚音成　呆音爺　哏狠平聲　吖音鴉　眭音奚　刈音乂　席星西切　杼音注　實繩知切　識傷以切　戚食洗切　的音底　驀音陌　傻商鮓切　坨音陀　覓忙閉切　食繩知切　重平聲　惑音回　力音利　賊則平聲　日繩知切　吃音恥　役銀計切　殢音膩　倈離靴切　坌滂悶切

第四折

〔白衙內同搽旦上〕〔白衙內詩云〕借坐衙門放告牌引得他人插狀來專待囚牢身死後方纔做
了永遠夫妻大穪懷自家白衙內的便是我將孫孔目下在死囚牢中早晚便是死的人也俺夫妻
永遠團圓到老兀的不快樂殺我也正好飲酒爭奈無有了我使的伴當去那同知家裏取酒去這
早晚怎生不見來〔正末扮祗候上云〕自家山兒的便是我昨日救了俺孫孔目哥哥今夜晚間殺
白衙內我打扮做個祗候人提着這瓶酒我則能勾到那廝根前我自有個主意天色晚了也行動
些行動些〔唱〕
〔中呂粉蝶兒〕酒果做緣由安排下這場歹鬬兩事家不肯干休打
這廝損別人安自己他直吃到上燈前後猛可裏擡頭不覺的助殺
氣冷風吹透
〔醉春風〕我想那一個濫如猫這一個淫似狗端的是潑無徒賊子
更和着浪包婁出盡了醜醜情理難容殺人可恕怎生能彀
〔做見科云〕兀的不是酒〔白衙內云〕放下酒你自出去〔正末云〕這廝趕將我出來我則在這窗
兒外聽着看他說甚麼〔搽旦云〕衙內你坐着我去看些好菜蔬來再吃酒哩〔正末採住旦科云〕
潑弟子你認得我麼則我是王重義休言語但開口脖子上則一刀〔搽旦云〕好漢饒我性命〔
正末唱〕
〔上小樓〕不要你將沒作有則要你貪花戀酒我則見那一來一往
一上一下擺腦搖頭則爲你這個不識羞和那個賊禽獸雙雙的成
就〔云〕我不殺你你可唱波〔搽旦云〕唱甚麼那〔正末做揪搽旦科唱〕可唱你那眉兒鎮

常扢皺

〔正末殺搽旦科云〕我把這一顆頭且放在這裏我可殺白衙內去這廝醉了我怎麼肯不明不暗殺了這廝不免將涼酒噴醒他來我慢慢的殺他未遲〔做噴科〕〔白衙內云〕蓋了天窗猫溺下尿來了〔做見正末科云〕你是誰〔正末唱〕

〔幺篇〕爭知道他在我面前不隄防我在他背後只見他手脚張狂左右攔當何處奔投則爲這喫劍頭送得俺哥哥牢內囚風也不透〔做揪白衙內科云〕我不殺你你唱波〔白衙內云〕着我唱甚麼〔正末唱〕可唱你那夫妻每醉了還依舊

〔正末殺白衙內科云〕我把這兩顆頭都拿將來做一搭裏放者再將他衣服上扯下一塊來撚做箇紙撚去腔子裏蘸着熱血在白粉壁上寫道是宋江手下第十三個頭領黑旋風李逵殺了這白衙內來〔詩云〕從來白衙內做事忒狡猾拐了郭念兒一步一勾搭惱犯黑旋風登時火性發隨你問傍人該殺不該殺寫是寫了不免將着這二顆頭到梁山泊上宋江哥哥根前獻功去來〔唱〕

〔小梁州〕誰着你一世爲人將婦女偷見不得皓齒星眸你道有閑茶浪酒結綢繆天緣輳不枉了好風流

〔幺篇〕雖則是婚姻注定前生有到的我黑爹爹一筆都勾那裏也月下客冰上叟多管是殺人的領袖〔云〕俺如今回去見宋江哥哥他問道山兒你那泰安山的事怎麼了我可也不說別的〔唱〕則獻上這血瀝瀝兩顆活人頭〔下〕

〔宋江引吳學究孫孔目同卒子上〕〔宋江云〕某乃宋江是也因爲神行太保戴宗打探李山兒消

息說孫孔目兄弟到得泰安神州廟半山裏草參亭子上回來早不見了他的渾家元來是被白衙內拐騙去了想這廝是箇有權有勢的人李山兒一個如何近傍得他爲此與吳學究星夜領一枝人馬前來接應幸喜孫孔目兄弟已先來了單不知李山兒的下落大小僂儸作速與我趲上去者〔正末上云〕兀那來的軍馬不是我宋江哥哥也〔宋江云〕那挑着兩箇人頭的不是李山兒麼〔正末云〕俺李山兒獻功來〔擲人頭科〕〔唱〕

〔滿庭芳〕奉哥哥元戎帥首着我山兒孔目同去泰嶽神州又誰知草參亭上剛回後早不見了潑賊淫囚〔帶云〕元來他與白衙內呵〔唱〕他兩個笑吟吟成雙做偶背地裏悄促促設計施謀〔宋江云〕他可設甚計謀來〔正末云〕比時孫孔目哥哥趕上去正要尋個大衙門告他下來豈知白衙內那廝早借一座大衙門坐着專等他來告狀就一把拏住發下死囚牢裏指望將他禁死了與他渾家做了永遠夫婦可不好那〔唱〕專等待來追究便將他牢監固守只落得盡場兒都做了鬼胡由

〔云〕我想當日在哥哥根前立下軍政文書若不救的孫孔目出來豈不怕輸了我李山兒這一顆頭那〔唱〕

〔十二月〕因此上裝一個送飯的沾親帶友那一個管牢的便不亂扯胡揪他見了咱拏着的是飯羹羊肉就待要一氣兒呷上兩盞三甌他怎知道下的有砒霜巴豆但喫着早麻撒撒害得個魄喪魂丟

〔堯民歌〕那時節先打發了孫家孔目出牢囚我就直到他衙門裏

面報冤讎只見他兩個醉中情意正相投更遇着我爲他取到沽來酒清也波謳清謳樂未休只這兩句是他死時候

〔宋江云〕他每兩個唱着的是甚麼曲兒你就殺了他來〔正末云〕當日那淫婦姦夫暗地期約一個唱道眉兒鎖長扢皺一個唱道夫妻每醉了還依舊兩個跳上馬牙不約兒赤便走今日撞着俺黑爹爹李山兒一把揝住頭髻按翻地上着他仍舊唱這兩句曲兒聲未絕口早磕擦的一板斧一個劈下頭來〔唱〕

〔隨尾〕他他他也會一騎馬雙馱着走怎知俺兩板斧劈下了頭這都是親身作業親身受不枉了立軍狀的山兒果應了口

〔宋江云〕今日梟了姦夫淫婦之首都是李山兒之功也小僂儸將此兩個首級掛號梁山泊前警諭衆庶一面就忠義堂上窨下酒臥番羊與孫孔目李山兒共做一個慶喜筵席者〔詞云〕白衙內倚勢挾權潑賤婦暗合團圓孫孔目反遭縲絏有口也怎得伸冤黑旋風拔刀相助雙獻頭號令山前宋公明替天行道到今日慶賞開筵

〔音釋〕溺尼叫切　撚音碾　輳倉救切　肉柔去聲　縲音雷　絏音屑

題目　及時雨單責狀

正名　黑旋風雙獻功

黑旋風雙獻功雜劇

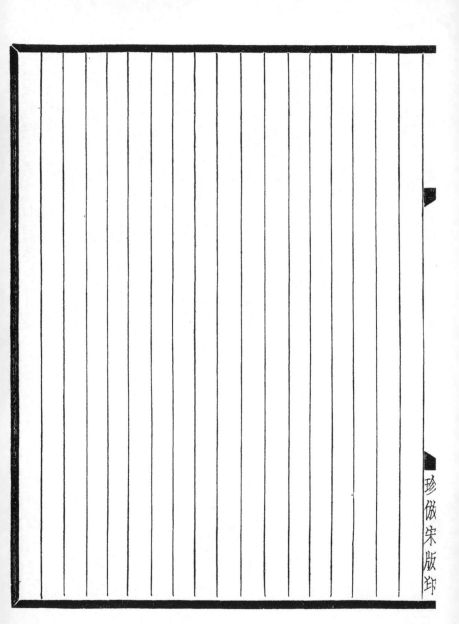

調素琴王生寫恨
倣楊士賢筆

迷青瑣倩女離魂
珍倣宋版印

迷青瑣倩女離魂雜劇

元　鄭德輝撰
明吳興臧晉叔校

楔子

〔旦扮夫人引從人上詩云〕花有重開日人無再少年休道黃金貴安樂最值錢老身姓李夫主姓張早年間亡化已過止有一個女孩兒小字倩女年長一十七歲孩兒針指女工飲食茶水無所不會先夫在日曾與王同知家指腹成親王家生的是男名喚王文舉此生年紀今長成了聞他滿腹文章尚未娶妻老身也曾數次寄書去孩兒說要來探望老身就成此親事下次小的每門首看者若孩兒來時報的我知道〔正末扮王文舉上云〕黃卷青燈一腐儒三槐九棘位中居世人只說文章貴何事男兒不讀書小生姓王名文舉先父任衡州同知不幸父母雙亡父親存日曾與本處張公弼指腹成親不想先母生了小生張宅生了一女因伯父下世不曾成此親事岳母數次寄書來問如今春榜動選場開小生一者待往長安應舉二者就探望岳母走一遭去可早來到也左右報復去道有王文舉在于門首〔從人報科云〕報的夫人知道外邊有一個秀才說是王文舉〔夫人云〕我語未懸口孩兒早到了道有請〔做見科〕〔正末云〕孩兒一向有失探望母親請坐受你孩兒幾拜〔做拜科〕〔夫人云〕孩兒請起穩便〔正末云〕母親你孩兒此來一者拜候岳母二者上朝進取去〔夫人云〕孩兒請坐下次小的每說與梅香繡房中請出小姐來拜哥哥者〔從人云〕理會的後堂傳與小姐老夫人有請〔正旦引梅香上云〕妾身姓張小字倩女年長一十七歲不幸父親亡逝已過父親在日曾與王同知指腹成親後來王宅生一子是王文舉俺家得了妾身不想王生

父母雙亡不曾成就這門親事今日母親在前廳上呼喚不知有甚事梅香跟我見母親去來〔梅香云〕姐姐行動些〔做見科〕〔正旦云〕母親喚您孩兒有何事〔夫人云〕孩兒向前拜了你哥哥者〔做拜科〕〔夫人云〕孩兒這是倩女小姐且回綉房中去〔正旦出門科云〕梅香咱那裏得這個哥哥來〔梅香云〕姐姐你不認的他則他便是指腹成親的王秀才〔正旦云〕則他便是王生俺母親着我拜為哥哥不知主何意也呵〔唱〕

〔仙呂賞花時〕他是箇矯帽輕衫小小郎我是箇繡帔香車楚楚娘恰才貌正相當俺娘向陽臺路上高築起一堵雨雲牆

〔幺篇〕可待要隔斷巫山窈窕娘怨女鰥男各自傷不爭你左使着一片黑心腸你不拘箝我可倒不想你把我越間阻越思量〔同梅香下〕

〔夫人云〕下次小的每打掃書房着孩兒安下温習經史不要誤了茶飯〔正末云〕母親休打掃書房您孩兒便索長行往京師應舉去也〔夫人云〕孩兒且住一兩日行程也未遲哩〔詩云〕試期尚遠莫心焦且在寒家過幾朝〔正末詩云〕只為禹門浪煖催人去因此匆匆未敢問桃夭〔同下〕

〔音釋〕帔音配　窈音杳　窕音調　鰥音關　箝其詹切

第一折

〔正旦引梅香上云〕妾身倩女自從見了王生神魂馳蕩誰想俺母親悔了這親事着我拜他做哥哥不知主何意思當此秋景是好傷感人也呵〔唱〕

〔仙呂點絳脣〕捱徹涼宵颯然驚覺紗窗曉落葉蕭蕭滿地無人掃

〔混江龍〕可正是暮秋天道儘收拾心事上眉梢鏡臺兒何曾覽照繡針兒不待拈着常恨夜坐窗前燭影昏一任晚妝樓上月兒高俺本是乘鸞艷質他須有中雀丰標苦被煞尊堂間阻爭把俺情義輕拋空誤了幽期密約虛過了月夕花朝無緣配合有分煎熬情默默難解自無聊病懨懨則怕娘知道窺之遠天寬地窄染之重夢斷魂勞

〔梅香云〕姐姐你省可裏煩惱〔正旦云〕梅香似這等幾時是了也〔唱〕

〔油葫蘆〕他不病倒我猜着敢消瘦了被拘箝的不忿心教他怎動腳雖不是路迢迢早情隨着雲渺渺淚灑做雨瀟瀟不能勾傍闌干數曲湖山靠恰便似望天涯一點青山小〔帶云〕秀才他寄來的詩也埋怨俺娘哩〔唱〕他多管是意不平自發揚心不遂閑綴作十分的賣風騷顯秀麗誇才調我這裏詳句法看揮毫

〔天下樂〕只道他讀書人志氣高元來這凄涼甚日了想俺這孤男寡女忒命薄我安排着鴛鴦宿錦被香他盼望着鸞鳳鳴琴瑟調怎做得蝴蝶飛錦樹繞

〔梅香云〕姐姐那王秀才生的一表人物聰明浪子論姐姐這個模樣正和王秀才是一對兒姐姐且寬心省煩惱〔正旦云〕梅香似這般如之奈何也〔唱〕

〔那吒令〕我一年一日過了團圓日較少三十三天覷了離恨天最

高四百四病害了相思病怎熬〔帶云〕他如今待應舉去呵〔唱〕千里將鳳闕
攀一舉把龍門跳接絲鞭總是妖嬈
〔梅香云〕姐姐那王生端的內才外才相稱也〔正旦唱〕
〔鵲踏枝〕據胸次那英豪論人物更清高他管跳出黃塵走上青霄
又不比鬧清曉茅檐燕雀他是掣風濤混海鯨鰲
〔帶云〕梅香那書生呵〔唱〕
〔寄生草〕他拂素楮鵝溪璽蘸中山玉兎毫不弱如駱賓王夜作論
天表也不讓李太白醉寫平蠻藁也不比漢相如病受徵賢詔他辛
勤十年書劍洛陽城決崢嶸一朝冠蓋長安道
〔梅香云〕姐姐王生今日就要上朝應舉去老夫人着俺折柳亭與哥哥送路哩〔正旦云〕梅香
咱折柳亭與王生送路去來〔同下〕〔正末同夫人上云〕母親今日是吉日良辰你孩兒便索長行
往京師進取去也〔夫人云〕孩兒你既是要行我在這折柳亭上與你餞行小的每請小姐來者〔
正旦引梅香上云〕母親孩兒來了也〔夫人云〕孩兒今日在這折柳亭與你哥哥送路把一盃酒
者〔正旦云〕理會的〔把酒科云〕哥哥滿飲一盃〔正末飲科云〕母親你孩兒今日臨行有一言動
問當初先父母曾與母親指腹成親俺母親生下小生母親添了小姐後來小生父母雙亡數年光
景不曾成此親事小生特來拜望母親就問這親事母親着小姐以兄妹稱呼不知主何意小生不
敢自專母親尊鑒不錯〔夫人云〕孩兒你也說的是老身爲何以兄妹相呼俺家三輩兒不招白衣
秀士想你學成滿腹文章未曾進取功名你如今上京師但得一官半職回來成此親事有何不可

〔正末云〕既然如此索是謝了母親便索長行去也〔正旦云〕哥哥你若得了官時是必休別接了絲鞭者〔正末云〕小姐但放心小生得了官時便來成此親事也〔正旦云〕好是難分別也呵〔唱〕

〔村里迓鼓〕則他這渭城朝雨洛陽殘照雖不唱陽關曲本今日來祖送長安年少兀的不取次棄舍等閒抛掉因而零落〔做歎科云〕哥哥〔唱〕恰楚澤深秦關杳泰華高嘆人生離多會少

〔正末云〕小姐我若爲了官呵你就是夫人縣君也〔正旦唱〕

〔元和令〕盃中酒和淚酌心間事對伊道似長亭折柳贈柔條哥哥你休有上梢沒下梢從今虛度可憐宵奈離愁不了

〔正末云〕往日小生也曾掛念來〔正旦云〕今日更是淒涼也〔唱〕

〔上馬嬌〕竹窗外響翠梢苔砌下深綠草書舍頓蕭條故園悄悄無人到恨怎消此際最難熬

〔游四門〕抵多少彩雲聲斷紫鸞簫今夕何處繫蘭橈片帆休遮西風惡雪捲浪淘淘岸影高千里水雲飄

〔勝葫蘆〕你是必休做了冥鴻惜羽毛常言道好事不堅牢你身去休教心去了對郎君低告恰梅香報道恐怕母親焦

〔夫人云〕梅香看車兒着小姐回去〔梅香云〕姐姐上車兒者〔正末云〕小姐請回小生便索長行也〔正旦唱〕

〔後庭花〕我這裏翠簾車先控着他那裏黃金鐙孏去挑我淚濕香羅袖他鞭垂碧玉梢望迢迢恨堆滿西風古道想急煎煎人多情人去了和青湛湛天有情天亦老俺氣氳氳喟然聲不定交助疎刺刺動羇懷風亂掃滴撲簌簌界殘粧粉淚拋灑細濛濛浥香塵暮雨飄

〔柳葉兒〕見淅零零滿江干樓閣我各刺刺坐車兒孏過溪橋他矻蹬蹬馬蹄兒倦上皇州道我一望望傷懷抱他一步步待迴鑣早一程程水遠山遙

〔正末云〕小姐放心小生得了官便來取你小姐請上車兒回去罷〔正旦唱〕

〔賺煞〕從今後只合題恨寫芭蕉不索占夢揲蓍草有甚心腸更珠圍翠遶我這一點真情魂縹緲他去後不離了前後周遭廝隨着司馬題橋也不指望駟馬高車顯榮耀不爭把瓊姬棄却比及盼子高來到早辜負了碧桃花下鳳鸞交〔同梅香下〕

〔正末云〕你孩兒則今日拜別了母親便索長行也左右將馬來則今日進取功名走一遭去〔下〕

〔夫人云〕王秀才去了也等他得了官回來成就這門親事未爲遲哩〔下〕

〔音釋〕颯音撒　覺音叫　拾繩知切　着池燒切　丰音風　綴音贅　作音早　薄巴毛切
雀音勦　掣音徹　齏與韲同　蘸知濫切　酌音沼　橈音饒　惡音襖　氳於君切
喟匡委切　鑣音標　閣音稿　揲繩遮切　却音巧

第二折

〔夫人慌上云〕歡喜未盡煩惱又來自從倩女孩兒在折柳亭與王秀才送路辭別回家得其疾病一臥不起請的醫人看治不得痊可十分沉重如之奈何則怕孩兒思想湯水吃老身親自去綉房中探望一遭去來〔下〕〔正末上云〕小生王文舉自與小姐在折柳亭相別使小生切切于懷放心不下今艤舟江岸小生橫琴于膝操一曲以適悶咱〔做撫琴科〕〔正旦別扮離魂上云〕妾身倩女自與王生相別思想的無奈不如跟他同去背着母親一徑的趕來王生也你只管去了爭知我如何過遣也呵〔唱〕

〔越調鬭鵪鶉〕人去陽臺雲歸楚峽不爭他江渚停舟幾時得門庭過馬悄悄冥冥瀟瀟灑灑我這裏踏岸沙步月華我覷這萬水千山都只在一時半霎

〔紫花兒序〕想倩女心間離恨趕王生柳外蘭舟似盼張騫天上浮槎汗溶溶瓊珠瑩臉亂鬆鬆雲髻堆鴉走的我筋力疲乏你莫不夜泊秦淮賣酒家向斷橋西下疎剌剌秋水菰蒲冷清清明月蘆花

〔云〕走了半日來到江邊聽的人語喧鬧我試覷咱〔唱〕

〔小桃紅〕我驀聽得馬嘶人語鬧喧譁掩映在垂楊下諕的我心頭丕丕那驚怕原來是響璫璫鳴榔板捕魚蝦我這裏順西風悄悄聽沉罷趁着這厭厭露華對着這澄澄月下驚的那呀呀呀寒鴈起平沙

〔調笑令〕向沙堤款踏莎草帶霜滑掠濕湘裙翡翠紗抵多少蒼苔

露冷凌波襪看江上晚來堪畫玩氷壺瀲灩天上下似一片碧玉無瑕

〔禿廝兒〕你覷遠浦孤鶩落霞枯藤老樹昏鴉聽長笛一聲何處發歌欸乃櫓咿啞

〔云〕兀那船頭上琴聲响敢是王生我試聽咱〔唱〕

〔聖藥王〕近蓼洼纜釣槎有折蒲衰柳老蒹葭傍水凹折藕芽見烟籠寒水月籠沙茅舍兩三家

〔正末云〕這等夜深只聽得岸上女人音聲好似我倩女小姐我試問一聲波〔做問科云〕那壁不是倩女小姐麽這早晚來此怎的〔魂旦相見科云〕王生也我背着母親一徑的趕將你來咱同上京去罷〔正末云〕小姐你怎生直趕到這裏來〔魂旦唱〕

〔麻郎兒〕你好是舒心的伯牙我做了沒路的渾家你道我為甚麽私離繡榻待和伊同走天涯

〔正末云〕小姐是車兒來是馬兒來〔魂旦唱〕

〔幺〕嵗把咱家走乏比及你遠赴京華薄命妾為伊牽掛思量心幾時撇下

〔絡絲娘〕你抛閃咱比及見咱我不瘦殺多應害殺〔正末云〕若老夫人知道怎了也〔魂旦唱〕他若是趕上咱待怎麽常言做着不怕

〔正末做怒科云〕古人云聘則為妻奔則為妾老夫人許了親事待小生得官回來諧兩姓之好却

不名正言順你今私自趕來有玷風化是何道理〔魂旦云〕王生〔唱〕

〔雪裏梅〕你振色怒增加我凝睇不歸家我本真情非爲相謔已主定心猿意馬

〔正末云〕小姐你快回去罷〔魂旦唱〕

〔紫花兒序〕只道你急煎煎趲登程路元來是悶沉沉困倚琴書怎不教我痛煞煞淚濕琵琶有甚心着霧鬢輕籠蟬翅雙眉淡掃宮鴉似落絮飛花誰待問出外爭如只在家更無多話願秋風駕百尺高帆儘春光付一樹鉛華

〔云〕王秀才趕你不爲别我只防你一件〔正末云〕小姐防我那一件來〔魂旦唱〕

〔東原樂〕你若是赴御宴瓊林罷媒人每攔住馬高挑起染渲佳人丹青畫賣弄他生長在王侯宰相家你戀着那奢華你敢新婚燕爾在他門下

〔正末云〕小生此行一舉及第怎敢忘了小姐〔魂旦云〕你若得登第呵〔唱〕

〔綿搭絮〕你做了貴門嬌客一樣矜誇那相府榮華錦繡堆壓你還想飛入尋常百姓家那時節似魚躍龍門播海涯飲御酒插宮花那其間占鰲頭占鰲頭登上甲

〔正末云〕小生倘不中呵却是怎生〔魂旦云〕你若不中呵妾身荊釵裙布願同甘苦〔唱〕

〔拙魯速〕你若是似賈誼困在長沙我敢似孟光般顯賢達休想我

半星兒意差一分兒抹搭我情願舉案齊眉傍書榻任粗糲淡薄生涯遮莫戴荊釵穿布麻〔正末云〕小姐既如此真誠志意就與小生同上京去如何〔魂旦云〕秀才肯帶妾身去呵〔唱〕

〔幺篇〕把稍公快喚咱恐家中廝捉拿只見遠樹寒鴉岸草汀沙滿目黃花幾縷殘霞快先把雲帆高掛月明直下便東風刮莫消停疾進發〔正末云〕小姐則今日同我上京應舉去來我若得了官你便是夫人縣君也〔魂旦唱〕

〔收尾〕各剌剌向長安道上把車兒駕但願得文苑客當時奮發則我這臨邛市沽酒卓文君甘伏侍你濯錦江題橋漢司馬〔同下〕

〔音釋〕峽奚加切　灑商鮓切　霎雙鮓切　乏扶加切　菰音孤　厭平聲　踏當加切　滑呼佳切　襪忘罵切　鶩音木　發方雅切　欸音襖　乃音靄　咿音衣　蒹音兼　葭音加　凹汪卦切　榻湯打切　嶮與險同　殺雙鮓切　渲疎眷切　壓羊架切　甲江雅切　撻當加切　搭音打　刮音寡

第三折

〔正末引祗從上云〕小官王文舉自到都下攛過卷子小官日不移影應對萬言聖人大喜賜小官狀元及第夫人也隨小官至此我如今修一封平安家書差人岳母行報知左右的將筆硯來〔做寫書科云〕寫就了也我表白一遍咱寓都下小婿王文舉拜上岳母座前自到闕下一舉狀元及第待授官之後文舉同小姐一時回家萬望尊慈垂照不宣書已寫了左右的與我喚張千來〔淨

扮張千上〔詩云〕我做伴當實是強公差幹事多的當一日走了三百里第二日剛剛捱下炕自家張千的便是狀元爺呼喚須索走一遭去〔做見科云〕爺喚張千那廂使用〔正末云〕張千你將這一封平安家信直至衡州尋問張公弼家投下你見了老夫人說我得了官也你小心在意者〔淨接書云〕張千知道了我將着這一封書直至衡州走一遭去〔同下〕〔老夫人上云〕誰想倩女孩兒自與王生別後臥病在牀或言或笑不知是何症候這兩日不曾看他老身須親看去〔下〕〔正旦抱病梅香扶上云〕自從王秀才去後一臥不起但合眼便與王生在一處則被這相思病害殺人也呵〔唱〕

〔中呂粉蝶兒〕自執手臨岐空留下這場憔悴想人生最苦別離說話處少精神睡臥處無顛倒茶飯上不知滋味似這般廢寢忘食折挫得一日瘦如一日

〔醉春風〕空服徧瞑眩藥不能痊知他這腤臢病何日起要好時直等的見他時也只爲這症候因他上得得一會家縹緲呵忘了魂靈一會家精細呵使着軀殼一會家混沌呵不知天地

〔云〕我眼裏只見王生在面前原來是梅香在這裏梅香如今是甚時候了〔梅香云〕如今春光將盡綠暗紅稀將近四月也〔正旦唱〕

〔迎仙客〕日長也愁更長紅稀也信尤稀〔帶云〕王生你好下的也〔唱〕春歸也奄然人未歸〔梅香云〕姐姐俺姐夫去了未及一年你如何這等想他〔正旦唱〕我則道相別也數十年我則道相隔着幾萬里爲數歸期則那竹院裏刻

偏琅玕翠

〔紅繡鞋〕去時節楊柳西風秋日如今又過了梨花暮雨寒食〔梅香云〕姐姐你可曾卜一卦麼〔正旦唱〕則兀那龜兒卦無定准枉央及喜蛛兒難憑信靈鵲兒不誠實燈花兒何太喜

〔夫人上云〕來到孩兒房門首也梅香您姐姐較好些麼〔正旦云〕是誰〔梅香云〕是妳妳來看你哩〔正旦云〕我每日眼界只見王生那曾見母親來〔夫人見科云〕孩兒你病體如何〔正旦唱〕

〔普天樂〕想鬼病最關心似宿酒迷春睡繞晴雪楊花陌上趁東風燕子樓西拋閃殺我年少人辜負了這韶華日早是離愁添縈繫更那堪景物狼籍愁心驚一聲鳥啼薄命趁一春事已香魂逐一片花飛

〔正旦昏科〕〔夫人云〕孩兒你掙挫些兒〔正旦醒科〕〔唱〕

〔石榴花〕早是俺抱沉痾添新病發昏迷也則是死限緊相催逼膏肓針灸不能及〔夫人云〕我請個良醫來調治你〔正旦唱〕若是他來到這裏煞強如請扁鵲盧醫〔夫人云〕我如今着人請王生去〔正旦唱〕把似請他時便許做東牀婿到如今悔後應遲〔夫人云〕王生去了再無音信寄來〔正旦唱〕他不寄箇報喜的信息緣何意有兩件事我先知

〔鬬鵪鶉〕他得了官別就新婚剝落呵羞歸故里〔夫人云〕孩兒休過慮且

將息自己〔正旦唱〕眼見的千死千休折倒的半人半鬼爲甚這思竭損的枯腸不害饑苦懨懨一肚皮〔夫人云〕孩兒吃些湯粥〔正旦云〕母親〔唱〕若肯成就了燕爾新婚強如喫龍肝鳳髓

〔云〕我這一會昏沉上來只待睡些兒哩〔夫人云〕梅香休要炒鬧等他歇息我且回去咱〔夫人同梅香下〕〔正旦睡科〕〔正末上見旦科云〕小姐我來看你哩〔正旦云〕王生你在那裏來〔正末云〕小姐我得了官也〔正旦唱〕

〔上小樓〕則道你辜恩負德你原來得官及第你直叩丹墀奪得朝章換却白衣覷面儀比向日相別之際更有三千丈五陵豪氣

〔正末云〕小姐我去也〔下〕〔正旦醒科云〕分明見王生說得了官也醒來却是南柯一夢〔唱〕

〔么篇〕空疑惑了大一會恰分明這搭裏俺淘寫相思敘問寒溫訴說真實他緊摘離我猛跳起早難尋難覓只見這冷清清半竿殘日

〔梅香上云〕姐姐爲何大驚小怪的〔正旦云〕我恰纔夢見王生說他得了官也〔唱〕

〔十二月〕元來是一枕南柯夢裏和二三子文翰相知他訪四科習五常典禮通六藝有七步才識憑八韻賦縱橫大筆九天上得遂風雷

〔堯民歌〕想十年身到鳳凰池和九卿相八元輔勸金盃則他那七言詩六合裏少人及端的個五福全四氣備占倫魁震三月春雷雙親行先報喜都爲這一紙登科記

〔淨上云〕自家張千的便是奉俺王相公言語差來衡州下家書尋問張公弼宅子人說這裏就是〔做見梅香科云〕姐姐唱喏哩〔梅香云〕兀那廝你是甚麽人〔淨云〕這裏敢是張相公宅子麽〔梅香云〕則這裏就是你問怎的〔淨云〕我是京師來的俺王相公得了官也着我寄書來與家裏夫人知道〔梅香云〕你則在這裏我和小姐說去〔見正旦科云〕姐姐王秀才得了官也着人寄家書來見在門首哩〔正旦云〕着他過來〔梅香見淨云〕兀那寄書的過去見小姐〔淨見正旦驚科背云〕一個好夫人也與我家妳妳生的一般兒〔回云〕我是京師王相公差我寄書來與夫人〔正旦云〕梅香將書來我看〔梅香云〕兀那漢子將書來〔淨遞書科〕〔正旦念書科云〕寓都下小壻王文舉拜上岳母座前自到闕下一舉狀元及第待授官之後文舉同小姐一時回家萬望尊慈垂照不宣他原來有了夫人也兀的不氣殺我也〔氣倒科〕〔梅香救科云〕姐姐甦醒者〔正旦醒科〕〔梅香云〕都是這寄書的〔做打淨科〕〔正旦云〕王生則被你痛殺我也〔唱〕

〔哨遍〕將往事從頭思憶百年情只落得一口長吁氣為甚麽把婚聘禮不曾題恐少年墮落了春闈想當日在竹邊書舍柳外離亭有多少徘徊意爭奈匆匆去急再不見音容瀟灑空留下這詞翰清奇把巫山錯認做望夫石將小簡帖聯做斷腸集恰微雨初陰早皓月穿窗使行雲易飛

〔耍孩兒〕俺娘把冰綃剪破鴛鴦隻不忍別遠送出陽關數里此時無計住雕鞍奈離愁與心事相隨愁縈徧垂楊古驛絲千縷淚添滿落日長亭酒一盃從此去孤辰限淒涼日憶鄉關愁雲阻隔着林枕

鬼病禁持

〔四煞〕都做了一春魚鴈無消息不甫能一紙音書盼得我則道春心滿紙墨淋漓原來比休書多了箇封皮氣的我痛如淚血流難盡爭些魂逐東風吹不回秀才每心腸黑一箇箇貧兒乍富一箇箇飽病難醫

〔三煞〕這秀才則好謁僧堂三頓齋則好撥寒鑪一夜灰則好教偷燈光鑿透隣家壁則好教一場雨淹了中庭麥則好教半夜雷轟了薦福碑不是我閑淘氣便死呵死而無怨待悔呵悔之何及

〔二煞〕倩女呵病纏身則願的天可憐梅香呵我心事則除是你盡知望他來表白我真誠意半年甘分躭疾病鎮日無心掃黛眉不甫能捱得到今日頭直上打一輪皁蓋馬頭前列兩行朱衣

〔尾煞〕並不聞琴邊續斷絃倒做了山間滾磨旗剗地接絲鞭別娶了新妻室這是我棄死忘生落來的〔梅香扶正旦下〕

〔淨云〕都是俺爺不是了你娶了老婆便罷又着我寄紙書來做什麼我則道是平安家信原來是一封休書把那小姐氣死了梅香又打了我一頓想將起來都是俺爺不是了〔詩云〕想他做事沒來由寄的書來惹下愁若還差我再寄信只做烏龜縮了頭〔下〕

〔音釋〕食繩知切　日人智切　眄音面　得當美切　沌音遁　實繩知切　籍精妻切　痾何哥切　逼音彼　肓音荒　及更移切　髓桑嘴切　德當美切　覓忙閉切　識傷

以切　筆邦每切　憶銀計切　急巾以切　石繩知切　集精妻切　隻張恥切　息
喪擠切　黑亨美切　壁音彼　轟音烘　行霞浪切　室傷以切

第四折

〔正末上云〕歡來不似今朝喜來那逢今日小官王文舉自從與夫人到于京師可早三年光景也謝聖恩可憐除小官衡州府判着小官衣錦還鄉左右收拾行裝輛起細車兒小官同夫人往衡州赴任去則今日好日辰便索長行也〔魂旦上云〕相公我和你兩口兒衣錦還鄉誰想有今日也呵〔唱〕

〔黃鍾醉花陰〕行李蕭蕭倦修整甘歲月淹留帝京只聽的花外杜鵑聲催起歸程將往事從頭省我心坎上猶自不惺惺做了場棄業抛家惡夢境

〔喜遷鶯〕據才郎心性莫不是向天公買撥來的聰明那更內才外才相稱一見了不由人不動情忒志誠兀的不傾了人性命引了人魂靈

〔正末云〕小姐兒住馬慢慢的行將去〔魂旦唱〕

〔出隊子〕騎一匹龍駒暢好口硬恰便似馱張紙不恁般輕騰騰騰收不住玉勒常是虛驚火火火坐不穩雕鞍剗地眼生撒撒撒挽不定絲繮則待攛行

〔刮地風〕行了些這沒撒和的長途有十數程越恁的骨瘦蹄輕暮

春天景物撩人興更見景留情恠的是滿路花生一攢攢綠楊紅杏一雙雙紫燕黃鶯一對蜂一對蝶各相比並想天公知他是怎生不肯教惡了人情

〔四門子〕中間裏列一道紅芳徑教俺美夫妻並馬兒行咱如今富貴還鄉井方信道耀門閭晝錦榮若見俺娘那一會驚剛道來的話兒不中聽是這等門廝當戶廝撐怎教咱做妹妹哥哥答應

〔古水仙子〕全不想這姻親是舊盟則待教祆廟火刮刮匝匝烈焰生將水面上鴛鴦忒楞楞騰分開交頸疎剌剌沙鞴雕鞍撒了鎖鞓廝琅琅湯偷香處喝號提鈴支楞楞爭絃斷了不續碧玉箏吉丁丁璫精磚上摔破菱花鏡撲通通冬井底墜銀缾

〔正末云〕早來到家中也小姐我先過去〔做見跪云〕母親望饒恕你孩兒罪犯則箇〔夫人云〕你有何罪〔正末云〕小生不合私帶小姐上京不曾告知〔夫人云〕小姐現今染病在床何曾出門你說小姐在那裏〔魂旦科〕〔夫人云〕這必是鬼魅〔魂旦唱〕

〔古寨兒令〕可憐我伶仃也那伶仃閣不住兩淚盈盈手拍着胸脯自招承自感歎自傷情自懊悔自由性

〔古神仗兒〕俺娘他毒害的有名全無那子母面情則被他將一箇癡小冤家送的來離鄉背井每日價煩煩惱惱孤孤另另少不得厭煎成病斷送了潑殘生

〔正末云〕小鬼頭你是何處妖精從實說來若不實說一劍揮之兩段〔做拔劍砍科魂旦驚科云〕

可怎了也〔唱〕

〔么篇〕沒揣的一聲狠似雷霆猛可裏諕一驚丟了魂靈這的是俺娘的辦病要打滅醜聲佯做箇癡掙妖精也甚精男兒也看我這舊恩情你且放我去與夫人親折證

〔夫人云〕王秀才且留人他道不是妖精着他到房中看那個是伏侍他的梅香〔梅香扶正旦昏睡科〕〔魂旦見科唱〕

〔掛金索〕驀入門庭則教我立不穩行不正望見首飾粧奩志不寧心不定見幾箇年少丫鬟口不住手不停擁着箇半死佳人喚不醒呼不應

〔尾聲〕猛地回身來合併牀兒畔一盞孤燈兀良早則照不見伴人清瘦影〔魂旦附正旦體科下〕

〔梅香做叫科云〕小姐小姐王姐夫來了也〔正旦醒科云〕王郎在那裏〔正末云〕小姐在那裏〔梅香云〕恰纔那個小姐附在小姐身上就甦醒了也〔旦末相見科〕〔正末云〕小生得官後着張千曾寄書來〔正旦唱〕

〔側磚兒〕哎你箇辜恩負德王學士今日也有稱心時不甫能盼得音書至倒揣與我箇悶弓兒

〔竹枝歌〕打聽爲官折了桂枝別取了新婚甚意思着妹妹目下恨

難支把哥哥閑傳示則問這小妮子被我都搥搥的扯做紙條兒
〔正末云〕小姐分明在京隨我三年今日如何合爲一體〔正旦唱〕
〔水仙子〕想當日暫停征棹飲離尊生恐怕千里關山勞夢頻沒揣的靈犀一點潛相引便一似生箇身外身一般般兩箇佳人那一箇跟他取應這一箇淹煎病損母親則這是倩女離魂
〔夫人云〕天下有如此異事今日是吉日良辰與你兩口兒成其親事小姐就受五花官誥做了夫人縣君也一面殺羊造酒做箇大大慶喜的筵席〔詩云〕鳳闕詔催徵舉子陽關曲慘送行人調素琴王生寫恨迷青瑣倩女離魂

〔音釋〕境音景　縈餘平切　應平聲　徯音奚　祆音軒　楞盧登切　鞴音備　鞓音汀
摔音洒　魅音妹　寱音異　驀音陌　奩音廉　搥音痴

題目　調素琴王生寫恨
正名　迷青瑣倩女離魂

迷青瑣倩女離魂雜劇

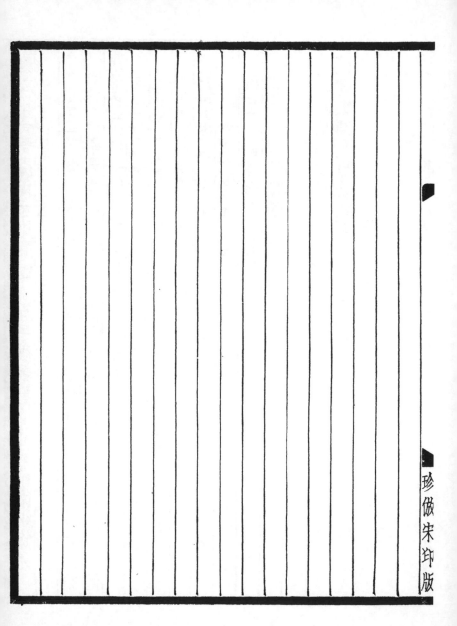

識真主汴梁賣課

念故知徵賢勑佐
珍倣宋版印

寅賓館天使遮留
傚荊浩筆

西華山陳摶高卧
珍倣宋版印

西華山陳摶高臥雜劇

元　馬致遠選

明吳興臧晉叔校

第一折

〔沖末扮趙大舍引淨扮鄭恩上詩云〕志量恢弘納百川遨遊四海結英賢夜來劍氣衝牛斗猶是男兒未遇年自家趙玄朗是也祖居洛陽夾馬營人氏父乃洪殷為殿前點檢指揮使某生時異香三月不絕人皆呼為香孩兒某生來頗有奇志幼年間略讀詩書兼持鎗棒逢場作戲遇博爭雄每縱酒路見不平拔刀相助頗生事端因避難遠遊關之東西河之南北也結識了許多未遇的英雄這個漢子乃是我義弟鄭恩表字子明此人雖是性子惡劣倒也有些慷慨粗直某與他患難相同功名共保不知這運幾時來到我不免和兄弟向竹橋邊尋一個賣卦先生買一卦可不是好也〔問鄭恩科云〕兄弟我與你到竹橋邊走一會何如〔鄭恩云〕哥哥待要上天我就隨着上天哥哥待要探海我就隨着探海任哥哥那裏去兄弟原隨鞭鐙〔趙云〕既然如此我和你竹橋邊去來〔下〕〔正末道扮陳摶上詩云〕術有神功道已仙閑來賣卦竹橋邊吾徒不是貪財客欲與人間結福緣貧道姓陳名摶字圖南的便是能識陰陽妙理兼精遁甲神書因見五代間世路干戈生民塗炭朝梁暮晉天下紛紛隱居太華山中以觀時變這幾日于山頂上觀見中原地分旺氣非常當有真命治世貧道因下山到這汴梁竹橋邊開個卦肆指迷看有甚人到來〔唱〕

〔仙呂點絳脣〕定死知生指迷歸正皆神應蓍插方缾香爇雷文鼎

〔混江龍〕開壇講命六爻搜盡鬼神驚傳聖人清高道業指君子暗

昧前程袍袖拂開八卦圖掌中躔度一天星也不論冠婚宅葬也不論出入經營但有那辨榮枯問吉凶買卦的心尊敬我也則全憑聖典不順人情

〔趙同鄭上云〕兀的那壁有個賣卦先生咱且聽他說些甚的〔正末唱〕

〔油葫蘆〕古聖傳留周易經有幾人能窮究的精誦讀如坐井不能明〔帶云〕這易呵〔唱〕伏羲以上無人定仲尼之下無人省俺下的數又真傳的課又靈待要避凶趨吉知天命試來簾下問君平

〔趙云〕兄弟好個先生也〔鄭恩云〕哥哥怎見的〔趙云〕只消數言之間包羅古今上下參透陰陽表裏〔鄭恩云〕是好先生也咱再聽他說一會者〔正末唱〕

〔天下樂〕憑着八字從頭斷一生丁寧不教差半星論旺相死囚憑五行似這般暗奪鬼神機豫知天地情堪教高士聽

〔趙云〕這麼一個先生無有人識他咱過去買卦去來〔與末相見科〕〔趙云〕有勞先生將我兩人賤造看一看〔正末作失驚科〕〔唱〕

〔醉中天〕我等你呵似投吳文整你尋我呵似覓呂先生教我空踏斷草鞋雙帶鞓你君臣每元來在這搭兒相隨定這五代史裏胡廝殺不會住程休則管埋名隱姓却教誰救那苦懨懨天下生靈

〔趙云〕這是區區的八字先生仔細看一看莫要容情〔正末算科〕〔唱〕

〔後庭花〕這命幹是丙丁戊己庚乾元亨利貞正是一字連珠格三

重坐祿星你休道俺不着情不應後我敢罰銀十錠末酬勞先早陪了幾瓶

〔趙云〕先生向後再推一推看我流年大運如何〔正末唱〕

〔金盞兒〕到這戌字上呵水成形火長生避乖龍大小運今年併後交的丙辰一運大崢嶸日犯空亡爲將相時逢祿馬作公卿你是南方赤帝子上應北極紫微星

〔云〕請二公到僻靜酒肆中閑敘數句〔趙云〕先生有請〔正末云〕二公先行〔入肆作接駕科云〕早知陛下到來只合遠接接待不着勿令見罪〔趙扯末云〕先生休的呼皇道寡倘有人知反速罪戾〔正末云〕貧道閱人多矣平生未見此命他日必爲太平天子也〔唱〕

〔後庭花〕黃河一旦清東方日已明有興處飲醁醑千鍾醉沒人處倒山呼萬歲聲貧道呵索是失逢迎遇着這開基真命拚今朝醉不醒

〔趙云〕先生實不相瞞區區見五代之亂天下塗炭極矣常有撥亂反治之志奈無寸土爲階倘皇天不沒此心成的些小基業不知天下形勢何處爲可守何處爲不可守〔正末云〕陛下欲知興龍之地莫如汴梁聽貧道說來便見〔唱〕

〔金盞兒〕左關陝右徐青背懷孟附襄荊用兵的形勢連着唐鄧太行天險壯神京江山埋旺氣草木助威靈欲尋那四百年興龍地除是這八十里臥牛城

〔鄭恩云〕兀那先生你也與我算上一算〔正末唱〕

〔醉中天〕你是五霸諸侯命一品大臣名乾打哄胡廝噥過了半生〔鄭恩云〕你說我是個五霸諸侯我如何瞎了一目〔正末唱〕注定你不帶破多殘病命中有愁甚眼睛兀那明朗朗羣星雖盛怎如的孤月偏明〔趙云〕請問先生高名大姓何處仙居今日之言他年倘或應口必須物色以共富貴不敢忘也〔正末云〕貧道陳摶隱居西華山中不求人間富貴無煩酬謝但願二公保重者〔唱〕

〔金盞兒〕投至我石枕上夢魂清布袍底白雲生但睡呵一年半載沒乾淨則看您朝臺暮省幹功名我睡呵黑甜甜倒身如酒醉忽嘍嘍酣睡似雷鳴誰理會的五更朝馬動三唱曉雞聲

〔賺煞〕治世聖人生指日乾坤定〔趙云〕天下果有平定之時那時節拜請先生下山共享太平之福〔正末唱〕何須把山野陳摶拜請〔指鄭科唱〕若久後休忘了這青眼相看舊弟兄不索重酬勞賣卦先生從今後罷刀兵四海澄清且放閑人看太平我又不似出師的孔明休官的陶令則待學那釣魚臺下老嚴陵〔並下〕

〔音釋〕蓍音尸 爇如夜切 營音盈 鞓音汀 醑須上聲 噥音農 兄虛迎切

第二折

〔外扮使臣引卒子捧砌末上云〕小官党繼恩是也乃太尉党進之子今奉官裏詔書將着安車蒲輪解帛玄纁向西華山請那陳摶先生此係王命不可怠慢須索走一遭去者〔下〕〔正末上云〕貧

道自從汴梁竹橋邊算了那兩個君臣之命歸到山中醒時煉藥醉時高眠倒大快活清閑也呵〔一唱〕

〔南呂一枝花〕我往常讀書求進身學劍隨時混文能匡社稷武可定乾坤豪氣凌雲似莘野商伊尹佐成湯救萬民掃盪了海內烽塵早扶策溝中愁困

〔梁州第七〕從逢着那買卦的潛龍帝主饒了個算命的開國功臣便卽時拂袖歸山隱全不管人間甲子單則守洞裏庚申降伏盡嬰兒姹女將煉成丹汞黃銀思飄飄出世離羣樂陶陶禮聖參真想他那亂擾擾紅塵內爭利的愚人更和那鬧攘攘黃閣上爲官的貴人爭如這閑搖搖華山中得道的仙人一身駕雲九垓八表神遊盡覷浮世暗中哂坐看蟠桃幾度春歲月常新

〔隔尾〕則與這高山流水同風韻抵多少野草閑花作近隣滿地白雲掃不盡你與我緊關上洞門休放個客人我待靜倚蒲團自在盹

〔末盹睡科使臣上云〕這些時不覺來到華山端的是好山也則見雲臺觀中一縷白雲上接丹霄想必是那先生隱居的去處我不免將金鐘撞動使那先生知道〔撞鐘末醒接使臣科〕〔唱〕

〔牧羊關〕我恰才遊仙闕謁帝閽驚的我跨黃鶴飛下天門爲甚的玉節忙持金鐘煞緊又不是紙窗明明覺曉布被暖知春驚的那夢莊周蝶飛去尚古自炊黃粱鍋未滾

〔相見科使臣云〕下官党繼恩奉官裏勅旨領着安車蒲輪幣帛玄纁敬到仙山來請先生下山聖人甚是懷念望先生蚤此收拾行者〔正末云〕貧道物外之人無心名利望天使回朝方便奏咱〔唱〕

〔紅芍藥〕開基創業聖明君舜德堯仁玉帛萬國盡來尊一統乾坤眼見得滅狼煙息戰氛早則是澤及黎民又待要招賢納士禮殷勤幣帛降玄纁

〔菩薩梁州〕特遣天臣把賢良訪問當今至尊重酬勞賣卦山人雖然是前言不忘是君恩爭奈我煙霞不憶風雷信琴鶴自有林泉分想名利有時盡乞的田園自在身我怎肯再入紅塵

〔隔尾〕俺只待下碁白日閑消困高枕清風睡殺人世事無由惱方寸則除你個繼恩使臣方便向君王行奏得准

〔使臣云〕方今聖人在上乾坤一統萬國來賓山間林下並無遺賢況先生乃天子之故人天下之高士自當歸朝以慰聖人之意〔正末唱〕

〔牧羊關〕既然海岳歸明主敢放巢由作外臣怎望您吊千年高塚麒麟誰待要老去攀龍則不如閑來臥雲試看蓬萊尋藥客商嶺採芝人天下已歸漢山中猶避秦

〔賀新郎〕我往常雞鳴舞劍學劉琨看三卷天書演八門五遁我也曾遍遊諸國占時運則爲賣卦處逢着聖君以此的入山來專意修

真看猿鶴知導引觀山水爽精神大都來性於遠習於近則這黃冠野服一道士伴着清風明月兩閒人

〔使臣云〕久聞先生有黃白住世之術不知仙教可使凡夫亦得聞乎〔正末云〕神仙荒唐之事此非將軍所宜問也〔唱〕

〔牧羊關〕則你這一身拜將懸金印萬里封侯守玉門現如今際明良千載風雲怎學的河上仙翁關門令尹可不道朝中隨聖主卻甚的林下訪閒人既受了雨露九天恩怎還想雲霞三市隱

〔使臣云〕先生既如此說何不仕于朝廷爲生民造福者〔正末唱〕

〔哭皇天〕酒醉漢難朝覲睡魔王怎做的宰臣穿着這紫羅袍似酒布袋執着這白象笏似睡餛飩若做官後每日價行眠立盹休休休枉笑殺凌煙閣上人有這般疎庸愚鈍孤陋寡聞

〔烏夜啼〕幸然法正天心順索甚我橫枝兒治國安民我則有住山緣那裏有爲官分樂道安貧誰羨畫戟朱門丹砂好煉養閒身黃金不鑄封侯印我其實戴不的幞頭緊穿不的朝衣窄倒不如我這拂黃塵的布袍漉渾酒的綸巾

〔使臣云〕天恩不可辜負請先生就車即便行者〔正末云〕既蒙天使到來聖恩不敢違背必須下山走一遭去也〔唱〕

〔黃鍾煞〕也不索雕輪冉冉登程進也不索駿馬駸駸踐路塵既然

是聖旨緊請將軍休固懇儘教山列着屏草展着裀鶴看着家雲鎖着門只消的順天風坐一片白雲煞強似你那宣使乘的紫藤兜轎穩〔同下〕

〔音釋〕 纁音薰 降奚江切 姹瘡詐切 汞烏拱切 哂身上聲 吨敦上聲 閽音昏 氛音紛 分音奮 琨音昆 坌滂悶切 漉音祿 駸音駸

第三折

〔趙改扮駕引侍臣上詩云〕兩手揩摩新日月一番整理舊乾坤殿廷聚會風雲氣華夏沾濡雨露恩寡人宋太祖是也數年之前曾與汝南王兄弟在竹橋邊買卦遇見陳摶先生被他撥開混沌乾坤指出太平天子寡人臨御以來好生想他昨差使臣物色訪問喜的他不棄寡人而來今在寅賓館中尚未朝見寡人欲擬其官爵然後召他入朝他又百般不受且先加他道號希夷先生賜鶴氅金冠玉圭待朝會間那時再作計較黃門官領旨去寅賓館請那先生來者〔侍臣領旨科下〕〔正末上詩云〕家舍久從方外地布袍重惹陌頭塵道人原不求名利名利何曾繫道人貧道陳摶下的西嶽華山來到東京汴國見了塵世紛紛浮生攘攘想我此行實非本意也呵〔唱〕

〔正宮端正好〕下雲臺來朝會不聽的華山裏鶴唳猿啼道人非為蒼生起只是報聖主招賢意

〔滾繡毬〕俺便是那閑雲自在飛心情與世違可又不貪名利怎生來教天子聞知是未發跡卦鋪裏那時節相識曾算着宅南面登基〔使臣上云〕陳先生恭喜官裏賜來衣冠道號望闕謝恩〔正末拜謝科唱〕 因此上將龍庭

御寶皇宣詔賜與我鶴氅金冠碧玉圭道號希夷
〔使臣云〕先生在那隱居處山野荒涼得如俺這朝署中這般富貴麼〔正末唱〕
〔倘秀才〕俺那裏草舍花欄藥畦石洞松窗竹几您這裏玉殿朱樓
未爲貴您那人間千古事俺只松下一盤棋把富貴做浮雲可比
〔使臣云〕官裏一心等着先生請先生早些入朝者兀的又有使命到也〔駕上立住科〕〔正末唱〕
〔滾繡毬〕不住的使命催奉御逼便教喒早趨朝內只是野人般不
知個遠近高低至禁幃上鳳池近臨寶砌列鵷鸞簾捲班齊玉堦前
風擺龍蛇影金殿上風吹日月旗天仗朝衣
〔見駕打稽首科〕〔唱〕
〔倘秀才〕無那舞蹈揚塵體例只打個稽首權充拜禮〔駕云〕故人別來
無恙今蒙不棄喜慰平生就在殿廷賜坐好敘間闊〔正末唱〕願陛下聖壽齊天萬萬歲
如今黃閣功臣在白髮故人稀見貧道自喜
〔駕云〕希夷先生今日得見仙顏寡人喜不自勝願侍同朝以爲臣民之望不知先生意下如何〔
正末云〕貧道山野慵懶人不願爲官〔唱〕
〔叨叨令〕向那華山中已覓下終焉計怎生都堂內纔看旁州例議
公事枉損了元陽氣理朝綱怕攪了安眠睡貧道做不的官也麼哥
做不的官也麼哥不要紫羅袍只乞黃紬被
〔駕云〕先生如何做不的官〔正末云〕聽貧道說來便見〔唱〕

〔倘秀才〕我但睡呵十萬根更籌轉刻七八甕銅壺漏水恨不的生扭死窗前報曉雞休想我惜花春起早愛月夜眠遲這般的道理〔駕云〕先生若肯做官寡人與先生選一個閒散衙門除一箇清要的官職無案牘勞形必不妨乎政事〔正末云〕貧道怎做得官也呵〔唱〕

〔滾繡毬〕貧道呵愛穿的蔀落衣愛吃的藜藿食睡時節幕天席地黑嘍嘍鼻息如雷二三年喚不起若在那省部裏敢每日晝不着卯曆有句話對聖主先題貧道呵貪閒身外全無事除睡人間總不知空教人貼眼舒眉〔駕云〕先生爲己則是矣但未知大人之道大人以四海爲家萬物一體無我無人勿固勿必所謂君子周而不比先生當擴其獨樂之懷普其兼善之量也替寡人整理此朝綱可不是好〔正末唱〕

〔倘秀才〕陛下道君子周而不比貧道呵小人窮斯濫矣俺須索志於道依於仁據於德本待用賢退不肖怎倒做舉枉錯諸直更是不宜〔駕云〕先生休要推辭似這朝中爲官却不強如山中學道也〔正末云〕這爲官的好處貧道也盡知了〔唱〕

〔滾繡毬〕三千貫二千石一品官二品職只落的故紙上兩行史記無過是重裀臥列鼎而食雖然道臣事君以忠君使臣以禮哎這便是死無葬身之地敢向那雲陽市血染朝衣〔帶云〕貧道呵〔唱〕本居林

下絕名利自不合剗下山來惹是非不如歸去來兮

〔駕云〕你說爲官不好可說那學仙的好處與朕聽者〔正末唱〕

〔倘秀才〕道有箇治家治國索分箇爲人爲己不患人之不己知石牀綿被煖瓦鉢菜羹肥是山人樂矣

〔三煞〕身安靜宇蟬初蛻夢遶南華蝶正飛臥一榻清風看一輪明月蓋一片白雲枕一塊頑石直睡的陵遷谷變石爛松枯斗轉星移長則是抱元守一窮妙理造玄機

〔二煞〕雞蟲得失何須計鵬鷃逍遙各自知看蟻陣蜂衙龍爭虎鬭燕去鴻來兔走烏飛浮生似爭穴聚蟻光陰似過隙白駒世人似舞甕醯雞便博得一階半職何足算不堪題

〔駕云〕先生你有甚麼便宜處也說來者〔正末唱〕

〔煞尾〕俺那裏雲間太華煙霞細鼎內還丹日月遲山上高眠夢寐稀殿下朝元劍佩齊玉闕仙堦我曾履王母蟠桃我曾吃欲醉不醉酒數盃上天下天鶴一隻有客相逢問浮世無事登臨嘆落暉危坐談玄講道德靜室焚香誦秋水滴露研硃點周易散誕逍遙不拘繫赴召離山到朝裏央及陳摶受宣勑送上都堂入八位掌管台衡總百揆御史臺綱索省會六部當該各詳細攘攘垓垓不伶俐是是非非無盡期好教我戰戰兢兢睡不美〔下〕

〔音釋〕濡音如　鼈音敝　唳音利　跡將洗切　識傷以切　畦音奚　逼兵迷切　刻康美切　蔀音剖　食繩知切　貼音佔　比音幣　德當美切　直征移切　石繩知切　職張恥切　國音鬼　爲音位　蜕音稅　一音以　造音操　鷂衣澗切　醯音希　隻張恥切　易銀計切　勑音恥　揆音跪

第四折

〔鄭恩扮汝南王引色旦上詩云〕平生潑賴會爲盜一運崢嶸却做官使盡機謀常是飽錦衣紈袴不知寒自家鄭恩官封汝南王之職便是某幼年間與今上聖人爲八拜之交患難相同鎗刀不避不想今日也同享富貴今奉官裏之命領着御酒十瓶御膳一席宮中美女十人去賓館管待希夷先生他如今尚未出朝不免打發美女進去安排供具我且躱在一壁待那先生來時再作計較您每好生在意者〔色旦云〕理會的〔同下〕〔正末上詩云〕上林無與看花開春色何人送的來處士不生巫峽夢空煩雲雨下陽臺貧道陳摶早朝見上蒙聖人念舊待我甚是懽喜但是我雲水之身山林之鳥難在這等塵凡之中也呵〔唱〕

〔雙調新水令〕半生不識曉來霜把五更寒打在老夫頭上笑他滿朝朱紫貴怎如我一枕黑甜鄉揭起那翠巍巍太華山光這一幅繡幃帳

〔色旦上待直云〕妾等官裏送來與先生作傳奉原待枕席之懽〔正末唱〕

〔駐馬聽〕白酒鐏傍閑慰眼金釵十二行誤了我清風嶺上不番身惡睡一千場您則待泛桃花到處覓劉郎我委實畫蛾眉不會學張

敞好沒酌量出家兒怎受閑魔障

(色旦粧醉戲末科云)先生休拿出那道人鐵面皮怎麼臉上和刮霜的一般俺每都是未放的官花誰曾經這等折挫望先生少要棄嫌(正末云)你每靠後者你怎知我出家人的道心(唱)

(步步嬌)折末胡廝纏到晨鐘撞休想我一點狂心蕩(色旦云)你來我與你有句話說(正末唱)喚陳摶有甚勾當命不快遭逢着這火醉婆娘乾誤了我晚夕參聖一鑪香半夜裏覷乾象

(色旦云)俺與先生奉一盃酒咱(正末云)俺道人每從來戒酒不用他(色旦云)我與先生奉一盃茶先生試嘗這茶味何如(正末云)是好茶也(唱)

(沉醉東風)這茶呵採的一旗半鎗來從五嶺三湘泛之一甌瑞雪香生兩腋松風响潤不得七碗枯腸辜負一醉無憂老杜康誰信您盧仝健忘

(云)您每各自安置我待睡也(做睡色旦扯末科云)俺每都陪先生怎敢捨的先生孤孤恓恓淒淒冷冷的(正末唱)

(攪箏琶)你好是輕薄相我又不寂寞恨更長乾把那蝶夢驚回多管葫蘆提害痒早則是臥破月昏黃直睡到日出扶桑慌忙猛聽得淨鞭三下响又待要顛倒衣裳

(鄭恩上云)好個沒理會的先生待我自家過去(相見科云)下官退朝較晚乞恕探望來遲之罪

(正末云)多謝大王不忘故舊(鄭恩云)先生好神算也當日竹橋邊先生曾許我是個五霸諸侯

今日果應其言〔正末唱〕
〔鴈兒落〕曾道你官封一字王位列頭廳相那裏是有官的我預知也則是你沒眼的天將降
〔鄭恩云〕那宮女每好生歌舞我奉勸先生一盃〔正末云〕又教這個大王傒倖殺我也〔唱〕
〔川撥棹〕恰離高唐躲巫娥一壁廂客舍淒涼仙夢悠揚只想着邯鄲道上原來在佳人錦瑟傍
〔色旦勸酒科〕〔正末唱〕
〔七弟兄〕這場廝央不相當你便有粉白黛綠粧宮樣茜裙羅襪縷金裳則我這鐵臥單有甚風流況
〔鄭恩云〕先生聖人有云食色性也好色之心人皆有之又云吾未見好德如好色者先生獨非人乎獨無人情乎〔正末唱〕
〔梅花酒〕你可也忒莽撞則道你燮理陰陽卻惜玉憐香撮合山錯了眼光就兒裏我也倉皇您休使着這智量俺樂處是天堂
〔云〕貧道從來貪眠我且盹睡片時大王休怪〔做睡科〕〔鄭恩與色旦背云〕須索如此如此〔鄭作關門科云〕我把這門兒來帶上者隨時且作窗前月付與梅花自主張〔下〕〔正末驚覺科唱〕
〔收江南〕呀你敢硬將咱送上雨雲場則待高燒銀燭照紅粧出家兒心地本清涼怎禁得直恁般鬧攘便是一千年不見也不思量
〔水仙子〕我恰纔神遊八表放金光禮拜三清朝玉皇不爭你拽雙

環呀的門關上纏殺我也瞎大王驚的那下三山鶴夢翱翔俺只待丹鼎內降龍虎誰教咱錦巢邊宿鳳凰枉羞殺金殿鴛鴦（云）只因我輕易下山惹起這番勾當倒惹那山靈見笑也（唱）

〔太平令〕現如今山鬼吹燈顯像野猿掄筆題牆怕腐爛了芒鞋竹杖塵沒了蒲團紙帳縱有那女娘豔粧洞房早盹睡了都堂裏宰相（鄭恩上云）天已明了我把這門來開者呀好個古憋先生還在那壁披衣據牀秉燭待旦哩（正末云）大王教你傒倖殺我也（鄭云）慚愧慚愧我即奏官裏宮中蓋一道觀使先生住持封為一品真人（正末唱）

〔離亭宴帶歇指煞〕把投林高鳥西風裏放也強如啣花野鹿深宮裏養你待要加官賜賞教俺頭頂紫金冠手執碧玉簡身着白鶴氅昔年舊草庵今日新方丈貧道呵除外別無伎倆本不是貪名利世間人則一個樂琴書林下客絕寵辱山中相推開名利關摘脫英雄網高打起南山吊窗常則是煙雨外種蓮花雲臺上看仙掌

〔音釋〕崢音澄　嶸音橫　袴與褲同　行音杭　夕星西切　辜音姑　相去聲　離去聲　邯音寒　鄲音丹　茜阡去聲　爕音屑　翱音敖　憋音鱉　鶴音豪　倆音兩

題目　識真主汴梁賣課
　　　念故知徵賢勅佐
正名　寅賓館天使遮留

西華山陳摶高臥

西華山陳摶高臥雜劇

孫臏晚下雲夢山

龐涓夜走馬陵道

珍倣宋版印

龐涓夜走馬陵道雜劇

元　　撰
明吳興臧晉叔校

楔子

〔沖末扮鬼谷子領道童上詩云〕前身原是謫仙人每誇蒼鸞謁上真腹隱神機安日月胸懷妙策定乾坤貧道姓王名蟾道號鬼谷先生幼而習文長而習武善曉兵甲之書能辨風雲之氣不須勝敗預決與亡排陣處盡按天文爭鋒時每驅神將恐怕人間物色甘從谷口逃名在這雲夢山水簾洞扮道修行忘其歲月貧道有兩個徒弟一個是龐涓一個是孫臏此二人來到山中尋着貧道拜為師父學業十年兵書戰策無不通曉我觀此二人孫臏是個有德有行的人龐涓久後得地呵此人是個短見薄識絕恩絕義的人他兩個每每要下山去進取功名今日是個吉日良辰貧道都喚出來問他志向如何貧道自有個主意道童與我喚將孫臏龐涓來者〔道童云〕二位師兄師父有請〔正末扮孫臏同淨龐涓上〕〔正末云〕貧道孫臏燕國人也兄弟龐涓乃魏國人氏俺弟兄二人一同來到雲夢山水簾洞鬼谷先生根前學業可早十年光景也俺兩個兵書戰策都學成了今日師父呼喚不知有甚事須索走一遭去來〔龐涓云〕哥哥今日師父呼喚俺二人你說為甚麼來自古道學成文武藝貨與帝王家必然見俺二人學業成就着俺下山進取功名哥哥俺和你見師父看着誰先下山去〔正末云〕兄弟你的本領強似您哥哥的料必是先着你下山咱和你見師父去〔做見科〕〔鬼谷云〕您兩個來了也〔正末云〕師父俺兩個正在草庵中攻書聽的道童來喚一逕的來見師父〔鬼谷云〕喚您來別無甚事您兩個相從十年學的那兵書戰策已都成就了也目今

七國春秋各相吞併招賢納士您兩個下山進取功名有何不可〔龐涓云〕師父您徒弟待要下山進取功名不知師父意下如何〔鬼谷云〕您兩個都要下山未知何人堪可待我先試您兩個的智謀計策却是如何我如今掘個三尺土坑一個木毬兒放在這土坑裏面也不用手拏也不用脚踢要這木毬兒自家出來我看您兩個機見咱〔龐涓云〕這個也不打緊如今這三尺土坑在山坡上要這木毬兒自家出這土坑來我只着幾個人將着鍬钁從這土坑邊開通一道深溝直到山下那木毬自然順着溝滾將出來這般如何〔鬼谷云〕孫子您有什麼機見〔正末云〕師父這木毬兒本是輕的如今挑幾擔水來傾在這土坑裏面待這毬兒將次浮在坑邊口上徒弟再着一桶水衝將下去那水滿了這毬兒自然滾出〔鬼谷云〕此計大妙〔龐涓云〕偏我的不妙〔鬼谷云〕住住住這個也不打緊我再看您兩個智謀如何我如今坐在洞中也不要你扶也不要你請則要你賺的我自然出這洞去你二人獻計來〔龐涓云〕這個倒有些難哥哥你先道波〔正末云〕師父您徒弟無出洞之計則有入洞之計〔鬼谷云〕怎生是入洞之計〔正末云〕若是師父立在洞門前您徒弟也不扶着師父請着師父我着師父自然走入洞去〔鬼谷做出洞科云〕我不信我如今立在洞門前看你有何計策着我入洞來〔正末云〕稽首師父這便是徒弟出洞之計〔鬼谷云〕此計大妙龐涓你有何出洞之計〔龐涓云〕徒弟也無出洞之計則有入洞之計〔鬼谷云〕恰纔孫子說了〔龐涓云〕偏我的計策不納我如今再獻一計師父洞下一對虎鬬哩〔鬼谷云〕我每日伏虎哩便鬬有什麼好看〔龐涓云〕既然師父不出來呵我如今把乾柴亂草堆在洞門後面燒起烟來搶的師父慌看你出來不出來〔鬼谷云〕好則好有些短見〔龐涓云〕不使這等短見怎生賺的師父出來〔鬼谷云〕你兩個近前來我且覷看您氣色咱我覷孫子面色不如龐子龐子您先下山去〔龐涓云〕

則今日好日辰辭別了師父徒弟便索長行也〔鬼谷云〕徒弟你則着志者〔正末云〕師父今日兄弟下山去您徒弟告假要送兄弟一程〔鬼谷云〕好你送龐子去到前面杏花村早些兒回來也〔詩云〕你二人學業專精投上國進取功名不枉了深交契友與龐涓送路登程〔下〕〔龐涓云〕哥哥想您兄弟多虧了哥哥您兄弟若得官呵保舉哥哥同享富貴若不如此天厭其命作馬爲牛如羊似狗呀正行之際遇着一道深澗澗口一個獨木橋兒〔背云〕這個獨木橋兒只怕多年朽爛了我待要先過去來未知這橋牢也不牢我如今要求官應舉去倘若有些蹉失可怎了我則除是這般〔回云〕哥哥你是兄我是弟可不道行者讓路哥哥先行〔正末云〕既然兄弟讓我待我先過橋去〔龐涓背云〕且住者我爲甚着他先過去他若踹折了那橋跌死了他我往那遠遠的遶將過去到的做官呵則顯我一個可不好〔回云〕哥哥請先過去〔正末做過橋科云〕我過的這橋兄弟你過來〔龐涓背云〕哥哥過去了也他頭裏未會過去時這橋還壯哩則怕他踹損了則除是恁的〔回云〕哥哥依着您兄弟有些兒害怕你一隻脚踹着那岸邊一隻脚踹着這木頭探着身舒着手等兄弟過來時你接我一接〔正末云〕我依着你我一隻脚踹着那木頭一隻脚踹着這岸邊我探着身舒着手接你過來〔龐涓背云〕如何我爲着甚麽着他舒着手接我過去倘有蹉失我拏住他的手可不我倒他也倒〔回云〕哥哥將你手來〔正末云〕兄弟兀的不是手〔做拏正末手過橋科〕〔龐涓云〕過來了兀的不諕殺我也哥哥送君千里終有一別哥哥你回去您兄弟若得官呵必然保舉哥哥同享富貴若不如此天厭其命作馬爲牛如羊似狗〔正末云〕兄弟你休這般說我買一壺兒酒與兄弟餞行咱〔龐涓云〕量兄弟有何德能着哥哥如此用心也〔正末云〕兄弟滿飲此杯〔龐涓云〕多謝了哥哥〔正末云〕兄弟此一去則要你着意者〔唱〕

〔仙呂賞花時〕想着咱轉筆抄書幾度春常則是刺股懸梁不厭勤你今日踐紅塵只願你此去呵功名有准早開閣畫麒麟

〔幺篇〕抵多少西出陽關無故人一種離愁兩斷魂我越送越關親好割不斷弟兄的義分〔帶云〕兄弟你穩登前路〔唱〕早過了五里這坐杏花村〔下〕

〔龐涓云〕哥哥回去了也不敢久停久住則今日進取功名走一遭去〔詩云〕别却荒山往帝都萬言書上顯機謨一朝身掛元戎印方表男兒大丈夫〔下〕

〔音釋〕 臏賓去聲　鍬悄平聲　钁音掘　賺音湛

第一折

〔外扮魏公子領丑鄭安平卒子上〕〔魏公子詩云〕始祖成周號畢公不知何代失侯封一自三卿分晉後大梁惟我獨稱雄某乃魏昭公太子申是也始祖畢公乃文王第十三子武王之弟分封于魏已後失職輔佐晉文公為卿至周威烈王之時與韓趙二家日漸强盛遂滅晉國三分其地今周赧王在位天下併為七國各據疆土俺國新收一將乃是龐涓只他廣多韜略甚有英雄直將六國諸侯驅於馬下俺封他為武陰君之職他在父王根前舉保一人乃是他同堂故友孫臏此人有鬼神不測之機文武兼全之具還勝似他一倍若果如所說豈非俺國大幸現今徵聘入朝父王着某在演武場中等待孫臏到時與他加官賜賞鄭安平與我請將龐涓元帥來者〔鄭安平云〕理會的龐元帥公子有請〔龐涓上詩云〕天生性子本妬忌只為臨行會說誓今朝舉薦入朝來且看如何另有計某乃龐涓是也自離了師父下山初投齊國因他不納賢却又投於魏國後來齊公子設一

大宴請各國公子會於臨淄境上那齊公子問俺魏公子要辟塵如意珠俺魏公子不肯與他那齊公子懷怒只待魏公子還時便差大將田忌從後趕來魏公子差鄭安平與田忌交戰不想鄭安平大敗被某單鎗獨馬衝上則一陣活拏了田忌驅六國公子盡皆下馬因此魏公子加某為武陰君之職就掛了兵馬大元帥之印我想孫臏別時曾言哥哥得官提拔兄弟兄弟得官提拔哥哥若虧了心呵天厭其命作馬為牛如羊似狗設下這般盟誓我如今在公子根前保舉過孫臏見了公子必有加官賜賞可早來到也小校報復去道有龐涓在於門首〔卒子報科云〕喏報的公子得知有龐元帥來了也〔公子云〕道有請〔卒子云〕請進〔龐涓見科云〕公子小官舉保的孫臏來了也〔公子云〕快着人喚將來我自有加官賜賞〔龐涓云〕小校與我請將孫臏來者〔卒子云〕孫臏安在〔正末上云〕貧道孫臏是也自與兄弟龐涓相別可早三年光景幸的他不忘前言果於魏公子根前舉保貧道今日在教場內着人相請須索走一遭去來〔做見龐涓科〕〔龐涓云〕哥哥來了也我在公子根前舉薦過了今日必當重用喒和哥哥見公子去來〔正末云〕量貧道有何德能着兄弟如此用心也〔做見公子科〕〔龐涓云〕公子這便是孫臏〔公子云〕只他是孫先生麼〔正末云〕是貧道〔公子云〕有龐元帥數次薦舉說你深懷妙策廣看兵書則今日加你為四門都教練使你謝了恩者〔正末做謝恩迴謝公子科云〕謝了公子也〔龐涓背云〕他初下山來又無寸箭之功加他偌大的官職久以後那裏顯我我要對公子說來當初可是我保舉他的則除是恁般〔見公子云〕公子俺這哥哥善能排兵布陣今日就在教場中撥與他三千軍馬着他排幾個陣勢與公子看波〔公子云〕元帥之言甚善孫先生我與你三千軍馬就在此教場內擺幾個陣勢等我試看咱〔正末云〕貧道領旨〔龐涓云〕哥哥你是擺陣咱〔正末做擺陣科云〕大小三軍聽吾將令合行則

行合止則止若違令者必當斬首〔唱〕
〔仙呂點絳唇〕遮莫他蓋世英雄驅兵擁衆你可也休驚恐若是和
俺孫臏交鋒只當似掌股上嬰兒弄
〔混江龍〕今日個君王選用做個四門團練副元戎在教場中擺開
陣勢顯耀神通准備玉籠擒彩鳳安排金鎖困蛟龍暗伏着死生開
杜明列着水火雷風馬一似蒼虬惡兕人一似黑煞天蓬也不用提
刀仗劍也不用插箭彎弓單聽俺中軍帳畫面鼓鼕鼕和着那忽剌
剌雜彩旗搖動早則見罩四野征雲慘慘下一天殺氣濛濛
〔云〕大小三軍與我擺開陣勢者〔卒子擺陣科〕〔正末云〕打陣的來〔公子云〕龐元帥你看這個
陣勢喚做什麼陣勢〔龐涓云〕鄭安平你認的這個陣勢麼〔鄭安平云〕待我看來這個喚做匾擔
陣〔龐涓云〕那裏有什麼匾擔陣公子這個是一字長蛇陣〔公子云〕你着什麼陣破他〔龐涓云〕
我有二龍戲水陣破他〔公子云〕孫先生破的是麼〔正末云〕破的是〔公子云〕你再排個陣勢〔
正末云〕理會的大小三軍與我擺開陣勢打陣的來〔公子云〕龐元帥認的這個陣勢麼〔龐涓
云〕鄭安平你再認看〔鄭安平云〕這個我極認的喚做丫髻陣〔龐涓云〕可知你不認的哩公子
這個喚做天地三才陣〔公子云〕你着什麼陣破他的〔龐涓云〕我着四門斗底陣破他〔公子云〕
孫先生破的是麼〔正末云〕破的是〔龐涓背云〕且慢者恰纔他擺過的陣勢都是我在山中操練
過的我下山來這三年光景則怕俺那師父別教與他什麼兵書戰策則除是恁的〔見公子科云〕
公子他恰纔擺的陣勢都是我知道的他還有好陣勢不肯擺將出來公子如今着他別擺一個陣

勢〔公子云〕孫先生恰纔你擺的陣勢都是可破的何足為奇你須再擺一個若是再破了呵必然見罪孫先生莫怪〔正末云〕理會的兄弟也着我擺陣你顛倒在公子根前下這般譖言你既然着別擺我如今將天書內摘一個陣勢出來這個陣是九宮八卦陣九宮上九個天王八卦上八個那吒把這軍馬擺將過來將一個軍卒撥倒在地將那鎗刀劍戟都簇在那軍卒身上看他認得是這個陣勢麼小校與我擺陣〔做擺陣科〕〔正末云〕公子着那打陣的將軍來認我這陣勢咱〔公子云〕龐元帥你認這個陣是甚麼陣〔龐涓做意科云〕鄭安平你認的這陣麼〔鄭安平認科云〕待我數一數元來有八座門我認的了元帥這個叫做螃蟹陣〔龐涓云〕呸那裏有螃蟹陣〔鄭安平云〕待我再認呵哦有一個小軍被亂鎗戳倒地上這喚做鼈鱉陣〔龐涓背云〕休道你認不的我也認不的哦他怎麼擺出這個陣勢來我待說認的我本不認的不知甚麼陣我待說不認的可有公子在此對着衆將我是個元帥不着笑我則除是恁的〔回云〕公子想孫子好生無禮有陣便擺無陣便罷他怎生擺出個胡亂陣來教我怎生認的〔公子云〕孫臏你有陣擺陣無陣便罷怎麼擺個胡亂陣却待欺瞞我麼〔正末云〕公子誰這般道來〔公子云〕是龐元帥道來〔正末云〕公子教那將軍來打我這陣勢他若打得開豈不是胡亂陣若打不開便是一個好陣〔公子云〕龐元帥鄭安平你聽的孫臏說麼教你兩個打陣去〔鄭安平云〕哥也你認的這個陣勢是那胡亂陣也不是〔龐涓云〕兄弟他的兵法怎麼到的我根前發賣你放心去不妨事〔鄭安平云〕孫臏我打陣來也〔正末云〕大小三軍但有打陣來的便與我執縛住者〔唱〕

〔油葫蘆〕我這裏布網張羅打大蟲誰着你將軍校衝早沙場上殺的血染馬蹄紅〔鄭安平打陣科云〕哥也到的這陣裏面可怎生東南西北都不省的了也

〔正末云〕是什麼人快與我拏將來〔卒子拏鄭安平科〕〔正末唱〕則你那三更不應君王夢可兀的一身枉請皇家俸我將你捉在馬前你今日落在勾中誰着你不明白撞入我這迷魂洞不由我忿氣欲填胸〔鄭安平云〕師父可憐見不干我事都是龐元帥來〔正末唱〕

〔天下樂〕可不道將在謀不在勇哎只你個英也波雄枉用功我如今捉獲你對咱粧懵懂〔云〕大小三軍將那廝奪下鞍馬剝去衣甲休教走了也〔鄭安平云〕將我鞍馬衣甲都收了教我怎麼回去見元帥〔正末唱〕一壁廂扯了錦袍一壁廂牽了玉驄我看你怎生還本陣中

〔鄭安平云〕師父息怒本不干我事是龐元帥使我來師父殺生不如放生怎生饒過我來可也好那〔正末云〕可也不干你事小校釋了縛者搶出去〔鄭安平云〕還了我那鞍馬衣甲來〔正末云〕休與他搶出去〔龐涓云〕兄弟你怎麼這般模樣〔鄭安平云〕元帥都是你來你說是胡亂陣我剛到那裏面東南西北都不省的又無一個人不知怎的將我拏住了着我哀告了他半日將我鞍馬衣甲都奪下了將我搶出陣來他是你好兄弟那裏是羞我敢則是羞你哩〔龐涓云〕孫臏這廝好無禮也你便饒不過鄭安平那你這廝也不中用〔鄭安平云〕元帥你休強我到陣中就昏迷不醒他就拏住我了〔龐涓云〕鄭安平他的那兵書戰策在我根前賣弄則是擔水向河頭賣我如今打陣去我若打了那陣呵方顯出大將軍八面威風〔背云〕且慢者我如今打陣去倘或將我拏住呵怎了則除恁的比及我打陣我先叫一聲說龐元帥打陣來了也我哥哥聽的我打陣必然縱放我些不敢拏住〔叫云〕我龐元帥親自打陣來也〔正末云〕大小三軍擺的嚴整者〔龐涓云〕擂鼓來

〔做入陣科云〕好是奇怪連我也不知東南西北了也〔正末云〕將那打陣將軍與我拏住者〔衆拏科〕〔正末唱〕

〔醉中天〕我道是誰把征駝縱原來是兄弟將錦營衝只我這些胡做喬爲本不工〔龐涓云〕哥哥饒過您兄弟咱〔正末唱〕你個快打陣的怎便忙陪奉〔卒子推科〕〔正末云〕住者〔唱〕你看那小校每前推後擁〔龐涓云〕兀的不諕殺我也〔正末唱〕早諕的他戰欽欽頭疼腦痛〔云〕兄弟你不說來〔龐涓云〕哥哥我說甚麼來〔正末唱〕可不道大將軍八面威風

〔龐涓云〕兀的不羞殺我也哥哥想七國中惟您兄弟一人而已六國都來進奉則是怕兄弟誰想哥哥神機妙策出鬼入神今日在陣上拏住您兄弟着我有何面目再去驅兵領將大丈夫寧死也不辱罷罷罷哥哥你小心在意扶持魏國您兄弟納下靴笏襴袍收拾輪竿釣魚爲活永無爭名奪利之心您兄弟知罪了也〔做跪科〕〔正末云〕兄弟你道差了也〔唱〕

〔後庭花〕我喜的是弟兄每兩意同你則待執輪竿作釣翁哀告這掌軍權的燕孫臏〔帶云〕兄弟請起〔唱〕請起你個夢非熊的姜太公若到那殿庭中怎忘了弟兄的情重〔龐涓云〕哥也若公子問呵休說哥哥好兄弟歹則說俺兩個擺陣勢是一般兒的〔正末云〕兄弟我知道了也〔唱〕我對大人行會脫空

〔龐涓云〕哥哥這都是兄弟的不是了只願哥哥想咱舊日契交朋友今日舉薦爲官也是不忘盟誓之意假若公子問呵誰輸誰贏哥哥您則善言咱〔正末云〕兄弟你放心者我和你見公子去來

〔公子云〕孫先生我問你兩家擺陣勢誰輸誰贏你從頭實說咱〔正末云〕公子貧道與元帥都是

鬼谷先生弟子雖同傳授各用心機便是元帥也有不知貧道演習的去處貧道也有不知元帥的去處總之一般〔公子云〕雖然如此好歹豈沒個贏沒個輸的〔正末唱〕

〔金盞兒〕他那裏一一問行蹤俺兄弟悄悄的廝過從好教我意躊躇兩下裏可兀的難趨奉我待不說呵怎生支對主人公待說呵我和他書窗曾最密怎宦路不相容〔公子云〕孫先生你怎生不言語〔正末唱〕我正是滿懷心腹事盡在不言中

〔公子云〕孫先生你恰纔擺陣時畢竟是誰輸誰贏也〔正末云〕公子聽貧道說咱〔唱〕

〔賺煞尾〕我和他十載習兵書九轉能成誦這八卦陣縱橫不窮管七國江山着君王獨自統便有六丁神我敢也驅下天宮五方幢招颭如風四下裏兵戈擺的沒些兒縫似這等三軍簇捧要着我二人何用〔公子云〕難道你兩個就沒一個強弱〔正末唱〕俺兩個都一般的談笑會成功〔同龐涓下〕

〔公子云〕兩個將軍去也令人將馬來待俺回父王的話去〔詩云〕恰纔二將爭雄在戰場都一般的神機妙策沒低昂龐涓是一條擎天白玉柱孫臏是一座架海紫金梁〔下〕

〔音釋〕赧難上聲　辟音匹　虬音求　兕音似　單嘲去聲　那音挪　吒音渣　戳勅角切
懵夢上聲　駌音寃　幢音童

楔子

〔鬼谷子領道童上詩云〕暑往寒來春復秋夕陽西下水東流將軍戰馬今何在野草閑花滿地愁

貧道鬼谷子是也自從龐涓到於魏國受了武陰君之職他舉薦孫子下山共同為官貧道觀其氣色此一去必有災難如今設下壇場縛起個草人待貧道登壇召取諸天神將看其休咎便見分曉道童壇場設下了也不曾〔道童云〕師父壇場已完備多時了也〔鬼谷子云〕真香一爇瑞霧飄颻高昇寶篆上徹雲霄三奏法鼓萬聖來朝恭請玉清聖境元始天尊三省六曹左輔右弼南辰北斗東極西靈十二宮辰二十八宿九天遊奕使者三界直符使者十方捷疾靈神本山土地當境城隍空虛典祀社廟威靈聞今關召速至壇庭〔擊令牌科云〕一擊天清二擊地靈三擊五雷萬神聽令再召九宮八卦部中神十二元辰位中將〔做踏罡咒水科云〕水無正行以咒為靈在天為雨露在地作泉源一噀如霜二噀如雪三噀天地清淨〔做取劍科云〕庚辛鑄體離火煉形玉清教主賜來有道真人驅使先請五方五帝銜符佩劍入吾水中吾持此水非凡水九龍吐出淨天地太乙池中千萬年吾今將來驗凶吉虔心啓請四直功曹神劍撇下休錯分毫疾道童劍落在草人那裏〔道童云〕師父劍落在草人足上〔鬼谷云〕嗨孫臏必有刖足之災不傷其命想孫臏臨行那日貧道曾與他一計教他遇難之時脫逃性命〔詩云〕孫臏機謀不可當龐涓空使惡心腸他兩個刖足之讎何日報少不得馬陵山下一身亡〔下〕〔龐涓同鄭安平上〕〔龐涓云〕恨小非君子無毒不丈夫某龐涓想來那孫臏無禮是喒舊交朋友我便有些兒差池你就執待不得把俺拏在陣前花白許多說話怎生出的我這口氣〔鄭安平云〕我元不濟你自做個計較〔龐涓云〕則除是這般鄭安平你去詐傳着魏公子之命說與孫臏知道今晚三更三點熒惑失位着他領三百三十騎人馬都是紅袍紅旗到宮門外面連射三箭鳴鑼擊鼓吶喊搖旗着他魘鎮火星你小心在意者〔鄭安平云〕理會的領着元帥將令與孫臏說知走一遭去〔下〕〔龐涓云〕鄭安平去了也這一去料那孫臏敢

不依令若是公子聽的豈不大驚待他問我呵我就說孫臏有反亂之心公子必然將此人殺壞那
其間便是我平生願足〔下〕〔鄭安平上望古門道云〕孫先生奉公子的命着你今夜晚間三更將
盡領着軍卒鳴鑼擊鼓吶喊搖旗望王宮門首連射三箭着你魘鎮火星小心在意者〔下〕〔正末
領卒子上云〕某孫臏是也奉公子的命領着三百三十單三騎人馬到王宮門首魘鎮火星走一
遭去可早來到也衆軍校與我鳴鑼擊鼓吶喊搖旗望着王宮門首連射三枝火箭吶三聲喊退了
火星也〔射科〕〔唱〕
〔仙呂賞花時〕我如今奉勅蒙宣統士卒則爲這熒惑離宮失位所
我望帝闕近皇都連發了三枝箭羽早沒半霎兒將火星除〔下〕
〔音釋〕噗詢去聲　刖音月　熒音盈　惑音或　魘音掩　卒從蘇切

第二折

〔魏公子領卒子上云〕某乃公子魏申好是奇怪也昨夜三更三點甚麼人鳴鑼擊鼓吶喊搖旗又
有火箭數枝一直射進宮內不知何故左右那裏與我喚將龐元帥來者〔卒子云〕龐元帥安在〔
龐涓上云〕適聞公子呼喚料孫臏必然中我之計也待公子問俺時自有主意〔見公子科〕〔公
子云〕元帥昨夜晚間三更時分宮門外這般鳴鑼擊鼓吶喊搖旗射進幾枝火箭來却是爲何〔
龐涓云〕公子這事都是我龐涓之罪誰想孫臏公子加他爲四門都練使他嫌官小因此夜晚間
領着軍卒鳴鑼擊鼓必然有反叛之心也〔公子云〕既然如此建起法場就着你爲監斬官將孫臏
斬訖報來〔下〕〔龐涓云〕領旨令人喚將鄭安平來者〔鄭安平上云〕元帥喚我做甚麼〔龐涓云〕
鄭安平如今公子要殺壞孫臏着我爲監斬官我和他是同堂故友難以行法我着你去監斬就今

日建起法場若殺他呵等我過來有我的言語你便下手小心在意者〔下〕〔鄭安平云〕刀斧手那裏把住街道與我拏將孫子來者〔劊子上云〕理會的〔做拏正末上科〕〔鄭安平云〕孫臏你知罪麼〔正末云〕我不知罪〔鄭安平云〕你剗的不知罪你昨夜三更時分領着軍卒在宮門之外鳴鑼擊鼓吶喊搖旗連射幾枝火箭明明是有反魏之心公子的命要將你殺壞哩〔正末云〕嗨我中他計也似此怎了也呵〔唱〕

〔正宮端正好〕禍臨頭誰人救則我這潑殘生眼見的千死千休誰着你把箭三枝連射三更後哎你也合將那傳令的人追究

〔滾繡毬〕我可也爲國愁爲國憂爲知心數年交厚我恨不的併吞了六國諸侯這江山和宇宙士女共軍州都待着俺邦情受怎知道運拙也志願難酬哎孫臏也不爭你讒言譖語遭人搆直感的野草閑花滿地愁那裏也正首狐丘

〔鄭安平云〕孫臏你好模好樣的做這等勾當你也須自知罪過還說甚麼你說一句鋼刀豁口覷一覷金瓜碎首劊子磨的刀快只等午時三刻到來便要殺壞了哩〔正末唱〕

〔倘秀才〕哎我說一句鋼刀豁口覷一覷金瓜碎首我可甚一日無常萬事休我不合鳴金鼓統戈矛〔帶云〕我本無罪過怎要殺壞我也〔唱〕這便的是我犯由

〔鄭安平云〕孫臏你只安心兒受死不要大驚小怪的〔正末唱〕

〔滾繡毬〕這法場近御溝對鳳樓〔帶云〕冤屈也〔唱〕我這裏叫盡屈有

誰來分剖送的我眼睜睜有國難投強縛住我這調羹補衮的手掩住我這銜冤負屈的口這都是我自作自受也不專爲那人怨人讎哀哉故國難回首可正是煩惱皆因強出頭便死何求

〔龐涓上云〕我教鄭安平代做監斬官起建法場殺壞孫臏如今往法場上過我則推不知道擺開頭踏慢慢的行我是個朝中有功之人今日勑賜與我十瓶黃封御酒我多飲了幾杯我好快活也〔做唱科〕〔唱〕今宵酒醒何處楊柳岸曉風殘月〔正末云〕兀的不是龐涓過來也我明知道他殺壞我我着他救我咱我臨行時師父曾與我一計若遇禍難臨頭有人唱道今宵酒醒何處楊柳岸曉風殘月你可訴出心間之事就得不死我如今不說等待何時兩街百姓我死不緊只可惜我腹中有卷六甲天書不曾傳授與人若有人救了我的性命我情願傳寫與他決無隱諱〔龐涓驚科云〕嗨師父好歹也將這六甲天書倒傳與他傳與我的天書原來是假的我如今獨霸六國料無對手若再得這天書呵還有誰人近的我當日他擺出陣來我不認的那個陣勢可知道他在天書裏面摘下來的我若殺了這廝便是絕了這天書也我自有個妙計賺他這天書哩〔劊子云〕午時三刻到了開刀〔龐涓云〕是斬誰〔劊子云〕斬孫臏哩〔龐涓云〕是孫臏且留人者〔做悲云〕哥哥你爲甚麽來〔正末云〕兄弟也殺我的罪過你敢知情麽〔龐涓云〕我若知情呵唾是命隨燈而滅哥哥你端的爲甚麽來〔正末唱〕

〔白鶴子〕他對着我急煎煎的忙問取我對着他悄促促的說情由〔龐涓云〕哥也我若知情呵唾是命隨燈而滅〔正末唱〕只道他含着淚苦滴滴的假慈悲却原來指着燈磣可可的言盟咒

〔云〕兄弟你怎生救我咱〔龐涓云〕哥哥我如今公子根前說去救的你也休喜歡救不得也休煩惱劊子你且慢者待我見了公子轉來呵另有區處〔背云〕我若救了他的性命倘若不寫天書悄悄的溜了去我那裏尋他我如今也不要他死也不放他走則等着寫了天書方纔處置他未爲遲也〔虛下〕〔復上科云〕我如今詐傳公子的命免了他項上一刀只刖了他二足哥哥您兄弟來了也〔正末云〕兄弟你說的如何〔龐涓云〕哥哥您兄弟一言難盡〔龐涓悲科〕〔正末唱〕

〔脫布衫〕我道你搜尋出百樣機謀翻惹下千種閑愁則你個爲昔日同堂故友怎惜得這殷勤盡心兒搭救

〔醉太平〕哎兄弟也可怎生問着時緘口來閉口快與我分別一個恩讎饒不饒卽便說緣由好着我猜不着謎頭我見他自推自跌自僝僽迷留沒亂把雙眉皺〔龐涓悲科〕〔正末唱〕只他這英雄眼裏淚交流快說波親兄弟帥首

〔龐涓云〕劊子將孫子釋了縛者公子的命免你項上一刀〔正末云〕空教我吃這一驚多虧了我兄弟留的我性命在也儘好了〔龐涓云〕哥哥且休歡喜可要刖了你二足哩〔正末唱〕

〔倘秀才〕我就在這法場上連忙頓首拜謝着行仁義君王萬壽〔帶云〕我這個性命有個比喻〔唱〕似鈎出鰲魚脫了鈎但軀命得存留便是老天來保祐

〔龐涓云〕一壁廂家中安排着茶酒飲食等待哥哥〔鄭安平云〕帶挈我也吃一杯兒〔同下〕〔劊子云〕孫先生這裏離元帥遠哩我問你你是風魔呵是九伯你兩個冤讎太重那個不知要殺壞

你也是他要救你也是他要刖足也是他龐元帥要害你性命哩你小心者〔正末云〕噤聲〔唱〕

〔滾繡毬〕你休那裏信口謅〔刖子云〕我不說謊〔正末唱〕則管裏無了收這言語你也合三思然後俺兄弟怎肯道東澗東流〔帶云〕俺兩個說誓來〔唱〕他虧我似猪狗我虧他似馬牛俺兩個曾對天說咒俺兄弟他怎肯火上澆油俺兩個勝如管鮑分金義休猜做孫龐刖足讎枉惹得萬代名留

〔龐涓云〕鄭安平公子在那裏立等回話哩兀那刖子你近前來我囑付你刖足之時我着你輕着你便重着我說淺着你便深着刖子拏的銅鍘來早下手波〔刖子云〕理會的孫臏請出你那尊足來〔龐涓云〕輕着些兒〔又云〕淺着些兒〔刖子刖足科〕〔正末云〕兀的不痛殺我也〔龐涓云〕將酒來哥哥甦醒者您兄弟備下香噴噴三盞安魂酒你吃了便定疼也〔正末唱〕

〔二煞〕我飲過這香噴噴三盞兒安魂酒則被你悶殺我也血淥淥一雙脚指頭刀落處鼻痛心酸皮開肉綻筋骨相離鮮血澆流哎可怎生神嚎鬼哭霧慘雲昏白日爲幽耳邊廂只聽得半空中風吼莫不是和天地替人愁

〔龐涓云〕哥哥休騎馬則怕那穢氣撲了哥哥的瘡難醫鄭安平你與我將哥哥背的家去〔正末唱〕

〔煞尾〕兄弟則這功名成就合成就我得好休時便好休養可瘡海上遊洗了耳覓許由學太公把釣鈎逐范蠡一葉舟想榮華風內燭

富貴如水上漚將利名一筆勾再不向殺人場攬禍尤白白的將性命丟攢住眉頭懶轉眸咬定牙兒且忍羞打熬着足上浸浸血水流哎你個行刃的哥哥你暢好是下的手〔下〕

〔龐涓云〕孫臏也你如何出的我手着令人背的我書房中去安排茶飯與他食用准備文房四寶傳寫天書只待早起修了天書我便早起殺了那廝晚夕修了天書我便晚夕殺了那廝我務要將他翦草除根萌芽不發爲何如此說我平日之間兩個眼裏偏嫌這等無仁無義歹弟子孩兒〔下〕

〔音釋〕磣參上聲　緘鑱咸切　謎迷去聲　僝鋤山切　僽音驟　謅乂搜切　鑭音闌　甦音蘇　吼呵苟切　穢音畏　蠡音里　漚音歐

第三折

〔龐涓上云〕某龐涓是也自從將孫子刖了二足可早半年有餘抄寫天書將次完備眼見得那廝便是死的人也我已曾着人看去了這早晚怎不見來回話〔卒子上云〕稟元帥得知誰想孫臏正寫天書中間一陣風魔上來將天書手中扯了一半口中嚼了一半燈上燒了一半白日與小兒同耍到晚來與羊犬同眠打也不知罵也不知端的是個風魔了也〔龐涓笑科云〕那廝怎麼瞞得我老龐明明是不肯傳授天書故意假作風魔我要看破他有何難處令人你近前來分付你一椿事你一隻手將着個饅頭一隻手將着荷葉包着那汚穢的東西他若詐風魔呵便吃饅頭是真的便吃汚穢若是真風魔呵任着他要生要死不必收留你小心在意者〔卒子云〕理會的〔龐涓詩云〕孫臏風魔假做成只看飲食便分明〔卒子詩云〕若是吃了那些汚了口隨他念殺天書也不靈〔一同下〕〔外扮卜商引祗從載茶上云〕小官乃齊國上大夫卜商是也方今大周天下七國春秋是

秦齊燕趙韓楚魏這七國中向稱强秦雄楚與俺全齊俱爲上國今因魏國倚恃龐涓每每侵伐隣邦地界俺六國不得已年年進貢歲歲修盟俺齊國今年合該進茶卻差着小官入魏貢車五十餘輛無非上品高茶小官近聞龐涓請將孫臏下山本欲同扶魏國後因孫臏排兵布陣拏住龐涓遂成讎恨在公子根前讒譖他有反魏之意綁赴法場那孫子臨刑之時口稱我死不爭可惜胸中三卷天書無人傳授比時龐涓要得抄寫天書卽免其死刖了二足收留在家誰想孫子一陣風魔上來將所寫天書扯了一半口內嚼了一半火上燒了一半白日裏與小兒同戲到晚來與羊犬同眠我想這個必是假的今日小官往魏國進茶去在於驛亭中安歇只待貢事少暇悄悄地看個動靜那孫子果然真個風魔這不必說了若是假呵小官用些小智術救的他出了魏國到俺齊邦奏過主公拜爲軍師一者報孫子刖足之讎二者雪六國進貢之恥豈非是一場莫大的功績〔詩云〕我本孔門高弟子來與齊邦作使臣只要訪得風魔孫臏出准備後車同載渭川人〔下〕〔正末粧風扒上云〕休笑休笑我和你耍子去來這裏也無人貧道孫臏是也自從辭別了師父下山到於魏國公子教俺擺陣不想龐涓在公子根前下了譖言將貧道刖其二足如今佯推風疾舉發白日裏與兒童作戲到晚間共羊犬同眠不知幾時纔得個出頭之日也呵〔唱〕

〔雙調新水令〕打獨磨來到畫橋西恰便似出籠鷹剪折了我這雙翼自知毛羽短怎敢撲天飛我則索做啞粧癡幾回家閣不住眼中淚

〔帶云〕我早知這般呵不下山來可也好那〔唱〕

〔步步嬌〕想當初在雲夢山中把天書習定道是取將相能容易誰

知有這日生把俺七尺長軀打滅的無存濟哎喲天那甚日得遂風雷也吐出俺這三千丈虹霓氣〔俫兒上云〕風子你見我這個饅頭麼〔正末云〕我正要饅頭吃哩你拿的來〔正末做討饅頭俫兒不與科〕〔唱〕

〔沉醉東風〕您幾個作耍的笑嘻嘻我這等好男兒怎和你步步相隨您幾個小的每都把饅頭吃〔俫兒云〕兀那風子你不要與我看我不與你饅頭吃〔正末唱〕常言道口沒尊卑〔俫兒云〕兀那風子我丟將這饅頭去你若是趕的上就把這饅頭與你吃趕不上你吃我三拳頭〔正末云〕是是是我趕饅頭者趕的上便吃饅頭趕不上吃你三拳〔俫兒云〕我丟將饅頭去也〔正末趕科〕〔俫兒打科〕〔正末唱〕我趕不上饅頭索忍饑〔帶云〕饅頭不會吃倒吃了一頓打〔唱〕嗨這的是脚短的先生可便落的〔卒子拏砌末上云〕奉元帥的將令着我將這饅頭和這穢污尋孫臏去兀的不是他怎麼有這夥小廝在這裏〔做打俫兒下科〕〔正末唱〕

〔攪箏琶〕見一個狠公吏叫一聲似春雷誆的那幾個作耍頑童都一時間潛在那裏〔卒子云〕兀那風子你脚上瘡疤疼痛如今可好了麼〔正末唱〕起動你問我瘡疾我可也皺定雙眉〔做悲科云〕我好疼哩我好疼哩〔唱〕堪悲休則管絮絮聒聒扯扯拽拽痛不痛我足下須自知索甚猜疑

〔卒子云〕兀那風子你看我這手裏拏的甚麼〔正末云〕是饅頭〔卒子云〕這個是甚麼〔正末云〕這個你則道我不知哩這個是餻糜〔卒子云〕你吃饅頭好吃餻糜好〔正末云〕我則吃餻糜〔卒

子云〕你吃餻糜要發病傷人也〔正末云〕我則要吃餻糜〔唱〕

〔雁兒落〕我常擔着空肚皮〔卒子云〕你幾曾見這等好茶飯來〔正末唱〕好茶飯幾曾道嘗滋味雖然我脚尖上有病疾〔卒子云〕你休吃則怕發了你的瘡〔正末唱〕我心兒裏倒也無閑氣

〔拏砌末做吃科〕〔唱〕

〔得勝令〕我因此上怕甚麽冷餻糜〔卒子云〕真個風魔了也我回元帥的話去〔下〕〔正末唱〕他見我吃一口走如飛自從我做作風魔漢受了些腌臢歹氣息非是我無知偏要吃他這茶食我可便明知怕不是麄賊使見識

〔云〕天色晚了我還羊圈裏歇息去也〔做扒入圈科云〕你看我耍子去來這早晚人都睡了我也睡也〔做睡科〕〔卜商上云〕小官卜商自到魏邦進茶已畢見在館驛中安下小官看了孫子數日不得空便未敢接談今日又跟隨了一日他如今往羊圈中宿歇去了你看天色已晚前後無人我直跟到這羊圈根前吟兩句詩調發此人看他說甚麽〔詩云〕美玉類頑石珍珠汚垢泥〔正末驚科云〕這言語不是我魏國的人我再聽咱〔卜商又念科〕〔正末荅云〕用手輕抹洗萬里色輝輝〔卜商云〕眼見的此人不是真風魔了我且再聽他說甚麽來〔正末云〕這裏敢有人救我也待我作歌一首〔歌云〕亭亭百尺半死松直凌白日懸晴空翠葉毵毵籠彩鳳高枝曲曲盤蒼龍豈無天地三光照猶然枯槁深山中其奈樵夫無耳目手携巨斧相摧礱臨崖砍倒棟梁材析作柴薪向人鬻終可笑兮終可笑每日只在街頭鬧淺波寧畜錦鱗魚知誰肯下絲綸釣空愁望空悲嘅舉動唯

嫌天地窄若有風雷際會時敢和蛟龍混滄海〔卜商云〕此人之意已盡露矣我不免跳入這圈內去孫先生你休大驚小怪的我是齊國卜商特來救拔你哩〔正末云〕你莫不是子夏否〔卜商云〕然也〔正末唱〕

〔掛玉鉤〕我這裏吐膽傾心說與伊難道你不解其中意〔卜商云〕先生何不跟我館驛中去來〔正末云〕你先行我隨後便到也〔卜商云〕你不與我同去可是爲何〔正末唱〕我則怕路上行人口勝碑〔卜商云〕先生我須不是故意來賺你的〔正末唱〕喒兩個都心會〔卜商云〕小官此一來專爲先生別無他幹〔正末唱〕既然是你爲我來須回避且做個面北眉南你東咱西

〔卜商做先後行到科〕〔卜商云〕可早來到館驛也我關上這門先生你休大驚小怪的則怕有人知道將茶飯來先生食用咱〔正末云〕龐涓您和我同堂學業轉筆抄書相守十年有餘誰想如此狠毒也〔龐涓領卒子上云〕小官龐涓是也頗奈孫臏無禮他原來詐風魔竟自走了也我觀將星落在館驛裏面大小三軍將這座館驛週圍把住者令人與我喚出卜商那廝來〔卒子云〕理會的〔卜商云〕先生怎了也有龐涓在館驛門首如之奈何〔正末云〕你不要顧我你則自去對付他〔做躲科〕〔卜商見龐涓科云〕元帥喚小官做甚麼〔龐涓云〕卜商你是小國之臣怎敢將孫臏潛藏這館驛中你從實的說有也是無〔卜商云〕小官從來不知甚麼孫臏〔龐涓云〕你道無有我入館驛中搜去若搜出孫臏來呵你的性命可也不保令人將卜商拏住休教走了我入館驛搜去大小三軍與我前後仔細搜者〔卒子搜科云〕前後都無〔龐涓云〕屋上瞧〔卒子云〕屋上也無〔龐涓云〕井裏撈〔卒子云〕井裏也無〔龐涓云〕前後都無這廝可往那裏去了孫臏你不在這裏便

罷你若在這裏你聽者我只爲那擺陣時結下的寃讎要殺你也是我來刖了足也是我來我若今日見你呵將你活剝做兩三截你要活時恰似井底撈明月我若拏住你呵你道兄弟饒了我者要我饒你呵則除是九重天滴溜溜飛下一紙郊天赦來〔做再念科云〕這前後委實的是無卜商你敢偷出孫臏去麼〔卜商云〕小官要孫臏何用〔龐涓云〕令人放了卜商者〔卜商云〕多謝元帥〔龐涓云〕卜商恰纔我若搜出孫臏來我不道的饒了你哩你如今幾時回去〔卜商云〕小官明日便回去〔龐涓云〕你往那一門去〔卜商云〕我往東門去〔龐涓云〕比及你來時我先在東門等你將你那人夫都點過茶車裏都搜過你若帶出孫臏去呵你見麼俺這裏雄兵百萬戰將千員有一日兵臨城下將至壕邊四下裏安營八下裏札寨兵打你城池馬踐你山川卜商那其間悔之晚矣〔下〕〔卜商云〕兀的不諕殺我也恰纔與孫先生正吃飯哩忽聽的龐元帥下馬圍了館驛搜尋孫臏且喜的搜不着不知可往那裏去了孫臏你好強也龐涓你好狠也嗨卜商你好險也待我叫一聲孫先生孫先生〔正末唱〕

〔殿前歡〕那喚我的却爲誰〔卜商云〕先生你在那裏來〔正末唱〕在那摘星樓上我便做筵席安排下脫殼金蟬計我則索躲是逃非〔卜商云〕龐涓賊你好狠也〔正末唱〕這的是他下的我也下的〔卜商云〕先生龐涓又來了也〔正末唱〕哎纏殺我也天魔祟我便似小鬼般合撲地〔卜商云〕你趓時節誰知道來〔正末唱〕這公事則除天知地知〔帶云〕龐涓你怎知我在這裏吃茶飯哩〔唱〕只半合兒使碎我這心機

〔卜商云〕先生我本意要帶你去只是一件恰纔龐元帥問我幾時回去我便道明日回往東門去

龐涓道我先在東門上將你那茶車搜過若搜出來呵可怎了也〔正末云〕大夫放心此人搜頭不搜尾若搜呵喒着一個小軍兒打扮他的小軍飛馬來報道西門上拏住孫臏了出的東門你自慢慢的從大路上行我便落荒而走只要到的齊邦便好領兵拏獲龐涓報我刖足之讎也〔卜商云〕此計大妙〔做同行科〕〔龐涓上云〕卜商你往那裏去〔卜商云〕小官回齊國去也〔龐涓云〕令人與我搜這茶車者〔卒子上云〕報的元帥得知西門上拏住一個瘸先生也〔龐涓云〕眼見的是孫臏了我西門上殺那瘸先生去來〔下〕〔卜商云〕元帥去了先生快上馬者〔正末唱〕

〔離亭宴帶鴛鴦煞〕我仗天書扶立你東齊國統精兵尅日西攻魏一聲喊將征塵蕩起急颭颭搠旌旗撲鼕鼕操畫鼓磕擦擦驅征騎劍摧翻嵩岳山馬飲竭黃河水看龐涓躲到那裏我將他活剝了血瀝瀝的皮生敲了支刺刺的腦細剔了疙蹅蹅的髓便那鄭安平鏟掉了頭魏公子也屈折了腿直殺的一個個都爲肉泥恁時節纔報了我刖足的讎雪了你貢茶的恥〔同下〕

〔音釋〕嚼齊消切 翼銀計切 習星西切 日人智切 吃音恥 的音底 疾精妻切 息喪擠切 食繩知切 識傷以切 毵音三 蠲于句切 嘅開上聲 窄齋上聲 席星西切 祟音歲 瘸巨靴切 國音鬼 髓桑嘴切

第四折

〔齊公子領卒子上〕〔齊公子詩云〕自來東土列諸侯渤海瑯邪佔上游爲甚河山稱十二甘心臣魏不知羞某乃齊公子是也姓田名辟彊始祖本姬姓宗親自陳敬仲入齊賜姓田氏後來田恆篡

了齊國至田和奉周天子的命列為諸侯世世相承至齊康公薨而無後立我父王稱為齊威王者是也目今七國春秋秦齊燕趙韓楚魏俺齊國原為上國止因魏國拜龐涓為帥此人大有膂力善曉兵書每每加兵六國莫能當敵俺不得已與魏國年年納貢今年特遣大夫卜商入魏進茶不想卜商暗將孫臏在茶車內帶到俺國聞得他兵法更勝似那龐涓百倍俺如今就拜為軍師統領大勢雄兵會合各國大將與龐涓決戰真個軍師妙算鬼神莫測只一個添兵減竈之計要將龐涓賺到馬陵山峪做下八面埋伏准備擒他看這一場是好廝殺也令人與我喚各國大將前來聽令者〔卒子云〕理會的諸將安在〔李牧上〕〔公子云〕趙國大將李牧聽令撥與你青旗為號就領本部三萬人馬接應田忌截殺龐涓引到馬陵山下休違悞者〔李牧云〕得令〔吳起上〕〔公子云〕楚國大將吳起聽令撥與你紅旗為號就領本部三萬人馬接應田忌截殺龐涓引到馬陵山下休違悞者〔吳起云〕得令〔樂毅上〕〔公子云〕燕國大將樂毅聽令撥與你白旗為號就領本部三萬人馬接應田忌截殺龐涓引到馬陵山下休違悞者〔樂毅云〕得令〔馬服子上〕〔公子云〕韓國大將馬服子聽令撥與你黃旗為號就領本部三萬人馬接應田忌截殺龐涓引到馬陵山下休違悞者〔馬服子云〕得令〔王翦上〕〔公子云〕秦國大將王翦聽令撥與你皁旗為號就領本部三萬人馬接應田忌截殺龐涓引到馬陵山下休違悞者〔王翦云〕得令〔公子詩云〕領將驅兵莫避難報讎雪恨在今番馬陵山下先埋伏不斬龐涓誓不還〔同下〕〔田忌上詩云〕十萬強弓伏馬陵明為減竈暗添兵龐涓合是今朝滅會看軍中奏凱聲某乃齊國大將田忌是也奉軍師的將令着某為先鋒會合各國大將與龐涓相持廝殺則要輸不要贏將龐涓引過鴻溝而來你道軍師為何着俺佯輸詐敗元來軍師唯恐龐涓自揣不如心懷懼怯未肯窮追因此故意的設這減竈之計使龐涓看

見俺國兵馬自到魏國界上不勾五日已逃的逃死的死亡其大半必然奮勇追殺將來卻于馬陵山下樹林深處預先埋伏強弓硬弩十萬餘張將大樹一株刮去樹皮寫着道龐涓死此樹下六個大字樹枝之上掛着一盞明燈料的龐涓追到此處必然放下燈來看那樹上所題之字元來俺軍師就以此燈爲號只看此燈一下那埋伏的弓弩卽便一時齊發龐涓也則教你有翼翅飛不上雲頭有指爪劈不開地面可不似牽羊入屠戶之家一步步來尋死地（龐涓躧馬領卒子上云）某乃龐涓是也頗奈孫臏無禮他跟的卜商走了如今用孫臏爲軍師田忌爲先鋒攻我魏國與某決戰不會到的五日早把他家人馬殺其大半量他何足道哉兀那塵土起處敢是田忌來也（田忌上云）龐涓你豈不知歸師勿掩窮寇勿追你苦苦趕我做什麼料你的本領我也不怕我判的和你併個你死我活放馬來（龐涓云）田忌你是我手裏敗將不早早受縛還要強嘴哩（做戰）（田忌敗走科云）我敵他不過三十六計走爲上計走走走（各國接上戰俱敗科）（龐涓云）你看那廝都殺敗了也乘勢不得不趕大小三軍跟我追將去來（下）（正末同齊公子各將上）（正末云）貧道孫臏是也自到齊國拜某爲軍師之職今日聚這大小三軍在此馬陵山下只今晚要斬龐涓報某刖足之讎衆軍校擺的嚴整者（齊公子云）今日要擒拏龐涓雪俺六國之恨皆賴軍師妙計（正末唱）

（中呂粉蝶兒）打一輪皁蓋輕車按天書把三軍擺設誰識俺這陣似長蛇端的個角生風旗掣電弓彎秋月喊一聲海沸山裂管殺的他衆兒郎不能相借

（云）令人這山下有一株大樹是甚麼樹你去看來（卒子云）有一株大樹是白楊樹（正末云）令

人與我將這白楊樹砍倒了刮去了皮將筆硯來〔卒子云〕理會的筆硯在此〔正末唱〕

〔醉春風〕我將這烏龍墨恰研濃我將這紫兔毫深蘸徹〔寫科〕〔詩云〕

白楊樹下白楊峪正是龐涓合死處今夜不斬魏人頭孫臏不還齊國去〔公子云〕你看寫着什麼哩

〔正末唱〕道不離此處斬龐涓我親自的寫寫一來是孫臏的機謀二來是主公的福分第三來單注着那人合滅

〔公子云〕那龐涓是一條好漢怕也斬不的他麼〔正末唱〕

〔石榴花〕笑龐涓敢逞盡十分劣逐定咱不相撇爭知這馬陵道上有攔截山崖斗絕樹林稠疊萬張強弩齊攢射敢立化了一堆鮮血總便有三頭六臂天生別到其間那裏好藏遮

〔公子云〕那龐涓說你是他同堂故友哩〔正末唱〕

〔鬬鵪鶉〕俺和他同堂友至契至交須不是被傍人廝間廝諜俺可也為甚麼相賊相殘都是他平日裏自作自孽他把切骨的冤讎死也似結怎教俺便忘了者俺如今拚的個不做不休這就是至誠心為人為徹

〔龐涓云〕是好一場廝殺也來此馬陵山下天色已晚不知齊國敗兵過去多遠了大小三軍前面林子裏透出一盞燈光必有人烟去處可跟着我趕去看來呀原來別無人家是一株大樹樹上掛着一個燈籠呀怎麼樹上有幾行字小校快與我放下燈來待我看這字寫着甚麼〔正末唱〕

〔上小樓〕兀的燈焰又昏月影又斜則見他緊蹙征驂左右盤旋不

得寧貼他覷一回望一回腸慌腹熱怎知馬和人死在今夜〔龐涓看科云〕這樹上却是四句詩待我念來白楊樹下白楊峪正是龐涓合死處今夜不斬魏人頭孫臏不還齊國去哦元來這瘸夫到此地面還把大言謊着我哩〔正末唱〕

〔么篇〕他那裏語未絕俺這裏箭早拽則見他驀澗穿林鑽天入地急切難迭脚趔趄眼乜斜恰便似酒酣時節龐涓也休猜做楊柳岸曉風殘月

〔龐涓云〕此處莫不有埋伏的軍馬麼不中我只索倒回干戈領軍去也〔孫臏云〕龐涓你那裏去大小三軍與我圍定了峪口者休教走了龐涓〔龐涓云〕兀的不諕殺我也高阜處說話好似我孫臏哥哥我是叫他一聲咱孫臏哥哥〔正末云〕叫我的是誰〔龐涓云〕是您兄弟龐涓〔正末云〕你叫我怎麼〔龐涓云〕多時不見哥哥我心中好生想你也〔正末云〕你那賊却元來也有今日哩〔唱〕

〔快活三〕俺把心中事明訴說您把詩中句細披閱大古來有甚費週折多喒是您勾魂帖

〔龐涓云〕哥哥可憐見是您兄弟的不是了也〔正末唱〕

〔朝天子〕我可也不爲別是你親會把誓設〔龐涓云〕兀的不滅了這盞燈也〔正末唱〕正應着唖是命隨燈滅〔龐涓做拜科云〕哥哥可憐見只饒過您兄弟咱〔正末唱〕龐涓你既做了這業又何必恁怯枉了也參拜無休歇哎則你個臉兒假熱心兒似鐵忍下的眼睜睜把我雙足刖你如今死也再

休想放捨恰便似水底撈明月

〔公子云〕小校與我拏過龐涓來者〔田忌做拏龐涓見正末跪下科〕〔龐涓云〕哥哥我龐涓知罪了也可憐見我一世爲人只是饒了我罷〔正末唱〕

〔十二月〕他那裏自推自跌從今後義斷恩絶〔龐涓云〕哥哥喒和你是同心共膽的好朋友饒過我者〔正末唱〕你道是同心共膽還待要騙口張舌我只問你三回兩歇怎送的我二足雙瘸

〔云〕想當日在館驛中你不道來〔龐涓云〕我道什麼來〔正末唱〕

〔堯民歌〕你道是若拏住活剁做兩三截〔龐涓云〕哥哥舊話休題〔正末唱〕今日個馬陵道上把大寃雪我劍鋒親把樹皮揭寫着道今夜裏此處斬豪傑傷也波嗟我和你從今便永訣〔帶云〕龐涓您要不死呵〔唱〕則除是半空中飛下滴溜溜一紙郊天赦

〔公子云〕軍師則管和他說到幾時先把這廝刖了雙足切下了驢頭然後將屍首分開做六段散與六國去罷〔孫臏云〕小校將銅鍘來先刖了這廝雙足者〔龐涓云〕罷罷罷大丈夫睜着眼做合着眼受這也不必說了只可惜那六甲天書還不曾傳授哩〔正末唱〕

〔煞尾〕再言語豁了這廝口再言語截了這廝舌將那一顆驢頭慢慢鋼刀切纔把我刖足的寃讎報了也

〔斬龐涓科〕〔公子云〕小校傳下軍令着六國諸將將龐涓屍首分爲六處各自領回本國懸着示衆則今日就在馬陵山做個賞勞的筵席奏凱班師六國諸將試聽者〔詞云〕奈龐涓擅起戈矛生

擾亂六國諸侯自恃的英雄無敵妬孫子假意相求只等待下山入魏便與他賭勝爭籌因打陣結成嫌隙索天書百計圖謀強中手偏生犯對詐風魔一命終留卜大夫載回齊國拜軍師坐擁貔貅諸國將皆來助戰喊殺處霧慘雲愁用減竈佯輸詭計引追兵直過鴻溝伏萬弩馬陵山谷題大樹決斬龐頭果然得分屍奏凱還報了刖足深讎

〔音釋〕纂初患切　虀呼耕切　膂音旅　設商者切　掣音徹　月魚夜切　裂郎夜切　蘸知濫切　徹昌惹切　峪于句切　劣閭夜切　撇邦也切　截藏斜切　絕藏靴切　疊音爹　血希也切　別邦也切　諜音爹　孽尼夜切　結饑也切　貼湯也切　熱仁蔗切　拽音夜　驀音陌　迭音爹　趔郎耶切　趄青耶切　乜忙也切　節音姐　說書也切　閱魚夜切　折音者　帖湯也切　滅迷夜切　業音夜　怯丘也切　歇希也切　鐵湯也切　跌音爹　舌繩遮切　雪須也切　揭機也切　傑其耶切　訣居也切　切音且　凱開上聲　貔音牌　貅音休

題目　孫臏晚下雲夢山
正名　龐涓夜走馬陵道

龐涓夜走馬陵道雜劇

劉安住歸認祖代宗親
倣劉松年筆

包龍圖智賺合同文字
珍倣宋版印

包龍圖智賺合同文字雜劇

元　選

明吳興臧晉叔校

楔子

〔沖末扮劉天祥搽旦楊氏正末劉天瑞二旦張氏倈兒同上〕〔劉天祥詩云〕白雲朝朝走青山日日閑自家無運智只道作家難自家汴梁西關外人氏姓劉名天祥大嫂楊氏兄弟是劉天瑞二嫂張氏我根前無甚兒女止天瑞兄弟有個孩兒年三歲也喚做安住我那先娶的婆婆可亡化了這婆婆是我後娶的他根前帶過一個女孩兒來喚做醜哥我這兄弟和李社長交厚曾指腹為婚李社長根前得了個女孩兒喚做定奴也三歲了他兩個可是兩親家如今為這六料不收上司言語着俺分房減口兄弟你守着祖業俺兩口兒到他邦外府趁熟去來〔搽旦云〕俺兩箇年紀高大去不的了〔正末云〕哥哥和嫂嫂守着祖業我和二嫂引着安住孩兒趁熟走一遭去〔劉天祥云〕這等你與我請將李社長來者〔正末云〕我便請去〔做請科云〕李親家在家麼〔社長上云〕誰喚門哩我開開這門原來是劉親家有甚麼話說〔正末云〕俺哥哥有請〔見科〕〔社長云〕親家你來喚我莫不為分房減口之事麼〔劉天祥云〕正是只因年歲饑歉難以度日如今俺兄弟家三口兒待趁熟去也我昨日做下兩紙合同文書應有的庄田物件房廊屋舍都在這文書上不曾分另兄弟三二年來家便罷若兄弟十年五年來時這文書便是大證見特請親家到來做個見人也與我畫個字兒〔社長云〕當得當得〔劉天祥念科云〕東京西關義定坊住人劉天祥弟劉天瑞幼姪安住則為六料不收奉上司文書分房減口各處趁熟有弟劉天瑞自願將妻帶子他鄉趁熟一應家私

田產不會分另今立合同文書二紙各收一紙爲照立文書人劉天祥同親弟劉天瑞見人李社長

〔社長云〕寫的是等我畫個字你兩個各自收執者〔畫字科〕〔正末云〕既有了合同文書則今日好日辰辭別了哥哥嫂嫂引着孩兒便索長行親家我此一去只等年成熟時便回家來你是必留這門親事等我回時成就此事〔劉天祥云〕兄弟你出路去比不的在家須小心着意者有便頻頻的稍箇書信回來也免的我憂念〔正末云〕哥哥放心您兄弟去了也〔唱〕

〔仙呂賞花時〕兩紙合同各自收一日分離無限憂辭故里往他州只爲這田苗不救可兀的心去意難留〔正末二旦倈兒同下〕

〔劉天祥云〕親家俺兄弟去了也有勞尊重只是家貧不能款待惶恐惶恐〔社長云〕這也不消在下就告回了正是將軍不下馬各自奔前程〔同下〕

第一折

〔外扮張秉彝同旦兒郭氏上〕〔張秉彝云〕自家潞州高平縣下馬村人氏姓張名秉彝渾家郭氏嫡親兩口兒家屬寸男尺女皆無頗有些田地庄宅因爲東京六料不收分房減口近日有一人喚做劉天瑞引着他渾家也是張氏有個孩兒喚做安住今年三歲生的眉清目秀是好一個孩兒也我因見劉天瑞是個讀書的人收留他在我店房中安下也是他的造化低誰想兩口兒染成疾病一臥不起小二哥說他好生病重大嫂喒那裏不是積福處你的舊衣服將着兩件我的舊衣服也將着兩件喒望他兩口兒去來〔同下〕〔店小二上云〕自家店小二的便是這是張秉彝家店房近新來有三口兒趁熟的到這店中安下不想他兩口兒患病一日重似一日人說我窮他兩個還比我窮莫說道他兩口兒迎醫服藥連衣服也沒的半片飯食也沒的半碗怎麼將養得這病好我如

今不免扶持出來看看他氣色咳也可憐多分要嗚呼了也〔正末同二旦倈兒上云〕自家劉天瑞自從離了哥哥嫂嫂到這潞州高平縣下馬村張秉彝員外店中安下多蒙這員外十分美意並不曾將俺做那外人看待爭奈自家命薄染了這場疾病一臥不起二嫂怎生是好也〔二旦云〕眼見的俺兩口兒這病覷天遠入地近無那活的人也〔正末唱〕

〔仙呂點絳唇〕拙婦熬煎主家方便相留戀直着俺住到來年誰想天不從人願

〔混江龍〕俺則為人離鄉賤強經營生出這病根源拙婦人女工勤謹小生呵農業當先拙婦人趁着燈火隣家宵績紡小生呵冒着風霜天氣曉耕田甘受此些饑寒苦楚怎當的進退迍邅現如今山妻染病更被他幼子牽纏回望着家鄉路遠知他是兄嫂高年好教我眼巴巴沒亂殺難相見枉了也離鄉背井落的個赤手空拳

〔二旦與正末文書科云〕二哥我這窮命只在早晚了也你收拾這文書保重將息者〔二旦做死狀科〕〔張秉彝上云〕可早來到店中也君子你那病體如何〔見正末科云〕呀原來你渾家亡了也你如今也有些錢鈔發送你的渾家麽〔正末唱〕

〔油葫蘆〕量小生有甚人情有甚錢苦痛也波天則為那家私生受了二十年要領舊席鋪停柩無一片要領好衣服粧裹無一件〔張秉彝云〕君子你不須煩惱我這裏都已備下了也〔正末唱〕謝員外廝濟惠謝員外肯見憐〔帶云〕小生若不得員外呵〔唱〕則俺這人離財散央親眷兀良誰齎發

與我一根椽

〔做悲科〕〔唱〕

〔天下樂〕妻也知他是你命難逃我命蹇我想從也波前也是宿世緣將重孝不披輕孝來穿想着你恩共情想着你貞共賢我甘心兒與你駕靈車哭少年

〔張秉彝云〕小二哥着人來擡的二嫂出城外揀個高原去處好好的埋葬了者〔擡下〕〔正末云〕員外我也送他一送咱〔張秉彝云〕你是個病人那裏送的便不送也罷〔正末做悲科〕〔云〕妻也我為着你呵〔唱〕

〔那吒令〕念不出消災的善言烈不得買路的紙錢〔張秉彝云〕我代你送出去〔正末云〕怎敢勞動員外〔唱〕　我可也放不下殃人的業冤一片心迷留沒亂焦兩條腿滴羞篤速戰恰便似熱地上蚰蜒

〔做走科〕〔唱〕

〔鵲踏枝〕我甫擡身到靈柩邊待親送出郊原不覺的肉顫身搖眼暈頭旋挪一步早前合後偃〔正末做倒科〕〔唱〕　哎喲叫一聲覆地翻天

〔云〕員外小生有句話敢說麼〔張秉彝做扶科云〕你有甚麼話你說〔正末云〕小生東京義定坊居住哥哥劉天祥小生劉天瑞因為六料不收奉上司的明文着分房減口哥哥守着祖業小生三口兒在此趁熟當那一日立了兩紙合同文書哥哥收一紙小生收一紙怕有些好歹以此為證只望員外廣脩陰德怎生將劉安住孩兒擡舉成人長大把這紙合同文書分付與他將的俺兩把兒

骨殖埋入祖墳小生來生來世情願做驢做馬報答員外是必休迷失了孩兒的本姓也〔唱〕

〔柳葉兒〕則被那官司逼遣他道是沒收成千里無烟着俺分房減口爲供膳因此上攜宅眷撇家緣圖一個苟活偷全〔張秉彝云〕元來你的家緣家計都在這一紙合同文字上哩〔正末唱〕

〔青哥兒〕雖則是一張兒合同合同文券上寫着一家兒莊田宅院這便我久後歸宗的證明顯趁如今未喪黃泉叮嚀你大德高賢等孩兒長大時年交付他收執依然遮莫殺顛沛流連休迷失水木根源這便是你張員外種下的福無邊天須見〔張秉彝云〕我知道了等你孩兒長大成人交付與他同還你祖家去也〔正末云〕員外俺那孩兒呵〔唱〕

〔寄生草〕他目下交三歲你若擡舉他更數年常則是公心教訓誠心勸教的他爲人謹慎於人善不許他初年隨順中年變俺便死也難忘你這天高地厚情員外你則可憐見小寃家少毋無爹面〔張秉彝云〕君子你自掙閫這都在我身上決不負你所托也〔正末云〕員外我這一會兒不好了扶我外間裏去罷〔做扶科〕〔正末唱〕

〔賺煞尾〕不爭我病勢正昏沉更那堪苦事難支遣忙趕上頭裏的喪車不遠眼見得客死他鄉有誰祭奠〔帶云〕兒也你若得長大成人呵〔唱〕你是必休別了父母遺言將骨殖到梁園就着俺那祖父的墳前古樹

林峯好墓田員外則你便是我三代祖先我又無甚六神親眷可憐見俺兩房頭這幾口兒都不得個好團圓（下）

（張秉彝云）好可憐也他家三口兒來到我這裏老兩口兒都死了則留下這個小的剛交三歲他又無甚親眷就留在我家中擡舉的他成人長大着他回去本鄉認了伯父伯娘着他一家兒團圓也見的我久要不忘之意（詩云）兩口兒身亡實可憐留下孩兒尚幼年待他長大成人後須教骨肉再團圓（下）

（音釋）迍音屯　邅音氈　顫音戰　暈音運　劵音勸　鬮音債

第二折

（張秉彝同旦兒上云）自從劉天瑞兩口兒身亡之後又早過了十五年光景安住孩兒長成十八歲了也人都喚做張安住他却那裏知道原不是我的孩兒我自小教他讀書他如今教着幾個村童時遇清明節屆我到這墳上烈紙就今日和孩兒說這個緣故想他父親遺言休迷失了孩兒本姓可早來到墳上也怎生不見孩兒來（正末扮安住上云）自家張安住開着個學堂教幾個蒙童過日今日清明節屆父親母親先往墳上去了我須走一遭去也呵（唱）

（正宮端正好）我將着這一所草堂開聚幾個蒙童訓常則是對青燈黃卷埋身苦了我也十年窗下無人問何日得功名進

（滾繡毬）我可也爲甚的甘受貧不厭勤抵多少策頑磨鈍也只爲不如人學做儒人指望待躍錦鱗過禹門纔是俺男兒發憤終有日會際風雲不枉了嚴親教訓能酬志須信道古聖文章可立身改換

家門

〔見科〕〔張秉彝云〕孩兒等不的你來俺和母親先祭拜了也你如今從頭的拜祖先咱〔正末拜科〕

〔張秉彝云〕有墳塋外邊那個墳兒孩兒你也拜他一拜〔正末拜科云〕父親牆外邊那個墳兒常年家着您孩兒拜他可是俺家甚麼親眷父親可說與孩兒知道〔張秉彝云〕孩兒也我說與你呵你休煩惱你不姓張本姓劉你是東京西關義定坊人氏你伯父是劉天祥你父親是劉天瑞因爲你那裏六料不收分房減口你父親帶你到這裏趁熟不想你父母雙亡埋葬於此你父親臨終遺留與我一紙合同文書應有家私田產都在這文書上我擡舉你十五年了孩兒也俺雖無三年養育之苦却也有十五年擡舉之恩你則休生忘了俺兩口兒也〔詩云〕我不說之時恩不斷說罷之時斷了恩俺有朝一日身亡後誰是我的拖麻拽布人〔正末云〕這等兀的不痛殺我也〔做氣倒科〕〔張秉彝扶科云〕安住孩兒甦醒者〔正末唱〕

〔倘秀才〕俺父親口快心直怎隱您孩兒鼻痛心酸怎忍想着那凍餓死的爺娘兀的不痛殺人別了兄嫂離了家門養下這個毒害的子孫

〔正末對墓哭科〕〔唱〕

〔呆骨朵〕想着俺人亡家破留下這個兒生忿我直啼哭的地慘天昏不爭將先父母思量又怕俺這老爺娘議論則道把十月懷躭想可將這數載情腸盡〔張秉彝做歎科云〕嗨他親的則是親〔正末唱〕他道親的則是親我怎肯知恩不報恩

〔云〕父親母親您孩兒則今日就請起這兩把骨殖回家鄉去見了伯父伯娘將骨殖埋入祖墳您孩兒重來侍奉未知父親意下如何〔張秉彝悲科云〕孩兒則今日可便埋葬你父母去罷〔正末唱〕

〔倘秀才〕待奉着俺先人的教訓怎敢道別了家尊的義分您孩兒兩下裏爺娘一樣的親怎敢道分真假辯清渾天地也就着俺亡家喪身

〔滾繡毬〕想當日盤纏無一文遺留托二親痛殺我也命絕祿盡謝父親將您孩兒擡舉成人離了這潞州下馬村早來到東京義定門將俺這骨殖埋殯認了伯父伯娘呵您孩兒便索抽身先安定了俺這十五年無主亡魂魄回來報答你一雙的高年養育恩怎避的艱辛

〔張秉彝云〕孩兒也你去則去可休不回來可憐見俺老兩口兒無兒無女思想殺您也這的是合同文書孩兒你收執了者〔正末做收執拜別科〕〔張秉彝云〕孩兒你是必早些兒回來〔詞云〕怎不教我悲啼痛苦想起來似刀剜肺腑你若葬了生身爺娘是必休忘了你養身的父母〔下〕〔正末唱〕

〔倘秀才〕遠遠望高山隱隱近近聽黃河滾滾我則見段段田苗接遠村到祖宅造親墳盡了我這點兒孝順

〔云〕哎似這等走幾時得到你也行動些箇〔唱〕

〔滾繡毬〕這般擔呵我生怕背了母親這般擔呵又則怕背了父親好着俺孝心難盡做不得郭巨田真兀的不壓掉魂諕殺人原來是至誠的天順可又早動鬼驚神會聞的古來孝子擔繼母感得園林兩處分俺今日也脚底生雲

〔云〕則今日便索回俺那家鄉去也〔唱〕

〔煞尾〕披星帶月心腸緊過水登山脚步勤意急不將晝夜分心愁豈覺途路穩痛淚零零雨灑塵怨氣騰騰風送雲客舍青青柳色新千里關山勞夢魂歸到梁園認老親恁時節纔把我這十五載流離證了本〔下〕

〔音釋〕屆音戒　甦音蘇　剜碗平聲

第三折

〔搽旦上云〕妾身劉天祥的渾家自從分房減口二哥二嫂安住他三口兒去了可早十五年光景也我這家私火熖也似長將起來開着個解典鋪我帶過來的女孩兒如今招了個女婿我則怕安住來認若是他來呵這家私都是他的我那女婿只好睜着眼看的一看因此上我心下則愁着這一件今日無甚事在這門首閑立着看有甚麼人來〔正末上云〕自家劉安住是也遠遠望見家鄉慚愧可早來到也呵〔唱〕

〔中呂粉蝶兒〕遠赴皇都急煎煎早行晚住早難道神鬼皆無我將飯充饑茶解渴紙錢來買路歷盡了那一千里程途幾曾道半霎兒

停步

〔醉春風〕俺心兒裏思想殺老爺娘則待要墓兒中埋葬俺這先父母一會家煩惱上眉頭安住到大來是苦苦我則道孤影孤身流落在他州他縣慚媿也不想還認了這伯娘伯父

〔云〕我問人來這裏便是劉天祥伯父家且放下這擔兒者〔做見搽旦科云〕老娘借問一聲這裏可是劉天祥伯父家麼〔搽旦云〕便是你問他怎的〔正末拜科云〕原來正是俺伯娘〔搽旦云〕甚麼伯娘這小的好詐熟也〔正末唱〕

〔紅繡鞋〕他他他可也爲甚麼全沒那半點兒牽腸割肚全沒那半聲兒短嘆長吁莫不您叔嫂妯娌不和睦〔云〕伯娘俺伯伯那裏去了〔搽旦云〕甚麼伯伯我不知道〔正末唱〕伯伯可又無蹤影伯娘那裏緊支吾可教我那搭兒葬俺父母

〔云〕伯娘則我就是您姪兒劉安住〔搽旦云〕你說是十五年前趁熟去的劉安住麼你父親去時有合同文書來您有這合同文書便是真的無便是假的〔正末云〕伯娘這合同文書有有有〔唱〕

〔普天樂〕我意慌速心猶豫若無顯證怎辯親疎〔遞合同科〕〔搽旦云〕爭奈我不識字如何〔正末唱〕伯娘可也不會讀將去着伯父親身覷〔云〕好一個賢達的伯娘也我錯埋怨了他〔唱〕他元來是九烈三貞賢達婦兀的個老人家尚然道出嫁從夫〔搽旦入門科〕〔正末云〕呀伯娘入去了可怎麼這一晌還不見出來

我早猜着了也（唱）一來是收拾祭物二來是准備孝服第三來可是報與親屬

（劉天祥上云）自從俺天瑞兄弟三口兒一去十五年並無音信我則看着那劉安住孩兒知他有也是無我偌大家私無人承受煩惱的我眼也昏了耳也聾了（做見科云）兀那小的你是誰家的在我門首走來走去的（正末云）我又不在你家門首我這裏是認親眷的干你甚麼事 （劉天祥云）不是我家門首可是誰家門首（正末云）那壁敢是劉天祥伯伯麼（劉天祥云）則我便是劉天祥（正末云）伯伯請上受您姪兒幾拜（正末拜科）（唱）

（迎仙客）因歎年趁熟去別家鄉臨外府怎知道命兒裏百般無是處先亡了俺嫡親的爺娘守着這別人家父母整受了十五載孤獨

（劉天祥云）你叫做什麼名字（正末唱） 則俺呵便是您姪兒劉安住

（劉天祥云）你那裏見劉安住來（正末云）則我便是劉安住（劉天祥做悲科云）婆婆你歡喜咱俺劉安住孩兒回家來了也（搽旦云）甚麼劉安住這裏哨子每極多見咱有些家私假做劉安住來認俺他爺娘去時有合同文書若有便是真的無便是假的（劉天祥云）婆婆也道的是我出去問他劉安住你去時節有合同文書你將的來我看（正末云）有文書來適纔交付與伯娘了也（劉天祥云）婆婆休鬬我要我問劉安住來他道你拏着文書了也（搽旦云）我不曾拏 （劉天祥云）劉安住婆婆道他不曾拏孩兒也你等我來波怎麼就與了他（正末唱）

（石榴花）俺一生精細一時麄直恁般不曉事忒糊塗則他那口如蜜鉢說從初並無間阻索看文書我則道是親骨血這搭兒裏重完

聚一家兒世不分居我將這合同一紙慌忙付倒着俺做了扁擔脫兩頭虛

〔鬭鵪鶉〕我將那百詐的虔婆錯認做三移孟母我又不索您錢財又不分您地土只要把無主的亡靈歸墓所你可也須念兄弟每如手足便做道這張紙爲有爲無難道我姓劉的不親不故

〔做看擔兒悲科云〕父親母親兀的不痛殺我也〔唱〕

〔上小樓〕想着俺劬勞父母遇了這饑荒時務辭着兄嫂引着妻男趁着豐熟怎知道壽短促命苦毒再沒個親人看顧閃的這兩把骨殖兒不着墳墓

〔幺篇〕伯娘你也忒狠酷怎對付則待要瞞了姪兒背了伯伯下了埋伏單則是他親女和女夫把家緣收取可不俺兩房頭滅門絕戶

〔劉天祥云〕安住孩兒你那合同文書委實在那裏也〔正末云〕恰纔是伯娘親手兒拏進去了〔搽旦云〕這個說謊的小弟子孩兒我幾曾見那文書來〔正末云〕伯娘休鬭您孩兒要你恰纔明明的拏進去怎說不曾見〔搽旦云〕我若見你那文書着我隣舍家害疔瘡〔劉天祥云〕婆婆你若是拏了將來我看〔搽旦云〕這老兒也糊突這紙文書我要他糊窗兒有什麼用處這廝故意的來揑舌待詐騙喒的家私哩〔正末云〕伯伯您孩兒不要家財則要傍着祖墳上埋葬了俺父母這兩把兒骨殖我便去也〔搽旦打破正末頭科云〕老的你只管與他說什麼喒家去來〔關門科〕〔下〕〔正末云〕認我不認我便罷怎麼將我的頭打破了天那誰人與我做主咱〔哭科〕〔李社長上云〕

老漢李社長是也打從劉天祥門首經過看見一個小後生在那裏啼哭不知爲何我問他波這小的你是什麼人〔正末云〕我是十五年前趁熟去的劉天瑞兒子劉安住〔社長認科云〕是誰打破你頭來〔正末云〕這不干我伯父事是伯娘不肯認我拏了我合同文書抵死的賴了又打破我的頭來〔社長云〕劉安住您且省煩惱你是我的女壻我與你做主〔正末唱〕

〔滿庭芳〕謝得你太山做主我是他嫡親骨血又不比房分的家奴將骨殖兒親擔的還鄉故走了些偌遠程途你道俺那親伯父因何致怒赤緊的後婆婆先賺了我文書〔社長云〕難道不認就罷了〔正末唱〕我可也難回去但能勾葬埋了我父母將安住認不認待何如

〔社長云〕劉天祥的老婆好無禮也我與他說去劉天祥開門來開門來〔劉天祥搽旦上云〕誰喚門哩〔開門科〕〔社長云〕劉天祥你什麼道理你親姪兒回來你認他不認他便罷怎生信着妻言將他頭都打破了〔搽旦云〕這箇社長你不知他是詐騙人的故來我家裏打譁他既是我家姪兒當初曾有合同文書有你書的字有那文書便是劉安住〔社長云〕你也說的是兀那小的你是劉安住你父母曾有合同文書麼〔正末云〕是有來恰纔交付與伯娘了也〔社長云〕劉大嫂元來他有文書是你拏着去了〔搽旦云〕我若拏了他文書我吃蜜蜂兒的屎〔劉天祥云〕且休問他文書則問他那小的你父親那裏人氏姓甚名誰爲何出外說的是便是劉安住〔社長云〕兀那小的你既是劉安住你父親那裏人氏姓甚名誰因何出外說的是便是劉安住說的不是便不是劉安住

〔正末云〕聽您孩兒說來祖居汴梁西關義定坊住人劉天祥弟天瑞姪兒安住年三歲則爲六料不收上司明文着俺分房減口各處趁熟有弟天瑞自願帶領妻兒他鄉趁熟一應家私田產不曾

分另今立合同文書二紙各收一紙爲照立合同文書人劉天祥同立文書劉天瑞保見人李社長不期父母同安住趁熟到山西潞州高平縣下馬村張秉彝家店房中安下父母染病雙亡有張秉彝擡舉的我成人長大我如今十八歲了擔着俺父母兩把骨殖兒來認伯父誰想伯娘將合同文書賺的去了伯伯又不肯認我倒打破了我的頭這等冤枉那裏去分訴也（社長云）再不消說正是我女壻劉安住（搽旦云）這箇社長你好不曉事是不是不干你事關上門老的喒家裏來（同劉天祥下）（社長云）這個老虔婆使這等見識故意不認他現放着大衙門我引的你告狀去來（外扮包待制領張千上云）老夫包拯是也西延邊賞軍回還到這汴梁西關裏只見一叢人鬧張千你與我看着爲甚麼事來（社長叫科云）冤屈也（包待制云）拿過來（張千引上見科云）當面（社長詞云）告大人停嗔息怒聽小人從頭剖訴小人是本縣社長他姓劉喚名安住父天瑞伯伯天祥是嫡親同胞手足爲荒年上司傳示着分房各處趁熟他父母遠離潞州在張秉彝店中安寓就當日造下合同把家私明明塡注念小人有女定奴曾許做劉家媳婦這文書上寫作見人也只爲沾親帶故是一樣寫成二紙各收執存爲證據誰想劉天瑞夫婦雙亡死的個不着墳墓剛留下這三歲孩兒着誰人與他乳哺到如今十五餘年多得張秉彝十分看覷交付與合同文書着回家認他伯父將骨殖做一擔挑來指望的傍祖塋好生安厝到門前偏撞見狠心的伯娘把文書早先賺去百般的道假嫌真全不念連根共樹眼見得打破額頭閃的他進退無路幸遇着青天老爺似明鏡不容姦蠹可憐劉安住負屈啣冤須不是李社長教唆爲務（包待制云）兀的劉安住我不問你別的只問你這十五年在那裏居住來（正末云）小人在潞州高平縣下馬村張秉彝家居住來（唱）

〔十二月〕可憐我時乖命苦只在張秉彝家暫寓權居生受了些風餐水宿巴的到祖貫鄉閭我只道認着了伯娘伯父便歡然復舊如初

〔堯民歌〕怎知俺伯娘呵他是個不冠不帶潑無徒纔說起劉家安住便早嘴盧都他把俺合同文字賺來無盡場兒揣與俺個悶葫蘆似這般冤也波屈教俺那裏訴只落得自吞聲暗啼哭

〔包待制云〕張千將一行人都與我帶到開封府裏來〔同下〕〔社長云〕孩兒也將這兩把骨殖且安在我家裏我同你到開封府去來〔正末云〕那開封府包龍圖俺也多曾見人說來〔唱〕

〔收尾〕他清耿耿水一似明朗朗鏡不如他將俺一行人都帶到南衙去我拚把個頭磕碎金堦叫道委實的屈〔同下〕

〔音釋〕㜸雙鮓切 妯直由切 娌音里 晌音賞 屬繩朱切 獨東盧切 足臧取切 劬音渠 熟繩朱切 促音取 毒東盧切 酷音苦 伏房夫切 揑尼夜切 賺音湛 諢溫去聲 拯音整 厝音醋 蠹音妒 唆音梭 屈丘雨切 哭音苦 磕音可

第四折

〔張千排衙上云〕在衙人馬平安擡書案〔包待制上詩云〕鼕鼕衙鼓響公吏兩邊排閻王生死殿東嶽嚇魂臺老夫包拯自十日前西延邊賞軍回來打西關裏過有一火告狀的是劉安住老夫將一行人都下在開封府南衙牢裏只不審問你道爲何只爲劉安住告的那詞因上說道十五年前在潞州高平縣下馬村張秉彝家住來以此老夫十日不問我已曾差人將張秉彝取到了也張千

將安住一起都與我拿上廳來者〔正末同衆上〕〔正末唱〕

〔雙調新水令〕只俺這小人不解大人機把帶傷人倒監了十日干連人不問及被論人盡勾提暗暗猜疑怎參透就中意

〔張千云〕當面〔衆跪科〕〔包待制云〕一行人都有麽〔張千云〕稟爺都有了也〔包待制云〕劉安住這個是你的誰〔正末云〕是我伯父伯娘〔包待制云〕誰打破你頭來〔正末云〕是俺伯娘來〔包待制云〕誰拏了你合同文書來〔正末云〕俺伯娘拏了來〔包待制云〕那伯娘是您親的麽〔正末云〕是俺親的〔包待制云〕兀那婆子這箇是您親姪兒不是〔搽旦云〕這不是俺親姪兒他要混賴俺家私哩〔包待制云〕你拏了他文書如今可在那裏〔搽旦云〕並不曾見什麽文書若見來我就害眼疼〔包待制云〕兀那劉天祥這箇是你親姪兒麽〔劉天祥云〕俺那姪兒是三歲離家的連我也不認的婆婆說道不是〔包待制云〕這老兒好胡蘆提怎生婆婆說不是就不是兀那李社長端的他是親不是親〔社長云〕這箇是他親伯父親伯娘這婆子打破他頭我是他親丈人怎麽不是親的〔包待制云〕兀那劉天祥你怎麽說〔劉天祥云〕婆婆說不是多喒不是〔包待制云〕既然這老兒和劉安住不是親呵劉安住你與我揀一根大棒子拏下那老兒着實打者〔正末唱〕

〔喬牌兒〕他是個老人家多背悔大人須有才智外人行自打了猶當罪可不俺關親人絕分義

〔包待制云〕你只打着他問一個誰是誰非便好定罪也〔正末唱〕

〔掛玉鉤〕相公道誰是誰非便得知〔包待制做怒科云〕兀那劉安住你可怎生不着實打者〔正末唱〕俺父親尚兀是他親兄弟却教俺亂棒胡敲忍下的也

要想個人心天理終難昧我須是他親子姪又不爭甚家和計我本

爲行孝而來可怎麽生忿而歸

〔包待制詩云〕老夫低首自評論就中曲直豈難分爲甚姪兒不將伯父打可知親者原來則是親

兀那小廝我着你打這老兒你左來右去只是不肯打張千取枷來將那小廝枷了者〔做枷正末

科〕〔正末唱〕

〔鴈兒落〕他荊條棍並不曾湯着皮我荷葉枷倒替他躭將罪穩放

着後堯婆在一壁急的那李社長難支對

〔得勝令〕呀這是我獨自落便宜好着我半晌似呆癡俺只道正直

蕭丞相元來是風魔的黨太尉堪悲屈沉殺劉天瑞誰知可怎了葫

蘆提包待制

〔包待制云〕張千將劉安住下在死囚牢裏去你近前來〔打耳喑科〕〔張千云〕理會的〔張千做

枷正末下〕〔包待制云〕這小廝明明要混賴你這家私是個假的〔搽旦云〕大人見的是他那裏

是我親姪兒劉安住〔張千云〕稟爺那劉安住下在牢裏發起病來有八九分重哩〔包待制云〕天

有不測風雲人有旦夕禍福那小廝恰纔無病怎生下在牢裏便有病張千你再去看來〔張千又

報云〕病重九分了也〔包待制云〕你再看去〔張千又報云〕劉安住太陽穴被他物所傷現有青

紫痕可驗是個破傷風的病症死了也〔搽旦云〕死了謝天地〔包待制云〕怎麽了這樁事如今倒

做了人命事越重了也兀那婆子你與劉安住關親麽〔搽旦云〕俺不親〔包待制云〕你若是親呵

你是大伯是小休道死了一箇劉安住便死了十個則是誤殺子孫不償命則罰些銅納贖若是不

親可道不的殺人償命欠債還錢他是各白世人你不認他罷了却拏着甚些器仗打破他頭做了破傷風身死律上說毆打平人因而致死者抵命張千將枷來枷了這婆子替劉安住償命去〔搽旦慌科云〕大人假若有些關親可饒的麽〔包待制云〕是親便不償命〔搽旦云〕這等他須是俺親姪兒哩〔包待制云〕兀那婆子劉安住活時你說不是劉安住死了可就說是這官府倒由的你那既說是親姪兒有甚麽顯證〔搽旦云〕大人現有合同文書在此〔包待制詞云〕這小廝本說的丁一確二這婆子生扭做差三錯四我用的個小小機關早賺出合同文字兀那婆子合同文書有一樣兩張只這一張怎做的合同文字〔搽旦云〕大人這裏還有一張〔包待制云〕既然合同文字有了也你買箇棺材葬埋劉安住去罷〔搽旦叩頭科云〕索是謝了大人〔包待制云〕張千將劉安住屍首擡在當面教他看去〔張千領正末上〕〔搽旦見科云〕呀他原來不曾死他是假的不是劉安住〔包待制云〕劉安住被我賺出這合同文書來了也〔正末云〕若非青天老爺兀的不屈殺小人也〔包待制云〕劉安住你歡喜麽〔正末云〕可知歡喜哩〔包待制云〕我更着你大歡喜哩張千司房中喚出那張秉彝來者〔張秉彝上見正末悲科〕〔正末唱〕

〔甜水令〕我只為認祖歸宗遲眠早起登山涉水甫能勾到庭幃又誰知伯母無情十分猜忌百般驅逼直恁的命運低微

〔折桂令〕定道是死別生離與俺那再養爹娘永沒個相見之期幸遇清官高擡明鏡費盡心機賺出了合同的一張文契纔許我埋葬的這兩把兒骨殖今日個父子相依恩義無虧早則不迷失了百世宗支俺可也敢忘昧了你這十載提攜

〔包待制云〕這一樁公事都完備了也一行人跪着聽我老夫下斷〔詞云〕聖天子撫世安民尤加意孝子順孫張秉彝本處縣令妻並贈賢德夫人李社長賞銀百兩着女夫擇日成婚劉安住力行孝道賜進士冠帶榮身將父母祖塋安葬立碑碣顯耀幽魂劉天祥朦朧有罪念年老仍做者民妻楊氏本當重譴姑准贖銅罰千斤其贅壻元非瓜葛限即時逐出劉門更揭榜通行曉諭明示的王法無親〔衆謝科〕〔正末唱〕

〔水仙子〕把白襴衫換了綠羅衣抵多少一舉成名天下知為甚麼皇恩不棄孤寒輩似高天雨露垂生和死共戴榮輝雖然是張秉彝十分仁德李社長一生信義也何如俺伯父家有賢妻

〔音釋〕嚇黑平聲　日入智切　的音底　躭都藍切　壁音彼　呆音爺　逼兵迷切　殖繩知切　碣音竭　譴音遣　贅音綴　德當美切

題目　劉安住歸認祖代宗親

正名　包龍圖智賺合同文字

包龍圖智賺合同文字雜劇

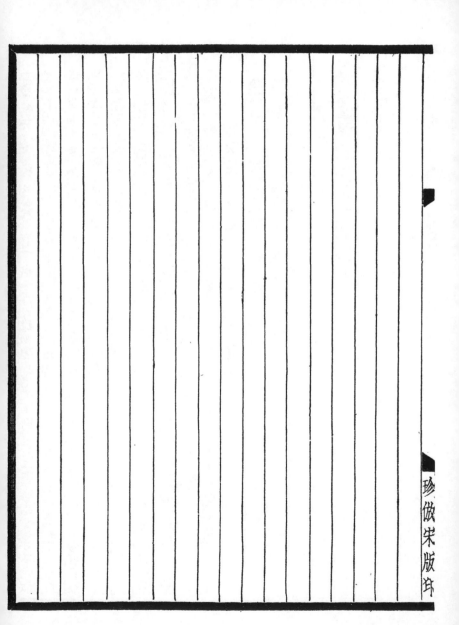

送親嫂小叔枉招罪

救孝子賢母不認屍

救孝子賢母不認屍雜劇

元　王仲文撰
明吳興臧晉叔校

第一折

〔冲末扮王脩然領張千上〕〔云〕老夫乃王脩然是也自出身以來跟隨郎主累建奇功謝聖恩可憐官拜大興府府尹之職老夫今奉郎主之命隨處勾遷義細軍不敢久停久住收拾鞍馬便索走一遭去來〔詩云〕上馬踐紅塵勾遷義細軍親承郎主命豈敢避辛勤〔下〕〔正旦扮李氏領外楊興祖楊謝祖旦兒王春香上〕〔正旦云〕老身姓李夫主姓楊亡過二十餘年也有兩個孩兒大的個孩兒喚做楊興祖年二十五歲學一身好武藝小的個孩兒喚做楊謝祖年二十歲教他習文這個是大孩兒的媳婦喚做春香他爺娘家姓王在這東軍莊住俺在這西軍莊住俺是這軍戶因爲夫主亡化孩兒年小謝俺貼戶替當了二十多年老身與孩兒媳婦兒每緝麻織布養蠶繅絲辛苦的做下人家非容易也呵〔唱〕

〔仙呂點絳唇〕家業消乏拙夫亡化拋撇下癡小冤家整受了二十載窮孤寡

〔混江龍〕今日個孩兒每成人長大我看的似掌中珠懷內寶怎做的眼前花一個學吟詩寫字一個學舞劍輪鎚乞求的兩個孩兒學成文武藝一心待貨與帝王家時坎坷受波查且澆菜且看瓜且種麥且栽麻儘他人紛紜甲第猒膏粱誰知俺貧居陋巷甘麄糲今日

個茅簷草舍久以後博的個大纛高牙

（楊興祖云）母親在上您孩兒想來咱這莊農人家有甚麼好處（正旦唱）

〔油葫蘆〕俺孩兒耕種鋤鉋怕甚麼那裏也有人笑話想先賢古聖未通達（楊謝祖云）母親自古以來可是那幾個（正旦唱） 有一個伊尹呵他在莘野中扶犂耙有一個傅說呵他在巖牆下拏鍫鍤（楊謝祖云）這兩個都怎生來（正旦唱）那一個佐中興事武丁那一個輔成湯放太甲（帶云）休說這兩個人（唱）則他那無名的草木年年發到春來那一個樹無花

〔天下樂〕今世裏誰是長貧久富家（楊謝祖云）母親您孩兒想來則不如學個令史倒好（正旦唱） 哎你個兒也波那休學這令史咱讀書的功名須奮發得志呵做高官不得志呵為措大（帶云）你便不及第回來呵（唱） 只守着個村學兒也還清貴煞

（王翛然領張千拏雜當上云）老夫王翛然奉聖人的命着往河南路勾遷義細軍本合着有司家勾取恐怕有司家擾民老夫親自勾軍來到此開封府西軍莊有一家兒人家姓楊這廝替他當軍二十餘年我拏住這廝道楊家兩個孩兒成人長大可以着他親自當軍去兀那廝此話是實麼（一雜當云） 並無虛言是實（王翛然云）既然如此你就引着我到他家去（張千云）楊家有人麼出來見勾軍的大人咱（楊興祖云）理會的我見大人去（做見王翛然跪科云）大人喚小的每有何事（王翛然云）兀那小廝你是楊家的你家裏再有甚麼人喚出來（楊興祖做報正旦科云）母親有遷軍的王大人在於門首哩（正旦云）孩兒也洒掃了草堂我自接待去咱（正旦見科） （王翛

然云〕兀那婆子你是那西軍莊楊家麼〔正旦云〕老身家便是〔王脩然云〕老夫勾遷義細軍拏住這個小廝他說道是貼戶替你家當了二十年軍也你爲什麼要他替來〔正旦唱〕

〔憶王孫〕則爲這孩兒每幼小且饒咱〔王脩然云〕小廝每長立成人也〔正旦唱〕今日個長立成人俺可也合替他〔王脩然云〕你家裏丁產多〔正旦唱〕雖然是丁產多時也告乏〔王脩然云〕他替你家當了二十年也〔正旦唱〕則他這數年家將俺寡婦孤兒覷待煞

〔做拜謝雜當科〕〔王脩然云〕兀那婆子你爲何拜他〔正旦云〕大人這軍身元是俺家的多虧這貼戶替俺當了二十年今年輪也輪着俺家當了〔王脩然云〕好個一家兒本分的人家有了軍身也放了那小廝你自營生去〔雜當云〕謝了爺爺不要孩兒每當了軍我也無甚事賣葱菜兒去也〔下〕〔王脩然云〕兀那婆子你有兩個小廝着那一個小廝當軍去〔正旦云〕請大人下馬來到草堂上坐老身有兩個孩兒隨大人揀一個當軍去便了〔王脩然云〕兀那婆子老夫隨處選軍不曾停一時半霎你請老夫下馬來到草堂上兩個小廝隨分揀一個去老夫便下馬來到草堂坐一坐怕做甚麼〔王脩然做坐科〕〔正旦同楊興祖謝祖叩頭科〕〔王脩然云〕兀那婆子老夫公家事忙兩個小廝着那一個小廝跟老夫當軍去〔正旦云〕老身有兩個孩兒論禮呵則着大的個孩兒當軍去〔王脩然云〕兀那婆子你說的是我就依着你着大的個孩兒去兀那小廝你可肯去麼〔楊興祖云〕大人在上小人是楊興祖從小裏習學武藝兒弟是楊謝祖從小裏頗看詩書豈不聞家憑長子國憑大臣這軍役是俺家的小人合該當軍去〔楊謝祖跪云〕大人在上小人楊謝祖從小裏看書雖然不會武藝比及大人今日來小人夜得一夢跟着大人出征夢中作了四句氣概詩〔

王脩然云〕你記的麼〔楊謝祖云〕記的早間抄寫在此大人是看咱小人正該當軍去〔王脩然云〕有寫本將來我看〔念科〕昨夢王師大出攻夢魂先到浙江東屯軍百萬西湖上立馬吳山第一峯嗨這小的有這等氣概是軍伍中吉祥的勾當這等呵着小的楊謝祖去〔正旦云〕大人小的個孩兒軟弱他那裏去的則着大的個孩兒當軍去〔王脩然云〕兀那婆子你着這大的個孩兒當軍去他會什麼武藝來〔正旦唱〕

〔醉中天〕大孩兒幼小習弓馬武藝上頗熟滑可便凜凜身材七尺八宜攢帶堪披掛〔王脩然云〕便着這小廝去也無傷〔正旦唱〕這小的兒力氣又不加則合向冷齋中閒話從來個看書人怎任兵甲

〔王脩然云〕兀那婆子端的着誰去〔正旦云〕大的個孩兒有膂力去的小的孩兒軟弱去不的〔王脩然云〕兀那婆子你說道大的孩兒有膂力去的小的軟弱去不的〔正旦云〕小的個孩兒本去不的〔王脩然云〕噤聲這婆子你元說道兩個小廝隨老夫揀一個去那小的個楊謝祖他夢見老夫選軍做下四句氣概詩我說道是軍伍中得這等識字的人可多得用處你左來右去則着大的個孩兒去說他有膂力可去得小的個孩兒軟弱去不得我想這大的個小廝必然是你乞養過房螟蛉之子不着疼熱那小的個孩兒是你親生嫡養便好道親生子着己的財以此上不着他去〔詩云〕老婆子心施巧計將老夫當面瞞昧兩三番留下小兒必定是前家後繼兀那婆子你說的是萬事都休說的不是張千准備着大棒子者〔正旦云〕大人都是老身的孩兒着老身說甚麼那〔王脩然云〕兀那婆子你說你若不說呵將大棒子來打呀〔正旦云〕大哥二哥兒也我說也說則說你休怨者〔王脩然云〕如何我說前家後繼麼〔正旦云〕告大人暫息雷霆之怒略罷虎狼之威

聽老身說一遍咱亡夫在日有一妻一妾妻是老身妾是康氏生下一子未曾滿月因病而亡這小的孩兒楊謝祖便是康氏之子未及二年和夫主也亡化過了亡夫曾有遺言着老身善覷康氏之子經今一十八年不曾有忘此子與老身之子一般看承則是不別夫主之言爲什麼則教大的個孩兒當軍去那大小廝是老身親生的陣面上有些好歹呵這小的個孩兒也發送的老身入土大人道不的個公子登筵不醉卽飽武夫臨陣不死則傷倘或小的個孩兒當軍去呵有些好歹便是老身送了康氏之子老身死後有何面目見亡夫於九泉之下只此老身本心伏取大人尊鑑（王脩然驚科云）婆子請起這等是老夫差了也便好道方寸地上生香草三家店內有賢人依着你則着大的個孩兒當軍去可准備軍裝（楊興祖云）恁的呵謝了大人（楊興祖做與旦兒刀子科云）大嫂你近前來我這把刀子你兄弟數番家問我要我不曾與他今日我當軍去也你若回家去時就帶這把刀子與你兄弟去（旦云）楊大我問你咱你與我這把刀子妳妳知道麼（楊興祖云）不知道（旦云）小叔叔知道麼（興祖云）也不知道（旦云）楊大你好麁鹵也你與我這把刀子妳妳不知叔叔也不知久已後俺兄弟帶出這把刀子來則道春香抵盜了楊家的家私哩（王脩然云）甚麼人這般鬧（正旦云）你爲什麼這般鬧（旦云）爲這把刀子俺兄弟數番家問楊大要楊大今日臨行也與我這把刀子着與俺兄弟媳婦兒便道妳妳和叔叔知道麼楊大道不知道媳婦兒道既然不知久已後我兄弟帶將出來則道春香抵盜了楊家什麼家私哩（正旦云）可打甚麼不緊大人楊大和媳婦兒爲一把刀子鬧來（旦跪科）（王脩然云）這婦人是誰（正旦云）這個是楊大媳婦兒（旦云）大人俺這把刀子俺兄弟數番家問楊大要楊大今日臨行也與我這把刀子着與我兄弟去媳婦兒便道妳妳和小叔叔知道麼楊大道不知道媳婦兒道既然不知道久

已後我兄弟帶將出來則道春香抵盜了楊家什麼家私哩〔王脩然云〕嗨這小的又賢慧春香你將這把刀子來我看咱好是把鑌鐵刀子孩兒將的家去與兄弟帶久已後便有些爭競到於官府中你道遷軍的王脩然大人見來這把刀子久已後我與你做個大證見哩〔旦云〕謹依大人鈞旨〔正旦云〕孩兒每將酒來大人村酒不堪奉獻可也是老身的一點敬心〔王脩然做飲酒科〕將酒來兀那婆子老夫隨處遷軍水也不吃人的你是個賢孝的人家我便吃幾杯怕做甚麼我吃了酒你有甚麼話分付你那楊興祖我便索去也〔旦云〕楊大你飲過酒者則今日我手裏吃這盞酒再也不要吃酒了〔正旦云〕孩兒也你那吃酒的日子有哩〔唱〕

〔後庭花〕得志呵你上金鑾斟玉斝賜宮花簪鬢髮不得志呵只飲着老瓦盆邊酒看着那蒺藜沙上花〔楊興祖云〕母親有甚麼言語教道您孩兒咱〔正旦唱〕欲要那衆人誇有擎天的好聲價忠於君能教化孝於親善治家尊於師守禮法老者安休擾亂他少者懷想念咱這幾樁兒莫悞差

〔楊興祖云〕母親還有甚言語教您孩兒咱〔正旦唱〕

〔青哥兒〕兒呵你不索問天問天買卦也只爲人消人消的這物化弄的我母子分離天一涯見孩兒攀鞍跨馬披袍貫甲臂上刀扎腰間箭插就不由俺不撲簌簌淚如麻情牽掛

〔楊興祖云〕則今日辭別了母親便索長行也〔正旦云〕孩兒路途上小心在意楊謝祖別了你哥哥者〔楊謝祖云〕哥哥路上小心在意者〔楊興祖云〕兄弟也你在家中好生侍奉母親〔正旦唱〕

〔賺煞尾〕大的兒前赴戰場中小的兒且在寒窗下你守着這書冊琴囊硯匣您哥哥劍洞槍林快厮殺九死一生不當個耍〔楊興祖云〕您孩兒托賴着母親的福蔭若到陣上一戰成功但得個一官半職改換家門可也母親訓子有功也〔正旦唱〕我也不指望享榮華只願你無事還家〔做拏鋤頭科〕〔唱〕我把這農具收拾爲甚那〔楊興祖云〕母親收拾農具可是爲何〔正旦唱〕大哥也恐怕你武不能戰伐文不解書劄〔帶云〕還家來有良田數頃耕牛四角〔唱〕趁着個一犂春雨做生涯〔正旦同楊謝祖旦兒下〕

〔王脩然云〕楊興祖你休煩惱我與你一封書見兀里不罕元帥說你一家兒賢孝的人家必然擡舉你也〔楊興祖云〕多謝大人則今日便拜辭當軍去也〔王脩然詩云〕今日勾軍在路途楊家子母世間無〔楊興祖詩云〕歸來身佩黃金印方表英雄大丈夫〔同下〕

〔音釋〕脩音消　繅音騷　乏扶加切　撾音查　坷珂上聲　糲那架切　纛音毒　鉋音袍　達當加切　耙音罷　鍪俏平聲　鍤抽鮓切　甲家上聲　發方雅切　那音拿　煞雙鮓切　咱兹沙切　耽都藍切　霎音殺　熟裳由切　滑呼加切　八巴上聲　嗇音呂　螟音名　蛉音零　慧音會　鑌音賓　斝音賈　髮方雅切　蒺音疾　藜音梨　法方雅切　扎莊洒切　插抽鮓切　歘音速　匣奚加切　殺雙鮓切　伐扶加切　劄莊洒切

楔子

〔卜兒王婆婆上云〕老身東軍莊人氏王婆婆有個女兒喚做春香嫁在西軍莊與楊興祖爲妻女

壻當軍去了半年待取我那女孩兒春香家來拆洗衣服說了一個月不見回家我如今只得親自往西軍莊上取那女孩兒去〔詩云〕今去取春香歸家拆舊裳關鎖門和戶親自到西莊〔下〕〔正旦領旦兒上云〕　自從楊大當軍去了可早半年光景也親家母常時寄信來要媳婦兒春香去拆洗衣裳如今正是農忙時節孩兒無人送的你去怎好〔旦云〕妳妳着小叔叔送我家去怕做甚麼〔正旦云〕也道的是喚秀才哥哥來〔楊謝祖上云〕小生楊謝祖哥哥當軍去了我在書房中攻書母親呼喚不知有何事〔見正旦科〕〔正旦云〕孩兒也有親家母累次來取您嫂嫂家去拆洗衣服我不曾教去如今又來取爭奈農忙時節無人送去孩兒也你休避辛勤送你嫂嫂去咱〔楊謝祖云〕別着個人送去也好母親尋思波嫂嫂年幼哥哥又不在家謝祖又年紀小倘若有那知禮的見親嫂嫂親叔叔怕做什麼有那不知禮的見一個年紀小的後生跟着個年紀小的婦人恐怕惹人笑話〔正旦云〕兒也便好道順父母之言呼為大孝依着我的言語走一遭去〔楊謝祖云〕母親的言語不敢有違您孩兒便送嫂嫂家去〔正旦云〕你送到林浪嘴兒邊可便回來叫嫂嫂自去〔楊謝祖云〕理會的〔正旦唱〕

〔仙呂賞花時〕可正是目下農忙難離摘我也幾度徘徊無計劃〔帶云〕待不教你去呵〔唱〕爭奈我許的他明白等收了蠶麥直送到莊宅

〔幺篇〕依着我皓首蒼顏老妳妳使着你個黃卷青燈的小秀才且離了看書齋小叔叔送嫂嫂也非為分外〔帶云〕但送過山坡望見莊宅〔唱〕教他獨自去你便早回來〔下〕

〔旦同楊謝祖行科〕〔楊謝祖云〕嫂嫂我依着母親送嫂嫂去我將這包袱後頭跟着請嫂嫂先行

（旦云）我依着叔叔先行（楊謝祖云）說着話可早來到林浪嘴上也嫂嫂這包袱你自將去（旦云）叔叔過了這林坡望見莊宅也叔叔再送我幾步兒咱（楊謝祖云）嫂嫂母親的言語教我送到這林浪嘴兒不爭送將過去回家時母親若問我謝祖難回話也（旦云）叔叔說的是請回去罷（楊謝祖云）嫂嫂親家母行多多上覆無事早些來家休教母親盼望嫂嫂請行謝祖回去也（下）

（淨扮賽盧醫領啞梅香上詩云）我是賽盧醫行止十分低常拐人家婦冷鋪裏做夫妻自家賽盧醫的便是我去本府推官家行醫我看上他家個梅香被我拐將出來到這半路裏他要養娃娃他是個啞子我怎麼看得他則在這裏睡着等他養了再做計較（見旦忙起科）大嫂拜揖（旦回禮科）（賽盧醫云）大嫂我有一個老婆他要養娃娃你是一般婦人家煩你替我看一看（旦兒云）我那裏會做收生的老娘（賽盧醫怒科云）你不肯麼這裏無人我便打殺了你（旦兒云）哥哥休鬧我去看他便了（看科）（旦慌科云）哥哥他不死了也（賽盧醫云）好好好你身邊現帶着刀子哩我活活的個人他要養娃娃你就一刀殺了他便待干罷你跟的我去萬事皆休不跟的我去我就奪這刀子殺了你（旦云）哥哥是什麼話饒我性命（賽盧醫奪刀科）（旦背云）他如今行兇了我婦人家怎對付的他我且跟將去一路上若有官府處我可告他楊興祖則被你痛殺我也罷罷罷我跟將你去（賽盧醫云）待我剝下你的衣服將來與梅香穿上就着這把刀子劃破他面皮揣在懷裏你休言語跟着我走（旦兒云）楊大也則被你痛殺我也（賽盧醫詩云）這個婦人家生得好跟我去不用惱前路上撞着人快些兒跑跑跑（同下）

（音釋）摘齋上聲　剗音攛　劃胡乖切　白巴埋切　麥音賣　宅音柴

第二折

〔正旦上云〕媳婦兒去了半月也再沒一個信息怎生得個人去接他回家也好〔卜兒上云〕轉過隅頭抹過屋角此間便是楊家門首我自入去〔見科云〕親家母好麼好麼〔正旦云〕親家母多時不見〔卜兒云〕親家母怎生失信自從說着我女孩兒春香回家拆洗衣服可早一個月也〔正旦云〕便是一月由他住〔卜兒云〕我女孩兒不會來〔正旦云〕不來也罷且教孩兒你家住者〔卜兒云〕親家母你好葫蘆提也〔正旦云〕我怎葫蘆提〔卜兒云〕親家母我一月前問你要女孩兒拆洗衣服你只是不肯着他來我今日親自來接他你倒說在我家裏這不是葫蘆提那〔正旦云〕親家母半月前送將媳婦兒去了也〔卜兒云〕你教誰送去來〔正旦云〕我教秀才哥哥送去來半個月也你不見呵可那裏去了書房中秀才哥哥安在〔楊謝祖云〕小生楊謝祖正在書房中攻書母親呼喚須索見去〔做見科云〕母親你孩兒來了也有何事分付〔正旦云〕楊謝祖我着你送嫂嫂去你送到那裏回來了〔楊謝祖云〕領着母親的言語送到那林浪嘴兒謝祖回來嫂嫂自去了〔正旦云〕孩兒你敢做下來也〔卜兒云〕親家母有什麼難見處他哥哥不在家你着他送去他又青春我女兒年少他必然調戲我女孩兒嗔怪不肯是他所算了我女孩兒的性命也〔楊謝祖云〕兀的不寃枉殺我也〔卜兒云〕你知書不知禮我和你見官去來〔正旦云〕親家母且休鬧喒尋去來媳婦兒春香〔卜兒云〕女孩兒春香〔楊謝祖云〕嫂嫂春香連叫科〔正旦唱〕

〔正宮端正好〕只我那腹中愁心頭悶也何如大限臨身〔帶云〕便好做大限臨身呵〔唱〕合着雙眼都不問今日個這愁悶何時盡

〔滾繡毬〕兒呵喒子母們緊廝跟索與他打簸箕的尋趁恨不得播土揚塵又無個過往的人左右的隣你教我向着那一搭兒盤問越

寂寂四野無聞謾踏殘萋萋芳草迷荒徑凝望見段段田苗接遠村

〔帶云〕媳婦兒呵〔唱〕知他那裏也安身

〔做到林子前科〕〔丑扮牧童同伴哥上云〕伴哥喒放牛去來〔楊謝祖云〕哥哥每你會見個婦人來麼〔牧童云〕我見來〔楊謝祖云〕在那裏〔牧童云〕在那林浪裏蛆穰着哩〔楊謝祖云〕哥哥那個不是死的〔牧童云〕誰曾見那活的來伴哥休惹事喒回去來〔下〕〔卜兒云〕聽說林浪中一個屍骸准是我那女孩兒的俺是看去咱〔做看科〕〔正旦唱〕

〔倘秀才〕我也避不的臭氣怎聞覷不的屍蟲亂滾疑怪這鴉鵲成羣遶定着這座墳屍骸雖朽爛衣袂尚完存見帶着些血痕

〔滾繡毬〕我這裏孜孜的覷個真悠悠的諕了魂〔楊謝祖云〕母親你怕怎麼〔正旦唱〕兒呵怎不教您娘心困怎生來你這送女客了事的公人〔卜兒云〕兀那死了的是我那女孩兒也〔正旦唱〕媳婦兒也你心性兒淳氣格兒温比着那望夫石不差分寸這的就是您築墳臺包土羅裙則這半坵黃土誰埋骨抵多少一上青山便化身也枉了你這芳春

〔卜兒云〕還說個甚麼我女孩兒現今沒了明有清官我和你見官去來〔淨扮孤同丑令史張千李萬冲上〕〔孤詩云〕小官姓鞏諸般不懂雖然做官吸利打哄小官乃本處推官鞏得中是也一來下鄉勸農二來不見了個梅香我如今就去尋一尋擺開頭踏慢慢的行者〔卜兒跪下告科云〕好冤屈也〔孤云〕你告什麼〔卜兒云〕告人命事〔孤云〕外郎快家去來他告人命事哩休累我〔令史云〕相公不妨事我自有主意〔孤云〕我則依着你張千接了馬者〔令史云〕相公下馬來整

理這公事張千借個桌子來等相公坐下張千拏過那一起人來〔做拏衆跪科〕〔孤云〕外郎也你不放了屁也〔令史云〕不是我〔孤云〕我聞一聞真個不是你哦元來是那林浪裏一個死屍臭外郎你問他我則不言語〔令史云〕相公且住一邊待我替你問兀那婆子你敢爲這屍首告狀麽〔卜兒云〕正是爲這個屍首〔令史云〕誰是屍親〔卜兒云〕婆子是屍親〔令史云〕兀那婆子說你那詞因來〔卜兒云〕大人可憐見老身乃東軍莊人氏姓王有個女孩兒是春香〔令史喝云〕噤聲老弟子說詞因兩片嘴必溜不剌瀉馬屁眼也似的俺這令史有七脚八手你慢慢的說〔卜兒云〕大人可憐見老身是東軍莊人氏姓王我有個女孩兒喚做春香嫁與西軍莊楊興祖爲妻就是這婆子的大孩兒楊興祖當軍去了有小叔叔楊謝祖數番家調戲我這女孩兒見他不肯將俺孩兒引到半路裏殺壞了望大人與我做主咱〔令史云〕兀那婆子這屍首是麽〔正旦云〕這衣服是屍首不是俺媳婦兒的〔令史云〕怎麽這衣服是屍首不是你說我試聽咱〔正旦唱〕

〔倘秀才〕被鴉鵲啄破面門狼狗咬斷脚根到底是自己孩兒看的親〔孤云〕依着我則是打〔正旦唱〕官人休發怒外郎你莫生嗔且聽喒從長議論

〔令史云〕兀那婆子人命的事待議論甚麽〔正旦唱〕

〔滾繡毬〕人命事多有假未必真〔令史云〕我務要問成也〔正旦唱〕要問時則宜慢不可緊爲甚的審緣因再三磨問也則是恐其中暗昧難分〔令史云〕我是六案都孔目〔正旦唱〕休倚恃你這牙爪威〔令史云〕我這管筆着人死便死〔正旦唱〕休調弄你這筆力狠〔令史云〕我這枝筆比刀子還快哩〔正旦唱〕你那

筆尖兒快如刀刃殺人呵須再不還魂可不道聞鐘始覺山藏寺到岸方知水隔村休屈勘平人

（令史云）張千打着他認那屍首去（孤云）你休打他你打死了他你便償他的命（正旦唱）

〔叨叨令〕這關天的人命事要您個官司問又不曾經檢驗怎着我屍親認現如今雨淋漓正值着暑月分那屍骸全毀爛都是些蛆螬糞我其實認不的也波哥我其實認不的也波哥怎與他那從前模樣渾別盡

（楊謝祖拏刀子科云）母親兀的不是我哥哥的刀子（正旦云）兒也休覷他（令史云）相公你見麽屍首傍邊放着一把刀子這小廝看見就害慌了也眼見的是這小廝欺兄殺嫂兀那婆子這刀子是您家的麽（孤云）將來我看倒好把刀子總承我罷好去切梨兒吃（正旦云）這把刀子是衣服是屍首不是俺媳婦兒的（令史云）兀那婆子你媳婦兒在生時怎麽模樣（正旦唱）

〔四煞〕俺媳婦兒呵臉搽紅粉偏生嫩眉畫青山不慣顰瑞雪般肌膚曉花般丰韻楊柳般腰肢秋水般精神白森森的皓齒小顆顆的朱唇黑鬒鬒的烏雲這裏又離城側近怎不喚一行仵作仔細檢報緣因

（令史云）兀那婆子你着我檢屍這夏間天道你着我怎麽檢檢不的了也（正旦唱）

〔三煞〕則合將豔醋兒潑得來勻勻的潤則合將麄紙兒搭得來款款的溫爲甚來行兇爲甚來起釁是那個主謀是那個見人依文案

本遍體通身洗垢尋痕若是初檢時不曾審問怕只怕那再檢日怎支分〔令史云〕噤聲這婆子好無理也我是把法的人倒要你教我這等這等檢屍你也曉的春正夏四秋九冬十纔是檢屍的時分如今正是六月天道雨水也下了幾陣暑氣蒸蛆蟲鑽筋骨凋零眉目難分爪髮解脫難以檢覆張千你去城裏喚一個巧筆丹青來依着這屍首畫一個圖本着這婆子畫一個字領將這屍首去燒毀了依着這屍傷圖本打官司便與我燒了這屍首者〔正旦云〕燒不的〔令史云〕怎麼燒不的〔正旦唱〕

〔二煞〕不爭將這屍傷彩畫成圖本則合把屍狀詞因依例申便做道屍首傷殘爪髮解脫筋骨凋零眉目難分〔令史云〕可知檢不得了也我照覷你只是領那屍首去燒了者〔正旦云〕燒不的燒不的〔唱〕你道是難以檢覆照覷屍親許令燒焚我只道不如生殯且留着別冤屈辨清渾〔令史云〕快燒了者〔正旦云〕燒不的〔唱〕

〔煞尾〕不爭難檢驗的屍首燒做灰燼却將那無對證的官司假認了真〔令史云〕天色晚了也將這一行人拏到衙門裏去〔做押起揚謝祖科〕〔正旦唱〕到來日急煎煎的娘親插狀論怎禁他惡噷噷的曹司責罪緊實咥咥的詞因不准信磣可可的殺人要承認生剌剌的刑法枉推問麄滾滾的黃桑杖腿筋硬邦邦的竹簽着指痕紇支支的麻繩箍腦門直挺挺的廳前悶又昏哭吖吖的連聲喚救人冷丁丁的慌忙用水噴雄

赳赳的公人手脚哏那時節敢將你個軟怯怯的孩兒性命損〔下〕

〔令史云〕相公這人命的事非同小可且到衙門裏慢慢問他〔孤云〕外郎這場事多虧了你叫張千去買一壺燒刀子與你吃咱〔同下〕

〔音釋〕簸音播　趁嗔去聲　踏音渣　謔音夏　嚇音黑　鞏公上聲　勘坎去聲　月魚靴切　別邦耶切　顰音貧　丰音風　森音參　鬒音軫　仵音五　釁欣去聲　燼音信　噉音去聲　嘇參上聲　簽音僉　箍音姑　吖音鴉　丁音爭　赳音九　哏狠平聲

第三折

〔孤同令史李萬上〕〔孤詩云〕我做官人只愛鈔再不問他原被告上司若還刷卷來廳上打的狗也叫小官夜來勸農回家那一起人告狀的都與我拏將過來外郎都憑你我則不言語〔令史云〕相公那個婆子再三不肯認這屍首我務要問成了將那一行拏上廳來〔張千押正旦同楊謝祖悲科上〕〔正旦云〕天那誰想有這場冤枉的事也〔唱〕

〔中呂粉蝶兒〕不知那天道何如怎生個善人家有這場點污人命事不比其餘若是沒清官無良吏教我對誰分訴早是俺活計消疎更打着這非錢兒不行的時務

〔醉春風〕天那這冤枉幾時伸憂愁甚日楚但留的俺這雪霜也似白頭顱兒也倒大來是福福只索打會官司吃會痛苦受會恥辱

〔做跪科〕〔令史云〕兀那婆子是個刁狡不良的左來右來不肯認這屍首這婆子你差了也不合

着這廝送那嫂嫂去眼見的調戲他那嫂嫂不從怕你知道就殺了他嫂嫂你當初别央及一個人送他無這一場官司事也〔正旦唱〕

〔迎仙客〕怕不要倩外人那裏取工夫正農忙百般無是處因此上教小孩兒莫違阻您娘親面囑付送嫂嫂到一半程途便回來着他自家去

〔令史云〕這小廝和那嫂嫂敢不和麼〔正旦唱〕

〔紅繡鞋〕他叔嫂從來和睦〔令史云〕你這婆子替兒嫌婦那〔正旦唱〕俺姑媳又沒甚傷觸〔令史云〕一定是這小廝發意生情殺了他嫂嫂也〔正旦唱〕若說他發意生情半星也無〔帶云〕大人呵〔唱〕您揣明鏡懸秋月照肝膽察實虛與俺那平人每好生做主

〔令史云〕相公兀那小廝見他那母親在這裏左來右來不肯招我支轉這婆子那小廝好歹招了兀那婆子你保的你這孩兒不是殺人賊麼〔正旦云〕我的孩兒我怎生保不的〔令史云〕你去司房裏畫一個字領的你這孩兒出去可不好麼〔正旦云〕休道着老身畫一個字便是等身圖也畫與你〔楊謝祖云〕母親你休去他要打我也〔正旦云〕外郎哥哥老身去了時你休打俺孩兒〔令史云〕我不打他〔又回科〕〔令史云〕兀那婆子兩次三番的你就是不去我也要打他你也護他不得〔正旦云〕孩兒我去也便打死你也休招〔正旦下〕〔令史云〕祗候人把了門者兀那小廝你招了罷〔楊謝祖云〕你着我招個甚麼〔令史云〕不打不招只是打〔做打科〕〔楊謝祖云〕我委實不省的你着我怎麼樣招〔令史云〕兀那小廝你來我教你你只說母親使我送俺嫂嫂去我來到

這無人處我調戲嫂嫂嫂嫂不肯我拔出刀子來止望諕嚇成姦爭奈嫂嫂堅執的不肯是我一時間抽刀不入鞘就殺了嫂嫂你招了箇欺兄殺嫂呵待三兩日後我着人保你出去〔楊謝祖云〕這等你就替我招了罷〔令史云〕干我甚麼事替你招張千打着者〔打科〕〔楊謝祖云〕我有何面目見母親哥哥兀的不痛殺我也〔正旦云〕兀的不打俺孩兒哩〔祗候云〕不是打你孩兒別問事哩

〔正旦云〕哥哥也是打俺孩兒咱〔祗候打攔云〕你休過去別問事哩〔正旦唱〕

〔普天樂〕受摧殘遭凌辱這無情的棍棒俺孩兒是有限的身軀〔祗候做喚科云〕楊謝祖甦醒着〔正旦唱〕你看麽揪頭髮將名姓呼噴冷水將形容來汚打的來應心疼痛處怎不教我放聲啼哭常言道做着不避避着不做〔正旦做打閃過跪科〕〔唱〕我可便死待何如

〔令史云〕張千拏過那廝來我着你把着門你怎麽放過他來〔孤做怒喝祗候科云〕好打〔令史云〕兀那婆子你歡喜咱有了殺人賊也〔正旦云〕外郎哥哥那殺人賊有在那裏〔令史云〕你孩兒對我說來他道送嫂嫂回去中途調戲嫂嫂他堅意不肯不誤間拔出刀子來殺了他招了個欺兄殺嫂也〔正旦云〕外郎哥哥你家裏敢有這般勾當〔令史云〕您家裏有這般勾當〔孤云〕我家倒有〔正旦叫冤科云〕人命事關天關地不會檢屍怎成的獄〔令史云〕且莫說屍首毀壞難以檢覆現有衣服刀子就是證見了也〔正旦唱〕

〔上小樓〕你道屍毀爛難以檢覆焚燒了無個顯故你道是招呼屍親審問明白止不過贓仗衣服這件事有共無總是個疑獄且停推再三思慮

〔令史云〕你保的你這孩兒不是殺人賊麼〔正旦云〕外郎哥哥我的孩兒我怎麼保不的〔令史云〕傻老婆子你使他東頭去他出的門往西去了你怎麼得知道〔正旦唱〕

〔幺篇〕種地呵莫過主知子呵莫過母俺孩兒若犯了王條違了法度我便與了文書着他來償命去別無詞訴便併殺了我個做娘的償他媳婦

〔令史云〕兀那婆子招狀是實了也怎生饒的〔正旦叫寃科〕〔唱〕

〔滿庭芳〕似這等含寃負屈拚着個割捨了三文錢的潑命更和這半百歲的微軀〔令史云〕潑婆子你敢怨的〔正旦唱〕你要我數說您大小諸官府一剗的木笏司糊突並無聰明正直的心腹盡都是那綳扒弔拷的招伏把囚人百般拴住打的來登時命卒哎喲這便是您做下的個死工夫

〔令史云〕兀那老婆子你是個鄉里村婦省的甚麼法度〔正旦唱〕

〔耍孩兒〕你休小覷我這無主的窮村婦有句話實情拜復俺孩兒從小裏教習儒他端的有溫良恭儉誰如俺孩兒行一步必達周公禮發一語須談孔聖書俺孩兒不比塵俗物怎做那欺兄罪犯殺嫂的兇徒

〔令史云〕這小廝又不會打他他自招了來〔正旦云〕都似你這般打來怕不招了只是招便招人心不服〔唱〕

〔五煞〕人死者不復生那絃斷者怎再續從來個罪疑便索從輕恕磨勘成的文狀纔難動羅織就的詞因到底虛官人每枉請着皇家祿都只是捉生替死屈陷無辜

〔令史云〕兀那婆子你是個慣打官司刁狡不良的人也〔正旦唱〕

〔四煞〕則你那細麻繩用竹簽批頭棍下腦箍可不道父娘一樣皮和骨便做那石鐫成骨節也槌敲的碎鐵鑄就的皮膚也煅煉的枯打得來沒半點兒容針處方信道人心似鐵您也忒忑官法如爐

〔令史云〕兀那婆子數長道短好生無禮我不怕你他便是死的人也〔正旦唱〕

〔三煞〕你休道俺潑婆婆無告處也須有清耿耿的賽龍圖大踏步直走到中都路你看我磕着頭寫狀呈都省洒着淚喞寃撾怨鼓〔令史云〕你告呵告着誰〔正旦唱〕單告着你這開封府令史每偏向官長每模糊

〔令史云〕將枷來枷了這小厮下在死囚牢裏去着這婆子隨衙聽候〔做枷楊謝祖科〕〔孤云〕休着他帶這個輕枷拏那一百二十斤的枷來與他帶〔正旦唱〕

〔二煞〕我明明的眼覷着暗暗的心自苦那一面沉枷脖項難回顧透枷拴深使釘來釘侵井口窄將印縫鋪恰便似刀攪着你這娘腸肚望後來怎禁推搶待向前去又被揪捽

〔尾煞〕叫吖吖苦痛殺我兒哭啼啼沒亂殺母把孩兒似死羊般拖

奔的牢中去〔做叫科〕好冤屈也好冤屈也〔唱〕則被這氣堵住我咽喉叫不出屈〔下〕

〔令史云〕相公那婆子雖然不肯認屍如今賍仗完備那楊謝祖也葫蘆提招伏眼見的這樁事問就了也〔孤云〕外郎這多虧了你如今新官取次下馬也還要做個准備〔詩云〕正是一不做二不休攢就文書做死囚只等新官到來標斬字那時方信我們兩個有權謀〔同下〕

〔音釋〕刷數滑切　福音府　辱如去聲　倩青去聲　睦音暮　觸音杵　實繩知切　甦音蘇　哭音苦　服音扶　獄余去聲　傻商鮓切　屈區上聲　剗音產　突東盧切　腹音府　伏音扶　卒從蘇切　復音扶　物音務　續音徐　祿音路　辜音姑　骨音古　鐫茲宣切　煆端去聲　煉連去聲　窄齋上聲　推退平聲　搶鎗去聲　捽音租

第四折

〔淨賽盧醫拏棍領旦兒挑水桶上〕〔賽盧醫云〕自家賽盧醫的便是自從拐將這個婦人來他百般的不肯順我更待干罷白日裏五十棍到晚也五十棍每日着他打水澆畦我直折倒死他春香我如今吃杯酒去回來打死你也〔下〕〔旦兒云〕自從被這賊漢拐將我來為我不隨順他朝打暮罵着我打水澆畦我待要告他爭奈走不出去似此怎了也〔楊興祖領隨從上云〕自家楊興祖的便是自拜別了母親得了王脩然大人一封書見了兀里不罕元帥看罷書呈元帥大喜不着我做散軍就着我做領軍的頭目托祖宗餘廕到於陣上三箭成功做了金牌上千戶我今元帥根前告了假限回家探望母親去小校遠遠的是一眼井兒就着婦人的水桶與我飲馬者〔旦見驚科云〕

兀的不是楊大〔楊興祖云〕兀的不是大嫂〔旦兒做哭科〕〔楊興祖云〕大嫂你怎生到這裏來〔旦兒上云〕自從你當軍去了俺娘家取我拆洗衣服小叔叔送我到半路裏回家去誰想撞見賊漢他喚做什麼賽盧醫強要我為妻見我不隨順他他將我朝打暮罵着我每日打水澆畦今日幸遇着你須與我這受苦的春香做主〔楊興祖云〕原來有這般勾當那賊漢那裏〔旦兒云〕他便來也〔賽盧醫沖上云〕恰纔飲酒回來我看這婦人挑水不會〔旦云〕楊大兀的不是那賊漢來了也〔楊興祖云〕小校與我拏住這廝我試問他咱〔做拏賽盧醫跪科〕〔楊興祖云〕兀那廝這婦人是誰〔賽盧醫云〕是我的老婆〔楊興祖云〕是我的渾家你如何拐將來〔賽盧醫云〕是你的老婆這等呵我可也原封不動送還你罷〔楊興祖云〕這廝無理拐帶良人妻子拏去開封府裏見王翛然大人去來〔同下〕〔王翛然領張千李萬上〕〔王翛然詩云〕王法條條誅濫官為官清正萬民安民間若有冤情事請把勢劍金牌仔細看老夫大興府尹王翛然自還軍回來累加官職賜與我勢劍金牌先斬後奏專一體察濫官汚吏採訪孝子順孫今日來到這河南府審囚刷卷我為那西軍莊楊氏那一家兒賢孝我在郎主根前保奏過了領郎主的命着我封贈那一家兒去也爭奈審囚刷卷是國家的大事不敢差誤且待我審了囚刷了卷方纔封贈那楊家也未遲哩今日陞廳坐衙當該令史那裏〔張千云〕當該令史安在〔令史上云〕〔見科〕〔王翛然云〕令史你知道麼我奉郎主的命着我審囚刷卷便宜行事我將着勢劍金牌先斬後奏你若文案中有半點兒差遲我先切了你顆驢頭將文案來〔令史云〕理會的我先將這宗文卷與大人試看咱〔令史做遞文書科〕〔王翛然云〕是什麼文卷〔令史云〕這是鞏推官問成的楊謝祖欺兄殺嫂〔王云〕這個名兒我那裏聽的來〔做沉吟猛省科云〕我是是是那西軍莊楊家小的個孩兒是楊謝祖令史你問成了那賊仗

完備麽〔令史云〕完備有贓仗〔令史遞刀子衣服科〕〔王脩然云〕這的是行兇的刀子〔做看刀
子科云〕我那曾見這刀子來〔做尋思科〕這小廝怎犯下這的罪過我想天下多少同名同姓的
來休問是與不是將這楊謝祖拏出來我是問咱〔張千拏楊謝祖帶枷上〕〔令史云〕張千將那一
行人拏上廳來〔楊謝祖跪科〕〔王脩然云〕兀那小廝擡起頭來者〔楊謝祖做擡頭科〕〔王脩然
做驚科云〕可知是這個小的早不曾先封贈他一家兒去我當初奏過這一家賢孝今日這廝却
犯下十惡大罪若是耶主知道呵俺先躭下個落保的罪了想人也有見不到處兀那小廝你有甚
麽不盡的詞因我根前伸訴我與你做主〔謝祖云〕小的每西軍莊人氏〔令史打攙云〕西軍莊人
氏哥哥楊興祖兄弟楊謝祖哥哥當軍去了他調戲他嫂嫂不肯他殺了他嫂嫂也〔王脩然云〕誰
問你來兀那小廝你說〔楊謝祖云〕西軍莊人氏〔令史云〕西軍莊人氏〔王脩然云〕張千採下去
着他口中啣着板子弔下來便打兀那小廝你說〔楊謝祖云〕小人是西軍莊人氏〔令史又攙科〕
〔王脩然云〕張千與我打這廝者〔打令史重啣板子科〕〔楊謝祖訴詞云〕告大人停嗔息怒聽小
人細說緣故一父母生我兄弟兩人侍奉着年高的老母更有個嫂嫂春香嫡親的四口兒家屬王
脩然大人親來選軍勾到俺同居共戶道他貼了二十餘年到今年你索當做俺哥哥赴役當軍小
生在書房讀書如故親家母來問俺母親告假要他的女孩兒家去那時是五月中旬正是農忙時
務無人送俺嫂嫂還家書房裏來喚謝祖母親說送過林浪嘴兒你回來着他自去多不到半月十
朝親家母又來探取他道女孩兒不曾到家驚的俺母親進退無措親家母和俺唱叫須索便與他
尋去他兩個前面先行小人在後面跟覷便和俺廝拖廝拽又無個尋覓去處撞見着放牛牧童向
他行問個前路他道林浪中有個婦人不知他為何身故親家母覷了容顏便和俺爭官告府正撞

見勸農官人官人行不容分訴便將我弔拷綳扒打的無容針處全憑着這令史口內詞因葫蘆提取下招伏到如今苦陷囚牢請大人心下忖慮小的每把筆來向自腕怯怎生敢提刀狠毒強揣與我個欺兄殺嫂的罪名大人也委實的啣寃負屈〔王脩然云〕律意雖遠人情可推重因每兩眼淚滴在枷鎖上閣不住落於地上直至九泉其地生一草叫做感恨草結成一子如梧桐子大刀劈不能碎斧砍不能開天地無私顯報如此俺這衙門如鍋竈一般囚人如鍋內之水祗候人比着柴薪令史比着鍋蓋怎當他柴薪爨炙鍋中水被這蓋定滾滾沸沸不能出氣蒸成珠兒在那鍋蓋上滴下就與那囚人啣着寃枉滴淚一般〔詩云〕淚滴枷稍恨已深氣藏胸腹苦難禁口中不語垂雙淚表出啣寃負屈心這公事前官問定也曾有准伏來麼〔令史云〕不曾有准伏支狀〔王脩然詞云〕但凡刑人必然屍親有准伏方可定罪這小廝聽前跪下閣不住眼中垂淚他本是一個寒儒怎犯下十惡大罪方信道日月雖明不照那覆盆之內我為甚重推重審却不道人性命關天關地張千且把犯人帶去待我再問者〔張千帶楊謝祖同下〕〔令史做慌科云〕喚李萬來〔李萬上云〕哥哥喚我做甚麼〔令史云〕李萬好兄弟你將着這紙筆不問那裏尋着那楊謝祖的母親賺他畫一個字殺了那小廝也完了這一樁事務〔李萬云〕着我拏一張紙去賺那婆子畫一個字你家裏也養着那好兒好女哩便好道人命關天我賺他畫了這個字殺了他孩兒便是我殺了他外郎也你便會做這些好勾當我去不的〔令史做怒科云〕你說這廝無理麼張千〔張千上云〕哥哥你喚我做什麼〔令史云〕你去賺那楊謝祖母親畫一個字將那小廝殺了也完了這一樁事務以後有好差使我養活你幾遭〔張千云〕哥也打是麼不緊這個都是一衙門的事務我走將去便叫那婆子畫個字來哥你則放心〔令史云〕好兄弟你則疾去早來〔張千下〕〔李萬云〕張千這錢這等好使

令史使我不肯去你就肯去張千你家裏也養着好兒好女哩比及你出衙門時我遶着那前街後巷先尋着那婆子着他死也不要畫這一個字人生那裏不是積福處〔下〕〔正旦上做痛哭科云〕楊謝祖兒也則被你痛殺我也〔唱〕

〔雙調新水令〕爲兩個業寃家使我一日淚千行點點兒滴在我這胸上想那當軍的臨戰場坐牢的赴雲陽急的我寸斷肝腸這把老骸骨着誰葬

〔駐馬聽〕可着我半路裏孤孀臨老也還行絕命方一家寃障莫不是我前生燒着什麽斷頭香〔云〕夜來則是半夜前後〔唱〕聽的把犯罪的赦免出牢房當軍的釋放還鄉黨〔云〕兀的不是大哥兀的不是二哥恰待抱頭相哭〔唱〕覺來時我心兒裏空悒怏呀原來夢是我心頭想

〔張千拏紙筆上見正旦科云〕兀的不是那婆子我那裏不尋你到你歡喜咱如今拏住那殺人賊了也來來來你畫一個保狀保出你那孩兒來〔正旦做畫字科〕〔李萬冲上云〕兀那婆子你休畫字你畫了這個字呵你那孩兒便是死的人也張千你做的好事那〔正旦唱〕

〔喬牌兒〕天那則他走的來脚步兒忙說的來語言兒誑若不是李押獄白破你張千謊待教俺孩兒將人命償

〔水仙子〕你便瞞過啣寃負屈老婆娘送了俺孩兒得什麽賞你全無那于公陰德高門望〔張千云〕李萬你做的好勾當也〔正旦唱〕呀也要你兒孫向上長恨不得飛騰到那審囚的官行我手脚兒不知高下身肢

兒沒處頓放空教我腹熱腸慌

〔張千揪李萬云〕李萬你好好好外郎使我來賺這婆子畫一個字你走將來和這婆子說了不肯畫這個字我和你見外郎去〔李萬揪張千云〕你要見外郎去我和你見王脩然大人去來〔同下〕〔王脩然云〕令史准伏有了麼押過那小廝來者〔張千押楊謝祖上科〕〔王脩然云〕今日務要完了這樁公事〔令史云〕張千好不會幹事眼見那婆子也來了只這一個字便這等難畫〔正旦慌上磕令史頭科〕〔令史云〕兀那婆子你慌怎麼〔正旦云〕你道我慌怎麼〔唱〕

〔沽美酒〕做兒的上法場做娘的痛着忙抵多少河裏孩兒岸上娘我可是慌也那可是不慌俺孩兒生共死這時光

〔太平令〕則您這公廳上將人問枉去來波我與你大人行打一會官防〔正旦拖令史見官跪下叫屈科〕〔唱〕大人呵你下筆處魂飄魄蕩刀過處雪飛霜降休道是棍棒拷傷我這脊梁呀與不的准伏無寃的招狀

〔叫屈科云〕〔王脩然云〕怎生寃屈〔正旦云〕外郎不會檢屍又不會招呼屍親〔王脩然云〕令史他說你不會檢屍又不會招呼屍親哩〔令史云〕小人招呼屍親識認的明白了也〔正旦云〕你招呼那家屍親來〔令史云〕我招呼那死的爺娘家屍親認識的明白了也〔正旦云〕他爺娘家是屍親俺公婆家不是屍親不爭俺這孩兒與他償了命倘若拏住那殺人賊呵可着誰償俺孩兒的命大人可與俺這孤兒寡婦做主咱俺是這鄉裏的婆子不會打您這城中的官司〔王脩然云〕似這等呵着老夫怎生下斷〔楊興祖同旦兒上云〕大嫂你則在衙門首住者我見大人去張千報復去道有楊興祖來見〔張千云〕理會的喏報大人得知有楊興祖求見〔王脩然云〕是楊興祖快着他

過來〔張千云〕着過去〔楊興祖做見科云〕大人楊興祖回來了也〔王脩然云〕兀的不是楊興祖得了什麼官那〔楊興祖云〕興祖賴大人虎威見了兀里不罕元帥一戰成功現今陞授金牌上千戶〔王脩然云〕你歡喜麽〔楊興祖云〕可知歡喜哩〔王脩然云〕廳堦直下一個婆兒你是看咱〔楊興祖云〕兀的不是母親〔正旦云〕兀的不是楊大兒也則被你痛殺我也〔王脩然云〕楊興祖兀那個帶枷的人你再看咱〔楊興祖云〕兀的不是兄弟〔楊謝祖云〕哎喲哥也苦痛殺我也〔王脩然云〕兀那楊興祖他是你的讎人哩〔楊興祖云〕大人這是我的親兄弟怎做的讎人〔王脩然云〕你當軍去他殺了你媳婦兒春香也〔楊興祖云〕大人可憐見春香現有哩〔王脩然云〕春香在那裏快喚將來〔旦兒做見正旦悲科云〕母親也則被你痛殺我也〔正旦云〕孩兒也你在那裏來險些兒不送了楊謝祖的性命則被你想殺我也〔楊興祖云〕母親被一個賊漢賽盧醫將春香拐帶去了您孩兒連那賊漢也拏將來了也〔王脩然云〕張千與我拏過這廝來者〔張千做拿賽盧醫上見跪科云〕大人可憐見拐了聾推你的梅香也是我來強要春香做老婆也是我來大人饒便饒若不饒我也不消打下死因牢裏去只到我家廂兒裏取一帖藥來煎與我吃我這兩隻脚登時就直了也〔王脩然云〕一行人聽我下斷本處官吏刑名違錯杖一百永不敘用賽盧醫强奪妻女市曹中明正典刑王氏妄告不實杖斷八十〔旦兒云〕告大人母親年老春香替杖〔王脩然云〕這媳婦直恁般賢孝姑看春香面罰銅折贖有罪的斷遣分明您一家兒聽老夫加官賜賞楊興祖爲你替弟當軍拏賊救婦加爲帳前指揮使春香爲你身遭擄掠不順他人可爲賢德夫人楊謝祖爲你奉母之命送嫂還家不幸遭逢人命官司絕口不發怨言可稱孝子加爲翰林學士兀那婆婆爲你着親生子邊塞當軍着前家兒在家習儒甘心受苦不認人屍可稱賢母加爲義烈太

夫人〔正旦等拜謝科〕〔唱〕

〔收江南〕呀那知道今日呵也有這風光則俺一家兒都脫離了地獄到天堂穩請受五花官誥喜非常謝你個大恩人在上兀的不教咱生死也難忘

〔王翛然云〕只今日就這開封府堂上窨下酒臥番羊做一個人天慶賞的筵席你道爲甚麼來〔詞云〕則爲這哥哥替弟當軍去帶累的小叔爲嫂打官司若不是王翛然審囚大斷案怎發付救孝子賢母不認屍

〔音釋〕畦音奚　屬繩朱切　毒東盧切　爨音竄　賺音湛　誑光去聲　塞音賽　窨音陰

題目　送親嫂小叔枉招罪

正名　救孝子賢母不認屍

救孝子賢母不認屍雜劇

漢鍾離度脫唐呂公

邯鄲道省悟黃粱夢
倣馬遠筆
珍倣宋版印

邯鄲道省悟黃粱夢雜劇

元　馬致遠撰

明吳興臧晉叔校

第一折

〔沖末扮東華帝君上詩云〕閬苑仙人白錦袍海山銀闕宴蟠桃三峯月下鸞聲遠萬里風頭鶴背高貧道東華帝君是也掌管羣仙籍錄因赴天齋回來見下方一道青氣上徹九霄原來河南府有一人乃是呂岩有神仙之分可差正陽子點化此人早歸正道這一去使寒暑不侵其體日月不老其顏神爐仙鼎把玄霜絳雪燒成玉戶金關使姹女嬰兒配定身登紫府朝三清位列真君名記丹書免九族不爲下鬼閻王簿上除生死仙吏班中列姓名指開海角天涯路引的迷人大道行〔下〕〔正旦扮王婆上云〕老身黃化店人氏王婆是也我開着這個打火店我燒的這湯鍋熱着看有甚麼人來〔外扮呂洞賓騎驢背劍上詩云〕策蹇上長安日夕無休歇但見槐花黃如何不心急小生姓呂名岩字洞賓本貫河南府人氏自幼攻習儒業今欲上朝進取功名來到這邯鄲道黃化店饑渴之際不免做些茶飯吃到的這店門首將這蹇衛拴下將這二百文長錢糴些黃粱兀那打火的婆婆央你做飯與我吃行人貪道路你快些兒〔王婆云〕客官你好急性也饒一把兒火者〔洞賓云〕我巴不的選場中去哩〔正末上云〕貧道覆姓鍾離名權字雲房道號正陽子京兆咸陽人也自幼學得文武雙全在漢朝曾拜征西大元帥後棄家屬隱遁終南山遇東華真人授以正道髮爲雙髻賜號太極真人常遺頌於世〔頌云〕生我之門死我戶幾箇惺惺幾箇悟夜來鐵漢自尋思長生不死由人做今奉帝君法旨教貧道下方度脫呂岩來到這邯鄲道黃化店見紫氣沖天當必在

此我想世間人好不識賢愚也呵〔唱〕

〔仙呂點絳脣〕混沌初分生人廝悤誰持論旋轉乾坤這都是太上傳心印

〔混江龍〕當日個曾逢關尹至今遺下五千文大剛來玄虛爲本清淨爲門雖然是草舍茅菴一道士伴着這清風明月兩閑人也不知甚的秋甚的春甚的漢甚的秦長則是習疎狂躭懶散佯粧鈍把些個人間富貴都做了眼底浮雲

〔云〕想世人爭名奪利何苦如此〔唱〕

〔油葫蘆〕莫厭追歡笑語頻但開懷好會賓尋思離亂可傷神俺閑遙遙獨自林泉隱您虛飄飄半紙功名進你看這紫塞軍黃閣臣幾時得個安閑分怎如我物外自由身

〔天下樂〕他每得到清平有幾人何不早抽身出世塵儘白雲滿溪鎖洞門將一函經手自繙一鑪香手自焚這的是清閑真道本

〔笑云〕原來神仙在這裏〔做入店見科〕〔洞賓云〕一箇先生好道貌也〔正末云〕敢問足下高姓

〔洞賓云〕小生姓呂名岩字洞賓〔正末云〕你往那裏去〔洞賓云〕上朝應舉去〔正末云〕你只顧那功名富貴全不想生死事急無常迅速不如跟貧道出家去〔洞賓云〕你這先生敢是風魔的我學成滿腹文章上朝求官應舉去可怎生跟你出家你出家人有甚好處〔正末云〕俺出家人自有快活處你怎知道〔唱〕

〔金盞兒〕上崑崙摘星辰覷東洋海則是一掬寒泉滾泰山一捻細微塵天高三二寸地厚一魚鱗擡頭天外覷無我一般人

〔洞賓云〕這先生開大言似你出家的有甚麼仙方妙訣驅的甚麼神鬼〔正末云〕出家人長生不老煉藥修真降龍伏虎到大來悠哉也呵〔唱〕

〔後庭花〕我驅的是六丁六甲神七星七曜君食紫芝草千年壽看碧桃花幾度春常則是醉醺醺高談闊論來往的盡是天上人

〔洞賓云〕俺做了官也有受用處〔正末云〕你做官受用得幾多俺這神仙的快樂與你俗人不同你聽我說那快活處〔唱〕

〔醉中天〕俺那裏自潑村醪嫩自斬野花新獨對青山酒一尊閑將那朱頂仙鶴引醉歸去松陰滿身冷然風韻鐵笛聲吹斷雲根

〔云〕你跟我出家去來〔洞賓云〕俺爲官居蘭堂住畫閣你這出家人無過草衣木食乾受辛苦有甚麼受用快活處〔正末唱〕

〔金盞兒〕俺那裏地無塵草長春四時花發常嬌嫩更那翠屏般山色對柴門雨滋棕葉潤露養藥苗新聽野猿啼古樹看流水繞孤邨

〔洞賓云〕我學成文武雙全應過舉做官可待富貴有期你教出家去呵怎生便得神仙做〔正末云〕你自不知你不是箇做官的天生下這等道貌是個神仙中人常言道一子悟道九族生天不要錯過了〔唱〕

〔醉鴈兒〕你有那出世超凡神仙分繫一條一抹條帶一頂九陽巾

君敢着你做真人

〔洞賓云〕 俺為官的身穿錦段輕紗口食香甜美味你出家人草履麻縧餐松啖柏有甚麼好處

〔正末云〕功名二字如同那百尺高竿上調把戲一般性命不保脫不得酒色財氣這四般兒笛悠悠鼓鼕鼕人鬧炒在虛空怎如的平地上來平地上去無災無禍可不自在多哩〔唱〕

〔後庭花〕酒戀清香疾病因色愛荒淫患難根財貪富貴傷殘命氣競剛強損陷身這四件兒不饒人你若是將他斷盡便神仙有幾分

〔洞賓云〕我十年苦志一舉成名是荷包裹東西拿得定的神仙事渺渺茫茫有什麼准程教我去做他〔正末唱〕

〔醉中天〕假饒你手段欺韓信舌辯賽蘇秦到底個功名由命不由人也未必能拿准只不如苦志修行謹慎早圖個靈丹腹孕索強似你跨青驢躑躅風塵

〔洞賓云〕聽他說甚麼不覺神思困倦且睡一會咱〔做睡科〕〔正末云〕正說着話他就睡了好蠢人也〔唱〕

〔一半兒〕如今人宜假不宜真則敬衣衫不敬人題起修行耳怕聞直恁的沒精神一半兒應承一半兒盹

〔云〕這人俗緣不斷呂岩也你既然要睡我教你大睡一會去六道輪迴中走一遭待醒來時早已過了十八年光景見了些酒色財氣人我是非那其間方可成道〔詩云〕氣為強弱志為先努力須當莫換肩捱出這番難境界更添疾苦一番仙〔唱〕

〔金盞兒〕比及你米淘了塵水燒的滾我教這一顆米內藏時運半升鐺裏煮乾坤投至得黃粱炊未熟他清夢思猶昏我教他江山重改換日月一番新

〔云〕您睡着了貧道自赴蟠桃會去也〔唱〕

〔賺煞〕羽衣輕霓旌迅有十二金童接引萬里天風歸路穩向蓬萊頂上朝真笑欣欣袖拂白雲宴罷瑤池酒半醺爭奈你個唐呂岩性蠢偏不肯受漢鍾離教訓又則索跨蒼鸞飛上九天門〔下〕

〔洞賓夢上云〕兀那王婆那先生去了也〔王婆云〕去久了〔洞賓云〕飯熟也未〔王婆云〕還饒一把火兒〔洞賓云〕王婆我也等不的你那飯了誤了我程途我上的蹇驢便索長行去也〔下〕〔王婆云〕呂岩去了也他那裏知道我非凡人乃驪山老母一化上仙法旨着呂岩看破了酒色財氣人我是非那其間纔得返本朝元重回正道〔詩云〕漢鍾離點化玄機度呂岩省悟心回待此人功成行滿同共赴閬苑瑤池〔下〕

〔音釋〕姹瘡詐切　邯音寒　鄲音丹　沌音遁　囫音混　塞音賽　函音咸　繙音番　泠音凌　邨與村同　絛音叨　躑音直　躅音逐　盹敦上聲　鐺音撐　蠢春上聲

驪音梨

楔子

〔正末改扮高太尉同旦兒兩倈上云〕老夫殿前高太尉的便是嫡親的三口兒家屬夫人早亡止有箇女孩兒喚做翠娥自十七年前呂岩應過舉拜兵馬大元帥老夫見他好武藝就招他為壻所

生一兒一女近日蔡州反了吳元濟好生猖獗朝廷着呂岩領兵征討他如今辭別了老夫前去我索丁寧囑付他幾句言語這早晚敢待來也〔洞賓扮元帥上詩云〕平生慷慨習陰符秉鉞臨戎出帝都男兒三十不得志枉作堂堂大丈夫某呂岩自到京都棄文就武加某爲兵馬大元帥與高太尉作贅可早十八年光景得了一雙兒女今有蔡州吳元濟反亂聖人的命着某統兵征討今日辭別了岳父便索長行也〔做見科云〕您孩兒點就人馬則今日便行父親好覷當一雙兒女者〔高太尉云〕孩兒你此一去這妻子身上有我在此再不必留心你與國家好生出力千經萬典忠孝爲先你須恤軍愛民不義之財少要貪圖豈不聞金玉滿堂未之能守富貴而驕自遺其咎我這般說呵也只爲你執掌軍權怕你重利而輕義失了道心你切記者左右將酒來我親手與孩兒把一盃送行〔做把酒科唱〕

〔仙呂賞花時〕則我是皓首蒼顏高太尉別無甚親人則覷着你兒幼小女嬌癡想爲人在世最苦是生離

〔云〕孩兒再飲一盃〔洞賓云〕我吃不得了〔高太尉唱〕

〔么篇〕滿飲陽關酒一盃〔洞賓做吐科云〕您孩兒吃不得了心中有些不好吐了兩口血這酒元來傷人您孩兒再也不吃這酒了〔高太尉云〕既是傷着你心再也休吃這酒罷〔洞賓云〕父親放心您孩兒不吃了辭別父親便索長行〔高太尉云〕你休忘了我的言語着心記者〔唱〕則要你在意扶持唐社稷囑付了又重題但願的功成破敵早唱凱歌回〔下〕

〔洞賓云〕則今日領本部人馬收捕吳元濟走一遭去〔詩云〕賊寇無端逞兇頑殺聲振地撼天關

託賴聖人洪福大不得成功誓不還〔下〕

〔音釋〕猖音昌 獗音決 稷將洗切 敵丁梨切 撼含去聲

第二折

〔旦兒上云〕妾身翠娥是高太尉的女兒自從父親招了呂岩爲壻又早十八年光景他跟前得了一雙兒女如今呂岩收捕吳元濟去了我和魏尚書的兒子魏舍有些不伶俐的勾當約定今日相會怎生不見來〔淨扮魏舍上云〕湛湛青天不可欺兩個碓嘴撥天飛則有一箇飛不動爭奈身上沒穿的自家姓魏我父親是魏尚書人皆稱我爲魏舍我和呂岩的渾家有些不伶俐的勾當呂岩征西去了他教我今日來他家走一走來到這門首前後沒一人我叫一聲高大姐開門來〔做見科〕〔旦兒云〕你來了也我正等你哩咱兩個家裏吃幾杯酒打開這弔窗若有人來便往這窗子裏出去〔淨云〕正是咱且慢慢的飲酒耍子〔洞賓上云〕某乃呂岩奉聖人的命統領三軍收捕吳元濟到的陣面上賣了一陣與了我三斗珍珠一提黃金領軍回還來到家門首接了馬者老院公也不見前後無一箇人夫人也不知在那裏進到這臥房門首有人在裏邊說話我試聽咱〔旦兒云〕咱兩個正好吃酒哩〔淨云〕若陣亡了呂岩我就娶你〔旦兒云〕呂岩死了我不嫁你嫁那個〔洞賓云〕兀的不有姦夫了我踏開這門咱〔做踏門科〕〔淨云〕不好了有人來也我往弔窗裏跳出去走走走〔洞賓云〕姦夫走了也我問你吃酒的是誰〔旦兒云〕沒人〔洞賓云〕你說沒人這頂帽子是誰弔下的〔淨上云〕哥是我的〔下〕〔洞賓云〕好也我現授大元帥之職你是太尉的女兒你這般羞辱我我好歹殺了你個淫婦〔正末改扮院公拿拄杖慌上云〕老漢是高太尉家一個院公有俺姐夫呂岩做了征西大元帥收捕反賊去了一年恰纔小的每道呂姐夫回來了老漢不信

若是暗暗的回來必定做下不公的勾當既不是呵怎生一個大將軍回來可沒一個人來報知也
不差人迎接這小的每眼見的說謊逗我耍哩休問有無我看一看去〔唱〕

〔商調集賢賓〕報道前廳上侍長恰到來〔帶云〕既是來到了呵〔唱〕却怎生不聽的把玳筵排〔洞賓云〕這婦人忒無禮瞞着我做這等勾當〔正末做聽科云〕真箇來了〔唱〕有甚事炒炒七七〔旦兒哭科云〕我是爲害眼許下的願心來〔正末唱〕沒來由怨怨哀哀我這裏七林林轉過庭槐慢騰騰行過廳堦孤椿椿靠定明亮隔〔洞賓云〕好老婆我不在家你養着姦夫吃酒老院公那老匹夫在那裏〔正末唱〕聽說罷攙耳揉腮〔洞賓云〕我則殺了這婦人〔正末云〕這事怎了〔唱〕我這裏傷心空跌脚低首自慚胲

〔逍遙樂〕夫人也想着你那百年恩愛半世夫妻好也囉你做下這一場醜態〔洞賓云〕我吃這婦人氣殺我也〔正末唱〕休道是濁骨凡胎便是釋迦佛也惱下蓮臺早難道侯門深似海兩步那爲一驀〔做推門科唱〕我這裏一雙手到半壁身挨可早兩扇門開

〔洞賓云〕這箇老匹夫你來這裏做甚麼〔正末云〕自從大人出征去後老相公早亡化過了半年也大人今日來家爲甚這等惱躁〔洞賓云〕我心中的事你怎生知道不干你事你快去〔正末云〕上項的事老漢已聽的了大人停嗔息怒難道是老漢無罪大人記的你臨行時老相公囑付的話道着老院公單管打掃花園喒後花園離前廳却是多遠老漢無事也不到這前面來有甚麼勾當相公當初將這兩個孩兒和夫人交付在老漢身上今日有這等是非老漢八十五歲年紀便死老

漢也甘心去〔洞賓舉劍科云〕不干你事我只殺了這婦人〔正末唱〕

〔金菊香〕這一個怒橫着三尺劍當懷〔旦兒云〕兀的不屈殺我也〔正末唱〕好也囉那一個倚定門兒手托腮似恁地怎生將手腕解又不是少米無柴是夫人自跳下捨身崖

〔旦兒云〕老院公你不知我爲他害眼來許下的願心他說我養漢來我做的不是了老院公你救我一命咱〔正末云〕教老漢怎生救你〔唱〕

〔醋葫蘆〕又不是別人相唬嚇廝展賴是你男兒親自撞將來你渾身是口難分解赤緊的併贓拿賊你看他死臨侵不敢把頭擡

〔旦兒做跪科云〕我實做的不是了看着兩個孩兒面皮饒了我性命者〔正末唱〕

〔幺篇〕夫人你便有隨何陸賈舌張儀蘇秦才百般難免這場災是你辱門敗戶先自歪做的來漏虀搭菜把花言巧語枉鋪排

〔洞賓云〕我做着天下兵馬大元帥你和伴當私通欺壓兀的不氣殺我也〔正末云〕夫人你聽的元帥說來想元帥頂天立地鋪眉苦眼做着個兵馬大元帥你却做這等勾當是何道理〔唱〕

〔幺篇〕你男兒有八面威七步才現帶着征西金印虎頭牌他在那長朝殿前班部裏擺你教他把屎盆兒頂戴兀的不屈沉殺了拜將築壇臺

〔云〕老漢有甚麼面皮大人可憐見一雙兒女饒過夫人者〔唱〕

〔幺篇〕大人見義爲夫人知過改不是中間老漢廝支劃若是外人

知道來休恁的大驚小怪醜名兒出去怎生揩
〔洞賓仗劍殺旦科〕〔正末跪云〕你發慈心饒了夫人者〔唱〕
〔幺篇〕問甚你夫妻好共歹覷孩兒瘦更駃便怎生教磣可可血泊裏倘着尸骸男子漢那一個不妬色〔帶云〕不爭夫人死呵〔唱〕枉乞兩的兩個小寃家不快那淒涼日月索躭捱
〔云〕大人饒夫人一命勝造七級浮屠〔唱〕
〔幺篇〕覷哥哥千般兒慷慨道不的一聲叫善哉只待劍光揮三尺水晶牌你權做箇南海岸救苦難觀自在我這裏磕頭禮拜〔洞賓云〕我看着老院公面皮饒你這一命〔正末云〕好慚愧也〔唱〕聽言說教我笑咍咍
〔旦兒拜云〕若不是老院公誰救我一命深謝你這厚恩〔正末唱〕
〔幺篇〕我見他揞了淚眼改了面色笑靨兒攢破旱蓮腮直從那針關兒透得命到來恰便似九霄雲外滴溜溜飛下一紙赦書來
〔末扮使命上云〕小官天朝使命是也因元帥呂岩賣了陣受了錢私自還家某奉聖人的命着我來取他首級可早來到也〔做見科云〕某奉聖人的命爲你賣陣受財私自還家着我來取你首級哩〔洞賓云〕今日教誰人救我咱〔正末云〕兀的怎了也〔唱〕
〔幺篇〕朝廷將使命差前廳上把聖旨開道是西邊上賣陣走回來誰教你貪心兒愛他不義財今日箇脫空須敗惡支沙將這等罪名揣

〔旦兒云〕呂岩你要殺我誰着你賣了陣受了錢私自還家幹的好事也〔做叫街坊科〕〔洞賓云〕嗨原來這錢真個害人今日我對天發願將這錢半分也不要呂岩也你怎生做讀書人來顏子也曾一簞食一瓢飲居於陋巷量這幾貫錢值得甚麼不想到今日可着誰救我想當日我臨行時俺岳翁與我送行我對天發願斷了酒今日斷了財呂岩也你有甚難見處因我回家我妻有姦夫明明是他出首來的罷罷罷將紙筆來寫一紙休書任從改嫁並不爭論寫休書寫休書我今日又斷了色也〔旦兒云〕哎喲你今日休了我你早則管不着我了你眼見的是死人也〔又使命上云〕呂岩本待要斬首聖人的命體上天好生之德饒你項上一刀迭配遠惡軍州解子何在〔丑扮解子上云〕叫小的那裏使用〔使命云〕着你押解呂岩迭配沙門島去〔使命下〕〔旦兒云〕解子哥呂岩是犯罪的人你怎生教他自在不上刑法〔解子云〕這也說的是將行枷來〔做上枷科〕〔旦兒云〕呂岩你如今還殺的我麼兀的不歡喜殺我也〔正末云〕夫人你怎生沒些夫妻情分說這等言語做甚麼〔唱〕

〔幺篇〕也是你慈悲生患害俺哥哥除死無大災何須你暢叫廝花白〔旦兒云〕我是高太尉女兒養漢來養漢來如今你休了我誰管的我〔正末唱〕鬧垓垓幺喝十字街〔帶云〕他今日聲聲說是高太尉女兒養漢來〔唱〕直恁的惡乂白賴婆娘家情性恁般乖

〔解子云〕去罷誤了程限到幾時〔正末唱〕

〔幺篇〕昨日上官時似花正開今日迭配呵風亂篩都是犯着年月日時該〔帶云〕休道喒小民呵〔唱〕隋江山生扭做唐世界也則是興亡成

敗怎禁那公人狠劣似狼豺

〔旦兒云〕呂岩你是死的人留下我的孩兒不要將去〔洞賓云〕我的兒女我不領着留下與誰〔旦兒云〕你犯下了罪干俺兒女甚麼事〔奪科〕〔洞賓拖科云〕解子哥你慢着些兒着這賊婦送了我也我和兩個孩兒死在一處〔正末顧洞賓弁倈科云〕解子哥可憐見容俺哥哥和孩兒住一兩日去打甚麼不緊〔解子云〕誤了限期使不的〔做打洞賓弁倈正末勸科唱〕

〔後庭花〕我則見颼颼的枷棒摔打的他紛紛的皮肉開見他可擦擦拖將去我與你氣丕丕不趕上來痛哀哉身遭殘害他如何敢閧閧我其實無剅劃平白地招罪責從今日離院宅

〔雙鴈兒〕哥哥也恰如趙杲送燈臺便道不的山河易改恁時節和尚在鉢盂在今日箇福氣衰看何時冤業解

〔解子推洞賓弁倈行〕〔末扯住〕〔解子推末倒科云〕老無知去罷〔正末唱〕

〔高過浪里來〕俺如今鬢髮蒼白身體囊揣則恁的東倒西歪推一交簽擷破天靈蓋〔解子打二倈科〕〔正末云〕哥哥息怒〔唱〕我這裏割捨了老性命搭救這兩個小嬰孩空教我忿氣沖懷雨淚盈腮將兩隻手扛擡〔解子押洞賓弁倈下〕〔正末唱〕把雙眼揉開趁起身來望不見嬌客〔旦兒云〕呂岩去了我收拾一房一臥嫁魏舍去來〔下〕〔正末云〕哥哥去的遠了也〔做叫洞賓內應科〕

〔正末唱〕又被這半凋謝的垂楊樹間隔

〔隨調煞〕好教我回去艱難誰似你步行的快望不見走上望高臺

空目斷一天殘照靄不知俺哥哥安在〔做叫科云〕哥哥〔洞賓遠應科〕〔正末唱〕看時節隔疎林風送過哭聲來〔下〕

〔音釋〕碓音對　的音低　逗音豆　隔皆上聲　攙渣且切　胲音孩　驀音賣　腌巒去聲
解上聲　賊才上聲　苫聲占切　劃胡乖切　揩楷平聲　騃音諧　磣森上聲　色
篩上聲　哈海平聲　𪒠於協切　簞音丹　白巴埋切　摔音洒　闖爭上聲　鬭音
儨　剅音擺　責齋上聲　宅池齋切　杲音稿　嶮與險同　客音楷　靄哀上聲

第三折

〔洞賓帶枷引二倈隨解子上〕〔解子云〕呂岩行動些〔洞賓云〕念呂岩自賣了陣迭配我無影牢城我死不爭可憐見這一雙兒女眼見的三口兒無那活的人也解子哥怎生可憐見方便一二〔解子云〕兀那呂岩我也是好義的人到這深山曠野中我回去也你三口兒自逃你那性命去〔做開枷科〕〔洞賓云〕謝了哥哥小生口中銜鐵背上搭鞍此恩必當重報〔解子云〕你逃命去我回去也〔下〕〔洞賓云〕好苦也你看紛紛下的那雪越大了也迷蹤失路不知往那裏去怎生得個指路的人來可也好〔正末改扮樵夫上云〕小人是一個樵夫砍的這柴回來遇着這一天風雪好凍人天氣也呵〔唱〕

〔大石調六國朝〕風吹羊角雪翦鵝毛飛六出海山白凍一壺天地老便有丹青巧畫筆難描俺這裏遙望千山表是誰將粉黛掃幽窗下寒敲竹葉前村裏冷壓梅稍撩亂野雲低微茫江樹杳

〔歸塞北〕爲甚春歸早既不沙可怎生蝶翅舞飄飄梅蕊粉填合長

安道柳花綿迷却灞陵橋山館酒旗遙

〔初問口〕想那捕魚叟蓑笠綸竿他向那寒潭獨釣和俺這採樵人迷却歸來道則見凍雀又飛寒鴉又噪古木林中驀聽的山猨叫

〔怨別離〕園林無處不蕭條春歸也猶未覺滿地梨花無人掃寒料峭遙望見一點青山兀良却又早不見了

〔歸塞北〕白雲島則聽得孤鬼吼荒郊九天女鼓風驅造化六丁神揮劍斬長蛟既不沙可怎生就地捲風濤

〔幺篇〕孤邨曉稚子道猶自月明高青女翦冰寒不散黑雲噴雨凍難消無處覓漁樵

〔洞賓云〕孩兒行動些如此大風大雪又迷蹤失路眼見的是死人也〔做椎胸科云〕天㖿這雪住一住可也好越下的惡躁了〔正末云〕這來的是呂岩可也該省悟了〔唱〕

〔鴈過南樓〕我則見凍剝剝一行老小〔洞賓云〕凍殺我也〔正末唱〕戰欽欽四體頻搖這一個骨聳着肩那一個拳聯着脚正揚風攪雪天道〔倈云〕爹爹我餓的慌㖿〔洞賓云〕兒也行動些到兀那裏就有飯吃〔正末唱〕兒扯定老父悲父對着孩兒告那吃飯處霎時間行到

〔六國朝〕早是朔風凜洌途路迢遙〔三倈凍倒洞賓護科云〕俺三個都凍倒了誰救孩兒咱〔正末唱〕我則見三個人走將來一時間撲地倒〔做叫科云〕兀那君子你甦醒者甦醒者怎生好〔唱〕我這裏用手忙扶策緊揝住頭稍這一個早

直挺了軀殼那一個又答刺了手脚我這裏款款的把衣襟解放只見悠悠的魄散魂消〔二俫做醒科〕〔洞賓云〕慚愧醒轉來了〔正末唱〕我救的這兩個心坎上恰温和〔又救洞賓科唱〕呀那一個又把牙關緊噤了

〔洞賓醒云〕嶮些兒凍死我也兩個孩兒都醒了是誰救活我來〔正末云〕是我救你來〔洞賓跪云〕不是哥哥救了俺父子那裏得俺性命來〔正末云〕呂岩也你那裏去〔洞賓背云〕好奇怪他怎生認得我是呂岩〔回云〕不瞞哥哥說我如今披枷帶鎖迭配沙門島去遇見這等大雪凍倒在此處若不是哥哥救活俺三口兒那裏得我的性命來如今我身上無衣肚裏無食又迷蹤失路哥哥這裏往那裏去〔正末云〕早知這道你去了多時了也君子你迷了道也我說與你道傳與你道指與你道〔洞賓云〕哥哥說的話小人不省的〔正末云〕君子這條道我不知道這山前有一個草團標那裏面有個先生他須知道〔洞賓云〕哥哥你說與我咱〔正末唱〕

〔歸塞北〕過了這條抄直道那裏一横澗搭着一横橋白茫茫雪迷山拽脚淡濛濛霧鎖草團標松檜列周遭

〔洞賓云〕那先生好歹哥哥說與我聽〔正末云〕君子你要見他我說與你知道〔唱〕

〔擂鼓體〕那先生浩歌拍手舞黄鶴家住瑶池閬苑十洲三島一曲横笛秋氣高數着殘棋江月曉

〔洞賓云〕哥哥那先生是出家人怎生有這本事〔正末唱〕

〔歸塞北〕那先生服的是長生藥不許外人學三弄琴聲彈落葉九重春色醉仙桃白日上青霄

〔洞賓云〕敢問哥哥那先生是怎生模樣你再說一徧咱〔正末唱〕

〔淨瓶兒〕那先生兩隻手搖山岳一對眼矁邪妖劍揮星斗胸捲江濤天教惡相貌伏的虎降的龍德行高他則是個活神道也曾跨蒼鸞親把玉皇朝

〔云〕君子你過的山崦兒你望見草團標你問那先生路去〔唱〕

〔玉翼蟬煞〕那先生自舞自歌吃的是仙酒仙桃住的是草舍茅庵強如龍樓鳳閣白雲不掃蒼松自老青山圍繞淡烟籠罩黃精自飽靈丹自燒崎嶇峪道凹答岩壑門無綽楔洞無鎖鑰香焚石桌笛吹古調雲黯黯水迢迢風凜凜雪飄飄柴門靜竹籬牢過了那峻嶺尖峯曲澗寒泉長林茂草便望見那幽雅仙庄這些些是道〔帶云〕君子你休迷了正道你聽者〔唱〕你可也休錯去了〔下〕

〔洞賓云〕孩兒也你纔聽的那哥哥說來兀那山崦裏有一家人家吃的也有穿的也有宿處也有咱直到那裏覓一宵宿去來〔同下〕

〔音釋〕角音皎 猱與猿同 覺音皎 吼呵苟切 脚音皎 甦音蘇 揝簪上聲 殼音巧 噤今去聲 鶴音豪 藥音耀 學奚交切 岳音耀 矁楚九切 崦音揜 閣音稿 罩嘲去聲 跑音袍 崎音欺 峪音預 凹音腰 壑音好 楔音屑 鑰音耀 桌之卯切 黯衣減切

第四折

〔旦扮卜兒上云〕老身終南山人氏在此在家出家蓋了一座團標前後並無人家我有箇孩兒雖是出家人性子十分躁暴每日在山中打獵爲生孩兒去了也我安排下些茶飯等他回來吃〔洞賓引倈上云〕自家呂岩自從賣了陣送配無影牢城到這深山裏時遇冬天大風大雪將俺三口兒爭些凍殺多虧了打柴的樵夫救了俺性命說這山峪裏有箇草庵我到那裏尋些茶飯與兩個孩兒吃用你看我那命天色又晚來了逢着個獨木橋偌深的一個闊澗怎生得過去我將着兩個孩兒待先送過這小廝去恐怕這狼虎傷着這女孩兒我待先送過女孩兒去又怕傷了小廝兒罷罷罷且放下女孩兒先送過小廝兒去〔做送兒倈科〕〔女倈云〕爹爹大蟲來咬我也〔洞賓悲科云〕孩兒我便來取你也我放下這小廝我可過去取女孩兒去〔做過澗科〕〔兒倈云〕爹爹大蟲來咬我也〔洞賓云〕端的教我顧誰的是〔又過澗科云〕兀的真個是一個草團標兒你跟着我去尋些茶飯與你吃〔做問科云〕庵裏有人麼〔卜兒上云〕誰叫我開開這門呀原來是呂岩引着一雙兒女這早晚怎生得到這裏來〔洞賓背云〕好奇怪這姑姑怎生也認的呂岩既然姑姑認的我可也好姑姑因爲我賣了陣將我這三口兒送配無影牢城如今天色晚了也有甚麼殘茶剩飯與俺兩個孩兒些吃我就覓一宵宿天明了便索長行〔卜兒云〕君子不中我怕不留你在此處宿爭奈我的孩兒性子利害每日山中打獵爲生他無酒還好吃了酒便要殺人〔洞賓云〕姑姑不知當日我征西時我丈人與我送行吃了三盃酒吐了兩口血當日斷了酒次後到陣上賣了陣聖人知道饒我一命將我送配無影牢城我因此斷了財來到家中我渾家瞞着我有姦夫被我親身拏住我就將渾家休了斷了色今日到此處若有師父來便打我一頓我也忍了從今已後我將氣也不爭了〔卜兒云〕呂岩你忍的麽〔洞賓云〕我忍的〔卜兒云〕既然你忍的你且休進我家裏來他若

來時再做箇商量〔正末改扮邦老上云〕適纔我多買幾杯酒吃醉了回家見母親去喒這山中委實的好快活也呵〔唱〕

〔正宮端正好〕路兒答人寂寞山勢惡險峻嵯峨俺不羨玉堂臣列鼎食重裀臥只願把猩猩血染頭巾裹

〔滾繡毬〕尋思來那快活這半月多遇幾箇濫官員經過打劫下些金銀段疋綾羅昨日共那幾箇今日共這一火從不曾離了側坐仰天的大笑呵呵將那潑醅酒瀧瀧連糟嚥殺人劍攙攙帶血磨常則是爛醉無何

〔三倈云〕爹爹餓殺我也〔洞賓云〕姑姑有甚麼茶飯與這小的些吃〔卜兒云〕無甚麼與他吃〔正末向前用手推洞賓回看科云〕哎喲諕殺我也是人那是鬼〔正末唱〕

〔倘秀才〕不索你絮叨叨則管裏問他則這個殺人的爺爺是我〔洞賓云〕好個惡相也〔正末唱〕你則管裏纏我娘親待怎麼〔洞賓云〕師父我討些茶飯與孩兒吃來〔正末唱〕他懷裏又沒點點與孩兒每討饕餮〔末拿住男倈科唱〕我揪住這小子領窩〔洞賓救科〕〔正末怒云〕你這廝無禮〔打洞賓科唱〕

〔叨叨令〕我一拳打的你牙關挫〔做丟男倈在澗科〕〔洞賓云〕可憐見〔正末唱〕這廝死屍骸也濟得狠蟲餓〔拖女倈科〕〔洞賓云〕留下這箇小的者〔正末唱〕至如將小妮子擡舉的成人大也則是害爹娘不爭氣的陪錢貨不摔

殺要怎麼也波哥不摔殺要怎麼也波哥覷着你潑殘生我手裏難逃脫（洞賓云）你是箇出家人怎生將我兩箇孩兒摔死了我和你見官去（正末唱）

（倘秀才）我爲賊盜呵殺人放火不似你貪財呵披枷帶鎖你得了斗來大黃金印一顆爲元帥佐山河倒大來顯豁（帶云）呂岩你貪財戀酒誤了軍情（唱）

（滾繡毬）你那罪過怎過活做的來實難結末自攬下千丈風波誰教你向界河受財貨將咱那大軍折挫似這等不義財貪得如何道不的殷勤過日災須少僥倖成家禍必多枉了張羅（洞賓云）不好了我不問那裏逃命去來（正末仗劍趕洞賓躲科）（正末唱）

（笑和尚）我我我沒揣的猿臂綽斡斡斡禁聲的休回和來來來寶劍似吹毛過（洞賓云）我這性命誰救我來（正末唱）休休休怎避躲是是是決難活呀呀呀脖項上鋼刀剉（做殺洞賓倒科）（正末下改扮鍾離）（卜兒下改扮王婆上）（洞賓醒科云）有殺人賊也（做撲頸科）（正末唱）

（叨叨令）我這裏穩丕丕土坑上迷颩沒騰的坐那婆婆將粗刺刺陳米來喜收希和的播那蹇驢兒柳陰下舒着足乞留惡濫的臥那漢子去脖項上婆娑沒索的摸（洞賓云）一覺好睡也（正末撚洞賓覷科云）洞賓也

〔唱〕你早則醒來了也麼哥〔洞賓云〕我這一覺睡了幾時〔正末云〕十八年了〔洞賓云〕可怎生一覺睡十八年〔正末唱〕你早則醒來了也麼哥可正是窗前彈指時光過

〔洞賓云〕飯熟了未〔王婆云〕還鐃一把火兒〔洞賓云〕直恁般一覺好睡也〔正末云〕呂岩我問你咱你那岳父高太尉曾勸你麼〔洞賓云〕曾勸我來教我休吃酒〔正末云〕那裏是高太尉是貧道一化你臨行時老院公可曾勸你來〔洞賓云〕他也曾勸我來〔正末云〕那裏是院公也是貧道一化你可曾見樵夫指路來麼〔洞賓云〕有個樵夫指與我道來〔正末云〕那個樵夫也是貧道一化怕你迷了正路恰纔殺你的壯士也是貧道化來這王婆和山中道姑是驪山老母這十八年間酒色財氣你都見了也〔唱〕

〔倘秀才〕你早則省得浮世風燈石火再休戀兒女神珠玉顆咱人百歲光陰有幾何端的日月去似擲梭想你那受過的坎坷

〔滾繡毬〕你夢兒裏見了麼心兒裏省得麼這一覺睡早經了二十年兵火覺來也依舊存活瓢古自放在竈窩驢古自映着樹科睡朦朧無多一和半霎兒改變了山河兀的是黃粱未熟榮華盡世態纔知鬢髮皤早則人事蹉跎

〔云〕呂岩你省得了麼〔洞賓云〕師父我弟子省了也〔正末詩云〕漢朝得道一將軍故來塵世度凡人十八年來一夢覺點化唐朝呂洞賓〔唱〕

〔煞尾〕你正果正是修行果你災咎皆因我度脫早則絕憂愁沒惱

䀰行處行坐處坐閑處閑陀處陀屈着指自數過真神仙是七座添伊家總八個道與哥哥非是風魔這箇愛吃酒的鍾離便是我（東華帝君領羣仙上云）呂岩你省悟了麼（洞賓云）弟子省了也（東華云）你既省悟了一夢中十八年見了酒色財氣人我是非貪嗔癡愛風霜雨雪前世面見分明今日同歸大道位列仙班賜號純陽子（詩云）你不是凡胎濁骨迷本性人間受苦正陽子點化超凡又差下驪山老母一夢中盡見榮枯覺來時忽然省悟則今日證果朝元拜三清同歸紫府

（音釋）寞音磨　嵯音磋　活音和　醅音披　濊音國　他音拖　麼音魔　鋈音波　大音惰　脫音妥　豁音火　末音磨　綽扯果切　斡蛙果切　和去聲　颩音磋　摸音磨　攛粗酸切　坷音可　霎音殺　皤音婆　嫐音惱　䀰音果

題目　漢鍾離度脫唐呂公

正名　邯鄲道省悟黃粱夢

邯鄲道省悟黃粱夢雜劇

張好好花月洞房春

杜牧之詩酒揚州夢
倣劉焯筆
珍倣宋版印

杜牧之詩酒揚州夢雜劇

元　喬孟符撰
明吳興臧晉叔校

楔子

〔冲末扮張太守引淨張千上詩云〕昔年白屋一寒儒今日黃堂駟馬車富貴必從勤苦得男兒須讀五車書小官姓張名紡字尚之自中甲科以來累蒙聖恩除授豫章太守自幼與杜牧之爲八拜交今牧之官爲翰林侍讀有公幹至豫章將欲起程回京不免安排果卓與他餞行小官近日梨園中討得一箇歌妓年方一十三歲善能吹彈歌舞名曰好好我數次與他算命道他有夫人之分未審他姻緣在於何處今日餞別牧之就叫好好出來勸酒者好好何在〔旦扮張好好上云〕相公叫我不知又請甚麽客須到前廳見來〔見科云〕相公喚我有何使用〔張太守云〕今日與牧之餞行你就席間歌舞一回與他勸酒〔旦云〕謹領尊命〔張太守云〕張千門首覷着杜翰林來時報復我知道〔正末扮杜牧之上云〕小生姓杜名牧字牧之京兆人也太和間舉賢良方正累官至翰林侍讀之職因公幹至豫章此處太守張尚之自幼與小生交善今日在私宅設酒與小生餞送令人來請須索走一遭去左右報復去道杜某來了也〔張千做報見科〕〔正末云〕小生薄德敢勞太守張筵也〔張太守云〕蔬食薄味不堪獻敬聊引餞意耳左右將酒過來學士滿飲一杯〔正末云〕太守請〔張太守云〕學士自古道筵前無樂不成歡樂今舍下有一女年方一十三歲名曰好好善能歌舞着他出來歌舞一回與學士送酒咱〔正末云〕深蒙厚意感謝感謝〔張太守云〕好好你歌舞一回伏侍相公咱〔旦歌舞科〕〔正末云〕小官無甚奇物瑞文錦一段犀角梳一副權表微誠有詩一

首〔詩云〕汝爲豫章姝十三纔有餘嬌媚鶻鴣兒妖嬈鸞鳳雛舞態出花塢歌聲上雲衢贈之天馬錦堪賦水犀梳〔張太守云〕好好謝了相公者〔旦拜科云〕多謝厚賜〔正末云〕多有打攪小生不敢久留就此告辭長行去也〔唱〕

〔仙呂賞花時〕唱一曲金縷悠揚雲謾行舞一迴綵袖輕盈花弄影今日個餞送在短長亭對着這江山勝景慵斟酒訴離情

〔幺篇〕怕聽陽關第四聲回首家山千萬程博着個甚功名教俺做浮萍浪梗因此上意嬾出豫章城〔同下〕

〔音釋〕餞音賤　樂姚去聲　樂音澇　姝音朱　鶻音柘　鴣音姑　塢音五　慵音蟲

第一折

〔外扮牛僧孺引左右親隨上詩云〕閑中清雅理絲桐樂在琴書可用功無事休衙消永晝居然坐嘯古人風老夫姓牛名僧孺字思黯官拜揚州太守昔與張尚之杜牧之爲忘年友牧之官拜翰林侍讀因公差至此老夫特設一席令人請去了左右若杜牧之來時報我知道〔正末引家童上云〕小官杜牧之是也前年公差至豫章今又公差至揚州有太守牛僧孺原是父輩今日設席相請須索走一遭去〔家童云〕相公這揚州是好景致也〔正末云〕家童你那裏知道想當初隋煬帝幸廣陵看瓊花一時繁華天下無比你聽我說〔唱〕

〔仙呂點絳脣〕錦纜龍舟可憐空有隋堤柳千古閑愁我則怕春光老瓊花瘦

〔家童云〕相公行了這一路州縣覺都不如這裏人烟熱鬧哩〔正末唱〕

〔混江龍〕江山如舊竹西歌吹古揚州三分明月十里紅樓綠水芳塘浮玉榜珠簾繡幕上金鉤〔家童云〕相公看了此處景致端的是繁華勝地也〔正末唱〕列一百二十行經商財貨潤八萬四千戶人物風流平山堂觀音閣閒花野草九曲池小金山浴鷺眠鷗馬市街米市街如龍馬聚天寧寺咸寧寺似蟻人稠茶房內泛松風香酥鳳髓酒樓上歌桂月檀板鶯喉接前廳通後閣馬蹄階砌近雕闌穿玉戶龜背毬樓金盤露瓊花露釀成佳醞大官羊柳蒸羊饌列珍饈看官場慣嚲袖垂肩蹴踘喜教坊善清謳妙舞俳優大都來一箇箇着輕紗籠異錦齊臻臻的按春秋理繁絃吹急管鬧炒炒的無昏晝棄萬兩赤資資黃金買笑拚百段大設設紅錦纏頭

〔云〕左右報復去道杜牧之來了也〔左右做報見科〕〔牛僧孺云〕老夫無甚管待左右將酒來學士滿飲一盃〔正末唱〕

〔油葫蘆〕月底籠燈花下遊閒將佳興酬綺羅叢封我做醉鄉侯酌幾杯錦橙漿洗淨談天口折一枝碧桃春占定拏雲手〔牛僧孺云〕却不道文苑中古憋秀才家多好此狂飲也〔正末唱〕打迭起翰林中猛性子挺拽扎起太學內體樣兒㑳趁着這錦封未剖香先透渴時節吸盡洞庭秋〔牛僧孺云〕可不道既有知契友又有可意人是好宴樂也〔正末唱〕

〔天下樂〕端的是一醉能消萬古愁醒來時三杯扶起頭我向那紅

裙隊裏奪了一籌看花呵致成症候飲酒呵灌的醉休我則待勝簪花常帶酒

〔牛僧孺云〕牧之在京師日日有花酒之樂老夫有一家樂女子頗會歌舞喚它出來伏事學士咱好好那裏〔旦上云〕妾身張好好是也原是張尚之家女童牛太守大人與張尚之爲舊友遂將妾身過房與牛太守爲義女經今三年矣今日前廳上宴客太守大人呼喚須索見去〔見科〕〔正末云〕此女是誰〔牛僧孺云〕是老夫義女小字好好喚來歌舞一回與學士奉一杯酒〔家童云〕相公好箇標致的小姐我那裏曾見來〔正末唱〕

〔那吒令〕倒金缾鳳頭捧瓊漿玉甌蹴金蓮鳳頭並凌波玉鈎整金釵鳳頭露春纖玉手天有情天亦老春有意春須瘦雲無心雲也生愁

〔牛僧孺云〕小家之女有甚十分顏色〔正末唱〕

〔鵲踏枝〕花比他不風流玉比他不温柔端的是鶯也消魂燕也含羞蜂與蝶花間四友呆打頦都歇在荳蔻稍頭

〔牛僧孺云〕牧之飲個雙盃〔正末云〕我與大姐穿換一盃大姐換了這一杯酒飲過者〔唱〕

〔寄生草〕我央了十箇千歲他剛嚥了三個半口險涴了內家粧束紅鴛袖越顯的宮腰嬝娜纖楊柳添上些芙蓉顏色嬌皮肉白處似梨花擎露粉酥凝紅處似海棠過雨胭脂透

〔牛僧孺云〕牧之請飲酒〔正末云〕且住將文房四寶來作詩一首相贈〔家童云〕筆硯在此〔正

末唱〕

〔幺篇〕磨鐵角烏犀冷點霜毫玉兔秋對明窗滄海龍蛇走蘸金星端硯雲烟透拂銀牋湘水玻瓈皺〔牛僧孺云〕何勞學士這等費心〔正末唱〕比及賞吳宮花草二十年先索費翰林風月三千首

〔云〕你看這女子〔詩云〕端的是仙人飛下紫雲車月闕纔離蟾影孤却向尊前擎玉盞風流美貌世間無〔唱〕

〔後庭花〕他那裏應答的語話投我這裏笑談的局面熟準備着夜月攜紅袖不覺的春風倒玉甌〔旦云〕我再斟的滿者與相公飲咱〔正末唱〕怎生下我咽喉勞你個田文生受志昂昂包古今贍宇宙氣騰騰吐虹霓貫斗牛袖飄飄拂紅雲登鳳樓興悠悠駕蒼龍遍九州嬌滴滴賞瓊花雙玉頭風颼颼遊廣寒八月秋樂陶陶倩春風散客愁濕浸浸錦橙蹊潤紫裘急煎煎想韋娘不自由虛飄飄恨彩雲容易收香馥馥斟一杯花露酒

〔旦云〕此一杯酒擎着不飲是無妾之情也〔正末唱〕

〔青歌兒〕休央及偷香偷香韓壽怕驚回兩行兩行紅袖感謝多情賢太守我是箇放浪江海儒流傲慢宰相王侯既然賓主相酬閑敘筆硯交游對酒綢繆交錯觥籌銀甲輕搊金縷低謳則爲宅倚着雲兜我控着驊騮又不是司馬江州商婦蘭舟烟水悠悠楓葉颼颼不

爭我聽撥琵琶楚江頭愁淚濕青衫袖

〔牛僧孺云〕學士再飲一杯咱〔正末云〕酒勾了也〔背云〕這女子恰似在何處曾會見他來〔牛僧孺云〕既然學士飲不的酒那女子回去罷〔旦下〕〔正末唱〕

〔賺煞尾〕比及客散錦堂中准備人約黃昏後他不比尋常閒牆花路柳這公事怎肯甘心便索休強風情酒病花愁〔牛僧孺云〕無甚管待承學士屈高就下也〔正末唱〕這的是鈎詩鈎我醉則醉常在心頭掃愁箒爭如奉箕箒〔牛僧孺云〕牧之一番相見一番老也〔正末唱〕遮莫你鬢角邊霜華漸稠衫袖上酒痕依舊我正是風流到老也風流〔下〕

〔牛僧孺云〕老夫念故人情分安排酒殽請杜牧之不想他酒病詩魔依然如舊我着家樂奉酒他說那裏曾見這女子來是輸不的他那一雙眼這風子在豫章時張尚之家曾見來又早三年光景長的比那時不同了可知他看在眼裏則是到不的他手張千等他再來時你說太守不在家則着他去兀那翠雲樓上閒坐一會坐的沒意思他則索回去也〔下〕

〔音釋〕黯衣減切　行音杭　髓桑嘴切　釀尼降切　醞音韻　顙音桑　踽音矩　俳音排　叢音從　憋音鱉　㑳音鄒　吸音喜　纖西尖切　頦音孩　涴音臥　嫋音鳥　娜挪上聲　肉柔去聲　蘸知濫切　玻音波　瓈音梨　熟裳由切　咽音煙　贍傷佔切　倩青去聲　馥房夫切　觥古橫切　搊音鄒

第二折

〔張千上云〕小人是太守府內親隨奉老爹鈞語着我打掃的這翠雲樓恐怕杜學士到來遊玩就

在此管待他〔正末引家童上樓科〕〔云〕昨日太守開宴出紅粧細看此女顏色嬌豔動人甚有顧戀之意小官一時踈狂被叔父識破念先人之面未曾加責今日心中悶倦故來此翠雲樓遊玩小官只爲酒病花愁何日是好也呵〔唱〕

〔正宮端正好〕衫袖濕酒痕香帽簷側花枝重似這等賓共主和氣春風一杯未盡笙歌送就花前喚醒遊仙夢

〔家童云〕相公昨日中酒今日起遲你看那樓上却又早安排的果卓杯盤停當也〔正末唱〕

〔滾繡毬〕日高也花影重風香時酒力湧順毛兒撲撒上翠鸞丹鳳恣情的受用足玉煖香融這酒更壓着琉璃鍾琥珀醲這樓正值着黃鶴仙白兔翁這酒更勝似釀葡萄紫駝銀甕這樓快活殺傲人間湖海元龍這酒却便似瀉金莖中玉露擎仙掌這樓恰便似看翠盤內霓裳到月宮高捲起綵繡簾櫳

〔正末語張千云〕我昨日中酒且歇息一會等太守來時報我知道〔張千云〕理會的〔正末同家童俱睡科〕〔旦同四旦上云〕妾身張好好太守大人使俺來這翠雲樓上伏事杜翰林他怎生却睡着了我喚他一聲杜老爹杜老爹妾身來了也〔正末起云〕太守大人可曾來麼〔旦云〕太守公事忙且不得來一徑着妾等來伏事相公〔正末云〕伏事甚麼咱兩個且共席坐者兀那四位小娘子會舞唱麼〔四旦云〕頗會些〔正末云〕既然會舞唱大家歡樂飲三杯〔旦云〕昨日席間怠慢相公勿罪也〔正末唱〕

〔倘秀才〕想當日宴私宅翰林應奉倒做了使官府文章鉅公昨日

今朝事不同煖溶溶脂粉隊香馥馥綺羅叢端的是紅遮翠擁〔云〕小娘子是張好好這四位小娘子是何人〔旦云〕這四個是玉梅翠竹夭桃媚柳一同歌唱與相公送酒咱〔正末唱〕

〔滾繡毬〕尊中酒不空筵前曲未終你教他繫垂楊玉驄低鞚准備着倩人扶兩袖春風我這害酒的渴肚囊看花的饞眼孔結下的歡喜緣可着他厮重我伴着些玉嬋娟相守相從也不索閑遊柳陌尋歌妓笑指前村問牧童直喫的月轉梧桐〔旦云〕相公你在席間坐者只怕太守到來妾身且回去咱〔旦同四旦下〕〔正末做醒科云〕好是奇怪也恰纔那箇女子陪侍我飲酒怎生不見了〔家童做醒科云〕不覺的盹睡着了〔正末云〕祢見那女子來麼〔家童云〕相公你敢昏撒了幾會見什麼女子來〔正末唱〕

〔醉太平〕又不是癡呆懵懂不辨個南北西東恰纔箇彩雲飛下廣寒宮醉蟠桃會中一壁廂花間四友爭陪奉勝似那蓬萊八洞相隨從只落的華胥一枕夢初濃都是這風流醉翁〔家童云〕適纔剛打了一個盹又早晚了也〔正末唱〕

〔脫布衫〕不覺的困騰騰醉眼朦朧空對着明晃晃燭影搖紅這其間在何處殘月曉風知他是宿誰家枕鴛衾鳳

〔小梁州〕這些時陡恁春寒繡被空冷清清褥隱芙蓉我則道陽臺雲雨去無蹤今夜箇乘歡寵山也有相逢

〔幺篇〕怎承望曉來悞入桃源洞又則怕公孫弘打鳳牢龍手背上招着這脚面上踏着痛那裏也情深意重猶恐是夢魂中〔家童云〕相公則是想着那個人兒便有夢我也不想甚麼那裏得夢來〔正末唱〕〔一煞〕則願的行雲不返三山洞好夢休驚五夜鐘我這裏繡被香寒玉樓人去錦樹花飛金谷園空飛騰了彩鳳觧放了紅絨摔碎了雕籠若不是天公作用險些兒風月兩無功〔家童云〕咱家回去罷休信睡裏夢裏的事〔正末唱〕〔煞尾〕從今後風雲氣概都做了陽臺夢花月恩情猶高似太華峯風送紗窗月影通篆裊金爐香霧濛銀燭高燒錦帳融羅帕重沾粉汗溶高插鸞釵雲髻聳巧畫蛾眉翠黛濃柳塢花溪錦繡叢烟戶雲牕閨閣中可體樣春衫親手兒縫有滋味珍饈揀口兒供再不趁蝶使蜂媒廝斷送再不信怪友狂朋廝搬弄但能勾魚水相逢琴瑟和同〔家童云〕相公喒回去來〔正末唱〕早跳出這柳債花錢麴糊桶〔同下〕

〔音釋〕醲泥容切　萄音桃　莖音形　鬆空去聲　饞鋤咸切　嬋音蟬　盹敦上聲　懵蒙上聲　懂音董　陡音斗　招音恰　摔音洒

第三折

〔外扮白文禮引雜當上詩云〕一溪流水泛輕舟柳岸遊人飲巨甌自在揚州花錦地風光滿眼度春秋小生姓白名謙字文禮揚州人也頗有幾貫貲財人口順以員外呼之今有杜翰林以公差至

此明日回程小生備下蔬酌與他送餞令人請去了這早晚敢待來也〔正末引家童上云〕小官自牛太守請我飲宴了間有一女子歌舞清妙再去訪謁數次不放參見只着在翠雲樓上賞玩歸來甚是無聊今欲回程有白員外相請須索走一遭去我想夢中所見那女子端的是世間少有也呵

〔唱〕

〔南呂一枝花〕温柔玉有香旖旎春無價多情楊柳葉解語海棠花壓盡越女吳娃從頭髻至鞋襪覓包彈無半招更那堪百事聰明模樣兒十分喜恰

〔梁州第七〕知音呂借意兒嘲風詠月有體段當場兒擲竹分茶情着疼熱相牽掛性格穩重禮數撐達衣裳濟楚本事熟滑遏行雲板撒紅牙泛宮商曲和琵琶受用些成頓段暮雨朝雲拜辭了有拘束玉堂金馬快活殺無程期秋月春花風流俊雅傾城絕代人皆訝知進退識高下賢慧心腸不狡猾是一箇少欠他歡喜寃家

〔隔尾〕錦機織就傳情帕翠沼栽成並蒂花何日青鸞得同跨錦衾繡榻弓鞋羅襪玉軟香温受用煞

〔云〕早來到也左右報復去道杜牧之來了也〔雜當報科云〕杜相公來了也〔白文禮云〕道有請〔正末做見科云〕小官有何德能敢勞員外置酒張筵何以克當〔白文禮云〕蔬食薄味敢屈相公降臨實小生之幸也〔正末云〕敢問員外昨太守開筵相招席間出一紅粧善能歌舞未知誰氏之女〔白文禮云〕相公不問小生亦不敢說此女原是個中之人先與豫章太守張尚之爲侍兒後來

牛太守往豫章經過取討爲義女曾能吹彈歌舞此女就是張好好〔正末云〕我道那裏曾見來不瞞員外說小官三年前在豫章張尚之與小官送行令一女童奉酒年十三歲曾能歌舞名曰好好小官與他瑞文錦一段爲犀梳一副經今三年光景他長成了十分大有顏色委實的令人動情也〔白文禮云〕既然如此相公那時就問張太守取討此女以爲婢妾豈不美哉〔正末唱〕

〔罵玉郎〕這一雙郎才女貌天生下箏條兒遊冶子花朵兒俊嬌娃堪寫入風流仕女丹青畫行一步百樣嬌笑一聲萬種妖歌一曲千金價〔白文禮云〕小生也曾見來果然生的風流長的可喜〔正末唱〕

〔感皇恩〕濃粧呵嬌滴滴擎露山茶淡粧呵顫巍巍帶雨梨花齊臻臻齒排犀曲彎彎眉掃黛高聳聳髻堆鴉香馥馥冰肌勝雪喜孜孜醉臉烘霞端詳着庬兒俊思量着口兒甜怎肯教意兒差〔白文禮云〕相公與此女有緣有分所以如此留情也〔正末唱〕

〔採茶歌〕非是我自矜誇則爲咱兩情嘉准備着天長地久享榮華〔白文禮云〕相公放心小生務要與相公成就了這樁事〔正末唱〕既然你肯把赤繩來繫足久以後何須流水泛桃花〔云〕員外在太守前加一美言與小官成此一件事員外之恩不敢忘也〔白文禮云〕相公放心小生自有主意務要完成了此事〔正末唱〕

〔牧羊關〕則今日一言定便休作兩事家將你個撮合山慢慢酬答

成就了燕約鶯期收拾了心猿意馬合歡帶同心結連理樹共根芽知音呂琴中曲好姻緣錦上花〔白文禮云〕相公再住幾日小生和太守說知試看如何〔正末云〕小官公事忙後會有期也〔唱〕

〔一煞〕且陪伴西風搖落胭脂蠟權寧耐夜月寒穿翡翠紗閑愁不索撥琵琶〔白文禮云〕相公則爲這小娘子留心那〔正末唱〕我怎肯浪酒閑茶再留意裙釵下暫相別受此瀟灑隔雲山天一涯兩地嗟呀〔白文禮云〕相公再飲一杯〔正末云〕酒勾了小官就此告回〔白文禮云〕相公慢慢而行小生說成了便有書呈奉望賜回音咱〔正末唱〕

〔黃鍾尾〕你題情休寫香羅帕我寄恨須傳鼓子花且寧心度歲華恐年過生計乏〔白文禮云〕相公休別尋配偶小生務要完成此事〔正末唱〕縱有奢華豪富家倒賠裝奩許招嫁休想我背却初盟去就他把美滿恩情却丢下我直着諸人稱揚衆口誇紅粉佳人配與咱玉肩相挨手相把受用全別快活殺做一對好夫妻出入京華不強似門外綠楊閑繫馬〔下〕

〔白文禮云〕杜翰林去了也風魔了這漢子若不成就此事枉送了他性命也〔詩云〕俊雅長安美少年風流一對好姻緣還須月老牽紅線纔得鸞膠續斷絃〔下〕

〔音釋〕旖音倚 旎泥上聲 襪忘罵切 覓音密 掐強雅切 恰強雅切 攧音跌 着池燒切 達當加切 滑呼佳切 慧音惠 猾呼佳切 榻湯打切 煞雙鮓切 顫音

戰　㞌音忙　答音打　蠟那架切　乜扶加切　奩音廉　殺雙鮓切

第四折

〔牛太守上詩云〕爲政維揚不足稱剛餘操守若冰清一生不得逢迎力却被心知也見憎老夫牛僧孺是也叨守揚州三年任滿赴京考績老夫探望杜翰林數次不肯放參我想來在揚州之時請他飲酒出家樂歌唱曾着他來與張好好四目相視不得說話他心懷此恨所以嗔怪揚州有一個白文禮是老夫的治民其家巨富屢次對老夫訴說此事要將好好配與杜牧之爲夫人成就此一椿美事他如今也隨老夫來到京師今日在金字館中安排宴會若杜牧之來時老夫自有主意〔下〕〔白文禮引隨從上云〕小生白文禮昔在揚州與杜牧之送行他只想牛太守家那女子央小生說合成此親事如今牛太守任滿回京小生特隨他來已將前事達知太守今日在金字館中安排筵席請杜翰林牛太守務要完成了這門親事小的每門首看者杜翰林來時報復我知道〔正末上云〕小官杜牧之自離揚州經今三載牛太守望我數次不會放參今日白員外請赴宴須索走一遭去想昨宵沉醉今日又索扶頭也〔唱〕

〔雙調新水令〕我向這酒葫蘆着渰不曾醒但說着花衚衕我可早願隨鞭鐙今日個酒香金字館花重錦官城不戀富貴崢嶸則待談笑平生不望白馬紅纓伴着象板銀箏似這淮南郡山水有名姓

〔云〕左右報復去道杜牧之到了也〔隨從報科云〕杜翰林來了也〔白文禮云〕道有請〔正末做見科云〕量小官有何德能着員外置酒張筵何以克當〔白文禮云〕蔬食薄味不成管待請相公歡飲幾杯〔正末唱〕

〔沉醉東風〕休想道惟吾獨醒屈平則待學衆人皆醉劉伶澆消了湖海愁洗滌了風雲興怕孤負月朗風清因此上落魄江湖載酒行糊塗了黃粱夢境

〔云〕員外今日席上再有何人〔白文禮云〕請牛太守去了這早晚敢待來也〔牛太守上云〕老夫牛僧孺今日白文禮在金字館設席相請左右報復去道牛太守來了也〔隨從報科云〕太守老爹來了也〔白文禮云〕道有請〔牛太守做見科與正末云〕老夫相訪數次不蒙放參只是某緣分淺薄也〔正末云〕小官連日事冗有失迎接叔父勿罪來日小官設席請罪就屈員外同席未知允否〔白文禮云〕今日且飲過小生這一席來日同赴盛宴務要吹彈歌舞開懷暢飲也〔正末唱〕

〔水仙子〕喜的是楚腰纖細掌中擎愛的是一派笙歌醉後聽哎你個孟嘗君妬色獨強性靠損了春風軟玉屏戲金釵早嚇掉了冠纓杜牧之難折證牛僧孺不志誠都一般行濁言清

〔牛太守云〕休題舊話了今日員外設席則請飲酒〔正末云〕酒雖要飲事也要知小官三年前曾央白員外訴說一事未知叔父允否〔白文禮云〕太守大人小生曾言將好好小姐配與杜翰林尊意如何〔牛太守云〕既然牧之心順着好好過來相見就與牧之爲夫人好好那裏〔旦上云〕妾身張好好老爹呼喚我自過去〔見科云〕老爹喚你孩兒有何分付〔牛太守云〕有杜牧之要娶你做夫人則今日正是好日辰等酒筵散後就過門成親了此宿緣也〔正末云〕多謝叔父〔張府尹上云〕小官張尙之先任豫章太守今陞爲京兆府尹因張好好與了牛太守爲義女長大成人今聘與杜牧之爲夫人某奉聖人的命因牧之貪花戀酒本當謫罰姑念他才識過人不拘細行赦其罪

責如今小官親來傳示與他早來到了左右報復去道有京兆府尹下馬也〔隨從報科云〕有新任府尹老爺下馬也〔正末云〕道有請〔張府尹見科〕〔正末云〕呀張相公來了〔牛太守云〕京兆相公別來無恙〔張府尹云〕牛相公乃是父執何故同衆位在此〔牛太守云〕因白員外相招在此〔張府尹云〕小官因牧之放情花酒奉朝命本當謫罰小官保奏赦其無罪〔正末云〕多謝大人

〔唱〕

〔鴈兒落〕我則道玉堦前花弄影原來是金殿上傳宣令本爲個牛僧孺門下人到做了杜牧之心頭病

〔張府尹見旦科云〕這不是我張好好麼因何在此〔正末唱〕

〔得勝令〕則疑是天上許飛瓊原來是足下女娉婷你栽下竹引丹山鳳籠着花藏金谷鶯都訴出實情〔白文禮云〕學士你不拜丈人還等甚麼〔正末唱〕我做了強項令肩膀硬今日箇完成將這箇俊嬌娥手內擎

〔張府尹云〕嗨牧之因你貪戀花酒所以朝廷要見你之罪哩〔正末唱〕

〔甜水令〕我不合帶酒簪花沾紅惹綠疎狂情性這幾件罪我招承你不合打鳳牢龍翻雲覆雨陷人坑穽喒兩個口說無憑

〔張府尹云〕早是小官與學士同窗共業先奏過赦罪不然御史臺豈肯饒人〔正末唱〕

〔折桂令〕見放着御史臺不順人情誰着你調罨子畫閣蘭堂攔包兒錦陣花營既然是太守相容俺朋友間有甚差爭攏着一對種花手似河陽縣令裹着一頂漉酒巾學五柳先生既能勾鸞鳳和鳴桃

李春榮贏得青樓薄倖之名

〔張府尹云〕牧之你聽我說〔詞云〕太守家張好好丰姿秀整引惹得杜牧之心懸意耿若不是白員外千里通誠焉能勾結良緣夫爲綱領從今日早罷了酒病詩魔把一覺十年間揚州夢醒纔顯得翰林院臺閣文章終不負麒麟上書名畫影〔正末唱〕

〔鴛鴦煞〕從今後立功名寫入麒麟影結絲蘿配上菱花鏡准備着載月蘭舟照夜花燈暢道朋友同行倘則怕衣衫不整畢罷了雪月風花醫可了游蕩疎狂病今日箇兩眼惺惺喚的箇一枕南柯夢初醒

〔音釋〕渰音掩　醒平聲　衚音胡　衕音同　鐙登去聲　崢音橙　嶸音橫　滌音體　魄音託　境音景　瓊渠盈切　娉聘去聲　婷音亭　實繩知切　膀音旁　罨音掩　捌聲卯切　鶯音盈　漉音鹿　榮餘平切　丰音風　覺音皎　柯音哥

題目　張好好花月洞房春

正名　杜牧之詩酒揚州夢

杜牧之詩酒揚州夢雜劇

假託名蔡邕薦士
倣趙仲穆筆

醉思鄉王粲登樓
珍倣宋版印

醉思鄉王粲登樓雜劇

元　鄭德輝撰
明吳興臧晉叔校

楔子

〔老旦扮卜兒上〕〔詩云〕急急光陰似水流等閒白了少年頭月過十五光明少人到中年萬事休老身姓李夫主姓王曾爲太常博士之職不幸病卒于官先夫在日止生一個孩兒名喚王粲學成滿腹文章只是胸襟驕傲不肯曲脊于人有他叔父蔡邕丞相數次將書來取此子不肯前去今日好日辰我喚他出來上京求的一官半職光耀門閭有何不可王粲那裏〔正末扮王仲宣上〕〔云〕小生姓王名粲字仲宣高平玉井人也先父曾爲太常博士病卒于官止存老母在堂小生正在攻書忽聽母親呼喚不知有甚事須索走一遭去呀母親拜揖母親喚你孩兒那壁廂使用〔卜兒云〕孩兒有你叔父蔡邕丞相數次將書取你今日好日辰你上京去求的一官半職光耀門閭有何不可〔正末云〕母親你孩兒去不的〔卜兒云〕你因甚去不的〔正末云〕孔子有云父母在不遠遊遊必有方所以爲人子者出不易方復不過時乃是個孝道孩兒爲此去不的〔卜兒云〕孩兒放心前去家中事務我自支持〔正末云〕既是母親尊命孩兒怎敢有違今日便索長行也〔卜兒云〕孩兒你去則去只慮一件〔正末云〕母親慮的是那一件〔卜兒云〕慮的是豚犬東行百步憂〔正末唱〕

〔中呂賞花時〕母親道豚犬東行百步憂〔卜兒云〕孩兒你趁着這鵬鶚西風萬里秋〔正末唱〕趁着這鵬鶚西風萬里秋非拙計豈狂遊憑着我高才和這大手〔卜兒云〕孩兒疾去早來〔正末云〕母親恁孩兒常存今日志必有稱心時〔唱〕穩情

取談笑覓封侯〔下〕

〔卜兒云〕孩兒去了也我掩上這門兒正是眼望旌捷旗耳聽好消息〔下〕

〔音釋〕鷔音傲　覓音密

第一折

〔丑扮店小二上〕〔詩云〕酒店門前三尺布人來人往圖主顧好酒做了一百缸倒有九十九缸似滴醋自家店小二是也有那南來北往經商客旅做買做賣的人都在我這店中安下一個月前有個王粲在我店肆中居住房宿飯錢都少了我的我便罷了大主人家埋怨我我如今叫他出來算算帳討還我這房宿飯錢王先生出來〔正末云〕小生王粲自離了母親來到京師有叔父蔡邕丞相個月期程不蒙放參小生在這店肆中安下少了他許多房宿飯錢小二哥呼喚多分為此小二哥做甚麼大呼小叫的〔小二云〕王先生你少下我許多房宿飯錢不還我我便罷了大主人家埋怨我你幾時還我這錢〔正末云〕兀那店小二我見了我蔡邕叔父呵稀罕還你這幾貫錢〔小二云〕你今日也說你叔父明日也說你叔父你這錢幾時還我〔正末云〕你休小覷我〔唱〕

〔仙呂點絳唇〕早是我家業凋殘少年可慣我被人輕慢似翻覆波瀾貧賤非吾患

〔小二云〕王先生你既是讀書人何不尋幾個相識朋輩〔正末唱〕

〔混江龍〕我與人秋毫無犯〔小二云〕則為你氣高志大見是如此〔正末唱〕則為氣昂昂誤得我這鬢斑斑久居在簞瓢陋巷風雪柴關窮不窮甑有蛛絲塵網亂〔小二云〕看了你這嘴臉火也沒一些爊的〔正末唱〕窘不窘爐無煙火

酒瓶乾剗的在天涯流落海角飄零中年已過百事無成捱不出傷官破祖窮愁限多只在閭閻之下眉睫之間〔小二云〕王先生我看你身上有些兒單寒麼〔正末唱〕

〔油葫蘆〕小二哥你休笑書生膽氣寒赤緊的看承的我如等閑則俺這敝裘常怯曉霜殘端的可便有人把我做兒曹看堪恨那無端一郡蒼生眼〔小二云〕看你這模樣也沒些志氣膽量〔正末唱〕我量寬如東大海志高如西華山則爲我五行差沒亂的難迭辦幾能勾青瑣點朝班

〔天下樂〕因此上時復挑燈把劍彈有那等酸也波寒可着我怎挂眼只待要論黃數黑在筆硯間〔小二云〕你既是讀書之人何不訓幾個蒙童討些錢鈔還我可不好〔正末唱〕你着我教蒙童數子頑〔帶云〕據王粲的心呵〔唱〕我則待輔皇朝萬姓安哎你可便枉將人做一例看

〔小二云〕巧言不如直道買馬須索雜料閑話休說好歹要房宿飯錢還我〔正末云〕小生沒甚麼還你小二哥我將這口劍當與你待我見了叔父便來取討〔小二云〕也罷我收了這劍有錢時便贖與你〔詩云〕饒君總使渾身口手裏無錢說也空〔下〕〔外扮蔡邕引祇從上〕〔詩云〕龍樓鳳閣九重城新築沙堤宰相行我貴我榮君莫羨十年前是一書生老夫姓蔡名邕字伯喈陳留郡人氏自中甲第以來累蒙擢用謝聖人可憐官拜左丞相之職有一故人乃是太常博士王默曾指腹爲親若生二女同攀繡牀若生二子同舍攻書若生子女結爲夫婦不想老夫所生一女小字桂花王默所生一子喚名王粲因爲居官彼此天涯不得相聚後來連王默也亡過了一向躭閣這親事不

會成得聞知王粲學成滿腹文章只是矜驕傲慢不肯曲脊於人老夫數次將書調取來京個月期程不容放參可是爲何則是涵養他那銳氣今日早朝下來已與曹子建學士說知向上之事這早晚敢待來也左右門首覷者學士來時報復我知道〔沖末扮曹子建引祗從上〕〔詩云〕滿腹文章七步才綺羅衫袖拂香埃今生坐享來生福都是詩書換得來小官姓曹名植字子建祖居譙郡沛縣人也謝聖人可憐官拜翰林院學士之職今日早朝蔡邕老丞相說令壻王粲雖有出衆文才只是胸襟太傲須要涵養他那銳氣好就功名如今老丞相暗將白金兩錠春衣一套駿馬一疋薦書一封投托荊王劉表封皮上寫着某家的名字賫發他起身等待後來榮顯之時着小官做個大大的證見說話中間可早來到丞相府了左右報復去道有子建學士在於門首〔報見科〕〔蔡相云〕學士來了也學士今早朝中所言王粲之事可是這等做的麼〔曹學士云〕老丞相高見正該如此但小官虛做人情不無惶愧〔正末云〕這是丞相府門首左右報復去道有高平王粲特來拜見〔做報科云〕有高平王粲特來拜見〔蔡相云〕你看他乘甚麼鞍馬〔祗候云〕脂油點燈〔蔡相云〕這怎麼說〔祗候云〕布撚〔正末云〕說話的是我叔父我是姪兒那裏有叔叔接姪兒不成我自過去〔見科云〕叔父請坐多年不見受您孩兒兩拜〔蔡相云〕住者左右將過那錦心拜褥來〔正末云〕叔父要他何用〔蔡相云〕拜下去只怕汚了你那錦繡衣服〔正末云〕有甚麼好衣服〔蔡相云〕王粲母親安康麼〔正末云〕母親托賴無恙〔蔡相云〕有你這等崢嶸發達的孩兒我那賢嫂有甚不安康處翰林院學士在此把體面相見〔正末做見曹學士科〕〔曹學士云〕久聞賢士大名如轟雷貫耳今待撥雲霧見青天實乃曹植萬幸〔正末云〕學士恕小生一面〔蔡相云〕說此人矜驕傲慢果然學士在此下不得一拜學士勿罪可不道錦堂客至三杯酒茅舍人來一盞茶我偌大

個相府王粲遠遠而來豈無一鍾酒管待令人將酒過來〔遞酒科〕〔蔡相云〕這杯酒當與王粲拂塵王粲近前接酒〔正末云〕將來〔蔡相云〕住者這酒未到你哩老夫年邁了也有失禮體放着翰林學士在此那裏有王粲先接酒之理學士滿飲此杯〔曹學士接酒云〕賢士先飲此杯〔正末云〕學士請〔曹學士云〕賢士勿罪〔飲科〕〔蔡相云〕這杯酒可到王粲王粲接酒〔正末云〕將來〔蔡相云〕住者未到你哩學士一隻脚兒兩隻脚兒來飲個雙杯〔曹飲科〕〔蔡相云〕這杯酒可到王粲王粲接酒〔正末云〕將來〔蔡相云〕住者未到你哩學士飲個三杯和萬事〔曹飲科〕〔正末云〕叔父王粲不會自來你將書呈三番兩次調發小生到此蕭條旅館個月期程不蒙放參今日見了小生對着學士將一杯酒似與不與輕慢小生是何相待〔蔡相云〕王粲你發酒風哩〔正末云〕我吃你甚酒來〔蔡相云〕王粲你在我跟前你來我去你聽着〔詞云〕你看我精神顏色捧瑤觴你那裏有和氣春風滿畫堂你這等人不明白凍餓在顏回巷你看為官的列金釵十二行你儘今生飄飄蕩蕩便來世也則急急忙忙你那裏有江湖心量銜一片虀鹽肚腸令人擡過了酒非干我與而不與其實你飲不的我這玉液瓊漿〔正末云〕叔父我王粲異日為官必不在你之下〔詩云〕男兒自有冲天志不信書生一世貧〔唱〕

〔那吒令〕我怎肯空隱在嚴子陵釣灘我怎肯甘老在班定遠玉關〔帶云〕大丈夫仗鴻鵠之志據英傑之才〔唱〕我則待大走上韓元帥將壇我雖貧呵樂有餘便賤呵非無憚可難道脫不的二字饑寒

〔鵲踏枝〕赤緊的世途難主人慳那裏也握髮周公下陳榻陳蕃這世裏凍餓死閑居的范丹哎天呵兀的不憂愁殺高臥袁安

〔云〕叔父不止小生受窘先輩古人也多有受窘的〔蔡相云〕王粲與你比喻你那積雪成阜怎熬俺有力之松磨墨成池怎染俺無瑕之玉明珠遭雜豈列雕盤素絲蒙垢難成美錦小見人萬種機謀總落的俺高人一笑先輩那幾個古人受窘你試說一遍聽咱〔正末唱〕

〔寄生草〕伊尹曾埋沒在耕鋤內傅說也劬勞在版築間有甯戚空嗟白石爛有太公垂釣磻溪岸有靈輒誰濟桑間飯哀哉堪恨您小人儒嗚呼不識俺男兒漢

〔蔡相云〕王粲你來做甚〔正末唱〕

〔六幺序〕我投奔你為東道〔蔡相云〕我可也做不的東道〔正末唱〕倚仗你似泰山〔蔡相云〕我可也做不的那泰山〔正末唱〕剗的似驚弓鳥葉冷枝寒好教我鏡裏羞看劍匣空彈前程事非易非難想蟄龍奮起非為晚赤緊的待春雷震動天關有一日夢飛熊得志扶炎漢纔結果桑樞甕牖平步上玉砌雕欄

〔幺篇〕要見天顏列在鵷班書嚇南蠻威鎮諸藩整頓江山外鎮邊關內剪姦頑有一日金帶羅襴烏靴象簡那其間難道不着眼相看如今個旅邸身閑塵土衣單躭着饑寒偏沒循環只落得不平氣都付與臨風嘆恨塞滿天地之間想漫漫長夜何時旦幾能勾斬蛟北海射虎南山

〔云〕這等人只好不辭而回罷〔出科祗候報云〕報老爺得知王粲不辭而去了〔蔡相云〕學士王

粲不辭而歸都在學士身上〔曹學士出要住科云〕賢士適間勿罪〔正末云〕學士這不是小生自來投托是丞相數次將書調發小生來到京師旅館安身個月期程不蒙放參今日對着學士將一杯酒似與不與輕慢小生是何禮也〔曹學士云〕賢士此一去何往〔正末云〕自古道士屈於不知己而伸於知己今世無知者小生在此何益不如回家去罷〔唱〕

〔金盞兒〕雖然道屈不知己不愁煩不知伸於知己恰是甚時間只落得一天怨氣心中儹空教我趨前退後兩三番又不是絕糧陳蔡地又不是餓死首陽山只不如掛冠歸去好也免得叉手告人難〔曹學士云〕賢士差矣却不道學成文武藝貨與帝王家又道是十年窗下無人問一舉成名天下知憑着賢士腹有才神有劍口能吟眼識字取富貴如反掌相似何不進取功名可怎生便回家去也〔正末云〕爭奈小生家寒無有盤費〔曹學士云〕却不道寶劍贈烈士紅粉贈佳人小官有白金兩錠春衣一套駿馬一疋薦書一封送賢士去投托荊王劉表劉表見了小官的書呈必然重用賢士若得官呵則休忘了曹植者〔正末云〕多謝學士小生驟面相會倒齎發我金帛鞍馬薦書異日若得崢嶸此恩必當重報〔唱〕

〔賺煞〕我持翰墨謁荊王展羽翼騰霄漢夢先到襄陽峴山楚天闊爭如蜀道難我得了這白金駿馬雕鞍則願的在途間人馬平安穩情取崢嶸見您的眼〔曹學士云〕賢士常言道人惡禮不惡還辭一辭老丞相〔正末云〕看學士分上我辭他一辭叔父承管待了也〔蔡相云〕王粲你去了罷又回來做甚麼〔正末云〕我吃你甚麼來〔唱〕我略別你個放魚的子產〔蔡相云〕放魚的子產懆磕老夫不識賢哩

〔正末唱〕你休笑我屠龍的王粲〔云〕雖是今日之貧安知無他日之貴有一日官高極品位列三公食前方丈祿享千鍾武夫前擁錦衣後隨學士恕罪了〔曹學士云〕賢士穩登前路〔正末唱〕你看我錦衣含笑入長安〔下〕

〔蔡相云〕王粲去了也學士此人莫不有些怪老夫麽〔曹學士云〕時下便有些怪到後來謝也謝不及哩〔蔡相詩云〕從來賢智莫先人小子如何妄自尊〔曹學士詩云〕今日雖然遭折挫異時當得報深恩〔並下〕

〔音釋〕簞音丹 甑晶去聲 櫳音隴 睫音捷 銳音芮 轟音烘 衠音諄 浥音邑 慳溪閑切 握音約 劬音渠 石繩知切 蟄音哲 峴音現 滕桑上聲 磕音可

第二折

〔外扮荊王引卒子上〕〔詩云〕高祖龍飛四百年如今兵甲漸紛然區區借得荊襄地撑住西南半壁天某姓劉名表字景升本劉之宗親漢之苗裔因見天下多事兵戈競起某策馬馳入儀城取了南郡皆蒯攴之力也如今南據江陵北控樊鄧西佔長沙東距桂陽地方千里帶甲軍卒四十餘萬愛民養濟憐恤軍士少壯者勸於農桑班白者不負戴於道路於是一境之內軍民稍安某有二子長曰劉琦次曰劉琮有兩員上將操練水兵三萬乃是蒯越蔡瑁巡綽邊境去了善文者蒯攴杜奎善武者蒯越蔡瑁爲其羽翼復何憂哉小校轅門覷者二將來時報復我知道〔卒子云〕理會的〔正末上云〕小生王粲被蔡邕恥辱了一場多虧子建學士賫發我白金鞍馬小生好命薄也不想中途得了一場病症金銀鞍馬衣服都盤費盡了這幾日方纔稍可將着這封書見荊王走一遭去王粲也人人都有那功名二字惟有我的功名好難遇也呵〔唱〕

〔正宮端正好〕則有分鞭羸馬催行色拂西風滿面塵埃想昨朝風送煙波側今日個落日在青山外

〔滾繡毬〕我比那買官的省些玉帛求仕的費些草鞋赤緊的好難尋紫袍金帶〔云〕今日見荆王呵〔唱〕便是我苦盡甘來他聽得我扣宅他將那書拆開多應是把我來降堦接待豈不聞有朋自遠方來〔帶云〕那荆王若問我兵法呵〔唱〕你看坐間略展安邦策便索高築黃金拜將臺不索疑猜

〔云〕說話中間可早來到門首也左右報復去道有高平王粲持曹子建學士書呈特來拜見〔卒子云〕將書來我與你報去喏報的大王得知今有高平王粲持曹子建學士書呈特來拜見〔荆王云〕將書來我看翰林學士曹植拜書我拆開這書看蔡邕拜上麾下元來封皮上是曹子建之名書內是蔡邕丞相舉薦書中意我盡知了也久聞此人是一代文章之士道中門相請〔請見科〕〔荆王云〕久聞賢士大名今至俺荆襄之地如甘霖潤其旱苗似清風解其酷暑何幸何幸〔正末云〕小生聞知大王豁達大度納諫如流因此不遠千里持子建學士書特來拜見〔荆王云〕動問賢士何不在帝都闕下求取功名如何遠涉江湖徒步至此俺這荆襄士薄民稀兵微將寡只怕展不得仲宣之志如之奈何〔正末云〕大王〔唱〕

〔倘秀才〕如今那有錢人沒名的平登省臺那無錢人有名的終淹草萊〔荆王云〕據賢士如何〔正末唱〕如今他可也不論文章只論財〔荆王云〕賢士可曾投托人麼〔正末唱〕赤緊的難尋東道主〔荆王云〕向在何處〔正末唱〕久困

在書齋非王粲巧言令色
〔荊王云〕賢士自古道〔詩云〕寒窗書劍十年苦指望蟾宮折桂枝韓侯不是蕭何薦豈有登壇拜將時曾有人言謂賢士胸次驕傲以至如此〔正末唱〕
〔滾繡毬〕非是我王仲宣胸次高赤緊的晏平仲他那度量窄〔云〕小生遠遠而來他道老兄幾時到我回言恰纔到此他道休往別處去來俺家裏住〔唱〕我和他初相見廝親廝愛〔云〕他問道老兄此一來有何貴幹我回言道特來投托求些盤費他聽得道罷〔唱〕早諕得他不擡頭口倦難開〔云〕那人推托不過則索應付〔唱〕至少呵等到有十朝將半月多呵賫發銀一兩錢二百那一場賫發的心大驚小怪〔云〕大王久以後不得第便罷若得第時一時間顧盼不到他便道黑頭蟲兒不中救俺也曾賫發你來〔唱〕怎禁他對人前朗朗的花白如今那友人門下難投托因此上安樂窩中且避乖倒大來悠哉
〔荊王云〕賢士既有大才當不次任用到來日會衆將聚三軍拜賢士統領荊襄九郡兵馬大元帥〔詩云〕可惜淮陰侯曾來撇釣鉤不消二舉薦指日便封侯小校鑄下元帥印者〔正末云〕小生半生流落一介寒儒安敢遽然望此〔唱〕
〔呆骨朵〕若論掌荊襄帥府威風大我是白衣人怎敢望日轉千堦我又不曾驅六甲風雷又不曾辨三光氣色又不曾寫就論天表又不曾草下甚麼平蠻策〔荊王云〕賢士乃簪纓世冑堪為元戎帥首也〔正末唱〕我雖是個簪纓門下人怎做的斗牛星畔客

〔荊王云〕賢士知天文曉地理觀氣色辨風雲何所不通何所不曉有大才受大任固其宜也〔正末唱〕

〔倘秀才〕止不過曲志在蓬窗下守着霜毫的這硯臺我又不曾進履在圯橋下收的甚兵書戰策如今那有志的屠龍去南海古今無賢士前後少英才非王粲疎狂性格

〔荊王云〕賢士請坐某有二將乃蒯越蔡瑁能調水兵三萬巡綽邊境去了小校轅門外覷者二將來時報復我知道〔卒子應科〕〔二淨扮蒯越蔡瑁上云〕自家蒯越的便是這位是蔡瑁我和他巡綽邊境回還小校通報去蒯越蔡瑁下馬〔卒子報科云〕喏報大王得知蒯越蔡瑁見在門首〔荊王云〕說出去賓客在此把體面相見〔卒子云〕二位元帥說賓客在此教你把體面相見〔蒯蔡云〕我知道〔見科云〕大王邊境無事〔荊王云〕蒯越蔡瑁你見此人高平玉井人氏姓王名粲字仲宣天下文章之士我欲用此人你可把體面相見〔蒯蔡云〕知道那壁莫非仲宣否〔卒子云〕怎麼是仲宣否〔蒯越云〕你不知道不字底下着個口字個否字他見了我老蒯教他不開口〔蒯蔡見末云〕久聞賢士大名如雷貫腿〔卒子云〕怎麼是如雷貫腿〔蒯越云〕我盤盤他的跟脚把文溜他一溜賢士你知道禮之用和爲貴先王之道打折腿我這裏有一拜不勞還禮〔拜科〕〔卒子云〕不曾還禮你再拜起〔蒯蔡云〕你可曉得那鶴非染而自白鴉非染而自黑既讀孔聖之書必達周公之禮我二人有一拜〔拜科〕〔蒯越云〕王粲好是無禮拜着他全然不應氣出我四句來了〔詩云〕王粲生的硬拜着全不應定睛打一看腰裏有梃棍〔蔡瑁云〕我也有四句王粲生的歹拜着全不睬這世做了人那世變螃蟹〔蒯越云〕大王王粲好是無禮俺二人拜他全然不動倘有人

見可不先失了你的門風大王問他孫武子兵書十三篇他習那一家〔荊王云〕靠後人說此人矜驕傲慢果然話不虛傳某兩員上將拜着他昂然不理賢士我問你孫武子兵書十三篇不知賢士習那一家〔正末云〕六韜三略淹貫胸中唯吾所用何但孫武子十三篇而已哉〔荊王云〕論韜略如何〔正末云〕論韜略呵〔唱〕

〔滾繡毬〕我不讓姜子牙興周的顯戰功〔荊王云〕你謀策如何〔正末云〕論謀策呵 我不讓張子房佐漢的有計畫〔荊王云〕你札寨如何〔正末云〕論札寨呵〔唱〕我不讓周亞夫屯細柳安營札寨〔荊王云〕你點將如何〔正末云〕論點將呵〔唱〕我不讓馬服君仗霜鋒點將登臺〔荊王云〕你膽氣如何〔正末云〕論膽氣呵〔唱〕我不讓藺相如澠池會那氣概〔荊王云〕你才幹如何〔正末云〕論才幹呵〔唱〕我不讓管夷吾霸諸侯那手策〔荊王云〕你行兵如何〔正末云〕論行兵呵〔唱〕我不讓霍嫖姚領雄兵橫行邊塞〔荊王云〕你操練如何〔正末云〕論操練呵〔唱〕我不讓孫武子用兵法演習裙釵〔荊王云〕你智量如何〔正末云〕論智量呵〔唱〕我不讓齊孫臏捉龐涓則去馬陵道上施埋伏〔荊王云〕你決戰如何〔正末云〕論決戰呵〔唱〕我不讓韓元帥困霸王在九里山前大會垓胸捲江淮

〔做睡科〕〔荊王云〕好兵法將酒來慶兵法賢士滿飲此杯呀纔和俺攀話又早睡着了也便好道德勝才爲君子才勝德爲小人俺未曾重用先失左右之門風正是那才有餘而德不足等此人睡覺來問我只說我更衣去了〔詩云〕德勝才高不可當才過德小必踈狂縱然胸次羅星斗豈是人間真棟梁〔下〕〔蒯越云〕點湯〔正末醒科云〕大王安在〔蒯越云〕點湯〔正末云〕點湯呼遣客某

只索回去〔蒯越云〕點湯〔正末云〕我出的這府門〔蒯越云〕點湯〔正末云〕我來到這長街上〔蒯越云〕點湯〔正末云〕我來到這酒肆中〔蒯越云〕點湯〔正末云〕我來到這裏你還叫點湯〔蒯越詩云〕非我閉賢門因他傲慢人〔蔡瑁詩云〕點湯呼遣客依舊受孤貧〔並下〕〔正末歎科〕

罷罷罷〔唱〕

〔煞尾〕他年不作文章伯異日須爲將相材待與不待總無礙時與不時且寧耐說地談天口若閒伏虎降龍志不改穩情取與劉大元帥試看雄師擁麾蓋恨汝等將咱廝禁害〔帶云〕我若得志呵〔唱〕把你擄掠中軍帳門外似這等跋扈襄陽喫劍才〔帶云〕將二賊擒至馬前斬首報來〔唱〕那其間纔識俺長安少年客〔下〕

〔音釋〕裔音異　琦音奇　琮音叢　羸音雷　側齋上聲　帛巴埋切　宅池齋切　色篩上聲　窄齋上聲　百音擺　白巴埋切　策釵上聲　客音楷　格皆上聲　畫胡乖切

澠音繩　嫖音飄　伯音擺

第三折

〔副末扮許達引從人上〕〔詩云〕壯氣如虹貫碧空塵埃何苦困英雄假饒不得風雷信千古無人識臥龍小生姓許名達字安道乃荊州饒陽人也先父許士謙曾爲國子監助教年僅六十病卒於官止存老母在堂訓誨小生頗通詩禮不想老母亡化小生學業因此荒廢有負先人遺教至今愧之小生賴祖宗蔭下就此城市中建一座樓名曰溪山風月樓左有鹿門山右有金沙泉前對清風嶺後靠明月雲峯端的是玩之不足觀之有餘但凡四方官宦到此無可玩賞便登此樓飲酒中

間常與小生論文有等文學秀士未經發跡小生置酒相待臨行又贈路費而歸人見小生有此度量皆呼小生為東道主近日有一人乃高平人氏姓王名粲字仲宣此人是一代文章之士持子建學士書呈投托荊王劉表劉表不能任用後劉表辭世此人淹留在此小生深念同道常與他會飲此樓只一件此人不醉猶可醉呵便思其老母想其鄉閭不覺淚下今日時遇重陽登高節令下次小的每安排酒菓請仲宣到此共展登高之興聊紓望遠之懷只等來時報復我知道〔正末上云〕小生王粲將子建學士書呈投托荊王劉表劉表聽信蒯越蔡瑁讒言不能任用流落於此小生只得將萬言長策寄與曹子建學士央他奏上聖人至今不見回報多分又是沒用的了使小生羞歸故里懶覩鄉閭此處有一人許安道幸垂顧盼時與小生尊酒論文稍不寂寞今日重陽佳節治酒於溪山風月樓請我登高須索走一遭去〔歎介〕時遇秋天好是傷感人也〔鷓鴣天〕〔詞云〕一度愁來一倚樓倚樓又是一番愁西風塞鴈添愁怨衰草凄凄更暮秋情默默思悠悠心頭纔了又眉頭倚樓望斷平安信不覺腮邊淚自流〔唱〕

〔中呂粉蝶兒〕塵滿征衣嘆飄零一身客寄往常我食無魚彈劍傷悲一會家怨荊王信讒佞把那賢門來緊閉〔帶云〕從那荊王辭世呵〔唱〕不爭你死喪之威越閃得我不存不濟

〔醉春風〕我本是未入廟堂臣倒做了不着墳墓鬼想先賢多少困窮途王粲也我道來命薄的不似你你我比那先進何及想昔人安在〔帶云〕小生三十歲也〔唱〕我可甚麼後生可畏

〔云〕說話中間可早來到也樓下的報復去王粲來了也〔從人報科〕報的東人得知王仲宣來了

也〔許達云〕道有請〔見科云〕仲宣請〔做上樓科〕〔詩云〕欲窮千里目〔正末云〕更上一層樓〔許達云〕家童將酒過來仲宣蔬食薄味不堪供奉請滿飲此杯〔正末云〕敢問安道此樓何人蓋造〔許達云〕仲宣不問許達也不道此樓是先父許士謙蓋造〔正末云〕因何造此〔許達云〕因四方官宦到此無可玩賞故建此樓〔詩云〕一座高樓映市廛玉欄十二鎖秋烟捲簾斜眺天邊月舉眼遙觀日底仙九醞酒光斟琥珀三山鸞鳳舞翩躚停杯暢飲纔歌罷倒臥身軀北斗邊〔正末詩云〕安道你看危樓高百尺手可摘星辰不敢高聲語恐驚天上人〔唱〕

〔迎仙客〕雕簷外紅日低畫棟畔彩雲飛十二欄干欄干在天外倚〔許達云〕這裏望中原可也不遠〔正末唱〕我這裏望中原思故里不由我感嘆酸嘶〔帶云〕看了這秋江呵〔唱〕越攪的我這一片鄉心碎〔許達云〕仲宣為何不飲〔正末云〕小生一登此樓就想老母在堂久闕奉養何以為人〔許達云〕仲宣不登樓便罷但登樓便思其老母想其鄉閭母子天性也母思其子慈也子思其母孝也故母子為三綱之首慈孝乃百行之原我想大舜古之聖人父頑母嚚弟傲嘗設計害舜舜盡孝以合天心終不能害舜終能使一家底豫〔詩云〕歷山號泣自躬耕青史長傳大孝名今日登高頻悵望豈能無忝倚閭情〔正末詩云〕旅客逢秋苦憶歸可堪鴻雁正南飛倚門老母應頭白何日重來戲綵衣〔唱〕

〔紅繡鞋〕淚眼盼秋水長天遠際歸心似落霞孤鶩齊飛則我這襄陽倦客苦思歸我這裏凭闌望母親那裏倚門悲〔許達云〕仲宣既然如此感懷何不早歸故里〔正末云〕吾兄怕不說的是哩〔唱〕爭奈我身貧歸未得

〔許達云〕仲宣滿飲此杯你看此樓下臨紫陌上接丹霄宴海內之高賓會寰中之佳客青山綠水渾如四壁開圖紅葉黃花絕似滿川鋪錦寒鴈影搖搖曳曳數行飛過洞庭天寒蛩聲唧唧啾啾幾處叫殘江浦月俺這裏鱸魚正美新酒初香橙黃橘綠可開樽紫蟹黃雞宜宴賞對此開懷何故不飲〔詩云〕風送潮聲過遠洲雨收山色上危樓美玉不換重陽景黃金難買菊花秋〔正末云〕憶昔離家二載過鬢邊白髮奈愁何無窮興對無窮景不覺傷心淚點多〔唱〕

〔普天樂〕楚天秋山疊翠對無窮景色總是傷悲好教我動旅懷難成醉枉了也壯志如虹英雄輩都做助江天景物淒其〔云〕老兄小生有三樁兒不是〔許達云〕可是那三樁兒不是〔正末云〕是這氣這愁和這淚〔許達云〕氣若何〔正末唱〕氣呵做了江風淅淅〔許達云〕愁若何〔正末唱〕愁呵做了江聲瀝瀝〔許達云〕淚若何〔正末唱〕淚呵彈做了江雨霏霏

〔許達云〕仲宣時遇清秋堦下有等草蟲名寒蛩又名促織此等草蟲叫動家家搥帛搗練小生不才作搗練歌一首則是汚耳〔歌云〕忽聞簾外杵聲搖聲上聲低聲轉高羅袖長長繞腕輕輕播播播風飄看看看是誰家女巧巧巧手弄砧杵停停聽是兩娉婷玉腕雙雙雙擎舉灣灣灣月在眉峯花花花向臉邊紅星眼眼長長出淚多多多滴搗衣中徑開徑入徑紋波疊疊重重重數多相相相喚隣家女欲裁未裁裁綺羅秋天秋月秋夜長秋日秋風秋漸涼秋景秋聲秋鴈度秋光秋色秋葉黃中秋秋月旅情傷月中砧杵响噹噹噹噹响被秋風送送到征人思故鄉故鄉何在歸途遠途遠難歸應斷腸斷腸只在紗窗下紗窗曾不憶徬徨休玩休玩中秋月月到中秋偏皎潔此夜家家家搗衣添入離愁愁更切寒露初寒寒草邊夜夜孤眠孤月前促織促織叫復叫叫出深秋砧杵天

誰能秋夜聞秋砧切切悲悲悲不禁況是思歸歸未得聲聲搗碎故鄉心〔正末歎云〕好高才也其
思遠其調悲使人聞之不覺潸然淚下〔詩云〕寒蛩唧唧細吟秋夜夜寒聲到枕頭獨有愁人聽不
得愁人聽了越添愁〔唱〕
〔石榴花〕現如今寒蛩唧唧向人啼哎知何日是歸期想當初只守
着舊柴扉不圖甚的倒得便宜〔許達云〕大丈夫得志食於鐘鼎不得志隱於山林〔
正末唱〕則今山林鐘鼎俱無味命矣時兮哎可知道枉了我頂天立
地居人世〔許達云〕仲宣今年貴庚了〔正末唱〕老兄也恰便似睡夢裏過了三
十
〔鬬鵪鶉〕又不在麋鹿羣中又不入麒麟畫裏自死了吐哺周公枉
餓殺採薇伯夷自洛下飄零到這裏剗的無所歸棲〔帶云〕小生當初投奔
劉表的意呵〔唱〕指望待末尾三稍越閃的我前程萬里
〔許達云〕仲宣想昔日孔子投於齊景公景公不能用復投魯哀公封孔子爲魯司寇三日而誅少
正卯齊景公故將美女數十人習成女樂獻與哀公哀公受了女樂三日不朝孔子棄職而歸投於
衞靈公與之言治國之道衞靈公仰視飛鴈孔子知其不能用投於陳國其時陳國被吳國征伐孔
子遂困於陳蔡之間糧食都絶從者皆病不能起聖人尚然如此何況今日乎老兄〔詩云〕詩酒當
前且盡情功名休問幾時成天公自有安排處莫爲憂愁白髮生〔正末〕〔詩云〕三尺龍泉七尺身
可堪低首困風塵王侯將相元無種半屬天公半屬人〔唱〕
〔上小樓〕一片心扶持社稷兩隻手經綸天地誰不待執戟門庭御

車郊原舞劍尊席〔許達云〕仲宣當初若與蒯蔡同列爲官可不好來〔正末唱〕我怎肯與鳥獸同羣豺狼作伴兒曹同輩兀的不屈沉殺五陵豪氣〔許達云〕仲宣想你辭老母離陳蔡謁蔡邕於京師不能取其榮貴又持子建學士書呈投托荊王劉表內妨蒯蔡不肯同列爲官先生主見小生盡知但他自幹他的事你自幹你的事便好道黍則黍麥則麥涇則涇渭則渭雖后稷之聖不能化穗而成其芒雖大禹之功不能澄清而變其濁芒穗清濁尚然不變何況於人乎既托跡於劉表何苦不同官於蒯蔡〔詩云〕嗟君志氣本超羣爭奈朝中多忌人所以獨醒千古恨至今猶自泣纍臣〔正末〕〔詩云〕有志無時命矣夫老天生我亦何辜寧隨澤畔靈均死不逐人間乳臭雛〔唱〕

〔幺篇〕據着我慷慨心非貪這瀲灩杯這酒呵便解我愁腸放我愁懷展我愁眉則爲我志願難酬身心不定功名不遂〔云〕吾兄將酒過來〔許達云〕酒在此〔正末飲科云〕再將酒來〔許達云〕仲宣爲何橫飲幾杯〔正末唱〕倒不如葫蘆提醉了還醉

〔云〕小生爲功名不遂其心不如飲一醉墜樓而亡〔做跳下許達驚扯住科云〕呀早是小生手眼快螻蟻尚且貪生爲人何不惜命古人有云存其身而揚其名上人也將其身而就其名中人也捨其身而滅其名下人也吾想此中屈原卞和二人雖得其名卒捨其身如吾兄爲功名不遂要墜樓身死是爲不知命矣昔呂望有經綸濟世之才雖在貧窘意不苟得年登八旬垂釣於渭水後文王夢非熊之兆出獵西郊至磻溪見呂望同載而歸以爲上賓至武王時成功立業封號太公今老兄發悲不爲別故止爲家中老母無人侍養小生到來日會江下父老收拾青蚨賚爲路費送老兄還

歸故里有何難哉〔詩云〕只爲你高堂有母鬢斑斑客舍淹留甚日還囊裏黃金願相贈免教和淚倚欄干〔正末詩云〕恥向人間乞食餘登臺一望淚沾裾可憐飄泊緣何事不寄平安問母書〔唱〕

〔滿庭芳〕我如今羞歸故里則爲我昂昂而出因此上快快而歸空學成補天才却無度饑寒計幾曾道展眼舒眉則被你誤了人儒冠布衣熬煞人淡飯黃虀有路在青霄內又被那浮雲塞閉老兄也百忙裏尋不見上天梯

〔許達云〕仲宣你看那一林紅葉三徑黃花一林紅葉傲風霜如亂簇火龍鱗三徑黃花擎雨露似潤開金獸眼登高望遠人人懷故國之悲撫景傷情處處洒窮途之泣老兄〔詩云〕暑退金風覺夜長蟬聲不斷送秋涼東籬滿目黃花綻鴈過南樓思故鄉〔正末〕〔詩云〕採採黃花露未晞他鄉誰爲授寒衣獨憐作客人南滯不似隨陽鴈北飛〔唱〕

〔十二月〕幾時得似賓鴻北歸倒做了烏鵲南飛仰羨那投林倦鳥堪恨那舞瓮醯雞方信道垂雲的鵾鵬羽翼那籓籬下燕鵲爭知

〔帶云〕老兄也〔唱〕

〔堯民歌〕真乃是鶴長鳧短不能齊從來這烏鴉彩鳳不同棲挽鹽車騏驥陷淤泥不逢他伯樂不應嘶只爭個遲也麼疾英雄志不灰有一日登鼇背

〔做睡科〕〔外扮使命上〕〔詩云〕雷霆驅號令星斗煥文章聖主賢臣頌今朝會一堂吾乃天朝使命是也今有王仲宣獻上萬言長策聖人見喜宣他爲天下兵馬大元帥兼管左丞相事打聽得在

許安道樓上飲酒許安道在麼〔許達見科云〕那裏來的大人〔使命云〕小官天朝來的使命宣王仲宣爲天下兵馬大元帥快報復去〔許達云〕王仲宣〔正末云〕做甚麼大呼小叫的〔許達云〕今有天朝使命宣你爲天下兵馬大元帥〔正末云〕來了不曾〔許達云〕見在樓直下哩〔正末云〕慌做甚麼忙做甚麼既來了怕他回去了不成〔許達云〕則吃你這般傲慢〔正末唱〕

〔煞尾〕從今後把萬言書作戰場輔皇朝爲柱石扶侍着萬萬歲當今帝則願的穩坐定蟠龍戧金椅〔同使命下〕

〔許達云〕那王仲宣別也不別竟自去了有這般傲慢的可知道荊王不肯用他〔詩云〕一片雄心大似天可知不肯受人憐今朝身佩黃金印纔識登樓王仲宣〔下〕

〔音釋〕塞音賽　謳音韻　躚音仙　嚚音寅　蛩音窮　鶩音木　得當美切　淅音昔　秷音至　潸音山　的音底　十繩知切　稷將洗切　席星西切　穗音遂　纍音雷　辜音姑　瀲離店切　灩音豔　橐音託　塞思子切　醯音希　鳧音符　淤音迂　疾精妻切　戧妻向切

第四折

〔蔡相引祇從人上云〕老夫蔡邕是也今有王粲獻上萬言長策聖人見喜着他做天下兵馬大元帥只在早晚將到左右與我請將曹子建學士來者〔祇從云〕理會的〔曹學士上云〕小官曹植今有蔡邕丞相着人相請須索走一遭去左右報復去道有曹子建在於門首〔祇從報科云〕報的老爺得知曹學士來了也〔蔡相云〕道有請〔見科〕〔曹學士云〕老丞相賀萬金之喜〔蔡相云〕喜從何來〔曹學士云〕今有令壻王仲宣獻上萬言長策得了天下兵馬大元帥小官特來賀喜〔蔡相

云〕比及學士說呵老夫已知道了也如今俺二人牽羊擔酒十里長亭接新官走一遭去〔下〕

正末引卒子上云〕王粲誰想有今日也呵〔唱〕

〔雙調新水令〕一聲雷震報春光〔卒按喝科〕〔正末唱〕起蟄龍九重天上蔡邕也你便似臧倉毀孟軻王粲也我却做了貢禹笑王陽則道我甘老在荊襄今日個崢嶸日豈承望

〔蔡曹同上〕〔蔡相云〕此間是他轅門外了學士你先進去〔曹學士云〕令人報復去道有翰林學士曹子建在於門首〔報科〕〔正末云〕大恩人來了也道有請〔見科〕〔曹學士云〕元帥崢嶸有日奮發有時〔正末云〕當日不虧學士大恩豈有今日學士請上受小官一拜〔拜科〕〔曹學士云〕元帥請起論小官有甚麼恩在那裏〔正末唱〕

〔沉醉東風〕想當日到京師將誰倚仗多虧你曹學士助我行裝雖然是一封書死了荊王還得你萬言策奏知今上纔得個元戎印掌這都是你義海恩山不可當再休題貴人健忘

〔蔡相云〕令人報復去道有蔡丞相在於門首〔卒報科〕〔正末唱〕

〔喬牌兒〕不由我肚兒裏氣夯他有甚臉來俺門上〔云〕他可不是蔡邕丞相麽〔曹學士云〕他可是誰〔正末唱〕他是舉韓侯三薦的蕭丞相往日的情我和他今日講

〔云〕令人說出去他是個丞相我是個元帥府衙門你我無干他進來便進來不進來我也接待他不成〔卒子云〕理會的老丞相俺元帥說來你是個丞相他是元帥府衙門你我無干你進去便進

去不進去他也接待你不成〔蔡相云〕可早一句兒也也罷我自己進去〔見科〕元帥幾年不見受
老夫一拜〔正末云〕俺者左右將過錦心拜褥來〔蔡相云〕要他做甚麼〔正末云〕則怕拜下去污
了你那錦繡衣服〔蔡相云〕可早兩句兒也〔正末云〕卻不道錦堂客至三杯酒茅舍人來一盞茶
我是個新帥府豈無一杯酒管待令人將酒來〔卒子云〕酒在此〔正末云〕這一杯酒當從丞相飲
老丞相接酒〔蔡相云〕將來〔正末云〕俺者小官有失禮體放着翰林院大學士在此當從學士請
酒〔曹接酒科〕〔正末云〕這杯酒可到老丞相丞相接酒〔蔡相云〕將來〔正末云〕俺者慌做甚麼
學士飲個雙杯〔曹飲科〕〔正末云〕這杯酒可該老丞相飲丞相接酒〔蔡相云〕將來 〔正末云〕
俺者兩隻手撈菱般相似大缸家釀下酒缽盂裏折的你也吃不了枕着青石板睡餓破你那臉也
學士飲個三杯和萬事〔蔡相云〕可早三句了也王粲你將一杯酒似與不與對着翰林學士在此
羞辱老夫是何道理〔正末云〕你發甚麼酒風哩〔蔡相云〕我吃你甚麼酒來〔正末云〕當初曾道
來〔蔡相云〕我道甚麼來〔正末唱〕

〔水仙子〕你道你精神顏色捧瑤觴和氣春風滿畫堂你道我不明白凍死在顏回巷我今日也列金釵十二行儘今生急急忙忙你那裏有江湖心量衡一片虀鹽肚腸〔帶云〕令人擡過了酒餚者〔唱〕飲不的我玉液瓊漿

〔蔡相云〕王粲你強殺者波則是個兵馬大元帥我歹殺者波是當朝左丞相調和鼎鼐燮理陰陽
你把我這般看待敢不中麼〔正末唱〕

〔甜水令〕你道是位列三台調和鼎鼐燮理陰陽丞相府氣昂昂覷

的我元帥衙門無過是點些士伍排些刀仗與文臣本不同行〔折桂令〕你不來呵但憑心上我也不差着人來請你登堂〔帶云〕你今日旣來呵〔唱〕誰着你烏故趨籠魚偏入網人自投湯旣受你這許多好情親向我豈可沒半句惡語相傷〔蔡相云〕可知你與我也沾些親來〔正末唱〕從今後星有參商人有雌黃你做不的吐哺周公我也𢬵不做坦腹王郎

〔蔡相云〕學士你這裏不說那裏說〔曹學士云〕老丞相休慌元帥請暫息雷霆之怒略罷虎狼之威聽小官明明的說破着元帥細細裏皆知人不說不知木不鑽不透冰不搧不寒膽不嘗不苦當初老丞相曾與令尊老先生金蘭契友二人指腹成親若生二女同攀繡牀若生二子同舍攻書若生子女結爲夫婦不想令尊生下元帥丞相所生一女因爲官守所絆彼各天涯間隔親事老丞相聞知元帥學成滿腹文章只是驕矜傲慢不肯曲脊於人以此數次將書調取至京蕭條旅館個月期程不蒙放參可是爲何只是涵養你那銳氣及至相見將那三杯酒恥辱元帥一席話激發將軍豈知春衣白金雕鞍書札都不是小官的老丞相暗暗的與我着我明明的與你賫發你投托荆王劉表誰想劉表不能任用淹留在彼你將萬言長策寄與小官小官轉與老丞相老丞相獻與聖人聖人見喜今得此官自從元帥去後老丞相將老夫人搬至京師一般蓋下畫堂又陪房奩斷送將小姐聘與元帥爲妻說冗的做甚〔詩云〕則爲你襄陽久困數年間今日撥開雲霧見天顏非干我這舉賢曹子建則拜你那恩人老泰山〔正末拜科云〕則被你瞞殺我也丈人〔蔡回禮科云〕則被你傲殺我也女壻〔正末唱〕

〔鴈兒落〕又不曾趨蹡天子堂又不曾圖畫功臣像止不過留心在筆硯間又不曾惡戰在沙場上

〔得勝令〕呀怎做得架海紫金梁則消得司縣綠衣郎今日個樞府新元帥還只是長安舊酒狂騰驤端的有豪氣三千丈遊揚這的是功名紙半張

〔蔡相云〕天下喜事無過子母夫婦團圓就今日臥翻羊窨下酒做個大大慶喜筵席者〔詞云〕我兩姓結婚姻原在生前難道我今日敢違背初言因此上屢移書接來到此本待將加官職指引朝天只爲你生性子十分驕傲並不肯謙謙的敬老尊賢我特將三杯酒千般折挫無非要涵養得氣質爲先暗地裏具書呈白金駿馬封皮上明寫着子建相傳豈知道到荆州依然不遇遂淹留不得返荏苒三年想登樓這一點思鄉客淚多應是長飄洒似雨漣漣萬言策又是我轉聞今上纔得授大元帥入掌兵權早先期高平去迎將老母預蓋下大宅院供具俱全專等待你回來選其吉日與小女結花燭夫婦團圓此皆由我老夫殷勤留意非學士能出力爲你周旋到如今纔一一從頭說破大家的開笑口慶賞華筵〔正末唱〕

〔離亭宴煞〕你元來爲咱氣銳加涵養須不是忌人才大遭魔障端的個這場收拾了龍爭虎鬭心結果了鶚薦鵬摶力表明了海闊天高量安排下玳瑁筵准備着葡萄釀做一個團圓的慶賞早匹配了青春女一生歡穩情取白頭親百年享

〔音釋〕軻康和切 忘去聲 夯音享 釀泥降切 鼐音奈 燮音屑 攝音聶 奩音廉

躋妻相切　樞昌書切　窨陰去聲　荏仁枕切　苒音冉　萄音桃

題目　假托名蔡邕薦士
正名　醉思鄉王粲登樓

醉思鄉王粲登樓雜劇

瓦橋關令公顯神

昊天塔孟良盜骨
倣趙大年筆

昊天塔孟良盜骨雜劇

元　　撰

明吳興臧晉叔校

第一折

〔沖末扮楊景領卒子上詩云〕雄鎮三關幾度秋番兵不敢犯白溝父兄爲國行忠孝勅賜清風無佞樓某姓楊名景字彥明父親是金刀無敵大總管楊令公母親佘太君所生俺弟兄七人乃是平定光昭朗嗣某居第六鎮守着這三關是梁州遂城關霸州益津關雄州瓦橋關某手下有二十四個指揮使今差孟良巡綽邊境去了天色將晚不見回還小校與我點上一盞燈來〔卒子點燈科〕〔楊景云〕我喚你便來不喚你休來〔卒子云〕理會的〔下〕〔楊景云〕我今日神思恍惚不知爲何我暫時歇息咱〔做睡科〕〔正末扮楊令公同外扮楊七郎魂子上云〕老夫楊令公是也因與北番韓延壽交戰被他圍在虎口交牙峪裏無糧草外無救軍這個是我第七個孩兒楊延嗣他爲搭救我來被潘仁美攢箭射死老夫不能得脫撞李陵碑而亡被番兵將我屍首焚燒了把骨殖吊在幽州昊天寺塔尖上每日輪一百個小軍每人射我三箭名曰百箭會老夫疼痛不止今日在陰司告過放我出了枉死城中來到這三關地面向六郎孩兒根前托一夢咱〔七郎云〕父親想着我蓋世功勳今日一旦休矣俺托夢與哥哥去來〔詩云〕俺子父全忠不到頭功勞汗馬一時休可憐死戰三邊上不得生封萬戶侯屍陷虜庭遭箭苦魂依沙漠和雲愁今宵夢裏將冤訴專告哥哥爲報讎〔正末云〕孩兒也俺身喪番城又遭此殘害着俺魂魄不寧好生苦毒枉做了這一世英雄也呵〔唱〕

〔仙呂點絳脣〕傀儡棚中鼓笛聲送相搬弄想着那世事皆空恰便似一枕南柯夢

〔七郎云〕只恨那潘仁美這個姦賊逼的俺父子並喪番地可憐人也〔正末唱〕

〔混江龍〕盼不到先塋舊壠黃泉下埋沒殺俺這英雄〔七郎云〕父親俺不能勾青史標名留芳萬古空懷着一腔怨氣何時分解也〔正末唱〕空鎖着一腔怨氣做不的萬丈霓虹本待要漢主臺前把俺形容畫誰知道李陵碑底早是命途窮怎將那一座兩狼山磣可可生扭做祁連塚也枉了俺半生無敵十大的這邊功

〔七郎云〕俺父親做了一世的虎將誰想落于姦賊之手〔正末云〕想老夫幼年時南征北討東蕩西除到今日都做了一場春夢也〔唱〕

〔油葫蘆〕可便是困殺南山老大蟲枉自有爪和牙成什麼用都做了一齊分付與東風想着俺雕弓能劈千鈞重單鎗不怕三軍衆也曾將蕃國攻也曾將敵陣衝一任他八方四面干戈動那一個敢和俺出馬共爭鋒

〔七郎云〕父親威名如此兵書有云一夫拚命萬夫難敵假當時不尋自盡拚命殺出去或者有個僥倖也不見的〔正末唱〕

〔天下樂〕哎你說甚麼勝敗兵家本不窮則這兵也波書我可索是通〔帶云〕俺家姓楊被蕃兵陷在虎口交牙峪裏這個叫做羊落虎口正犯了兵家所忌怎還有活

的人也〔唱〕奈賊臣把俺來着了手投虎口廝斷送方信道將在謀不在勇兀的不橫亡了俺這姜太公〔云〕俺上的這三關來孩兒休大驚小怪的〔七郎云〕父親俺來到六郎哥哥臥處也我且弄這銀臺上畫燭咱〔七郎做弄燭科〕〔楊景云〕燈影下一個年老的將軍一個年小的將軍邊關上有甚麼緊急的勾當來日到中軍帳前商議天色晚了您且回避〔正末云〕六郎孩兒你怎不認的俺哩〔唱〕

〔後庭花〕你聽了我聲音耳不聾你覷了我容顏眼不矇〔楊景云〕這個小將軍是誰〔正末唱〕這個是你那佘太君的偏憐子〔楊景云〕老將軍你可是誰〔正末唱〕我是你老爹爹楊令公〔楊景云〕原來是父親和兄弟您近前來說話怕做甚麼〔正末云〕孩兒也你靠後些你是生魂我是死魂你聽我說與你咱〔楊景云〕父親你說您孩兒是聽咱〔正末云〕您父親因與番兵交戰困住兩狼山虎口交牙峪裏無糧草外無救軍不能得出撞李陵碑身死您兄弟七郎打出陣來求救被潘仁美賊臣將您兄弟綁在花標樹上攢箭射死如今韓延壽將我骨殖掛在幽州昊天寺塔尖上每日輪一百個小軍每人射三箭名曰百箭會着我如今疼痛不止以此特特托夢與你來也〔楊景做悲科云〕父親您孩兒那裏知道這般冤苦到來日追齋累七超度父親和兄弟也〔正末唱〕早兩下却相逢則待將紙錢兒發送兒也怎不記的俺和番家苦戰攻被他圍如鐵桶向前呵糧又空褪後呵路不通只除非會駕風纜出的他兵幾重想着俺做一世雄肯投降苟自容拚的個觸荒碑一命終至今草斑斑血染紅一靈兒還怕恐

〔七郎云〕哥哥俺等屈喪番邦受苦不過哥哥可憐見作急選將提兵搭救我父子的屍首去也〔楊景云〕父親你的骨殖委實在幽州昊天寺塔尖上掛着麼〔正末唱〕

〔青哥兒〕哎他將我這屍骸恁般摩弄因此上向兒行一星星悲控

〔楊景云〕父親俺想韓延壽那裏兵強馬壯只可智取難以力奪不知三關上二十四個指揮使還是着那一個和孩兒同去纔得成功也〔正末唱〕你若是有心呵可憐見我遍體金鎗不耐風也不須打鳳撈龍別選元戎只在軍中火德天蓬自有神通覓兒跡尋蹤撒潑行兇將俺那骨匣兒早拔出虎狼叢這便當的你香花供

〔楊景云〕父親放心您孩兒到來日就點本部人馬親到幽州與父親兄弟報讐去也〔正末云〕六郎孩兒也你小心在意者〔作悲科唱〕

〔寄生草〕俺爲甚麽淚頻揮也只要您心暗懂早遣那嘉山太僕來爭鬬把這宣花巨斧輕輪動免着俺昊天塔上長酸痛您若是和番家忘了戴天讐可不俺望鄉臺枉做下還家夢

〔楊景云〕父親您孩兒怎忘的這寃讐也〔正末唱〕

〔賺煞尾〕兒也你回到聖明朝備把我這寃情訟我也不望加官賜寵只要個一體君臣有始終早迎還俺那無佞清風恨匆匆睡眼朦朧兒也說甚的猶恐相逢是夢中囑付您個楊家業種須念着子父每情重休使俺幽魂愁殺這座梵王宮

〔七郎云〕俺父子去也哥哥休推睡裏夢裏〔同下〕〔楊景醒科云〕父親兄弟近前來呀可怎生都不見了原來是一夢父親兄弟則被你痛殺我也適纔我那父親兄弟夢中說的話好不苦楚我待不信來怎生做這等一個顯夢我待信來卻又未知真假且到天明與衆將商議則個〔詩云〕見父親細說緣由睡夢中兩淚交流打聽的果有此事領雄兵必報冤讐父親兄弟兀的不痛殺我也〔一下〕

〔音釋〕白巴埋切　峪音裕　傀音詭　儡累上聲　笛丁梨切　柯音哥　塋音盈　磣參上聲　褪呑去聲　控空去聲　鬨烘去聲

第二折

〔外扮岳勝上詩云〕帥鼓銅鑼一兩敲轅門裏外列英豪三軍報罷平安喏緊捲旗旛再不搖某乃花面獸岳勝是也官封帥府排軍之職佐於六郎哥哥麾下不知哥哥今日爲着邊關上那些軍情事務天色黎明早陞營帳某須索先去伺候咱〔楊景領卒子上詩云〕昨夜分明見父親休言夢裏事非真我今不報冤讐去枉做英雄一世人〔岳勝見科云〕哥哥今日爲着甚事陞帳的恁早〔楊景云〕兄弟你卻不知俺夜來作其一夢見我父親同七郎兄弟來在於燈下揮着眼淚親對俺說元來我父親被番兵困在兩狼山虎口交牙峪裏無糧草外無救兵身撞李陵碑而死其時我七郎兄弟打出陣來求救被潘仁美那姦賊將兄弟綁在花標樹上攢箭射死現今韓延壽將俺父親骨殖掛在幽州昊天寺塔尖上每日輪一百個小軍兒每人射三箭名曰百箭會幽魂疼痛不過分付俺親率孟良快去搭救他俺想父親受如此般苦楚待不信來怎麽分分明明有這等一個顯夢待要信來真假未辨因此早早陞帳請衆兄弟與俺商議作個行止〔岳勝云〕您兄弟理會的我袖傳

一課此夢不虛今日時當卓午家中必然有人寄書信來便知端的也〔楊景云〕似此可怎了令人門首覷者看有甚麽人來〔丑扮小軍兒上詩云〕肉我吃斤半酒我吃升半聽的去廝殺諕得一身汗自家是楊家府裏一個小軍兒奉佘太君妳妳的命着我前去瓦橋關上與六郎元帥寄一封家書去可早來到門首也令人報復去說太君妳妳差一個小軍兒寄家書來了也〔卒子云〕你則在這裏我報復去〔做報科云〕簽報的元帥得知有太君妳妳差着一個小軍兒寄書來在於門首〔楊景云〕着他過來〔卒子云〕着過去〔小軍兒見科云〕元帥俺太君妳妳差我來寄一封書與元帥知道〔楊景做接書跪拆看科云〕嗨元來母親的書也說父親兄弟托夢與他一句句都和我做的夢象相合有這等異事小軍兒賞你酒十瓶羊肉二十斤與我把定轅門二十四個指揮使但是來的都放過來則當住孟良一個休着他過來者〔小軍云〕元帥假似不放他過來他打我呢〔楊景云〕你也打他〔小軍云〕假似罵我呢〔楊景云〕你也罵他〔小軍云〕假似咬我呢〔楊景云〕胡說〔岳勝云〕哥哥你不要孟良過來却是甚的主意〔楊景云〕兄弟你那裏知道我想孟良是個憋強的性兒你使他去他可不去你不使他去他可要去某等他來時我故意的着幾句話惱激他不怕他不和俺搭救父親去也〔卒子云〕我把着這轅門看有什麽人來〔正末扮孟良上云〕某乃孟良是也奉哥哥的將令使我巡綽邊境去平安無事須索回哥哥話走一遭也呵〔唱〕

〔中呂粉蝶兒〕這些時無處征伐我去那界河邊恰纔巡罷我做的一個個活捉生拏湧虎軀舒猿臂肝橫膽乍也不索將武藝盤咱回頭兒只看咱披掛

〔醉春風〕比及你架上掇雕鞍槽頭牽戰馬宣花斧鉞手中擔覷敵

軍似要要萬騎交馳兩軍相見咱手裏半籌不納

〔正末做見小軍科云〕這廝在這裏做什麼〔小軍云〕做什麼在這裏捉蝨子哩奉元帥的將令着我把守轅門不放人過去〔正末云〕我要過去〔卒子攔科云〕不放不放〔孟良怒科云〕你敢道三聲不放我過去麼〔小軍云〕休說三聲不放我說一百二十聲不放〔正末做打科〕老爺老爺休打我放你過去罷〔正末見科云〕哥哥將令着兄弟巡界河去平安無事回哥哥的話來〔楊景云〕無甚事你且迴避者〔正末云〕小軍兒元帥着你迴避了也〔楊景云〕着你迴避〔正末云〕着誰迴避〔楊景云〕着你迴避〔正末云〕着我迴避我不迴避不迴避你就這裏殺了我也不迴避〔楊景云〕岳家兄弟你看這廝他那裏知道我心中的事也〔正末唱〕

〔紅繡鞋〕往常時無我處不喜歡說話今日個見我來低着頭無語嗟呀有甚的機密事孟良也合知麼〔楊景做與岳勝打耳喑科云〕他那裏知道〔正末唱〕一個將眼角覷一個將脚尖蹋好着我半合兒傒倖殺

〔楊景云〕孟良我的勾當你試猜咱〔正末云〕我猜着波〔楊景云〕你猜着我便用你你猜不着不用你且迴避〔正末唱〕

〔石榴花〕莫不是大遼軍馬廝蹅踏我與你火速的便去爭殺〔楊景云〕不是〔正末唱〕莫不是王樞密搬弄着宋官家我與你疾忙鞁馬便赴京華〔楊景云〕也不是〔正末唱〕莫不是佘太君有人相欺壓〔楊景云〕我的母親誰敢欺負他〔正末云〕那廝是不敢也〔唱〕則除是趙玄壇威力無加纔敢把虎頭來料鬚來抹我與你親自把那賊徒拏

〔鬬鵪鶉〕哎那廝須不是布霧的蚩尤又不是飛天的夜叉〔楊景云〕那廝見你手段高强被他藏了躲了呢〔正末唱〕那廝便藏在雲中趓在趓在地下我也翻過乾坤若見他說那廝能變化我呵喝一喝骨碌碌的海沸山崩聽一聽赤力力的天摧地塌〔楊景云〕孟良你猜了半日只是猜不着你迴避〔正末云〕既是猜不着我且迴避〔正末出門見小軍云〕兀那廝你來這裏做什麼你快實說你若不說劈了你這顆狗頭來我則一斧〔小軍云〕適纔元帥賞了我酒十瓶羊肉二十斤不爭你劈了我這頭教我怎麼吃〔正末云〕快說你若不說我就一斧〔小軍云〕老爺不要慄暴就把斧頭劈下來待我說我說我是楊家府裏小軍兒奉佘太君妳妳的命着我寄一封書與元帥道是夢中看見老令公說與番兵交戰不想番兵將老令公困在兩狼山虎口交牙峪困的裏無糧草外無救軍有七郎打出陣來求救不想被潘仁美將七郎綁在花標樹上攢箭射死老令公不能得出撞李陵碑身死今被韓延壽將老令公屍首燒了將骨殖掛在幽州昊天寺塔尖上但是過來過往的人有箭的射三箭無箭的打三鞭名曰百藥箭〔正末云〕敢是百箭會〔小軍云〕你說的是〔正末云〕眼見的哥哥召集衆將商量取那父親骨殖去是一件緊要的事故瞞着我來嗨哥哥我們二十四個指揮使都是一般的兄弟怎麼偏心只與他們計議獨獨着我迴避我再過去白破了哥哥咱〔見楊景科云〕哥哥我猜着了也〔楊景云〕你猜着甚的〔正末云〕哥哥你要搭救爹爹搶回骨殖去是麼〔楊景云〕誰道是俺妳妳來兄弟既然你知道他如今把我父親的骨殖掛在幽州昊天寺塔尖上我待要替我父親盜取這骨殖去展轉尋思並無妙策如之奈何〔正末云〕哥哥別的都去不得只有您兄弟去得〔楊景云〕兄弟你若肯去就

是我的重生父母也〔正末云〕您兄弟迴避〔楊景云〕只這一句兒你就還將我來兄弟憑着你是
怎麼去你說一遍咱〔正末唱〕

〔上小樓〕憑着我這燒天火把問甚麼經文也那佛法我大踏步踹入僧房拏住和尚揝定袈裟我氣性差忿怒發拖離禪榻我敢滴溜撲將腦袋兒攛在殿堦直下

〔么篇〕胸脯上脚去蹬面門上手去搧憑着我這蘸金巨斧乞抽扢叉砍他鼻凹問甚麼惡菩薩狠那吒金剛答話我直着釋迦佛也整理不下

〔岳勝云〕兄弟到那裏小心在意者〔楊景云〕兄弟既然要去你可使什麼兵器用什麼披掛〔正末唱〕

〔耍孩兒〕則我這慌忙不用別兵甲輕輕的將衣服來拽扎覷着他千軍萬馬只做癩蝦蟆施逞會莽撞拳法我脊梁邊穩把葫蘆放頂石上搵搵的將斧刃擦但撞着無干罷直殺的他似芟蒲刈葦截瓠開瓜

〔云〕排軍我分付與你兩椿兒勾當〔岳勝云〕兄弟可是那兩椿兒〔正末唱〕

〔三煞〕准備着迎魂一首旛安靈的幾朵花衆兒郎都把那麻衣搭緊拴將亡父馱要馬哥也你牢背着親爺的灰骨匣孝名兒傳天下說甚的孟宗哭筍袁孝拖笆

〔楊景云〕兄弟也咱到那幽州昊天寺他那裏有五百衆上堂僧出來的一個個都會輪鎗弄棒三門關的鐵桶相似怎生能勾開也〔正末云〕哥哥憑着您兄弟不怕他不開〔唱〕

〔二煞〕門環用手搖門桯使脚踏則爲那老令公骨殖浮屠掛石攢來的柱礎和泥綴銅鑄下的檣杆就地拔那愁他四天王緊向山門把我呵顯出些扶碑的手段舉鼎的村沙

〔楊景云〕兄弟父親的骨殖在那幽州昊天寺塔尖兒上怎生能勾下來〔正末云〕哥哥你放心者〔唱〕

〔煞尾〕火輪左手拏管心右手搯我搖一搖撼兩撼廝琅琅震動琉璃瓦兀良我與你直推倒了這一座玲瓏舍利塔〔下〕

〔楊景云〕孟良去了也兄弟你與我鎮守着三關則今日接應孟良取我父親的骨殖走一遭去〔下〕

詩云　岳排軍緊守營盤孟火星誰敢當攔衆頭領休離信地楊六郎暗下三關〔同下〕

〔音釋〕

撇音鱉　伐扶加切　虓巴矛切　納囊亞切　蹋當加切　蹅音渣　踏當加切　殺雙鮓切　皷音備　壓羊架切　抹音罵　凿音痴　瞅楚九切　塌湯打切　慄音竈　法方雅切　揝簪上聲　發方雅切　榻湯打切　攛倉算切　蹬音登　撾莊瓜切　虀知濫切　凹汪卦切　吒音渣　甲江雅切　扎莊洒切　揣音痴　擦抽鮓切　芟音衫　刈音異　瓠音戶　搭音打　匣奚佳切　桯音形　礎音楚　拔邦加切　搯強雅切　撼含去聲　塔湯打切

〔丑扮和尚上詩云〕我做和尚無塵垢一生不會念經咒聽的看經便頭疼常在山下吃狗肉小僧是這幽州昊天寺一個小和尚有楊令公的骨殖在塔尖上掛着每日輪一百個小軍兒每人射三箭名曰百箭會到晚夕取將下來鎖在這裏面則怕有人偷了去天色晚了也關上這三門者〔正末同楊景上云〕好大火也兄弟也喒走動些走動些〔正末云〕哥哥喒和你走走〔唱〕

〔正宮端正好〕只一道火光飛早四野烟雲布都出在我背上的這葫蘆火龍萬隊空中舞明朗朗正照着那幽州路

〔滾繡毬〕燒的來無處居滿城中都痛哭似伴着老令公灰骨且休題官法如鑪也不索祭風臺也不索狼烟舉抵多少六丁神發怒我則見通紅了半壁天衢恰便似漢張艮燒斷了連雲棧李老君推番煉藥鑪這火也從無

〔楊景云〕兄弟可早來到這寺門首也我是喚門咱和尚開門來〔和尚云〕不開門不開門〔楊景云〕你因何不開門〔和尚云〕有布施便開門沒布施不開門〔正末唱〕

〔倘秀才〕端的是好熱鬧也禪房寺宇了得也山僧施主可不道四大人天火最毒只我個善知識沒貪圖待布施與你一千枝蠟燭

〔楊景云〕和尚我布施與你一千枝蠟燭〔和尚云〕且慢者一千枝蠟燭一分銀子一對也該好些銀子我開開這門放他入來〔做開門科〕〔正末入門做揪住和尚科云〕和尚楊令公的骨殖在那裏〔和尚云〕小僧不知道〔正末云〕你怎生不知道你說也不說我則一斧砍下你這頭來〔和尚做看葫蘆科云〕哦可知你動不動的就要砍頭眼見的背上掛着那一個和尚的頭哩〔正末云〕

你快說來略遲些我砍下來也〔和尚云〕你休砍我等我說罷楊令公骨殖日間掛在塔尖上教一百個小軍兒每人射他三箭到晚間取將下來裝在一個小小匣兒收藏方丈裏面專怕有賊來偷了去做牌兒骰子兒耍子兀那方丈中卓上的小匣兒這不是楊令公的骨殖〔楊景云〕莫不是假的麼〔和尚云〕你道假的是狗骨頭那這骨殖都有件數每件件有即主朱筆記認的字跡在上那一個敢假得〔楊景哭科云〕父親兀的不痛殺我也〔正末云〕雖然有了骨殖不知全也不全待我再問他和尚這骨殖全也不全〔和尚云〕我元說這骨殖是有件數的我一件件數與你聽者〔唱〕

〔滾繡毬〕你爲甚的來便么呼只那楊令公骨殖兒有件數試聽俺從頭兒說與這便是太陽骨八片頭顱這便是胸膛骨無腸肚這便是肩膊骨有皮膚這便是膝蓋骨帶腿脡全付這便是脊梁骨和脇肋連屬俺這裏明明白白都交點您那裏件件椿椿親接取便可也留下紙領狀無虛

〔正末云〕你看這廝且吃我一斧者〔和尚云〕哎喲〔詩云〕你頭裏叫門只不開聽的蠟燭放進來骨殖椿椿都付與又要砍我頭來忒不該〔下〕〔正末云〕哥哥您收了這骨殖也再放一把火燒了這寺哥哥走走走〔唱〕

〔倘秀才〕不甫能撞開了天關地戶跳出這龍潭虎窟〔云〕哥哥小心者〔楊景云〕兄弟也走便走你這般叫怎麼〔正末唱〕我則怕孟火星今番惹下火燭疾快的驟龍駒緊走些兒路途

〔滾繡毬〕人奔似室火猪馬竄如尾火虎哥也猛回頭定睛兒偷覷咱兩個可正是凌烟閣上的人物知道是和尚在鉢盂在知道是他受苦也俺受苦這一場拚着不做抵多少諸葛也那周瑜暢好是熖騰騰博望燒屯計不剌剌鏖兵赤壁圖不枉了費盡我工夫

〔云〕哥哥你將着父親的骨殖先上三關去我在後面走着倘有追兵來時等我好敵住他〔楊景悲科云〕兄弟想我父親做了一世的虎將這把骨殖也還受了恁般苦楚怎教我不痛殺了也父親也〔正末云〕哥哥走便走你這般叫怎麼〔楊景云〕兄弟我這一句兒你也要還我哩〔正末唱〕

〔煞尾〕你牢背着一匣兒骨殖疾歸去休遶着這千里關山放聲哭〔楊景云〕呀後面喊聲起敢是追兵來了也〔正末云〕哥哥你先走等我敵住他〔唱〕猛聽的城邊喊聲舉早捲起足律律一陣黑塵土多敢是韓延壽那厮緊追逐惱了咱嘉州孟太僕生咬定牙關自當住那怕有十面軍兵暗埋伏且和他戰個九千合來決勝負也不是我殺人心忒狠毒管教他便人亡馬倒都做血糊突若放了他一個兒抹的着回家路哎兀的不屈沉殺俺宣花也這柄蘸金斧〔下〕

〔楊景云〕孟良兄弟當住追兵去了也俺將父親的骨殖背着直至三關上去來〔詩云〕父親為國建功勳誰知一命陷番軍今朝取得屍骸去遠下三關報母親〔下〕

〔音釋〕肉柔去聲　哭音苦　骨音古　棧音綻　毒東盧切　燭音竹　骰音投　屬繩朱切　窟音苦　竄音爨　物音務　鏖阿高切　逐長如切　僕邦模切　伏房夫切　突東

盧切

第四折

〔外扮長老上詩云〕積水養魚終不釣深山放鹿願長生掃地恐傷螻蟻命爲惜飛蛾紗罩燈貧僧乃五臺山興國寺長老是也我這寺裏有五百衆上堂僧內有一個和尚姓楊此人十八般武藝無有不拈無有不會每日在後山打大蟲耍子今日無甚事天色將晚也且掩上三門者〔楊景上云〕某楊景直到幽州盜了父親的骨殖留兄弟孟良在後當住追兵去了我一人一騎往五臺山經過天色已晚難以前去只得在寺中覓一宵宿來到這三門首我下的馬來推開三門兀那和尚有甚麼乾淨的僧房收拾一間與我宿一夜天明要早行也〔長老云〕客官這一間僧房可乾淨〔楊景云〕我放下這骨殖咱〔長老云〕敢問客官從那裏來〔楊景云〕我來處來〔長老云〕你如今那裏去〔楊景云〕我去處去〔長老云〕那裏是你家鄉〔楊景云〕我沒家鄉〔長老云〕你姓甚名誰〔楊景云〕我沒名姓〔長老云〕兀那客官怎這等硬頭硬腦的老僧不打緊我有一個徒弟他若來時怎肯和你干罷也〔楊景云〕他來時便敢怎的我你自迴避父親也兀的不痛殺我也〔正末扮楊和尚上云〕灑家醉了也〔唱〕

〔雙調新水令〕歸來餘醉未曾醒但觸着我這禿爺爺沒些乾淨〔做聽科云〕哦恰像似有人哭哩〔唱〕那哭的莫不是山中老樹怪潭底毒龍精敢便待顯聖通靈只俺個道高的鬼神敬

〔楊景作哭科云〕父親也兀的不痛殺我也〔正末云〕兀的不在那裏哭哩〔唱〕

〔駐馬聽〕那裏每噎噎哽哽攪亂俺這無是無非窗下僧〔楊景云〕父親

也痛殺我也〔正末唱〕越哭的孤孤另另莫不是着鎗着箭的敗殘兵我靠三門倚定壁兒聽聳雙肩手抵着牙兒定似這等沸騰騰可甚麼緣陰滿地禪房靜

〔正末見長老科〕〔長老云〕徒弟你來了也適纔靠晚間有個客官一人一騎來到俺寺中借宿我問他他不肯說實話他如今在這房裏你去問他咱〔正末云〕師父你回方丈中歇息我自問他去〔長老云〕正是閉門不管窗前月一任梅花自主張〔下〕〔正末見科云〕客官問訊〔楊景云〕好一個莽和尚也〔正末云〕客官恰纔煩惱的是你來〔楊景云〕是我來〔正末云〕你為甚麼這等煩惱〔楊景云〕和尚我心中有事〔正末云〕我試猜你這煩惱咱〔楊景云〕和尚你是猜我這煩惱咱〔正末唱〕

〔步步嬌〕只你個負屈含冤的也合通名姓莫不是遠探你那爹娘的病〔楊景云〕不是〔正末唱〕莫不是你犯下些違條罪不輕〔楊景云〕我有甚麼罪犯〔正末唱〕莫不是打擔推車撞着賊兵〔楊景云〕便有賊兵呵量他到的那裏〔正末唱〕我連問道你兩三聲怎沒半句兒將咱來答應

〔云〕兀那客官我問着你不肯說老實話俺這裏人利害也〔楊景云〕你這裏人利害便怎麼〔正末唱〕

〔鴈兒落〕俺這裏便罵了人也誰敢應〔楊景云〕敢打人麼〔正末唱〕俺這裏便打了人也無爭競〔楊景云〕敢劫人麼〔正末唱〕俺這裏便劫了人也沒罪名〔楊景云〕敢殺人麼〔正末唱〕俺這裏便殺了人也不償命

〔楊景云〕你說便這等說我是不信〔正末云〕你不信時試聞咱〔唱〕

〔水仙子〕現如今火燒人肉噴鼻腥〔楊景云〕哎好和尚可不道爲惜飛蛾紗罩燈哩〔正末唱〕俺幾曾道爲惜飛蛾紗罩燈〔做合手科云〕阿彌陀佛世間萬物不死不生〔唱〕若不殺生呵有甚麼輪迴證這便是咱念阿彌超度的經〔楊景云〕想你也不是個從幼兒出家的〔正末唱〕對客官細說分明我也曾殺的番軍怕幾曾有箇信士請直到中年纔落髮爲僧

〔楊景云〕兀那和尚我也不瞞你我是大宋國的人〔正末云〕客官你既是大宋國人曾認的那一家人家麼〔楊景云〕是誰家〔正末云〕他家裏有個使金刀的〔唱〕

〔鴈兒落〕他叫做楊令公手段能〔楊景驚科云〕他怎麼知道俺父親哩兀的和尚那楊令公有幾個孩兒〔正末唱〕他有那七個孩兒都也心腸硬〔楊景云〕他母親是誰〔正末唱〕他母親是佘太君勑賜的清風樓無邪佞

〔楊景云〕他弟兄每可都有哩〔正末唱〕

〔得勝令〕呀他兄弟每多死少波生〔楊景云〕你敢是他家裏人麼〔正末唱〕只我在這五臺可又爲僧〔楊景云〕哦你元來是楊五郎你兄弟還有那個在麼〔正末唱〕有楊六使在三關上〔楊景云〕你可認的他哩〔正末云〕他是我的兄弟怎不認的〔唱〕和俺一爺娘親弟兄〔楊景云〕哥哥你今日怎就不認得我楊景也〔正末做認科〕〔唱〕休驚這會合真僥倖〔云〕兄弟聞的你鎮守瓦橋關上怎到得這裏〔楊景云〕哥哥您兄弟到幽州昊天寺取俺父親的骨殖來了也〔正末做悲科〕〔唱〕傷也麼情枉把這幽魂陷

虜城

〔淨扮韓延壽上詩云〕我做將軍快敵鬭不吃乾糧則吃肉你道是敢戰官軍沙塞子怎知我是畏刀避箭韓延壽某韓延壽是也叵奈楊六兒無禮將他令公骨殖偷盜去了我領着番兵連夜追趕原來楊六兒將着骨殖前面先去留下孟良在後當住我如今別着大兵與孟良廝殺自己挑選了這五千精兵抄上前來明明望見楊六兒走到五臺山下怎麼就不見了一定躲在這寺裏大小番兵圍了這寺者兀那寺裏和尚快獻出楊六兒來若不獻出來休想滿寺和尚一個得活〔做納喊打門科〕〔楊景云〕哥哥兀的不是番兵來了也〔正末云〕兄弟不要慌我出去與他打話我開了這三門〔做見科〕〔韓延壽云〕兀那和尚您這寺裏有楊六兒麼獻將出來便罷若不獻出來呵將你滿寺和尚的頭都似西瓜切將下來一個也不留還你〔正末云〕兀那將軍果然有個楊六兒被我先拏住了綁縛在這寺裏俺出家的人是慈悲爲本方便爲門休把這許多鎗刀嚇殺了俺老師父您去了兵器下了馬我拏楊六兒與你去請功受賞好不自在哩〔韓延壽云〕我依着你就去了這刀鎗脫了這鎧甲我下了這馬和尚楊六兒在那裏快獻出來〔正末云〕將軍你忙怎的且跟將我入這三門來且關上這門〔韓延壽云〕你爲甚麼關上門〔正末云〕我是小心的還怕走了楊六兒〔韓延壽云〕楊六兒走不出我也走不去關的是關的是〔正末做打淨科云〕量你這廝走到那裏去〔韓延壽云〕呀這和尚不老實你只好關門殺屎棋怎麼也要打我〔正末唱〕

〔川撥棹〕這廝待放懞掙早撥起咱無明火不鄧鄧損壞衆生撲殺蒼蠅誰待要鵲巢灌頂來來來俺與你打幾合鬭輸贏

〔韓延壽云〕這和尚倒來撒的那三門又關了我可往那裏出去〔正末唱〕

［七弟兄］把這廝帶鞋可搭的搭定先摔你個滿天星休怪俺出家人沒的這慈悲性怒轟轟惡向膽邊生兀良只要你償還那令公爹爹命

（正末做跌打科云）打死這廝纔雪的我恨也（唱）

［梅花酒］呀打的他就地挺誰着你惱了天丁也不用天兵就待劈碎你這天靈磕擦的怪眼睜搭雙拳打不停颼颼的雨點傾直打的應心疼非是咱不脩行見讐人分外明若不打死您潑殘生這寃恨幾時平（韓延壽云）好打好打你且說個名姓與我知道敢這等無禮（正末唱） 哎你個韓延壽早噤聲還問甚姓和名

（正末做拿韓延壽科）（唱）

［喜江南］呀則我這殺人和尚滅門僧便鐵金剛也勸不的肯容情俺兄弟正六郎楊景鎮邊庭 （帶云）韓延壽（唱） 也不則你兵臨在頸再休想五千人放半個得回營

（云）兄弟我打死了番將韓延壽也（楊景云）哥哥將韓延壽梟下首級剜出心肝在父親骨殖前先祭獻了就在這五臺山寺裏做七晝夜好事超度俺父親和兄弟早生天界也 （外扮寇萊公冲上云） 老夫萊國公寇準是也奉聖人的命幷八大王令旨直至瓦橋關迎取已故護國大將軍楊繼業幷楊延嗣的骨殖歸葬祖塋有孟良殺退番兵報說楊景還在五臺山上興國寺做七晝夜的大道場超度亡魂老夫就帶着孟良不辭星夜來可早到五臺山也（做見科云）兀那楊景老夫奉

聖人的命特來到此間你取的楊令公幷七郎骨殖安在〔楊景云〕大人我父親幷七郎骨殖都有

了現在此處追薦哩〔寇萊公云〕既然有了楊景同楊朗望闕跪者聽聖人的命〔詞云〕大宋朝纂

承鴻業選賢將鎮守邊疆楊令公功勞最大父與子保駕勤王潘仁美賊臣姦計陷忠良不得還鄉

李陵碑汝父撞死連七郎幷命身亡百箭會幽魂托夢盜骨殖多虧孟良楊延景全忠全孝捨性命

苦戰沙場遣勑使遠來迎接賜黃金高築墳堂還蓋廟千秋祭享保山河萬代隆昌〔眾謝恩科〕

〔音釋〕

罩嚲去聲　嗏衣也切　應平聲　鼻音疲　兄虛盈切　鎧開上聲　懷音蒙　揲音

爭　不音補　讐音江　摔音洒　轟音烘　搲音關　喋音禁　剜碗平聲　纂音纘

題目　　瓦橋關令公顯神

正名　　昊天塔孟良盜骨

昊天塔孟良盜骨雜劇

三不知同會雲臺觀
倣高房山筆

包待制智斬魯齋郎

包待制智斬魯齋郎雜劇

元大都關漢卿撰
明吳興臧晉叔校

楔子

〔冲末扮魯齋郎引張龍上〕〔詩云〕花花太歲爲第一浪子喪門再沒雙街市小民聞吾怕則我是權豪勢要魯齋郎小官魯齋郎是也隨朝數載謝聖恩可憐除授今職小官嫌官小不做嫌馬瘦不騎但行處引的是花腿閑漢彈弓粘竿獺兒小鷂每日價飛鷹走犬街市閑行但見人家好的玩器怎麽他倒有我倒無我則借三日玩看了第四日便還他也不壞了他的人家有那駿馬雕鞍我使人牽來則騎三日第四日便還他也不壞了他的我是個本分的人自離了汴梁來到許州因街上騎着馬閑行我見箇銀匠鋪裏一個好女子我正要看他那馬走的快不曾得仔細看張龍你曾見來麽〔張龍云〕比及爹有這個心小人打聽在肚裏了〔魯齋郎云〕你知道他是甚麽人家〔張龍云〕他是箇銀匠姓李排行第四他的個渾家生的風流長的可喜〔魯齋郎云〕我如今要他怎麽能勾〔張龍云〕爹要他也不難我如今將着一把銀壺瓶去他家整理多與他些錢鈔與他幾鍾酒吃着他渾家也吃幾鍾扶上馬就走〔魯齋郎云〕此計大妙則今日收拾鞍馬跟着我銀匠鋪裏整理壺瓶走一遭去〔詩云〕推整壺瓶生巧計拐他妻子忙逃避總饒趕上燄摩天教他無處相尋覓〔下〕〔外扮李四同旦二倈上云〕小可許州人氏姓李排行第四人口順喚做銀匠李四嫡親的四口兒渾家張氏一雙兒女廝兒叫做喜童女兒叫做嬌兒全憑打銀過其日月今日早間開了這鋪兒看有甚麽人來〔魯齋郎引張龍上云〕小官魯齋郎因這壺缾跌漏去那銀匠鋪整理一整理左

右接了馬者將交牀來〔張龍云〕理會的〔坐下科〕〔魯齋郎云〕張龍你與我叫那銀匠出來〔張龍做喚科云〕兀那銀匠魯爺在門首叫你哩〔李四慌出跪科云〕大人喚小人有何事幹〔魯齋郎云〕你是銀匠麼〔李四云〕小人是銀匠〔魯齋郎云〕兀那李四你休驚莫怕你是無罪的人你起來〔李四云〕大人喚我做甚麼〔魯齋云〕我有把銀壺缾跌漏了你與我整理一整理與你十兩銀子〔李四云〕不打緊小人不敢要偌多銀子〔魯齋郎云〕你是箇小百姓我怎麼肯虧你與我整理的好着銀子與你買酒吃〔李四接壺科云〕整理的復舊如初好了也大人試看咱〔魯齋郎云〕這廝真個好手段便似新的一般張龍有酒麼〔張龍云〕有〔魯齋郎云〕將來賞他幾杯〔做篩酒李四連飲三杯科云〕勾了〔魯齋郎云〕你家裏再有甚麼人〔李四云〕家裏有個醜媳婦叫出來見大人大嫂你出來拜大人〔旦出拜科〕〔魯齋郎云〕一個好婦人也與他三鍾酒吃我也吃一鍾張龍你也吃一鍾兀那李四這三鍾酒是肯酒我的十兩銀子與你做盤纏你的渾家我要帶往鄭州去也你不揀那個大衙門裏告我去〔同旦下〕〔李四做哭科云〕清平世界浪蕩乾坤拐了我渾家去了更待乾罷不問那個大衙門裏告他走一遭去〔下〕〔貼旦引二倈上云〕妾身姓李夫主姓張在這鄭州做着個六案孔目嫡親的四口兒家屬一雙兒女小廝喚做金郎女兒喚做玉姐孔目衙門中去了這早晚敢待來也〔李四慌上云〕一心忙似箭兩脚走如飛自家李四的便是因魯齋郎拐了我的渾家往鄭州來了我隨後趕來到這鄭州我要告他不認的那個是大衙門來到這長街市上不覺一陣心疼我死也却教誰人救我這性命咱〔正末扮張珪引祗候上云〕自家姓張名珪字均玉鄭州人氏幼習儒業後進身爲吏嫡親的四口兒渾家李氏是華州華陰縣人氏他是箇醫士人家女兒生下一雙兒女金郎玉姐我在這鄭州做着個六案都孔目今日衙門中無甚事回

家裏去見一簇人鬧祗候你看是甚麼人〔祗候問云〕你是甚麼人倒在地上〔李四云〕小人害急心疼看看至死哥哥可憐見救小人一命咱〔祗候見末科云〕是一個人害急心疼倒在地下〔正末云〕我試看咱兀那君子爲甚麼倒在地下〔李四云〕小人急心疼看看至死怎麼救小人一命〔正末云〕那裏不是積福處我渾家善治急心疼領他到家中與他一服藥吃怕做甚麼祗候人扶他家裏來大嫂那裏〔貼旦見末科云〕孔目來了也安排茶飯你吃〔正末云〕且不要茶飯我來獅子店門首見一人害急心疼我領將來你與他一服藥吃救他性命那裏不是積福處〔貼旦云〕待我調藥去〔做調藥科云〕君子你試吃這藥〔李四吃藥科云〕我吃了這藥哎喲無事了也多謝官人娘子若不是官人娘子那裏得我這性命來〔正末云〕我問君子那裏人氏姓甚名誰〔李四云〕小人姓李排行第四人口順都叫李四許州人氏打銀爲生〔貼旦云〕你也姓李我也姓李有心要認你做個兄弟未知孔目心中肯不肯我問孔目咱〔做問末科云〕這人也姓李我也姓李我有心待認他做個兄弟孔目意下如何〔正末云〕大嫂你主了便罷兀那李四你近前來我渾家待認你做個兄弟你意下如何〔李四云〕你救了我性命休道是做兄弟在你家中隨驢把馬也是情愿〔正末云〕你便是我舅子我渾家就是你親姐姐一般兄弟你爲甚麼到這裏〔李四云〕你便是我親姐姐姐夫有人欺負我來你與我做主〔正末云〕誰欺負你來我便着人拿去誰不知我張珪的名兒〔李四云〕不是別人是魯齋郎強奪了我渾家去了姐姐姐夫與我做主〔末做掩口科云〕哎喲唬殺我也早是在我這裏若在別處性命也送了你的我與你些盤纏你回許州去罷這言語你再也休題〔唱〕

〔仙呂端正好〕被論人有勢權原告人無門下你便不良會可跳塔

輪鍘那一個官司敢把勾頭押題起他名兒也怕
〔么篇〕你不如休和他爭忍氣吞聲罷別尋個家中寶省力的渾家說那個魯齋郎膽有天來大他爲臣不守法將官府敢欺壓將妻女敢奪拿將百姓敢蹅踏赤緊的他官職大的忒稀詫〔下〕
〔李四云〕我這裏既然近不的他不如仍還許州去也〔下〕
〔音釋〕 [illegible]音鬆　鍘音茶　押羊架切　法方雅切　壓羊架切　蹅當架切　詫瘡詐切

第一折

〔魯齋郎上云〕小官魯齋郎自從許州拐了李四的渾家起初時性命也似愛他如今兩個眼裏不待見他我今回到這鄭州時遇清明節令家家上墳祭掃必有生得好的女人我領着張龍一行步從直到郊野外踏青走一遭去來〔下〕〔正末引貼旦上云〕自家張珪時遇寒食家家上墳我今領着妻子上墳走一遭去想俺這爲吏的多不存公道熬的出身非同容易也呵〔唱〕
〔仙呂點絳唇〕則俺這令史當權案房裏面關文卷但有半點兒牽連那刁蹬無良善
〔混江龍〕休想肯與人方便衠一片害人心勒揩了些養家緣〔帶云〕聽的有件事呵〔唱〕押文書心情似火寫帖子勾換如煙教公吏勾來衙院裏抵多少笙歌引至畫堂前冒支國俸濫取人錢那裏管爺娘凍餒妻子熬煎經旬間不想到家來破工夫則在那娼樓串則圖些煙花受用風月留連

〔油葫蘆〕只待買下庄房買下田家私積有數千那裏管三親六眷
盡埋寃逼的人賣了銀頭面我戴着金頭面送的人典了舊宅院我
住着新宅院有一日限滿時便想得重遷怎知他提刑司刷出三宗
卷恁時節帶鐵鎖納贓錢
〔天下樂〕那其間敢賣了城南金谷園百姓見無權一味裏撇潑家
私如敗雲風亂捲或是流二千遮莫徒一年恁時節則落的幾度喘
〔云〕早來到墳所也〔唱〕
〔金盞兒〕覷郊原正晴暄古墳新土都添徧家家化錢烈紙痛難言
一壁廂黃鸝聲恰恰一壁廂血淚滴漣漣正是鶯啼新柳畔人哭古
墳前
〔貼旦云〕孔目咱慢慢耍一會家去〔魯齋郎引張龍上云〕你都跟着我閑游去來這一所好墳也
樹木上面一箇黃鶯兒小的將彈弓來〔做打彈科〕〔倈兒哭云〕妳妳打破頭也〔貼旦云〕那個弟
子孩兒閑着那驢蹄爛爪打過這彈子來〔正末云〕這箇村弟子孩兒無禮我家墳院裏打過彈子
來你敢是不知我的名兒我出去看波〔唱〕
〔後庭花〕是誰人牆外邊直恁的沒體面我擦擦的望前去〔魯齋郎
云〕張珪你罵誰哩〔正末唱〕諕的我行行的往後偃〔魯齋郎云〕你這弟子孩兒作死
也我是誰你罵我〔正末唱〕我恰便似墜深淵把不定心驚膽戰有這場死
罪愆我今朝遇禁煙到先塋來祭奠飲金杯語笑喧他弓開時似月

圓彈發處又不偏剛落在我面前

〔魯齋郎云〕張珪你罵我呵不是尋死哩〔正末唱〕

〔青哥兒〕你教我如何如何分辨〔貼旦云〕是那一個不曉事弟子孩兒打破我孩兒的頭〔正末唱〕省可裏亂語胡言〔倈兒云〕打破我頭也〔正末唱〕哎你箇不識憂愁小業寃諕的我魂魄蕭然言語狂顛誰敢遲延我只得破步撩衣走到根前少不的把屎做糕糜嚥

〔正末做跪科〕〔魯齋郎云〕張珪你怎敢罵我你不認的我覷我一覷該死你罵我該甚麼罪過〔正末云〕張珪不知道是大人若知道是大人呵張珪那裏死的是〔魯齋郎云〕君子千言有一失小人千言有一當他不知是我若知是我怎麼敢罵我不和你一般見識這座墳是誰家的〔正末云〕是張珪家的〔魯齋郎云〕消不的你請我墳院裏坐一坐教你祖宗都得生天〔正末云〕只是張珪沒福消受請大人到墳院裏坐一坐〔魯齋郎云〕倒好一座墳院也我聽的有女人言語是誰〔正末云〕是張珪的醜媳婦兒〔魯齋郎云〕消不得拜我一拜〔正末云〕大嫂你來拜大人〔貼旦云〕我拜他怎地〔正末云〕你只依着我〔貼旦出拜〕〔魯齋郎還禮科云〕一箇好女子也他倒有這個渾家我倒無張珪你這廝該死怎敢罵我這罪過且不饒你近前將耳朵來把你媳婦明日送到我宅子裏來若來遲了二罪俱罰小廝將馬來我回去也〔下〕〔貼旦云〕孔目他是誰你這等怕他〔正末云〕大嫂喒快收拾回家去來〔唱〕

〔賺煞〕哎只被你巧笑倩禍機藏美目盼災星現也是俺連年裏時乖運蹇可可的與那個惡那吒打個撞見諕的我似沒頭鵝熱地上

蚰蜒恰纔個馬頭邊附耳低言一句話似親蒙帝主宣〔做拿彈子拜科〕〔唱〕這彈子舉賢薦賢他來的撲頭撲面明日個你團圓却教我不團圓〔下〕

〔音釋〕 蹬音鄧 衠音諄 掯肯去聲 宅池齋切 刷雙寡切 掀音軒 喘昌軟切 倩淺去聲 吒音渣 塋音盈

第二折

〔魯齋郎引張龍上〕〔詩云〕着意栽花花不發等閑插柳柳成陰誰識張珪墳院裏倒有風流可喜活觀音小官魯齋郎因賞玩春景到於郊野外張珪墳前看見樹上歇着個黃鶯兒我拽滿彈弓誰想落下彈子來打着張珪家小的將我千般毀罵我要殺壞了他不想他倒有個好媳婦我着他今日不犯明日送來我一夜不曾睡着他若來遲了就把他全家盡行殺壞張龍門首覷者若來時報復我知道〔正末同貼旦上云〕大嫂疾行動些〔貼旦云〕纔五更天氣你敢風魔九伯引的我那裏去〔正末云〕東莊裏姑娘家有喜慶勾當用着這個時辰我和你行動些大嫂你先行〔貼旦先行科〕〔正末云〕張珪怎了也魯齋郎大人的言語張珪明日將你渾家五更你便送到我府中來我不送去我也是箇死我待送去兩個孩兒久後尋他母親我也是箇死怎生是好也呵〔唱〕

〔南呂一枝花〕全失了人倫天地心倚仗着惡黨兇徒勢活支剌娘兒雙折散生各札夫婦兩分離從來有日月交蝕幾曾見夫主婚妻招壻今日箇妻嫁人夫做媒自取些奩房斷送陪隨那裏也羊酒花紅段疋

〔梁州第七〕他憑着惡哏哏威風糾糾全不怕碧澄澄天網恢恢一夜間摸不着陳摶睡不分喜怒不辨高低弄的我身亡家破財散人離對渾家又不敢說是談非行行裏只淚眼愁眉你你你做了箇別霸王自刎虞姬我我我做了箇進西施歸湖范蠡來來來渾一似嫁單于出塞明妃正青春似水嬌兒幼女成家計無憂慮少縈繫平地起風波二千尺一家兒瓦解星飛

〔貼旦云〕俺走了這一會如今姑娘家在那裏〔正末云〕則那裏便是〔貼旦云〕這箇院宅便是他做甚麼生意有這等大院宅〔正末唱〕

〔牧羊關〕怕不曉日樓臺靜春風簾幙低沒福的怎生消得這廝強賴人錢財莽奪人妻室高築座營和寨斜搠面杏黃旗梁山泊賊相似與蓼兒洼爭甚的

〔云〕大嫂你靠後〔正末見張龍科云〕大哥報復一聲張珪在於門首〔張龍云〕你這廝纔來你該死也你則在這裏我報復去〔魯齋郎云〕兀那廝做甚麼〔張龍云〕張珪兩口兒在于門首〔魯齋郎云〕張龍我不換衣服罷着他過來見〔末旦叩見科〕〔魯齋郎云〕張珪怎這早晚纔來〔正末云〕投到安伏下兩個小的收拾了家私四更出門急急走來早五更過了也〔魯齋郎云〕這等也罷你着那渾家近前來我看〔做看科云〕好女人也比夜來增十分顏色生受你將酒來吃三杯〔正末唱〕

〔四塊玉〕將一盃醇糯酒十分的吃〔貼旦云〕張孔目少吃則怕你醉了〔正末唱〕

更怕我酒後踈狂失了便宜扭回身剛嚥的口長吁氣我乞求得醉似泥喚不歸〔貼旦云〕孔目你怎麼要吃的這等醉〔正末云〕大嫂你那裏知道〔唱〕我則圖別離時不記得

〔貼旦云〕孔目你這般煩惱可是爲何〔正末云〕大嫂實不相瞞如今大人要你做夫人我特特送將你來〔貼旦云〕孔目這是甚麼說話〔正末云〕這也由不的我事已至此只得隨順他便了〔唱〕

〔罵玉郎〕也不知你甚些兒看的能當意要你做夫人不許我過今日因此上急忙忙送你到他家內〔貼旦云〕孔目你這般下的也〔正末唱〕這都是我緣分薄恩愛盡受這等死臨逼

〔貼旦云〕你在這鄭州做個六案都孔目誰人不讓你一分那廝甚麼官職你這等怕他連老婆也保不的你何不揀個大衙門告他去〔正末云〕你輕說些倘或被他聽見不斷送了我也〔唱〕

〔感皇恩〕他他他嫌官小不爲嫌馬瘦不騎動不動挑人眼剔人骨剝人皮〔云〕他便要我張珪的頭不怕我不就送去與他如今只要你做個夫人也還算是好的〔唱〕他少甚麼溫香軟玉舞女歌姬雖然道我災星現也是他的花星照你的福星催

〔貼旦云〕孔目不爭我到這裏來了抛下家中一雙兒女着誰人照管他兀的不痛殺我也〔正末唱〕

〔採茶歌〕撇下了親夫主不須提單是這小業種好孤悽從今後誰照覷他饑時飯冷時衣雖然個留得親爺沒了母只落的一番思想

一番悲〔正末同旦掩泣科〕〔魯齋郎云〕則管裏說甚麼着他到後堂中換衣服去〔貼旦云〕孔目則被你痛殺我也〔正末云〕苦痛殺我也渾家〔魯齋郎云〕張珪你敢有些煩惱心中捨不的麼〔正末云〕張珪不敢煩惱則是家中有一雙兒女無人看管〔魯齋郎云〕你早不說你家中有兩箇小的無人照管張龍將那李四的渾家梳粧打扮的賞與張珪便了〔張龍云〕理會的〔魯齋郎云〕張珪你兩個小的無人照管我有一個妹子叫做嬌娥與你看覷兩個小的你與了我的渾家我也捨的個妹子酬答你你醉了罵他便是罵我一般你醉了打他便是打我一般我交付與你我自後堂去也〔下〕〔正末云〕這事可怎了也罷罷罷〔唱〕

〔黃鍾尾〕奪了我舊妻兒却與箇新佳配我正是棄了甜桃繞山尋醋梨知他是甚親戚教喝下庭堦轉過照壁出的宅門扭回身體遙望着後堂內養家的人賢惠的妻非今生是宿世我則索寡宿孤眠過年歲幾時能勾再得相逢則除是南柯夢兒裏〔下〕

〔音釋〕蝕繩知切　奩音廉　哏狠平聲　糾音九　刎文上聲　蠡音里　單音蟬　繫音計　尺音恥　得當美切　室傷以切　摲聲卯切　洼音蛙　的音底　吃音恥　日人智切　薄巴毛切　逼兵迷切　戚倉洗切　壁音彼　柯音哥

第三折

〔李四上云〕自家李四因魯齋郎奪了我渾家趕到鄭州告不的他又回許州來一雙兒女不知去向那裏也難住我且往鄭州投奔我姐姐姐夫去也〔下〕〔俫兒上云〕我是張孔目的孩兒金郎妹

子玉姐父親母親人情去了這早晚敢待來也（正末上云）好是苦痛也來到家中且看兩個孩兒說些甚麼魯齋郎你好狠也呵（唱）

〔中呂粉蝶兒〕倚仗着惡黨兇徒害良民肆生淫慾誰敢向他行挾細拿粗逞刁頑全不想他妻我婦這的是敗壞風俗那一個敢爲敢做

〔醉春風〕空立着判黎庶受官廳理軍情元帥府父南子北各分離端的是苦苦俺夫妻千死千生百伶百俐怎能勾一完一聚

（倈兒云）爹爹你來家也俺妳妳在那裏（正末云）孩兒你母親便來（嘆科云）嗨可怎了也（唱）

〔紅繡鞋〕怕不待打迭起千憂百慮怎支吾這短嘆長吁（倈兒云）俺母親怎生不見來了（正末唱）他可便一上青山化血軀將金郎眉甲按把玉姐手梢扶兀的不痛殺人也兒共女

（倈兒云）爹爹俺母親端的在那裏（正末云）你母親被魯齋郎奪去了也（倈兒云）兀的不氣殺我也（倈氣倒科）（正末救科云）孩兒你甦醒者則被你痛殺我也（張龍引旦上云）自家張龍便是奉着魯齋郎大人言語着我送小姐到這裏張珪在家麼（正末云）誰在門外待我開門看咱（做看科云）呀你來怎麼（張龍云）我奉大人言語着我送小姐與你休說甚麼小姐你也休說甚麼我回去也（下）（正末云）小姐請進家來兩個孩兒來拜你母親小姐先前渾家止有這兩箇孩兒小姐早晚看覷咱（旦云）孔目你但放心都在我身上（正末唱）

〔迎仙客〕你把孩兒親覷付廝擡舉這兩個不肖孩兒也有甚麼福

便做道忒賢達不狠毒〔旦云〕孔目你放心就是我的孩兒一般看成〔正末唱〕看成
的似玉顆神珠終不似他娘腸肚
〔李四上云〕我來到鄭州這是姐姐姐夫家我叫門咱〔做叫門科〕〔正末云〕誰叫門哩我看去
〔見科〕〔正末云〕原來是舅子你的症候我如今也害了也〔李四云〕姐姐有好藥〔正末云〕不是
那個急心疼症候用藥醫得是你那整理銀壺瓶的症候你姐姐也被魯齋郎奪將去了也〔李四
云〕魯齋郎你早則要了俺家兩個兒也〔正末云〕舅子我可也強似你他與了我一個小姐叫做
嬌娥〔李四云〕魯齋郎你奪了我的渾家草雞也不曾與我一個姐夫既沒了姐姐我回許州去罷
〔正末云〕舅子這個便是你姐姐一般廝見一面怕做甚麼〔李四云〕既如此待我也見一面我就
回去姐夫你可休留我〔做相見各留意科〕〔正末云〕舅子你敢要回去麼〔李四云〕姐夫則這裏
住倒好〔正末云〕好奇怪也〔唱〕
〔紅繡鞋〕他兩個眉來眼去不由我不暗暗躊躇似這般啞謎兒教
咱怎猜做那一個心猶豫那一個口支吾莫不你兩個有些兒曾面
熟
〔祗候上云〕張孔目衙門中喚你攢文書哩〔正末云〕舅子你和你姐姐在家中我衙門中攢文書
去也〔下〕〔旦與李四打悲科〕〔李四云〕娘子你怎麼到得這裏〔倈兒上云〕妳妳俺爹爹那裏去
了〔旦云〕衙門中攢文書去了〔倈兒云〕這等俺兩個尋俺爹爹去〔下〕〔李四云〕則被你想殺我
也〔正末衝上見科〕〔喝云〕你兩個待怎麼〔李四同旦跪科〕〔正末云〕他早招了也〔唱〕
〔石榴花〕早難道君子斷其初今日箇親者便爲疎人還害你待何

如我是你姐夫倒做了姨夫當初我醫可了你病症還鄉去把你似太行山倚仗做親屬我一脚的出宅門你待展汙俺婚姻簿我可便負你有何辜

〔鬬鵪鶉〕全不似管鮑分金倒做了孫龐刖足把恩人變做仇家將客僧翻爲寺主自古道無毒不丈夫他將了俺的媳婦不敢向魯齋郎報恨雪冤則來俺家裏殢雲殢雨

〔李四云〕姐夫實不相瞞則他便是我的渾家改做他的妹子與了姐夫〔正末云〕誰這般道來

〔唱〕

〔上小樓〕誰聽你花言巧語我這裏尋根拔樹誰似你不分強弱不識新疎不辨賢愚縱是你舊媳婦舊丈夫依舊歡聚可送的俺一家兒滅門絶戶

〔云〕我一雙孩兒在那裏〔旦云〕你去趲文書他兩個尋你去了〔正末云〕眼見的所算了我那孩兒兀的不氣殺我也〔唱〕

〔幺篇〕我一時間不認的人您兩個忒做的出空教我乞留乞良迷留沒亂放聲啼哭這鄭孔目拿定了蕭娥胡做知他那裏去了賽娘僧住

〔云〕罷罷罷渾家被魯齋郎奪將去了一雙兒女又不知所向甫能得了個女人又是銀匠李四的渾家我在這裏怎生存坐舅子我將家緣家計都分付與你兩口兒每月齋糧道服休少了我的我

往華山出家去也〔李四云〕姐夫你怎生棄捨了銅斗兒家緣桑麻地土我扯住你的衣服至死不放你去〔正末唱〕

〔十二月〕休把我衣服扯住情知咱冰炭不同鑪〔李四云〕姐夫這桑麻地土寶貝珍珠怎生割捨的〔正末唱〕管甚麼桑麻地土更問甚寶貝珍珠〔李四云〕姐夫把我渾家與你罷〔正末唱〕呸不識羞閑言長語他須是你兒女妻夫〔旦云〕孔目你與我一紙休書咱〔正末唱〕

〔堯民歌〕索甚麼恩絕義斷寫休書〔李四云〕魯齋郎知道他不恠我〔正末唱〕魯齋郎也不是我護身符〔李四云〕俺姐姐不知在那裏〔正末唱〕他兩行紅袖醉相扶美女終須累其夫嗟吁嗟吁教咱何處居則不如趁早歸山去〔李四云〕姐夫許多家緣家計田產物業你怎下的都抛撇了〔正末唱〕

〔耍孩兒〕休道是東君去了花無主你自有鶯儔燕侶我從今萬事不關心還戀甚衾枕歡娛不見浮雲世態紛紛變秋草人情日日踈空教我淚灑徧湘江竹這其間心灰卓氏乾老了相如〔李四云〕俺姐姐不知在那裏〔正末云〕你那姐姐呵〔唱〕

〔二煞〕這其間聽一聲金縷歌看兩行紅袖舞常則是笙簫繚繞了鬢簇三盃酒滿金鸚鵡六扇屏開錦鷓鴣反倒做他心腹那廝有拐人妻妾的器具引人婦女的方術

〔李四云〕這一年四季齋糧道服都不打緊姐夫你怎麼出的家還做你那六案都孔目去〔正末唱〕

〔尾煞〕再休題掌刑名都孔目做英雄大丈夫也只是野人自愛山中宿眼看那幼子嬌妻我可也做不的主〔下〕

〔李四云〕姐夫去了也娘子我那知道還有完聚的日子如今我兩個掌着他這等家緣家計許他的齋糧道服須按季送去與他不要少了他的〔詩云〕我李四今年大利全不似整壺瓶這般悔氣平空的還了渾家又得他許多家計〔同旦下〕

〔音釋〕慾于句切 俗詞疽切 甦音蘇 福音府 毒東盧切 謎迷去聲 熟繩朱切 屬繩朱切 辜音姑 刖音月 足臧取切 尢音尤 碲音膩 出音杵 哭音苦 長音丈 行音杭 趁嗔去聲 娛音余 竹音主 簇粗上聲 腹音府 術繩朱切 目音暮 宿須上聲

第四折

〔外扮包待制引從人上〕〔詩云〕鼕鼕衙鼓響公吏兩邊排閻王生死殿東嶽攝魂臺老夫姓包名拯字希文廬州金斗郡四望鄉老兒村人氏官封龍圖閣待制正授開封府尹奉聖人的令差老夫五南採訪來到許州見一兒一女原來是銀匠李四的孩兒他母親被魯齋郎奪了他爺不知所向這兩個孩兒留在身邊行到鄭州又收得兩個兒女原來是都孔目張珪的孩兒他母親也被魯齋郎奪了他爺不知所向我將這兩個孩兒留在家中着他習學文章早是十五年光景如今都應過舉得第了也老夫將此一事切切於心拳拳在念想魯齋郎惡極罪大老夫在聖人前奏過有一人

乃是魚齊卽苦害良民強奪人家妻女犯法百端聖人大怒卽便判了斬字將此人押赴市曹明正
典刑到得次日宣魯齋郎老夫回奏道他做了違條犯法的事昨已斬了聖人大驚道他有甚罪斬
了老夫奏道他一生擄掠百姓強奪人家妻女是御筆親判斬字殺壞了也聖人不信將文書來我
看豈知魚齊卽三字魚字下邊添個日字齊字下邊添個小字卽字上邊添一點聖人見了道苦害
良民犯人魯齋郎合該斬首被老夫智斬了魯齋郎與民除害只是銀匠李四孔目張珪不知所向
我如今着他兩家孩兒各帶他兩家女兒天下巡廟燒香若認着他父母教他父子團圓也是老夫
陰騭的勾當張千你分付他兩個孩兒同兩個女兒明日往雲臺觀燒香去老夫隨後便來〔詩云〕
他不遵王法太踈狂專要奪人婦女做妻房被我中間改做魚齊卽用心智斬魯齋郎〔下〕〔淨扮
觀主上云〕道可道非常道名可名非常名小道姓閻道號雙梅在這雲臺觀做着個住持今日無
事看有甚麼人來〔李四同旦兒上云〕自家李四是也自從與俺那兒女失散了十五年光景知他
有也無來到這雲臺觀裏與俺姐姐姐夫弁兩家的孩兒做些好事咱〔做見觀主科云〕兀那觀主
我是許州人氏一徑的來做些好事〔觀主云〕你做甚麼好事超度誰〔李四云〕超度姐夫張珪姐
姐李氏一雙兒女金郎玉姐還有自己一雙兒女喜童嬌兒與你這五兩銀子權做經錢〔觀主云〕
我出家人要他怎麼是好銀子且收下一邊看齋食請吃了齋與你做好事〔貼旦道扮上云〕貧姑
李氏乃張珪的渾家被魯齋郎奪了我去可早十五年光景一雙兒女不知去向連張珪也不知有
無魯齋郎被包待制斬了我就捨俗出家今日去這雲臺觀與張珪做些好事咱早來到也〔做見
觀主科〕〔觀主云〕一箇好道姑也道姑你從那裏來〔貼旦云〕我一徑的來與丈夫張珪孩兒金
郎玉姐做些好事〔李四云〕誰與張珪做好事〔貼旦云〕我與張珪做好事〔李四云〕兀的不是姐

姐李氏〔相見打悲科〕〔貼旦云〕兄弟這婦人是誰〔李四云〕這箇便是你兄弟媳婦兒姐姐你怎生得出來〔貼旦云〕包待制斷了魯齋郎俺都無事釋放今日來雲臺觀追薦你姐夫并孩兒金郎玉姐〔李四云〕我也爲此事來喒和你一同追薦者〔李俫冠帶同小旦上云〕小官李喜童妹子嬌兒我母親被魯齋郎奪將去了父親不知所向虧了包待制大人收留俺兄妹二人教訓成人今應過舉得了頭名狀元奉着包待制言語着俺去雲臺觀裏追薦我父母去早來到了也兀那住持那裏〔觀主云〕早知相公到來只合遠接接待不着勿令見罪呀怎生帶着個小姐走〔李俫云〕我一徑的來做些好事〔觀主云〕相公要追薦何人〔李俫云〕追薦我父親銀匠李四〔李四云〕是誰喚銀匠李四〔李俫云〕兀的不是我父親〔李四云〕你是誰〔李俫云〕則我便是您孩兒喜童妹子嬌兒〔旦云〕孩兒也你在那裏來〔李俫再說前事悲科〕〔李四云〕孩兒拜你姑姑者〔做拜科〕〔貼旦云〕這兩人是誰〔李四云〕這兩箇便是我的孩兒〔貼旦悲科云〕你一家兒都完聚了只是俺那孔目并兩箇孩兒不知在那裏〔張俫冠帶同小旦上云〕小官是張孔目的孩兒金郎妹子玉姐我母親被魯齋郎奪去父親不知所向多虧了包待制大人收留俺兄妹二人教訓成人應過舉得了官也包待制着俺雲臺觀追薦父親去可早來到也住持那裏〔觀主云〕又是一箇官人他也帶着小娘子走相公到此只甚〔張俫云〕特來做些好事〔觀主云〕追薦那一箇〔張俫云〕追薦我父親張珪母親李氏〔貼旦云〕誰喚張珪李氏〔張俫云〕我喚來〔貼旦云〕你敢是金郎麼〔張俫云〕妹子兀的不是母親〔做悲科〕〔貼旦云〕這十五年你在那裏來〔張俫云〕自從母親去了父親不知所向多虧了包待制大人將我兄妹二人教訓應過舉得了官也今日奉包待制言語着俺雲臺觀追薦父母不想得見母親不知俺父親有也無〔做悲科〕〔李四云〕姐姐這箇既是你的兒子我

把女兒嬌兒與外甥做媳婦罷〔張倈云〕母親將妹子玉姐與兄弟爲妻做一個交門親眷可不好那〔貼旦云〕俺兩家子母怕不完聚只是孔目不知在那裏教我如何放的下〔做悲科〕〔正末愚鼓簡板上〕〔詩云〕　身穿羊皮百衲衣饑時化飯飽時歸雖然不得神仙做且躲人間閑是非想俺出家人好是清閑也呵〔唱〕

〔雙調新水令〕想人生平地起風波爭似我樂清閑支着箇枕頭兒高臥只問你煉丹砂唐呂翁何如那製律令漢蕭何我這裏醉舞狂歌繁華夢已參破

〔風入松〕利名場上苦奔波因甚强奪蝸牛角上爭人我夢魂中一枕南柯不戀那三公華屋且圖個五柳婆娑

〔云〕俺這出家人一年四季春夏秋冬好是快活也呵〔唱〕

〔甜水令〕俺這裏春夏秋冬林泉興味四時皆可常則是日夜宿山阿有人相問靜裏工夫煉形打坐笑指那落葉辭柯

〔折桂令〕想當初向清明日共飲金波張孔目家世墳塋須不是風月鳴珂他將俺兒女夫妻直認做了雲雨巫娥俺自撇下家緣過活再無心段疋綾羅你休只管信口開合絮絮聒聒俺張孔目怎還肯緣木求魚魯齋郎他可敢暴虎馮河

〔鴈兒落〕魯齋郎忒太過〔帶云〕他道張珪將你媳婦則明日五更送將來我要〔唱〕不是張孔目從來懦他在那雲陽市劍下分我去那華山頂峯頭臥

〔云〕我則道他一世兒榮華富貴可怎生被包待制斬了人皆歡悅〔唱〕

〔得勝令〕今日個天理竟如何黎庶盡謳歌再不言宋天子英明甚只說他包龍圖智慧多魯齋郎哥哥自惹下亡身禍我捨了個嬌娥早先尋安樂窩

〔云〕今日我去雲臺觀散心咱〔貼旦云〕李四你看那道人好似你姐夫你試喚他一聲咱〔李四叫科云〕張孔目〔正末回頭科云〕是誰叫張孔目〔做見科云〕兀的不是我渾家李氏〔貼旦云〕你怎生撇了我出了家勸你還俗罷〔正末詩云〕你待散時我不散悲悲切切男兒漢從前經過舊恩情要我還俗呵有如曹司翻舊案〔衆云〕你還了俗罷〔正末云〕我修行到這個地步如何肯再還俗〔衆拜科〕〔正末唱〕

〔川撥棹〕不索你鬧鑊鐸磕着頭禮拜我〔李四云〕姐夫今日喒兩家夫婦兒女都完聚了你可怎生捨的出家去你依着我只是還了俗者〔正末唱〕誰聽你兩道三科嚷似蜂窩甜似蜜鉢我若是還了俗可未可

〔貼旦云〕孔目平素你是受用的人你爲何出家你怎生受的那苦〔正末唱〕

〔七弟兄〕你那裏問我爲何受寂寞我得過時且自隨緣過得合時且把眼來合得臥時側身和衣臥

〔梅花酒〕不是我自閒闊趁浪逐波落落托托大笑呵呵夫共妻任摘離兒和女且隨他我這裏自磨陀飲香醪醉顏酡拚沉睡在松蘿

〔收江南〕呀抵多少南華莊子鼓盆歌烏飛兔走疾如梭猛回頭青

鬢早皤皤任傍人勸我我是個夢醒人怎好又着他魔

〔包待制衝上云〕事不關心關心者亂老夫包拯來到這雲臺觀見一簇人鬧不知爲甚麽〔李四云〕爺爺小的是許州人銀匠李四俺姐姐被魯齋郎强奪爲妻幸得爺爺智斬魯齋郎如今俺姐姐回家來了爭奈姐夫張珪出了家不肯認他因此小的每和他兒女在此相勸只望爺爺做主咱〔包待制云〕兀那張珪你爲何不認他〔正末云〕我因一雙兒女不知所在已是出家多年了認他做甚麽〔包待制云〕張珪你那兒女和李四的兒女都在跟前這十五年間我都擡舉的成人長大都應過舉得了官也如今將李四的女兒與張珪的孩兒爲妻張珪的女兒與李四的孩兒爲妻你兩家做箇割不斷的親眷張珪你快還了俗者〔詞云〕則爲魯齋郎苦害生民奪妻女不顧人倫被老夫設智斬首方表得王法無親你兩家夫妻重會把兒女各配爲婚今日個依然完聚一齊的仰荷天恩〔正末同衆拜謝科〕〔唱〕

〔收尾〕多謝你大恩人救了喒全家禍擡舉的孩兒每雙雙長大莫說他做親的得成就好姻緣便是俺還俗的也不悞了正結果

〔音釋〕 拯音整 隲音質 衲音納 奪音多 娑音簑 阿何哥切 珂康和切 活音和 合音何 聒音果 馮音平 懦音糯 慧音惠 禍音倭 鑊音和 鐸在挪切 嚷人掌切 缽波上聲 摹音磨 闊科上聲 托音拖 他音拖 酡音陀 皤音婆 太音惰 結饑也切

題目 三不知同會雲臺觀

正名 包待制智斬魯齋郎

包待制智斬魯齋郎雜劇

西元二〇二二年一月一日重製一版

元曲選　冊二（明臧懋循輯）

平裝四冊基本定價參仟捌佰元正
（郵運匯費另加）

發行人　張　敏　君

發行處　中　華　書　局

臺北市內湖區舊宗路二段一八一巷八號五樓（5FL., No. 8, Lane 181, JIOU-TZUNG Rd., Sec 2, NEI HU, TAIPEI, 11494, TAIWAN）

客服電話：886-8797-8396

公司傳真：886-8797-8909

匯款帳戶：華南商業銀行西湖分行
179100026931

印　刷：維中科技有限公司
海瑞印刷品有限公司

No. N3038-2

國家圖書館出版品預行編目(CIP)資料

元曲選/(明)臧懋循輯. -- 重製一版. -- 臺北市 : 中華書
局, 2022.01
冊 ; 公分
ISBN 978-986-5512-77-4(全套 : 平裝)

834.57 110021471